T.S.エリオット
クラーク講演

The Varieties of
Metaphysical Poetry
by T.S.Eliot

ロナルド・シュハード 編注

村田 俊一 訳

松柏社

T.S.エリオット
クラーク講演

The Varieties of
Metaphysical Poetry

by T.S.Eliot

T・S・エリオット

形而上詩の多様性

一九二六年のケンブリッジ、トリニティ・カレッジのクラーク講演と
一九三三年のジョンズ・ホップキンズ大学のターンブル講演

ロナルド・シュハード編注

凡　例

一、本訳書はロナルド・シュハード編によるエリオットのクラーク講演の全訳である。原題は『形而上詩の多様性』(*THE VARIETIES OF METAPHYSICAL POETRY* By T.S.Eliot / THE CLARK LECTURES at Trinity College, Cambridge, 1926 and / THE TURNBULL LECTURES at The Hopkins University, 1933 / Edited and introduced by RONALD SCHUCHARD [Faber and Faber, 1993])である。

一、訳文中の(1)、(2)、(3)…は編者の注を示す。

一、訳文中の右側にある「・・・」は、原文では、強調のためイタリックとなっている。

一、原文、あるいは脚注にある詩句、文章が以下の本に訳出されている場合は、それらを参考にし、時に利用した。『エリオット全集』(中央公論社)『エリオット選集』(弥生書房)、山川丙三郎訳『神曲』(岩波文庫)、野上素一訳『ダンテ』(筑摩書房)、小田島雄志訳『シェイクスピア全集』(白水社)、『世界名詩集大成』(平凡社)。また形而上詩人達の詩句の一節が、拙訳『T・S・エリオット文学批評選集～形而上詩人達からドライデンまで～』(松柏社)の中で取り上げられている時は、そこで使った既訳のものを再度利用した。ラテン語など、その他の英語以外の原文が脚注で英訳されているときは、それを訳出し、また、その原文が既訳にあるものについては出来るだけ利用させていただいた。

目次

ターンブル講演
形而上詩の多様性

謝辞

私は、ヴァレリー・エリオットの夫のクラーク講演とターンブル講演の編集を準備している間、彼女の信頼と励ましに対して、心から感謝の念を夫人に表したい。この本は彼女の個人的な興味と、助力、そして歓待がなかったなら出版出来なかったでしょう。

私は次にあげる人達の助力と忠告に感謝申し上げたい。ボストン大学の故ウィリアム・アロウスミス、シアトルのワシントン大学のジョセフ・C・ベイラージョン、ミシガン大学のジョージ・ボーンスタイン、エカード・カレッジのジュアル・スピアーズ・ブルッカー、セント・ルイス大学のウィリアム・C・チャロン、グラスゴー大学のロバート・クローフォード、ニューヨーク大学のデニス・ドノヒュー、イエール大学のドナルド・ギャラップ、ロンドン大学ロイヤル・ホローウエイ・アンド・ベッドフォード・ニュー・カレッジのウオーウイック・グールド、オックスフォードのセント・ジョン・カレッジのジョン・S・キリー、ケンブリッジのキングズ・カレッジのフランク・カーモード、メリーランド、コッキーズヴィルのフランシス・キダー夫人、ルイジアナ州立大学のジョセフ・クロニック、プリンストン大学のA・ウォルトン・リッツ、ローチェスター大学のジェイムズ・B・ロンゲンバッハ、オックスフォードのベイロール・カレッジのロジャー・H・ロンズデイル、ジョンズ・ホプキンズ大学のリチャード・A・マックゼイ、イエール大学のルイス・L・マーツ、イエール大学のローレンス・レニー、ボストン大学のクリストファー・リック、ボストン大学のジョン・ポール・レクエレム、イエール大学のフィリップ・ラッシェ、マイアミ大学のジョン・ポール・ラッソー、テキサス・A・アンド・M大学のサットカンプ二世、イエール大学のクレイグ・A・シモンズ、ロンドンのステファノ・タニー、ディアドリ・トゥーミー、ロンドン大学ロイヤル・ホローウェイ・アンド・ベッドフォード・ニュー・カレッジのアン・ヴァーティ、ケンブリッジのセント・ジョンズ・カレッジのジョージ・ワトソン、そして、エモリ大学の私の同僚であるマーク・バゥアーレイン、ジェローム・ビーティ、マーティン・W・ブラウンリィ、ジョスエ・ハラリ、ジョン、ジョンストン、ダリア・ジュドウィッツ、ポール・クンツ、ジュディ・ラッギー・ムアー、ウォルター・リード、ハーリ・ラッシェ、ジョン・シッターである。

私は研究の手助けをして下さった次のような図書館司書、記録保管係りの人達に感謝します。ハーバード大学ホートン図書館のロドニー・デニスとエリザベス・A・フォルゼイ、ケンブリッジのキングズ・カレッジのジャクリーヌ・コックスとマイケル・ホールズ、ケンブリッジのマグダレーン・カレッジのリチャード・ルケット、エモリ大学ロバート・W・ウッドラフ図書館のエリック・R・ニッツケとグレタ・ボアーズ、ケンブリッジのトリニティ・カレッジ図書館のデイヴィッド・J・マックキテリック、ジョンズ・ホプキンズ大学ファーディナンド・ハンバーガー二世記録保管所のジュリア・B・モルガンとジェムズ・スティンパート、ヴァージニア大学アルダーマン図書館のマイケル・プランキット、ジョンズ・ホプキンズ大学ミルトン・S・アイゼンハウワー図書館のシンシア・H・リイカード、スミス・カレッジのカレッジ記録保管所のマーゲェリ・スライ、メリーランド歴史協会のスーザン・D・ウエナンデイ、ヴィクトリア大学マックファーソンのハワード・ガーウィングとその職員です。

さまざまな準備段階の原稿を批判的に分別をもって読んで頂いた私の妻であるキース・シュハードに特別な感謝を捧げたい。ジュアル・スピアーズ・ブルッカー、ルイス・L・マーツ、A・ウオルトン・リッツ、そしてクリストファー・リックスには後の段階で、寛大な心をもって綿密に読んで頂いた。私は彼らがその原稿を訂正し示唆したことに対し感謝しています。それ以上にオックスフォードのウスター・カレッジのデイヴィッド・ブラッドショウが、一九二七年から三〇年まで『タイムズ文芸付録』にT・S・エリオットが出版した十一の以前には記録されていない書評の書誌学的な記録を提供してくれたことに対して、またフェイバー・アンド・フェイバーのジョン・ボドリーが編集の手助けし、手際よくその本を最後まで出版に漕ぎ着けたことに対して感謝いたします。

翻訳からの引用を許可してくれたことに対して次の人達に恩義があります。キース・ボズレイの『マラルメ詩集』(ハーモンズワース、ミドルセックス、ペンギン・ブック、一九七七年)、ジョン・ケアンクロスのアレクザンダー・W・アリゾン、アーサー・J・カー、アーサー・M・イーストマン編集による『演劇傑作集』五版のラシーヌの『ファイドラ』(ニューヨーク、マクミラン、一九八六年)、マイケル・コリーの『ラフォルグ』(エディンバラ・アンド・ロンドン、オリヴァー・アンド・ボイド、一九六三年)、アルフレッド・アリゾンのJ・K・ユイスマンスによる『彼方』(ロンドン、フォーテュン・プレス、一九三〇年)、G・P・グールドの『カテュラス』(ロンドン、ダックワース、一九八三年)、C・F・マックインタイアーの『悪の華』からの『一〇〇詩集』(バークレー、カリフォルニア大学出版、一九四七年)『黄色い恋』からの『選集』(バークレー、カリフォルニア大学出版、一九五四年)、ジェフレイ・ワーグナーの『ゲラルド・ド・ネルヴァール批評選集』(ロンドン・ピーター・オウエン一九五八年)、ブライアン・ウォーリッジ、ジェフリ・ブレレトンとアンソニイー・ハートリィー編による『フランス韻文ペンギン・ブック』（ハーモンヅワース、ミドルセックス、ペンギン・ブック、一九七七年）、グローヴァー・A・ツインの『聖ヴィクトールのリチャード』（ニューヨーク、ポーリスト・プレス、一九七九年）。その他の訳は編者によるものです。

テレサ・ガーレット・エリオットによるスケッチはハーヴァード大学ホートン図書館とヴァレリー・エリオットによって掲載されたものであります。

私はこの編集の研究を部分的に支えてくれた助成金に対してエモリ大学研究委員会に感謝します。

略語と短縮形

引証と引用の主な典拠

出版物

T・S・エリオットによるもの

ASG (UK/US)　『異神を追いて』(*After Strange God*. London : Faber and Faber. 1934, New York : Harcourt Brace, 1934)

Criterion　『クライテリオン』(*The Criterion*. Collected editon, 18 Vols, ed, T.S. Eliot, London : Faber and Faber, 1967)

CPP (UK/US)　『詩、演劇全集』(*The Complete Poems and Plays*. London : Faber and Faber, 1959, *The Complete Poems and Plays 1909 -1950*. New York : Harcourt Brace, 1952).

FLA (UK/US)　『ランスロット・アンドルーズのために』(*For Lancelot Andrewes*. London : Faber and Gwyer, 1928, New York : Doubleday, Doran, 1929)

KEPB　『F・H・ブラッドレーにおける認識と経験について』(*Knowledge and Experience in the Philosophy of F.H. Bradley*. London : Faber and Faber, 1964. New York : Farrar, Straus, 1964)

L1　『書簡集』第一巻 (*The Letters of T. S. Eliot*, vol.1, ed. Valerie Eliot. London : Faber and Faber, 1988. New York : Harcourt Brace 1988)

L2　『書簡集』第二巻 (*The Letters of T. S. Eliot*, vol.Ⅱ, ed.Valerie Eliot. London : Faber and Faber; New York: Harcourt Brace [in preparation])

OPP (UK/US)　『詩と詩人について』(*On Poetry and Poets*. London : Faber and Faber, 1957, New York : Farrar, Straus & Cudahy, 1957)

SE (UK/US)　『批評選集』(*Selected Essays*, third enlarged edition. London : Faber and Faber, 1951. *Selected Essays*, new edtion. New York : Harcourt Brace, 1950)

SW　『聖林』(*The Sacred Wood*, second editon. London : Methuen & Co., 1928, New York : Alfred Knopf, 1930)

TCC　『批評家を批評する』(*To Criticize the Critic*. London : Faber and Faber, 1965. New York : Farrar, Strause & Giroux,1965)

UPUC (UK/US)　『詩の効用と批評の効用』(*The Use of Poetry and the Use of Criticism*, second edition. London: Faber and Faber,1964. Cambridge : Harvard University Press, 1968)

WLF　『荒地、草稿版』(*The Waste Land : A Facsimilie and Transcript of the Original Drafts*, ed. Valerie Eliot. London : Faber and Faber, 1971, New York : Harcourt Brace Jovanovich, 1971)

他の作品

CFQ　『四つの四重奏の制作』(Helen Gardner, *The Composition of Four Quartets*. London : Faber and Faber, 1978)

Gosse I　『ジョン・ダンの生涯と書簡』第一巻 (Edmund Gosse, *The Life and Letters of John Donne*, vol. I. London : William Heinemann, 1899)

Gosse II　『ジョン・ダンの生涯と書簡』第二巻 (Edmund Gosse, *The Life and Letters of John Donne*, vol. II. London : William Heinemann, 1899)

Grierson I　『ジョン・ダンの詩』第一巻 (*The Poems of John Donne*, vol. I. Oxford : Clarendon Press, 1912)

Grierson II　『ジョン・ダンの詩』第二巻 (*The Poems of John Donne*, vol. II. Oxford : Clarendon Press, 1912)

LMEP　『詩人伝』(Samuel Johnson, *Lives of the Most Eminent English Poets*. Chandos Classics, new edition. London : Frederick Warne, 1872)

MLPS　『形而上詩選集　―ダンからバットラーまで―』(*Metaphysical Lyrics and Poems of the Seventeenth Century: Donne to Butler*, ed. H. J. Grierson)

OBEV　『オックスフォード英詩集　一二五〇―一九〇〇』(*The Oxford Book of English Verse 1250 - 1900*, ed. Arthur Quiller-Couch. Oxford : Clarendon Press. 1918)

PBFV　『ペンギンブック、フランス韻文集』(*The Penguin Book of French Verse*, ed. Brian Woledge, Geoffrey Brereton and Anthony Hartley)

Ser　『ダン説教集』(*The Sermons of John Donne*, ed. G. R. Potter and Evelyn M. Spearing, 10 vols. Berkerley, Univ. of California Press, 1953-62)

TC I　『ダンテの地獄篇』(*The Inferno of Dante*, Temple Classics edition. London: J. M. Dent, 1909)

TC II　『ダンテの浄罪篇』(*The Purgatorio of Dante*, Temple Classics edition. London: J. M. Dent, 1910)

TC III　『ダンテの天国篇』(*The Paradiso of Dante*, Temple Classics edition. London: J. M. Dent, 1910)

雑誌

RES I　『英文学評論』(Ronald Shuchard, 'T.S. Eliot as an Extension Lecturer, 1916-1919' Part I, *Review of English Studies* n. s. 25 (May 1974), pp. 163-73)

RES II　『英文学評論』(Ronald Shuchard, 'T.S.Eliot as an Extension Lecturer,1916-1919' Part Ⅱ, *Review of English Studies* n. s. 25 (August 1974), pp. 292-304)

他のすべての出版された典拠は、最初の言及で略さず、引用されている。

未刊行物

Berg	『バーグ・コレクション』(The Berg Collection, New York Public Library)
Hopkins	『ファーディナンド・ハンバーガー、副記録保管所』(The Ferdinand Hamburger, Jr Archives, The Johns Hopkins University)
King's	『近代記録保管センター、キングズ・カレッジ図書館』(Modern Archives Centre, King's College Library, Cambridge University)
MS VE	『個人コレクション』(Private collection, Mrs Valerie Eliot, London)
Nottingham	『ノッティンガム大学図書館』(University of Nottingam Library)
Princeton	『プリンストン大学図書館』(Princeton University Library)
Smith	『カレッジ記録保管所』(College Archives, Smith College)
Texas	『ハーリー・ランサム人文学研究センター』(Harry Ransom Humanities Research Center, University of Texas at Austin)
Trinity	『トリニティ・カレッジ図書館』(Trinity College Library, Cambridsge University)
Victoria	『ヴィクトリア大学』(University of Victoria, British Colombia)
Virginia	『オールダマン図書館』(Alderman Library, University of Virginia)

編者序論

T・S・エリオットが、ハーヴァード大学時代にダンテやダン、そしてラフォルグの詩に没頭したことは、詩人として、そして批評家として、彼がロンドンでの最初の十年間に形而上詩の主要な理論を作り上げる道を開いた。その展開は、彼の批評的読書、詩的実践の背後にある推進力であったけれども、その理論は、彼の書評の中で断片のままで取り残され、これが立証された表現で現れたのは彼の未刊のクラーク講演、元々の題名は「十七世紀形而上詩についての講演、ダン、クラッショウ、そしてカウリーを中心として」においてであった。この八つの講演は一九二六年ケンブリッジのトリニティ・カレッジで講演された。そして、彼はその講演を修正して『ダン派』と題する一冊の本にする予定だったけれども、その企画は、徐々にそして致し方がなく放棄された。幾人かの研究家はケンブリッジのキングズ・カレッジで、あるいはハーヴァードにあるカーボン・コピーで、一八四頁のタイプライターで打った文書を読む権利を持った。他の人はエリオットの作品の批評研究でその講演の部分を引用したり、あるいは言い換えたが、ほとんどのエリオット研究家は、彼の宗教的改宗に先立つ年に開陳されたこの驚くべき学識に近づくことはなかった。無修正のテキストは、個人的な大きな苦しみの時期の強烈な圧迫の下で書かれ、彼の知的生命の大切な文書として残存している。その講演に先立つ二十年間の彼の読書と執筆の多くがこの講演に凝縮されている。それに続く二十年間の批評活動の多くはこの講演から引き出されている。これらは彼の経歴の転換期に起草され講演された。『聖林』(一九二〇年)と『荒地』(一九二二年)は既に出版された。詩人として脚本家として彼の面前に横たわっていたものをもってしても、彼は、自分の仕事の輪郭を決定した詩や哲学の歴史の流れについて、そのような長さで書く機会を再び見出だすことは決してなかったでしょう。エリオットの形而上詩に関するクラーク講演の出版は、『荒地』の草稿版(一九七一年)が彼の詩的精神を理解するのに及ぼした衝撃と同じように、彼の批評精神を我々が再評価する上でかなりの衝撃を与えるかもしれない。

一

エリオットは、十九世紀と二十世紀の詩に見られる事物の分離、つまり感情と思考の分離を示すために、ダンとチャップマンを利用しながら、彼の一九一七年から一九二〇年の初期の書評に見られる形而上詩に関する生まれかけている理論を駆使し始めた。批評的関心事は最初「現代詩熟考」(一九一七年)に現れ、ここで彼はダンとワーズワース、そしてジョージ王時代の詩人達の関係を詩的事物になぞらえ、他の詩人達は自分達の情緒を事物から引き出しているのに、ダンにあって「情緒と事物は正確にそれらの適切な均衡を保っている」(1)と論じている。「観察」(一九一八年)において、彼は彼の基準を現代詩人に合わせ、マリアンヌ・ムアーとジュール・ラフォルグの詩の思想と感情の関係を次のように試験的に比較した。「ラフォルグにおいてすら、形而上学の同化しない断片があり、他方、浮遊している感傷の同化しない断片がある。私は、ムアー女史はラフォルグと同じくらい自分自身に興味があるとは言わないが、思想と感情の融合は、多分、ラフォルグ以上にもっと完全である」と。[2] エリオットはチャップマンの中に形而上学的調子を指摘した最初の批評家であったが、彼は「スウィンバーンとエリザベス朝詩人達」(一九一九年)の中で「問題となっている特質はダンやチャップマンに特有のものではない…大作家達と共通して…彼らは感覚的思考のある特質、あるいは五官を通して思索する特質、あるいは思索する五官の性質を持っていた。その特質の正確な方式は改めて定義されるべきものである。もし、その特質をシェリーやベドーズの中に探したとしても…見付からないであろう。もっとも、その代わり、他の特質を見つけるかも知れないけれども」(『聖林』二三頁)。エリオットのダンテに関する最初の評論は元々「『霊的指導者』としてのダンテ」(一九二〇年)であったが、その評論で、彼は、ハーヴァードで読み修得した本、つまり、彼の理論を刺激しクラーク講演の中心的な文書になった本であるジョージ・サンタヤーナの『三人の哲学的詩人達』(一九一〇年)に頼った。エリオットは、哲学体系に表現を与えた詩人としてのルクレティウス、ダンテ、そしてゲーテに関するサンタヤーナの研究に反対して、哲学的詩人が、実際、苦労して見付け出そうとしたものは「この体系に相当する完全な詩的等価物—ヴィジョンにおいてその完全な等価物を見つけること」(『聖林』一六二頁)であるということを際立たせている。それから彼は、ダンテの詩は「今まで作られた最も包括的で、最も秩序づけられた情緒を表している」と宣言している(『聖林』一六八頁)。このようにダンテは、既にエリオットが詩に於ける「形而上派」を構成するものを探求する遠い関連点として好都合であったが、ダンテの直接的な魅力は、彼自身の詩と批評のために、ダン、チャップマン、そしてラフォルグにおける感覚的思想と「正確な方式」を打ち立てることにあった。

一九二一年までに、形而上詩に対する興味の復活がロンドンの文学界に押し寄せたのも、批評家達がダン、クラッショウ、カウリー、そしてこれらの派に属する他の詩人達を「再発見した」からである。そして、エリオットは直ちに膨大なる評論の波に飛び込んでいった。ジョージ・セインツベリーの『チャールズ一、二世時代の二流の詩人達』第三巻の出現は、一九二一年における幾つかの出版行事の一つに過ぎなかったが、それはエリオットの心を形而上的なすべてのものに集中させた。エリオットはこの三巻本で、余り知られていない形而上詩人達―キング主教、エドワード・ベンローズ、そしてオーリアン・タウンシェッド―の中に新しい事柄を発見した。四月二二日、彼は、最近『聖林』を書評したジョン・ミドルトン・マリーに「今、コリンズとジョンソンをちらっと見てポープに至るまでの十七世紀の本を心に描いている」と書き送っている（『書簡集』第一巻 四四七頁）。エリオットはアンドルー・マーヴェルの三百年祭の際、三月から十月までの間の『タイムズ文芸付録』に書かれた三つの主な書評のうち最初のものを捧げた。彼は「アンドルー・マーヴェル」の中で、「ダン… あるいはラフォルグのような詩人なら、ほとんど、ある態度、ある感情、もしくはある倫理体系の創始者と考えても良いかも知れぬ」（『批評選集』二九二／二五二頁）と書いたが、彼がこのような試験的な声明をしたとき、ハーバード・グリアソンの包括的な詩選集『十七世紀形而上詩選集』が出版された。この本は、エリオットがこの本の書評である有名な「形而上詩人達」の中で述べているように、エリオットに「一つの理論の短い解説」（『批評選集』二八八／二四八頁）を書かせた。彼はグリアソンの詩選集を「批評の挑発」（『批評選集』二八一／二四一頁）と見なし、このように挑発されて、彼は次のような有名な宣言をした。「感受性の分離は十七世紀にはじまったが、その後、現在に至るまで回復していない。そして、この分離は… 十七世紀のうちで最も有力な二人の詩人ミルトンとドライデンの影響によってひどくなった」（『批評選集』二八八／二四七頁）と。しかしながら、十九世紀のフランスに少しばかりの回復の兆しが認められた。エリオットは「ジュール・ラフォルグとトリスタン・コルビエールは… いかなる現代英詩人よりも『ダン派』に近い… 彼らは思想を感覚に転換し、観察を心の状態に変形するという同一の根本的性質をそなえている」(『批評選集』二九〇/二四九頁)と述べている。

これらの宣言は今までのところ展開されなかったが、エリオットは、三つの形而上的契機—十三世紀のフローレンスのダンテ、十七世紀のロンドンのダン、十九世紀のパリのラフォルグ—に基礎づけられている理論の輪郭を描かなければならなかった。一方、マーク・ヴァン・ドーレンの『ジョン・ドライデン』の出版で、エリオットにあった。暗黙の内に、四番目の契機—二十世紀のロンドンのエリオット—が手近にあると言われている分離に探りを入れざるを得なかった。ドライデンは彼が深く賞賛していた「十八世紀の詩のほとんど最上の全てのものの祖先」(『批評選集』三〇五/二六四頁)である詩人である。このようにエリオットの精神はこれらの形而上的思慮によって支えられていたので、彼がその当時、情緒的に挫折しかかっていたということを思い起こすことは驚くべきことである。一九二一年の十月、エリオットが、彼の主治医に三ヶ月の休養を命じられた後、彼はマーゲートのアルバマール・ホテルに身を隠し、それから、彼が『荒地』を完成したローザンヌ近くの療養所に行った。この不安定な時期に、彼は友達のリチャード・オールディングトンに自分の「意志喪失と情緒的攪乱」(『書簡集』第一巻 四八六頁)についてばかりでなく、キング、ウォラー、デナム、そしてオルダムを発見したことについて手紙を書いた。更にそれ以上に、彼は『タイムズ文芸付録』で、セインツベリ教授を、うわさされているスウィンバーンにある形而上的特質についての生気ある議論に巻き込んだ。『荒地』出版の一ヶ月後の一九二二年の十一月十五日、エリオットは『クライテリオン』編集で、自分の補佐になり、前年、カウリーに関する論文を出版したオールディングトンに再び次のような手紙を書いた。「セインツベリーが収集したものの中で、いくらか苦心してキング主教を研究したことがありますか。キング主教は私には最もすばらしい人の一人に思われ、長い間、彼について短い評論を書きたいと思っていました。また、カウリーについて、あなたは私よりも先に、多分かなり多くのことを知っていると思いますが、そのようなことで思いとどまることなく、彼について何か書きたく思っています」（『書簡集第一巻　五九六—七頁）と。

次の三年間、彼の個人的な困窮が募り、形而上詩を深く考えて行こうとする気力が途絶えてしまった。エリオットのロイド銀行での仕事や、『クライテリオン』の編集、そして妻の慢性病と、そのことで日増しに強く頼られて行くことが、彼自身のしばしば起こる病気の発作と重なって、物理的精神的な犠牲となった。ウルフ一家がエリオットに『タイムズ文芸付録』に掲載された三つの評論を集めて一九二四年十月にホガース出版社で『ジョン・ドライデンを讃えて』として出版するように説得した頃、彼は自分の仕事に関してうんざりし疲労困憊した様相を示していた。「ある弁明」が求められた時、彼はその本の序文で意気消沈した気持ちを書き、そして、彼は諦めて、ここで表された断片的な理論はそれ以来放棄された。

「私の意図は、チャップマンとダンからはじめて、ジョンソンで終わる十七、八世紀の詩について一連の論文を書くことであった。これは…二巻本になったかも知れない…その双書は、スウィフトとポープ同様、オウリアン・タウンシェンドとキング主教、そして『クーパーの丘』と『人間の願望の空しさ』の著者を収めていたであろう。老齢に伴う肉体的衰弱は、浪費が中断させているものを終わらせるようになる　…　私は他の方針を追い求めてこの企てを放棄した。長い間、私は、十七、八世紀の詩は、…　受けのよいロマン主義詩人やそれに続く詩人達の思い上がった韻文にはない優雅さと威厳を持っている、と感じてきた。この主張を説得できるように押し進めてきたなら、私は、この方法で、今では、もはや取り上げたくない政治、教育そして神学を間接的に考慮していたであろう。これら三つの論文は、その欠陥にもかかわらず、また部分的にその欠陥のために、もし、あらわに表現されるなら、直ちに不名誉となり、永遠に忘れ去られてしまうある考えを暗号文で留めているものと思う」[3]と。

しかしながら、エリオットのケンブリッジでの新しい友達、その中でも特にI・A・リチャーズは、『聖林』や『荒地』の著者から病弱についてのどんな弁明も弁解をも受け入れなかったでしょう。一九二〇年にエリオットの『アラ・ヴォス・プレック』を読んで以来、彼の詩を楽しみ友情を暖めてきたリチャーズは、ケンブリッジの新設されたばかりの英文学部の講師になった。その学部は、一九一七年に設立されて、強いて学生たちに伝統的なアングロ・サクソンの言語学上の編集の研究にわたる近代英語のコースを選択させた。リチャーズにとって、エリオットはその学部の「一つの希望」であった。[4]リチャーズは、彼を銀行から引き離してケンブリッジに呼び戻す希望をもって、数回の機会にわたりエリオットに講演を依頼したり、実践批評に関する彼の「外交儀礼」に参加するように要請した。リチャーズは、また学部評議委員会の書記官であるE・M・W・ティリヤードの注意をエリオットの仕事に向けさせた。ティリヤードは『聖林』にかなり感銘を受け、彼のために道を開いて行く手だてとなった人である。彼は「エリオットの慣習にとらわれない観念は、然るべき方法で苛立たせ喜ばせた」と書いた。「これらの観念は新鮮で、人々を煽動させ、そして、煽動させられた人々の幾人かは、その煽動の原因をもっと綿密に観察した」[5]。一九二三年英文学部の講師となったバジル・ウィリーにとって、エリオットは「人類の堕落以前のケンブリッジへ進入してきた多くの人達の一人に過ぎなかった。だが、私は風土上の変化の始まりを、ティリヤードがグラントチェスターの回りを散歩した後に、用心すべきT・S・エリオットと呼ばれる新しい男がいたということに何気なく気づいた日に遡っている」[6]。ティリヤードとウィリーの二人は『ジョン・ドライデンを讃えて』の中の評論が英文学研究に与えた直接的な衝撃を保証したでしょう。そして、一九二四年の十一月、―彼の弁解がましい序文が無視され、彼の妻がパリの療養所に一時的にいた―エリオットはジョージ・チャップマンについて講義するためにケンブリッジに戻った。彼は今や彼を慕う学生を持ち、学部学生の雑誌『グランタ』の編集長は、十一月七日付けで「現代の知識人について最も論じられている者」が来るべきティ・ショップの夕方、ケンブリッジ図書館に現れるでしょう、と記した。

「エリオット氏は『荒地』で悪名高く、それは禁酒法と同じくらいの議論を引き起こした　…　その詩の詩的長所に関する意見の相違のために多くの家庭はバラバラになった。事務局長はもっと大きな構内を手に入れたいと言っているが、まだ手に入れることが出来ないでいる。それ故、会員や来賓は、床に座りたくないなら、時間をきちっと守って来るように忠告されている。(7)」

エリオットのロンドンの友達で知的な敵対者で、現在、アドルフィの編集長であるジョン・ミドルトン・マリーは、たまたま一九二四年から五年にクラーク講演者に選ばれ、その学年度の秋と冬に「キーツとシェイクスピア」に関する十の講演をした。知的な寛大な行為で、ロマンティシズムの弁明者であるマリーは、クラッシズムの弁明者であるエリオットを次の年のクラーク講演者の候補に推薦した。エリオットはひどい病気のヴィヴィアンを看護しながら、二月二十日、マリーに次のように興奮して感謝の手紙を書いた。

「二〇〇ポンドは、今年、世に飛び出そうとしている私の気持ちに莫大な変化をもたらします―そして、その任命は非常に魅力的です。ところで、期間と条件を教えていただけませんか。つまり、講演の主題、トリニティに宿泊でき旅費が支払われるかどうかの費用のこと―そして、その他のこと―必ず冬の期間でなければならないかどうか…あなたが私の名前を提案し、この仕事が希望に満ちていることは、私の人生のまさに最も暗い瞬間に、一条の希望の光を投げかけるでしょう。私が申し出を受け入れることは疑いのないことであると思います」(『書簡集』第二巻)と。

マリーの返事は、思慮深く励みとなるもので、エリオットの暗くされた人生にかなりの光を投げかけた。「あなたがご提案している主題は、もちろん、あなたの方の直感でした」とエリオットは二月二十二日手紙を書いた。「私が切望していることは、もし受け入れられるならば、十七世紀の形而上詩人達(詩人だけでなくケンブリッジ・プラトニスト)を取り上げ、彼らをダンテとその一派(グィード、チノなど)と比較対照することです。これは―主に『仮説』のために―大きな仕事になることでしょう。あなたが言っていることは単に、私はこれをしたいということを私に納得させているだけです」(『書簡集』第二巻)。エリオットは、マリーが本物の友情の行為だと思ったことに対して、彼に非常に感謝した。「他の人々は物や贈物を提供したが、あなた以外のどんな人も、まさに然るべき時に、そういうものを携えて来ることはなかった。これは友情以外の何であろうか」。「マリーの星はエリオットのバラとして、皮肉にも沈んだ」とマリーの伝記作家は書いた。「それというのも、エリオットが来るべき一連のクラーク講演に推賞されたのは、一人のアメリカ人に対する強い反対にもかかわらず、彼自身の力の発揮によるものであったからである」(8)。実際、トリニティ・カレッジの評議会は、最初、その大学の特別研究員であるA・E・ハウスマンを任命したが、彼は慎重にその重責を辞退した。トリニティの指導教官であったジョセフ・トムソン卿へのハウスマンの手紙は一九二五年二月二七日の評議会で次のように読み上げられた。

「もし私が文学に関する六つの講演の準備にまる一年（そして、それはそれより少ないということはないだろう）を捧げたならば、その結果は、満足とは言えないまでも、無駄に費やされた時間への慰みに過ぎないであろう。そして、その年は、不安と意気消沈の年になり、更に一層苛立たしくなるであろう。何故なら、その一年は、綿密で衒学的な学問―そのことでは誰にも負けることがないのが相応しく、そして、その学問は私に喜びを与えてくれるものであるが―を棒に振ることになるであろうからである。この説明が退屈であるなら申し訳ないが、私は、むしろ恩知らずで田舎者のように見えるよりは退屈の方がいい。」

ハウスマンの辞退はエリオットの支持者のために道を開いた。三月六日の来るべき委員会で「一九二五年から二六年の講演者の職はT・S・エリオット氏に与えられることに同意された」（トリニティ）。エリオットは、長引いた流感から回復し、この招聘が如何に論議を巻き起こしたに違いないということを知っていたとしても、この知的な招聘の行為で元気づけられた。ここには、自分の理論を肉付けし、自分の知的生活にとって中心的になった政治的、哲学的、神学的な力との関係で、ダンテからラフォルグまでの形而上的文学の変容を考察する機会と挑戦がある。四月二四日に招集された特別委員会の議事録には「T・S・エリオット氏が講演者に任命され　…　そして講演のために提案された題目が認められた」（トリニティ）と書き記されている。

二

クラーク講演は、ウィリアム・ジョージ・クラーク（一八二一年〜七八年）から年に三〇〇ポンドの遺産の寄付を受けている。クラークはトリニティ・カレッジの特別研究員で一八六八年に『哲学ジャーナル』の創設編集委員となり、彼の旅行記に加えて、グローブ・シェイクスピア（一八六四年）とケンブリッジ・シェイクスピア（一八六三年〜六年）を編集した。学寮評議委員会の長と現委員は二〇〇ポンドの給費を受けることになる講演者達を選挙した。このようにして、クラーク講演は一八八四年の四旬節の期間、『英国人名辞典』の編集者であるレズリー・スティーヴンによって然るべく始められた。スティーヴンは、その年、最初の巻を出版するようせかされたが、文芸批評家として才能がないと悟り、自分自身が講演の仕事を引き受けざるを得ないように思いこまされて、自分の落胆をC・E・ノートンに次のように手紙で書いた。「私は、ガートン・カレッジからやってくる多くの若い女性や二、三の怠惰な学部学生、そして若い皇太子にアディソンやポープについて無駄話をするため週に三度ケンブリッジに行かなければならなく、そのことで、自分自身が笑いものにされていると心から気落ちしている」[10]と。彼の後にはエドモンド・ゴス、そして、エドワード・ダウデン、シドニー・リー、W・P・ケアー、ウォルター・デ・ラ・メール、ラッセルズ・アーバークロンビーを含む一連の著名な学者や作家がいた（付録二参照）[11]。今までたった二人のアメリカ人がクラーク講演に名を連ねた。それは一九〇二年のハーヴァードのバレット・ウェンデル教授、それに、トリニティ・カレッジの大学院生で、ケンブリッジ使徒に選ばれた最初のアメリカ人で、ハーヴァードのラテン語教授、ユニテリアン牧師で米連邦会議委員であった一九〇七年のウィリアム・エヴァレットである。このように、三六歳のアメリカ人の一九二五年の選挙は、ケンブリッジの基準によると、尋常なものではなかった。彼は、銀行員として、編集委員として、そして特別研究証明書を持ち、どんな大学とも提携しない議論好きの詩人としてロンドンに住んでいた。彼の同僚のアメリカの前任者達と共通して、少なくともハーヴァードの人間であった。彼の新しい友達のフランク・モーリーが思い起こしたように「一九二五年になってまでも、エリオットの文学者としての評判は遠くまで広まらなかった。彼の文学的判断は数人の人だけに威厳があった。その幾人かは高い地位にあったが、大抵の場合、エリオットに従った人々は荒削りの人達だった」[12]。

エリオットは二〇〇ポンドの手当のために八ヶ月を費やして、八つの講演を準備した。この手当は四十二年経っても変わらず、評議会が最近決めたように、この講演の終わりに支払われるものである。七月の終わりに、エリオットが自分の理論の歴史的コンテクストを拡げようとしたとき、彼はリチャード・オールディングトンにある不安をもって手紙を書いた。「手紙をくださるとき、私の（英国の）十七世紀詩人に関する講演のため、マリーノ／マリニスム／ゴンゴラ／ゴンゴリズムに関する何らかの文献を提案していただけますか。私の講演はよく裏付けされなければなりませんので」（『書簡集』第二巻）と。オールディングトンの返事はなくなっているが、エリオットは感謝をこめて七月三一日付けで「マリーノについての情報は最も役に立ちます」（『書簡集』第二巻）と手紙を書いている。しかしながら、ティリヤードが十月、その講演の概略を知りたくて手紙を書いたとき、エリオットの講演の内容にはほとんど進展がなかった。驚くことはない。ヴィヴィアンは神経痛やリウマチ、そして帯状疱疹にかかって、夏の間ずっと看てやらなければならなかったのだ。歯や歯茎の痛々しい感染のため、彼は九月に顎の手術を受けざるを得なかった。このときは、フェイバー・アンド・ガイアーの編集委員として新しい地位を引き受けた月であった。彼の新しい本である『詩集、一九〇九〜一九二五年』

は十一月出版のため準備されなければならなかった。『クライテリオン』の将来にわたる難しい交渉は手間取るようになった。彼は十月二六日に謝罪するような形で次のように手紙を書いた。

「私は講演の概略を説明することは出来ません。まだはっきりとした形を取っていないのです。しかし、特に(三つの異なった型の)ダン、クラッショウ、そしてカウリーを取り扱い、マーヴェルには軽く触れるだけにし、ベンローズやクリーヴランドに言及するでしょう。包括的な試みはありません。典型的な人を取り上げるだけです。ウォラーとデナム(『クーパー丘』(原文のまま)に精通することは役に立つことでしょう。カウリーの『恋愛詩集』、クラッショウの『涙する人』、『聖テレサ』もそうでしょうが、ダンからどんな一つの詩を選ぶかということは不可能です」(『書簡集』第二巻)

十日後の十一月五日、エリオットは、オトリーン・モレル令夫人に、ヴィヴィアンがクリスマスまでに田舎に行くように取り計らったという手紙を書いた。「そして、私は、明日の朝、短い航海に出かけます――(あの作業を乗り越えることは全く出来ません)…このケンブリッジの仕事は、春までに私が再びロンドンから抜け出るのを難しくするでしょう」(『書簡集』第二巻)。主治医の忠告で、エリオットは、講演のことは考えず、一、三の本と彼の批評的視点を活気づけた詩と散文の一節の記憶を頼りにして、フランスの南に航海した。彼はアルプス・マリティームのラ・トルビーのサヴォイ・ホテルに落ち着き、太陽の光の下で回復し根気強くクラーク講演に取り組み、クリスマス・イヴ遅くロンドンに戻る前に四つの講演を起草させようと決心した。

エリオットは、メアリー・ペイトン・ラムゼーが『ダンの中世的諸教義主義』の中でダンの感受性は本質的に中世的であると述べたテーマに反論するために、ダンに関する初期の講演を準備していた。彼は、ダンは十六世紀から十七世紀までの過渡期を代表したと主張したでしょう。しかし、最終的に彼に仕事をさせたものは『タイムズ文芸付録』からの予想もしない新刊本、マリオ・プラッツの『英国における十七世紀主義とマリーノ風の詩』の書評をお願いされたことであった。この草分けとなるダンとクラッショウの研究は講演と合体された。そして、エリオットは十一月二十三日、その当時リヴァプール大学の専門講師であったプラッツに、その本に対する自分の意気込みを次のように書き記した。

「私は、冬の期間ケンブリッジのトリニティ・カレッジでお話しすることになっている『英国における十七世紀の形而上詩』に関する幾つかの講演で、あなたの『英国における十七世紀主義とマリーノ風の詩』の本に多く言及するでしょう。私がここで言いたいことは、我々のどんな学者によっても―センツベリー、あるいはグリアソン、またゴスによってすらも―、批評的嗜好と判断、そして学識の広さ（強さ）で、あなたの本と比較出来るものはないということなのです。実際、あなたが幾つかの点で私の先手を打っているということに少しねたみを感じています。それは、ラムゼー女史に関する批評、ダンとグィード・カヴァルカンティの比較と対象、そして、その当時のイエズス会の重要性を力説した点なのです。こういう点は私にも思い浮かんだのですが、あなたが最初に話したのです」と（『書簡集』第二巻）。

フランスのこの慎ましい療養所からどのような覚書も原稿も残されていないが、十二月十一日までに彼はある確信をもってハーバート・リードに自分のテーマを書き始め、語ることが出来た。

「この考えは簡単に言うと、十三世紀―文学形式においてダンテ―を私の目印として取り、それに続く歴史をその統合の崩壊の歴史として取り扱うことである――この崩壊は、知識の増加と、その結果として生じる注意の散漫のために避けられないことであるが、この崩壊と共に多くの望ましくない特徴をもたらしている。崩壊は、世界が別の瞬間に新しい秩序に結晶化させた時、世代の一つの形態として取り扱われ得るものであるが、あらかじめ予知しない現在の歴史家が、その崩壊を部分的に腐敗の歴史として認めなければならないものである。すなわち、十七世紀の詩を十三世紀の視点から考え批評することである。私にはそのような吟味は幾つかの奇妙なものをもたらすように思える。私は成功したという確信からはほど遠い」と(『書簡集』第二巻)。

ロンドンへ戻ってから、エリオットは必要とする本や複製本のために規則的にロンドン図書館に依頼状を送り、仕事をすすめ、そしてそれぞれの講演を発表の日までに修正し続けた。講演が始まった二週間後、彼の友達のメアリー・ハッチンソンから夕食の招待を受けたが、彼はすばやく「来るべき二週間の間、ケンブリッジの講演を終えるまで、夕食の約束を遠慮したい」(『書簡集』第二巻)と説明した。

三

エリオットが一九二六年一月二六日に、最初の講演のためにケンブリッジに到着したとき、彼はトリニティ・カレッジの特別研究員の堂々とした英雄達に出会った。その多くはそれぞれの知的生活で重要な役割を果たしていた。『金枝篇』の著者であるジェイムズ・ジョージ・フレイザー卿、『数学原理』のバートランド・ラッセルと共著したアルフレッド・ノース・ホワイトヘッド、エリオットが『スウィニー・アゴニスティーズ』

を書いていたとき、集中的に研究した『アテネ悲劇の起源』の著者であるフランシス・コンフォード、後ほどエリオットをリトル・ギディングまで付き添った著名なパスカルの研究者であるフレザー・ステュワート師、詩人で古典学者であるA・E・ハウスマン、哲学者のG・E・ムアー等。ハウスマンは全ての講演を聞くために前の列に座った。そして、彼の同僚のすぐれた人達が出席していたという証拠はないけれども、英文科の若い指導教官達は、そこで講演の幾つか、あるいはすべてを、同盟して支援していた。彼らはリチャーズ、ティリヤード、ウィリー、H・S（スタンリー）・ベネットとその妻であるジョアン・ベネット、マンスフィールド・フォーブス、オーブリー・アトウォター、そして、前年の秋、エマニュエル・カレッジの教授団に加わったF・R・リーヴィスであった。エリオットがリチャーズに三回目の講演が終わった朝に会ってほしいとお願いしたとき、彼は、『ニュー・ステイトメント』にエリオットの『詩集、一九〇九～九二五年』の書評を書いていたが、二月八日の手紙に「ともかく、私はあなたの講演全てに行きます」[13]と書いた。幸運にも、彼は、次の週、マグダレイン・カレッジの特別研究員に選ばれて、エリオットが英文科の全ての人と会うように取り計らうことを熱望していた。二月十五日、リチャーズはエリオットに四回目の講演が終わった後に自分の部屋を訪れるようにお願いした。「私はあなたにマーガレット・ガーディナーに会って貰いたい。彼女は知的で魅力的である上、詩において非常にすばらしい天性の判断力を持っているものと思います……後で、あなたは英文学の講演者（教授団の人達）の他の人達に会うべきです。たとえばティリヤード、アトウォター、フォーブスなど。フォーブスは面白く、他の人達はたれ気味である。しかし、フォーブスは、今、非常に忙しい」（四二頁）

エリオットの中傷者達は、新しくキャサリン・カレッジに任命されたT・R・ヘンとルーカスに代表される。ヘンは、後で「エリオットの大抵の作品が俗悪で、それも厳めしく、学識ぶった文体で覆われてから一層ひどくなったことに」[14]関して講演することになった。ルーカスは、特別研究員でキングズ・カレッジの司書で、形而上詩人と現代詩人に関する評論集『死者と生者の著者』（一九二六年）を出版した。ティリヤード[15]が書いていることだが、T・E・B・ハワースが「ルカースはエリオットの作品を図書館のために購入させさえしないだろう」[16]と確認するくらいルーカスはエリオットに「正面切って敵対」した。エリオットは、三回目の講演が終わってから、オールディングトンに、その講演は「私にとって全く退屈するものではありませんが、私は観客の代弁をすることが出来ません」（『書簡集』第二巻）と手紙を書いた。しかし、ルーカスは、エリオットは「知性を全て捨てて、やる気をなくした」と宣言しながら、その晩、すぐにヴァージニア・ウルフに観客の代弁をしようとした。ウルフは、ルーカスを「骨ばった薔薇のような小さなきびしい司祭」と述べ、その晩、自分の日記に次のように書いた。「トムは講演をしているのであって、ケンブリッジで良い印象を作り上げているのではないと思う。彼は、若い人達に、秘かに、パリで魚をどう料理するのか教えています。彼のべらぼうな自意識だとも思う」[17]と。

エリオットは、実際、火曜日の午後の講演に続く水曜日の朝のコーヒー・サークルで、学部学生と学寮で料理された魚の欠点を論じたかもしれない。なおその上に、学部学生は、先輩格の特別研究委員やケンブリッジの新聞よりももっとエリオットに注目した。『ケンブリッジ・ユニヴァーシティ・レポーター』は、大学礼服が必要とされる講演の実態と日付を忠実に記したのに、『ケンブリッジ・レビュー』―ケンブリッジの知的行事の分別ある記録であるが―は、そのことに言及しなかった。しかしながら、最初の講演の後、『グランタ』の学生編集委員は、あてこすりの浮かれ騒ぎで、女子寮の人達が、後の小さな結構な場所を後にして、男子学部学生の所に、早くに、そして圧倒するような力で、出ていったことを次のように記した。

「ニューナムとガートンの二つのカレッジの人達全ては、かなり少人数の学監と学部学生、そして文学士の人達と一緒に、T・S・エリオット氏のクラーク講演を聞くためにトリニティ・カレッジに集まった……ホールは一杯で、学部学生たちは後ろのそのあたりのテーブルの上に座り、一生懸命に自分達の耳に達するかすかな声をメモしていた。次の週、我々は少なくとも十五分早く来なければならないでしょう」(18)

水曜日の朝のコーヒー・サークルは、朝食の後、エリオットに会うために招待された学部学生のために、学寮によって特別に調えられた。しかしながら、ほかならぬこの朝に、六人の有望な学生が彼と朝食を共にするために選ばれた。この中にはキングズ・カレッジの奨学生で、貴重な編集者であるジョン・ディーヴィ・ヘイウォードが含まれていた。彼の手になる『ジョン・ウイルコット作品選集』、『ローチェスター卿』はナンサッチ出版社からその年遅く出版された。実際、ヘイウォードはその前の秋、エリオットを招いて反対を唱える人達に講演してもらいたかったが、うまく行かなかったことを手紙で書いた。彼は筋ジストロフィーにかかっていたけれども、その当時、彼はゴムが先についている杖で歩き回っていた。彼は、学識と冷やかし、そしてパロディーが入り交じっていることで知られ、多くの学部学生活動には声楽の方で関わっていた。彼の学寮の伝記作者は次のように書いている。「彼はすばらしい低音で、音楽同好会と一緒に歌っていた。劇場で、舞台裏で、彼は、ケンブリッジで今まで聞かれたことのない身の毛がよだつようなグラン・ギニョール風の叫び声をあげながら、拷問にかけられている囚人の一団の役を演じた。そして、今でも多くの人たちは、一九二六年の創立者記念日の後、彼が閲覧室で配ったラブレー風の機知によって活気づけられたすばらしいパンフレットをおぼえている」(19)と。その後の十年、彼はエリオットの親しい友達になり、戦後、ロンドンのアパートで一緒に暮らし、そして皮肉にも、結果的に、クラーク講演のタイプ原稿受取人となった。T・S・マシューズは次のように詳述している。「この早朝の会合で、すべての人は、余りにも引っ込みがちになってしまったので、まる一分間というもの、誰も口を開かなかった。とうとう、ヘイウォードが口火を切った。『エリオットさん、プルーストの最終巻をお読みになりましたか』と聞いた。エリオットは『残念ながら、まだ読んでいません』と答えた。また沈黙。これは特記すべき友情の始まりであった」[20]と。

その朝食に居合わせたもう一人の学部学生は、I・A・リチャーズの指導のもとにいるマグダレン・カレッジの一年生であるウィリアム・エンプソンで、彼は次のようなやり取りを回想した。「こうした畏怖すべき集まりの最初に、誰かが彼にプルーストをどう思うか、と質問した。『まだ読んでいません』というのが考え抜いた返答だった。会話がどのように始められたのか推測を越えているが、誰もその控えめな答えの真相を探ろうとしなかった。それは、むしろ、この力強い性格の印象的な特質のように感じられた。」エンプソンは明らかにその対話を間違って聞いたか、あるいは間違って記憶していた。エリオットはプルーストの「最後の巻」を読まなかったかも知れないが、彼は、確かに、ケンブリッジ訪問の前に、初期の作品を読み、その印象を持っていた。エンプソンが、次の週にそのサークルに戻ったとき、新しい会員がうっかりして、エリオットに「スコット＝モンクリーフによるプルーストの訳をどう思うか」と問いただし、「そして、エリオットはその作品に対して非常に重厚な、どちらかというと長い賛辞を送った……我々は、彼がかつて言ったことと全く矛盾していることよりも、物静かな巨匠からのかなりの饒舌に驚いた」[21]。四十年後、エンプソンが、エリオットの講演を覚えておくように依頼したセイント・ジョン・カレッジの特別研究員で同僚でもあるジョージ・ワトソンに、実際、自分がその講演のどんなものにも出席しなかったのは「学部時代、彼はどんな講義にも出席しなかったという単純で十分な理由からである」ということを打ち明けた。「しかし、彼はコーヒー・サークルに行き、初めてそこでエリオットに会い、エリオットが質問や議論に真剣に耳を傾け、熱心に答えたことに、生涯の終わりまで感銘させられた」[22]。

第六講演に続くコーヒー・サークルで、エンプソンはまた、シェリーの「ひばりへ」と『ヘラス』のコーラスに見られる彼の不注意なイメジの使い方に関するエリオットの議論によく耳を傾けた。四年後、注意深いエンプソンは『曖昧七つの型』（一九三〇年）でこの議論を再び取り上げた。曖昧の五番目の型—「たとえば、直喩が正確にどのようなものにも当てはまらず、二つのものの間の中間にあって作家が一方から他方へ動くとき」—を例証するために、エンプソンは「ひばりへ」の第五スタンザへ戻った。「このスタンザに関して、エリオットは議論をはじめた。私が記憶していたよりもっと大切な点がもたらされたように思われた。[23]」

Keen as are the arrows
　Of that silver sphere
Whose intense lamp narrows
　In the white dawn clear,
Until we hardly see, we feel that it is there.

あの白銀の天球の
矢のように汝は鋭い

その強烈な天体は
白く澄んだ夜明けに薄らぎ、
ほとんど見えなくなるが、ありありと感じられる。

「エリオット氏はその天球は何であるか分からないと述べた」。エンプソンは、曖昧についての彼自身の分析を始めたとき、このことを思い起こした。そして、エリオットは「シェリーは」その詩（一五七頁）の夜と昼を「混同したと言って不満を表明した」。それ以上に、『ヘラス』の合唱からの数行（「大地は蛇のようにいま／古びた冬の衣を新しいものと取り替える」）を指摘しながら、「エリオット氏は、蛇はその脱ぎ捨てた皮を新しいものと取り替えないし、また冬の終わりに皮を脱ぎ捨てることもしない、十七世紀の詩人ならばこういう点について自分の考えていることをもっとわきまえていたであろうと言った」（一五九頁）。エンプソンは、シェリーの「悪い博物学」を正当化しようとして、「エリオット氏がその時言っていたことに心から全面的に賛成である…一見、単純に見える抒情的な流れを妨げているこの観念の混乱は、説明できるだろうが、だからといって正当化されるわけではない。明らかに、この型の曖昧およびこの次に論ずる曖昧も、もしすすんで求めるとすれば、非常に悪い詩の弁護をし、そこから喜びを引き出すことになりかねない」（一六〇頁）。このようにエリオットは、コーヒーの出会いの時、我知らず、自分の批評的想像力をリチャーズの恐れを知らない学生に刻印した。

しかしながら、T・R・ヘンは、「その講演は（a）低い声のために聞き取りにくく、（b）耳を傾けるには極端に単純で（c）若い人たちの気質には余りにもこじつけの（難解な）ものである」ということを思い出しながら、ジョージ・ワトソンに「エリオットはどんな技巧も持ち合わせていない講師だった」と手紙を書いた。ジャーン・ベネットはその講演は「大勢の聴衆で始まり、だいたい第三講演の頃までには減っていた。その講演は聞き難く、そして、どちらかというと理解して行くのに難しかった。スタンリーは、エリオットは中世ラテンからのかなりの引用を記憶していると考えている。」ヘンはまた「エリオットは中世ラテン詩の長い数節を読み歌った」ことを記憶しているように思われた。[24] 中世ラテン詩の長い数節の記憶は、四十年後、この講演に結構役立った。というのは第三講演で、エリオットは、実際、―「幾分イタリア語化されたラテン語」で申し訳ないとお詫びしながら―ミーニュの『教父全集』にある聖ヴィクトールのリチャードから、そしてアクィナスの『神学大全』からの実質的な一節を読んだからである。エリオットの一月の講演は、大きな、寒い、音響効果のないホールでは聞き取りにくかったかも知れないが、彼の難解な言及とラテン語の引用は、面白い意見や個人的なやりこみでバランスがとれた。その対象となったのは、歴史的対照のために現代の的として役立っているD・H・ロレンス、H・G・ウェルズ、ジョン・ミドルトン・マリー、I・A・リチャーズ、リットン・ストレッチェイ、バートランド・ラッセル、フランク・ハリスやその他の人達であった。

聴衆の中のエリオットの支持者の間に、彼の兄であるヘンリー・ウェアー・エリオットや彼の義姉で芸術家であるテレサ・ガレット・エリオットがいた。彼女は、五ヶ月間の新婚旅行のはじめをイングランド、フランス、そしてイタリアで過ごし、二月遅くやって来た。三月九日のエリオットの最終講演に、テレサは自分の席から、エリオットが、ホールの後ろにある肖像画や羽目板の前で原稿を読み上げている姿をスケッチした（この本の口絵）。ヘンリーはその絵の裏にエリオットがA・E・ハウスマンに紹介されたこと、そしてエリオットの右肩越しに見えるもっと小さく見える絵はワットのテニスンの肖像であったことを書き留めた。トリニティの図書館司書であるデイヴィッド・マックキテリックはその絵に次のように書いている。

「それはエリオットが、出窓を彼の左側にして演壇の東側のホールで、ホールを見下ろしながら立っているのを表している。前景にいるガウンを着た人物の一人は、普通の食卓の一つに彼の肘をかけている。その食卓はみんなが出来るだけくつろげるように彼らの側のベンチと一緒に整頓されていた。前にある椅子はむしろ少なかった。そのような配列は、特殊講義の部屋が作られる以前の人文科学の大抵の講演としては、もちろん、全く普通であった。」

テレサは後にその絵の原画（ホートン）に、その晩の夕食「ハウスマンはT・S・エリオットの名誉となる主賓の食卓に座った」ことを記した。講演が終わって数週間後、エリオットはローマで新婚旅行をしている二人連れに加わった。テレサが後であかしたところによると、エリオットはここで、聖ペテロ寺院のピエタ像で跪いたということである。それは差し迫った改宗への最初の印であった。[25]

ケンブリッジで講演が進んでいる間、エリオットの新しい友達で雇い主でもあったジェフリー・フェイバーは、彼にこの講演を一冊の本にする手だてを与えようと望んで、彼をオックスフォードのオール・ソールズ・カレッジのリサーチ・フェローとして推薦した。エリオットはその資料としてエリザベス朝文学に関する評論をオール・ソールズに提出したが、彼の選考を運命づけたのは、彼の一冊の本『詩集、一九〇九〜一九二五年』であった。その当時、ジュニア・フェローでシェイクスピア研究家であったA・L・ローズは次のように書いた。「私はこの学寮で彼の詩集の一冊を持っている唯一の人間である。私は全く分別を持っていなかった。さもなければ、それを隠したり、燃やしたりしたでしょう。それというのも、誰かがそれを貸して欲しいとお願いし、そしてスコットランドの教授達が『荒地』の幾つかの挿話（たとえば、三章のタイピストのお茶の時間）や『蜜月の旅』…を読んだとき、彼らはあきれ返ったからである」[26]。ローズはその本との出会いの経緯をあらわにすることは出来なかったけれども、彼は、その詩集を「運命的に」所有していたことが、エリオットが選考されなかったことに責任があったと、常に感じた。この挿話はエリオットの記憶に永久に刻印されたので、それは一九六一年フェイバーに対する次のような賛辞の主要な逸話となった。

「学寮に対するフェイバーの熱烈な献身に気づいている人達だけが、彼が私にどんな偉大な誉れを与えようと欲し、そしてどんな寛大な感情が彼を鼓舞したかを理解するでしょう。それは卓越性であり、それに対する私の資格は私自身に対しても学寮の何れに対してもはっきりしなかった。私が幸せな気持ちで言えることは、学寮が学識のない会員を選んだ不名誉を免れ、また、私が自分にはない学識を装い、いたずらにエネルギーを費やしなかったことです。」[27]

フェローシップの損失は、明らかにエリオットの予定された修正に影響を与えた―何らかの修正があるとしても、それは、講演が終わった後、現実になされなかった。その講演は、一九二六年までに、エリオットの原稿から、カーボンでタイプされきれいな原稿にされた―エリオットは以前したように、専門家のタイピストを雇ったということは有り得ることであるが、多分、フェイバー・アンド・ガイヤーの彼の秘書であるアイアリーン・P・ファセット嬢によってタイプされた。彼が講演で読んだもともとの原稿は、その時、捨てられたらしい。それから、エリオットは、別の紙にファセットの事務所のタイプライターでタイプされたエピグラフと序文を、それらが穴が開けられた長い金属の締め金の付いたフォルダーで閉じられる前に、表とカーボン・コピーの両方に付け加えた。フォルダーの外形は、結局、表題の頁の錆びた印で刻印されている。エリオットは、習慣になっているように、そのカーボンを自分の母に送り保管してもらった。エピグラフの頁は、批評してもらうために選ばれた友達や研究者達に回し読みされた時に、表のコピーから見えなくなっている。

四

エリオットがハーバート・リードに自分の最初の読者の一人になってほしいとお願いしたのは当然の成り行きに過ぎなかった。その時、ヴィクトリア・アルバート博物館の補助保管人であったリードは、F・S・フリント、フランク・モーリーやボナミ・ドブレーがいる『クライテリオン』の「常連」のグループの中で、エリオットの最も近しい忠告者で親友の一人になった。リード彼自身は形而上詩に強烈に興味を持ち、エリオットの「形而上詩人達」が現れた後、彼は『クライテリオン』のために自分自身の評論を書こうと提案した。エリオットはリードの二頁の概略（ヴィクトリア）に関しておびただしい質問と提案をし、一九二三年四月号にリードの「形而上詩の本質」という完全にされた評論を出版した。リードは、知的な味方として、また知的な支持者として、一九二六年二月二日のエリオットの第二講演を聴くためにケンブリッジに行った。そして、彼が後で、注釈のために完全な清書を受け取ったとき、余白に自由に鉛筆でコメントや修正をした。リードがその講演についてエリオットに手紙を書かなかったのは、彼が後で指摘していたように、一九二六年から「我々は、文通がまばらになるくらい、お互いしばしば会っていたからである」[28]。しかしながら、彼らの現存している手紙があらわにしているものは、エリオットは、書き直しで悩んでいたとき、絶えずリードと話をしていたということである。リードの評論が、彼の『理性とロマンティシズム』（フェイバー・アンド・ガイヤー、一九二六年）の中で再びリプリントされた後の一九二七年一月十八日に、エリオットは「形而上詩の本質」を——「（自分自身のいやな目的のために）注意深く」（『書簡集』第三巻）——再読し、そして、今後、我々が会うとき、幾つかの点で話をしたいと言うために手紙を書いた。それは、特に「ダンやチャップマンの両方に見られる哲学的精神は…スペインやフランスのすぐ前の先人というよりは、ダンテや初期イタリアの詩人達から直接に由来している」（四四頁）という彼の主張の証拠についてであった。リードが自分の立場に固執したとき、エリオットは一月二八日付けで自分の確信を再確認するために次のような手紙を書いた。「ダンとチャップマンは確かにスペインともっと関係があるが、（クラッショウと対照して）私は彼らがグィドー家やチノなどに、そしてダンテ彼自身について知識があると同時に彼らに共感を持っていると言うことに異議を唱えます。私が目下のところ悩んでいるのは、ダンやチャップマン、そしてシェイクスピアの中に見られるまさにこの『哲学的精神』なのです」（『書簡集』第三巻）。

タイプライターで打った原稿が友達の間で回し読まれたとき、エリオットは、それはまた、自分が最も賞賛した学者にも読んでほしいと心に決めた。六月二一日、彼は、その原稿について意見を言ってくれると約束したグリアソン教授に、今読んでいる人が原稿を送り返したなら、すぐそれを送りますと、次のように気遣いながら手紙を書いた。「同時に、私が恐れていると強く言わなければならないのは、あなたが現在の形での私の原稿を吟味することです。それは講演されたときの講演で、そのほとんどがかなり難しい境遇で書かれました。

それは、実体化されない言説と証明されない言及といった軽率な一般化で満ちています。私の知識には、埋められるべき大きな断絶があります。そして、文体はひどいものです」(『書簡集』第二巻)と。グリアソンのコメントは残存していなく、エリオットの仲間の予想される読者 ― オールディングトン、フェイバー、モーリー、フリント、そしてドブレー[29] ― が、彼との時折の出会いで口頭で答えたであろうコメントも残っていない。しかしながら、エリオットの最も注意深い読者はマリオ・プラッツであった。

エリオットは、その原稿をリヴァプール大学のプラッツに送ったのは一九二七年の一月中旬になってからである。プラッツは、一月三一日にその講演についてエリオットに手紙を書くのに、それを読んだり、それについてのノートを取るのに四、五日かかった。彼の主な関心は、エリオットが知性の崩壊に関する自分の理論を十分詳しく力強く例証することが出来るかどうかと言うことであった。プラッツは、序文からエリオットが彼自身、その問題について十分気づいていたということを述べながら、エリオットは彼の幾つかの解釈、歴史的主張、そして、特に、彼がレミ・デ・グールモンをダンテとプロヴァンス文学に関する権威として使っている「受け売りの権威」を再考するように提案した。エリオットの詩の熱心な賞賛者であるプラッツが、第五、第七、そして第八講演を最も賞賛したのは、主に「それらの講演は、そのような理論についての興味は別にして、あなた自身の韻文に光を投げかけている」という理由からである。プラッツは、私は一般に「知性の崩壊」と題され、その序文で『ダン派』、『エリザベス朝演劇』、そして『ベンの継承者』で構成されている三部作全部の作品を読むのを心待ちにしている、と言って次のように彼の意見を締め括った。

「それは小説のように読め、もし、そのように読めるなら、多分、そのためにはますます良い批評の本でしょう。歴史は、結局、誰かが言ったように、常にその当時の歴史で、そして、あなたが本を書く際、あなた自身の精神の歴史を書くでしょう。そして、あなたの精神は、ダン、クラッショウ、そして亡くなった全ての名士以上に私に興味を持たせるのではないかと思います」（私家集、ヴァレリー・エリオット夫人、ロンドン）と。[30]

プラッツは、二月九日、講演をするためロンドンにやってきたとき、エリオットの秘書に送られた講演の原稿を手渡した。エリオットは、昼食をしながら、その講演についてプラッツと話したかったが、プラッツは、自分がロンドンにいることを忘れて、他の人との約束事でエリオットの事務所を出ていった。エリオットは手紙を書いて、彼がいなくなって寂しくなった気持ちを表し、また、彼がコメントしてくれたことに感謝した。しかし、エリオットは明らかにプラッツの批評で幾分気落ちし、そして、今では見失われた手紙の中で、私の全部の三部作が適切に研究され、そして書かれるのに数年間かかるでしょうと返事した。プラッツは、「いつものように、大げさに」なってしまった軽率な手紙に謝罪して、自分の衒学的な調子を変え、エリオットにその講演を少しばかり修正してすぐに出版するように激励の返事を書いた。

「もし私があなたであるなら、私は出来るだけ早くその講演を出版するでしょう。そのことは、後から続いて起こるかも知れない議論を通して、その主題に関してあなたの思考の展開に大いに役立つでしょう。しかし、もちろん、もしあなたが長くそのことを考えるなら、そのことでうんざりするでしょう。その上、あなたは大英博物館で仕事をするより、もっと大切ななすべきことがあります」（私家集、ヴァレリー・エリオット夫人、ロンドン）。

プラッツは、実際、見掛けよりエリオットの理論に興味を持ち、そして、彼は、エリオットがひそかに英国国教会の洗礼と堅信礼の準備をしていることに気づかず、講演の原稿を修正する際、エリオットにとって役立つであろう資料を探し始めた。[31] 三月八日、彼は、エリオットに、あなたは有名なイタリアの批評家であるフランシスコ・デ・サンクティス(一八一七〜八三)の『ペトラルカに関する賢明な批評家』(新版、一九二一年)の中で、あなたの見解を「かなりの支持」するのを見出だすでしょうということを伝えるために手紙を書き、ダンと他の形而上詩人たちに関する推薦本と論文のリストを付け加えた(キングス)。彼らはこれ以上そのことに関して文通をしなかったが、プラッツはその仕事を心待ちにし、それを自分の評論の中で言及し続けた。「ダンと彼の時代の詩」(一九三一年)で、プラッツはエリオットの第三講演の形而上詩の定義を引用し、議論したばかりでなく、その講演の全体にわたる重要性を指摘した。エリオットは「ヨーロッパ詩の三つの形而上の時期、つまり、中世、バロック、そしてジュール・ラフォルグが主な代表者としてあげられている現代について話した」[32]とプラッツは書いた。プラッツはその講演について注意深いメモをとり、彼がエリオットの批評にますます興味を持ち「T・S・エリオットとダンテ」(一九三七年)を書くようになった時、彼はこれらのメモにもう一度立ち戻り、エリオットの見解についての次のように彼の議論を例証した。

「エリオットの(まだ出版されていない)第八講演で、彼は形而上詩を『思考によってだけ普通に把握されるものは感情の把握の範囲内にもたらされるものである、あるいは普通にただ感じられるものは、感じていることを止めることなく思考に変形されるものである』と定義した。第七講演でエリオットはダンテとダンの相違を強調し、その相違を、私自身『英国における十七世紀主義とマリーノ風の詩』の中で定義しようとした」[33]と。

プラッツは、クラーク講演を最初に批評してから数年して、エリオットをしばしばダンテとダンに関する重要な第一級の権威者と認めた。

ハーバード・リードは余白に二、三のコメントを鉛筆書きしたが、エリオット彼自身は、タイプライターで打った原稿に書いてあるリードの読者の提案に注目しなかった。しかしながら、ある時、彼は自分で企画したその本の増補の概略を鉛筆書きした（五九二頁—三頁参照）。これは第二講演と第三講演を合わせて一章にしているのを含めている。第五章の可能な拡張、「（ダンとエリザベス朝演劇との関係／チャップマン）」、クラッショウとカウリーに関する章の間に割り込ませた新しい章の追加、「ジョージ・ハーバート／ヴォーンとトラハーン」、そして付録、「極端なるコンシート化、クリーヴランドとベンローズ」。実際、これらの付録のどのようなものにも着手されなかったが、エリオットは絶えずこれらの主題に関する自分の考えを書評や評論、そして放送で表そうとする機会を捉えた。それは、彼がヴォーンを「いくつかの点で、ダンの系譜を引くすべての人達の中で、最も独創的で難しく」、そして「実際、我々すべての形而上詩人達の中で最も多様性に富んでいる」と述べたときと同じであった。(34)

五

エリオットは形式的には、一九二八年の十一月二十日出版された『ランスロット・アンドルーズのために』の序文で『ダン派』を準備していることを公言したが、その時までに野心的な三部作の別な表題が『王党主義の輪郭』と『現代異神の原理』にとって代わられていた。決して出版されることがなかった新しい表題は彼の改宗後の興味と野心の推移を反映し、彼の新しい評論の背後にある視点が「文学においては古典主義、政治においては王党主義、宗教においてはアングロ・カトリック」であるという彼の宣言と密接に結びついていた（『ランスロット・アンドルーズのために』）。最初に伝えられた本は、最後に考えられた『ベンの継承者』で、この本はクラーク講演の序文で初めて言及されたもので、「ヒューマニズムの展開、それとアングリカン思想との関係、そしてホッブズとハイドの出現」を扱おうとしていた。彼の変わることのないその主題への興味は「フッカー、ホッブズ、そして他の人達」（『タイムズ文芸付録』一九二六年十一月十一日）と『ブラムホール大主教』（『神学』一九二七年七月）で再び浮上したが、提出された表題は再び言及されることはなかった。

エリザベス朝演劇に関する本は手放すのに最も難しい本に違いがなかった。それは、彼がジョン・ミドルトン・マリーに自分の計画は「エリザベス朝一巻」をも含むものであると話した一九二三年以来、彼の心の中では『ダン派』と結びついていたからである（『書簡集』第一巻）。彼の「四人のエリザベス朝劇作家達」が一九二四年『クライテリオン』に表れたとき、それは戦略的に来るべきもっと大きな本を見越して「序論」と副題が付けられた。しかし、クラーク講演の二年後、ティリヤードがそのような本について問いただしたとき、エリオットの動機付けが説明されなかった。エリオットは一九二八年三月二二日ティリヤードに次のような手紙を書いた。「私は年をとれば取るほど、それだけ自分自身、無知であることを感じるけれども、エリザベス朝演劇に関する批評をしばしば書こうと思いついたことは本当である。もし、あなたが気づいているギャップを埋めるために、そのような本がどのような形態を取ったらいいのかに関して何らかの提案をして下さるなら、あなたの提案は非常に有益であるかも知れない」（『書簡集』第二巻）と。エリオットが『批評選集』（一九三二年）に「四人のエリザベス朝劇作家達」を入れたとき、その副題は「未完の書物への序論」と果てしなく広げられた。プラッツのクラーク講演についてのややすぼんだ批評の後、エリオットは、自分の生活様式と執筆様式は贅沢を支えることも出来なければ、そのような本が要求した余すところがない学究生活の重荷を支えることも出来なかったということを徐々に理解したように思える。釈明的な評論は彼の批評的長所を留めることになった。

エリオットは徐々に『ダン派』の出版をあきらめて行った。それが一九二九年の彼の備忘録になおもあったということは、五月二一日付けのI・A・リチャーズへの彼の手紙の中ではっきりしている。その手紙は、ダンテに関する彼の評論の原稿に見られる、ある意見の詩と信念に及ぼす影響に関するものであった。つまり「唯一の他の影響は、これらの意見をダンテとの関係で述べることは、私のダンについての形態を変え、思うに、改良するであろうということである。」[35] しかしながら、彼は、『ダン派』の本への熱い思いの勢いがなくなり始めたということを鋭敏に気づいていた。ハーバート・リードを一九二九年のクラーク講演者として首尾良く推薦した後の八月二二日、エリオットはリードに括弧付きの警告を送った。（そして、私の緩慢な轍を踏むな。講演が終わったならすぐそれを本にする準備をしなさい。さもなければ、遅れてしまい決断が鈍ってしまうでしょう（『書簡集』第二巻）。一九三〇年の春までエリオットの確信は急速に衰えて行った。これは英国放送協会の十七世紀についての詩に関する連続六つの放送番組の資料を引き出すために、エリオットがクラーク講演に割り込んでいることで証明される。[36]『ダン派』の本に対するエネルギーは、また他の仕事への細部にわたる注意で吸い上げられてしまった。ジョン・ヘイウォードは、ナンサッチ出版から出るダンの『全詩集と散文集』版を完成させる際、その準備にエリオットに手伝ってもらったことに対して彼に「短い感謝の賛辞」を書いた。次の年、エリオットの詩と批評によって鼓舞された若いアメリカの学者であるジョージ・ウィリアムソンは

『ダンの伝統、ダンからカウリーの詩までの英詩の研究』の中でエリオットの考えの幾つかを横取りした。ウィリアムソンはまたエリオットに負うていることにすばやく敬意を表し次のように述べた。「『形而上詩人達』についての彼の批評的考えは私自身を非常に影響したので、私はただ彼に対する深い恩義をいつまでも表すだけである。私はまたエリオットが親切にも原稿にある私の本のある部分を読んだことに対して感謝している」(37)と。かくして、エリオットが「我々の時代のダン」(一九三一年)を書くようになったとき、彼は形而上詩のうねりが通り過ぎたことを感じ次のように述べている。「私がダンに関するいくつかの講演をした一九二六年までに、そのテーマは、既に人気があり、大方の話題になっていたことを知っている。そして、一九三一年には、そのテーマが十分に論じ尽くされていたので、これらの講演を一冊の本にするのは妥当ではないように思われた」(38)と。彼は、ハーヴァードの学年時にチャールズ・エリオット・ノートン詩学教授として一九三二年九月に渡米したとき、多分、その講演を修正しようとする新たな意図でそれを取り上げた。アメリカの大学で多くの講演をするように迫られて、彼は八つの講演を短縮し部分的に修正して「形而上詩の多様性」と題された三つの講演にして一九三三年一月ジョンズ・ホプキンズ大学でターンブル講演として行った。彼がロンドンに帰ってきて、クラーク講演は再び棚上げにされた。一方、カーボン・コピーは人手に渡った。

六

ノートン記念講演教授としてのエリオットの任命は、一九三一年の十二月十五日公表された。ニューヨークに住んでいたヘンリー・ウェアー・エリオットは弟の到着を見越して、一九三二年四月十七日、従兄弟であるヘンリー（ハリー）・エリオット・スコットに、『クライテリオン』の現在までの全集をハーヴァードのエリオット・ハウスに寄付することを申し出、次のような手紙を書いた。「私はまた、私の母、シャーロット・C・エリオットを記念してその全集を与えたい。もし母が長生きしてケンブリッジでの彼の滞在と彼の任命によって与えられた名誉を喜ぶことが出来たなら、非常に幸せであったあったろう」[39]（ホートン）と。一九二九年九月に彼女が死んで、エリオットの作品を集めた彼女のコレクション―クラーク講演のカーボン・コピーを含んでいる―はヘンリーに渡った。彼はそれらを自分自身のコレクションにし、詳しいすべての追加事項のカタログを保管した。[40]一九三二年の四月二二日、エリオット・ハウスの支配人であるロジャー・B・メリマンはヘンリーに手紙を書いて、その図書館は「あなたがそこに収めたいと思っている弟の作品全てを所有して誇りとしているでしょう」（ホートン）と書いた。四月二七日、ヘンリーは自分の初めての寄贈物をエリオット・ハウスに送った。それは、『クライテリオン』の四四巻、『聖林』の第二版、エリオットが序文を書いた母の『サヴォナローラ』一冊、「プルーフロック」が初めて掲載された『ポエトリー』の一九一五年の六月号のチョーサーに関するエリオットの大学時代のコピー、そして『ジョン・ドライデンを讃えて』と『ランスロット・アンドルーズのために』の本である。エリオット彼自身が一九三二年から三年までエリオット・ハウスに住んでいる間、そして、その後も、彼は自分の作品に署名されたコピーを図書館に寄贈し始めたが、ヘンリーは、ピーボディ博物館で人類学の研究員になるため一九三六年にニューヨークからケンブリッジに引っ越してからは、自分のコレクションからそれ以上の寄贈はしなかった。

一九三六年の十一月遅く、ヘンリーが新しい立場に落ち着いた後、彼はクラーク講演のカーボン・コピーと他の項目をエリオット・ハウスの図書館司書、J・マックジー・ボトコルに送ったが、数日間の内に、彼は、その資料の無許可の使用に不安を感じた。十二月五日、彼はこの弟にコピーの新しい場所について手紙を書き、更にボトコルに何らかの制限をもうけるような手紙を書くように勧めた。(41) 十二月十五日、エリオットが機会を捉えて返答する前、ヘンリーはボトコル彼自身に次のような手紙を書いた。「私があなたに注意してもらいたいと思ったことは、T・S・エリオットのコレクションの中にあるかも知れない未完のすべての原稿を読む機会を持つどんな人にも、T・S・エリオット彼自身からの最初の許しを得ることなく出版のために抜粋させないようにすることです。これは特に『十七世紀の形而上詩』と題された彼の一連のケンブリッジ(イングランド)講演に当てはまります」(ホートン)。ヘンリーのその講演に関する心配は十二月三十日にエリオットの彼への返事の中で確証された。その講演を十年間考えた後、エリオットは、プラッツが予想した通り、もはや自分の講演を出版する気持ちがなくなった。

「私はトリニティで行った講演の一通のコピーを持っています。私は、あなたが提案しているように、その講演から引用してもよいとボトコルに手紙を書くでしょう。私はボルティモアで講演したとき、その資料の幾つかを使いました(が、それもまた出版されませんでした)。私はいつかその講演が出版されることを望みません。その講演はもったいぶったもので、そして未熟です。その講演の一つであるカウリーに関するものを、私は、グリアソンへの評論に関する献呈本の中で、修正して出版する予定でした」(ホートン)。

エリオットは、結局、一九三七年二月四日、ボトコルに次のように手紙を書いた。「どんな人も、トリニティ・カレッジでの未完のクラーケ(原文のまま)講演から、特定の一節を私の許可書なしで、印刷して引用してもらいたくないということをはっきりさせたい。私はこれらの講演を現在の形で出版する意図は持っていませんし、また出版のためにそれらを修正することが出来ると考えた時期は、疾に過ぎ去ってしまいました。そんな訳で、あなたが、あなた自身とあなたの将来現れる後継者のために私の願いを聞き入れて欲しい」と。

かくして、クラーク講演に気づくようになった一九三〇年代の学者達は、それら存在の事実を報告することが出来ただけである。F・O・マシーセンは『T・S・エリオットの業績』（一九三五年）を準備している時、一九三二年から三年までハーヴァードでエリオットとお話していたが、望み少なく「イタリアの十三世紀の形而上詩と比較し対照した十七世紀の形而上詩に関する」講演は「まだ出版されなかった」[42]と報告した。ヘンリーが一九三六年タイプライターで打ったカーボン原稿をエリオット・ハウスに預けた時、それは直ちにハーヴァード大学教授シオダー・スペンサーの目を捉えた。彼は、最近、現代文学、英語二六のコースで、エリオットの原稿講演ノートを公開した。そのノートは、一九三三年六月、エリオットが出発する前にスペンサーに与えたものであった。コロンビア大学のスペンサーとマーク・ヴァン・ドーレンは形而上詩の研究書誌を編纂していた。そして、彼らは『形而上詩研究』（一九三九年）[43]の重要な「一般研究」の中にエリオットのクラーク講演を目録の中に入れた。しかしながら、その目録は知られないままでいた。そして、その講演は、アメリカ海軍がエリオット・ハウスを引き取り、そしてエリオット・コレクションがホートンに移された一九四四年の秋までそのまま打ち捨てられていた。ヘンリーは自分の秘蔵しているコレクションが、一九四八年一月二二日エリオット・ハウスに戻される前の一九四七年に亡くなった。それは束の間の帰郷であった。一九五一年の夏、エリオット・コレクションは永久にホートンに移された。そこで、クラーク講演のカーボン・コピーは、もともとのフォルダーから外されて、機密の資料の中にあって箱に入れられ閉じられないままであった。

一方、カウリーに関する最後から二番目の講演のエリオットの修正は、一九三八年一月にクラレンドン・プレスで出版された『ハーバート・グリアソン卿に捧げられた十七世紀研究』の中の「カウリーの二つのオードに関する覚書」として表れた。その本に寄稿した後すぐ、エリオットは、全てを終結してしまったように思われるに違いないように、クラーク講演の最良のコピーをジョン・ヘイウォードの「記録保管所」に引き渡した。一九三〇年代、エリオットとヘイウォードは親密な友達になり、一九三五年、エリオットがヴィヴィアンと別れた後三年間、ヘイウォードは住居をともにしようと申し出さえした。三〇年代も過ぎようとしている頃、ヘイウォードは、エリオット、モーリー、フェイバー、そして、他の友達が規則的に集まるビナ・ガーデンズ二二に一人で住んでいた。その当時、彼は、車椅子に拘束されていたけれども、ロンドンから立ち退かなければならないことは戦争が近づくにつれて決定的なものになった。一九三九年の八月の終わりに、彼はヴィクター・ロスチャイルドによって疎開させられ、ケンブリッジの裏手の公園にあるマートン・ホールに赴いた。そこで彼は戦争のあいだ留まることになった。ヘイウォードが一生懸命にエリオットの原稿を集め保存し始めたのはここであった。一九四〇年六月二七日、彼がエリオットへの手紙の中で確認したことは『イースト・コーカー』の草案は「安全保管のために注意深く公文書と一緒にされてきた（その最も重要なものを私はここに持っている）。あるいは、むしろ、それらは、グレイ氏が『バーント・ノートン』に見合うようにまとめられるとすぐ、公文書と一緒にされた」（ヘレン・ガードナー、『「四つの四重奏」の制作』）ことであった。クラーク講演は、金属の締め金のバインダーから取り外されて、ケンブリッジのジョン・P・グレイ・アンド・サンによってヘイウォードのために薄い緑の厚紙で閉じられた原稿の間にあった。戦争の間の、あるいはその後のケンブリッジへの数回の旅行の一時に、エリオットは表の見返しに青インクで「ジョン・ヘイウォード／へ／秘かに、内々に／そして、慈愛をこめて」と署名して捧げ、それらを永遠に彼の管理にゆだねた。

一九四六年二月、エリオットとヘイウォードはチェルシーにアパートを借り、一九五七年、エリオットがヴァレリー・フレッチャーと結婚するまで、そこで一緒に暮らした。この十一年間、エリオットがクラーク講演の行く末を心の奥に抱かなかったと言うことは難しいことである。実際、新しい評論を付け加えることを公言した一九五〇年と五一年版の『批評選集』の序文で、エリオットは「多くの未刊の講演と同じように、詩論と結びついている内容に関して保存しておきたいと思っている幾つかの整理されていない論文があるが、それは最終的な形を持たなければならない」（『批評選集』七頁～八頁／〔.ix〕）と発表した。批評家のアルフレッド・アルヴァレスと文通していた一九六一年になって、漸くエリオットはその講演の支配権を手放した。アルヴァレズが自分の『ダン派』（一九六一年）という本で説明しているように「エリオット氏は、現在、親切にもこの表題を使う許しを与えてくれました…もし、近い将来、エリオット自身の仕事に何らかの希望があったなら、私はその表題を使わなかったでしょうに」[44]。エリオットの最後の主要な評論である『ジョージ・ハーバート』の小冊子が表れた次の年、彼が遠巻きに述べたことは「我々は『ダン派』という言葉についての我々の解釈に注意しなければならない。現代の作家はかってその表題の下で本を書こうと考えた…『ダン派』という言葉は、ダンよりももっと若く明らかに彼によって影響されて作品を作ったあの世代を指示するのに合理的で役に立つ言葉であるが、我々は、そのことを、ダンの影響を受けた詩人達が、そのために劣った詩人達であるということを意味していると解釈してはいけない」と言うことであった。このことは、その講演はエリオットの心では静められたということを物語っている。

ヘイウォードは、エリオット公文書を、エリオットが一九五七年出し抜けに出て行った後に、カーライル・

マンション一九に保存している。エリオットが一月五日に死んだ九ヶ月後の一九六五年九月十七日のヘイウォードの死で、クラーク講演は、ケンブリッジのキングズ・カレッジへのヘイウォードの遺贈の一部となった。それらは、今日、現代公文書の中にある。

七

クラーク講演の二部の写しのオデュッセイアに似た長い遍歴、つまり、その出発と帰還は、エリオットのイギリスとアメリカの二つのケンブリッジとの間の長い関係をふさわしく象徴している。しかし、エリオットの形而上詩に関する理論が直接的な効果を持っているのは、アメリカにおけるというよりイングランドにおいてである。そして、彼のクラーク講演は、エリオットが自分自身の一体感を、一八三二年に英文学のカリキュラムを中断したオクスフォードへというより、一九三〇年代におけるケンブリッジに封じ込めてしまった。一九二七年の秋、ガートンに赴いたミュリエル・ブラッドブルックは、エリオットの評論は「当時のケンブリッジで聖典と認められ」「全く目も眩むばかりの流行を作り上げたこと」(46)を証明している。一九二七年、ティリヤードの要請で、エリオットは、フランシス・ジョセフ・イーリー神父によるエマーソンに関する博士論文の局外者としての審査委員を勤めた。イーリー神父はクライスト・カレッジのアメリカのイエズス会員で、クラーク講演にも出席した人である。エリオットがそのような学究的な事柄で定期的にケンブリッジに現れたことは、重要な機会に遭遇するきっかけを作った。それは、一九三六年三月二五日の午後、ジョン・メイナード・ケインズの要求で、その朝の口頭試験に参加した後、エリオットは、ヒュー・ステュワート師とその妻ジェッシーに連れられて初めてリトル・ギディングを訪れたことであった。

このように、エリオットは、急速に大学の学究生活と知的生活の議論の参与者になったと同時に、議論の対象となった。特に、一九三〇年代に彼の評判を急速に広めることと大いに関係があった学生と若い教職員の間であった。リチャーズは、既にエリオットの『詩集、一九〇九〜一九二五年』の書評を『文芸批評の原理』（一九二六年）の第二版につけ加え、彼の批評と詩に関する講演を続け、そして、二人は詩と信念の問題に関する対話を一九三〇年代まで申し分なく続けた。この時、エリオットの強力な支持者で弁護人であったリーヴィスは、『ケンブリッジ・ポエトリ、一九二九年』の書評で、臆面もなく、エリオットの影響は「もちろん、優位を占めている」[47]と宣言した。

たとえエリオットが一九二〇年代の終わり頃までケンブリッジの学者の間で威厳のある立場をとっていたとしても、その立場は議論がなくもなかった。一九二八年に若い詩人としてジーザス・カレッジに行ったジェイムズ・リーヴスが言ったように、「エリオットの影響は、全く揺るぎないものではなかったとしても、最も重要なものであった」[48]。ジーザスで学部の博学者であったジェイコブ・ブルノフスキーが『ケンブリッジ・レビュー』に掲載されているエリオットの『ランスロット・アンドルーズのために』を書評したとき、彼の賞賛は「エリオット氏が『ダン派』を書き終える頃までに、彼は自分の信仰に余り自意識過剰にはならなくなっているでしょう」[49]という彼の熱い希望によって和らげられた。そして、エンプソンが『曖昧七つの型』の中に付録の例として「不死の囁き」や『荒地』からの数節を難なく入れたのに、リーヴィスが先輩格の学監によって締め出されたのは、彼が『英詩の新しい動向』（一九三四年）の中で、エリオットを「全く軽率」に賞賛したからである。その本が表れたとき、リーヴィスは回想して「その当時の進歩的学究的知識人はこの本と何らかの関係を持つことをいやがり（あるいは、持ちたいという喜ばしい風説がはびこり）、そして『ケンブリッジ・レビュー』は、ケンブリッジでこの本を書評する人を見出すことはなかった」[50]と書いた。さらに、ティリヤードが、エリオットのミルトンに関する異質の見解を『ミルトン』（一九三〇年）の中ではじめて修正し始めた。そこで彼は「ミルトンの中のある種の感受性の分離…が認められなければならないが、しかし、ミルトンが他の人の中で何らかのそのような分離に責任があるということは…本当ではない」[51]と言っている。二番目に修正したのは『ミルトンの舞台』（一九三八年）の中で「私はエリオット氏の最上の批評をこよなく賞賛するので、私が彼の最悪と考えたもの、つまりミルトン批評を攻撃したことに対してそれだけ一層よく許されてもいいかも知れない」[52]と述べたことであった。エリオットが「ミルトンⅡ」（一九四七年）でティリヤードの妥協的な批評に答えた時、彼は二五年後、ミルトンに不名誉な非難を負わせてはならないということを心から認めた。

「『感受性の分離』という言葉によってあらわされた一般的な主張には…なおもいくらかの妥当性が残っていますが、しかし、今では、ミルトンやドライデンにこの責任の重荷を背負わせるのは誤りだったというティリヤード博士のご意見に同意したいと思います。かりにそのような分離が実際に起こっているにしても、その原因はきわめて複雑かつ深いものであり、この変化は、ただ単に文芸批評の言葉によってのみ説明するわけにはゆかないものではないかと考えられます」（『詩と詩人について』一五二頁から三頁／一七三頁）。

もちろん、エリオットは思考と感情の分離は起こったと信じている。不幸にも、彼の文学を越えたその原因の分析は、彼の未刊の『ダン派』に深く留められている。

エリオットは、クラーク講演をした後、A・E・ハウスマンとたまに文通を続け、彼に「A・E・ハウスマンに、T・S・エリオットの尊敬の念に満ちた敬意を込めて、一九二七年八月十七日」と署名入りした新刊見本の『東方の三博士』を送った。ハウスマンは、もちろん、学監の一人（上に述べた先輩格の辞退している学監ではないとしても）で、リチャーズとリーヴィスの「実践批評」に敵対し、特に、リーヴィスが一九三二年に創設した『スクルーニティ』に書かれたものに反対していた。ハウスマンが、年を重ね健康が衰え、一九三三年五月、不承不承、レズリー・スティーヴン講演をすることに同意した時、彼の講演は、リーヴィスと彼の「青春時代の空論家の教師達」と呼ばれたもの(53)への遠回しの攻撃（「意味は知的で、詩はそうでない」）と広く受け取られた。エリオットが『クライテリオン』で公表したハウスマンの講演『詩の名称と本質』（一九三三年）を好意的に書評したとき、ハウスマンは、その書評が面白いと思った。「何故なら、書評したT・S・エリオットが、唯一対立する書評を掲載している雑誌（『スクルーニティ』）の作家達に神として崇められているからである」（三四四頁）。エリオットは批判的でない訳ではなかった。彼はハウスマンの形而上詩における詩と機知との関係に関する見解について「懐疑的以上」であったが、彼は、ハウスマンのダンからドライデンまでの英詩についての厳しい幾つかの意見について驚くほど同情的であった。「私は、ハウスマンの十七、八世紀の詩についての辛辣なコメントに同情的である。なぜなら、十七、八世紀の詩は、幾人かの素人にとって、最近、趣味嗜好というより流行であったから。」(54)しかし、もっと大きい同情がエリオットの書評に満ち溢れていた。彼が痛々しいほど気づいていたことは、ハウスマンの詩における知性と情緒と、そして意味との関係に関する彼の理論が、その講演には余りにも複雑であったということである。つまり、書評家としての彼は「その問題の異常なまでの複雑性と、良心的な探求者が導かれてしまうことになる知的緻密さへの迷宮」（一五四四頁）を主張しなければならないということに気づいていた。挫かれたクラーク講演者は自分に対して七年も早くから慇懃で注意深かったスティーヴン講演者に十分同情して書いていた。エリオットのハウスマンの読者への予告掲載は、クラーク講演の読者への予告掲載であったかも知れない。

「我々はこの評論は講演であるということを心に留めておかなければならない。人気ある講演の必要条件は、著者に自分の要点を非常に注意深く選択し、関連した難解さというより、形式と均衡を目指し、目下の目的のために、もう一つの問題であるあらゆるものに深入りすることを避けることを命じている。つまり、我々は詩に関する講演をあたかも美学に関する本であるかのように判断してはならない。著者彼自身は直線を歩くかも知れないが、もし、彼が、その時いやしくも何かのことを言わなければならないとするなら、彼が、友好的でない批評家によって強硬に根気強く強要されようとも、濃縮した異端のしずくを生み出さない主張をしないことは、不可能でないとしても、難しい」(一五二頁)。

ケンブリッジにおけるエリオットの評判と友情の強さは、若くて先輩格にあたる学監の後衛にある敵愾心を克服した。彼の評判が一九三〇年代に大きくなるにつれて、それに応じて彼の業績に対する大学の認識も大きくなった。一九三八年、六月九日、一九二六年の半信半疑のクラーク講演者は文学名誉学位を受けるためにケンブリッジに呼び戻された。その翌日、『タイムズ』で報告されているように、「詩人として、そして批評家としてのエリオット氏の卓越さは、大学代表演説者によって、詩と哲学の敵対が消滅してしまう新しい秩序を象徴するものとして公然と褒め称えられた。我々は哲学者達にミューズの神が何をするのかを決めるようお願いします」[55]。エリオットにとってはふさわしいことだが、受賞者達は、その晩、トリニティ・カレッジでの夕食の客であった。乾杯は、彼の前の主人役であるメリット勲章を受け学寮長でもあるジョセフ・トムソン卿によってなされた。短い十二年間を経て、誰もこの時折のケンブリッジの訪問者ほど、こんなに遠くまでまでやって来る人は殆どなかったし、それほど心を奪われた人もなかった。

エリオットの死後やがて、ヘイウォードの遺贈の内容が徐々に知られるようになるにつれて、一九七四年のこの編集者がなしたように、世界中からの研究者や学者がキングズ・カレッジのクラーク講演に目を通す許可を求め始めた。オールド・ライブラリーの片隅で頁をめくることでもたらされる学者の特権意識を凌ぐものは、いくらかの大切なメモを取ることが許されているということを悟る喜びによってだけであった。寛大にも、ヴァレリー・エリオットは、テキストの注釈版は今では広い読者層に利用されるべきであると心に決めた。その本を編集することでもたらされる歴史的特権意識を凌ぐものは、今ではクラーク講演はエリオット研究の新しい世紀における多くの新しい読者によって読まれるということを知る喜びによってである。

エモリ大学、
アトランタ、ジョージア

注

(1)『エゴイスト』(*Egoist* [September 1917], P. 118)

(2)『エゴイスト』(*Egoist* [May 1918], P. 70)

(3)『ジョン・ドライデンを讃えて』(*Homage to John Dryden* [London : Hogarth Press, 1924], P. 9)。F・R・リー

ヴィス（F. R. Leavis）は、次のようなことを思い出した。「『聖林』は…ホーガス社が『ドライデンを讃えて』を世に出すまでには、ほとんど影響力を持たなかったし注意を引かなかった…エリオットが現代の重要な批評家となったのは、この形式でのこれらの評論の出版（ホーガス社は最近『荒地』を出版した）があったからこそなのである。この心許ない新しい収集の衝撃こそが、『聖林』を呼び戻し、決定的な実践的効果で、珍しいものから得られる刺激の感覚、つまり現代批評に於けるすばらしい知性を確かなものにした」（*Anna Karenina and Other Essays* [London : Chatto & Windus, 1969], pp. 177-8）。

（4）『T・S・エリオット、人と作品』（*T. S Eliot : The Man and His Work*, ed. Allen Tate [New York : Dell, 1966 ; London : Chatto & Windus, 1967], p. 3）の「T・S・エリオットに関して」（'On TSE'）

（5）『鎖から放たれたミューズ』（*The Muse Unchained : An Intimate Account of The Revolution in English Studies at Cambridge* [London : Bowes & Bowes, 1985), p. 98.

（6）『ケンブリッジとその他の思い出、一九二〇年から一九五三年まで』（*Cambridge and Other Memories 1920 - 1953* (New York : W.W. Norton, 1968), p. 26.

（7）「荒地上陸者」（'The Waste-Landers,' *Granta* [7 November 1924]）, p. 70.

（8）F・A・リー、『ジョン・ミドルトン・マリーの生涯』（F. A. Lea, *The Life of John Middleton Murry* [London : Methuen, 1959]）, p. 130.

（9）『A・E・ハウスマンの手紙』（*The Letter of A. E. Housman*, ed. Henry Mass (Cambridge, MA : Harvard Univ. Press, 1971）, p. 228.

（10）フレデリック・ウィリアム・メイトランド、『レズリー・スティーヴンの生涯と書簡』（Frederic William Maitland, *The Life and Letters of Lesilie Stephen* [London : Duckworth, 1906], p. 380）参照。

（12）リチャード・マーチとタンビムットゥ編『T・S・エリオット』「出版者としてのエリオット」（'T. S. Eliot as a Publisher,' in *T. S Eliot*, ed. Richard March and Tambimuttu [London : Editions Poetry, 1948; New York : Tambimuttu & Mass, 1965), pp. 61-2.

（13）『I・A・リチャーズの書簡選集』（*Selected Letters of I. A. Richards, ed.* John Constable [Oxford : Clarendon Press, 1990], p. 41)

（14）一九三三年セイント・ジョンの文学会の前で行われた講演から。これはT・E・B・ハワースの『二大戦間のケンブリッジ』（T. E. B. Howarth, *Cambridge Between Two Wars* [London : Collins, 1978], p. 166）から引用された。

（15）『鎖から放たれたミューズ』九八頁。

（16）『二大戦間のケンブリッジ』一六六頁。T・S・エリオットとルーカスの知的敵対は、広く知られている。ルーカスが編集した『ジョン・ウェブスター全集』（*The Complete Works of John Webster* [1927]）を書評して、エリオットは葛藤の確信を次のようにあらわにした。ルーカスのルネッサンスに対する「空想的な」態度は、「彼が全く落ち着きを失っているように思える」一般化と判断へと導き、また、「道徳的弱さを芸術的強さと取りがちな」傾向へ導く文学的価値と道徳的価値の混同を招く（*TLS*, 26 January 1928, p. 59）と。エリオットは個人的なものよりもっと大きな不一致に関して、次のように言っている。「もし、ルーカス氏が道を踏み外してしまうように思われるエリザベス朝批評の一つか二つの原理を私が主張したとするなら、それは、その原理が脱線しているからである。ルーカス氏は、それを他の批評家と共有し、それは幾分、重要性を持っているものである」（*Criterion*, June 1928, p. 446）と。

（17）『ヴァージニア・ウルフの日記』（*The Diary of Virginia Woolf*, vol. III, ed. Anne Oliver Bell [London : Hogarth Press, 1980], p. 67.

（18）「形而上学者」（'Metaphysicians'）、『グランタ』（*Granta* [29 January 1926], p. 203）。熱心に講演に出席する女子学生をからかうケンブリッジの伝統は、レズリー・スティーヴンが彼のクラーク講演の聴衆は「主に女子学寮からの若い女の人達」から成っているとじれったそうに報告して以来損なわれていなく、彼らを「装飾的な講演を真剣に受け取っているとたしなめ、勉強の目的は試験で良い地位を得、講演は虚栄と気晴らしであるということを彼女たちの男友達と共に理解していない」（*The Life and Letters Leslie Stephen*, p. 382）。『ケンブリッジ・レビュー』は時々「クラーク講演はノート・ブックを携えた外部の大部分の多くの女性達と、大学のかなり多くの構成員を引きつけた」ことを見て取った（30 November 1899, p. 116）。人気ある講師で古典主義者であるアーサー・ウルガー・ヴァーラルが一九〇九年クラーク講演をした時だけ、男子の学部学生が数で女性達を圧倒した。これは英文学あるいは芸術に関するケンブリッジの歴史上きわめて稀な事実と『ケンブリッジ・レビュー』は述べた（quoted in Verrall's *Collected Literary Essays : Classical and Modern* [Cambridge : Cambridge Univ. Press, 1913], p. lxxxv.

（19）『キングズ・カレッジ年報』（*King's College Annual Report* (November 1965), p. 31

（20）『グレート・トム』（*Great Tom : Notes Towards the Definiton of T. S. Eliot* [London : Weidenfield and Nicolson, 1974 : New York : Harper & Row, 1974], p. 124)

（21）『T・S・エリオット』の中の「巨匠の文体」（'The Style of the Master' in *T. S Eliot*, pp. 36-7)。プルーストの八巻本である『失われた時を求めて』（*A la recherche du temps perdu*）の最初の七巻までの翻訳者であるチャールズ・ケネス・スコット＝モンクリーフ（Charles Kenneth Scott-Moncrieff [1889-1930]）は、三つの翻訳『スワン家の方へ』（'Swann's Way' [1922]）、『花咲く乙女のかげに』（'Within a Budding Grove' [1924]）、『ゲルマンの方へ』（'The Guermantes Way' [1925] を出版した。T・S・エリオットは一九二四年の『クライテリオン』七月号にプルーストの「アルベルチーヌの死」（'The Death of Albertine'）のスコット＝モンクリーフ訳を出版した。そして、彼は『クライテリオン』の「覚え書き」で「英国の読者にマーセル・プルーストの作品を紹介したことを誇りにしています」と書いた。

（22）ジョージ・ワトソン、「T・S・エリオットのケンブリッジ講演」（George Watson,'The Cambridge Lectures of T. S. Eliot', *Sewanee Review* ［Fall 1991］, p. 579）

（23）第二版（London : Chatto & Windus, 1947, pp. 155-6）。エンプソンは、第一版（London : Chatto & Windus, 1930）でこの議論を直接的にエリオットのせいにしないで、シェリーの詩は「最近、かなりの議論を巻き起こした。私が気づいていたよりももっと大切な点があったと思う」ともっと遠回しに書いた。

（24）「T・S・エリオットのケンブリッジ講演」（'The Cambridge Lectures of T. S. Eliot' pp. 577-8）

（25）BBC制作のテレサ・ガレット・エリオットとのインタビューで一九七一年一月三日にテレビ化された「神秘的なエリオット氏」（'The Mysterious Mr Eliot'）

（26）「オックスフォードのコーンウォール人」（'A Cornishman at Oxford, ［London : Jonathan Cape, 1965］, p. 314）

（27）「ジェフリー・フェイバー、一八八九～一九六一」（*Geoffrey Faber 1889-1961* ［London : Faber & Faber, 1961］, p. 15）

（28）『T・S・エリオット、人と作品』の中の「T・S・エリオット ― 思い出」（'T. S. E.― A Memoir', in *T. S. Eliot : The Man and his Work*, p. 22）

（29）T・S・エリオットは、一九二七年のクラーク講演者として自分の跡を継ぐものとしてドブレーを推薦したが、評議会は、最初、パーシイ・ラボックを選び、彼が辞退した後、E・M・フォースターを任命した。

（30）プラッツは偶然にも手紙の日付の数字を取り違えて一九二七年の一月三一日を一三とタイプしてしまった。

（31）エリオットは一九二七年六月二九日、オックスフォードシャーのフィンストック教会で洗礼を施され、英国国教会に入り、次の日、オックスフォードの近くの神学学寮であるカデスドンで堅信礼を施された。

(32)『ジョン・ダンに捧げる花輪』(*A Garland for John Donne*, ed. Theodore Spencer [Cambridge, MA : Harvard Univ. Press, 1931 ; Oxford : Oxford Univ. Press, 1932], pp. 58-9)

(33)『サザン・レビュー』(*Southern Review* [September 1937), p. 547.

(34)「詩人としての神秘家と政治家、ヴォーン、トラハーン、マーヴェル、ミルトン」('Mystic and Politician as Poet : Vaughan, Traherne, Marvell, Milton', *The Listener* [2 Apr. 1930], p. 590)

(35) ジョン・コンスタブル、「I・A・リチャーズ、T・S・エリオット、そして信念の詩」(John Constable, 'I. A. Richards, T. S. Eliot, and the Poetry of Belief', *Essays in Criticism* [July 1990], p. 233) 参照。

(36) 収集されていない評論は『リスナー』三(一九三〇)の連続号に表れた。「韻文思考、十七世紀初期詩概説」('Thinking in Vrese, A Survey of Early Seventeenth - Century Poetry' (12 March, pp. 441-443)、「韻と理性、ジョン・ダンの詩」('Rhyme and Reason, The Poetry of John Donne' (19 March, pp. 502-3)、「十七世紀の信仰詩人達、ダン、ハーバート、クラッショウ」('The Devotional Poets of The Seventeenth Century, Donne, Herbert, Crashaw' (26 March, pp. 552-3)、「詩人としての神秘家と政治家、ヴォーン、トラハーン、マーヴェル、ミルトン」('Mystic and Politician as Poet, Vaughan, Traherne, Marvell, Milton' (2 April, pp. 688-9)、「二流の形而上詩人達、カウリーからドライデンまで」('The Minor Metaphysicals : From Cowley to Dryden' (9 April, pp. 641-2)、「ジョン・ドライデン」('John Dryden' (April, pp. 688-9)

(37) (Cambridge, MA : Harvard Univ. Press, 1930), p. ix.

(38)『ジョン・ダンに捧げる花輪』(*A Garland for John Donne*, p. 4)

(39) ロジャー・B・メリマンの支配下で、一九三一年の秋、公開されたエリオット・ハウスは、一八六九年年から一九〇九年までハーヴァードの大学の総長であったチャールズ・W・エリオット(一八三四年～一九二六年)にちなんで名付けられた。彼らは遠縁であったけれども(彼はかってT・S・エリオットの祖父から隔たった第三番目従兄弟であった)、T・S・エリオットは彼の総長の職の導き手となった左翼のユニテアリズムに好意的ではなかった。

(40) ヘンリーはクラーク講演のカーボン・コピーを含む原稿のリストの下のカタログに括弧で次のように書いた(ホートン)。「T・S・エリオットの慣習となっていることは、カーボン、あるいは近く出版される作品のゲラ刷りを自分の母に送ることであった。上述のことはそのようなものである」

(41) この手紙と一九三七年二月四日付けのボトコルに宛てた次の手紙のカーボンはヴァレリー・エリオット夫人の所有になっているが、間違ってホートン図書館に置かれてきた。

(42) 第三版 (Oxford : Univ. Press, 1958), p. 26, n. 9.

(43) (New York : Columbia Univ. Press, 1939), p. 36.

(44) (London : Chatto & Windus, 1961), pp. 9-10.

(45) (London : for the British council. Longmans, Green & Co., 1962), p. 16.

(46) 『T・S・エリオット、数人の手になる作品研究』(*T. S. Eliot : A Study of his Writings by Several Hands*, ed., Balachandra Rajan [London : Denis Dobson, 1947], pp. 119-20)

(47) 『ケンブリッジ・レビュー』(*Cambridge Review* [1 March 1929]), p. 317. 三週間も早く、エリオットを「一流の辛辣さ」をもった批評家以下と認めた紳士気取りで恩着せがましい書評に答えて、リーヴィスは、次のように答えている。「エリオット氏ほど知的な良心に効果的に目覚めている人はいない。彼は回避することを容易にはしなかった」(*Cambridge Review* [8 February 1929], p. 256) と。

(48) 「二〇年昔のケンブリッジ」『T・S・エリオット』(‘Cambridge Twenty Years Ago’, in *T. S. Eliot*, p. 40.

（49）(30 November 1928), p. 176.

（50）新版 (London : Chatto & Windus, 1950), p. 216.「T・S・エリオットの勝利」('The Triumph of T. S. Eliot,' [*Critical Quartely*, Winter 1965, pp. 328-37]) で、ジョージ・ワトソン (George Watson) は、リーヴィスのケンブリッジにおける『新しい動向』の受容に関する説明は神秘的であると次のように議論した。「私は、そのような保守的な作品は、一九三二年もの遅い時期には驚くべきことであると感じられたであろうとは想像もつかないと思う。『ケンブリッジ・レビュー』が、何故その書評を控えたかということを見つけ出すことは今では不可能であるが、結局、定期刊行物はいつでも本を書評するのを差し控えた。もし、ある考えられない理由のために、『ケンブリッジ・レビュー』がその本をけしからぬものであるとしたなら、それはただそのように言わなければならないだけである」(p. 335) と。

（51）(London : Chatto & Widus, 1930 ; sixth impression, 1956), p. 356.

（52）(Cambridge : Cambridge Univ. Press, 1938), p. 90.

（53）『ハウスマンへの書簡』(*The Letters of A. E. Housman*), p. 355.

（54）『クライテリオン』*Criterion* (October 1933), p. 153.

（55）(10 June 1938), p. 8.

テキストの覚書と編集上の原理

エリオットのクラーク講演のタイプライターで打った最初の原稿と、講演のとき読んだ原稿はなくなっている。この本の原稿となっているテキストは、講演がなされた後すぐ一枚のカーボン用紙（ホートン）で準備された清書（キングズ・カレッジ）の最良のコピーである。それらはエリオットのタイプライターで彼によってタイプされたものではない。これらは、黒のリボンのある二つの別個の同じものとは認められない機械で、プロの熟練したタイピストによって打たれたことは確かである。第一講演、第三講演、そして第七講演はAの機械で打たれ、第二講演、第四講演、そして第八講演はBの機械で打たれた。すべての講演は、タイプ・オフィスで普通に見られる商業上で使う「プランタジネット／ブリティッシュ・メイク」紙に打たれた。安価な印のない用紙はカーボン紙のために使われた。講演の前置きの頁は、その後、別の用紙であるカーボンのためにも使われた「コリンディア・パーチメント」紙にタイプされた。これらの頁は、エリオットの秘書であるアイアリーン・P・ファセット嬢の紫色のリボンがついている事務所の機械でタイプされた。彼女が勤務時間後、フェイバー・アンド・ガイヤーの他の機械でタイプしたのか、あるいは家でタイプしたのか疑わしい。彼女はタイプの原稿に明示された癖よりも、もっと細心に専門的にタイプする癖があったからである。最良のコピーのエピグラフの頁が回覧で紛失しまって以来、カーボン紙はこの場合だけに使われてきた。

タイピストは早く打つためにテキストの正確さを犠牲にした。削除された部分はほとんどなかった。カーボン用紙はほとんど一語の削除もないことを示している。各々の講演のタイプライターで打った原稿には、多くの行が右端ぎりぎりの余白の空間の最後の所まで来ていた。校正する時間はなかった。その結果、広範にわたる誤植がたくさんある。入れ替えられた文字、間違った綴り、脱字、読み間違えた語や名前、勝手に改変を加えた語や言い回し、不慮の大文字、間違った句読点、斜字体になっていない語や題字など。エリオットとそれを読んだ読者は、後にこれらの間違いの幾つかを訂正し、幾らかの言葉遣いを加えたが、ほとんどのものは見過ごされたか無視された。エリオットは省略の所に時折書き込みの印を入れ、その後、抜けた語や言い回しに確信が持てなく余白の所に疑問符を付けた。このようにタイピストの明かな誤りは、文法的な見過ごし（主語と動詞の一致）を含めて、起こりうる興味ある部分はテキストの注に書き込まれたけれども、言及することなくそっと修正された。タイピストのおびただしい句読点の見落としもまた、そっと修正された。句読点が意図されていないところでは、それは削除された。句読点がはっきりと意図され、それが省略されてテキストを読みにくくしているところでは付けられた。句読点が時折、誤ってセミコロンのところをコンマになっているところでは、正しい句読点が付けられた。テキストの語の省略は角かっこが入れられた。外来語やその言い回しは斜字体にした。

タイピストはまた、エリオットの手紙や最初の草稿で特徴的な幾つかのタイプ癖や簡単なやり方、そして省略に従い、特にアラビア数字の代わりにローマ数字の大文字（XVII世紀）を使った。読み安さのために全てのそのような数字上の省略は略されず書かれた。行や節や頁数を除いて一〇〇以下のタイプされた数字は略されず書かれた。略された名前（E・ゴス）や場所（ケンブリッジ・マサ）は詳しく述べられた。頁の略（P）は、テキストではっきり述べられたこれらの例では、詳しく述べられた。エリオットが一貫しないで使っている題字（'The Extasie', 'The Ecstasy'）は彼が講演のために使ったグリアソンの『十七世紀形而上詩選集』（'The Extasie'）のテキストに従った。曖昧で混乱を引き起こす本の題字への言及は校訂された（ウォルトンの伝記はウォルトンの『伝記』と）。さまざまな綴り（'almanacks,' 'experimentors'）やすたれた言い回し（'to cmpare' の代わり'to confer'を使うこと）は変えられていない。一貫していない言い回しや約束事は、その時期にエリオットが出版した書き物に従った。まれに見る編集上の問題はテキストの注に記されている。

エリオットは、自分の手で鉛筆の濃さとインクの色で物理的に識別できるように、少なくとも四回に分けてテキストの修正を行った。テキストに関係ある余白に書き込まれたコメントのすべては、彼の読者の書かれた寸評や疑問がそうであるように、確認され脚注に引用されている。ターンブル講演の場合は、これとは違ってフランク・モーリーのまれにみる寸評がテキストの注に記されている。編集のそれぞれの例におけるエリオットの一つの興味は、出版に先立つもっと集中的な修正に備えて、打ち解けた講演者の痕跡を自由裁量で取り去ることであった。これらの修正は決してなされなかったので、編集者の目的は、講演がなされたように、それを保存することであった。それ故に、トリニティ・カレッジの聴衆に読まれたすべての削除された言い回しや文章、そしてパラグラフはテキストに復元され、そしてテキストの注に記録された。明晰さと正確さのための（語彙、語順など）、彼の後の文体上の校訂は同じように記録されている。

タイプライターで打った原稿にはおびただしい間違った引用や転写、過失がある。W・P・カーが初期の『クライテリオン』へ投稿した「バイロン、オックスフォード講演」の編集を終えないうちに死んだとき、エリオットは珍しい社説欄の短評に、カーの草稿は、明らかに記憶に頼った引用がバイロンの標準版と一致するために変更されたことを除けば、「忠実に跡付けられた」ものであると書いた（一九二三年十月、十五頁）。この例におけるエリオット自身の実践にも係わらず、編集委員はエリオットの間違った引用を記憶に留め、それらを脚注で訂正した。幾つかの場合、間違った引用が注釈を影響する。そして、あらゆる場合に、エリオットが詩や批評のある一節を如何に記憶に留め、例証でそれらを使う時、如何にそれらを自発的に呼び起こすかを見ることは興味あることである。エリオットの『批評選集』(一九七五)を編集したフランク・カーモードは、「衒学趣味からではなく、詩人であるエリオットにおいて、間違った引用は時には創造的であるという確信から」[1]エリオットの批評集の間違った引用を指摘するのに苦心した。クリストファー・リックスは、さらに進んで挑発的な評論「ウォルター・ペイター、マシュー・アーノルド、そして間違った引用」(一九七七)で、エリオットを真っ向から現代の「間違った引用のジャンル」に置き、そして、その論じ方は、この「『再創造としての間違った引用』は、創造とは何であるかというエリオットの深遠な意味と深い関係がある。つまり、これは社会において、生殖において、そして芸術の想像を通して、あるいは、その範囲内において自分の自我の創造と他人の自我の創造と深い関係がある」[2]。現在、我々は「間違った引用」は現代の作家達の中では風土病であるということを知っている。リチャード・オールディングトンが皮肉にも観察したように、「エリオットは、大抵の詩人と違って、有能だけでなく異彩を放つ講演者である。他方、パウンドは主に記憶力に頼り、即席にする能力はほとんどなく、咳くらいのものである」[3]。リックスはまたジャンルにおける「再創造の間違った引用」の流行を指摘している。「転写者とは違った他の何かになる最も単純な方法は、間違って転写することだからである」[4]。それ故、手元にあるテキストからのエリオットの見落としと彼の間違った転写は、またテキストの中に保存され脚注で訂正されている。間違った転写がエリオットのものか、あるいはタイピストのものかどうかは、まずはっきりすることがないので、すべての引用は、明らかに印刷上の誤りを除いて、タイプされた通りタイプされている。詩の転写された行からの脱字は角括弧で挿入されている。散文の数節から間違って転写された語は、その後、すぐ角括弧で訂正されている（'which it deigns [for designs] to represent'）。エリオットは出版するためにだけ毎週せき立てられて講演を書いた。彼はテキストを自由に現代風にし、昔の綴り、省略、行の字下がり、斜字体や大文字、そして終末行の句読点を忠実に転写することには余り気を使わなかった。このように、彼の転写は、彼が講演を準備するとき、目で見て分かり、印刷する上で、その講演の特質にとって不可欠のものである。

エリオットがこのような現在の形でのクラーク講演を出版したくなかったのは、彼の序文で言っているように、彼の多くの意見は修正と明晰、そして事実の細部と権威を必要とするからであった。編集者は、かくして、エリオットが望んでいる修正と明晰を施すのに役立つ主題に関する彼自身の初期と後期の短評を利用しながら、彼の書いたもののもっと広い知的なコンテクストの中でその講演に注釈しようとした。エリオットは、自分の気持ちが込み入った文学的、歴史的、哲学的、そして神学的期間にわたって目まぐるしく動き回るとき、何百もの遠回しの言及や参照を行っている。講演は、もともとケンブリッジの学監や学部学生といった一般的な学究的な聴衆のために準備され話されたが、多くの聴衆にとっては部分的に余りにも「難解」であったと受け取られた。従って、注釈は、一方に於いて、エリオットの高度な関連ある議論の明晰さと受容を押し進めるのに役立つ検証、特質化、関係、コンテキスト、そして翻訳を施すことによって、一般読者をテキストに留めることを目指している。たとえば、彼が「サフォーの有名なオード」を言及するとき、そのオードが確認されるだけでなく、彼が知っていたかもしれない翻訳でプリントした。他方、注釈は専門的な読者をテキストの向こうに追いやることを目指している。クラーク講演とターンブル講演はエリオット研究の意義深い新しい分野を開き、読者はエリオットの膨大な収集されていない書きもの、未刊の原稿、手紙、そして彼の知的興味の典拠と広がりを更に例証する他の文書へと導いて行く。エリオットが講演のために使った版がはっきりされていない時、その版は、個人の蔵書と同じように、確認され、そして脚注で引用されている。しかしながら、注釈のもっと大きな目的は、難しい講演の表面の下で、エリオットの博学の広さ、講演の原稿を作っているときの彼の精神の豊かさ、そして、この長い間、未発表であったタイプライターで打たれた原稿の中の言及の計り知れない深さを顕すことである。これらは来るべき偉大な作品の本当の分岐点となった。

注

（1）(London: Faber & Faber, 1975), p. 305.

（2）『詩の力』（*The Force of Poetry* [Oxford : Clarendon Press, 1984], p. 414）から。

（3）『エズラ・パウンドとT・S・エリオット』（*Ezra Pound & T. S. Eliot* [New York : Oriole Chapbooks, 1945]), p. 7.

（4）『詩の力』四〇五頁。

クラーク講演

十七世紀形而上詩講演

ダン、クラッショウ、そしてカウリーを中心にして

一九二六年、トリニティ・カレッジ、ケンブリッジにて

T・S・エリオット

マドンネ、私の愛の目的は、彼女の会釈なのでした、おそらくみなさんもそれを了解されたことと思います。
彼女の会釈のなかには、私のすべての願望の目的である福がやどっていたのです。

『新生』(1)

誰か私をめちゃめちゃにして
運ちゃんを呼んで

『流行歌』(2)

注

(1) 十八章からの誤って引用。原文は 'Madonne, lo fine del mio amore fu già il saluto di questa donna, di cui voi forse intendete ; ed in quello dimorava la mia beatitudine, chè era fine di tutti i miei desiderii.' [エリオットが引用した原文は 'Madonna, lo fine del mio amore fu già il saluto di questa donna, forse de cui voi intendete; ed in qeullo dimorava la beatitudine, ch'e il fine di tutti li miei desiri.' である。]

(2) I want someone to treat me rough.
Give me a cabman.

出典未詳。多分、ミュージック・ホールかラグタイムの歌詞から思い出したものであろう。

著者の緒言

これらの講演を一冊の本として書き直すことが著者の意図であります。はっきりした変更―型にはまった文体や続けざまの繰り返し―はもちろんのこと、全体の議論も修正されています。つまり、主張は証明されなければなりませんし、かなり詳細な事実と典拠が付け加えられなければなりません。異なった部分はさらに一貫性が求められなければなりません。私は、現在の形では私の基本的な考えが全く曖昧のままであるということに気づいています。特に、私の主張のすべては、第三講演で暗示されているだけの『新生』の解釈と、ダンテの子供時代についての解釈に向けられています。これは十分に展開されなければなりません。

『ダン派』に関する完結された本は、これらの講演よりかなり長いものになり、ほんのついでに触れられてきたその時代の他の詩人達の作品に関する詳細な吟味を取り込むでしょう。この本は「知性の崩壊」という一般的な名称の下で三部作の一巻として意図されています。他の二巻は『エリザベス朝演劇』と『ベンの継承者』で、『エリザベス朝演劇』では、その技術的な展開、その作詩法、そして一般的観念のその時代の知的背景を取り扱い、『ベンの継承者』では、ヒューマニズムの展開、それとアングリカン思想との関係、そしてホッブズとハイドの出現を取り扱うでしょう。この三巻はともに英国ルネッサンス批評の構成要素となるでしょう。

第一講演〔序論、形而上詩の定義について〕

私がこれから始める講演の目的は、出来るなら、一般に形而上派として知られる英国十七世紀の詩についての一般的な特質を体系的に記述し、更に、一般的な形而上詩の特質の定義を探し求めることであります。もし、この主題が、私が信じているように、ある現実性と現代的意味を持っているなら、これは私の目的を満足させるものであります。我々は、今世紀に、そして、ここ二、三年のうちに、急速に、この十七世紀の詩への関心が呼び起こされてきているのを見てきました。この関心がいかに起ころうと、それは疑いもなく、純粋な文学的鑑賞の他に、この詩とこの時代は、我々自身の詩と我々自身の時代に特殊な関係があるという意識、もしくは信念を留めています。つまり、我々自身の精神と感情は十九世紀あるいは十八世紀さえによってより、十七世紀によってうまく表されているという信念を留めているのです。ダンは、今まで以上にしばしば批評的尺度として使われています。ダンに比べて、それだけ目立たない詩人たちが認められるのです。昨年、受けの良い教養ある趣味の指針を示したナンサッチ出版はキング主教の豪華な詩集を出版しました。(1) 現代の詩人達は、自分達を賞賛する人によってダンやクラッショウになぞらえられています。彼らの幾人かは疑いもなく、これらの作家を入念に研究し、そしてその人達の影響を受け入れる方針をとっています。現代は形而上詩の時代であると宣言する声は何処にでもあるのです。

主題がこのように現実的になっていることは、単に、それを流行にしているだけではありません。形而上詩は一つの主題で、これに関して、明晰で識別ある観念を持つことは不可欠なことであります。もし、類似点が存在するなら、我々自身の時代の詩を理解し、そして我々自身を理解するためにも、十七世紀の詩を理解することは価値のあることであります。

もし類似点が空想されるだけなら、同じ理由のために、間違った観念を骨を折って明らかにする価値はあります。そして、もし、推定的に言えばありそうなことなのですが、類似点がある特定のものに存在し、それと同時に完全な相違点も他の特定のものにあるならば、それは、適切な分析に到達してのことでありますが、十七世紀と我々自身の世界についての我々の考えを更に有効に明らかにするでしょう。そのことは、我々に、我々自身と我々の時代の中にある傾向と態度を顕にするかも知れません。もちろん、我々は、その傾向と態度を意識し、そして押し進めるか反対するかのどちらかを決めなければならないことなのですが、しかし、とにかく、我々は、この時代においても、あるいは他のどんな時代おいても、恐らく、我々の好き嫌いの然るべき理由を見つけることが出来るでしょう。

そして、ここで、私が指摘する必要があるのは、採用される方法の手順と一般的な慎み深さの両方において、これらの講演は学問的な仕事を継続したり展開したりはしないということです。然るべき義務感から、私はセインツベリー氏やグリアソン氏のような学者の仕事を利用するでしょう。彼らは資料を手に入れやすくしたり、それについての適切な理解を可能にするためにかなり多くのことをなしてきたのです。(2) しかし、私の視点は、学問的な視点ではなく、文学批評の視点で、それも、特に、文学批評の一つの型の視点なのです。私の態度は、よりよい韻文を作り上げてきた過去の芸術家の仕事を研究しながら、十八年間(3)英語の韻文を作り上げようとしてきた職人の態度であります。職人の興味は、現在と間近にある未来に集中させられます。彼が過去の文学を研究するのは、今、そして間近にある未来に自分が如何に書くべきかということを学ぶためなのです。そして、彼の研究が如何に深遠で無私なものであろうと、それらの研究は、常に、いわば指先に現れ、そして、のみ、筆、あるいはタイプライターの行為においてその完全性に至るのであります。

今、私が言ったことは、まさに、一つの留保です。というのは、二つの種類の純文学批評の間にある違いは、理論においてより、むしろ個々の批評家の欠点と限界において明らかであるからです。識別することは出来ますが、切り刻むことは出来ません。批評の目的は実践的であると同時に理論的であります。思弁的な批評家は、我々の楽しみを洗練し知的にし、我々の直接的で間髪を入れない把握の鋭さを破壊するのではなく、高めます。つまり、芸術の最高形態の需要をきたす標準を打ち立てて、それで生産に影響を及ぼします。そして、職人がたきの批評家の目的は、生産と新奇さでありますが、それは、可能な限り最上のものの生産であり、また、我々が果てしない運動と適応によって永続的なものを捉えることが出来るという理由だけで新奇なのでありますが、そのような批評家は、また、自分の素材に存在するような種類の真理の追究において、私心をなくさなければなりません。形而上詩の定義を詮索する際の私の興味は、「形而上的」という用語が、韻文に適用される時、たとえ、それが、混乱した和解することがない思想の燃焼によって作り上げられた鬼火であろうと、あるいは、それが合法的で可能な理想を表していようと、目下の所、どんな価値を持つことが出来るのかということを知りたいということであります。さあ、ジョージ・ハーバート氏が言ったように、我々の楽器を合わせよう。(4)

形而上詩を満足行くように定義出来ないということは、——そのうち、我々はこの詩の二、三の定義とその要素の幾つかを吟味するでしょうが― その問題の本質を予備的段階で誤認していることによるものなのである、というのが私の意見であります。その結果、ほとんどの定義は、定義しようとしたものを破壊してしまいます。我々は、一方において、一つの観念、あるいは用語を持っていますが、それは、用語であることによって、ある観念を表すのに値します。他方、我々は、この観念を具現化しているように見えるかなり多くの文学を持っています。最初に見ると、どんなものも簡単ではありません。我々は、我々の内側から、形而上詩はどのように存在しなければならないかという定義を展開し、それから、その定義を使い、形而上作家を形而上作家でないものから切り放しさえすればいいのです。そして、もし我々が少しばかり分析的な傾向を持っているなら、形而上派を彼らの作品に見られる形而上派でない部分や数節から切り放しさえすればいい。しかし、観念と素材をもっと綿密に考えて見るなら、「形而上派」という用語は、ドライデンによって使われ、ジョンソンに取り入れられて、最初、便利な用語として使われ、そして、それを定義するのと同じ程度に、手元にある資料によって定義されたことが分かります。[5] それは彼ら自身、形而上学者でなく、また哲学的性癖を持ってない人達によって使われました。そして、彼らは確かに、ダンテやルクレティウスのどんな考えをも念頭におかず、その用語を使いました。それだけに、哲学の形而上学的分野は余り実践されず、ドライデンの時代もジョンソンの時代の何れにおいても、英国では評判がよくありませんでした。ついでながら、その用語の意味がドライデンとジョンソンの間、幾分、変わらなかったかどうか吟味する余裕はありません。我々は、それ故、最初に、このように使われた用語と、我々がそれを使うときの用語との間にどれくらいの精神的緊張の一致が見出されるかどうかを、つまり、その用語が、それが独創的に当てはめられた詩人のために、一体どれくらい存続させられ得るのかどうかを考慮しなければなりません。第二に、我々がその用語を使うのに、ドライデンやジョンソンがその用語を使ったよりも、もっと多くの詩人のためだけではなく、異なった配列に見られるこれらの詩人のためであるということを銘記しなければなりません。二つのこれらの違いは重要であります。我々は、その用語を、実質的に抒情詩人と呼ばれるジェムズ一世やチャールズ一世（もっともそう呼ばれない多くの詩人をも含めますが）のもとで活躍しているすべての詩人たちにまで敷衍します。ジョンソンが、多かれ少なかれこの範疇に属しているように見える多くの詩人達—クラッショウ、マーヴェル、[6] キング、二人のハーバート、ヴォーン、ケアルー、スタンリー、ベンローズ、チェンバレイン、そして、もちろんトラハーンは言及されないで不問に付されています[7]—を念頭に置いたか、あるいは、その詩人達を含めたであろうという証拠はありません。実際、ジョンソンは満足を与えているどころではありません。彼は、ダンとベン・ジョンソンを流行を作り上げた（彼はマリーノを曖昧に言及しています）と評判し、彼自身の時代でも、なおもわずかの名誉を持っている彼らの「すぐ後の後継者」としてサックリング、ウォラー、デナム、カウリー、クリーヴランド、そしてミルトンを列挙しています。彼は、ウォラー、デナム、そしてミルトンを即座に撤回するためにだけ提案しているのです。そして、サックリングを取るに足らないものとして退けています。残るはカウリーとクリーヴランドだけで、これらの二人の詩人は、ダンとともに、ジョンソンの有名な評論[8]のための例証に引き出される詩人たちであります。そして、ジョンソンが、カウリーの作品にダンの作品よりも絶対的な高い価値をおいている、ということを記憶に留めて置きなさい。ドライデンは、彼の「シルヴィの序文」で、我々には計り知れない賞賛のように思われるものでもってカウリーに言及しています。そして、彼のダン言及において、ドライデンの作品のどんな他の部分より『諷刺』によってもっと印象づけているように思われます。[9]

それ故に、「形而上詩」という用語の考案と使用は、我々にはほとんど偶然に過ぎないものから由来していることが理解されるでしょう。ドライデンとジョンソンは、二人とも十分に判断する資格はありませんが、この人種である作家達に思想と学識の深さを認めています。そして、風変わりな難しいイメジャリーで纏われた思想と学識は、ジョンソンには形而上的に思われました。彼の記述は完全に正当であります。そして彼の批評は、彼が引用する種類の節によって計られたとき、道理にかなうと同時に適切であります。しかし、全体として、我々の用語に関する彼の使用は、彼の作家たちを啓蒙するというよりは、むしろ形而上派に関して中傷的であります。そして、ジョンソンにはダンとカウリーを形而上派にしているように思われたこれらの質それ自身は、我々が疑いを挟まなければならない属性なのです。我々は彼らの思考の深さと彼らの学識の質の両方を懐疑的に精細に調べるでしょう。

この点で、我々は、必然的に、それでは新しく出発しよう、と独り言を言います。名称は完全に間違った名称であるということは有り得ることです。そこで、真の形而上派であると我々が同意することが出来る詩人たちではじめ、彼らの作品から本質的な形而上的特質を解き放ち、そして、それを定義の形でダンと彼の仲間に当てはめよう。彼らは、多かれ少なかれ、形而上派であることが判明するかも知れないし、あるいは、全くそうでないかも知れない。形而上派でないことが判明した場合、我々は彼らに対して新しい名前を見出だすであろう。「形而上派」という用語をサンタヤーナ氏の『三人の哲学的詩人達』[10]という本に見られる彼の「哲学的」という用語に相当させることが出来ます。このサンタヤーナの本は、彼の作品の最も輝かしい本の一つであるけれども余り読まれていませんが、ルクレティウス、ダンテ、そしてゲーテの研究で成り立っています。明らかなことは、サンタヤーナ氏にとって、哲学的詩人とは宇宙の枠組みを持ち、その枠組みを韻文で具現化し、そして、宇宙における人間の役割と場の観念を実現しようと試みる人なのです。ここはサンタヤーナ氏の視点、あるいは彼の議論について十分に議論する場所ではありません。私はこれを言うだけで十分です。もし「形而上派」と「哲学的」を同一視し、そして、「哲学的」と言う言葉を、宇宙についての一つの体系、あるいは、ある見解に表現を与えてきたこれらの詩人達や、幾分、哲学的等価物を持っている宇宙の中の人間の場に限定するなら―この哲学的等価物はエピクロス、アクィナスのように、あるいは、ゲーテの「ファウスト伝説」[11]のためには、彼自身の時代からウィリアム・ジェイムズ[12]までのヨーロッパ哲学の半分を表していますが―、この区別は完全に明晰であります。サンタヤーナ氏が取り扱った三人は形而上詩人の名簿を徹底的に研究し尽くすでしょう。しかし、サンタヤーナ氏の本の効果はジャンルを分断するには少しはっきりし過ぎています。哲学者として、彼は哲学詩より詩的哲学に興味を持っています。この批評はある留保条件を必要としています。私は、サンタヤーナ氏と私自身は共通基盤を持っていると思います。つまり、我々は、哲学詩によって「オカルト」―「オカルト」という用語は記憶されなければなりませんが―と呼ばれるある種の解釈が与えられている詩は、ウェルギリウス迷信崇拝者から[13]シェイクスピアやブレイクについてのある解釈まで[14]の幅広い型の領域を包含しているということを意味しているのではないのです。私は、我々二人は明晰で識別あるものに好意を寄せる先入観があると想像しています。つまり、我々は表現されないものではなく表現されている哲学を言っているのです。

私には、すべての詩人にオカルト的哲学を見つけているどんな批評家をも攻撃する関心は全くありません。また、自分の韻文をそれを伝えるための手段にしようとしているどんな詩人をも攻撃することに関心はありません。しかし、詩とのその結びつきは、文学的に興味がないように見えますが、エピクロスの思想とルクレティウスの韻文、あるいは、アクィナスの思想とダンテの韻文との結びつきは、かなり文学的重要性があるように見えます。そして、私は、シェイクスピアは哲学的詩人ではないという件についてはサンタヤーナ氏と同意見であります。しかし、この点において、私が提案しなければならないことは、サンタヤーナ氏の言う完全な体系をもった詩の擁護者と区別して、哲学詩の本質に関するつつましやかな一時的な説明をすることなのです。それは、先験的に、我々が直接的調査と共通の承諾によって哲学的であると考えるダンテとルクレティウスを含む説明でなければなりません。そして、それは、必ずしもすべての良い詩を含むとは限らない説明でなければなりません。そのようなことだったなら馬鹿げているからです。そして、それは、哲学の側でなくて、詩の側から進まなければなりません。すなわち、我々は、それを最初の強烈さを持った詩作品、いわば思想が高温で詩に溶解される作品に限定しなければなりません[15]。それ故、我々はそのような作品を考慮からはずさなければなりません。混合が低温で達せられるポープの「人間論」や、混合が起こるかどうかは確信できないブレイクのような非常にすばらしい作品ですらもそうであります[16]。

詩の機能は、大抵の人々が自分自身の経験にあずかる意識的で正確な情緒と感情を定着させることであると同時に作り上げることであり、そして感情と感覚の軌道の範囲内で思想にだけに存在してものを引き出すことであります。それは多様な部分から感情の統一を作り出すのであります。つまり、叙事詩的、あるいは演劇的な行為の統一、音と感覚の（最も単純な形式である）融合、純粋な抒情詩、そして、多様な形式で、今まで経験におい結びつけられていない［事物］の融合といったような感情の統一なのであります。たとえば、サフォーの偉大なオードは、人間の意識において真の前進で、発展であるということがわかるでしょう。それは、その韻文の範囲内で、以前、無意識にただ存在した経験の統一を書き留めています。情緒の肉体的な共存を記録する際、それは情緒を修正しています[17]。カトゥルスが次のような広大な黙想で、突然、振り向くとき

soles occidere et redire possunt
sed nobis …

太陽は沈み、再び昇る
しかし我々には、…

彼は、思想によって情緒を、情緒によって思想を修正し、そして、それらを新しい情緒、それも、その後に続く詩人たちの情緒の変容にもかかわらず、疑いもなく、数世代の恋人たちによって経験されてきた情緒に纏めています。[18] 私は、人間の情緒の歴史は、全てを一緒にしようとする詩人の統合された努力によって、前方への、そして、上方への着実な集積、進歩であった、ということを暗示しているからではありません。全くそうではありません。多くの感情は捨てられなければならない。多くの感情は置き忘れられています。多くの感情は腐敗しています。あるものは、失われたアトランティス島のように、永久に消滅したように見えます。後に残されている感情の消え去った統一の空虚な殻が常に文学と呼ばれているのです。

でも、どんな時代でもすべての詩人は、多かれ少なかれ―共同の熱心さからでなく、『スナーク狩り』の

from necessity, not from good will,
Marched along shoulder to shoulder.

善意からでなく、必然性から、
肩を並べて行進した[19]

二人の人物のように――共通して一つの［感情］を持っているということはほとんど疑われ得ません。

我々の時代は、ダンテの『地獄篇』に圏があったより、もっと多くの社会的圏があり、また多くの理論と様式をもったバベルの建築家がいた時よりも、もっと完全で、不完全で、乱雑な哲学があり、そして、国家間の物理的なコミュニケーションがほとんど完全で、知的コミュニケーションが消滅している時代であります。この時代において、共通分母を見出だすことは確かに難しいですが、それは見つけられます。というのは天才が統一の方向に進むと同じように、凡人は不統一の方へ進むからなのです。しかし、ある時期に、思考の領域革命は、いわば、観念を振り捨てるであろうということは明らかなことなのです。この観念は詩の魅惑に陥り、そして詩の働きはこの観念を感情の直接性に変えてしまうのです。私が形而上派の時期と呼ぼうと考えたのは、まさに人間の感受性が、一時的にも、ある方向に広げられて定義されるこれらの歴史の瞬間であります。明らかに、このように言うことは、かなり十分な解明が必要とされます。

思想がそれ自身を纏って、詩となる三つの主要な形式があります。一つは（「陳腐なことより美しいものはない」とボードレールは言っていますが）[20] ありふれているかもしれない思想で、ほとんどの場合、ありふれている思想が、思想の言葉を纏っているけれども、詩的形式で表されている時であります。シェイクスピアが、

Man must abide

His going hence, even as his coming hither;
Ripeness is all

人間は忍耐しなければならない
この世に来るのも、この世を去るのも
成熟が全てである[21]

と言っているとき、これはこの型を例証しています。そのような格言的な発話は演劇において非常にしばしば起こります。演劇では、このような発話は、この発話が占めている立場や、この発話が演劇的行為に投げかける光からかなり多くの力を得ます。ギリシャのコーラスはこの発話で満ちています。第二の型は、議論の推論的展開で、たとえば、我々が「人間論」や、その高見において、魂の起源と展開についてのトマス的アリストテレスの理論を説いている『浄罪篇』の一節の中で見出だすようなものであります。[22]果てしない技術的な技巧はそのような論議を飛び立たせるためには必要で、そして、強力な情緒的緊張はそれを舞い上がらせるために必要なのです。そして、第三の型は、思考、あるいは知的な言説として単に普通に把握できるものが感覚的な形式で言い換えられるときに起こるものであります。その結果、感覚の世界は現実的に広げられます。一つの例証があります。ダンの主要な考えの一つ、多分、人間性に与えられた独特な贈り物ですが、それは統合、性愛における魂の融合と身元確認の考えなのです。それを明言したり、それ格言的にしたり、あるいは分析したりすることは無意味なのです。それを絞り出し、喚起することがすべてなのです。それはほとんど思考ではありません。それは先ほど触れた二つの型とは根底的に異なっています。しかし、そのような考えが可能になるまでには、知的労働がどれほどの世紀を必要とし、どれほどのドグマ、どれほどの思弁、どれほどの体系が他の体系に練られ、粉々にされ、取り上げられなければならなかったのか。魂それ自身が最初に作られなければならなかった。そして、魂が消滅してしまったので、我々は、これではない多くの他のもの、スタンダールの分析[23]やドストエフスキーの狂気[24]を持っています。もしブラウニングがもっと哲学者であったなら、もっと哲学的詩人であったかも知れませんが、そのブラウニングですら我々に次の一節を与えているだけであります。

Infinite passion, and the pain
of finite hearts that yearn.

無限の情熱と
有限なる心の痛みを憧れる[25]

すこし詮索して明らかになることは、この思考の型、つまり、言葉は肉を作ったということは、いわば、直ちにはっきり見えるというより、むしろ、その化身の時間と場所で制限されているということです。それは、直接経験の広がりの一つの形態で、これは何れの形態においても、詩の一般的な機能であります。[26] 実例は増やされるかも知れません。サフォーとカトゥルス[27]から引き出される例があります。ヘレンがトロイから見渡し、そして群勢の中で自分が自分の兄弟を見ていると考え、そしてホメロスが彼らは既に死んでいるということを我々に告げているとき、我々は、彼女の感情と同時に全てのことを知っている目撃者の感情を共にして、二つの形態は一つになります。[28] しかし、私が定義しようとしている詩の型の特質というものは、詩は、感覚を一瞬の間、抽象的思考によってだけ普通に達せられる領域に高めて行くか、あるいは、他方、肉の痛々しいあらゆる喜びで、少しの間、抽象性を纏っているかであります。それを神秘的と呼ぶことはたやすいことでありますが、私は直ちにこの言葉を使うことに反対します。それというのも神秘主義には多くの種類の特質があり、詩の中のこの働きの知的な特質を強調したいからであります。神秘主義の更に一層知的な形態である至福や、テレサあるいは聖十字架のヨハネの経験に、この知的な特質は、我々が見るように、接触するようになるかも知れません。しかし、これは細分化された変容であり、そして、それだけ包括的な特徴は全く神秘的ではないので、神秘主義という言葉をはずしたいと思います。

そのような詩は、プラトンの『饗宴』(間接的にネオプラトニズムを通してダンに影響を与えた作品[29])の中に部分的な福音を見出だすかも知れませんが、古代世界にはどのような場所も見出だしていません。その理由を説明することは、ギリシャ、ローマの昔から十三世紀までの思想史の概略を見ることであります。そして、これは、これらの講演が進むにつれて徐々に偽りなくあらわにされて行くことと思いますので、何故それが正しいかということを直接説明しようとは思いません。最初のこの型の詩の顕著な手本はもちろんダンテでした。もし私がかりそめに分けた哲学詩の三つの型を思い起こしていただけるなら、ダンテはこれらの講演のテーマを形作る型のためばかりでなく、それぞれの型の偉大なる手本であるということが直ちに理解されるでしょう。私は『リア王』からの次の一節を引用します。

Man must abide
His going hence, even as his coming hither…

人間は忍耐しなければならない
この世に来るのも、この世を去るのも…[30]

これと並んで慣れ親しんだものが設定されるかも知れません。

Nessun maggior dolore
Che di ricordar del tempo felice
Nella miseria…

幸なくて幸ありし日をしのぶより
なほ大いなる苦患なし[31]

説明的な型について、私は『浄罪篇』で魂に関するダンテの説明を既に引用しました。

Uscio di Dio…

L’anima semplicetta, che sa nulle …

それ純なる幼き魂は、

ただ己を楽しますものに好みてむかふ(32)

三番目の型は、一方の形式の『新生』（私はそこへ立ち戻るでしょう）を通して見られ、また他方の形式の『神曲』のさまざまな場所に見出だされます。『天国篇』の最終篇では次のように歌われています。

La forma universal’ di questo nodo
Credi ch’io vidi, perchè più di largo
Dicendo questo, mi sentii ch’io godo.

Un punto solo m’e maggior letargo
Che venticinque secoli all’impresea
Che fe Nettuno ammirar l’ombra d’Argo.

満物を齊へこれをかく結び合わすものをば我は自らみたりと信ず、
そはこれをいふ時我が悦びのいよいよさはなるを覚ゆればなり、

ただ一の瞬間さへ、我にとりては、かのネッツーノをしてアルゴの影を驚かしめし
企画における二千五百年よりもなほ深き睡りなり(33)

ここだけでなく後でも注目していただきたいことは、ダンテは、経験のもっとも希薄な洗練された強烈さ（私は深い考えがない訳でもなく「希薄な強烈さ」と言っている）のために、常に感覚的な等価物、つまり肉体的形象化を探していたということであります。それはあたかも、他の人間よりもより高い極みと稀なる雰囲気において、彼の肉体が生命と意識を維持することが出来るかのようであります。—実際、ダンテの詩の最終歌は最も情熱的であるため、単に維持するだけでなく、実際それを助長しているのです。

私は、ダンテから注意をそらすにあたって（もちろん、後で彼に立ち返らなければなりませんが）、私が形而上詩と呼ぼうとしているもののこの賜物は、彼の唯一のそして最高の賜物であるという感じを皆さんに残したくありません。私は彼の特質の中で優位にあるものを割り当てることはしません。前に述べたように、彼は哲学詩人を崇めることが出来るあらゆる可能な特質を持っていました。そして、サンタヤーナ氏の精神を主に捉えているのは、私が想像するに、—崇高な文章の才能、展開の才能、あるいは受肉の才能といった—これら三つのどれでもなく、むしろ、構成力、機構と構造の力なのであります。この点においてはダンテは今までのどんな詩人よりも優れています。

しかし、ダンテは彼の時代の唯一の詩人ではありません。そして、私が定義しようとしている詩的な力は正確に彼の同時代人によって十分に共有されているものであります。ダンテの仲間はすべて、さまざまな度合いで、感覚と思想を融合するこの力を持っています。そして、少数の人たちの少数の作品では、それは、巨匠の

中に見られる完全で、しかも膨大な構造におけるよりも一層、はっきりと感じられます。それ故、私が提案したいことは、これから講演を進めるうちに、一方においてダンテとその仲間、そして他方においてグィード・グィニッツリー、グィード・カヴァルカンティ、チーノ・ダ・ピストイアの間の対比を示し、比較を行いたいということです。[34]一般的な対比の中で発見らしいものをするつもりはありません。実際、私がただ不思議に思うことは、ダンのそれぞれの批評家はいままで比較を行ったことがないということであります。イタリアの批評家であるマリオ・プラッツ氏が、つい昨年出版した『英国における十七世紀主義とマリーノ風の詩』という本の中で、ダンの詩をグィニッツリーの詩と突き合わせ、そして一般的な類似点を指摘していますが、私はその類似点からプラッツ氏に責任を負わすことがない幾つかの推論を引き出しましょう。[35]

それから私はこれらの二つの時期―イタリアの十四世紀と英国の十七世紀―が、この詩の型が見出だされる唯一の時期であるかどうか問いただします。確かに唯一の時期ではありません。それは、不純物のさまざまな度合いにおいて、ダンテの後、限りなく見出だされます。ダンの前とその後に形跡があります。しかし、私は、私の目的のために、この二つの時期を、一連の歴史を作り上げていたなら二つの時期を切り放すことが正当化されるであろうよりも、もっとはっきりと切り放すことを提案いたします。私はその型をその最も典型的な形態で示したいと思います。そして、そこには次のような考慮があります。起源と影響の研究は我々を間違って導きがちであるということです。それは精神と言うより、しばしば判断を下す形式であります。それ故、私はダンテの時期を一つの表れとして、そしてダンの時代をもう一つの表れとして取り扱うでしょう。そして、私は、第三の時期が、それほど明晰でなく、もっと複雑であるということに気づきますが、それは、はっきりと「形而上派」の表れのようなものを代表しています。その親はボードレールで、それは一八七〇年と一八九〇年の間に、フランスに存在し、そして、私の目的にとって重要な詩人達は、ジュール・ラフォルグ、アーサー・ランボー、そしてトリスタン・コルビエール[36]であります。そして、私はこの時期を十七世紀の概観の手助けにするためにまた使うでしょう。

重要なことは、この種のことを企てる際、我々は我々の方法を絶えず綿密に吟味し、我々の目的を思い起こし続け、それぞれの道具に、過剰でも過少でもなく、何を期待すべきかを認識しながら、それらを検査し続け、絶えず我々が、余り多くでもなく少なくもなく、然るべき道具を使うかどうかを自問することであります。私の目的がただ形而上詩の定義に達するだけではないということは明らかでしょう。常に出来るだけ正確で明晰―主題が許す限り―でなければなりません。その主題が文学の時、明晰さはある点を超えて歪められます。これは文学批評活動を非常に意義深く制限するものであります。主題が、その本質において、曖昧であるとき、明晰さは、それを認識不可能なほどはっきりさせることにあるのではなくて、それが始まり終わる所の曖昧さとその必然性の原因を認識し、そして慎重な点で分析と区別を吟味することにあります。文学において、識別することは出来ますが、切り刻むことは出来ません。というのは、私が初めに申し上げましたように、一方において定義し、他方において、一塊の素材と現実にある書かれた詩を携え、そして、この二つを調和させようと望んではならないからであります。皆さんは、詩の一派や集団を取り扱う際、純粋に自然で無意識的でもなく、また純粋に意識的で思慮深くもない類似点を取り扱っているのです。人が考え感じたものだけを取り扱うのではなく、人が考え感じたと考えたものを取り扱っているのであります。つまり、最後の手段として、あなた自身の思考に対してだけでなくあなた自身の感情に対して呼びかけなければなりません。一方において、私はかりそめに定義をしています。しかし、この定義をする際、私は詩についての私自身の直接経験に頼らなければなりません。明らかに、私は、何らかの理論を作り上げる前に、ダン、グィード、そしてラフォルグの情緒の間にある類似点を感じました。

そして、他方、私があらかじめ打ち明けることは、形而上詩に関するどんな定義もただ部分的な成功に過ぎず、そして、その定義はその主題の本質にある、ということであります。このことは私が選んだ形而上派を代表する詩人、つまり、ダン、クラッショウ、そしてカウリーから明らかでしょう。―私は私の定義を最大限に働かせるためにこれらの三人を慎重に選択しました。ダンは形而上詩人達のどんな分類においても第一級の場を占めるでしょう。ダンは不動の点なのです。ダンは形而上詩人達のどんなものにも劣らずほとんど典型的な人です。他方、彼は余りにも個人的であるので一つの型にはまりこむことはありません。今や完全にダンに当てはまるどんな理論も、他のどんな詩人にも当てはまらないでしょう。一つの理由はこれなのです。もし、その精神によってある一派の詩を定義しようとするなら、多分、その定義はその派よりも多くのものを包含してしまうくらい大きくなり、（そして）それ故、役に立たなくなるか、あるいは、その定義は殆どダンを除いたすべてのものを排除するくらい狭まってしまうかの何れかである、ということが分かるでしょう。というのは、その一派はその精神によって全く結合されず、そして多くの会員を含めれば含めるほど、それだけ彼ら全てを活気づける精神は希薄になるからであります。その学派は字句―彼らが使う陳腐な文句、使い古された語句、使い古された言い回し―によって結合されます。我々の研究において、我々は、誇張法、引喩、奇想の使用といった十七世紀の一般的な言語を調査しなければならないでしょう。しかし、もし、我々が単に言語と韻律の中に、我々の定義、我々の統合の原理を求めたならば、我々は、単に類似点の目録あるいは一覧表に到達するだけで、これは、定義にほど遠く、これらの類似とその結果の原因を探し求めなければなりません。同時代人達の間の類似点の原因は次の三種類に違いありません。同じ時代における文化の共通遺産、その時代における同じ影響への共通の露見、それから、個性と思想、技術のこの二つがお互いに及ぼす影響であります。そして、字句は、精神と同じように生命を与えているということを記憶されなければなりません。たとえば、カウリーはダンの文体をまね、彼の主題を取り入れることによって、形式のみならず精神において、ある程度、彼に似てくるようになります ―もっともどんな人も生まれながらこの目的に対して恵まれている人はほとんどいませんが。だが、私は、カウリーは形而上詩に関する私の定義に満足していないということを、あらかじめ認めましょう。彼は、御言葉をしばしば骨にしますが、肉にすることは出来ません。

そして、私が自分の定義に望み得る最良のものは、私が形而上詩の最も価値ある側面と考えているものに突然の光を投げかけることであろう、ということです。しかし、私は「形而上詩」という言葉を次の二つの意味で使い続けるでしょう。一つは、私の定義の主題として ―何故なら、あらゆる用語は定義の影響を受けやすいときめてかからなければならないから― それから、もう一つは、問題となっている詩人のグループの集合的名称としてです。そして、私は、これらの詩人のグループを、便宜のために、また私がその選択に心から同意しているという理由で、グリアソン教授の賞賛すべき、そしてほとんど申し分のない詩華集に載っている詩人たちと考えます。(37)

相対的に重要でない一つの点がありますが、私はこの点をついでに敷延しなければなりません。何故なら、そのことは確かにあなた方の心に起こり、もし私がそれを無視するなら、それはそこにいつまでも残り、それ以上に重要な立場を占めてしまうからであります。それは次のようなものであります。何故「形而上派」という名称を存続させるのか。何故「十七世紀の抒情詩人たち」と言わないのか。「心理的」詩人たちでもいいのではないのか。それもそうですが、「心理的」詩人たちと言えない然るべき理由があります。私は、それをこれからの講演で展開したいと思います。この然るべき理由は、すなわち、我々が私の定義（前に説明したように、この定義は部分的に強引にこの詩人たちに課されたものでありますが）を利用する間でのことであります。要するに、私は、イタリアの十四世紀の詩人たちは心理的な詩人たちではないということを正確に主張するつもりです。イタリア人をあからさまに閉め出してしまう用語だったなら、私の三角測量の一つを取り去ることになるでしょう。そして、十七世紀をなおも「形而上派」と呼ぶ理由は、その用語は使われて神聖にされるからです。「哲学的」は、それに応じて、「形而上派」よりももったいぶった用語です。「形而上派」という言葉は、ここ二五〇年の文学批評で使われているように、「空想的」「入念な」という言葉の含みを持っています。それは抑圧されるべきではないのです。

数年前、私は『タイムズ』で内密に、この言葉の使い方に関して、セインツベリー氏と文通を交わしたことがあります[38]。セインツベリー氏はその言葉を受け入れたばかりでなく、私にはほとんど言葉の遊びとも見えるものによって、その言葉に、その語源に基づいたもっと広くもっと正確な意義を与えようとしました。形而上学は、もちろん、元々、『自然学』の後にあらわれたアリストテレスのあの作品に過ぎません。しかし、形而上学は、セインツベリー氏にとって、自然なるものの後にやってくるものなのです（確信が持てませんが、アリストテレスはこれを修正したくないでしょう）。形而上詩人たちは自然を越えた、もしくは自然の後に来る何か、つまり、思想と情緒の極地とも言うべきものを探し求めた人たちであります。それ故、彼らは形而上派であります。形而上詩人たちを、セインツベリー氏の言葉を使うなら「第二の思考」を持ち、そして、主にそれに興味がある人達と定義することは、巧妙で熟慮する価値があります。しかし、我々が形而上派と呼ぶべきではない他の詩に当てはめることは一般的な困難を伴うように見えるし、さらに悪いことに、この定義を二流の人たちに当てはめることは、それを最もすぐれた人たちにあてはめるより難しいことであろう。私は、明白に、包括的でない定義を選びましたが、その定義は一流の作品というよりは二流のものを無視しがちであると思います。しかし、セインツベリー氏の言葉が心に留めるべきであるのは、その言葉は人工的なもの、多分、我々が吟味しなければならないであろう念入りな感覚の開発を含意しているからなのです。

もちろん、我々は大部分の時間をダンに使わなければなりません。先ず第一に、ダンの精神の外観がどの程度まで決定され、そしてどんな方法でダンの詩の中の役割が見出だされるのかという意図で、彼の博識の種類と広がりを簡単に吟味したいと計画しています。我々の研究のこの部分は、主にラムゼー女史の『ダンの中世的諸教義主義』と彼女の深遠な研究を利用することによって達せられた結論に関する注釈と批評であります。[39]重要なことは、我々がダンの気質の中の中世的要素とルネッサンス的要素の釣り合いに関する意見を持つことであります。ここから、我々は、情緒や人間的で神聖なエクスタシーについてのダンの理論の分析に移行し、この分析を、古い世界と新しい世界の間にあるダンの立場をさらに一層綿密に決定するために、一方においてイタリアの詩人の理論と、他方において、ボードレールのような現代の詩人の理論とを比較します。そして、最終的に、我々は、彼の表現形態、彼のエリザベス朝詩人への恩義と彼らとの類似、彼の韻文形式の使用、そして奇想とイメージの使用へと向かうのです。ダンを考える際に、我々はその時代のすべてのエロティックな韻文を考え、そして、もしあるとするなら、共通原理を見出だそうとしなければなりません。クラッショウの番になって、彼を考える際、我々は ― 主にハーバート、ヴォーン、トラハーンといった― 彼の同時代人の宗教詩を吟味し、そしてその共通原理を見出だそうと試みるでしょう。ダンからクラッショウに進む際、我々が関心を持っているのはかなり限定された知性であるという意味で、一般的なものから特殊なものへ移ります。だがクラッショウはその当時のヨーロッパの一般的な作風、特に宗教的もしくは献身的な精神性の特色をかなりよく示しています。それ故、クラッショウの研究は十七世紀前半の宗教研究でなければなりません。カウリーにおいて我々は形而上詩の外縁に達します。そして、私が彼にかなりの注意を払うように決めたのは、カウリーこそが来るべき時代に対してこの時代を表し、そして、彼こそが、デナム、ウォラー、そして他のもの達とのある種の融合によって、歴史書で我々がしばしば信じ込まされるほど乱暴ではありませんが、オーガスタン時代への推移を生み出したからなのであります。そして、結局、私は、その時期を全体として取り扱い、十・・・四世紀と私が触れた十九世紀のフランスの詩人達との一般的な比較をし、そして、そこから結論を引き出すことをもう一度提案いたします。

次の二つの相反する理由のために、私は、これらの講演を最後まで聞こうとする我慢強さを持っていると思っている人々に、グリアソン教授の『十七世紀形而上詩選集――ダンからバトラーまで――』を常に使うことをお勧めいたします。一つの理由は、研究を進めて行くと、我々は哲学と神学の議論へ入ってしまい、詩が簡単に忘れ去られてしまうからであります。そして、私が皆さんに忘れてもらいたくないことは、手元にあるものは哲学や神学ではなくて、詩で、それも抽象的なものとしての詩ではなくて、喜びを受け入れ、与えることを意図している生きたものとしての特定の詩であるということであります。もう一つの理由は、このすばらしい選集は、事実上、我々が必要としているその時期のあらゆる詩を収め、我々がある原文を詳しく調べようとする時は便利であるからであります。

他の本の中には次のようなものがあります。

プラッツ、『英国における十七世紀主義とマリーノ風の詩』(40)

L・P・スミスの『ダンの説教』でその序文は勧められない(41)

ドライデンの「詩の固有の機知」に関する評論(42)

ジョンソンの「カウリー伝」、「デナム伝」、「ミルトン伝」、そして「ドライデン伝」(43)

カウリーの『エッセイ集』(44)

グールモン、『ダンテ、ビアトリーチェ、そして恋愛詩』(45)

ロセッティ、『初期イタリア詩人達』(46)

ホッブズとデカルト(47)

フッカー、『教会統治法』(48)

トルク、『スペインの神秘主義』(49)

注

(1) ナンサッチ版のジョン・スパロウ編集『ヘンリー・キング主教詩集』(*The Poems of Bishop Henry King*, edited by John Sparrow) は一九二三年、春に出版された。

(2) 英国の文人でフランス文学史家のジョージ・エドワード・ベイツマン・セインツベリー (George Edward Bateman Saintsbury [1845-1933]) は、以前はエディンバラ大学の修辞学と英文学の教授 (一八九五年～一九一五年) であった。彼はこの大学で彼の記念碑的ともいうべき『チャールズ一、二世の二流の詩人達』

(*Poets of the Caroline Period*) の最初の三巻（一九〇三年、一九〇五年）を準備し、その最終巻である第三巻は一九二一年の九月に出版された。T・S・エリオットはそれよりも早く「文学への彼の貢献は偉大であった。彼がチャールズ一、二世の詩人達の版…以外何もしなかったとしても、彼はなおも我々の永遠なる感謝を受けたでしょうに」と書いた（*Dial*, July 1922, p. 95）。T・S・エリオットはまたセインツベリーに『ドライデンを讃えて』(*Homage to John Dryden* [1924]) を献呈した。

ハーバート・ジョン・クリフォード・グリアソン（Herbert John Clifford Grierson [1866-1960] 一九三六年にナイト爵に叙列）は、セインツベリーが一九一五年から三五年までエディンバラ大学の教授の職に就く前に、『ジョン・ダン詩集』(*Poems of John Donne* [1912]) の二巻本を出版し、彼の定評ある詩華集『十七世紀形而上詩選集―ダンからバトラーまで―』(*Metaphysical Lyrics and Poems of the Seventeenth Century : Donne to Butler*) は一九二一年の八月に出版された。T・S・エリオットのこの本に対する書評「形而上詩人達」('The Metaphysical Poets') は、その年の十月十二日付けの『タイムズ文芸付録』(*The Times Literary Supplement*) に掲載され、そして『ドライデンを讃えて』に採録されることになり、その後『批評選集』(*Selected Essays* [1932]) に収録された。

（3）この講演が行われた一九二六年の一月二六日以前の一九二五年の終わり頃に書いたので、T・S・エリオットは自分の経歴を一九〇七年から八年の『ハーヴァード・アドヴォケット』(*Harvard Adovocate*) に掲載された最初の出版物に遡っている。

（4）アイザック・ウォルトンの『ハーバート伝』(Izaak Walton's *Life of Herbert* [1670]) への言及。ハーバートがセイルズベリの音楽友達に会いに行く途中、彼は、ある一人の貧しい人間とその人の荷を積み過ぎた馬を助け、祝福を与えるために立ち止まった。彼らしいところがなく土まみれになって、だらしない恰好で仲間のところに着いたとき、彼は音楽友達の一人に「そんな汚い仕事」に携わったことで非難された。ハーバートは手元の関心事に取りかかる前に信心深く答えた。「毎日、このような目に会いたくないけれども、言わせてもらうなら、一日だって、悲しい魂を慰めたり、慈悲を表すことなく過ごすことは出来ないだろう、ということだ。そして、この出来事に出会ったことに対して私は神を讃えると。さあ、楽器を合わせよう」（*The Complete Angler & The Lives of Donne, Wotton, Hooker, Herbert & Sanderson* [London: Macmillan, 1906] p. 409）。T・S・エリオットは、後のパンフレット『ジョージ・ハーバート』（*George Herbert* [1962]）の中で、「規範となる教会区司祭」としての彼のハーバート像を例証するために、このお気に入りの逸話を略さずに詳述している。

（5）T・S・エリオットが知っていたように、ドライデン（Dryden）は、実際には、ダンや彼の一派を記述するのに「形而上派」という用語を使わなかったが、「諷刺の起源と進歩に関する議論」（'A Discourse Concerning the Original and Progress of Satire' [1693]）で、「ダンは形而上学を使った」と書いている。ジョンソン（Johnson）は、多分、ドライデンの一節を自分の『カウリー伝』（*Life of Cowley* [1779]）の典拠として採用した。そこでジョンソンは「形而上派」という言葉の使い方を次のように定着させた。「十七世紀の初め頃、形而上詩人と呼ばれてもいい作家の種族が現れた… 形而上詩人は学者であり、その学識を示すことが彼らの努力のすべてであった」と。

（6）「ラヴレス」（'Lovelace'）は、後で、T・S・エリオットの手で、マーヴェルの後に書き入れるために線で上の余白に鉛筆で書かれた。

（7）チェチェスター主教ヘンリー・キング（Henry King [1592-1669]）、トーマス・スタンリー（Thomas Stanley [1625-78]）、エドワード・ベンローズ（Edward Benlowes [1603-76]）、そしてウィリアム・チェンバレイン（William Chamberlayne [1619-79]）の主要作品は、セインツベリーの『チャールズ一、二世時代の二流の詩人達』（*Minor Poets of the Caroline Period* [注（2）の最初参照]）で復活している。『トーマス・トラハーン詩集』（*Poems of Thomas Traherne* [1636-74]）の原稿が発見されたのは一八九七年で、その詩集は一九〇三年に初めて出版された。

（8）ジョンソンは『カウリー伝』の中で、形而上詩人達の特徴である「ある種の書き方」（kind of writing）は十七世紀の一流の詩人であるジャンバスティスタ・マリーノ（Giambattista Marino［1569-1625］）から「借用」されたもので、ダンとジョンソン（Jonson）の「規範によって推奨された」と述べた。彼らの「すぐ後の後継者」の彼のリストには「どんなことも記憶に残っていると言われている」人達が掲載されている。彼はその中の幾人かを周辺の仲間に過ぎないと考えている。「デナムやウォラーは、我々の韻律の調和を改良することによって、別なやり方で名声を求めた。ミルトンは運搬人ホブソンに関する韻文でだけ形而上派の文体を試みた…サックリング（Suckling）は作詩法を改良しなかったし、またコンシートを多用しなかった。当世風の文体は主にカウリーとともにあった。サックリングはそれに達することが出来なかったが、ミルトンはそれをみくびった」。

（9）ドライデンは「シルヴィの序文」（'Preface to Sylvae,'［1685］）で「我々が驚かされるカウリー」を機知に関する偉大な大家と認め、ピンダロス風の韻文を彼の時代に導入し、「一人の人間によって非常に幸運にも回復させられ、そしてほとんど残りの人達によって非常に粗雑に写された気高い種類の詩」ということで「カウリー氏の幸運な才能」を賞賛した。

ドライデンはダンの機知を賞賛したけれども、彼は少しばかりではあるが、詩についてほど諷刺に批判的ではなかった。「劇詩論」（'Of Dramatic Poesy,'［1668］）で、彼はクリーヴランドの諷刺をダンの諷刺になぞらえて「一方は、粗雑なリズムだけれども、共通の言語にある深い思考を与えているが、他方は抽象的な言葉で共通の思考を与えている」ということを論じた。彼は「アビングトン伯爵に寄せて」（'To the Earl of Abington,'［1692］）の中で、ダンを「我々の国の最も偉大な詩人ではないけれども、大変、機知に富んだ人」と記述しているが、次の年、「諷刺の起源と進歩に関する議論」の中で、彼は詩人と諷刺家の両方をはねつけた。「かなり機知に富んでいるダンの諷刺は、もし彼が自分の言葉や韻律に注意したなら、もっと魅力的には見えなかっただろうか。しかし、彼はぴったりとホラティウスの後について行ったので、当然、彼と同じであったに違いない。そして、この現在の時代について、もし我々がダンほど機知に富んでいないとしても、それでも確かに我々は彼より良い詩人であると言っても差し支えないかも知れない。」

(10) T・S・エリオットは、その本が一九一〇年にハーヴァード大学から出版される以前、その本の論点には馴染みがあった。スペイン生まれのアメリカの哲学者で、一八九九年から一九一二年までハーヴァード大学の哲学教授であったジョージ・サンタヤーナ(George Santayana [1863-1952])は、二つのコースでT・S・エリオットに教えた。それは一九〇八年の「現代哲学史」('History of Modern Philisophy')序論と、一九〇九年の上級コースの「歴史的発展における社会、宗教、芸術及び科学の理想」('Ideals of Society, Religion, Art and Science in their Historical Development')であった。サンタヤーナは一九一〇年の六月の序文で、その本を構成している六つの講演は「私がハーヴァード・カレッジで、しばらくの間お話した正規のコースに基づいていているものであった」(五頁)と述べている。この本は、T・S・エリオットの詩と哲学と信念の関係に関する著書のための基盤を与え、エリオットの初期の評論「ダンテ」('Dante' [1920])、「マラルメとポーに関する覚書」('Note sur Mallarme et Poe' [1926])、そして『ダンテ』(*Dante* [1926])を活気づけ、その序文で「私は何らかのことを『三人の哲学的詩人達』の中のサンタヤーナ氏の評論に恩恵を受けている」(一二三頁)と述べている。

(11) サンタヤーナは、ゲーテのファウスト伝説の論じ方を「哲学的旅路」つまり、スピノザで始まり、ロマン主義的哲学のさまざまな解放を探究するものとして次のように特徴づけ賞賛している。「ファウストは、それが始まる哲学的レベルと同じ哲学的レベル —ロマン主義のレベル— で終わっている。生の価値は、達成ではなく、追求にある。それ故、あらゆるものは追求する価値があり、どんなものも満足をもたらなさい —この果てしない運命それ自身を除いて」(一九五頁)と。「ゲーテ序論」('Introduction to Goethe' *Nation and Athenaeum*, 12 January 1929, p. 527)で、T・S・エリオットは次のように言っている。「ゲーテは、サンタヤーナ氏が明らかにしているように… 哲学的詩人である。彼の哲学は、不幸にも、十九世紀が熱中したもので、それ故、その哲学は通俗的な堕落した形式で我々に余りにも馴染み深いものとなった。愛、自然、神、人間、科学、進歩といったこのような用語のゲーテ以降の解釈はなおも流布している。しかし、このような言葉は徐々に置き換えられている。そして、これらが置き換えられるにつれて、我々はゲーテを、今まで以上にはっきりと、そして感嘆して見ることが出来るでしょう」と。エリオットが、その後「シェリーとキーツ」('Shelley and Keats,' [1933]) の中でダンテ、ルクレティウス、そしてゲーテを哲学的詩人として論じた時、エリオットが結論づけたのは「多分、ゲーテに関して、彼は哲学と詩の両方に手を出しどちらも余り成功しなかったと言うことは当を得たことであろう」(*The Use of Poetry and the Use of Criticism*, pp. 90-91) ということであったが、「賢者としてのゲーテ」('Goethe as the Sage,' [1955]) の中で引用し和らげた所説は、ゲーテを「他の人間より広範な広がりのある英智を持っている」(*OPP* 220/257) 詩人として賞賛したことである。

(12) ウィリアム・ジェムズ (William James [1842-1900]) は『プラグマティズム』(*Pragmatism* [1907]) や『根本経験論』(*Essays in Radical Empiricism* [1912]) の中で彼の主要な哲学を展開した。T・S・エリオットが一九一四年ハーヴァード哲学会に対して政治学と形而上学の間の関係について講演した時、彼はプラグマティズムの欠陥は人間をすべてのものの尺度にしたと述べ(ホートン)、その後、彼がジェイムズの『人間の不滅、二つの推定された教義への反論』(*Human Immortality: Two supposed Objections to the Doctrine* [1898]) を書評した時、彼は次のようなことを見て取った。「その講演の副題はジェイムズに非常にしばしば見受けられる態度、つまり精神の懐疑的破壊的習慣と哲学と思考における自由を求める積極的熱情との結合 … の特徴を表している。彼はどんな形式においても抑圧を嫌っていた。独断的神学の抑圧は、ユニテリアン派のハーヴァードの雰囲気で生きている彼からはほど遠いものであったが、観念論哲学の抑圧や科学的物質主義の抑圧は彼に非常にリアルなものであった」。T・S・エリオットは、その講演の覚書を「講義そのものよりもっと挑発的であることが分かった。その覚書は、ジェイムズは、彼の死の時、かろうじて輪郭が描かれた哲学、つまり、彼が自分のプラグマティズムよりももっと重要と考えた『根本経験論』の方向へ既にもがいていたということを示している」(*New Statesman*, 8 September 1917, p. 547)。T・S・エリオットは「フランシス・ハーバート・ブラッドレー」('Francis Herbert Bradley,' [1927]) の中で「プラグマティズムの最も弱いところは、それはどんな人にも全く効用がないことで終わっていることである」(*SE* 454/403-4) と書いていた。

(13) ウェルギリウスのオカルト的力を崇拝したウェルギリウス迷信崇拝者は「ウェルギリウスのくじ」を引くこ

とで未来を予想しようとした。T・S・エリオットは、ジョンソンの『カウリー伝』の中で、カウリーはスコットランド条約の交渉をうまく行くことを予想する訓練を犯したかも知れないというジョンソンの疑いに遭遇した。エリオット版の論説の注が説明しているように、「ウェルギリウスのくじ、ウェルギリウス迷信崇拝者に助言を求めることは、ウェルギリウスの本をひろげることによる占いの方法で、本を読む者が偶然に目を据えた二頁のどちらかの最初の節をその人の環境に適応させることである」(Samuel Johnson. *Lives of the Most Eminent English Poets* [Chandos Classics new edition. London, p. 4])

(14) 一八五七年、デリア・ベーコン (Delia Bacon) は『展開されたシェイクスピア劇の哲学』(*Philosophy of the Plays of Shakespeare Unfolded*) (この本を出版させたナサニアル・ホーソンの序文がある) で文学界を驚かせた。この本の中で、彼女が証明しようとしたことは、秘密文学セクトのベーコンと他の者は、王立政府に自由主義的政治哲学を向けるために「シェイクスピア」劇を生み出したということであった。A・E・ウエイトの『バラ十字会員の真の歴史』(A. E. Waite. *The Real History of the Rosicrucians* [1887]) の出版後、『ベイコン、シェイクスピア、そしてバラ十字会員』のW・F・C・ウィグストン (W. F. C. Wigston. *Bacon, Shakespeare, and the Rosicrucians* [1888]) や『フランシス・ベーコンと彼の秘密社会』のヘンリー・ポーツ夫人 (Mrs Henry Ports, *Francis Bacon and his Secret Society* [1891]) を含めた多くの研究は「シェイクスピア」をベイコンとオカルト社会に関連し続けた。そのような解釈に関するT・S・エリオットの懐疑的特徴は「エリザベス朝の翻訳におけるセネカ」('Seneca in Elizabethan Translation. [1927]) に表れた。「たとえば、シェイクスピアとダンテの比較において、ダンテはある哲学体系に寄り掛かり、それを全体として受け入れたのに対し、シェイクスピアは…哲学よりもすぐれたある知性外の、知性を越えた知識を得た。このようなオカルト的情報は時々『霊的知識』あるいは『洞察』と呼ばれた」*SE* 96/80)。

W・B・イェイツは、T・S・エリオットによって知られるいくつかの校訂版や評論の中でブレイクをしっかりとオカルトの伝統に置いた。この中には、三巻本の『ウィリアム・ブレイク作品集――詩的、象徴的、そして批評的――』(*Works of William Blake: Poetic, Symbolic, and Critical* [1893])、『ウィリアム・ブレイク詩集』(*The Poems of William Blake* [1893]) 入門、そして『善悪の観念』(*Ideas of Good and Evil* [1903]) に集められたブレイクに関する評論がある。

(15) T・S・エリオットは『伝統と個人の才能』('Tradition and Individual Talent, [1919]) の中で「大切なのは、芸術的過程の緊張、言うなれば、融合を引き起こす強い圧力である」と主張して、「変容させる触媒」の化学的類推を創造的過程を記述するために展開した。

(16) T・S・エリオットはエズラ・パウランドの『詩選集』(*Selected Poems* [1928]) 改訂版の中で「実際、我々の時代でポープを詩人として楽しむことが出来ない人は、多分どんな詩をも理解することが出来ないと言うことが出来るかも知れない」(p. xxi) と書いた。そして、「ブレイクの神秘主義」('The Mysticism of Blake', [1927]) で次のように述べている。「ブレイクは哲学的に独学の素人で、神学的には異端である…ブレイクは『歌』ではある人間で(予言)書の中では別の人間ではない。才能と霊感は一続きである。予言書は、詩、それもまたすばらしい詩で満ちている。しかし、その本は才能と霊感は詩人にとって十分ではないということを非常にもの悲しく示している。彼は教育を受けなければならない。私が言う教育は博識ではなく、ある種の精神的道徳的な訓練を意味している。偉大な詩人―最も偉大な詩人ですら―は自分の限界を知り、その範囲内で創造している」(*Nation and Athenaeum*, 17 September 1927, p.779)。

(17) T・S・エリオットは、ロンギヌスの三世紀の『崇高について』(*On the Sublime*) の論文に保存されている断片、サッフォーの「アナクトリアに寄せて」('Ode to Anactoria', c. 600 B.C.) に言及している。

Peer of Gods he seemeth to me, the blissful
Man who sits and gazes at thee before him,
Close beside thee sits, and in silence hears thee
Silvery speaking,
Laughing Love's low laughter. Oh this, this only

Stirs the troubled heart in my breast to tremble,
For should I but see thee a little moment.
Straight is my voice hushed ;

Yea. my tongue is broken, and through and through me
'Neath the flesh, impalpable fire runs tringling ;
Nothing see mine eyes, and a noise of roaring
Waves in my ears sounds ;

Sweat runs down in rivers, a tremor seizes
All my limbs and paler than grass in autumn,
Caught by pains of menacing of death, I falter.
Lost in the love trance.

（Trans. J. A. Symonds, 1883）

彼は私には神々の仲間のように思われる。祝福された人間は
彼の前にいるあなたのそばに座り、あなたを見つめて、
あなたのすぐそばに座り、そして、黙して、あなたの
さえた柔らかい話しに耳を傾け
愛の低い笑い声を耳にして笑う。おお、これ、これだけが
震える私の胸の内で安らかならぬ心を動かす。
というのは、もし、私が少しの間でもあなたを見るだけなら

私の声は静められるから。

そう、私の舌は打ちひしがれ、そして、私を通り抜け
肉の下で、触知出来ない火がうずきながらひろがる。
私の目は何も見ず、轟く波の音は
私の耳で響く。

汗は河にしたたり落ち、身震いは
秋の草より青白い全ての私の四肢を掴まえ、
脅かす死の苦痛で捉えられ、私はよろめき、
愛の恍惚にうっとりとなった。

ロンギヌスはたずねている。「彼女は、あたかも自分の精神、肉体、耳、舌、目、そして顔色が自分にとって奇妙な散り散りばらばらの要素であるように思われるのだが、このようなものを彼女はどのようにして経験の同じ瞬間に一緒にさせようと努めているか、あなたは不思議ではないか」（『偉大なる執筆に関して』(*On Great Writing* [*On the Sbulime*], trans. G. M. A. Grube, New York : Liberal Arts Press, 1975, p. 18) と。T・S・エリオットは「私にとってダンテが意味するもの」('What Dante Means to Me,' [1950]) の中で次のように書いている。「ある特殊な詩的美徳のための基準を設定してくれたものとして心に残る人達がいます…サフォーはある特別の情緒を正しい最小限の数の言葉で一度限り定着させるための基準を設けた」(*To Criticize the Critic*, p. 127) と。

(18) 二行目の間違った引用はハーバード・リードの手で余白に［nobis cum semel ?］と疑問符が付けられている。T・S・エリオットはカトゥルスの「カルミナ五」(Catulius, 'Carmina,' V) ('Vivamus, mea Lesbia, atque

amemus.）から思いだそうとしていた。

soles occidere et redire possunt :
nobis, cum semel occidit brevis lux
nox est perpetua una dormienda.

Suns can set and rise again
we, when once our brief light has set,
must sleep one never-ending night.
（Trans. G.P. Goold, *Catullus*, p. 37）

太陽は沈み、再び昇る
短い光が、一度、沈めば、我等には
果てしのない一夜が眠られるべく残るのみ

彼は「アンドルー・マーヴェル」（'Andrew Marvell' [1921]）で二行目と三行目を正しく引用している。この評論では、ホラテュウス、マーヴェル、そしてカトゥルスからの行を比較議論して、彼は「これらの行には一つの文明全体を含んでいる、…マーヴェルの韻文にはカトゥルスのラテン詩の雄大な余韻はない」（*SE* 295/254）と言っている。

(19) ルイス・キャロルの『スナーク狩り』（*The Hunting of the Snark* [1876]）から間違って引用されている。「第五章、ビーバーの授業」（'Fit the Fifth — The Beaver's Lesson, [lines 19-20]）で、ブッチャーとビーバーは、スナークを求めてそれぞれ断固として荒涼たる谷間へ突進の最中、おびえるようになった。

Till (merely from nervousness, not from good-will)
They marched along shoulder to shoulder

ついに（親しみからではなくて、不気味さのあまり）
肩と肩とを触れ合わせて歩きだした。

(20) ボードレールは、彼の死後出版された『手記』(*Journaux Intimes*) にある「赤裸の心」('Mon Coeur Mis a Nu,') の七十六節（『貴重な覚書』(*Notes précieuses*) に次のように書き入れた。「散文の中にあってさえも、常に詩人であれ、崇高な文体（陳腐なことより美しいものはない）」（『遺書と未刊の書簡』*Oeuvres Posthumes et Correspondence Inédites* [Paris, 1887], p. 121）と。T・S・エリオットは一九五二年頃までこの言葉を試金石としていた。この年、エリオットはグレイの「墓畔の哀歌」('Elegy in a Churchyard') を「ほとんど平凡な美しい詩の良い例」として論じた。「このような詩は翻訳することは出来ません。それらはただ同じ国際的な平凡さを身に纏っている才能ある別な詩人によって、彼自身の言語の美しさで言い換えられるだけです。『陳腐なことより美しいものはない』(*Rein n'est plus beau que le lieu commun* [sic]) とボードレールはどこかで言っています。ホメロスから我々の時代まで、詩はこれに依存してきた（「スキュラとカリュブディス」('Scylla and Charybdis,' *Agenda*, 23 [1985], p.11]）

(21)『リア王』(*King Lear*, v. ii. 9-11) から間違って引用されたものは、句読点を除いて、誰かの手によって、次のように黒インクで修正された。

Man must endure
Their going hence, even as their coming hither.
Ripeness is all.

(22) ウェルギリウスが愛と自由意志を論じている十八歌、四九行から五四行と、ウェルギリウスのキリスト教の相棒であるスタティウスが再生について論じている二五歌、三四行から六六行。

(23) T・S・エリオットは、多分、自分の蔵書の一冊であるスタンダールの初期の作品の一つ『恋愛論』(*De l'Amour* [1822]) に言及している。そこで、スタンダールは自分自身の恋愛経験の一つを心理学的に分析している。エリオットは、W・B・イェイツについての議論がジョイスとスタンダールの比較へ進んでいった「異質の精神」('A Foreign Mind' [Athenaeum, 4 July 1919, p. 553]) で、「ジョイスの精神は、繊細で、学究的で、ずっしりさえしているが、それは、絶えず情緒を和らげ、純粋にしている楽器とも言えるスタンダールの精神とは似ていない」と断言した。

(24) T・S・エリオットのドストエフスキーの「狂気」への関心は「J・アルフレッド・プルーフロックの恋歌」('The Love Song of J. Alfred Prufrock', [1910-11]) の前に起こった。この「恋歌」は、エリオットがフランス語訳で『罪と罰』(*Crime and Punishment*)、『白痴』(*The Idiot*)、そして『カラマーゾフの兄弟』(*The Brothers Karamazov*) を読むことによって影響された。その後、エリオットは「ベイルとバルザック」('Beyle and Balzac' [*Athenaeum, 30 may 1919, p. 392*]) の中でドストエフスキーの極端な心理的状態の探究の本質を次のように記述した。「ドストエフスキーが最も成功し最も想像的なものにした『逃亡』の幾つかを調べるなら、それは現実的なもの、観察されたもの…の投影で、その延長であることがわかる。ドストエフスキーの出発点は常に人間の環境における人間の頭脳である。『オーラ』(*aura*) は、頭脳の平凡な経験を滅多に探究されたことのない極端な拷問まで持続したものに過ぎない。大抵の人々は自分自身の苦悩に余り無意識なので、大変苦しむことがないという理由で、この持続は空想的に見える」と。

(25) 「カンパニィアの二人」('Two in the Campagna') の結論の詩行。この行でブラウニングのペルソナは、自分の激しい絶望を表している。それは、親密な交わりにも関わらず、彼は自分の存在を彼の恋人の存在で覆い隠すことが出来ないということ、限界ある心は最愛の対象にとらわれている無限の情熱を手にすることが出来ないと言うことである。その詩は、エリオットが一九一六年から一七年の公開授業に割り当てた『男と女』(*Men and Women* [1855]) に表れた (Ronald Shuchard, 'T. S. Eliot as an Extension Lecturer' 1916-1919, Part

1. *Review of English Studies*, n.s. 25 May 1974 , p.170, Part II, p.293)。

(26) T・S・エリオットは講演のここかしこでブラッドレーの「直接経験」、つまり、主観と客観が一つである認識と感情の非関係的な瞬間の原理を利用している。ブラッドレーに関する論文の第一章「直接経験に関する我々の認識に関して」の中で、エリオットは、それ自体でばらばらになって主観と客観の概念になるあの統一の瞬間を認識の出発点と定義している。「我々は直接経験を一つの対象として直接に認識することは出来ないが、それでも我々はそれを推論によってそれに達することが出来、そして、認識とその対象物は一つであるのは直接経験においてだけであるという理由で、それを我々の認識の出発点であると結論さえ出来る」と(*Knowledge and Experience in the Philosophy of F. H. Bradley*, p. 19)。

(27) ハーバート・リードは上の余白に「彼女が見ていると考える」の部分に傍線を引き鉛筆で次のように書き込みをしている。「彼女ははっきりと自分は彼らを見ていないと言い、そして、何故、彼らは見られないのかということを発見した」と。

(28) 『イーリアス』(*Iliad*) 三巻で、ヘレンはアカイア人の残りのすべてを見ることが出来るけれども

Two princes of the people yet I nowhere can behold,
Castor, the skilful knight on horse, and Pollux, uncontroll'd
For all stand -fights, and force of hand; both at a burthen bred:
My natural brothers.
(lines 256-9)

二人だけ、見つけられないかたがあります
馬を御するカストールと拳闘に強いポリュデゥケースと、
私と同じ母からうまれました同腹の

兄弟二人でございます

彼女は彼らを至るところで想像しているが、ホメロスはその場面の劇的アイロニーでもって割り込んでいる。

Nor so ; for holy Tellus' womb inclos'd those worthy men
In Sparta, their beloved soil. (lines 262-3; trans. George Chapman)

この二人はもう、生物を生み出す大地そのまま、
ラケダイモーンに、自分たちのなつかしい祖父の土地に、埋め込んでしまっていた。

(29) プラトンの劇的対話である『饗宴』(*Banquet* or *Symposium*) はアガトン邸の酒宴に設定されている。アリストデムス、パイドラス、アリストファネス、ソクラテス、アルキビアデス、エリックスマカスは、夕食後、愛の定義の話をすることで愛の神に敬意を払っている。

(30) 注(21)参照。この行はまた誰だか分からない同じ人の手で次のように修正された。

Men must endure
Their going hence, even as their coming hither…

(31)『地獄篇』(*The Inferno*) 五歌、一二一行から三行。ダンテが地獄の第二圏でリミニのフランチェスカを彼の恋人パオロと一緒に発見したとき、彼は彼女に、あなたはどうして「いまだひそめる胸の思い」(dubbiosi desire) を知るようになったか訪ね、そして彼女は次のように答えた。

Nessun maggior dolore,

che ricordarsi del tempo felice
nella miseria …

There is no greater pain than
to recall a happy time in wretchedness.
(*The Inferno of Dante*, Temple Classics edition)

(32)『浄罪篇』(*Purgatorio*) 一六歌、八五行、八八行から間違って引用されている。自由意志や魂に関する彼の談話の最中に、マルコ・ロンバルドはダンテに言っている。

Esce di mano a lui…
I'anima semplicetta, che sa nulla …

From the hands of Him … the simple soul, that knows
nothing … (Trans. T. S. Eliot)

神の手から…何も知らない
あどけない魂が、

T・S・エリオットは、後に、この一節を「アニームラ」('Animula' [1929]) の最初の行―「神の手から生まれ出ずる者よ、あどけない魂」(Issues from the hand of God, the simple soul) ―に合うように書き換えた。エリオットがこの一節を「ダンテ」論 ('Dante' [1929]) の中で長々と引用した。何故なら、それともう一つの節は「読者が、これは学者のためだけのもので、詩の読者のためではないとか、あるいは、それらの背後にある哲学を研究することが必要であると考えて、飛ばし読みをしがちであるからである。それを詩として読むために、アリストテレスの『デ・アニマ』からここに述べている魂の理論についての系譜を跡付ける必要はない…我々が入っていたのは、詩のあの世界の哲学なのである」（*SE* 267-8/228）。

（33）『天国篇』三三歌、九一行から六行（*The Paradiso of Dante.* Temple Classics edition）。小さな誤記があり九二行から九三行は 'Credo … mi sento ch'io godo' の誤り。T・S・エリオットが「ダンテ」論（'Dante' [1920]）の中でこの最初のスタンザを引用したのは「ダンテのような嫌悪は…『煉獄篇』の最終歌によってだけ全うされ説明される」と論じた時であった（*The Sacred Wood*, [1689]）。エリオットが「ダンテ」論（'Dante' [1929]）の中でこのスタンザに戻った時、彼は次のように自由にテンプル・クラシック訳を翻案し、そして、それらに注釈した。'*The universal form of this complex I think I saw, because, as I say this, more largely I feel myself rejoice. One single moment to me is more lethargy than twenty-five centuries upon the enterprise which made Neptune wonder at the shadow of Argo* (*passing over him*) 人間の理解を超えたことを、こうして視覚的な映像で刻々と捉えて行くことが出来る巨匠の手腕に接して、我々はただ畏悔の念に打たれるばかりである。そして、最後の行で、詩人が見解の経験について語りながら、アルゴの影が過ぎて行くので海神が驚くことを引き合いに出している連想が卓抜であることは、ダンテが偉大な詩人であったことを何よりも如実に示している…それは、最も異なった型の美しさの間に連絡を付ける力を意味していて、これこそ本物の連想で、詩人に出来ることの頂点なのである（*SE* 267-8/228）。

（34）ダンテの「グループ」の中には次のような人達がいる。ダンテが『新生』二十節で原理を褒め称え、『浄罪篇』二七歌で自分の文学的父と認めたグィード・グィニッツリー（Guido Guinizelli [1230-76]）、ダンテが「私の友達の間で最初」として『新生』を捧げたグィード・カヴァルカンティ（Guido Cavalcanti [1255-1300]）、そして、友達であるダンテに夥しいソネットを書いたチーノ・ダ・ピストイア（Cino da Pistoia [1270-1337]）。グィニッツリーのソネットと『カンツォーネ』（*Canzone*）、カヴァルカンティとチノーに捧げられたダンテのソネット、そしてダンテに捧げられた彼らのソネットは、T・S・エリオットのクラーク講演のテキストの一つである『初期イタリアの詩人達』（*The Early Italian Poets* [1861]）の中でダンテ・ガブリエル・ロセッティによって翻訳された。

(35) プラッツ（Mario Praz [1896-1982]）は、ダンの「恍惚」（'The Extasie'）をグィニッツリーの有名な『カンツォーネ』（'Al cor gentil ripara sempre Amore,［'Of the Gentle Heart'］pp. 28-9）になぞらえている。『タイムズ文芸付録』の書評でT・S・エリオットがその本を賞賛し、そのことでマリオ・プラッツとの生涯にわたる友情が始まった。プラッツはイタリアの批評家でT・S・エリオットの詩の翻訳者で、その当時リバプール大学のイタリア語の専門課程の講師であった。エリオットは後にプラッツに書いている。「私がマリオ・プラッツの作品に最初に通じたのは、…『タイムズ文芸付録』が、私に彼の『英国における十七世紀主義とマリーノ風の詩』の書評のためにその本を送った時でした。私は直ちにこれらの評論―特にクラッショウに関する見事な研究―を私が今までその分野で読んできたものの最も優れたものの中にあるものとして認めました。四つの言語―英語、イタリア語、スペイン語、そしてラテン語―で書かれたその時期の詩についての彼の知識は、百科全書的で、彼自身の判断と優れた鑑賞力によって裏づけされ、その本を、英国の『形而上詩人達』の全ての研究者のための必読書にしています」（『友情の花輪―マリオ・プラッツ七十歳の誕生日に捧げられた評論集』（*Friendship's Garland : Essays Presented to Mario Praz On His Seventieth Birthday*, ed. Vittorio Gabrieli, I Roma, 1966, p. 3）と。

(36) フランス象徴主義詩人の先駆者であるシャルル・ボードレール（Charles Baudelaire [1821-67]）は一八五七年に『悪の華』（*Les Fleurs du mal*）を出版し、彼の散文詩は死後出版された『パリの憂鬱』（*Les Spleen de Paris* [1869]）に表れた。エリオットの詩散文に及ぼした彼の永久的な影響は、最初、『荒地』（*The Waste Land*）の「非有の都市」（Unreal City）や「偽善家の読者」（*hypocrite lecteur !*）に現れている（*The Complete Poems and Plays*, p. 62-3/39）。自由詩（*vers libre*）の考案者に帰せられるジュール・ラフォルグ（Jules Laforgue [1860-87]）はT・S・エリオットの初期の詩に強い影響を及ぼした。エリオットはパウンドの『詩選集』（*Selected Poems*）に付けた序文で次のように書いている。「私自身の韻文は、私が判断する限り、他の如何なる種類のものより自由詩（vers *libre*）のもとの意味にもっと近い。少なくとも、一九〇八年か一九〇九年に私が書き始めた形式は、後期エリザベス朝演劇と一緒にラフォルグを研究した直接の賜である。そして、私は、正確にその点から出発した人を一人も知らない」(p.x)。アルチュール・ランボー(Arthur Rimbaud [1854-91])は『イリュミナション』(*Les Illuminations* [1886])を書き上げた後、十九歳か二十歳で書くのをあきらめた。T・S・エリオットは「散文の境界線」('The Borderline of Prose' [1917])で次のように提案した。一八九〇年代の散文詩は「多分、当時生きていたどんな詩人よりもかなり偉大な人の作品に基づいていた—それはアルチュール・ランボーである。英国で『イリュミナション』について耳にした人は数少ない…。それは、『クブラ・カーン』(*Kbula Khan*)や『クリスタベル』(*Christabel*)と同じくらい曖昧で、そして同じ霊感から作り上げられた短い散文の断片である」(*New Statesman*, 19 May 1917, p.158)と。詩の素材を船乗りや生まれ故郷のブルターニュの海辺から多くのものを取り入れたトリスタン・コルビエール(Tristan Corbiere [1845-75])は、彼の一冊の詩集『黄色い恋』(*Les Amours janues* [1873])で知られている。T・S・エリオットは「批評家を批評する」('To Criticize the Critic' [1961])で「私は、十九世紀後半のあるフランスの詩人達に同じように恩恵を受け、そして、常にそのことを認めたのは事実ですが、その詩人達について書いたことがありませんでした。私はボードレールについて書いたことがあるが、ジュール・ラフォルグについては何も書かなかった。彼にはどんな言語のどんな詩人達よりもはるかに恩恵を受けました。また、私がまた何らかの恩恵をこうむっているトリスタン・コルビエールについても何も書かなかった」と書いた(*To Criticize the Critic*, p. 22)。T・S・エリオットの初期の詩、「トリスタン・コルビエール」('Tristan Corbiere.')はバーグ・コレクション(the Berg Collection)にある。

(37)『十七世紀形而上詩選集—ダンからバトラーまで—』、注(2)参照。

(38)グリアソンのアンソロジーについてのT・S・エリオットの書評に応えて、セインツベリー教授は次のように示唆した。「最後の言葉は、自然についての本のタイトルから『自然の事物』の文字通りの意味に非常に簡単に変えやすく、その結果、『形而上学』を『第二の思考』、つまり、自然の後に最初来るものに相応しいものとして使われることが出来るかも知れない。そして、もう一度、この定義は普通に『形而上的』と呼ばれるすべての詩に当てはまるものと思う…それに対し、『哲学的』という言葉は、もちろん、往々にして十分であるけれども、時に全く適切ではない」（*Times Literary Supplements* 27 October 1921, p. 6918）と。T・S・エリオットは十一月三日答えている。「セインツベリー氏は、これらの詩人たちは単に一世代だけでなく、特異な詩論を表していると信じているようである。彼が言及している『第二の思考』は、その他、多くの他の詩人達や他の時代、そして他の言語の作品に頻繁に起こる…と思います」（p. 716: *The Letters of T. S. Eliot*, vol. 1）と。十一月十日、セインツベリーは、我々の間には「真の矛盾」はないと書いている。「私は、彼が引用しているすばらしい例の中に、そして、多分、すべての同じような事物の中に、『第二の思考』があるということで十分に彼に同意します。過剰なる第二の思考は決して詩ではないけれども、すべての本当の詩は、ある仕方で、第二の思考でない。私が努力して指摘しようとしていることは、この時期、第二の思考の探究は、直接的で、慎重になり、ほとんどそれ自身第一の思考の仕事となった」（p. 734）。T・S・エリオットのセインツベリーへの手紙は紛失している。セインツベリーのエリオットへの残存している手紙（ホートン）は、この議論に触れていない。

(39) メアリー・パトロン・ラムゼー女史の『ダンの中世的諸教養主義、英国形而上詩（一五七三年から一六三一年まで）』（Mary Patron Ramsay, *Les Doctrines médiévales chez Donne, le poéte métaphysicien de l'Angleterre, 1573-1631*, London: Oxford Univ. Press, 1917）。第二版は一九二四年に現れた。

(40) (Firenze: Società An. Editrice 'La Voce', 1925)。その本のクラッショウに関する研究の部分はプラッツによって翻訳され、彼の『燃える心』（*The Flaming Heart* [New Yourk : Doubleday, 1958]）の中に掲載された。

(41) T・S・エリオットがローガン・ピアソール・スミス版の『ダンの説教』（Logan Pearsall Smith's edition of *Donne's Sermons* [Oxford, Clarendon Press, 1919]）を書評した時、彼は次のように述べた。「我々はダンを、その時代ですばらしい散文で説教を書いている一、二人の偉大な説教師と比較することがなければ、彼の説教に見られるこの個人的表現にある意義と孤独を理解することが出来ない。この比較がないのが、ピアソール・スミス氏の序文に見られるたった一つの大きな欠点である」（*The Athenaeum*, 28 November. 1919 p.

1252）と。彼は「説教師の散文」（'The Prose of the Preacher' [*Listener*, 3 July 1929, pp. 22-3）の中で、比較の必要性を明らかにし、その批評を繰り返している。「ダンは英国の偉大な説教師の最初の人でもなければ、最後の人でもない。ダンの同時代人であるアンドルーズ主教は、彼より偉大で、ジェレミー・テイラーは確かに彼と同等の地位につかなければならないと思う。しかし、ダンは疑いもなく最も読み易い。ウスターのヒュー・ラティマーは、ダンよりももっと前に、偉大な説教師で散文作家であった。」（p. 22）

（42）T・S・エリオットは一九二〇年の春に購入したエヴリマン・ライブラリ版のドライデンの『劇詩論』（*Dramatic Essays*, with an in troduction by William Henry Hudson [London : J. M. Dent, 1912]）に負うている。この版で（pp. 189-96）、編集者は「詩の固有の機知」（'The Proper Wit of Poetry'）の題を、ドライデンの歴史詩『驚異の年』（*Annus Mirablis, The Year of Wonders*, 1666 [1667]）の序文につけられた「以下の詩についての説明」（'An Account of the Ensuing Poem'）に気軽に付けている。課せられた題はその評論の第三節から取ったものである。「書かれた機知はよく定義されているもの、つまり、思考の幸せな結果、あるいは想像力の産物である。しかし、機知の一般的な考えにおいて、機知から生じ、英雄詩あるいは歴史詩の固有の機知に至るために、私は機知を主に人、行為、情熱、あるいは事物の喜ばしい想像の中にあると判断する」（p.192）

（43）T・S・エリオットは五人の詩人の生涯が記載されている一巻本であるジョンソンの『詩人伝』（*Lives of the Most Eminent English Poets* in the Chandos Classics series, New Edition London, Frederick Warne 1872）に負うている。彼は後にこの本をヴァレリー・エリオットに献呈している。「何処でだか覚えてないが私は数年前にこの本を購入し、そして、この本で初めてジョンソンの詩人伝を知るようになった。」

（44）T・S・エリオットはロンドン図書館から借用したウォラー版『エイブラハム・カウリー、評論、演劇、そして種々の韻文』（A. R. Waller's edition of *Abraham Cowley: Plays and Sundry Verses* [Cambridge : Cambridge Univ. Press. 1906]）を使った。

(45) レミ・デ・グールモンの『ダンテ、ビアトリーチェ、そして恋愛詩』(Remy de Gourmont, *Dante, Béatrice et la poésie amoureuse* [Paris : Societe du Mercure de France, 1908])。T・S・エリオットは、一九二三年四月の『クライテリオン』(*Criterion*) に表れたハーバート・リードの論文「形而上詩の本質」('The Nature of Metaphysical Poetry') の (ヴィクトリア) 大要に関する注釈の中で、彼にこの本を注目するように言った。

(46) T・S・エリオットは早くから、一九一八年のエリザベス朝文学の自分が受け持っている個人指導クラスに「ロセッティの『初期イタリア詩人達』の中のイタリア・ソネットの若干の翻訳」('A few translations of Italian Sonnets in Rossetti's *Early Itarian Poets*,) を割り当てたけれども (Ronald Shuchard, 'T.S. Eliot as an Extension Lecturer', Part II, *Review of English Studies*, n.s. 25 [August 1974 , p. 300)、彼の蔵書にはどんな版もない。

(47) T・S・エリオットの持っているトーマス・ホッブズの『リヴァイアサン』(Thomas Hobbes, *Leviathan* [1651]) はニュー・ユニヴァーサル・ライブラリー・シリーズ (London : George Routledge & Sons [1907]) で出版された。その本には彼の名前が記され、一九一四年二月と日付されている。ルネ・デカルト (René Descartes) の作品を引用するにあたって、T・S・エリオットは『デカルト選集』(*Oeuvres choisies de Descartes* [Paris : Garnier, 1865]) を使った。

(48) T・S・エリオットは、ジョン・キーブル氏によって脚色されたリチャード・フッカーの革装の三巻本の『作品集』二版 (Richard Hooker, *Works*, arraged by the Revd John Keble [Oxford]) に負うているが、またエヴリマン版 (一九〇七年) の二巻 (五章) (ホートン)『教会統治法』(*The Laws of Eccesiastical Polity* [1593-7 ; 1661]) に負うている。エリオットは後の評論「哲学的散文の起源、ベーコンとフッカー」('The Genesis of Philosophic Prose: Bacon and Hooker') *Listener*, 26 June 1929, p. 907) の中でフッカーのこの本に言及している。

(49) ゴンザニュー・トルク版『スペインの神秘主義者、聖テレサ―十字架の聖ヨハネ』(Gonzague Truc's

edition of *Les Mystiques espagñols : Sainte Terese — Saint Jean de la Croix* [Paris: La renaissance de Livre [1921])。T・S・エリオットはこの講演を準備するにあたってトルクのその版を使用し、一九二五年十二月十一日次のようにハーバート・リードに手紙した。「トルクは新本である『我々の時代』(*Notre temps* [Renaissance du livre]) を持っている。私はそれを見ていないが、どちらかと言えば彼を良く考えたい」(*L2*)。

第二講演〔ダンと中世〕

私はこの講演で、ダン研究とその研究が彼の精神と詩に及ぼしている影響を論じようと思います。この目的のために、私は主に前に触れたメアリー・ラムゼー女史の研究を使うでしょう。ラムゼー女史は、博士論文学位取得希望者の可能な限りの完全さでダンの読書を調べました。彼女が根気強く突き止めようとしなかった言及や暗示はただ一つもありません。そして、彼女の本は来るべき数世代のために、その論題に関して標準的な研究として存続するものと私は期待しています。ラムゼー女史はダンの心だてに関してある結論を引き出しています。幸いなことに、彼女の参考文書は全く完璧なので、これらの文書それ自身は我々がこれらの結論の幾つかを修正するための方策を与えています。

ラムゼー女史のテーマは、その序言で述べられているように、ダンは「非常に完全な」哲学体系と深遠な神秘主義を持っており、そして彼の宇宙観と彼の哲学的技巧は本質的に中世的である、ということであります。この主張こそ私が吟味しようと提案するものなのです。[1]

ダンが神学研究や法律の研究へ向かったのは、彼の生来の精神的性癖のためであるということには疑問の余地がありません。法律への性癖は、ラムゼー女史の読者が想像することが出来る以上に顕著なもので、ある意義を持っています。ダンの市民法や教会法における読書は非常に広範なもので、ある時期、彼はこの分野で職業を探すかどうかについて何の疑問も持ちませんでした。もっとも、ウォルトンの『伝記』から、彼の法律の研究は、何ら実利的な目的なしに数年間追求されたということが推論されています。ともかく、彼の研究は、哲学に対する個人的で思弁的な態度というよりは、より公共的で論争的なものを好む傾向を示しています。法律、神学、医学、そして、その当時の哲学の概念の下に包含されるあらゆるものにおけるダンの読書は、計り知れないものです。ダンの若いときの放蕩時代においてすらも—そして我々は、ダンは、多くの他の人間と同じように、昔を振り返って自分の青年期の道楽を大げさにする虚栄心がなかったわけではなかったと推測してもいいかもしれませんが—ウォルトンが我々に告げているところによれば、ダンは常に朝の四時から十時までの時間を勉強に取っておいたということです—十時以降は思い浮かんだ快楽のどんな期待の要請にも準備があるということを我々に信じさせながら。(2) ラムゼー女史がもっとも役立つように我々に示したダンの読書の物憂い索引を調べるとき、我々はたじろいでしまいます。(3) ダンの能力と学識を持っている人は誰でも、もっとひどいくだらないものを読んでしまったようには思えません。しかし、リストそのものは面白い読み物で、ラムゼー女史のテーマに関して妥当な注釈を与えています。というのは、我々は、この読書の部分が、同時代のあるいはほぼその当時の作家達においてどれくらい広いものであるか、ということを認めるからであります。確かに、ダンは完全な神学者として、教会の神父や中世哲学者の最も重要な人達に通じていましたが、ラムゼー女史彼女自身が言っているように、フッカーもそうでありました。だが彼女はフッカーの宇宙観は中世的であるとまでは言っていません。(4) ダンはアクィナスを注意深く読んでいたに違いなく、(5) ボナヴェンツラを引用し、(6) そして、アウグスティヌスは、もちろん、ダンを非常に強く影響しました。(7) しかし、ダンは同じようにそれ以降のローマやプロテスタントの神学者に通じていました。ウォルトンの伝えるところによると、ダンは、十九歳にして、ローマと改革派教会との間の迷いに決着をつける目的で、真剣に神学の研究に赴いた時、彼はベラルミーノの研究に没頭したということです。[8] その研究は完全なもので、一年後にはグロスターの大聖堂主任司祭に——ウォルトンはその名前を思い出すことが出来ないが——[9] 彼自身の手による注釈付きのベラルミーノ枢機卿の作品すべてを示すことが出来ました。ところで、私は弁明することは出来ませんが、かなりの評判を博したこのベラルミーノは、全く中世哲学者ではなくて、ダンよりもほぼ三十歳年上の同時代の人で、ダンが彼の作品を研究していたときまだ生きていました。しかし、ダンは、そのうち、神学において目立った他のすべての同時代の人達の作品や、その特質が、たとえ存在したとしても、今では理解しにくくなっているかなり多くの人達の作品に同じように親しめるようにしました。彼はプロテスタント神学者の中で、ルター、カルヴァン、メランヒトン、殉教者ペテロの作品を知っていましたし、[10] ローマの注釈者の更に一層哲学的なものの中では、カジェタン、ヴァルデス、そして、フラ・ヴィクトリアの作品を知っていました。[11] 一方、イエズス会の論争的になる文学は、彼の得意とするところでありました。最終的に、[12] 彼は多くのこれらの後期ルネッサンス作家達に精通していました。彼らは、たとえば、クザのニコラスや、カバラ、錬金術の書物、そして、その種の他の編集を開発している一群の研究家達でありますが、彼らの正統は、ローマかプロテスタントの何れかの立場から見るなら、どちらかといえば疑わしいものであります。ダンは常にカバラに興味を持っていました。それはクロス・ワーズ・パズルに学術的に相当するものでありました。この関係でダンの先祖を言及することは意義のないことではありません。彼の曾祖母はトーマス・モア卿の妹でした。[13] モアは、ダンがかなり賞賛したピコ・デラ・ミランドラの伝記を書きました。[14] ここに既にその家系の一つの影響があります。つまり、しばしばルネッサンスの典型として考えられ、確かに最もうまくその当時のネオ・プラトニズムやオカルティズムを宣伝したものの一人である人間の影響であります。モアはピコを賞賛し、そして、また、ディオニュシウス・アレオパギタとして知られるネオ・プラトニズム哲学の校訂本を翻訳したコレット[15]によって影響されました。ダンの曾祖父であるモアの義兄は、神学論争に活発で、そのためにプロテスタンティズムへ改宗しました。[16]ダンの祖父は、初期英国喜劇の著者であるジョン・ヘイウッドでした。[17]ダンが知っていたに違いない自分の叔父はセネカ劇の三つを最初に翻訳したジェスパアー・ヘイウッドで、その後、イエズス会の一員になりました。[18]文学批評において遺伝は見逃されてはならず、ダンの背後にある先祖の気質はかなりはっきりしているようであります。抜きん出た家系、そして、確かに時勢に遅れない家系、ダンの温床に息吹をかけた影響は余り中世的ではなかったようです。

ダンの読書が示しているのは、それだけ論争的で法律的な型の神学―事実、彼の時代に実践された神学―に対する明白な好みと情熱であります。そして、ジェイムズ王がダンに聖職に就くように強いたとき、王は絶対的に正しかったと思います。[19]ラムゼー女史が示さず、示そうとしないものは、ダンの読書が中世的でないと同じように、彼の時代の他の神学者の読書も中世的ではなかったということであります。女史がかなり多く明らかにしているものは、ダンの読書がおびただしいと言うだけでなく、それがかたよっているということです。ダンは、多分、彼の個人教師達に、ギリシャの古典でないとしても、ラテンの古典で教授されましたが、彼はそれらをほとんど利用していません。彼が『神曲』を読んだとか、あるいはそうする機会があったと我々が信ずる言及がありますが、[20]彼は、確かに、それにほとんど影響されていません。彼が自分自身の時代の英国の詩に無関心であった―彼を堂々と賞賛しているジョンソン[21]に彼が面識があったのにも関わらず―ということは許されます。詩人と散文作家はまた―私は時に本当だと思いますが―自己防御の本能によって時に自分達の同時代人の作品に全く無知であります。しかし、この点は非常に重要なことです。ダンの職業は神学者で、副業としてだけ詩人であるということです。我々がこのことを理解するとき、彼の精神は、我々には最初見たときより中世的ではないように思えます。

我々にはルネッサンスを明細に述べているように見える幾つかの特徴や好みのために、そのように明記するのは、我々は専門家達よりはむしろ詩人達や人文主義者達の仕事に精通しているからであります。たとえば、私には、ダンは、彼よりももっと早い世代に生きたロジャー・アスカムほど近世的ではないように思えます。アスカムは中世思想には無関心で、近世を発展させたり、また古代やラテン文学の批評の基準を復興させた最初の一人―キケロの力強い味方―でありました。[22] しかし、我々のエリザベス朝時代の精神についての考えは、曖昧であるけれども、主に―ワイアット、サリー、スペンサー、フランスやイタリア文学から派生したフルク・グレヴィルやセネカ派の人達といった[23]―人間らしい詩人の作品や、または劇作家の作品から得ています。マーロウ、チャップマン、そしてジョンソンは古典学者でした。[24] 劇作家たちは新しい形式に心を奪われていました。そのために彼らは幾分特別な社会的グループを作り上げました。彼らは、最も簡単に利用され得るこれらの影響を吸収しました。彼らの伝達は時に人々の精神を高揚させるものではありませんでした。ダンは、彼がしばしば訪れた「マーメイド亭」においてすらも、この集まりの取り巻きに触れたに過ぎません。[25]

それにもかかわらず、注目に値することは、ダンの精神的好奇心を身につけている人は、テューダー朝時代の幾人かの最も強い影響力ある人によってさえも、余り影響されていないように見えるということであります。演劇の時代の三人の偉大な人物―モンテーニュ、マキャヴェリー、そしてセネカ―の影響力は殆ど彼に及んでいません。[26] 確かにダンはセネカを引用していますが、それは慣習的な「道徳的なセネカ」[27]、散文のセネカで、劇作家ではありません。しかし、これは、またダンの興味の特殊性によって説明されます。しかしながら、それは単に人間と職業だけではなく時代でもあるのです。ダンが、言ってみるなら、ベン・ジョンソンよりもかなり中世的に見える一つの理由は、彼は前の時代に属しているからなのです。十七世紀初期は、我々には、いくつかの点で十六世紀よりかなり遠いように見えるからであります。それはそうではありません。一段階がはずされているのです。その段階が埋め合わせられるなら、十七世紀は我々の時代にもっと近くなります。十七世紀になって初めて多くの十六世紀の重要な作品が実を結んだのです。しかし、多分、今までのどんな世紀よりももっと神聖政治［で］あった世紀は、スコットランドの神学者の即位によって宣言され、そして、このスコットランドの神学者はダンを彼専属のチャップレンにしました。[28]

この世紀のユニークな特質を述べることは必要であります。何故なら、この世紀は古いヨーロッパから新しいヨーロッパ（一九一四年のヨーロッパへ、と言ってもよいと思います）への移行という深刻な危機を経験しているという理由で、あらゆる世紀の中で理解するのに最も難しいからなのです。すべての人間は、神学の問題が内外の政治と一致するようになった世界に生きた点において、少なくとも神学者でありました。国際的情勢において、プロテスタンティズムは、もはや二、三の分散した異端の分裂の状態ではなく力強い国家主義の台頭と見なされるような点に達しました。イングランドは、北方の国境における敵国とともに弱体で破綻をきたした国家でしたが、強力で繁栄する統合されたブリテンになり、そこではローマ的な要素はだんだん無視され、そしてプロテスタント分立論者の活動はだんだん重要になりました。ルター主義は、スカンディナヴィアと北方ドイツを南ヨーロッパから切り離し、別世界勢力のために徐々に準備をしていました。ジュネーブ生まれのカルヴィニズムはフランスにおいて絶えず紛争の源泉でありました。[29]前の時代に準備され、スペインの神秘主政治的興味がだんだん義の高揚によって補強されたイエズス会の運動が最も大きな力を費やしたのは、まさに神学的興味がだんだん政治的興味と同じものに見なされてきたこの世界においてであります。

イエズス会主義が典型的にルネッサンスの現象であるということは、私が主張する事実であります。それはミドルトン・マリー氏と私自身との間の非常に重要な不一致を表しています。マリー氏は、イエズス会の教義はキリスト教と同じで、そしてキリスト教 ―ローマ・カトリック教― はクラッシズムと同じものであると主張しています。それ故、イエズス会主義はクラッシズムと同じで、彼が私に精神的指導者になるよう忠告したのはまさにこれらの典拠に基づいてのことです。[30] イエズス会の規約と実践の歴史を少しばかり研究するなら、それはクラッシズムと全く関係がなく、反対に、彼がロマンティックでないとしても、私がロマンティック、それも過剰なるロマンティックと呼ぶものであるということをマリー氏に分かってもらえると考えざるを得ません。イエズス会がスペインに源を持つという事実は、それはギリシャとローマの古典的伝統の外側にあるということを示しています。その創設者である聖イグナティウスはロマン主義者で、ロマンスを読み、ゴールのアマディスを崇拝した人で、ある種のドンキホーテであったという証拠はたくさんあります。[31] 彼は霊感と、あらゆる他のキリスト教の修道院と本質的に異なっている自分の修道会の規約を、キリスト教からではなくてマホメット教の手本から得たという証拠もあります。その原理は、非アリストテレス的で、イグナティウスの時代、スペインで栄えたあるモスラム教団の原理に驚くほど似ています。私はハーマン・ミュラーの『イエズス会の起源』[32]という興味ある稀な本に触れています。十六世紀のスペインの神秘主義者達も、またロマン主義者で、彼らと聖イグナティウスはマーティン・ルターやルソーとある類似点を持っているということを、私はいろいろな点で指摘したいと思っています。

ところで、この時代の神学的闘争の強烈な激しさは、それ自身、宗教それ自身の破壊力なのです。これはすぐに明らかなことではないし、また我々の主題とも関係がありません。しかし、私の目的は、ダンは神学者として、その時代の一角の人物であり、この時代は決して中世ではなかったということを示すことであります。そして、第二に、異化の傾向、つまり、私がダンの詩に見出だした分解に向かう傾向の一般的な側面をあらわにすることであります。それ故に、十二、三世紀の論争に対比されたその時代の神学論争を特徴づけ、そして、特徴づけなければならなかった精神を考えて見ましょう。中世哲学についての我々の偏見は、次のようなものであると思います。我々は哲学者をただ単にかなり厳しい多くの規則を持っているゲームをしている者と考えています。彼らは、数え切れないドグマに関する真理を問いただすことを許されませんでした。彼らの思想は権威によって押しつぶされました。そして、それ故、彼らは自分の時間を髪を分けたり、天使の比重を決めたりすることに費やしました——田舎の駅で読むものもなく一時間費やさなければならない人間が時間表の数字を計算したかもしれないとまさに同じように、彼らの仕事の平凡さや、彼らの思想の自由を拘束しているものが存在しているという信念を追い払うには、この哲学を我々に理解させるのに多くのことをなしたエティエンヌ・ジルソン氏のちょっとした入門書である『中世哲学』をそそくさと読みさえすればよいのです。私はこの本の要約をしないでしょう。[33]私はただ単にこの哲学によって楽しまれる二つの積極的な利点に注意を向けるだけであります。哲学者達は、近世の哲学者達と違ってある信念を共有していました。それ故、彼らがある程度お互いを理解することは可能でした。このようなことは我々現代人には不可能な離れ業であります。第二に教会は彼らに非常に大きな自由を与えることが出来ましたし、実際、与えました。というのは教会は一つであったからです。従って、それは他の教会に対して論争したり防御することで心を奪われることはありませんでした。哲学者達の体系は、殆ど全人種を扇動して異端にしようとする性質のものではなかったのです。その体系は哲学的体系であったからです。その体系の考案者達は、真理、つまり、その体系に近づきやすいような真理の発見に関心があったのです。彼らは、自分自身のために、思想に興味ある人達でした。この哲学が生み出した真理あるいは誤謬のどんな度合いに［おいても］、真理を見出だす唯一の希望というものは、実際上の結果にもかかわらず、それを探し求めることであるということに問題はないと思います。

十三世紀の哲学者や神学者の状況を、戦争や王朝支配に邪魔されることもなく、急がれることもなく、落ち着き払っている彼らの大学の自由の中で、反宗教改革の時代におけるローマ教会と改革派教会の状況と比較してみなさい。それはイエズス会によって例証されています。どんなものもこれ以上に中世の聖職と異なっているものはありません。私は同意したり礼を欠いたり偏見を持って話しているのではなくて、純粋に公平な批評家としてお話しているのです。イエズス会は異端と戦う目的で創設されました。それはその第一の目的において、軍事的であって、瞑想的でも慈悲深いものでもありません。そして、それは見事にその仕事を果たしました。しかし、イエズス会は、熟練した文人、博学で明晰な注釈者を生み出し、多分、全体として優れた頭脳と、プロテスタンティズムが生み出したよりもはるかによい組織を持ち、その中には敬虔で献身的な人達がいたけれども、どんな偉大な哲学者も、純粋思想においてどんな進歩も生み出しませんでした。そのことにおいてはプロテスタント教会も同じでした。彼らもすべて思弁のための時間を持つべく議論に吸収されました。政治は待つことは出来ません。神学において、理論的な精神と言うより合法的な精神、言うならば、事実、ダンのような精神が栄えたのはこのような時代なのです。

政治的論争に傾き、窮地に追い込まれた神学は、中世が甦らせた純粋な考え、ギリシャの無私の精神の光を消し去ったが、宗教的感傷を消し去ってはいません。逆に、十六、七世紀の宗教的熱情は、自然の加速の急速な燃焼と同じように、それ自身驚くべき激しい熱で燃えています。そして、人間の好奇心は、一方に逸れてしまうと、別な方向に変わってしまう。宗教と神学は、形而上学的真理を放棄して、十七世紀に心理学の方向で展開しています。これはプラッツ氏がうまく特筆した修正です。(34)

我々は、今では、その時代と十三世紀の神学的哲学の立場に関して、私が皆さんにお話してきたものよりもっと広範な一般論を作り上げることが出来ます。人間は数世紀の間、ヨーロッパの一体化された共通感覚であった教会のもとで生きてきました。ヨーロッパがいくつかの大きな国家的宗教によって崩壊したとき、ローマは公平な、そしてオリンポスの神々のような思考の調停者であることをやめ、その分野の単なる一人の戦士になりました。それは、もはや北ヨーロッパの思想を支配することは出来なくなりました。それはもはやそれ自身を征服する同じ支配力を持っていませんでした。私は十分な知識もないまま思い切った主張をしますが、聖テレサとスペインの彼女の同僚である神秘主義者達の経験は、もっと早い余り危険でない時期に、綿密に詮索され、教会によって時間をかけて受け入れられたであろうということは有り得ることであります。分裂した教会は、もちろん、よりよい立場にはありませんでした。これらの教会はまたこれらの直接的で論争的な価値のために無理に観念を受け入れさせられました。しかし、ご都合主義が唯一の新しい基準ではありませんでした。もっと強力な基準がなおも生じ、それは、基準自身を教会の外部にある哲学や文学において感じさせました。観念の成功は、だんだん広がりつつあるいくぶん読み書きが出来る大衆の参政権で決まるようになりました。成功は、どのようなときでも大多数の人達を喜ばせ、あるいは印象づけるものを意味しました。我々は既に申し分のない民主主義の中にいるのです。

私は、このような退屈な一般論に対して許しを請わなければなりませんが、それは、我々がその一般論を特定のものにあてはめようとする時、それほど退屈でもないように思います。ここで、私はこの横道にそれる前に紹介した点、つまり、存在論と心理学を人間が探究しようとすることからそらしてしまった点に戻ります。探究の脱線だけではありません。それは、むしろ、ある時期、人間精神の構造が、真理の新しい範疇や思想の新しい要素を受け入れることに順応するために変わったかのようなものであります。しばしば言及されてきたことではありますが、特定の科学に相応しい精神状態は、科学それ自身以前に生まれます。ディドロは、この意味でダーウィンを「先取りしていた」。ドストエフスキーは、しばしば言われることですが、その証拠は満足行くようなものではないとしても、フロイトを先取りしました。レオナルドの空想、錬金術師の労働は曖昧な先取りでした。[35]しかし、ダンにおいて、我々は、もっと密接で余り中断されることがない結びつきに関心がありますが、私はそれがどのように生じたか詳しくお話しすることが出来ません。しかし、確かにダンはある意味で心理学者であります。そのことは、もっと早い韻文と比較された彼の韻文や、もっと早い説教と比較された彼の説教の中に見つけられます。私は、ここで、その変化が如何にして着実に生まれたのかということに関心はありません。それは非常に面白そうですが、長年の厳密な研究が必要でしょう。しかし、分裂はかなりしばしば内部で始まるので、イエズス会士はそれと大いに関係があると思います。行為や決議論に関する彼らのきめ細かな区別や議論は、以前は全く人目につかなかったある自意識の方向に進みました。私がここでかなり関心があるのは、視点の相違、つまり、カントが生まれる前の数世紀間に起こった真のコペルニクス的改革[36]、言うならば、古典的スコラ哲学とそれ以降のすべての哲学の間にある真の深淵を特徴づける相違をはっきり定義することであります。それがデカルト彼自身の比喩と同じようにデカルトによって、そして、彼自身の比喩によって、世界に印象づけられるのは、デカルトが精神に刻印する「観念」の印象を蠟につけられた封印の跡になぞらえる時、つまり、彼が我々が知っているのは対象の世界ではなくて、これらの対象についての我々自身の観念であるとはっきりと述べるときであります。[37] この革命は計り知れないものでした。意味として、つまり、外部世界への指示としての観念の代わりに、突然、精神そのものの内部に、それ故、頭脳そのものの内部のありふれた含畜によって、存在するようになった新しい世界を持つのです。人間というものは突然、幾つかの頭蓋骨の内部に引き下がり、結局、ニーチェ ―彼の頭蓋の下宿でかなりひどく苦しめられた― が「何も内になく、何も外にない」と断言するのを耳にするのです。[38] そして、現代の最もめざましい批評家であるI・A・リチャーズが、（カントとデカルトの後）愛は愛情の対象とは全く関係のない自ずと生まれ出ずる情緒であると断言するのを耳にするのです。[39]

デカルトの『省察』[40] の第六番目[41] は以下のようになっています。

「それ故、私が容易に理解する［「私が言った」という代わりに］ことは、もし、物体が事実、存在するのであれば、想像の働きはそういうふうにして成り立ちうるはずである、ということである。そして、想像のはたらきを説明するのに、これほど都合のよいしかたはほかに思いあたらないので、ここから私は蓋然的に、物体は存在すると推論する。けれども、それは、たんに蓋然的であって、あらゆる点を綿密に検討してみても、私の想像力のうちに見いだされる、物体的本性についての判明な観念からは、なんらかの物体が存在することを必然的に結論せしめるような論証がひきだされるとは、どうしても思えないのである。」

この異常なこなれていない愚かな推論の断片は、ここ三百年の悪夢にしばしば訪れてきた認識に関する偽科学全体を生み出してきた種類のものです。

I・A・リチャーズの『文芸批評の原理』に、私は、その節が言及されているのを再び見つけることが出来ません。[42] しかし、私は（リチャーズ氏が、この場所でデカルトの見解に敵対し、そして類似している考えを述べるにあたって）この本の二六四頁から別な実例を引用します。

「知識に基づかない愛は何の価値もないと述べられるであろう。我々は美しくないものを賞賛すべきではないし、もし我々の恋人が公平に見て、本当に美しくないなら、たとえ賞賛するにしても、他の理由で彼女を賞賛すべきであるという原理が働く。そのような見方についての主な興味ある点はこの考え方を尤もらしくしている混乱である。分析できない観念としての善と同じように、事物の外面的な質として（内面的な質のため）の美が常にかかわりあう。この善も美も、究極的に欲望から由来した習慣によって我々の衝動[43]のいくつかに与えられた特別なよじれである。このよじれがなかなか我々の心から消えないのは、事物を善あるいは美として考えることが、それをある特定の方法で、あるいは別の方法で我々の衝動を満足させるものとして指示するより、より直接的な満足を与えるからである。」

私が訓練されていない心理学の戦いに自分自身を投げ入れるつもりなど全くありませんが、私は、これが、リチャーズ氏が信じているように、本当にイタリア人の側の「混乱」なのか、あるいはただ単なる異なった相いれない視点なのかどうか問いただすだけであります。私はどちらが正しいかに関心はありません。私がただ関心があるのは、グィード・カヴァルカンティとリチャード氏との間のここにおける違いが、根本的に、故T・E・ヒューム―彼は私の世代では最も豊かな精神の持ち主で、この大学の名誉の一人でありますが―が十三世紀の範疇と呼ぶものと十九世紀の範疇との間の相違、つまり異なった思考様式(44)ではないかどうかということであります。つまり、私が存在論主義と心理主義と呼ぶものとの間の相違であります。―それは、多分、リアリズムと唯名論との間の古い相違の異なった［形態］であります。

さて、ダンはこの思考方法に意識的ではありません。正確な意味で、ダンは全く哲学を持っていませんが、まさに哲学を持つことなく、彼は内部で新しい精神状態を準備しました。ラムゼー女史は、ダンが読んだものや使用した（スコラ哲学の）用語で判断し、ダンの精神は中世的であったと結論しています。私がダンを（全く中世的ではない彼の膨大な読書から離れて）判断するのは、彼の読書の仕方によってであり、その結果、彼はまさに時代の落とし子であると結論するのであります。明らかなことは、ダンは、手当たり次第、そして価値判断を持つことなく、かなりのものを読み、いやしくも彼が考えるときは激情的に断片的な方法で考えたということであります。伝統は、彼の場合、実際、余り重みを持っていません。彼はあらゆるものを読むことを望み、進んであらゆる場所から何かを得ようとし、一貫性に関しては余り注意を払いませんでした。マイモニデス(45)あるいはアヴェロエスの観念は、アクィナスによって同化されたのと同じ観念と一緒に、ダンの心に存在することが出来ました。そして、偽ディオニュシウス(46)の観念は、十五世紀のエックハルト(47)の考えにあるように、時々、そのまま甦っています。その区別は非常に綿密なものにされるかも知れません。ラムゼー女史は、ダンの感情はルネッサンスのものであるとしても、彼の精神は中世のものであると言えるかも知れません。おそらく、感情の在るところに精神もあり、もしアクィナスと共に感じることが出来ないなら、彼と一緒に考えることは出来ないでしょう。私が、ダンの感覚と思考と情緒を吟味して彼の精神を探し求めたのは、彼の注意と興味の方向、つまり彼が本当に観察した方向においてであります。

私は後で、クラッショウとの関係でスペインの神秘主義者達に触れる機会を持つでしょう。そして、来週の私の講演では、十二世紀の神秘主義に注意を向けてもらいたいが、それはスペイン人やドイツ人の神秘主義とは違って、古典的、アリストテレス的伝統にあり、ダンテの神秘主義なのであります。いくつかの神秘主があります。しかし、私にとって同じようにはっきりさせることが出来るかも知れないことは、十六世紀のスペインの神秘家たち、—聖テレサ、聖十字架のヨハネ、グラナダのルイス、聖フィリップ・ネリ(彼のためにアランドルの教会が開所された)[48]、そして、聖イグナティウス— はデカルトやダンと同じように心理学者で、ルソーと同じようにロマン主義者達である、ということになるのです。

そして、確かに、ここにはまだ調査されていない分野がありましたが、これは次の世紀の仕事で、ダンが最初に自分自身を捧げたものでした。一つの点から言うなら、このように注意を精神に向けるということは、創造することであります。というのは、対象は観察されることによって変わるからなのです。観念は、私の観念であるという理由で、それを観照し、その情緒的注入物を観察し、それをはっきりとした簡単な意味として使う代わりにもてあそぶことは、しばしば珍しく美しいものを明るみに出すことであります。もっとも観念は、我々が見る(ように)、このように人間精神の所産を慰め、いじめながら、しかし、それは、最もひどい過剰なときのエリザベス朝時代の人々の場合のように(面を包みし妃)[49]拷問の対象である語彙ではありません。それはそれ自身観念なのです。グリアソン教授の選集の最初の詩を取り上げてみよう。

I wonder by my troth, what thou and I
Did, till we loved? Were we not wean'd till then?

But sucked on country pleasures, childishly?
Or snorted we in the seven sleeper's den?
If ever any beauty I did see.
Which I desir'd, and got, 'twas but a dream of thee.

本当にいぶかしく思うが、おまえもぼくも
愛し合うまで何をしていたんだろう。それまで乳離れしないで
他愛なく、野暮ったい快楽の乳首に吸い付いていたのか。
それとも七人の眠り人の洞窟でいびきをかいていたのか。
確かにそうだ。この愛のほかの喜びはみんな絵空事。
誰かきれいな女の子を見かけ、
それを望み、手に入れたとしても、それはおまえの幻に過ぎぬ。(50)

これは、軽薄なものでないとしても、私が観念をいじめていると呼んだものの中のダンの少し軽いものの一つの例であります。言葉の選択と配列が簡素で慎みがあり、全く当意即妙であることに気をつけなさい。(ダンの詩の初めにしばしば見られるように)そのような危機が作り上げることが出来る生の唐突な断絶と変更に関する観念についての驚くほどの直接性がありますが、それは多くの恋人達に起こったに違いありません。言葉それ自身の中にあるこれらの堀り出し物は、ダンを彼の模倣者の幾人かから切り放すのに十分であります。カ

ウリーはそれほどいいものを全く見つけることが出来ませんでした。しかしながら、大切な点は、ダンは、観念の意味を追求する代わりに、それを日常的連続の思考に流出させながら、観念に宙づりされている可能な限りのわずかな情緒を引き出すために、その観念を捉えることであります。それ故、ダンのそのような観念に、感情のある不透明さがあります。観念は単純な意義と指示ではありません。このように観念を捉える際、ダンはしばしば、日の光にさらさなければ目に見えないであろう奇抜な側面と結合をあらわにすることに成功しています。彼は、いわば、少しばかりのビスマスを注入し、レントゲン写真に腸の位置をはっきりさせているのです。

多分、同じ世紀の別な詩人からの対比はこの点をはっきりさせるでしょう。フェードルが、イポリットを見て、彼女が最初イポリットを知った頃の彼の父の記憶を思い起こすとき、彼女は突然次のような有名な科白を絶叫します。

Que faisiez -vous alors? Pourquoi, sans Hippolyte
Des héros de la Grèce assembla-t-il l'élite ? etc.

あなたはあのとき、なにをしておいでになりました?
あの人は選りすぐったギリシャの英雄たちを集めたなかに、
なぜイポリットをお入れにならなかったのか? 云々(51)

ここには同じような方法で使われた同じような思考があります。ダンの質問は、我々が愛するまで我々の生は何であったのか。そしてラシーヌの女主人公の質問は、何故、あなたはそこにいなかったのか、何故、あなたは、私があなたを愛するにふさわしい時に、ふさわしい年ではなかったのか。これらは修辞的疑問と言いたければそうであります。というのは、ダンはその答えを知るまで留まっていないからであり、また、フェードルの質問に対して、どんな答えもなかったからなのです。しかし、それぞれの質問は強烈な情緒的価値を持っています。フェードルの質問は、実際、非常に高度な悲劇的価値を持っています。それはすべて不可能と挫折の内容で詰め込まれています。熱情の暴力、アレクザンダー格の詩行の続出は、我々が最初フェードルは間違いなく形而上的であるということを理解していないようなものであります。つまり、彼女は独力で夢想から苦悶のそれぞれのしずくを搾り取ろうとするために、夢想を追い求めているのです。しかし、ラシーヌは、実際、心理学者でした。それもダンよりもかなり偉大な［一人の］心理学者でした。彼は、そのような思考に詩的であると同時に劇的な価値の最大限を与える能力においてきわめてまれであります。事実、そのような思考は劇的行為に簡単には力を貸してはいません。[52]それは、ソフォクレスが、あの偉大な科白の中で、[53]自分の罪のあらゆる側面の恐ろしい繰り返しと変容のもとで自分のオイディプスを押しつぶした時のソフォクレスのやり方と非常に異なっています。というのは、それは直接的な意味のあらゆる含蓄の直線的な展開だからなのです。

ダンの形而上的特殊性が備わっているのは、思考にあるというよりは、思考の展開にあります。異なって展開されている激しい対照をなしている同じような観念を取り上げてみましょう。『オデュッセイア』の中に、マシュー・アーノルド[54]と思うが、誰かによって崇高の例証として使われてきた一節があります。私はそれを別の目的のために使いたいと思います。それは、ユリシーズが、地獄へ訪問する際、かつて船から海中に落ち溺れ死んだエルペーノールの亡霊に出会うときです。[55] その出会いは全くの驚きです。

Elpenor! hast thou come faster on foot than we in our black ships

エルペーノール、歩いてきながら、黒い船で来た私より早く着いたな。[56]

この問いは、ダンやフェードルの問いと同じように、ある種の想定であります。つまり、それは、慰められるがその通り信じられない何物か含んでいます。[57] ダン、あるいはラシーヌの悲劇の一つの繊細すぎる女主人なら、この概念に基づいてあらゆる変化を鳴り響かせたでありましょう。ホメロスはそうではありませんでした。彼はそれを文字通り扱って、どんどん進んで行きます。彼は、外部世界に興味があって、浮遊する観念の世界には興味が無いからなのです。[58] もう一つの類似は、それほど密接ではありませんが、『浄罪篇』に見出だされます。スタティウスの亡霊は、突然、自分が話しかけてきた人物は、ウェルギリウスに過ぎなかったということを悟るのです。有頂天にされた者は、もう一方の足下にかがんで師の足を抱こうとしていた。ウェルギリウスはその抱擁から退いて、そして、ただ曰くには

Frate –
Non far : chè tu sei ombra ed ombra vedi.
兄弟よ——

しかするなかれ、汝も魂汝の見るものも魂なれば。

他方はその警告を受け取って

la quantite
Puote veder dell'amor che a te mi scalda,
Quando dismento nostra vanitate
Trattando l'ombre come cosa salda.

今汝は汝のために燃ゆるわが愛の大いなるをさとるをえむ、
それ我等の身の空しさを忘れて
我はあたかも固體のごとく魂をあしらいたればなり(59)

この観念は、お気づきのように、ホーマーの展開より、かなりの多くの展開を受け入れていますが、観念が志向する外部のリアリティの方向においてだけなのです。それは空想ではありません。そして、観念は外部事実から分離していません。

この講演の私の意図は、ダンを完全に彼自身の時代の人間として取り扱う適切な理由を提示し、そして、そうする際、中世との対照点において、彼の時代を一般的に定義することでありました。私が信ずるには、イエズス会主義は、その定義のためには、ダンの時代の最も重要な現象の一つなのです。そして、私が示そうと試みたのは、イエズス会主義で、哲学的興味の中心は中世のために存在したものから逸れているということと、これは人間性の態度の重要な変更を記しづけているということなのです。ダンは生涯イエズス会主義と接触していました。直接的には、彼の小さい頃の家庭生活に於いて、後からは彼の勉強によって、少なからず彼のイエズス会との戦いによってであります。というのは、誰も自分の武器や方法を用いることなくして非常に長い間、どんな人とも戦うことは出来ないからなのです。そして、観念を持っている人と戦うことは、自分の観念を彼の精神にあてはめることを意味します。葛藤は接触なのです。ダンが馴染んだ空気はイエズス会主義で吹き込まれていました。私が今までただ確立しようとしてきたのは、ダンは、彼の書物の中で、イエズス会主義とともに生じた心理主義の一つの形態を例証しようとしているということなのでした―私は単にイエズス会の形態でとか、あるいは、イエズス会主義の媒体を通してとは言っていません。[60]

私の最初の講演は、定義を形作ったり、あるいは余り厳密でなくとも、ダンの時代の形而上詩から始め、他の所で感じられた類似を探し求めながら、私自身が形而上的と感じるあらゆる種類の詩を包含することが出来る形而上詩の見解を提示しようとしました。この第二講演で意図したことは、ダンの特殊な型の形而上詩の定義や見解に到達し、そのために、ダンを歴史に置かなければならなかったということでしょう。我々が見なければならないことは、ダンの同時代の人達の結びつきが、この定義の下で、どれくらいの同一性を持っているのか、その類似が（私が時々それを見つけ出すよう準備しなければならないと警告したように）どれくらい言葉上のものなのか、あるいは外面的なものなのか、そして、異なっているが関係ある定義を作り上げる際、どれくらい我々は深く入らなければならないかということなのであります。私が思うには、我々が見出だすことは、存在論が心理学に取って代わられるこの一般法則は、さまざまな詩人がいやしくも定義に値するくらい十分に独特であるほどに、至る所で当てはまるということであります。しかし、ダンの同時代人達の幾人かの言葉の使用上の共通の策略を詮索する前に、私は、次にダン派とダンテ派を、それらが表わされ、あるいは合意されている人間性と神の愛の本性に関する理論の特異であるが重要で啓発する点において、対照してみたい。

この話の議論を考える際に、なされるべき一つの留保があります。ダンの観念と情緒に対する心理的態度を取り扱う際、私は、ダンは後の詩人達の直接的な先駆者、あるいは同系の先駆者であった、ということを暗示するつもりはありませんでした。皆さんは、私に、私のダンに関する言及をそのままブラウニングに当てはめるよう求めないで下さい。[61] そして、私にコリンズの「夕べのオード」[62]の何処に心理的要素があるのかということを問わないで欲しいし、これからも、ともかく問わないで欲しい、とお願いします。私は、この新しい態度はすべてのことを説明していると言ってはいません。それは、私が決してアクィナスが十三世紀のすべてのことを説明していると言っていないのと同じことです。しかし、それは、確かに新しい世界と古い世界との間の違いの一つなのです。そして、そのさまざまな変化において、それは、我々自身の時代についてすらのかなり多くの現象を説明しているか、あるいはそれを説明している原因と関係しているかの何れかであります。たとえば、マーセル・プルーストの作品は、この心理的態度なくしては現れることがほとんどなかったでしょう。しかし、我々は常に類似と影響を混乱しないように注意すべきであります。そして、影響すらも誤解を通して非常にしばしば起こるものであるということを我々は記憶しなければなりません。そして、幾人かの作家達は、自分達が簡単に間違って解釈されるため、かなりの影響力を及ぼしています。聖アウグスティヌスが少年の頃、果樹園から盗んだ果物と、ルソーがグラフェンリード嬢に投げたさくらんぼとの間にある類似性があります。[63]

そして、今度は、これらは、最近フランク・ハリス氏が後世のために個人的に印刷して、限定版で保存したと言われている禁断の木の実と少しばかり似ています。(64) しかし、我々は聖アウグスティヌスはハリス氏に責任があると言っているのではありません。

他方、私は十七世紀から十九世紀までの一般的な系譜を主張しています。それは、部分的にロックが主要な役割を果たしている観念の歴史、(65) そして、部分的に感受性の歴史の内に跡付けられるでしょう。クラッショウは、我々が見るように、聖テレサに大いに影響されました。クラッショウは、既に十八世紀の感傷の萌芽である詩 ―「エロイーズからアベラールへ」(66) ― の中でポープを影響しました。ルソーの前に感傷があり、そして、感傷はルソーを通してと同じように他の媒体を通して十九世紀に達しました。十九世紀の多くの英語の散文に、最もすばらしい散文においてすらも、知的心理主義と女性のちょっとした微かな漠然とした芳香の形跡以上のものが見られます。私はそれをラスキンやペイターと同じようにニューマンやフランシス・ブラッドレーの中に見つけます。あるいは、それは、あたかもそのような散文は低い熱で書かれたかのようなものであります。それには少しばかりの熱があります。(67) 聖テレサの影響をリットン・ストラッチェイ氏(68) に跡付けようとする試みは法外なものなのであろうか。私はそうは思いません。しかし、これらの言及の要点は、もしそれが共通感覚の管理の下で実行されるなら、そのような思索はなんと有用な刺激物であるかということを思い起こさせてくれます。

注

（1）T・S・エリオットのプラッツ書評（一〇五頁、注［35］参照）において、彼は既にラムゼー女史のテーマに関して次のように自分の立場を述べた。「プラッツ氏がダンの研究でかなり気を使って行なっているのは、あの学問的な定評のあるメアリ・ラムゼー女史による『ダンの中世的諸教養主義』という本の行き過ぎのいくつかの修正である。ラムゼー女史は、一五〇〇年以前の全ての哲学を同じように中世として分類し、そして、ダンの読書は、主に中世の伝説で、一見して古典ラテン文学に関心がなかったという理由で、女史は、ダンの中に中世精神の人間を見る傾向がある…しかし、プラッツ氏の、ダンは教育と文学鑑賞において中世的であるが、精神と感受性においてはルネッサンスであるという見方は、ラムゼー女史よりは的を射ていると思う。我々はさらに一歩進めて、ダンの読書の見境のない多様さは彼の近代性の証拠であると言いたい。アクィナスを余り引用せず、偽ディオニュシウスに直接影響されているように見え、ユダヤであろうとアラビアであろうと、無関心にキリスト教、もしくは異教の教義を利用する人だったなら、その人は十三世紀には場違いであったであろう」（八七八頁）と。

（2）「また彼の一生はそれほど勤勉なだけではなかったが、彼の青春の最も不安定な時代に、彼は朝の四時を過ぎるとベッドに留まることは出来なかった。そして、十時過ぎまで彼を部屋から引き出すどんな日常茶飯の仕事もなかった。その後は大いに自由を謳歌したが、その間のすべての時間は勉強に使われた」（『釣魚大全とダン伝』 *The Complete Angler & The Lives*, pp. 225-6）。

（3）五つの追加（二七二頁～九七頁）で、ラムゼー女史は『バイアサナトス』（*Biathanatos* [1646]）、『偽殉教者』（*Pseudo-Martyr* [1610]）『イグナティウスの秘密会議』（*Ignatius his Conclave* [1611]）、『説教集』（*Sermons* [1634-60]）、そして『神学論文集』（*Essays in Divinity* [1651]）の中で、ダンが引用した作家を列挙している。T・S・エリオットは「シェイクスピアとセネカのストイシズム」（'Shakespeare and the Stoicism of Seneca' [1927]）の中で、ダンの読書に対するはね返りの度合いを記した。「ラムゼー女史は、ダンの詩の典拠を学識を持って徹底的に調べた研究で、ダンは『中世思想家』であったという結論に達した。しかし、私は、どんな『中世主義』も如何なる思想も認めることは出来なかった。ただ認めることが出来たのは、彼が純粋に詩的効果のために引き出した支離滅裂な博学の寄せ集めだけであった」(*SE* 139/118-9)。

(4) T・S・エリオットは後で下の余白に鉛筆で書いている。「私はフッカーの哲学はダンのものよりもっと『中世的』であると信じているけれども、しかし、このことを他の何処かで取り扱うでしょう」と。エリオットは「我々の時代のダン」('Donne in Our Time') の中でこの覚書を明らかにした。「ダンがスコラ哲学によく精通していたということは疑いのないことであるが、フッカーほどよく通じていたとか、彼と同じように中世的な考え方に深く影響されていた、と考える理由はない」(『ジョン・ダンに捧げる花輪』 *A Garland for John Donne*, p. 7)

(5) ドミニコ会の哲学者で神学者で『神学大全』(*Summa Theologica* [printed 1485]) の著者である聖トマス・アクィナス (St Thomas Aquinas [c. 1225-74]) のダンに及ぼした影響は、初期の散文集で最も明らかであるが、ダンはまた『説教』(*Sermons*) でしばしば彼を引用している。

(6) ダンはフランシスコ会の神学者である聖ボナヴェンツラ (St Bonaventura [Giovanni di Fidanza, 1221-74]) を『バイアサナトス』や『説教集』(*Ser* VII, 308 ; IX, 128) で引用し、言及している。

(7) ダンは『説教集』や他の散文集の中で、アウグスティヌス (St Augustine [354-430]) をどんな教父達よりも多く引用し、彼の広範な思想を『告白』(*Confessions*)、『神の国』(*De Civitate Dei*)、『キリスト教の原理』(*De Doctrina Christina*) や他の作品から引き出している。(*Ser* X, 376-86)

(8) 「彼は、この研究に取り組んで、ベラルミーノ枢機卿をローマのための最善の擁護者であると信じ、それ故、彼の理性の吟味に取りかかった。」(『釣魚大全とダン伝』一九一頁)。イタリアのイエズス会士でルーヴァンとローマの神学教授であるロバート・ベラルミーノ教父 (Father Ropbert Bellarmine [1542-1621; canonized 1930]) は『キリスト教信仰の議論に関する討論』(*Disputation on the Controversies of the Christian Faith*

[1586-93]）の著書であった。カトリック宗教改革の主要人物であるベラルミーノは一五九八年クレメント八世教皇によって枢機卿にされた。

（9）ケンブリッジ、トリニティ・カレッジの卒業生であるアントニー・ラッド博士（Dr Anthony Rudd [1549-1615]）は一五八四年から一五九四年までグロスターの大聖堂主任司祭であった。

（10）ダンは、『偽殉教者』、『神学論集』、そして『説教集』の中で、ドイツ宗教改革の指導者であったマーティン・ルター（Martin Luther [1483-1546]）の作品から引用し、それに言及している。フランスのプロテスタント神学者で改革者であったジョン・カルヴァン（John Calvin [1509-64]）は『説教集』の中で、聖書の解説者、解釈者としてしばしば引用され、賞賛されている。そして、『バイアサナトス』の中で、ダンは、カルヴァンを「聖書のある個所の解説において鋭い洞察力と明確な判断を持っているということで」（九八頁）アウグスティヌスと結びつけている。フィリップ・メランヒトン（Philip Melanchton [1497-1560]）は、ダンが「我々のひにくれたつむじ曲がりの時代に、多分、どんな人の中に見られるよりももっと学識と節制を持っている人」（『説教集』七巻、二〇六）と呼んだドイツの学者で改革者である。ダンは『説教集』の中で彼の『神学綱要』（*Loci communes rerum theologicarum* [1521]）をしばしば引き合いに出した。イタリアのプロテスタンティズムへの改宗者でカルヴァン派の改革者の中で最も博学な一人である殉教者ペテロ・ヴェルミーリ（Peter Martyr Vermigli [1500-62]）は、『神学総覧』（*Locorum communium theologicorum tomi III* [1580-83]）という題で彼の注釈と小冊子を出版した。ダンがこれを『バイアサナトス』、『神学論集』、そして『説教集』で引用している。

（11）ドミニコ教団の長で新トマス主義者の流れの指導者であるカジェタン（Cajetan [Thommaso de Vio Gaetani, 1469-1534]）はドイツのルターに敵対し、ダンが『説教集』や『神学論集』で言及している聖書の注釈を付けた。T・S・エリオットは、ダンが引用していないスペインの神秘主義者で改革者であるジュアン・デ・ヴァルデズ（Juan de Valdes [Valdesso, c. 1500-41]）と、ダンの同時代人のヤコブス・ヴァルデシウス（Jacobus Valdesius [Diego de Valdes]）を混同していたように思われる。彼の『王であるスペイン国の功績について』

(*De dignitate regum regnorumque Hispaniae* [1602]) は『偽殉教者』や一六〇二年のロバート・コトン (Robert Cotton [Gosse I, 123-5]) 宛の手紙に引用されている。フラ・ヴィクトリア (Fra Victoria [1480-1546]) は、新トマス主義者一派のドミニコ会指導者で、『神学再考一二』(*Relectiones XII thologicae* [1557]) と『教会秘蹟の要点』(*Summa Sacramentorum Eclcesiae* [1561]) の著者で、『バイアサナトス』で引用されている。

(12) 新プラトン主義者でローマ教会の枢機卿であるドイツの人文学者であるクザのニコラス (Nicholaus de Cusa [Cusanus, 1401-64]) は改革を求め、教皇至上主義を攻撃し、理性の超越と、神秘主義的観照と直感的認識による懐疑主義を唱道した。彼は『偽殉教者』や『神学論集』の中でクサヌスと呼ばれている。この本で、ダンはイタリアの人文学者であるピコ・デラ・ミランドラ (Pico della Mirandola [Picus, 1463-94]) のヘブライ神秘哲学の思弁に深い興味を示している。ピコの信奉者には、ドイツの人文学者で『カバラ』(*De Arte Cabbalistica* [1517]) の著者であるジョアン・ロイヒリン (Johan Reuchlin [1455-1522])、そして新プラトンとヘブライ神秘主義の原理の寄せ集めである『全宇宙の和音の合唱』(*De Harmonia Mundi totius cantica* [1525]) の著者であるF・ゾルギー (F. Zorgi Francis George) がいる。

(13) エリザベス・ラステル (Elizabeth Rastell [1482-1538])、トーマス・モア卿 (Sir Thomas More [1487-1535]) の妹。

(14) 一五〇四年から五年まで、モアは、ピコの甥によって書かれたピコ・デラ・ミランダの伝記のラテン語のテキスト (Bologna, 1496) を翻訳し、一五一〇年それを『ジョアン・ピーカス、ミランドラ卿の生涯』(*The lyfe of Johan Picus Erle of Myrandula with dyvers epystles and other werkes of ye said Johan Picus*) として出版した。

(15) 英国の人文主義者で、オックスフォードの改革者で、そして聖ポール寺院の司祭長 (1504-19) であったジョン・コレット (John Colet [1467-1519]) は、初めてJ・H・ラプトン (J. H. Lupton) によって英訳された『ディオニュシウスの位階に関する二つの論文』(*Two Treatises on the Hierachies of Dionysius* [London: Bell

Daldy, 1869]）をラテン語にした。『天の位階』（*Celestial Hierarchies*）の著者は、実際は、神学を解釈するために新プラトン主義を使った六世紀のシリアの作家である偽ディオニュシウス（Pseudo-Dionysius）として知られるディオニュシウス偽アレオパギタ（Dionysius the Pseudo-Areopagite）である。彼はしばしば聖パウロによって改宗させられた一世紀のアテネのキリスト教徒、偽ディオニュシウスと混同され、そして、彼の作品はかっては、この偽ディオニュシウスのものとされた。

（16）裕福な印刷業者で、弁護士で、そして劇作家であるジョン・ラステル（*John Rastell* [1475‐1536]）は、カトリックの原理を擁護した『浄罪篇の新書』（*A New Boke of Purgatory*）の出版で一五三〇年に宗教論争に引き込まれたが、若いプロテスタントのジョン・フリス（John Frith）に説得されてプロテスタンティズムに改宗した。

（17）宮廷音楽家で執事であるジョン・ヘイウッド（John Heywood [1497‐1578]）は、諷刺詩、歌、詩、そして、『愛の芝居』（*The Plays of Love* [1533]）、『天候の芝居』（*The Play of the Wheather* [1533]）、そして『ジョン、チブ、そしてジョン卿』（John, Tib, and Sir John [1533]）を含む、少なくとも六つの「笑劇」、あるいは演劇的茶番劇の著者であった。彼はジョン・ラステルの孫娘、エリザベス・ラステルと結婚した。彼らの娘、エリザベス・ヘイウッド（Elizabeth Heywood [1540‐1632]）はダンの父であるジョン・ダン（一五七六年没）と結婚した。

（18）ジャスパー・ヘイウッド（Jasper Heywood [1535‐98]）は、セネカの『トロイアの女』（*Toroas* [1559]）を翻訳したときリンカーン法学院のミスルールの長で、『テュエステス』（*Thyestes* [1560]）と『狂えるヘルクレス』（*Hercules Furens* [1561]）を翻訳したとき、オール・ソールズ・カレッジのフェローあった。それからローマに引きこもり、一五六二年イエズス会員になり、ダンが八歳の時、ローマ教皇全権大使として一五八一年英国に戻った。T・S・エリオットはやがてヘイウッドの三つの翻訳が入っているトーマス・ニュートンの『セネカの悲劇十篇』（*Seneca his Tenne Tragedies* [1581]）のテューダー翻訳版を紹介した。エリオットは「翻訳の最初で最上のものはジャスパー・ヘイウッドであった」（*SE* 97/81）と述べた。

(19)ジェイムズ一世は、ダンは聖職者の天職を持っていると確信し、彼は教会の高い地位を持つか、あるいはそのような地位を全く持たないかのどちらかであるべきだと決めたが、ダンが聖職につく意図を表明した一六一二年までの五、六年の間、断固としてその天職に抵抗した。T・S・エリオットは「ランスロット・アンドルーズ」(*Lancelot Andrewes* [1926])の中で次のように述べた。「ダンは、自分の意志に反してジェイムズ王によって僧職に入れられたとか、彼が生計を立てる他の道がなかったから聖職禄を受け入れたとか、ということだけを思い起こすことは間違いであろう。ダンは神学にも宗教的情緒にも真正の好みを持っていた。ただ、彼は、現代世界には一つや二つの例は常にあるが、どんな完全な満足をも何処にも見出だせない強力な情緒的気質の激情の逃げ道を宗教に見つけたあの種の人間に属していた」(*SE* 352/309)と。

(20)エドモンド・ゴス(Edmund Gosse)は、ダンは四番目の諷刺詩で「非常に稀なエリザベス朝のダンテへの言及」の一つをしていることを指摘している(Gosse I, 41)。「健全な孤独の家で/私の尊い魂が思い巡らしたことは/法廷で悲しんでいる嘆願者の悲惨である。そうすると/彼が地獄を見たと夢見た彼のような法悦は、それ自身私の方へ向かい、私を捉えた/そんな人間を彼がそこで見た/私が法廷で見たのは、それよりもひどかった」(Grierson 1, 164)

(21)『ホーソンデンのウィリアム・ドラモンドとの会話』(*Conversations with William Drummond of Hawthornden* [1696])の中で、ジョンソンは賞賛と批判を交えて、ドラモンドに「彼は幾つかのことの中でジョン・ダンを世界で第一級の詩人と評価している」と言ったが、最も気品のある賞賛は早くも『エピグラム』(*Epigrams* 1612?)「二三、―ジョン・ダンへ」に見られた。

Donne, the delight of Phoebus and each Muse,
 Who, to thy one, all other brains refuse ;
 Whose every work, of thy most early wit,
Came forth example, and remains so, yet :
Longer a knowing than most wits do live,

And which no' affection praise enough can give!
To it, thy language, letters, arts, best life,
Which might with half mankind maintain a strife;
All which I meant to praise, and yet I would;
But leave, because I cannot as I should!

太陽神とそれぞれのミューズの詩神の喜びであるダンよ、
他の全ての頭脳は、汝の頭脳に対して、汝を拒む、
汝の最も早い機知の中で、汝のそれぞれの仕事は
手本から表れ、これまでに、そのように留まる、
大抵の機知は認識よりももっと長く生き
そして、この機知にどんな愛情も十分な賞賛を与えることが出来ない
この機知に対して、汝の言葉、文字、技量、最高の人生は、
人類の半分でもって戦いを支えることが出来るかも知れない
私が賞賛しようとし、なおも賞賛するのは
ただ立ち去るだけである。私がなすべきように出来ないのだから

（22）英国の人文主義者ロジャー・アスカム（Roger Ascham [1515-68]）は、古典学者でキケロ派のラテン語専門家で、メアリ女王のラテン語秘書になり、『教師』（*The Schoolmaster* [1570]）に「子供に理解させるように教える簡潔で完全な方法はラテン語で書き話すことである」と書いた。T・S・エリオットは、一九一九年、彼の叔母の遺贈で、尊師ギル博士による著者の生涯がある『ロジャー・アスカム全集』（*The Whole Works of Roger Ascham* [London: John Russell Smith, 1864/5）の四巻本の版（多くの頁が切られていない）を所有した。エリオットは「チャップマンの源泉」（The Sources of Chapman [1927]）の中で次のように言っている。「アスカムや（ジョン）チェック（卿）は、十八世紀まで英国で匹敵する同僚をほとんど持っていないとか、また、

特に、ルネッサンスは、『中世』がギリシャ哲学を理解したように、それを理解したとは言われ得ない…というような事実を我々は見逃しがちである。最後の点は十分に主張されたことはなかった」(*Times Literary Supplements*, 10 February 1927, p. 88) と。

(23) フルク・グレヴィル (Fulke Greville, Baron Brooke [1554-1682]) は、サミュエル・ダニエル (Samuel Daniel [c. 1562-1619]) やウィリアム・アレグザンダー卿 (Sir William Alexander, Earl of Striling [c. 1567-1640]) が仲間となっているセネカ派の劇作家の一人であった。T・S・エリオットは彼らを「あの潔癖な精神の持ち主たち、すなわち、セネカ劇の法則を守ろうとしたセネカ派の作者たち」(*Selected Essays*, 99/83) と称した。

(24) マーロウは、ルカーヌスの『ファルサリア』(*Pharsalia*) とオヴィディウスの『恋愛詩集』(*Amores*) 第一巻の韻文訳を出版した。T・S・エリオットはその翻訳の「力強さと活気」のために賞賛した (*The Sacred Wood*, p. 36)。そして、エリオットはこの『恋愛詩集』を「ターバビルのオヴィディウス」('Turbervile's Ovid') の中で、他の翻訳になぞらえて「どんな人も、マーロウほどうまくオヴィディウスを翻訳しなかった。マーロウは粗野でも平凡でも衒学的とも呼ばれ得なかったのだから」(*Times Literary Supplements*, 17 January 1929, p. 40) と述べた。チャップマンはヘシオドスの『仕事と日々』(*Georgics*) を翻訳し、エリオットは一九一八年の公開講座に彼のホメロスの『イリアッド』(*Iliad*) と『オデュセイア』(*Odyssey*) の訳を推薦した (Ronald Shuchard, 'T.S. Eliot as an Extension Lecturer', Part II, *Review of English Studies*, p.302)。ジョンソンはホラティウスの『詩論』(*Ars Poetica*)、『美しい田舎娘の生活』(*Vitae Rusticae Laudes*) と二つのオード・マルティアールスのエピグラムとペトロニュウス・アルビテールの断片を翻訳した。

(25) トーマス・コリアット (Thomas Coryate) は一六一五年十一月のインドからロンドンにいる遠方の友の「崇高なセネカ派の作家」に宛てたおどけた手紙の中で確認したように、ダンは、ほぼ一六一二年から一六一五年までブレッド街のマーメイド亭に集まった「高貴で気前がよく、快活で敏活なセネカ派」の一人であった。ゴス (Goss) は、その手紙は「ダンがマーメイド亭の集まりに出席したことを述べている重要な、そして唯一の存在する典拠である」(Gosse II, 86) と言っている。しかしながら、十九世紀の批評家達は、ギフォードの『ジョンソン作品集』（*Works of Jonson* [1875]）を信用して、マーロウ、シェイクスピア、ボーモント、フレッチャー、ジョンソン、そして他のエリザベス朝ジャコービアンの劇作家たちはこの繁盛する「マーメイド・クラブ」の会員で、シェイクスピアとジョンソンは、そこで「機知比べ」（wit-combats）に従事していたというありそうにもない言い伝えを抱いた。この言い伝えは英国劇作家達（1887-96, 1903-09）の人気ある「マーメイド双書」によって自由に広まり、二十世紀の話に存続していたけれども、最近の研究によると、ダンがマーメイドで会った単なる劇作家たちは、ジョンソン、ことによると、一六一三年、ジョンソンへ「我々が見たのは何なのだ、マーメイドにいるダンではないか」と書き送った韻文の手紙の限定作家、フレッチャーであった、ということである。

(26) エリオットは徐々に彼らの影響力に心を奪われて「エリザベス朝の翻訳におけるセネカ」（'Seneca in Elizabethan Translation'）を書くことになった。「エリザベス朝の人々の精神において、セネカの影響が、…モンテーニュやマキャヴェリの影響と、どうつながっているかは、私には判らない。そして、これは今後、研究されなければならない主題だと思う」（*SE* 95-6/79）。彼は「ハムレット」（1919）の評論以来、モンテーニュの捉えどころのない影響に興味を惹かれてきた。実際、エリオットは「ハムレット」論で「シェイクスピアがモンテーニュの『レーモン・スボンの弁護』（『随想録』第二巻第一二章）を読んだかどうか、いつそれを読んだのか、どういう個人体験のあとに―あるいは最中に―読んだのか」（『批評選集』一四六頁／一二六頁）知りたがっている。そして、最近、彼は「シェイクスピアとモンテーニュ」（'Shakespeare and Montaigne', *TLS*, 24 December 1925, p. 895）の中で、『ハムレット』、『尺には尺を』そして『トロイラスとクリシダ』は「何かしらのものをモンテーニュに負わなければならないと、我々は感じている。しかし、何を、どれくらいであるか我々には分からない」と書いた。ロジャー・シャルボネル（J. Roger Charbonnel）の『十六世紀イタリア思想とジョルダノー・ブルノーの倫理学』（*La pensée italienne au XVI me siècle and L'ethque de Giordano Bruno*）の書評（*Athenaeum*, 10 October 1919, p. 1014）で、エリオットは「その本の中で永久的で一般的な重要性を持つほとんど唯一の名前はマキャヴェリーである」と明言し、やがて「ニッコロ・マキャヴェリー」（'Niccolo Machiavelli' [1927]）の中で「マキャヴェリーの非個性と無垢が余りにも非凡であったため、多分、糸口となるかも知れないことは、彼はたえず人々に影響を及ぼし、しかも、彼ほど純粋でない人々にいつも曲解されることになったということである」(*For Lancelot Andrewes* 52/50) と明言することになった。

(27) エリオットは『地獄篇』四歌一行を言及している。その地獄の第一圏ではダンテが「教を説けるセネカ」(道徳者セネカ [*TC* I] と出会っている。ダンは『説教集』でセネカを「道徳者」('Morall man' [*SER* III, 281])、「総大司教、そして道徳者の神殿」(the Patriarch, and Oracle of Morall men' [*SER* III, 406]) と言いながら、しばしば彼の哲学的論文から語句を引用しているが、一つの点で彼はキリスト教的なコンテクストの中のローマ的道徳者の使用を次のように注意深く限定している。「我々は教会や秘蹟なくして『プルターク』や『セネカ』から善良な人間に…なることが出来、キリストが我々に開陳したのとは違ったどんな方法によっても真理それ自身を追求するようになることが出来ると考える。これは傲慢で、天使の傲慢である」(*SER* IX, 379) と。

(28) 一六一五年一月のダンの聖職位授与式の後すぐに、ジェイムズ王は彼を自分のチャップリンにし、彼を宮廷の前で説教するよう命じた。

(29) 一五三六年、フランスの宗教改革者ギョーム・ファーレル (Guillaume Farel [1489-1565]) は、カルヴァンにジェネーヴでの宗教改革の仕事に専心するように説得し、そこでは徹底した教会の礼拝形式の革命がなされた。これを行った人達は一五三八年彼らの処置の厳しさのためジュネーヴから追放されたが、一五四一年迎え入れられ、同時に国家を教会に従属させることに基づく政府の組織化の仕事に取り掛かった。

(30) ジョン・ミドルトン・マリー (John Middleton Murry [1889-1957]) は、その時『アデルフィ』(*Adelphi*) の編集長であったが、マリーは『アシニーアム』(*Athenaeum*) の前の編集長で、彼は、一九一九年、エリオットをこの『アシニーアム』の副編集長にしようと努めた。エリオットは、一九二三年に『アデルフィ』や『クライテリオン』の欄で始まったクラッシズムとロマンティシズムの本質に関する自分達の公開討論を遠慮なく言及した。それというのもマリーはクラーク講演でエリオットの前任者だったからである(八頁—九頁参照)。

マリーはイエズス会主義とクラッシズムとの関係を誌上で論じなかったので、エリオットは、そのことで個人的な対話を言及しているが、エリオットの講演が進展した後、『アデルフィ』の二月号と三月号に出版された「『古典の』復興」（'The 'Classical' Revival'）で、マリーはエリオットを「頑固で不完全なロマン主義者」と言い、「自虐的で全くのニヒリズムを表している」『荒地』に見られる彼の古典的原理と浪漫主義的感受性の間の切れ目ある断絶を暗示している。マリーは続けて「そのような古典的な原理に関する経験を秩序正しくすることは、ほとんど人間の力を越えている。それは、暴力行為によって、カトリック教会に参加することによって、知覚出来るようになされたかも知れない」（*Adelphi*, Feburary 1926, PP. 592-3）と言っている。

マリーの『イエスの生涯』（*The Life of Jesus* [1927]）の書評で、エリオットは、非イエズス会のロマン主義者であるマリーを頑固で不完全な古典主義者と描写し、次のようにマリーの立場を逆にした。「マリー氏は、イエズス会員として、彼を精神の高所、力、平和へと導いていく大きな才能を持っていた … マリー氏は、教義上、ユニテアリズムに傾き、情緒的に、十七世紀のイエズス会のカトリシズムに傾いている」（*Criterion*, May 1927, pp. 258-9）と。

（31）イグナティウス・ロヨラ（Ignatius of Loyola [1491-1556, 1622年に聖列]）は、一五四〇年のイエズス会のスペインの創立者であり、『霊操』（*Spiritual Exercises* [1548]）の著者で、一五五五年ルイス・ゴンザレズ教父（*Father Louis Gonzalez*）に捧げた彼の自叙伝で、自分の世俗的な青春時代、そして若いときの血気盛んな青年時代に、もっぱら騎士道的なロマンス、特に十四世紀のロマンスで最初一五〇八年に出版された『ゴールのアマディス』（*Amadis de Gaula*）を読んだことを確かめている。宮廷恋愛によってその時代の邪悪なものと戦うよう仕向けられたアマディスの堂々とした手柄を描写しながら、その作品は、ミゲル・デ・セルバンテス（Miguel de Cervantes）の『ドンキホーテ』（*Don Quixote* [1605-15]）が現れる前に、フランスやスペインで大変人気があった。

（32）『イエスの仲間の起源』（*Les Origines de la Compagnie de Jésus : Ignace et Lainez* [Paris: Libarie Fischbacher, 1898]）で、ハーマン・ミュラー（Hermann Muller）は、イエズス会修練の精神的進展の六段階と明確なマホ

メット教の実践との類似点を詳しく探っている。彼は「どんな他の修道会にもない自由が回教徒の実践に反して見出される」(p. 101) と書いている。

(33) T・S・エリオットは、その年の後半、「中世哲学」('Medieval philosophy') で、その本を要約する予定であった。この「中世哲学」は、ジルソン (Glison [1884-1978]) 教授の評論との関係を論じたモーリス・ド・ウルフ (Maurice de Wulf) の『中世哲学史』(*History of Medieval*) 第二版の書評 (*TLS* 16 December 1926, p. 929) である。エリオットはド・ウルフの本は『序論』ではなくて歴史である。中世哲学の序論は既に存在している。それは、大衆向きのペイオット選集の小さな二巻本であるエティエンヌ・ジルソンの『中世哲学』(*La Philosophie au Moyen Age* [1922]) である」と書いている。ジルソンの「もっとすばらしい本は、十三世紀の主な哲学思想の詳細な解説で出来ている」とエリオットは説明し、そして「現代哲学は中世哲学と完全に手を切り、世界の全く新しい吟味で始まっている」と主張している。

(34) プラッツの本の書評で(一〇五頁注 [35] 参照)、エリオットはプラッツが「十七世紀と十三世紀の宗教の間の相違の世界について」異常なまでも意識していたことを指摘した。「それは心理学と形而上学の違いである。ここでプラッツ氏は、イギリスのダン批評で人目につく欠陥であったものを埋め合わせることが出来る。つまり、ダンとダンテの時代の形而上詩人達との比較である。これは、彼が軽く触れただけで、もっと詳しく調べてほしかった要点でもある」と。

(35) フランスの百科辞典編集者で哲学者であるデニス・ディドロ (Denis Diderot [1713-84]) は科学的方法に関する有力な論文である『自然の解釈に関する考察』(*Pensées sur l'interprétation de la nature* [1753]) を書いた。博物学者であるチャールズ・ダーウィン (Charles Darwin [1809-82]) は『種の起源について』(*On the Origin of Species* [1859]) の中で進化と自然淘汰に関する革命的理論を出版した。T・S・エリオットは『現代人イギリス小説』(*Le roman anglais contemporain* [*Nouvelle Revue Française*, May 1927, pp. 670-71]) の中で、ドストエフスキーとフロイトの間の文学的なずれに関して直接、次のように注釈した。「およそ三〇年来の文学と実生活に及ぼした精神分析学の影響を解明するのが、私よりももっと学問のある専門家のなすべき役目である…私は精神分析学の影響とドストエフスキーの影響を区別しなければならないでしょう。いや、むしろ、西ヨーロッパにおいて、もしドストエフスキーの作品のもつさまざまな局面の一つが、フロイトの勃興と期を一にして、あれほど異常に非難されなかったとしたなら、その場合、ドストエフスキーの影響がどのようなものであったかを、一つの仮説として再構築する必要がある。私がはっきり主張したいことは、私が知っている現代小説のほとんど全ては、直接に精神分析の研究に導かれたものにせよ、あるいは、精神分析を作り出した雰囲気によって影響されたものにせよ、ひとしく精神分析から逃れようとする欲求によって活気づけられたものである。そして、どの場合でも、結果として真面目さと深遠さが失われ、また、あらゆる場合に、必ずしも実現はしなかったものの、あのジェイムズが常に探し求めた深みが見失われてしまったことである」(pp. 670-71) と。

フロイトは、レオナルドの覚書にある科学的描写の中で、彼の子供じみた類鷹の空想を発見した。それはフロイトの『レオナルド・ダ・ヴィンチ―幼少時の回想に見られる精神性的研究―』(*Leonardo da Vinci: A Psychosexual Study of an Infantile Reminiscence* [1910; Engl. trans. A. A. Brill; New York: Moffat, Yard, 1916]) の中のレオナルドの作品に関する精神分析的な研究の基礎となった。「ロマン主義的貴族」('A Romantic Patrician') の中で、T・S・エリオットは、レオナルドを軍人兼政治家兼批評家である「多面的な」人間としてのジョージ・ウィンダムになぞらえた。「ジョージ・ウィンダムはレオナルドの規模の人間ではないし、彼の書き物はレオナルドの覚書とは非常に異なった効果を与えている。レオナルドは芸術や科学に取り掛かり、そして、それぞれはあるがままの物で、別の物ではない。しかし、レオナルドはレオナルドであった。彼は話をする父を持たなかった。彼はほとんど市民ではなかった。そして彼は共同体に関係がなかった。彼はどんな妖精の国にも生きなかったが、彼の精神は消え失せ、事物の一部分になった」(*Athenaeum*, 2 May 1919, p. 266) と。

(36) T・S・エリオットは、カントの『純粋理性批判』(*Critique of Pure Reason* [1787]) の第二版の序文で、事物についての直感への接近をコペルニクス的改革に類似しているという彼の記述に言及している。一九一二年から一三年の間、エリオットはハーヴァード大学で「哲学一五」という科目でカント哲学を受講し、カント

(Kant [1724 - 1804]) に関する三つのレポート、つまり、「カントの範疇について」('on the Kantian Categories')、「カント批評と不可知論との関係について」('on the Relation of Kant's Criticism to Agnosticism')、それから「カントの実践理性批判の倫理について」('on the Ethics of Kant's Critique of Practical Reason') を書いた(キングス)。エリオットはシャーロット・エリオットの『サヴォナローラ』(*Savonarola* [1926]) の序論で「生涯を範疇の追求に捧げたカントでさえ、真偽はどうであれ、彼が、永遠であると信じたものだけを定着させ、そして、これらは、果てることがない変化の中で築き上げられた巨大な範疇体系のうち、比較的恒常的なるものに過ぎないという事実を見過ごし無視した」(p.viii) と述べた。

(37) デカルトは『第一義的な存在に関する省察』(*Meditations Concerning Primary Existence* [1641]) の「省察二」(「人間精神の本性に関して」) の中で精神と肉体あるいは対象の関係を探るために真新しい蠟という拡大した言葉のあやを使っている。デカルトは、エリオットが蠟と結びつけた封印のイメジをそこで使っていないけれども、「省察三」(「神について――神は存在するということ――」) の中で、職人の印あるいは封印のように、神は精神の中に観念を植え付けるという考えを展開している。「そして、神が私を創造するにあたって、あたかも職人が自分の作品に刻印した印のように、自らの観念を私の中に植え付けたということは確かに不思議なことではないことが分かる。また、その印が作品そのものと異なった何物かであるということは、同じように、本質的なことではない」(*The Philosophical Works of Descartes*, I. tras. Elizabeth S. Haldane and G. R. T. Ross [Cambridge: Cambridge Univ. Press, 1967], p. 170)。我々が知っているのは対象ではなくて、これらの対象についての我々の観念であるというデカルトの信念は、明らかに以下に引用された「省察六」(注 [41] 参照) で議論されている。エリオットは一九一二年の春ハーヴァードでデカルト、スピノザ、そしてライプニッツの哲学の授業を受けた。

(38) T・S・エリオットは、ヘルマン・ヘッセの『混沌への一瞥』(*Blick ins Chaos* [1920]) の中に見られるニーチェの言説 (「何も内になく、何も外にない、外にあるものは、内にあるからである」) に出会った。このヘッセの本をエリオットは一九二一年スイスで手に入れ自分の名前を書き入れ、『荒地』の自注に引用した

(*CPP* 79/54)。ヘッセはこの引用を最初の評論のためのモットーとして「カラマーゾフ兄弟、―ヨーロッパの没落」で使っている。このことをエリオットはヘッセに、これがもっと短かったなら『クライテリオン』に翻訳で出版したでしょうと告げている(*LI*510)。

(39) T・S・エリオットは、友達で知的な不可知論者で、また批評家兼心理学者でもあり、その当時、ケンブリッジの英文学と道徳科学の講師であったI・A・リチャーズ(I. A. Richards [1893-1979])による最近の論文に言及している。リチャードが、「現代詩の背景」('A Background for Contemporary Poetry', *Criterion*, July 1925, p. 521)の中でエリオットを賞賛したのは、エリオットが現代の感受性の病を表した『荒地』で「詩とあらゆる信念との間の完全なる分離を果たした」からなのである。リチャーズの論ずるところでは、この病に対する非難は「人間の情緒の対象を情緒の正当化であると期待する人間の習慣にある。我々は、我々が愛したり、憎んだりする事物が、それ自身において愛に値する物であり、あるいは憎しみに値するものであることを期待する…あらゆる態度の正当化、あるいはその裏面は、対象にあるのではなく、それ自身において全人格への奉仕にある。全てのその価値は、人格である態度の全体系におけるその場に依存しているのである。」

(40) T・S・エリオットは明らかに、上述の自分の声明を例証するために、デカルトからの次のような引用へその場限りの切り替えをした。「ダンの宗教的著作に表れている宗教的信仰のようなものは、彼の詩で使われているさまざまな多くの哲学的断片と全く矛盾するものではない。彼の詩に見られる哲学的考えに対する態度は、観念の真理と言うより対象としての観念そのものに興味があると言うことで示されるかも知れない。彼は、変わったやり方で、デカルトの『省察』の六番目に見られるように、来るべき時代の哲学者を先取りしている」(*A Garland for John Donne*, ed. Thedore Spencer [Cambridge: Harvard Univ. Press, 1931], p.11)

(41) T・S・エリオットは『デカルト選集』(*Oeuvres choisies de Descartes* [see p. 65, n. 47], p. 128)から引用している。その引用は「省察六」(「物質的事物の存在、および精神と身体との実物的な区別について」)の第三節(*The Philosophical Works of Descartes*, 1, pp. 186-7)からのものである。

(42) T・S・エリオットは、リチャーズの「現代詩の背景」(上述、注〔39〕参照)における主張は『文芸批評の理論』(*Principles of Literary Criticism* [London: Kegan, Paul, Trubner, 1924])に見出だされた、という間違った印象のもとにあった。以下に見られる節は、エリオットが指摘しているように二六四頁から引用されている。

(43) エリオットは後で「衝動は美、醜などによって我々の潜在性に与えられた特別なよじれである」という自筆の覚書のために「衝動」から下の空白まで鉛筆で線を引いている。

(44) T・S・エリオットは、戦死したイマジスト詩人で哲学的批評家であるT・E・ヒューム(Thomas Ernest Hulme [1883-1917])が、口論をほしいままにしたため、一九〇四年ケンブリッジのセイント・ジョン学寮から追放された(もっともアンリー・ベルグソンの推薦で一九一二年簡単に再入学を認められたけれども)という事実の皮肉を弄んでいる。エリオットはヒュームの詩や散文を一九一六年から一九一九年の彼の評論、書評、公開講座の中で論じ、ヒュームの最初の散文選集が死後『思索集』(*Speculations* [London: Kegan Paul, 1924])として出版されたとき、エリオットは彼を新しい古典主義の前触れとして、つまり、「二〇世紀がそれ自身の精神を持つことがあるなら、二〇世紀精神であるべき精神の新しい態度の先駆者として」描写した。「ヒュームは古典主義者で、反動的精神の対蹠地である」(*Criterion*, April 1934, p. 231)。『思索集』でヒュームは古典主義とロマン主義の基盤をそれぞれ作り上げている二つの抽象的な範疇を区別している。一つには「宗教的態度」で、それは絶対的な価値と原罪のドグマの信念を持ち、もう一つには「ヒューマニスト的態度」で、それは「人生はあらゆる価値の源泉と尺度であり、人間は本質的に善良である」という信念を持っている(p. 47)。エリオットは「ヒューマニズム再考」(1929)の結論でこれらの範疇に基づいてヒュームを引用した。「究極的な諸価値についての宗教的観念は正しく、ヒューマニズム的観念は間違っていると私は主張する。事柄の本性から言って、これらの範疇は、時間や空間の範疇のように、不可避的なものではないが、同じように客観的なものである…大切なことは、誰も理解していないように思われるもの—宗教的態度の諸範疇を最も忠実に表現している原罪のドグマのようなドグマである。人間はどのような意味でも完全ではなく、みじめな被造物であるが、完全性を理解することが出来るものである。そこで、私が感傷のためにドグマに我慢するのではなくて、恐らく、ドグマのために感傷も呑み込むことが出来るからである」(*SE* 490-91/438)。

(45) ユダヤ人の律法学者でヘブライ語の学者であるマイモニデス (Maimonides [1135-1204]) はアリストテレス哲学とヘブライ神学の聖書のテキストを結びつけようとすることに影響力があった。エリオットは明らかにダンの『説教集』の中のいくつかの引用の一つ―「知性に疲労がある、とヘブライの律法学者達の中で最も哀れで健全なる者は言っている。魂は肉体と同じように疲れ、そして理解は、目と同じように、ぼーとする」(IX. 5. 117-20) ―に言及している。イスラム教の哲学者であり、アリストテレスとプラトンの『共和国』の注釈で知られているアヴェロエス (Averoes [1126-98]) へのダンの直接的な言及は、一六一二年のヘンリー・グッディアー卿 (Sir Henry Goodyer) への手紙の中に見られる。「全く本当でないことは、非常に微妙で、非常に深い機知の持ち主であるアヴェロエスが、全ての人間はたった一つの魂を持ち、それは、一つの知性が天空とその中の星々を活気づけ支配するように、我々全てを活気づけ、支配すると言っていることである。あたかも特殊な肉体は、魂がかき立てるには余りにも小さい器官であるかのように」(Gosse II, 8)。エリオットはマイモニデスとアヴェロエスのライプニッツに及ぼした影響を「ライプニッツのモナディズムの展開」の中で考えていた (*The Monist*, October 1916)。

(46) ダンは『説教集』の中で、彼が「アレオパジティカ」(‘Areopagitica’)、「デオニュス」(‘Dionyse’)、「デニス」(‘Denys’)、そして「デオニイシュウス」(‘Dyonisius’) といろいろに呼んでいる偽ディオニュシウスの典拠からしばしば引用し、それを呼び出している (上述、注 [15] 参照)。それは、ダンが、偽ディオニュシウスの典拠を同じような優雅さと激しさでもって表したアレオパジティカの契約が三位一体の不可視に関する神の教訓に付け加えられたかも知れないと述べたときのようなものである。「神は判決でもなければ、理性でも、意見でも、感覚でも、空想でもない」(Dei necd sententialest, nec ratio, nec opinio, nec sensus, nec phantasia)。もし我々が神の本性と本質そのものに疑義を挟むなら、我々はそれに関して判断を下すことは出来ない (判決がない)、それについての起こりそうな談話をすることが出来ない (理性がない)、我々はありそうな意見を持ったり、それを推測をすることが出来ない (意見がない)、我々は我々の感覚の下に陥ったあらゆる事物で準備することは出来ない（感覚がない）し、また我々が愚かにももたらし、あるいは偶然に我々の空想や想像に陥ったあらゆる事物でも準備することが出来ない（空想がない）（Ser VII, 343）。

（47）ドイツのドミニコ会の哲学者で神秘家であるヨハネス・エックハルト（「マイスター・エックハルト」（Meister Eckhart [1260-1328]）は、しばしば自分の説教の中でお気に入りの典拠の一つとして偽ディオニュシウスを引用している。

（48）T・S・エリオットは「韻文思考」（'Thinking in Verse,' 四九頁注［36］参照）の中でスペインの神秘家について書いている。「カルメル会修道士の聖テレサと聖十字架のヨハネの二人がとりわけ偉大であった。聖ヨハネは、もっと偉大で、どちらかと言うと、彼の書き物は聖テレサのものよりも重要であると思う。しかし、多分、テレサはその分だけ影響を持っていた」（p. 443）と。グラナダのルイス（Luis de Granda [1504-88]）は、敬虔な作家として、そして夥しい神秘的な論文の著者として最も良く知られたが、一五七五年オラトリオ修道会の聖省の創立者である聖フィリップ・ネリ（St Philip Neri 1515-95）は、イタリアの司祭で神秘家であった。聖フィリップ・ネリに棒線が引かれ、上の余白にハーバード・リードの手で鉛筆で「またブロムトン修道会」（also Brompton Oratory）と書き込まれている。聖フィリップ・ネリのオラトリオ修道会は、イギリスで一八四八年、バーミンガムのジョン・ヘンリー・ニューマン（John Henry Newman）によって創立された。一八四九年、フェバー（F. W. Faber）は、そのオラトリオが一八五四年ブロムトンに移される前に、それをロンドンのキング・ウィリアム・ストリートに創立した。アランドルの聖フィリップ・ネリの教会は、一八六八年ノーフォーク男爵（the Duke of Norfolk）に委任された。それは、後期フランス・ゴシック様式でパーソン・ヒル頂上に立てられて、聖フィリップ・ネリに捧げられ、一八七三年七月に開所された。プラッツは一九二七年一月三一日付けの手紙で「聖フィリップ・ネリは本当にスペインの神秘家に入れられるのですか」（*L2*）と疑い深く問いただした。この間違った連想は、イグナティウスが自分の旧友であるネリを軽蔑して取り扱ったダンの『イグナティウスの秘密会議』（*Ignatius His Conclave*）をエリオットが読んだことから生まれたのかも知れない。ネリは、ダンがイエズス会士を一般的にスペインの政策と同じものであるとした諷刺で、イグナティウスが直面しなければならない最後の敵対者である。

(49)『ハムレット』二幕二場五二四―七、(包み込まれた)劇中劇

First Player 'But who, oh, who had seen the mobled Queen -'
Hamlet 'The mobled Queen'?
Polonius That's good, 'Mobled Queen' is good

役者1　「さりながら、だれかを見し、おお、だれか見し
　　　面を包みし妃の姿を―」
ハムレット「面を包みし妃」?
ポローニアス　これはいい「面を包みし妃」はいい。

(50)「おはよう」('The Good-morrow', lines 1-7 *MLPSC* 1) 部分的に現代語法にされている。

(51)ラシーヌの『フェードル』(*Phèdre* [1677])で、フェードルは、激しくイポリットに恋をし、自分の夫への前の愛を述べた後、イポリットに突然、問いただしている。フェードルの夫はテーセウスの王で、アマゾーンの女王アンティオペーとの間に生まれたイポリットの父である。この行の最後にあるエリオットの「云々」は、エリオットが、その時、彼がテキストの中で言い替えているフェードルの第二の質問を引用していたかも知れないということを示している。

Que faisiez-vous alors? Pourquoi, sans Hippolyte,
　Des héros de la Grèce assembla-t- il l'élite ?
　Pourquoi, trop jeune encor, ne pûtes -vous alors
　Entrer dans le vaisseau qui le mit sur nos bords?

What were you doing then? Why without you
Did he assemble all the flowers of Greece?
Why could you not, too young, alas, have fared
Forth with the ship that brought him to our shores?
(Tras. John Cairncross, *Masterpieces of the Drama*, p. 352)

あなたはあのとき、なにをしておいでになりました
あの人は選りすぐったギリシャの英雄たちを集めたなかに、
なぜイポリットをお入れにならなかったのか
なぜあなたはあのときまだお年が若くあの人をクレータの岸に
おろしたあの船に乗り込むことができなかったのか。

(52)「マリヴォー」(‘Marivaux’ [1919]) で、T・S・エリオットは次のように主張した。「フランス演劇で、ラシーヌは最初の最も偉大な心の解剖者で…フェードルでの愛の分析は我々をマリヴォーに一層近づけている。フェードルの『あなたはあのとき、なにをしておいでになりました』に見られるようなそんな分析は、… ぎりぎりの喜劇である」(*Arts and Letters*, Spring 1919, p. 84)

(53) T・S・エリオットは、『オイディプス王』(*King Oedipus* [lines 1369-1414]) の中でオイディプスが父親殺しと近親相姦の罪悪感にかられて自分の目をくり抜いた後、彼が自己懲罰を行っている科白に言及している。コロスの長に話しかけられたこの科白は次のように締め括っている。

Hide me immediately away from men!
Kill me outright, or fling me far to sea,
Where never ye may look upon me more.

Come, lend your hand unto my misery!
Comply, and fear not, for my load of woe
Is incommunicable to all but me.

さあ、一刻もはやく、頼む、どこへなりと国の外へおれをかくしてくれ
殺してくれ、海に投じてくれ、
もはやおれの姿の見えぬところへ！
さあ、近寄って、このみじめな男にどうか手を下してくれ。
聞き入れてくれ、恐れることはない。おれの禍は、
おれ以外のなんびとをも染めることはありえないのだ。

ルイス・キャンベル訳、ワールド・クラシック版の『ソフォクレス、英語韻文の七つの劇』（*Sophocles*：*The Seven Plays in English Verse* [1906], translated by Lewis Campbell [p. 125]）、ソフォクレスのワールド・クラシック版の二冊はエリオット所有のものである。

（54）『オデュッセイア』（*Odyssey*）の十一巻の最後からの一節は、T・S・エリオットが推測しているようなアーノルド（Arnold）の作品には現れていない。そして、明らかに混同されている言及（次の注参照）は別の著者の崇高の例として跡付けられていない。

（55）「船から海中に落ち溺れ死んだ」という節は、鉛筆で棒線が引かれ、ハーバート・リードの手で右余白の覚書に「おかしな死」と書かれていた。十巻の終わりで、泥酔したエルペーノールはキルケーの館の屋根から落ちて死に、その結果、彼の魂は冥府に落ちた。そこで、オデュッセイアは死人の巻（lines 52-80）となっている十一巻でエルペーノールの亡霊に出会う。T・S・エリオットはエルペーノールと『アエネーイス』の中でポルバースになだめ寝かしつけられて海へ投げ込まれたパリヌールスを混同しているように見える。パリヌールスは目覚め四日間泳いだものの、岸にたどり着いたとき、その住民に殺され、そして、アエネーイスは、

冥界を訪れたとき彼の亡霊に出会った。エリオットは一九三〇年六月二日（プリンストンの）ポール・エルマー・モア（Paul Elmer More）に手紙を書いた。「私はいつでもホーマーよりもウェルギリウスを楽しんでいます。それは驚くべきことではないですか。実際、私は―韻文において―ギリシャの詩人達よりラテン作家の仲間にいると気が落ち着くのです」と。

(56) エリオットは、明らかに自分の署名はあるが注目されていない（キングズ）版の『ホメロスのオデュッセイア』（*The Odyssey of Homer*, ed. John B. Owen [New York: American Book Company, 1859]）の記憶、もしくは翻訳からの行に言及して、出版されている翻訳から引用していない。

(57) T・S・エリオットは、この言葉の意味、つまり、観念の想定あるいは慰めを、アーレクシス・マイノング（Alexis Meinong）の対象理論の研究『想定について』（*Uber Annahmen* [1900, 1910]）から取っている。エリオットはこのマイノングの研究を（一九三五年のハーヴァードのクラス・レポートで「ブラッドレーの認識論との関係で考察されたマイノングの対象理論」['Meinong's Gegenstandstheorie considered in Relation to Bradley's Theory of Knowledge']として間違って記憶されて）自分の博士論文で利用している。「幻覚が実在的であると同じ仕方で実在的である単純な対象があるが、この対象は想定の対象に属しているに過ぎない。この理論がマイノングのものより優れていると主張される主な利点は、ブラッドレーの浮遊する観念と一層の整合性があるからである。想定は、私がそのように理解しているように、一断片のすべてであるなら、その時、想像上のものは切り放され『マホメットの棺』のように、天と地の間を浮遊しなければならない」（*KEPB* 126）。エリオットはこの「想定」という言葉をポール・ヴァレリー（Paul Valery）の『魅惑』（*Le Serpent* [London: R. Cobden-Sanderson, 1924]）の序文でも次のように使った。「形而上学者でもあり、また二つの行為を結びつける詩人は、一角獣や飛竜が想像できるように、想像できる。彼はマイノングの想定のあるもののように考えられるが、そのような詩人は怪物であろう」（p. 13）

(58) T・S・エリオットは、博士論文で、ブラッドレーが実在的なものと観念的なものの関係の一般的な原理を展開している論文「浮遊する観念と想像」('Floating Ideas and the Imaginary' [1906]）にしばしば言及している。

（59）『浄罪篇』（XXI, 131-2）で、ウェルギリウスは、ローマの詩人で『雑詠集』（*Silvae*）、『テーバイ遠征譚』（*Thebaid*）、『アキレウス物語』（*Achilleid*）の著者であるスタティウス（Statiusu [C. AD 50-96]）が、かがんで自分の足を抱き抱えたとき、彼の亡霊に言っている。

　　'Frate,
non far, chè tu se' ombra, ed ombra vedi.'

'Brother, do not so, for thou art a shade and a shade
thou seest.'

兄弟よ
しかするなかれ、汝も魂汝の見るものも魂なれば。

スタティウスは、立ち上がりつつ答えている（133-6）

Or puoi la quantitate
comprender dell' amor ché' a te mi scalda,
quando dismento nostra vanitate,

trattando l'ombre come cosa salda.'

'Now canst thou comprehend the measure of the love which
warms me toward thee, when I forget our nothingness,
and treat shades as a solid thing.'

TC II, 266-7

今汝は汝のために燃ゆるわが愛の大いなるをさとるをえむ、
そは我等の身の空しさを忘れて
我はあたかも固體のごとく魂をあしらいたればなり

「さとるをえむ」（Puote veder）という間違った引用は、『神曲』（「天国界」XXVIII, 50）に「諸々の回転その中心を遠ざかるに従っていよいよ聖なるを見るをえむ」（'si puote/veder le voltre tanto più divine,' ['we may see the circlings more divine']）と一度だけ起こっている。エリオットは、『我汝に請う』（*Ara Vos Prec* [1919]）のエピグラフとしてスタティウスのウェルギリウスに対する返答を使ったとき、それを正しく引用しているが、『詩集』（*Poems* 1909-1925）や『詩選集』（*Collected Poems* 1909-1935）にあるジャン・ヴェルデナール（Jean Verdnal [1889-1915]）の献呈辞に使ったとき、絶えずそれ（Puote veder）を間違って引用した。

（60）一九二六年九月に出版された「ランスロット・アンドルーズ」（'Lancelot Andrewes'）の中で、T・S・エリオットは次のようなことを観察した。「ダンは、若い頃のイエズス会の影響と後年のイエズス会文学の研究とが残した痕を何度も垣間見せている。たとえば、人間の心の弱さを巧みに知り抜いていること、人間の罪を理解していること、変わりやすい人間の心をなだめすかして聖なる対象に向けるその技術、堕地獄の脅威を説きながら微笑みをうかべた寛容さとでも言っていい態度をたもっていることなどに」（*SE* 352/309）。

（61）「我々の時代のダン」（上述注［40］参照）において、T・S・エリオットは、ブラウニングの「特定の人間の心についての彼の認識が、後の時代はうまく無視するかも知れないけれども、我々の時代では苛立たしくなった楽観主義で不純にされている」（p. 15）と言及した。

（62）ウィリアム・コリンズ（William Collins [1721-59]）は、彼の有名な「夕べのオード」（'Ode to Evening' [1746, 1748]）の中で、静かで、偽りなく、古典的に抑制された方法で夕べに話しかけるとき、彼は「ゆっくり瞑想する」と所信を述べているが、エリオットは、コリンズが正気でなくなった後、彼のオードの中に心理学的な狂気の徴候を探そうとする批評的傾向があったという事実に皮肉に言及している。エリオットは「形而上詩人達」の中で、「コリンズの最もすばらしい韻文は…ダンやマーヴェルやキングのものよりも、一層、我々の好みの難しい要求の幾つかを満足させているが、言葉が一層洗練されるのに、感情は、一層生硬になった」(*SE* 288/247) と述べた。そして「アンドル・マーヴェル」で一層強く述べたことは、我々がグレイやコリンズに至るまでに「詭弁を弄することは言語にだけ残り、感情からは消え去った。グレイとコリンズは巨匠であるが、彼らは、エリザベス朝やジェイムズ王朝時代の詩人の驚くべき業績であるあの人間の価値を支配する力、人間的経験をあれほどしっかりと把握する力を失った」(*SE* 297/2256) ということである。

(63) 聖アウグスティヌスは『告白』(*Confessions*, Book II, Chapter 4) で、自分は必要からではなくて「盗みそのものと罪を享受するためだけから」盗んだことを告白しながら、自分の盗みを述べている。

「私たちの葡萄畑の近くに、実のなった一本の梨の木がありましたが、その実は形といい味といい、とりたてて魅力のあるものではありませんでした。この木をゆり動かして実を落とすため、われわれ邪悪な若僧どもは、真夜中にしのびこみました。それまで私たちは、いとわしい習慣によって、広場でだらだら遊び続けていたのです。そしてどっさり実をもぎとりましたが、自分たちの御馳走にはしないで、結局、豚に投げてやるかどうかしてしまいました。もっとも私たちも、いくらかは食べましたが、禁じられていることをするのがおもしろかったからにすぎません」(Trans. R.S. Pine-Coffin, Harmondsworth: Penguin Classics, 1981, p.47)・

ルソーは彼の『告白』の四巻で官能的な場面を描写している。彼はさくらんぼをグラフェンリード嬢にではなく、彼女の仲間のガレー嬢に投げている。ガレー嬢は友達のグラフェンリード嬢より「年は一つ若くて、もっときれいだ」と書いている。

「私は木に登り、さくらんぼの房を投げる。すると彼女たちは、枝越しに種を投げ返す。一度ガレー嬢がエプロンを差し出して、頭をうしろに引いてうまくかまえ、私が正確に狙ったので、彼女の胸のなかに一房落とした。そしてわっという笑い。『おれの唇がさくらんぼだったら！喜んで彼女に投げてみるのだがなあ』と私は心のなかで思ったのである。(Tras. J. M. Cohen, Harmondsworth : Penguin Classics, 1973, p.135)。T・S・エリオットは、ルソーに関して講演をし、『告白』を一九一六年の「現代フランス文学」に関する公開講演の読書目録においた（*RES* 1,167）。

(64) ウェールズの小説家でジャーナリスト伝記作家で、そしてポルノグラファーであるフランク・ハリス（Frank Harris [1856-1931]）は、自分の性的覚醒と早い時期の性的出会いを跡付けている四巻本の『私の生と愛』（*My Life and Loves* [Paris: privately printed, 1922-7）の二巻を出版した。

(65) T・S・エリオットは、ジェイムズ・ギブソン（James Gibson）の『ロックの認識論』（*Lock's Theory of Knowledge* [1916]）の書評で、ロックにおいて「観念の発生は付随する問題である」（*New Statesman*, 13 July 1918, p. 297）という点でギブソンと一致し、後に「伝統と詩の実践」（'The Tradition and Practice of Poetry,' [1936]）の中で次のように書いた。「ロックの哲学は天使のような食物ではなかったが、それは、全く何にも役立たなかったというより十八世紀に役立った」（*T. S. Eliot*, ed. James Olney [Oxford: Clarendon Press, 1988], p. 19）と。

(66) ポープの「エロイーザからアベラールへ」（'Eloisa to Abelard'）において、エロイーザは、アベラールの子供を生んだ後、彼から引き裂かれ、修道院の中で、彼に対する愛と共感について書き、自分の混乱した状態をキリストの「汚れなき」花嫁に対比している。それは、彼らの心配のない宗教生活を特徴づけるために、クラッショウの「宗教的館の記述」から直接に借りた「目覚めさせ、涙を流させることが出来る従順な微睡み」（'Obedient slumber that can wake and weep,' [line 212]）である。

(67) T・S・エリオットは「現代の英散文」（'Contemporary English Prose,' *Vanity Fair* [New York, July 1923], p. 51）の中でこれらの作家たちの散文を特徴づけている。その中で、エリオットは、カーライルの英散文に及ぼした否定的な効果を吟味する際、ラスキンが「しばしば誇張されつむじ曲がり」であることに気づき、そして「十九世紀の最もすばらしい散文スタイルの持ち主であるニューマン枢機卿ですら、彼の独特の個人的な情緒を秋の色合いに限定されている」のを見出だした。カーライルに「夢中」になった後、T・S・エリオットは次のように続けている。「あたかも、それは少しばかりの高熱であるかのように、熱にある誇張があり、ある独特の情緒的な限定がある。そして、これは、ウォルター・ペイター以上にあてはまるどんな他の作家もいない…ブラッドレーの乾いた骨太の散文の重厚な厳格さにおいてすらも、あちらこちらで、ホッブス、バークレー、ロックの伝統は全く相入れない熱いほとばしりがある」と。

(68) 伝記作家で批評家であるリットン・ストラッチェイ（Lytton Strachey [1880-1932]）は、一九一九年以来T・S・エリオットの友達であったが、ストラッチェイの「ロマン的精神」は、彼の『ヴィクトリア女王』（*Quenn Victoria* [1921]）に関するエリオットの議論の主題であったときのように、エリオットは、しばしば彼の視点に批判的であった。「彼は…自分の人物を、『分離』の精神ではなくて、自分自身をその人物に付着させることによって、つまり、しがみついた餌食に懸命になることで取り扱っている。彼は彼のお気に入りを持っている。そして、これらは、着想というより情緒によって、平凡なものを何かしら莫大でグロテスクなものにかえる彼の偉大な能力でもって、それらに作り上げられるものに対する彼の感情によって、選択されている…ストラッチェイ氏はその批評家というより歴史の一部分である。彼は、ベルグソンが形而上学から新しい感覚を作り出したように、歴史から新しい感覚を作り出した」（*Dial, August* 1921, pp. 216-17）と。

第三講演 〔ダンと十四世紀〕(1)

十四世紀のイタリアの詩がプロヴァンスから由来している経路は、よく知られているので、私がそれを再検討する必要は少しもありません。私は決してプロヴァンス語の学者ではありません。そして、私がお話しするどんなことも翻訳からか、あるいは信頼に足る典拠から得られるでしょう。私があなた達にいくらかでも思い起こして欲しい唯一の点は、プロヴァンス学派とダンテのグループとの間で、愛の事柄に生ずる視点の変化なのであります。(2) その区別は、全く満足行くものではないとしても、興味ある小さな本であるレミ・デ・グールモンの『ダンテ、ビアトリーチェ、そして恋愛詩』の中で簡単に述べられています。(3) プロヴァンス社会に関して、彼は次のように言っています。

「愛のために、人は、結婚しなければならないし、不倫の恋をしなければならなかった。自由な若い人々の間の愛が許されなかったのは、夫と妻との間の愛と同じようなものである。騎士から主従の関係を受ける権利を得るために、若い女性は結婚しなければならない。プロヴァンスの詩人達の絶えざる力によって我々が一瞥するものは、若い騎士の延臣に取り囲まれている美しく、力強い気高い女性で、彼女は、厳密に意のままに出来ないにしても、その騎士に自分自身を寄り添わせることが許されていたのである。その結びつきが確立されると、彼らは（恋人の権利の）喪失の苦しみの下でお互い自分自身を捧げる。束の間であるが、死を除いて、どのようなものも彼らを分かつことは出来なかった。それは姦通の範囲での忠節であった。プロヴァンスの夫人はどんな点においても『天使』ではない。皆、彼女を恐れてはいない。彼女を欲しているのである。

新しいフィレンツェ派は愛についてこの概念を大いに修正し、その結果として、道徳的習慣を修正するであろう。詩人達の愛は純粋になり、ほとんど非個人的になる。その対象はもはや女性ではなく、美で、女性らしさは観念的な創造物で擬人化される。結婚や所有に関するどんな観念も彼らを悩ますことはない…愛は、祭儀のすべての特質を持ち、ソネットやカンツォーネはその賛歌である。

それは人間感情の進化の歴史の時代である。それは、真理、そして果てしない社会進歩への一歩である」

私はプロヴァンス学派とダンテのグループの間の大きな違いを強調するためにこのすばらしい要約を引用しているのです。(4)

女性達に対するダンテ的態度は、「騎士道」として見なされるべきではないし、また「中世」という一般的な曖昧な言葉で葬り去られるべきではありません。プロヴァンスの態度は、多分、それ以上に「騎士道」であります。それは、学究的と言うより、貴族的、世俗的な社会に関係し、音楽芸術、異教思想の美しい小さな孤立した小集団 —もっともこの小集団は現代フランスの大きな部分を呑み込んでいますが— に捧げられているのです。愛と戦争の審美家達である彼らは、ほとんどの審美家達には与えられていない社会的存在の審美主義を生き延びる満足を持っていました。私は、この社会とダンテの社会との間にどんな判断をもほのめかしたくありません。もちろん、ダンテはそれだけ偉大な詩を作ったけれども、実際、愛に対する三つの態度―つまり、プロヴァンス、イタリア、そして十七世紀のイギリスの態度―は、判断するには余りにも広い人間精神の違いを表しています。つまり、彼らは、異なった人間において日々生まれ変わらせられているこれらの人間精神の違いに属して、越えることが出来ない障碍物をほんの一握りの我々の幾人かの間においています。私は、文学批評家として、彼らを彼らの成果からのみ判断しています。

第一講演でお話したように、本質的に、詩が人間の経験に付け加えることが出来る二つの方法があります。一つは―意味と感情の両方の―世界をいつ何時にも与えられた通り正確に感じとり記録することによってであります。もう一つは世界の辺境を拡げることによってであります。第一番目は、―ホメロスに見つけることになりますが―時代の順番における一番目であります。そして、それは必ずしも価値の順番において二番目であるということを言っているのではありません。ダンテがあなた達を引き入れたような新しく広範で高尚な世界は、古い明確な世界のしっかりした基盤の上に立てられなければなりません。それはヤコブの梯子のように下りることはないでしょう。このようにリアリティを拡げた詩人達の間で―そして、彼らは私に最も興味を持たせる人達であるということを認めますが―私は先ず絶対的にダンテを置き、そして、最近の中では一番目にボードレールをあげます。[5] リアリティをあるがままに定義した人々の間で、私はいろいろな理由のために等級を割り当てることは不可能であるということがわかりました。私は確かにホメロス―そう『オデュッセイア』のホメロスのようなもの―、カテゥラス、チョーサーを入れるべきと思います。しかし、また文学批評で常であるように、識別しなければなりませんが、切り刻むことは出来ません。どんな詩人も、ほとんど、反対の側面の下で見られるかも知れません。それぞれの詩人は両面の何かを表しているかも知れません。ある詩人は混合していると呼ばれ、あるものはごたまぜと呼ばれるかも知れません。融合と混乱には違いがあるからなのです。

私は、ダンテと彼の時代の形而上詩を取り扱うにあたって、すべてのこの素材――『新生』、あるいはソネットと『カンツォーネ』、そして二人のグィードの『バラード』――は空想でばかげた行為であるという偏見を未然に防ぐために、この挿話を入れました。多分、多くの人は、これは彼らが考えているものであるということを認めないでしょう。しかし、非常に多くの人がパオロとフランチェスカを既に読み、しかも、それを間違って読んでいます。(6) そして、ほとんどの人は『天国篇』を読んでいなかったし、また正しく読まなかった。このようなことが非常に多くの人達の態度に違いありません。そして、私が主張したいのは、この詩は、ヴィジョンやベノゾ・ゴッゾォリの天国への行進に捧げられた原始時代の、ラファエル前派の風変わりな流儀ではなくて、明確であると同時に精神の並の限界を越えて感じ思考した人間の産物なのであるということです。(7) 彼らは、自分達の足を地に――どちらかというと政治と恋愛と戦闘仲間のぬかるんだ地なのですが―― しっかりとつけていた高度に訓練された知性の持ち主なのです。つまり、彼らは、我々自身よりも、そして、ダンの世界の文明よりも優れた幾つかの面の文明を表しています。彼らの統語論と言葉の選択は、彼らの優秀性を主張しています。人間は、高い水準で生き、しかも、冗長さに耽溺することは出来ません。

私はレミ・デ・グールモンの小さな本に触れてきました。それを推薦するにあたり、私は一つの注意を付け加えたいと思います。グールモンの目的は、ダンテのビアトリーチェは　―もし、実際、ビアトリーチェというまさにその名前がその意味〔の〕ためだけで選択されていなかったとするならば― 事実上、純粋な作り事であるということを証明することなのです。『新生』は初期の情熱の文字通りの年代記であると主張するどんな人に対しても、彼の要求は十分に正当化されるものの、知性ある読者にとってそのような主張は表面的なものでありますグールモンは恣意的で象徴的な年代記を表し、ダンテのヴィジョンと『ヘルマスの羊飼い』[8]のような他の幻想文学のヴィジョンとの類似点をうまく訴えています。しかし、グールモンは常に控えめに考えられなければならない。異彩を放つ文学批評家である彼は決して哲学者ではありませんでした。そして、彼は哲学者ではなかったので、あらゆる種類の哲学的偏見―たとえば、性について―に満ち、結局は、ウォルター・ペイターの時代に生きていました。[9]我々が問題にしている本を読むとき、『新生』は乾いた生命のないアレゴリーであるという印象を受けるかも知れません（「アレゴリー」というまさにその言葉は、多くの人にとって、あらゆるものを批判するのに十分なのです）。そのようなものではありません。『新生』は、私が考えるに、特有の形式に作り上げられた現実的な経験の記録であります。[10]これは立証不可能なのです。それは、特有の心の型を持っている人が常に認めているこの種の型に起こり得るある種の経験です。たとえば、ダンテが九歳に経験したとき記録した情緒と感傷は、全く信じられないことではありません。それらはもっと早い時期にすら起こりうることでありますが、九歳の年少の子が、それらの言葉で意識的にその経験を定式化することが出来るということを主張しているのではありません。[11]私はアレゴリーの役割を否定しているのではありません。アレゴリーそれ自身は、―我々が無視するようになる方法で秩序を見出だし、それを固定するかも知れませんが―世界の秩序と意義を情熱的に見出そうとする精神表現の様式に過ぎないのかも知れません。

プロヴァンスと『新生』によって例証されているような十四世紀の間の深遠な精神の変化―非常に深遠で、明らかに突然でありますが―が起こった原因は、はっきりとしていません。そして、ほとんどの歴史家は、それを説明することなく、その変化を記すことで満足しているようです。それ故に、私は、おどおどし、ためらいながら十四世紀の詩人達はヨーロッパの思想の直接な流れの中にあり（そして、プロヴァンスの詩人達はそうではありませんが）、そこから流れているということを敢えてほのめかしたく思っています。私は、我々はそれだけ一層えり抜かれたプロヴァンスの貴族階級の間で高度な教育水準の証拠を持っていると信じています。多分、その時代のヨーロッパのどんな地域においてよりも高度な教育水準です。そして、オヴィディウスやウェルギリウスが読める貴族階級は、いつの時代においても注目に値します。しかし、明らかに、彼らの読書は主に古典—その当時、手にはいるだけのラテンの古典でしたが— のものでありました。それは十二世紀における奇妙なちょっとしたラテンの復興なのです。しかし、生きた思想の流れは、その時、教会を通して流れていました。そして、多分、プロヴァンスで繁栄していたある異端はフランスのこの地方をヨーロッパの残りから孤立させようとする傾向にあったかもしれません。ダンテの世代は中世ラテン文化で育まれました。そして、十二世紀と十三世紀のラテンの少しばかりのものさえ読んだ人は誰でも、観念における喜び、弁証法的巧妙さ、観念が感じらる緊張、そして、表現の明断さが、この源泉から部分的に由来することを疑うことは出来ません。

十二世紀に表れ、そして、アクィナスの体系に取り上げられる宗教的神秘主義の型があります。その源泉は、アリストテレスの『形而上学』一〇七二bやその他の場所、そして『ニコマコス倫理学』にありますが、それはベルグソン主義の反対であります。[12] 皆さんはベルグソンの絶対が如何に到達されているのかを知っておりまず。それは、思考の道を引き返すことによって、人間の精神から識別と分析の道具をはぎ取ることによって、直接経験の流れに飛び込むことによってなされるのです。[13] 十二世紀には、神聖なヴィジョンや神の享受は分析的思考が起こる過程によってだけ達せられるのです。人間が至福に達するのは論証的な思考を通して、また、それによって、そして、それを超越することによってなのです。これはダンテの時代に最高点に達した神秘主義の形態でありました。それは、イグナティウス、テレサ、そして十字架の聖ヨハネの神秘主義と非常に違っています。彼らはロマン主義者なのです。また、この神秘主義はエックハルトのものとも大変違います。彼は異端なのです。それなりにこの神秘主義は完全でありました。しかし、人間精神は、それが終点に達したとき、ほとんどどんなところへでも向かう次の列車を急いで探し求めるのです。十四世紀に、マイスター・エックハルトと彼の追随者達―ドイツではふさわしく―は奈落の神、つまり、D・H・ロレンス氏の神を再主張しました。(14)

私が少しばかりこの十二世紀の神秘主義に浸りたと思うのは、我々が神秘主義に興味を持っているという理由からではなく、そこから立ち去ることが出来ないという理由からであります。ラッセル氏の神秘主義であろうと、ロレンス氏のものであろうと、あるいはマリー氏のものであろうと、常にあちこちに神秘主義のある型があります。その型の数は制限されていて、それらを区別することが出来ることは可能で、有用なことであります。(15)それは、そのうち、『新生』とダンの「恍惚」を比較する上において役に立つことでしょう。

私が知る十二世紀の神秘主義者の最も興味ある例で、ダンテにかなりの光明を投げかけた一つの例は聖ヴィクトールのリチャードであります。リチャードは、更に偉大な哲学者である聖ヴィクトールのフーゴーと同じように、ヴィクトール修道院の院長になられたスコットランド人で、次の「天国」篇〔一〇曲〕(16)に見られるリッカルドでした。

"Che a considerar fu più che vero"

"Who in contemplation was more than man"

想ふこと人たる者の上に出でし[17]

彼の作品は、ミーニュの―かなりの紙面となっている―『教父全集』一巻の大部分を占めています。[18]これらの作品は余りよく知られていないように思われますし、私自身、ほんの一部しか知らず、全てを心得ていると公言することは出来ません。しかし、我々の目的のために、最も重要なことは『ベンジャミン・メイジャー』と呼ばれている『観想の恩寵について』であります。[19]これは至福直感に至る精神の作用と段階に関する論文であります。皆さんは―疑いもなく全く偶然に―あるインドの神秘的体系の分類と似ていることに気づくことでしょう。[20]また、それは全く非個人的―衛生学のハンドブックと同じくらい非個人的―で、どのような自伝的要素も含んでいないということにも気づくでしょう。情緒的あるいは感傷的と呼ばれるものは何もありません。これは、十六世紀のスペインの神秘主義の作品と異なっているものです。そして、最終的に、皆さんは、それは明晰で簡素で経済的な文体―すなわち、もし皆さんがキケロでも、タキトゥスでもペトロニュウスでもないラテンの文体を認めるとするならば[21]―で書かれているという点で私に同意してもよろしいです。リチャードが―心の発展の三つの段階である―「思考」、「黙想」、そして「観想」の違いを努力して示そうとしている『観想の恩寵について』の作品の部分から一節を引用しましょう。多分、最初に、私の発音が幾分イタリア語化されたラテン語であることをお詫びしなければなりません。

「不正確でゆっくりした足どりで、思考は、目的地に着くことには目もくれず、そちらこちらあらゆる方向に彷徨する。黙想は、魂の大いなる活動で、しばしば険しくでこぼこの場所を、それが進んでいる道の終わりに向かって前進する。観想は、自由な飛翔の中で、衝動がそれを動かす所ではどこでも、驚くべき敏速さでもって旋回する。思考は這って行く。黙想は行進し、そして、しばしば走る。観想は至る所を飛び回り、そして、それが望むとき、高見の中で宙づりなる。思考には彷徨があり、黙想には実りある労働がある。観想は労働はないが実りを持って存続する。思考は労働も実りもない。黙想には詮索があり、観想には驚きがある。思考は想像力から生まれ、黙想は理性から、そして、観想は悟性から生まれる。これらの三つ、想像力、理性、悟性を見てみなさい。悟性は最も高い場を占めている。想像力は最も低いところを、理性は中間の場を占めている。それだけ低い感覚に支配されているすべてのものは、また必然的にそれだけ高い感覚に支配されている。このように、想像力によって把握されているすべてのものは、それを越えている多くの他のものと同じように、理性によって把握されていると言うことは明らかなことである。同じように、想像力と理性が把握しているこれらのものは、それらが把握することが出来ないものと同様に、悟性によって感じとられている。このように、あらゆるものを照明している観想の光が如何に広範にそれ自身を広げているかということを見てみなさい。[22]」

これは、繰り返しが多く単調に見えるかも知れません。しかし、詳しく調べてみるなら、それぞれの言い回しは、まだ述べられていないものを少しばかり分かりやすくしています。無駄にされている言葉は一つもありません。それ以上に、リチャードは言葉のあやと比喩を非常に倹約しています。論文を貫いている主なアレゴリーがあるだけなのです。それは精神の段階を契約の箱になぞらえているもので、どのような混乱をも引き起こさない〔ところの〕アレゴリーなのです。それは、書くことの第一の要求を満足させているように私には思える散文です。すなわち、飾りものを付け加えることなく、つまり、隠喩や言葉のあやを避け、そして情緒を遠ざけておいて、考えるための言葉で考えているものを書いているように思える散文なのです。(というのは、もし情緒が十分なる力を持っているなら、あらゆるものをものともせず突き進むでしょうから。もし、そうでなかったなら、ずっと遠ざかってしまう)。

また、神の観想、そして、知性を通した情緒と感情の神のヴィジョンへの展開と包摂といった方法と目的が、私には本質的にアクィナスやダンテと同一のように思えることに触れたいと思います。かくして、聖トマスは言っている。「明らかに、知性の存在が真の至福を見つけることが出来るのは、神のヴィジョンにおいてだけであるということになる」(ジルソンの『キリスト教徒の生き方』の『聖トマス』)と。[23]

ついでながら、聖トマス・アクィナスとダンテの神秘主義でもある聖ヴィクトールのリチャードの神秘主義と、我々が後で見るように、クラッショウとイエズス会の神秘主義であるスペインの神秘主義との間の違いを出来るだけはっきりと区別したいと思っています。アリストテレス的ヴィクトール的ダンテ的神秘主義は存在論的であり、スペインの神秘主義は心理学的であります。最初のものは私が古典的と呼ぶものであり、二番目のものはロマン主義的なのであります。

ところで、もしミドルトン・マリー氏が注意深く十字架の聖ヨハネの作品を研究するなら、彼が聖ヨハネと私自身を比較したのは全く幻想であるということがわかるであろうと思います。というのは聖ヨハネが「暗き夜」で意味するものとマリー氏が私の「暗き夜」で意味するものは全く異なったものであるからです。[24]

ジョージ・サンタヤーナ氏が神秘主義者は真の享楽主義者であると言うとき、[25]彼は、他のどんなものというより、また他のどんなものと区別して、スペインの神秘主義者にあてはまるものを言っているのであります。

この関係で、マドリッドの近くのアヴィラの町は、聖テレサと、それからマサチュセッツのケンブリッジのジヨージ・サンタヤーナ氏を生み出したという二つの誉れを持っているということは偶然ではありません。そして、スペインの神秘主義者に関して、我々は、サンタヤーナ氏は正しいと容易に証明することが出来ます。というのも十字架の聖ヨハネが次のように言っていることを正しいと証明することが出来ないからなのです。

「この世のすべてのことにおける心のたのしみ、またそのこころよさというものは、すべて、神という、心のたのしみ、またそのこころよさに比べるならば、この上もない苦痛、呵責、にがみでしかない。したがって、そうしたものに心をとどめているものは、神の御前において、苦痛、呵責、にがみに値するものとみなされているので、神との一致の悦びに溢れる抱擁をうけとるところまで行くことはできない[26]」

そして、イグナティウス・ロヨラの『霊操』(ハーマン・ミュラーによるモハメダン・パタンに基づいている)をご覧なさい[27]。

「観想――(一)日の最後の光か、あるいはランプの弱い光によってかすかにあかるくなっているあなたの部屋、あなたの棺に横たえられるのでなければ決して離れることのないあなたの床、つまり、あなたを取り囲み、あなたに話しているように見えるすべての対象を、あなたは永遠に我々におきざりにしてしまうのではないか。(二)あなたを取り囲む人達、つまり、悲しく物言わぬあなたの召使い、泣きぬれた家族は、あなたにさようならを言う。牧師はあなたの近くでお祈りし、そしてあなたに敬虔なる愛情をほのめかす。(三)あなた自身痛みの床で手足を伸ばし、その痛みの度合いで、あなたの感覚とあなたの器官の自由なる使用を失って、あなたの魂を肉体から引き裂く死と激しく格闘し、神の法廷の前にそれを引きずり出す。(四)あなたのそばで、悪魔は自分たちの力を二倍にして、あなたを破壊する。あなたの善良なる天使は最後のときに神聖なる霊感であなたを助ける[28]」

これは、聖ヴィクトールのリチャード場合と同じように、精神的観想のための知的な準備というより、精神的なハシッシュ、つまり、情緒の麻酔剤ではないですか。

次の講演で、私はダンの精神的糧と彼の文体との関係に立ち戻りましょう。目下のところ、私はただ、聖ヴィクトールのリチャードのようなそのような散文は、私には、散文か韻文かの何れかの文体の形成のためには賞賛すべき影響力を与えているもののように思われる、ということを観察するだけであります。英語の散文あるいは韻文の著作のために、私は、聖ヴィクトールのリチャードの散文を、アリストテレス、『ドレイピアの書簡』、『論理学原理』、『数学原理』の第一巻といった本の中に付け加えたい[29]。ともかく、ダンテが確かにリチャードの作品を知って鑑賞したとしても、私は彼のダンテに及ぼしたどんな現実的な影響の問題にも関心がありません（どうかメモしてください）。『観想について』に言及している（ダンテの）カン・グランデへの『書簡』をご覧なさい[30]。私は、ダンテの精神とダンテの文体を作り上げるに至ったある種の思考と著作の範例としてだけ前半部を引用します。

引用されたレミ・デ・グールモンからの一節の中で、十四世紀の愛はどんな所有の観念からも免れていたということが観察されました。そして、この言説は余りにも絶対的過ぎるけれども、一般的に、十四世紀の文学者達は、結合の感情や感覚というよりも最愛のものを観想することに興味を持っているということは本当のことであります。彼らが記録している人達は、最愛のものを観想する人の感情と感覚であります。

Chi è questa che vien, ch'ogni uom la mira,
Che fa tremar di claritate l'aere?

こちらに歩み、すべての人が凝視している彼女は誰なのか
大気を光でおののかせているのは誰なのか

(あるいは、*che fe de clarità l'aer tremare*) とカヴァルカンティは彼の最も知られているソネットで言っています。[31] それ以上に見て取れることは、この行は単なるお世辞やこびへつらう比喩ではなくて、最愛の人によって恋人――とにかく恋人の一つの型――に刻印された可視的な印象の正確な言説で、それは疑いもなく生理学上の説明を持っています。そして、これが非常に重要なのであります。ダンテ、グィニッツリー、カヴァルカンティ、そしてチノーのエロティックな韻文の最も良いものの中には、単に宮廷的なものは何もないし、また褒め称えるようなものは何もありません。また事物についての記述もないし、自分自身のために情緒や感覚を表す試みもありませんが、美と威厳を観想中の恋人に及ぼす効果を述べることによって、観想される事物の美と威厳をほのめかす試みだけがあります。この態度は、プロヴァンスの態度と異なっている以上に、ダンやチェベリーのハーバート卿の態度とかなり異なっているということが分かるでしょう。[32]

その相違は、問題となっている詩人の資料的な伝記によって例証される違いではありません。ダンは、ほとんどコヴェントリ・パトモアーと同じくらい結婚生活をうまく過ごした詩人であると言われさえするかも知れ

ませんが、一方、ダンテの人生は、この点に関して決してうまくは行かなかったし、通例のものではありませんでした。[33] それにも係わらず、ダンテの内面生活はただ単に広がりがあるばかりでなく、もっと後の詩人には知られざる感情の卓越さを持っていました。

ダンの「恍惚」とハーバート卿の「頌」を考察してみましょう。

Where, like a pillow on a bed,
A pregnant bank swelled up, to rest
The violet's reclining head,
Sat we two, one another's best.

寝床の上の枕のように
ふっくら孕んだ河原の土手がもりあがり
すみれのもたれかかっている頭を横たえているあたり
愛する我々二人は座っていた。[34]

このように、ダンの最もすばらしい詩の一つは、実際、無条件に非常に美しい詩でありますが、最も忌まわしい混合された言葉の紋で始まっています。土手を枕になぞらえること（「寝床の上の」を付け加えることは、枕が何処に置かれようとも、それはほとんど同じ形と考えられるかもしれないという理由で、確かに余計なことである）は威厳をつけることでも、解明することでもありませんが、直喩が隠喩と厳しく衝突するようになっています—つまり、土手は孕んでいる。我々は、既に土手は枕のように形作られているということを知っているので、地震がその原因でなければ、土手が孕んでいると教えられる必要はありません。私は、妊娠と出産に関する一般的な隠喩の美しさの問題を避けています。その隠喩は、我々自身の時代ではなく、その時代の趣味にあったものでした。孕んでいる土手はもりあがっているが、それに続く全体の場面が動きのないものとして表されているため、それは、実際そうあるべきではないものなのです。さもなければ、それは全く「恍惚」ではないでしょう。そこで、我々は土手が何故、盛り上がるかということを学ぶのです。それはすみれのもたれる頭に枕を与えるためにこれをなしたのです。正当化される親切な土手の行為のために、すみれは、土手の上でではなく、そのそばで成長するものと想像されなければならないでしょう。そして、もし、土手が、すみれの頭を支えるためにだけ十分に盛り上がるならば、それは土手の名前に値するくらい十分な大きさにならないでしょう。最終的に—もし我々が土手の究極因はすみれの頭を支えることではないと主張するなら—すみれを土手の先在者と感じるように我々に求めることは自然の秩序の違反であります。(35)

ここに、恋人達が土手の上に座っているのを知らせるために無駄にされている四行があります。

Our hands were firmly cemented
With a fast balme, which thence did spring,
Our eye-beams twisted, and did thred
Our eyes, upon one double string.

我々の両手は、手からしみ出る香脂で
べっとりと膠着し
我々の視線は絡み合い
眼を二重縒りの糸で縫いつけた

この四行詩に、英国だけではなくヨーロッパ全体にあまねいている十七世紀の呪いであるあの過度の強調、あの書きぶりが見られるでしょう。最初の二行が許されるのは、恋人達を、あたかも彼らの手が物質的に結びつけられているかのように感覚を持っていると見なすことが出来るからです—すなわち、これは感情の言説であると言われてもいいかも知れません。しかし、二重縒り、つまり、二つのそれぞれの眼から相手の目へ射す一本の糸で、ボタンのように眼を縫いつけることに関して、この四行は、恋する人の眼を凝視する恍惚で自分を失ってしまう感覚を表現することが出来ないだけでなく、現実的に、一体何が起こっているのかを見出だす難しさをさらに悪化させています。

So to entergraft our hands, as yet
Was all the means to make us one,
And pictures in our eyes to get
Was all our propagation.

そのような訳で、我々を一つにする手段は
ただ互いに手に手を接ぎ木し合うだけあった
我々が子宝を儲ける営みは、せいぜい
お互いの瞳のうちに映る絵姿を見交わすだけである。

この四行詩の欠点は、先ず第一に、膠着されたものとしての手の表象が、そのまま放任されているのではなくて、接ぎ木のさらに複雑なイメジによってこすりつけられているということです。二番目に、「絵姿」を「儲けること」は自然の神聖を汚す表象であるということです。そして、第三に、詩人は自分の精神を恍惚の状態に保つことは出来ませんが、その状態を普通の意味で既になされた肉体的結合と是非とも比較しなければならないということです。

As 'twixt two eqall Admires, Fate
Suspends uncertain victorie,
Our soules, (which to advance their state,
Were gone out,) hung 'twixt her and me.

勢力相伯仲する両軍の間で、運命の女神は
勝利を定めかね、宙ぶらりんにしておく

我々の魂は（己の勢力を強めんとして肉体を抜け出て
　併合しようとしたが）彼女と私との間で決しかねている。

この魅力的な言葉の綾は、それが確かに伝えている動揺と不安の印象を越えて、はっきりしません。私は詩人が男と女の戦いのための準備をほのめかしているとは思いませんし、まして魂と肉体との戦いのためとは考えませんが、いろいろな解釈は避けられないことであります。前半は次の四行詩によって断言できるようです。

And whil'st our soules negotiate there,
　Wee like sepulchrall statues lay ;
All day, the same our postures were,
　And wee said nothing, all the day.

そして、我々の魂が併合しようと交渉する間
　我々は墓の石像のように横たわり
終日、じっとしていた
　何も言わなかった、一日中

この連は常に私には特に適切のように思えました。「交渉する」という言葉の使い方や、墓の上の像、つまり「墓の石像」のイメジよりも巧妙なものはありません。一方、四行目の最後の「一日中」によって反響されてい

る三行目のはじめにある「終日」は、私が今まで出会ったこの形式の最も完全な四行詩の一つにしている本当の掘り出し物で快い響きであります[36]。そして、「我々は何も言わなかった」というほとんどきざな簡素化―ダンに非常に特徴的であるが―は完全であります。次の幾つかの四行詩は、観念を捉え、そして、それを吟味のために振り回しながら、弄んでいることを示しています。私は前の講演でこの観念をダンと彼の一派にはかなり特異なことであるとして皆さんの注意を呼び起こしたところでもあります。しかしながら、これらの四行詩は新しい重要な観念の導入へと導いて行くのです。

When love, with one another so
Interinanimates two soules,
That abler soule, which thence doth flow,
Dofects of lonelinesse controules.

愛が、そのように二つの魂を結合して
精気を注ぎ込んで生き生きとされるとき
そこから流れ出るあのすぐれた魂が
孤独の欠陥を克服する。

ダンは、単純なサクソン語の間に、多かれ少なかれ、重々しいラテンの言葉を導き入れているということが、しばしば、かなりよく伝えられています。この四行詩の観念は、多分、全体の構造の礎石 ―多分、プラトンの『饗宴』によって彼にほのめかされた観念― で、魂の魂からの分離、他の魂との融合の類似の稀な瞬間を求める魂の渇望です。(37) これは初期のイタリア詩の恋愛（韻文）には見られないように思えるものであります。実際、エレウシスの秘儀を行う人のどんな視点からよりも、厳密な正統キリスト教的視点から見るなら ―私は意見を表明する資格はありませんが― 人間の魂と魂との結合は知解出来るものであるかどうか疑わしいと思います。しかし、それはここ三〇〇年の恋愛文学に数多く見られるテーマではなかったのではありませんか。

十三世紀の視点から見るなら、この観念自身奇妙で多分、異教でありますが、この観念は、この詩の残りのテーマの自然な序論であります。

But O alas, so long, so farre
Our bodies, why doe wee forbeare ?
They are ours, though they are not wee, Wee are
The intelligences, they the spheare.

しかし、ああ、こんなに長く、こんなにまでして
一体、どうして、我々は肉体を我慢するのか
肉体は我々ではないが、それらは我々のもの、我々は
諸天空を導き動かす英智、肉体という天空を君臨するのだ

音脱落のあのやっかいな習慣をよく例証している連は、セインツベリー氏が彼の序論の一つで触れているように、この時期の詩では非常に耐えられないものになっています[38]。

So must pure lovers soules descend
To affection, and to faculties,
Which sense may reach and apprehend,
Else a great Prince in prison lies.
To 'our bodies turne wee then, that so
Weake men on love reveal'd may grow,
But yet the body is his booke.
And if some lover, such as wee,
Have heard this dialogue of one,
Let him still marke us, he shall see
Small change, when we're to bodies gone.

私はグリアソン氏が、前の所では省かなかったが、何故ここで
(T'affections と) 母音字を省いたのか分からない[39]。

そのように、無垢な恋人の魂とても
感覚が達し捉える情や五感に
舞い降りてこなければならない

さもなければ、愛の神は牢につながれている。
だから、我々も肉体へ戻ろうよ
世の臆病者が愛の啓示を見て益することが出来るように
愛の神秘は魂で育つけれども
肉体は愛の書物である
誰か我々のような恋人が
一人の対話を耳にしたら
彼にいつでも注目させなさい、我々が肉体においても、
魂の愛に変化がないということを。

ここでは、肉体と魂との間の区別、分離が、出来るだけはっきり保たれています。このことに関しては、十四世紀にはどのような表現も見出だされることはないと思いますし、アクィナスの強力な権威があるとは思いません。先ず第一に、別々の肉体の二つの魂が一つになるという考えに対してアクィナスが言うことに注目しましょう。『デ・アニマ』[40]に言及することによって、聖アウグスティヌスの考えに強く反抗しながら、彼は次のように結論しています。

「多くの様々な事物に対して一つの形相があるということは、それらの各々に属するものが一つの事物であるということが不可能であると同じように、不可能であるという理由で、知力の原理は肉体の数に応じて増やさ

れることが必要である。[41]」（トルク、一四三―一四四頁）。

肉体と魂の相違に関して、彼は次のように言っています。

「もし我々が魂と肉体の性状をそれぞれ切り離して考えるなら、魂は、実際、肉体から非常に離れている。それ故、もし、魂と肉体が分離しているなら、それらを結びつける多くの手段が介在しなければならないであろう。しかし、魂は肉体の形相である限り、それは肉体の存在から離れて存在するのではなくて、それ自身の存在によって直ちに肉体と結びつけられる。このことは、もし、それぞれの形相が一つの行為として考えられるならば、質料から非常に遠く、しかも、可能態でのみの存在でそれの形相に当てはまるものである。[42]」

アクィナスの努力は、明らかに魂の神学的必然性とアリストテレス的見解を調和させることでありますが、もし調和がなされる努力がないとしても、彼は、どのような場合でも、ダンの詩で遂げられた人間の動物性の実質的な写しに似たどのようなものをも二つのものの中に受け入れることはないでしょう。つまり、この二つは、一方で魂で、他方は肉体と呼ばれるもので、この本質的な違いは一方は賞賛すべきもので、他方は少しばかり恥ずべきものとされるものである。しかしながら、我々は、十四世紀の作家達が書いているもののためにアクィナスが何を考えているのかということに関心があるだけであります。そして、私は繰り返しますが、そこでは、そのような二分法の示唆を見つけることはないでしょう。そこにおける唯一の相違は、価値なる愛を高等と下等、多と少に区別することにあります。ダンテと彼の友達は、申し分なく、この相違を区別し経験することにおいて熟練者であったと言わなければなりません。魂と肉体の想像されている苦闘はありません。ただ完全性へ向かう苦闘だけがあるのです[43]。

このような方法で魂と肉体を分離することは、近代的な概念です。私の心に浮かぶこれに匹敵する唯一の昔のものは、ポルピュリオス[44]によって取り上げられたような肉体に対するプロティヌスの態度で、これは、ダンによって用いられた形式によって、アクィナスよりかなり生硬な哲学的思弁を表しています。ダンの多くの賞賛者によって評価されている一見したところの「肉体の賞賛」は、実際、清教徒的な態度であります。そして、二つの魂の間にある結合の恍惚の概念は、単に哲学的に生硬だけでなく、情緒的に限界があります。愛を最愛の対象の観想として表現することは、ただ単によりアリストテレス的だけでなく、それはまたよりプラトン的であります。それというのも、その表現は、限界があるが喜ばしい人間的な事物を通して部分的にあらわにされた絶対美と善の観想であるからです。ダンには何がありますか。恍惚における結合は、完全で、最終的であります。そして、二人の人間は、お互いを越えて何も必要とせず、自分達の悦びの情緒に基づいています。しかし、情緒はじっとしていることは出来ません。欲求は広がらなければなりません。さもなければ、欲求は減少するでしょう。近代人であるダンは、彼自身の感情の抱擁の中に閉じこめられています。賞賛、崇拝についてのほのめかしは、ほとんどありません。そして、ダンのような態度は、当然、二つのものの一つへ導いていきます。つまり、―ある種の破綻の一つであるダン自身の結婚とは大きく異なってはいませんが― テニスン的な幸せな結婚か[45]、あるいはユイスマンスの『出発』に見られる「なんとまあ、愚かなこと」[46]と言う英雄の崩壊の一つへかの何れかへ導いて行きます。それは、事実、ほとんどの現代文学へ通ずるものです。というのは、あなたが、結婚、不義密通、あるいは放蕩において絶対的なものを探そうが探すまいが、それはすべて一つであるからです。―あなたが間違った場所で探しているのです。『彼方の夫人』[47]

束の間を固定することによって永遠を見つけ出そうとするこの空しい努力は、チェベリーのハーバートの「頌」の中で堂々と繰り返されています。時々、この頌は、私にはダンの「恍惚」よりもすばらしいように思えました。しかし、それは不意に私を襲った時でありました。分別を持って反省するなら、ダンの詩に、かなりうまい技術的な美やもっと許しがたい欠陥と同じように、もっと多くの肉ともっと多くの実質的なものがあります。それは次の一節と同じ叫びなのです。

O you, wherein, they say, Souls rest,
Till they descend pure heavenly fires,
Shall lustful and corrupt desires
With your immortal seed be blest ?

And shall our Love, so far beyond
That low and dying appetite,
And which so chaste desires unite,
Not hold in an eternal bond ?

…………

And if every imperfect mind
Make love the end of knowledge here,

How perfect will our love be, where
All imperfection is refined ?

おお汝よ、魂が汝に宿るのは
魂が清純な天上の火として降りてからであると、言われている
みだらな汚れた欲望は
汝の不滅の胤に恵まれるだろうか

そして、我々の愛は、
卑しく滅び行く愛欲を遙かに越え
純潔な欲求を結ぶ愛であるが、この愛は
久遠の契りを結ばないであろうか
………

そして、もし、それぞれの不完全な精神が
ここで知識の果てを愛するならば
我々の愛は如何にして完全であろうか、
すべての不完全が洗練されているときに(48)

そして、これに対して、私は『新生』から一節をひこう。
「ある婦人たちが … 穏健な集まりに嬉々として一緒になる時がやってきた … その中の一人は、以前お互いに私語を交わしていたが、私の名を呼んで次のことを言った。『あなたはこの淑女の面前にいたたまれないということを知りながら、あなたは、何の目的で、この淑女を愛するのですか。さあ、我々が知ることが出来るように、その理由を我々につげて下さい。確かに、そのような愛の目的は知ることに相応しいものであるに違いないから』… そこで、私は婦人たちにこのように言った。『マドンネ、私の愛の目的は、我々がお話ししていると了解している彼女の会釈なのでした。彼女の会釈の中にだけ、願望の目的であるあの至福が宿っているのです。そして、これを私に与えるのを拒んだので、私の主である偉大な善の持ち主である愛は、すべての至福を、私の希望が私を駄目にすることがないところに置いたのです』と。それから、それの婦人たちはお互い同志、親密に話し出した。そして、私は、雨の中で雪が降るのを見ていたように、そのように彼らの話に混じって溜息が出た。しかし、少し後になって、最初に私に話しかけて婦人は、次のような言葉で、再び私に話しかけた。『あなたの至福は何処にあるのか、どうか私に教えて下さい』と。そして、答えて、(このために)このことだけを言った。『私の淑女を讃えるあの言葉の中にあります』と。」(49)

『新生』の素材を作り上げている経験は、思春期の素材でありますが、その素材は、そのような経験に場を割り当てた哲学を持っている成熟した人間によって扱われています。後で、我々は、また形而上という我々の意味で、思春期の別な詩 ―つまり、ジュール・ラフォルグの詩― を吟味する機会を持つでしょう。しかし、ラフォルグの哲学は、たいしたものではなく、そのような経験を組織化することが出来るものではなく、彼にとって、それは、思春期の感傷のほとばしりのままであった。そして、彼は、我々のために、自分の思春期の範囲内に、既に成熟していたであろう哲学で閉じ込められているのです。ダンも、そのような経験を取り扱う哲学を持っていませんでしたが、もし、それを持っていたなら、それを経験して、すぐ中年に達しました。そのように、ラフォルグは、ほぼ二七歳で亡くなりました。そのように、ダンは、いつでも、自分の好色な人生において、四〇歳そこらなのですが、彼は年を取ることはありません。ラフォルグがダンより広大な人生を過ごしたことは、鋭敏な体質には余りにも暴力的な闘争を必要としたことでしょう。ダンは本当に死んだとは思いません。私の意味しているのは、彼の宗教的な書き物、彼の説教、そして彼の信仰詩は、常に私には完全には集中できない印象を与えていますし、また降参や屈従によるというよりは強い意志による力の方向の印象を与えています。一方、ダンテの場合、『新生』の最初の行と『天国篇』の最後の行の間にどのような障害物もありません。強制も無駄もありません。

私は、次の講演でダンと彼の一派の言葉の特殊性、コンシート、ウィットの性質、そして、それらの表現様式とそれらの知的背景の関係を取り扱うことを提案いたします。

注

（1）この講演の短くされたものはジャーン・デ・ムナス（Jean de Menasce）によってフランス語に翻訳され、『神秘主義の二つの態度、ダンテとダン』（'Deux Atitudes Mystiques: Dante et Donne'）として『黄金の葦』（*Le Roseau d'or*, Paris, 14 [1924], pp.147-73）に出版された。T・S・エリオットが認めたその翻訳は、この本の付録一として六〇二頁から六二〇頁に掲載されている。

（2）若いとき、『浄罪篇』二十六歌のプロヴァンスから『アラ・ブス（実際はヴォス）・プレック』（*Ara Vus [for*

Vos/ Prec [1919]）と間違った題をつけたT・S・エリオットは「ダンテ」（'Dante' [1929]）で次のように書いた。「プロヴァンスの詩人達に関して言うなら、私には彼らの作品を原書で読む力がない。あの正体が掴めない民族は、自身の宗教を持っている。そんな訳で、我々は彼らについてスメル族においてと同じように余り知らない。私は、この知られざる、そして、恐らく不当に汚名を着せられているアルビ派の宗教とカトリック教との間の相違は、プロヴァンス派の詩とトスカナ派の詩との間の相違に似通ってものがあるのではないかと思う。ダンテの感受性の構造の体系 ―高い肉欲的な愛と低い肉欲的な愛との間の対照、生きているビアトリーチェから死んだビアトリーチェへ、そして、そこから最後に聖母に対する信仰になるまでの推移などは、私にはダンテ自身が考え出したもののように思える」（*SE* 275/235）。

（3）T・S・エリオットは、一九一〇年から一一年までの間、パリに滞在していたとき、最初、小説家で批評家であるレミ・デ・グールモン（Remy de Gourmont [1858-1951]）を読んだ。エリオットの『聖林』（*The Sacred Wood* [1920]）には、グールモンの『文体の問題』（*Le Problème du Style* [1902]）や『アマゾンへの手紙』（*Letter à l'Amazone* [1914]）から引用されているが、この『聖林』に収められている評論を書く際、エリオットはグールモンを「世代の批判的意識」（*SW* 44）、「偉大な批評家」（*SW* 139）と呼び、「あらゆる現代の批評家の中で、多分、レミ・デ・グールモンはアリストテレスの一般的な知性のほとんどを持っていた」（*SW* 13）と言っている。グールモンから離れていったのは、次に続く「十三世紀のイタリアの女性観に関する評論」と副題が付いている『ダンテ、ビアトリーチェ、そして恋愛詩』（*Dante, Béatrice et la Poésie amoureuse,* subtitled 'Essai sur L'Idéal Féminin en Italie á la Fin du xille Siécle'［一〇九頁、注［45］参照］）を読んでからのことである。エリオットが『聖林』（1928）の第二版の序文で書いたように、第二版で彼は次のように言っている。「私はレミ・デ・グールモンの評論によってかなり刺激され助けられた。私はその影響を認め、そして、それに恩義を感じている。そして、私は、この本で触れられていない別の問題―つまり、詩と、その時代と他の時代の精神的社会的生活との関係の問題 ―へ進んでしまったことによって、グールモンの評論を否認することは決してない」と（*SW* viii）。

（4）英文の翻訳による。

（5）T・S・エリオットは「我々の時代のダン」（一四八頁注［40］参照）の中で次のように書いている。「我々が、いやしくも詩について話そうとするなら、その詩は避けられない等級があると言わなければならない。我々の心の片隅にあるのは、何時かやって来る世界の終末、つまり、最後の審判の日に、詩人がそれぞれの順位と階級で招集されるであろうということである。結局、究極的にすぐれたものと、劣っているものがある。しかし、我々が存在する一時だけのどんな時にも、すぐれた審美眼は存在するが、それは、最後の審判の日のヴィジョンに達することになるのではなく、… おおよそ、我々自身の鑑賞において、絶対的なものと相対的なものを多少とも分析することにある」（p. 5）と。

（6）T・S・エリオットは、肉欲の罪人の魂が住んでいる第二圏（*Inferno*, v. 73-142）で、ダンテがフランチェスカ・ダ・リミニと彼女の恋人であるパオロに遭遇したことに言及している。ダンテが彼らの痛ましい物語を耳にするとき、彼は気を失い死人のように倒れる。エリオットは「ダンテ」（1920）の中で、ウォルター・サヴェッジ・ランドー（Walter Savage Landor）が「その関係を理解することが出来ないということで」次のように間違って解釈したと非難した。つまり「フランチェスカが処罰されているただ中にあって、彼女がその物語の中で最も愛情のこもった部分に来たとき、彼女は自己満足と喜びでそれを話している」というものであるが、このことについてエリオットは続けて次のように言っている。「これは確かに間違った単純化である。全ての思い起こされた喜びを失ってしまったことは、フランチェスカにとって、人間性の喪失か、あるいは天罰からの救いの何れかであったであろう。昔の戦慄を思い起こして現在身震いし恍惚になることは拷問の一部である。フランチェスカは、ぼうっとしたわけでも改心させられたわけでもない。彼女は単に地獄に堕ちただけである。そして、それは、我々がもはや満足することができない欲求を経験するための天罰の一部である」と（*SW* 165-6）。エリオットは、この一節を間違って読んだ人達の中にJ・M・マリーとテニスンを含め、「ミドルトン・マリー氏の統合」（'Mr. Middleton Murry's Synthesis,'）の中で、フランチェスカの「幸なくて幸ありし日をしのぶよりなほ大いなる苦患なし」（一〇二頁注［31］参照）の行は、マリーの論ずるように、「真実」ではなく、「劇的声明」であり「フランチェスカはそれを信じているが、ダンテがそれを信じた決定的な証拠はない。それは……フランチェスカが恩寵の状態からどれくらい離れているかを示している全体の節に調和している。普遍的な声明として、それは単純に真実ではない」(*Criterion*, October 1927, p. 342)と論じている。エリオットは「二つのダンテの研究」('Two Studies in Dante' [1928])の中で更に再びこの重要な一節に立ち戻っている。「パウロとフランチェスカの愛におけるロマン主義的な大部分の喜びは、ミュッセからずっと間違った観念に打ち立てられてきた。これらの地獄堕ちの人達が自発的に地獄に堕ちたことを理解するためには地獄の理解が本質的である。彼らが天罰を好んだのは、試練や服従を何らかの動きにするよりは、彼らが自分達の精神の幾つかの状態に留まることを好んだからである(*TLS*, 11 October 1928, p. 732)。エリオットは「ダンテ」(1929)の中で書いている。「この挿話を『神曲』全体の中でそれが占めている位置に置き、二人に与えられた罰を他の罰や、試練や報酬と如何に関係づけられているかということを理解するようになる時、我々はフランチェスカの次の素朴な言葉にある微妙な真理をよりよく理解することが出来る。

se fosse amico il re dell' universo

もし宇宙の王が私達の友達だったならば(*SE* 246/207)

(7) ベノゾ・ゴッゾォリ(Benozzo Gozzoli [1420-97])のフィレンツェのメディチエ・リッカルディ宮の礼拝堂に描かれた壁画『東方三博士の旅』(*Il Viaggio dei Magi* [1459-61])への言及。フレスコ壁画は、伝説上の空想的な風景や不思議な動物を背景にして、ベツレヘムへの曲がりくねった山の多い道の巡礼の行列を描いている。T・S・エリオットは一九一一年イタリア旅行の間、その作品を見たのかも知れないが、彼は、「ルネッサンスの画家達」という造形芸術科目で、既にゴッゾォリの印象を心に刻んでいた。この科目の「サン・マルコにおけるフラ・アンジェリコ」に関するレポートで、エリオットは、『東方三博士の礼拝』(*Adoration of the Magi*)は「ベノゾ・ゴッゾォリがなすことが出来たかも知れないような、多分、余りにもはでな行列を暗示しているけれども、かなりよい構成であった」（キングス）と書いた。

（8）『ヘルマスの羊飼い』（*Shepherd of Hermas*）は、解放させられたキリスト教の奴隷であったヘルマスによってギリシャ語で書かれた二世紀の黙示録的な作品で、羊飼いの服をまとった天使がヘルマスに与えたヴィジョンと啓示を描写している。この作品は、五つのヴィジョンと十二の命令、十の直喩、またはたとえ話に分かれて、読者に洗礼後の罪を悔恨するように勧めている。「二つのダンテの研究」（注［6］参照）で、エリオットは次のように言っている。「『神曲』と――『ヘルマスの羊飼い』のような――幻想文学あるいはアレゴリーのあらゆる原型を比較することは、莫大な違いに気づくことである。ダンテの場合には、常に個人的な人間感情の基盤があるが、それは、彼の哲学的宗教的情緒とは切り離すことが出来ないものである」と。

（9）T・S・エリオットはレミ・デ・グールモンとウォルター・ペイターを、たとえ彼らが相反する方向であったとしても、ヴィクトリア時代の性の理論家として結びつけている。エリオットはペイターの『プラトンとプラトニズム』（*Plato and Platonism* [1893]）の性愛に関するプラトニックで同性愛的な見解に言及している。この見解は『ルネッサンス』（*The Renaissance* [1873]）の「結論」に十分にほのめかされているが、第二版ではなくなっている。またエリオットはグールモンの『愛の物理学、性本能に関する評論』（*Physique de l'amour : essay sur l'instinct sexuel* [1903]）の生物学的基盤の見解に言及している。これはエズラ・パウンドによって『愛の自然哲学』（*The Natural Philosophy of Love* [1922]）として翻訳されているもので、道徳的感傷的装飾を愛の本能的生殖機構からはぎ取ろうとするダーウィン以後の作品である。このテーマは『乙女の心』（*Un Coeur virginal* [1907]）と他の小説の中で劇化されている。

（10）T・S・エリオットは「ダンテ」（1929）でグールモンの研究について控えめにしていたことを書き直した。そこで、エリオットがグールモンを批判したのは「自分の偏見に惑わされて衒学的態度を取ることになった」ことと、次のように考えたためであった。「もしダンテのような作家が長い歴史のある幻想の形式にぴったりと従ったとするなら、その物語は（現代的な意味で）単なるアレゴリーであるか、あるいはまがい物であることがわかる。私は『新生』と『ヘルマスの羊飼い』との間にはグールモンが見たよりも感受性においてもっと大きな違いがあることを認める。それは本物と贋物といった単なる相違ではなく、初期キリスト教時代のつつましやかな作家と十三世紀の詩人との間の精神における違いで、それは、多分、十三世紀の詩人と我々自身との間にある違いと同じくらい大きなものである。この二つの作品の類似性は、夢のイメージャリにおける習癖が文明の幾度かの変化にもかかわらず存続しているということを示している。グールモンは、ダンテは借りたのだ、と言うだろうが、それは、我々の精神を十三世紀のせいにしている。私はただ、十三世紀のイタリアのダンテは、単なる『文学的』伝統というよりは、もっと本質的なものに従っていたのではないかということを言いたいだけである」（SE 274/234）

(11) T・S・エリオットはこの立場を「ダンテ」（1929）で更に詳しく述べている。そこで、彼は次のように議論している。「ダンテが自分に九歳の時起こったとして描写している性的経験の型は、決してあり得ないことでも、類例がないことでもない。私の疑い（これは著名な心理学者によって確信していることだが）は、そのようなことが九歳になってから起こったかどうかである。心理学者は、そのことは五歳か六歳頃にもっと起こりがちであるということで、私に同意している。ダンテがどちらかというと遅く発達したことは有り得る。そして、また彼は、九という数字のある他の意味を使うためにその日付を変えたことも考えられる。しかし、私には、『新生』はある個人的なまわりで書かれたに過ぎないということは、明らかなように思える」（SE 273/233）。エリオットは匿名の心理学者の見解をこの第三講演の翻訳者であるジャーン・デ・ムナスに打ち明け、この点で個人的覚書を付け加える機会を捉えた。「私は、心理学者であるI・A・リチャーズ（I. A. Richards）と同様に、この種の経験は四、五歳にかなり広まっている、と考える」。

(12)『形而上学』一〇七二bで、アリストテレスは目的因の本質や宇宙の運動の目的を詳しく述べている。「そこで、目的因は運動を愛されているものとして生み出しているが、すべての他のものは動かされていることによって動いている」（Works of Aristotle, VIII, ed. W. D. Ross (Oxford: Clarendon Press, 1928, p. 1072a)。T・S・エリオットは「ダンテ」（1920）の中で、この変容された哲学の情緒的な表現に興味を持ち、ダンテの『浄罪篇』十六歌と十七歌の「ヴィジョンを述べる試み」には、「哲学、それも諸学派を通したアリストテレスの哲学の純粋な解説の一節がある」と書いている。(SW 169-70)。この評論が『聖林』のために修正される前、エリオットはもともと「『浄罪篇』の幾つかの節は、諸学派を濾過した『ニコマコス倫理学』の情緒的な抜粋で … 情緒の広がり、関係、そして均衡は『神曲』とすべての他の詩を区別するものである」(*Athenaeum*, 2 April 1920, p. 442)と書いている。エリオットは「バーント・ノートン」の中で「愛は不動で/ただ運動の原因と目的で/無時間で利己的な気持ちがないもの」(CPP 175/122)と自分自身の情緒的哲学表現を与えている。

(13) 一九一〇年から十一年までハーヴァードで、T・S・エリオットは「無時間に永遠を加えたもの」を破壊してしまいそうなベルングソンの純粋持続の理論に関する論文を書いたが、その時ですら、エリオットは「我々がどんな結論に至ろうとも、現実の持続に安らぐことは出来ない。それは単純に最終的なものではない」(ホートン)と規定した。

(14) 一五一頁注(47)参照。T・S・エリオットは、知られざるもの、「神の荒野」(*Wüste Gottheit*)についてのエックハルトの原理に言及している。このことをエリオットの恩師であるジョサイア・ロイス(Josiah Royce)は、『善悪の研究』(*Good and Evil* [1898])のエックハルトに関する研究で明快に特徴づけている。「つまり、この神秘主義は、聖なる自我までの全ての認識は突き通せない存在の神秘、それ自身の自我性の本性、内奥の本質に根ざしていると言うことにある。なおも頑なに最高の神聖なる愛を持ってこれを認識しようとする人は誰でも、先ず第一に認識に関するこの状態を捨て、主観も客観ももはや存在しない静なる荒野の状態にならなければならない。しかし、このことをなすことは光を越えた光に達すること ―つまり、絶対に触れることである。その結果、誰も神性を除いて安んずることがなく、神性すらも決然たるものではないが、なおもあらゆるものと決断の源泉である荒野において、一体になり、平穏になるのである」(p. 283)。
エックハルトの主な追随者は、通俗的神秘主義運動を打ち立て彼の教えを拡げたドミニコ会の司祭であるヨハネス・タウラー (Johanes Tauler [c. 1300-61]) とハインリッヒ・スソー (Heinrich Suso [c. 1300-66]) である。T・S・エリオットはハーヴァード時代ノックス訳によるスソーの『孤独なヘンリー・スソーの生涯』

(*Life of Henry Suso, by Himself*, translated by T. F. Knox [London, 1913]) を研究し「詩人としての神秘家と政治家」('Mysitic and Politician as Poet' [1930：四九頁注［36］参照]) の中で次のように書いた。「しばしば表れるキリスト教神秘主義の一つは、光と闇、時には暗闇が、同時に光りである多様なイメージの使用である。そのようなイメージは … マイスター・エックハルトやドイツの神秘主義者によって使われている」(p. 590) と。

(15) T・S・エリオットは、この「ロマン主義的な」同時代の三人の神学的見解をしばしば相対立させながら結びつけ、ラッセルの『私がキリスト教徒でない理由』(*Why I am Not a Chiristian* [1927]) の書評で、彼は彼らの立場を遠回しではなく特徴づけた。「我々が無神論に慣れるにつれて、我々は、無神論はしばしば単にキリスト教の一つの変容であるということを認識する。D・H・ロレンス氏の安っぽい礼拝用の無神論 … がある。そして、断然、ラッセル氏の低教会派がある。というのは、人は何か他の決定的なものになること ― 仏教徒、イスラム教徒、バラモン教徒 … ― によってキリスト教徒でなくなるだけであるから。ラッセル氏は本質的に低教会人で、気まぐれによってだけ自分自身を無神論者と呼ぶことが出来る。そして、―非常に稀な人である― ミドルトン・マリー氏のような正真正銘の異教徒がいる。しかし、マリー氏は神学者である。我々は、ラッセル氏の無神論を取り上げることが出来ないので、彼の異端を真面目に取り上げることが出来る。政治におけるラッセル氏の急進主義は単なる多様なるホイッグ主義であると丁度同じように、そのような彼の非キリスト教徒は単なる多様なる低教会の感傷である。このような訳で、彼の小冊子は好奇心をそそる痛ましい記録である」(*Criterion*, August 1927, p. 179) と。

エリオットは神秘主義に関して近代と古代の型を「ヒューマニズムを持たない宗教」('Religion Without Humanism' [1930]) の中で区別した。「神秘主義に関してはかなりの無駄口がある。近代世界にとって、その言葉は、最も過酷な集中や自己鍛練の代わりに、情緒の飛び散るある耽溺を意味する。しかし、森の聖人や砂漠の聖人のような人間や最終的に聖ヴィクトールや十字架のヨハネや（彼の流儀で）イグナティウスが、実際、自分達が言っていることを意味しているのを理解するには多分一生涯かかる。このような人々だけが奈落を覗き込む原理について話す権利を持っている」(*Humanism and America*, ed. Norman Foerster [New

York : Farrar and Rhinehart, 1930], p. 110）と。

(16) タイピストは書き込みが出来るように曲の番号に空白をもうけた。エリオットは黒インクで「十二」を書き入れたが、その後、鉛筆で訂正した。

(17) スコットランド生まれの哲学者で教師であった聖ヴィクトールのリチャード（Richard of St Victor [d. 1173]）は、一一五〇年代の初期、パリの聖ヴィクトール寺院に入り、一一六二年修道院次長になった。彼は、修道院で、中央ドイツのハルバースタットのサクソン教区に生まれた聖ヴィクトールのフーゴに先導された。フーゴは聖書学者で、アウグスティヌス主義者の哲学者で、修道院長で、彼の書き物と教えの中でヴィクトールの瞑想的伝統を打ち立てた。その伝統の中ではリチャードが十二世紀後半の後継者で主な主唱者となった。リチャードはアクィナス、ボナヴェンテュラやダンテによって読まれ賞賛され、セビリアのイシドール（Isidore of Sevile [c. 560-636]）や尊者ビード（the Venerable Bede [c. 673-735]）と共に『天国編』（X. 130-321]）に表れている。

Vedi oltre fiammeggiar l'ardente spiro
d'Isidoro, di Beda e di Riccardo
che a considear fu Più che viro.

その先に、イシドロ、ベーダ及び
想うこと人たる者の上に出でし
リッカルドの息の、燃えて焔を放つを見よ

(18) フランスの聖職者で編集者であるジャック・ポール・ミーニュ（Jacques Paul Migne [1800-75]）はリチャードの書き物を彼の記念碑的な本である二二一巻の『教父全集』（*Patrologia Cursus Cmpletus*[Paris, 1844-64]）に収めている。リチャードのテキストは一九六巻（1855）の一六五四欄の一三七九を占めている。T・S・エリオットは一九二一年十二月十一日にリチャード・オールディグントン（Richard Aldington）に手紙（テキサス）を書いている。「ついでながら、もしミーニュのような本が我々の共同出資を越えることがなく、他の本を相互に貸し、誰がどの巻を所有するかということに関して我々が同意するなら、私は喜んでそれをあなたと分有したい。私が主に欲しいのは十二世紀と十三世紀の哲学とエリウゲナ（Erigena）である。プルーデンティウス（Prudentius）とテルトゥリアヌス（Tertullian）とその教父達を甘んじて借りられるならいいのだが」と。T・S・エリオットの蔵書にはミーニュ版の本はない。

(19) T・S・エリオットは後で「メイジャー」に線を引いて消し、下の空白に「しかし、B・メイジャーもまた」という再考した表記法で、彼自身の手で「マイナー」を書き込んでいる。彼は最初の例でそれを正しくしている。『観想の恩寵について』（*De Gratia Contemplationis*）は、ミーニュが指摘しているように、ベンジャミン・メイジャー（Benjamin Major）のような古代の学者によって知られ、現代では『神秘的な櫃』（*The Mystical Ark*）として知られている。T・S・エリオットは、この作品とベンジャミン・マイナー（Benjamin Minor）、もっと最近には『十二人の子』（*The Twelve Partiarchs*）と呼ばれるリチャードの『観想のための魂の準備について』（*De Praeparatione Animi ad Contemplationem*）を混同している。エリオットの修正に従って、ジャーン・デ・ムナスは次のように翻訳している。「我々にとって最も興味深いのは、『ベンジャミン・マイナー』の名前で呼ばれている『観想の恩寵について』であります」（六〇五頁）。

(20) T・S・エリオットは一九一一年から一二年間、ハーヴァードでチャールズ・ロックウェル・ランマン（Charles Rockwel Lanman）教授とJ・H・ウッズ（J. H. Woods）教授と共にサンスクリットとインド哲学を研究し、後にスクリ・アナンダ・アーチャーヤ（Scri Ananda Acharya）の『ブラーマダサナム、あるいは絶対の直感』（*Brahmadasanam, or Intuition of the Absolute* [1917]）の書評の中で次のように書いた。「ヨーロッパの歴史と同じくらい確かにインド哲学の歴史が　…ある。その歴史は、たとえば、謎めいた初期の二行連句からパタンジャリの注釈を経てヴァチャスパティ・ミスラやヴィジュナナ・ビクシウの驚くほど独創的で精緻を極めた思考までの二元論的サーンキヤ学派に跡付けられる。それ以上に、後の作家には繊細で忍耐強い心理学がある。そして、この心理学をもっともらしくし、それを気ままな疲れ切った分類の体系以上の何かとして示すことは解釈者の仕事である（*International Journal of Ethics*, April 1918, p. 445）。

(21) T・S・エリオットは「エウリピデスとマリー教授」（'Euripides and Professor Murray' [1920]）の中で、ラテン散文の文体に対する現代の好みについてついでに触れている。「我々は英語の散文の文体がキケロやタキトゥス … を模範に出来るとは考えていない。… そして、我々は我々の祖父が考えていたよりももっとペトロニュウスを高く評価する」（*SW* 79-7）と。エリオットは『聖林』（*The Sacred Wood*）と『荒地』（*The Waste Land*）のエピグラフをハーヴァードの学部学生の時に勉強したペトロニュウスの『サティリコン』（*Satyricon*）から取った。

(22) T・S・エリオットは（少しばかりの間違った筆写は訂正されている）『観想の恩寵について』（*De Gratia Contemplationis*, Book 1, Chapter III [Concerning the pariticular nature of contemplation and in what it differs from meditation and thinking], columus 66-7）のミーニュ版（Vol. 196）から引用している。（〔翻訳は〕グロヴァー訳 [Grover A. Zinn, *Richard of St Victor*, pp. 155-6]による）

(23) T・S・エリオットはエティエンヌ・ジルソン（Etienne Gilson）の『キリスト教徒の生き方』（*Le Moralistes Chrétiens* [Paris: Librairie Victor Lecoffre, 1925]）という表題のテキスト注解双書の中の『聖トマス・アクィナス』（*Saint Thomas D' Aquin*）から翻訳している。

(24) マリーは「『古典の』復興」（'The "Classical" Revival'）（一四三頁注〔30〕）で、『荒地』のニヒリスティックな声を十字架の聖ヨハネの声になぞらえた。「ひとたび理解できないその甲冑が突き通されると、詩は耳障りな空虚な荒廃の叫びであるということが分かる。どのようなものも、おそらく、皮肉なオーガスタンの自己満足の懐疑主義からほど遠いものはない。これは十字架の聖ヨハネの魂の暗き夜 ― 一滴の水もない不毛で乾いた土地 ― からの叫びである」（p. 592）。

(25) サンタヤーナ（Santayana）はしばしば享楽主義的超脱を論じたが、彼の公刊された本の中でそのようなはっきりした言説をしたことはなかった。T・S・エリオットは彼が授業でそれを言っているのを聞いたのかも知れない。しかしながら、エリオットは多分『美の感覚』（*The Sense of Beauty* [1896]）のある一節に言及している。「多くの事物の同時的な見解、共に感じられたおびただしい魅力は、すべての排除と同じくらいに、均衡と無関心を生み出した。もし我々が世界の悪の意識によって自己の解放を呼ぶなら、均衡で解放されたエピキュロス的な崇高もあると主張することが出来るかも知れない。あらゆる広範な概観はそれなりに崇高である。それぞれの細部は美しいかも知れない」（Cambridge, MA : MIT Press, 198, p. 150）。

(26) T・S・エリオットはゴンザニュー・トルク版『スペインの神秘主義者、聖テレサ―十字架の聖ヨハネ』（一〇九頁注［49］参照）から引用している。引用はデイヴィッド・ルイス訳『カルメル登攀』一巻四章八節（Trans. David Lewis, *The Ascent of Mount Carmel* [London : Thomas Baker, 1906], pp. 20-21）からである。

(27) ミュラー参照一四四頁注(32)

(28) T・S・エリオットは別々の出所不明のテクストを読んだ。このテキストは後で、その一節が「九六頁 …」に表れたということ以外、講演の清書には取り入れられなかった。彼は明らかにこの本で引用された『マンリサ』（*Manresa*）における「死に関する第二の訓練」（'Second Exercise on Death'）、『あるいは広く一般に使われている聖イグナティウスの霊操』（*Or the Spiritual Exercises of St Ignatius, for General Use* [London : Burns and Oates, 1991]）の九六頁にある『霊操』の標準版に含まれていないイグナティウスの解釈を読んだ。エリオットは後で下の空白に次のように書いた。「イーリー神父は、私に、私が引用したその一節は、多分イグナティウスによってではなく、かなり後で付け加えられたと知らせた。私がそれを使ったのは、イメージャリがダンのものとかなり類似性があるためである」と。フランシス・ジョセフ・イーリー（Francis Joseph Yealey [1888-1977]）は、ミズリー州のフロリサントの聖スタニスロウ神学校（St Stanislaw Seminary）出身のアメリカのイエズス会員で、ケンブリッジのクライスト・カレッジ（Christ's College）で博士号を目指し、クラーク講演に出席していた。イーリーは一九二六年三月一三日付けの手紙で、エリオットに「死に関するある黙想」という引用は信憑性のあるラテン語版の『霊操』にはないということを指摘し、それは、聖イグナティウスとの関係を説明することなくそのテキストの発展を公にした教会の主事によって付け加えられたに違いないと説明した。「私は、聖イグナティウス自身の考えはそのやり方において、聖ヴィクトールのリチャードのものと同じくらい、厳しく偽りのないものであるということが分かると思う。私はあなたの比較が特に喜ばしいものではないと付け加えてもよろしいですか。リチャードの観想に関する論文は分析的で論証的である。訓練は、関係があるが異なった禁欲主義の事柄を主に取り扱っている上、全く論文ではなく、一連のかなり明らかな運用できる原理である。その特質は、部分的にその原理の準備に、そしてまた部分的に、個人的な努力によって可能な最も親密で実践的なやり方に同化されていることにあると考えられている（MS VE.）。イーリーはエリオットに一冊の『霊操に関するテキスト』（*The Text of the Spiritual Exercises*, 4th editon revised, trans. John Morris and others, from the original Spanish [London : Buns, Oates & Washbourne, 1932]）を与えた。

（29）「詩劇の可能性」（'The Possibility of a Poetic Drama' [1920]）の中でT・S・エリオットは、「アリストテレスの多くのもの」や「ブラッドレー氏の『論理学原理』」を含めながら、「ある哲学書は芸術作品である」ということを見てとった（*SW* 66）。彼は、経験論的論理を犠牲にして認識の観念論的理論を強めているブラッドレーの「古典的な」テキストの初版本（一八八三年）を使った。このようなことは彼の博士論文や『クライテリオン』（*Criterion* [October 1924, p. 21]）に載せたブラッドレーの追悼文に見られ、次のように述べられている。「鋭い知性と情熱的な感情が古典的平衡を留めている、我々の言語の中では最もすばらしい哲学的文体であるブラッドレー文体の完全な技法を骨を折って研究する人はほとんどいないであろう … しかし、生存しているがまだ注目を浴びていないこれらの数少ない人達に対して、彼の著作は、思考だけの一つの部門でなく、その著作に存在する全体的な知性と情緒の状態を変容するあの神秘的で完全な働きを果たしている」と。

「チャールズ・ウィブリー」（'Charles Whibley' [1921]）でエリオットは、アイルランドの品質を落とした貨幣鋳造の通貨に抗議したジョナサン・スウィフトの『ドレイピアの書簡』（*The Drapier's Letters* [1724]）について次のように述べている。「ジョナサン・スウィフトの強烈な魅力にひかれる人々は、我を忘れて『ドレイピアの書簡』を再読三読する。そして、これらの書簡は … 英語で書かれた手紙のうちで今ではきわめて重要な一項目となっており、英文学の十分な知識を持とうとするものにとっては必読のものであるため、我々はこれがいまだに読まれる原因になった偶然のめぐりあわせを認めようとはしないのである。もしスウィフトが『ガリヴァー旅行記』を書かなかったならば … 『ドレイピアの書簡』は今日どのような地位にあったであろうか」（*SE* 493-4/440）と。

T・S・エリオットは一九一〇年の一月、バートランド・ラッセル（Bertrand Russell）とアルフレッド・ホワイトヘッド（Alfred Whitehead）の『数学原理』（*Principia Mathematica* [1910]）の第一巻を読んだ。彼は後にこの数学的論理の古典を「文化にとって計り知れないほど価値ある」（*Criterion*, April 1924, p. 233）作品と述べ、そして、三巻本（1910-13）が再発行された（1925-7）後、彼が主張したことは、英国の中高生は「英語をあらゆる主題に関して明晰で正確に考えさせる言語にするために、論理学者達の仕事がどれくらい多くのことをなしたかということを理解するようになるべきである。『数学原理』は、多分、彼らが数学に貢献していることよりも我々の言語への最も偉大な貢献である」ということである（*Criterion*, October 1927, p. 291）。

（30）ダンテが『天国篇』を捧げたギベリン派のヴェロナの主導者であるカン・グランデ・デラ・スカラ（Can Grande della Scala [1290-1329]）へ話しかけた『書簡一〇』（*Eqistola* x [c. 1318]）において、ダンテは、関係づけられないヴィジョンのリアリティについてあら探しをするような不信に出会われた時、彼は、最初、聖書に基づく権威に訴えている。「そして、もし、このことすべてがやかまし屋を満足させないなら、彼らに聖ヴィクトールのリチャードの『観想について』（*De Contemplatione*）を読ませなさい … そうすれば、彼らはあら探しをするのを止めるでしょう」（*The Latin Works of Dante* [London: J. M. Dent, Temple Classica Edition, 1924], trans. Philip H. Wicksteed, p. 360）と。

（31）T・S・エリオットは、カヴァルカンティの「ソネット 七」（'Sonetto VII'）を間違って引用し、二行目の異文になっているが、エズラ・パウンドが好んでいる括弧付きの行（'Che fa di clarità l'aer tremare!'）を少しばかり間違って引用している。エズラ・パウンドによって翻訳された『グィード・カヴァルカンティのソネットとバラータ』（*The Sonnets and Ballate of Guido Cavalcante*, [Boston: Small, Maynard, 1912, p. 14] 参照。

これはロセッティの『初期イタリア詩人達』（*The Early Italian Poets*, p. 255）のソネット四「恋人で有頂天」（‘A Rapture concerning his lady’）である。

Who is she coming, whom all gaze upon,
  Who makes the air all tremulous with light,
And at whose side is Love himself ? that none
  Dare speak, but each man’s sighs are infinite.
  Ah me ! how she looks round from left to right,
Let Love dicourse: I may not speak threon.
Lady she seems of such high benison
  As makes all others graceless in men’s sight.
The honour wihch is hers cannot be said;
  To whom are subject all things virtuous,
    While all things beauteous own her deity.
Ne’er was the mind of man so nobly led,
    Nor yet was such redemption granted us
      That we should ever know her perfectly.

こちらに歩み、すべての人が凝視している彼女は誰なのか
  大気を光でおののかせているのは誰なのか
そして恋人彼自身は誰の側にいるのか。そのことを誰も
  敢えて話さないが、各々の吐息は果てしない

ああ、私を！　どうして彼女は左から右へ見渡すのか
恋人に話させよ、私はそれについて話してはいけない
彼女はそのような高い祝福を持っている夫人に見えるので
男の人には他のすべての人が品なく見えてしまう
彼女が持っている誉れは口に出して言われることがない
その彼女に徳ある者はすべてかしづく
美しいすべての物は彼女の神性であるのだが
人間の精神はそんなに気高く導かれることはなかったし
そのような贖いがなおも与えられなかったので
我々は彼女を完全に知ることはない

(32) チェベリーのハーバート卿のエドワード（Edward, Lord Herbert of Chebury）は、ダンの「恍惚」（'The Extasie'）にその源泉が探られる詩である「恋愛の永続性問題に関する頌」（'An Ode upon a Question moved, whether Love should continue for ever?'）でよく知られている。

(33) ダンが、慣例法や教会法（Common and Canon Law）を犯して、一六〇一年十二月に十七歳のアン・モアー（Ann More [1584-1617]）と秘かに結婚したとき、彼は、一六〇二年四月に結婚が承認されるまで、彼女の癇癪持ちの父親であるジョージ・モアー（George More）に数カ月間、牢獄で、そして法廷で嘆願しなければならなかった。これは多分、「聖列」（'Canonization'）の中で、ダンによって祝福される事件である。彼女はダンとの間に十二人の子供を持ち、出産で亡くなる前、ダンは「愛の成長」（'Love Growth'）の中の接ぎ木された愛の助長する豊かさを具現化したのかも知れない。

一八四七年詩人で批評家でもあるコヴェントリー・パトモアー（Coventry Patmore [1823-96]）はエミリー・アウグスタ・アンドルーズ（Emily Augusta Andrews [1824-62]）と結婚し、そして一八五四年四部作の長詩『家庭の天使』（*The Angel in the House*）の第一部を出版し、結婚愛の神聖化を計画した（「婚約」['The

Betrothal, 1854]「結婚式」['The Espousals', 1859]、「永遠に忠実に」['Faithful for Ever', 1860]、「愛の勝利」['The Victories of Love', 1862]）。テニスン（Tennyson）、ブラウニング（Browning）、ラスキン（Ruskin）、そしてカーライル（Carlyle）は、その詩が流行し商業的に成功したことで、その詩に心から惜しみない賞賛を与えたが、パトモアーの伝記作家は、T・S・エリオットの冷笑的なダンとの比較を考えて、もっと批判的な目でその詩を判断した。「見え見えで無責任な批評は、詩人の告白された結婚生活の主題が、その詩の最も成功していない部分で取り上げられているだけであるが、そこですら、殆ど取り組まれていない。その理由は明らかである。その家庭生活は、詩的取り扱いを受け入れられていないということが判明したからである」（*DNB, First Supplement*, Vol. III [1901], p.250）

ダンテは、ビアトリーチェの死後の一二九一年と一二九八年の間のいつか、ジェンマ・ドナティ（Gemma Donati [d. 1342 ?]）と結婚した。彼女は彼との間に四人の子供を持った。ボッカチオの『ダンテの生活』（*Vita di Dante*）の中にある思弁的であるが広く受け入れられている寓話的な彼らの不幸な結婚生活の特徴は、結婚がビアトリーチェを失って自分を慰めるためにダンテの親族によってとりはかられ、ジェンマはダンテの想像力を手なずけようとした「疑い深い人」であり、ダンテは自分の作品の中で彼女に直接に話しかけることはなく、そして彼女は、彼がフローレンスから二〇年間追放された後、決して彼と一緒にならなかったというこれらの証拠に基づかれていた。

(34)『十七世紀形而上詩選集―ダンからバトラーまで―』（*MLPSG* 16）の一から四行目、この詩から取られている以下の行は（五行から二〇行、四一行から四行、四九行から五二行、六五行から七六行）少しばかり間違って転写されて、部分的に現代版にされている。

(35) プラッツは、一九二七年一月三一日付けのT・S・エリオットへの手紙で、この議論に関して次のように言及した。「もちろん、ベッドと枕のイメジは全く馬鹿げていて、そして、すみれの弱々しさは平凡なことのように見える。しかし、フロイトは、多分、その折りに、それと似た明らかに不必要な細部までも映し出された詩人の気分を見出だしたのかも知れない。それは婚礼詩の結婚の直喩で、ここまでのところ、それはその

『存在理由』を持っている」と（*L.2*）。

(36) T・S・エリオットはダンの語句「一日中」を「ベデカーを携えたバーバンク、葉巻をくわえたブラインシュタイン」('Burbank with a Baedeker: Bleistein with a Cigar,' [1919]) の第三連に繰り返している。

The horses, under the axletree
　Beat up the dawn from Istria
　With even feet. Her shuttered barge
　Burned on the water all the day

轅の下の太陽の馬は
　イストリアから曙を足なみ揃えて牽き出した。
　鎧戸おろした彼女の小舟は
　水の上で晩まで燃えていた。

(37) T・S・エリオットは愛に関するアリストパネスの言葉に言及している。その中で、彼は、神々は、もともと三つの性—男、女、そして両性を分有している男女の性—であったものの本性を如何にして分割したのかということを詳しく述べ、恋人達が二人を一にし、彼らの分割された本性を癒したいという願望が如何に古いかということと記述している。「これらの人達は、自分たちが何であるか知らない何かをお互いから得たという空しい言い表すことが出来ない憧れを抱いて、自分たちの全生涯をお互いに捧げる人達である。というのも、それは、彼らが真剣な愛情で自分自身をお互いに捧げるために、単に浴場からでた交わりの喜びではないからである。しかし、各々の魂は、はっきりと、お互いから、言葉では記述できない何物かを渇望し、それが模索しているものを予言し、その曖昧な欲求の足跡を曖昧に跡付けている」(*The Banquet of Plato*, Trans. Percy Bysshe Shelley [Boston & New York : Riverside Press. 1908], pp. 58-9)

（38）セインツベリー（George Saintsbury）の『チャールズ一、二時世代の二流詩人達』（*Minor Poets of the Caroline Period* [1905]）第一巻の「一般序説」（'General Introduction'）で、彼は、十七世紀の詩の方向へ進んだ「だらしない」（slipshod）縮約を嘆いている。「最もひどいものにはそれだけで固有の腹立ちさがあり、それは、多分、この詩の楽しみの最も大きな欠点である … こういった忌むべき無理に基準に合わせようとする拷問がなされたのは、十音節を英雄行に、八音節を「短音」行（バットラー [Butler] の言葉であるが）やそれ以上でないものに戻すためであった」（p. x）。

（39）『十七世紀形而上詩選集 ― ダンからバトラーまで ―』十八頁、六十六行。前では 'T' affections, and to faculties' となっている。

（40）第七六問「肉体と魂の合一について」の第二項「知性的根源は身体の多数なるに従って多数であるか」の反論六で、アクィナスは聖アウグスティヌスの『魂の大きさについて』（*De Quantitate Animae* XXII）を引用して、魂の大きさについて次のように話している。「それ以上に、アウグスティヌスは言っている。『もし私が幾つもの人間の魂があると言えば、私は自分自身を笑うであろう』と。しかし、魂が一たるように見えるのは、何よりも知性に関するかぎりにおいてである。それ故、すべての人間の中には一つの知性がある」と。それからアクィナスはアリストテレスからの引用、それは『霊魂論』（*De Anima*）ではなくて『自然学』第二巻（*Physics*, II, 3 [195b 25-8]）からの引用でアウグスティヌスを迎え打っている。「反対に、哲学者は … 普遍的原因の宇宙に対する関係は特定原因の個々に対する関係のようなものである、と言っている。しかし、種の一つである魂は、異なった種の動物に属することは不可能である。それ故、一つの個々の知的な魂は幾つかの個々のものに属することは不可能である（『神学大全』*Summa Theologica*, I, trans. Fathers of the English Dominican Province [1911 : Christian Classics, 1981], p. 373）。T・S・エリオットは『クライテリオン』（*Octorber* 1927, p.340）の中でドミニコ会の翻訳に慣れ親しんでいたことを述べている。

（41）T・S・エリオットはゴンザニュー・トルク（Gonzagnue Truc's edition）『聖トマス・アクィナスの思想』（*La Pensée de Saint Thomas D'Aquin* [Paris : Payot, 1924]）の中の第七六問第二項のラテン語とフランス語が対応しているテキストから引用している。トルクはラテン語とフランス語の二つのテキストをF・ラーチャ版（F. lachat's edition）『神学大全』（*Somme Theologique*, III [Paris: Louis Vives, Libraire-Editeur, 1880]）から直接取っている。

（42）T・S・エリオットはトルク版一八五頁から六頁にある第七六問七項（魂が動物の身体と一つになるのに何らかの物体の媒介を要するのか）の最終節をラーチャ一七五頁から取られたものとして引用している。

（43）プラッツは一九二七年一月三一日付けの手紙の中で次のようにT・S・エリオットにこの一節に関して注意している。「講演の進行中おろそかにされて気づかれないままになっている解釈の少しばかりの不正確さは、ある本の中で主張され大げさにされたとき、全作品を台無しにするかも知れません。たとえば、十四世紀には魂と肉体が二項対立している考えはない … というあなたの第三講演でお話しになっていることについて私は確信していません。私自身その問題に深く入り込みませんでしたが、私は、たとえば、ダンテに関する何らかの結論に達する前に、その主題に関する彼の作品のあらゆるくだり ― 一九二一年のベンポラッド（Bemporad）のダンテの作品集の校訂本につけられた熟慮されたすばらしい索引によって非常に容易になった仕事 ― を注意深く吟味するでしょう。おそらく、あなたはそれに熟知しているでしょう」と（*L* 2）。

（44）プロティヌス（Plotinus [AD 205-70]）の友達であり、彼の編集者でもあるテュロスのポルピュリオス（Prophyry of Tyre [AD 233-304]）は『プロティヌス伝』（*Life of Plotinus* [303]）を明るみにした。「我々の同時代の哲学者であるプロティヌスは肉体の中に存在することを恥じているように思えた」。エリオットの注釈付き蔵書票のコピーにあるリカルダス・フォルクマン編集の二巻本『プロティヌスのエンネアデス』（*Plotini Enneades* edited by Ricardus Volkmann）で、四番目のエンネアデ（Ennead）について次のように書き留めている。「彼は第一の魂を、機能を所有しているものと見ている。この機能は、第二の感覚的世界（アリストテレス）を神と合一する世界以上に上昇するものと呼んでいる … プロティヌスは二つの実体を持つ人間をアリストテレスが魂を肉体の機能に還元しているのに比較している」と。

（45）T・S・エリオットは、テニスン（Tennyson）のアーサー・ハラム（Arthur Hallam）のための挽歌『イン・メモリアム』（*In Memoriam* [1850]）のエピローグとして役立っている婚姻の歌を冷笑的に言及している。詩人の妹であるセシリア（Cecilia ）とエドモンド・ラッシイングトン（Edomund Lushington）が一八四二年に結婚した時に書かれて婚礼祝歌は、二人を待つ「幸福の時、ひとしお幸多き時」（'happy hour, and hppier hours'）を祝福し、そこには結婚は睦まじい二人を至福の状態に誘い、生殖は「たがいに知性を磨きあう後の世の完成されし子孫と／われらを結ぶ絆とならん／後の世の完成されし人の子は／大地と地上のすべてを支配し／大自然は彼らの手に入りて、紐とかるる書とならん／また、その獣性の蔭も消えうせん」（a closer link / Betwixt us and the crowing race / Of those that, eye to eye, shall look / On knowledge; under whose command / Is Earth and Earth's and in their hand / Is Nature Like and open book ; /No Longer half - akin to brute [lines 128 - 33]）ということを樹立する含みがある。エリオットは「形而上詩人達」の中でテニスンの「二つの声」（'The Two Voices'）のくだりに見られる幸せな結婚の描写と「愛の果実による愛の永続」を批判した（*SE* 287/246）。

（46）ジョリス＝カルル・ユイスマンス（Joris - Karl Huysmans [1848 - 1907]）による四つの小説の主人公である悪魔に魅せられ信仰を追い求めているジュルタル（Durtal）は、『出発』（*En Route* [1895]）でなくて『彼方』（*Là-bas* [1891]）十八章でこの叫びをあげているが、その時シャントルーヴ夫人（Madame Chantelove）が密通のために彼の所にやってくるのである。彼女がデュルタルを待っている間、彼は次のように呟いている。「彼女が拒むとき、彼女は断然正しい。それはグロテスクで、いとうべきことであろう。私は間違って要求したが、それはそれでいい。結局、それは彼女の過ちである。彼女はこんな所までも望んだのだ。というのは、さもなければ、何故、彼女はやってきたのか。それから、遅れることで人の意気込みを挫いてしまうとは何と愚かなことか。彼女は、実際、不器用である。彼女を抱き、情熱的に彼女を所有したいと望んだ少し前だったなら、ある実りをつけたかも知れないが、今となっては。それから、私はどのように見えるのか。結婚ほやほやの待ちぼうけの花婿か、とんまなのである。全く、こんなことは何と馬鹿らしいことか」（Trans. Alfred Allinson, *Down There*, p. 233）。「我々の時代のボードレール」（'Baudelaire in our Time'）で、エリオットは、ユイスマンスの三番目の小説『大聖堂』（*La Cathédrale*）との関係で、この重要なくだりに再び言及している。「ユイスマンスが、それについて余り考えなかったなら、彼は … 十三世紀の真の精神にもっと共感したかも知れない … 彼は彼の大聖堂詣でについて話しているときより、シャントルーヴ夫人がデュルタルを訪問するところを描写するときの方が、はるかにもっと中世的で（そしてはるかに人間的でも）ある」（*FLA* 92-3/97-8）

(47) T・S・エリオットは十四世紀の芸術家達の特徴的なヴィジョン —『あそこの夫人』（*Donna è lassù*）— を逆にして、ユイスマンスが『彼方』（*Là-bas*）でなしたように、現代作家による特徴的な空気抜き —『彼方の夫人』（*Donna è laggiù*）— を暗示している。

(48)『十七世紀形而上詩選集—ダンからバトラーまで—』（*MLPSC* 30-31. Lines 65-72, 117-20）少しばかりの誤植あり。

(49)『新生』（*La Vita Nuova*）第十八章。『初期イタリア詩人達』（*The Early Italian Poets* pp.194-5）のロセッティによって翻訳されたとき、少しばかりの誤植あり。エピグラフ六二頁参照。

第四講演〔ダンのコンシート〕

前の講演で、私が皆さんに説明しようと努めたことは、プロヴァンスの影響と結びついた十二、三世紀の体系的なラテン哲学が、『新生』に表されているあの愛の概念を十四世紀に生み出したということでした。私が『新生』それ自身を提示しようとしたのは、科学的モノグラフ、感傷についての実験の記録、つまり、思春期の情緒を放棄するかわりに、それを利用し変容する方法の記録、言うなれば工業のコール・タールの廃棄物の利用に関するものと類似する発見の記録といった側面の下ででした。[1]この発見の結果は、情緒の領域の真の拡張と、ダンやテニスンのラフォルグの態度よりももっと「精神的」であると同時にもっと「世俗的」な態度でした。そして、私が指摘したかったのは、ダンの混沌とした知的背景は、肉の受容というより、肉との妥協で終わり、そして、まさに経験の分野の縮小で終わるということであります。私は二人の人間の精神に自発的に起こる神秘主義の異なった型を指摘しました。もし、経験の普通の境界を越えた感情を受け入れる能力が常に神秘的でないなら、ダンとダンテの何れかを「神秘的」と呼んだり、また、この二人の何れかの「神秘主義」についてお話しするどんな理由もありません。しかしお望みなら、この「神秘主義」という言葉は使えます。

今、私が示したいことは、もし、出来るなら、如何にして、思考と感情の一つの秩序だった体系を受容することが、ダンテと彼の仲間達において、結果的に、簡潔で直接的で質素ですらある話し方に終わるかということです。それに対して、信じられると言うより享受される多くの哲学、態度、そして部分的な理論を、宙づりの状態で維持して行くことが、ダンと我々の同時代人の幾人かにおいて、結果的に、気取った、ねじれた、そして、回りくどく巧妙な話し方で終わっています。

もし、ダンテによって、あるいは、カヴァルカンティによって使われる詞姿、あるいは他の人達の詞姿の最もいいものを吟味するなら、彼らのイメジとダンのそれとの違いは、興味の焦点にあるということに気づくことと思います。ダンテの興味は観念、あるいは、伝えられる感情にあります。つまり、イメジは常にこの観念、あるいは感情をより和解出来るようにしています。ダンにおいては、興味は散漫であります。それは特異なイメジによって観念を伝える創意にあるのかも知れません。あるいは、イメジそのものは観念よりももっと難しいかも知れません。あるいは、それは類似の発見にあると言うより強制にあるのかも知れません。喜びの部分は、現実に打ち負かされる自然な不調和にあるのかも知れません。感情の部分は、その観念で生きている人の感情と言うより、観念の「感じ」であります。それは不調和の調和なのです。しかし、ダンの言葉を分析する前に、ダンテの一つのイメジを、対照のために、私の言っていることを記憶に留めておいて下さい。彼は『天国篇』のはじめで最初の天国に入る意味を表そうとしています。

Pareva a me che nube ne coprisse
lucida, spessa, solida e polita,
quasi adamante che lo sol ferisse.

Per entro sè l'eterna margarita
　ne recepette, com'acqua recepe
　raggio di luce, permanendo unita.

日に照らさるる金剛石のごとくにて、
　光れる、濃き、固き、磨ける雲
　われらを覆うと見えたりき
しかしてこの不朽の真珠は、
　あたかも水の分かれずして光線を受け入るごとく、
　我等を己の内に入れたり(2)

これらのイメジの厳密な効用を観察してみなさい。これらのイメジは感覚を超越した経験を伝えています。形容詞が科学論文に表れているように、選ばれているのは、これらのイメジは、彼が駆使しているものに近づくことを最も良く可能にしているからなのです。水を通り過ぎる光のイメジは、飾りがなく、そして、そのイメジがさらによく理解させる経験を別にするなら、面白くもなく、またそのように意図されてもいません。そして、これはダンテの直喩と隠喩のすべての特徴であると思います。これらは理性的な必然性を持っているのです。

ところで、余りにも窮屈な区別をしてはいけません。先ほどあげたような絶対的な必然性のイメジと極端なコンシートとの間に果てしない段階があるということはよく知っています。皆さんは、多くのイメジを、特にエリザベス朝時代の人々からのイメジを差し出すことが出来ますが、それらが実用向きであるか、あるいは装飾的であるかどうかを言うことは難しいことです。エリザベス朝の人々について言うなら、私は、忘れることが出来ないマーティン・マープリレット小冊子の一冊に使われた比喩について考えています。その時、著者は、彼の敵手であるクーパー主教について話しながら、彼は「古びた腰板のような顔をして、犬が小走りするのと同じように早く嘘をつくであろう」と言っています。主教の誠実さに関して、両方の側で疑いもなく言われるものがありますが、私の記憶には、その直喩が蠟のように彼に付着しています。彼は決してそれから免れることはないでしょう。[3] これらは正しく修辞的イメジです。それらは、解明すると言うより強調しています。厳密な理性で、横たわる敏速さを〔類似によって〕犬の小走りの敏速さにすらなぞらえることは意味のないことであります。そして、古びた腰板は気まぐれなものであります。すなわち、そのイメジは、同じように、それが異なったものを暗示しているさまざまな精神に効果を及ぼすことが出来るかも知れません。それは、私にとって、古びた風雨にさらされた、あたかも、むしばまれて穴があいたような褐色の顔を意味し、犬の小走りと並列して、かなりひどい仕打ちを暗示しています。この変わりやすい暗示の余白は、私が修辞的効果と呼ぶものです。しかし、それは、ダンテがブルネット・ラティニーの形相—老いたる縫物師の針眼にむかふごとくに目を鋭くしている有名なイメジ—の動きにある悲哀に満ちた夕暮れを目に見えるようにさせようとしているよく知られた彼の比喩とは全く異なっています。

sì ver noi aguzzevan le ciglia,

come vecchio sartor fa nella cruna

彼等はみな我等を見、
また老いたる縫物師の針眼にむかふごとくに目を鋭くして我等にむかへり(4)

このイメジは、老いたる縫物師の針眼を今まで見たことがあってもなくても、すべての人にとって正確で同じものであります。そして、それは、あなた達に、そのイメジが全く使われなかったとするよりも、よりよく、人々が如何に見たのかということを分からせています。他方、私が認めているのは、ダンテのイメジの暗示性は、ときどき、私にとって、とにかく、正確な意味を越えているということであります。

Poi si rivolse, e parve di coloro
che corronno a Verona il drappo verde
per la campagna; e parve di costoro
quegli che vince e non colui che perde.

かくいひて身をめぐらし、あたかも緑の衣をえんとて
ヴェナロの廣野をはしるものの如く、
またその中にても

負くる者ならで勝つ者の如くみえたりき(5)

もちろん、ヴェロナの競技は、我々によって知られるというより、ダンテの本来の聴衆者によって良く知られていると考えられるかも知れません。しかし、私に何故だか分からないのは、この罪を犯し、そして打ち負かされた魂が「勝つ者の如く」逃げ去る考えが、私には非常に強く心に訴えるということであります。しかし、何れ、比喩それ自身は、我々が走っている男を可視的にするのを手助けするのに十分正確であります。

私がダンのコンシートと言葉を批評するとき、皆さんの心に浮かぶことは、これが十七世紀の形而上詩人達に何か特有なものであるのかどうか—特にそれは一般的に形而上詩に特有ではない、というのが私の論題に属するものでありますが—、あるいは、それは単にエリザベス朝の人々の大言壮語の遺産ではないのかどうかを問いただすことである、ということを知っています。従って、もし、私が長い連続講演をして行くならば、あるいは、この講演でただ形而上詩人達の言葉だけを取り扱うとするなら、この問題に幾分詳しく立ち入って行くのが私の義務でありましょう。私が言えるのは次のことだけです。皆さんは、ある時期の前に選択されたどのような比喩もコンシート化されていなく、それ故、その時期の後の詩のそれぞれの比喩はコンシート化されている、というような定義をすることは出来ません。しかし、一般的に言って、エリザベス朝の人々の行き過ぎは、言葉と雄弁です。それは、音のために、さもなくば、どんな下心もなく、それ自身、美しく楽しい目や耳のあるイメジを導入する楽しみのためなのです。そして、最も高いランクにあるさまざまな種類の比喩があり、その例を増やしたくなりますが、それはシェイクスピアに多く見られ、ダンテには起こり得ないことであろう。私がしばしば引用する一つを取り上げてみましょう。それは『アントニーとクレオパトラ』であります。

She looks like sleep
As she would catch another Antony
In her strong toil of grace.

彼女は眠っているように見える
あたかもこの女の優しい力仕事で
もう一人のアントニーを捉えようとしているかのように(6)

皆さんは、これはダンテのイメジと同じ理性的な必然性を持っていたと言わないでしょうが、それは、ある他の方法で必然的なのです。そして、それはダンテが決して考えなかったイメジなのです。それは、思考の織物に絶対的に編まれたイメジなのです。クレオパトラの部下、帝国、そして、海軍を支配する悲惨な力の全体はその中で喚起されています。(7)

私がお話してきたことは、コンシートは定義出来なく、その結果、それは、ある時期の前には決して起こらないであろうということでした。その一方、私が指摘したいのは、ダンの最良の幾つかの詩―そして、ダンが最も良く知られるようになったそれらの幾つか―は全くコンシート化されたものではないし、一時期のものでも流行でもなく永続的なものである、ということでした。もし、手元にグリアソンの詩選集を持っているなら、十八頁の「埋葬」、そして二二頁の「聖なる遺物」を開いて見て下さい。それらは彼が書いた他のものと同じように良く知られているもので、そして、それらは同じテーマの変容なのです。

Who ever comes to shroud me, do not harm
　Nor question much
That subtile wreath of hair, which crowns my arm ;
The mystery, the signe you must not touch,
　For 'tis my outward Soule,
Viceroy to that, which then to heaven being gone,
　Will leave this to controule;
And keep those limbes, her provinces, from dissolution.

僕に屍衣を着せようとする人は、どんな人であれ、傷つけたり、
　怪しんだりしないでほしい
僕の腕を飾る細い毛髪の腕輪を、
その神秘、徴に手を触れないでほしい
　それというのも、それは、僕の魂の化体
魂に代わって、天に昇る副大王で、
これらは、四肢、肉の領土を支配し、

解体から守るからである。(8)

これはダンの典型的な手順であります。最初の三行は申し分なく簡潔で「細い」という形容詞は、たとえ、我々にとって、その正確さが「微妙な」という同族の言葉の乱用をこうむってきたその言葉の文字どおりの意味で直ちに明らかでないとしても、正確であります。(9)唯一の欠点は、比喩的な動詞の「飾る」というほんの少しばかり気を散らす過度の強調であります。しかし、彼は、五行で、包括的に、そして特徴的にコンシート化されるようになります。皆さんは、魂や代理の魂、王と副王、そして、領土のもつれにいることに気づきます。だが、それは不適切で、思考を展開するというより縮小し、内面的な混沌と分散を表しているけれども、それは楽しいことです。ダンから十分な香りをかぐためには、分析的に解釈し、総合的に享受しなければなりません。つまり、浮遊し精神に近接している要素を、ダンが彼自身なしたように、捉えなければなりません。皆さんは、ダンが自分のコンシートで、他のところと同じように真摯である、ということに気づくことと思います。これらの行に見られる「ウィット」は、如何にして、我々が知るようなウィットに展開して、並置から皮肉の対照になるのかということは、後で我々が精力的に取りかからなければならない問題なのですが、目下の所、我々がダンのウィット、ドライデンのウィット、スウィフトのウィット、そして、我々自身の大切なウィットについて話すとき、我々は同じことを話したり、異なったことを話したりするのではなく、同じことの徐々なる展開と異なった段階について話しているのであるということに触れるだけで十分なのです。

次に「聖なる遺物」を開いて下さい。

When my grave is broke up againe
Some second ghest to entertaine,
(For graves have learn'd that woman –head
To be to more than one a Bed)
　And he that digs it, spies
A bracelet of bright haire about the bone,
　Will he not let us alone,
And thinke that there a loving couple lies,
Who thought that this device might be some way
To make their soules, at the last busie day,
Meet at this grave, and make a little stay ?

僕の墓が掘り返されて
誰かの死人を迎え入れようとする時
(それというのも、墓は女の性に見習って
一人以上の男の寝床を提供するからである)
　そして墓掘る人が
骨に纏わる金髪の腕輪を見つけた時

そっとしておいてはくれないだろうか
そして、ここに愛する二人の亡骸があり
復活の日のせわしい中で、なんらかの方法で二人が落ち合って
この墓で、一時の逢瀬を楽しむための手だてと
考えてくれないだろうか[10]

この版で我々が気づくことは、手順が逆になっているということであります。それはコンシートで始まり、そして、もっと単純で直接的なものへ進んでいます。いくつかの方法で、この版はそれを凌いでいます。その徴の発見を、先頃亡くなった屍に屍衣を着せようとする時でなく、墓が暴かれた時に関係づけることは、情熱を強烈にし、それをさらに永続的なものにし、腕、今となっては骨に纏わる腕輪を生き生きにし意義深いものにしています。しかし、「誰かの死人」を「迎え入れる」ために墓を冒瀆したり、また、それ以上に墓の気まぐれを女の気まぐれに類似させることは、この場所ではかなり不確かな価値があります。それ以上に、本質的にどうかと思われる悪趣味を持っている女の浮気に言及していることは、特に相互への忠誠の事実を祝福しようとする詩においては場違いであります。

Will he not let'us alone,
And thinke that there a loving couple lies …

そっとしておいてはくれないだろうか
そして、ここに愛する二人の亡骸があり…

しかし、有名な行である

A bracelet of bright haire about the bone

骨に纏わる金髪の腕輪

は、ダンによって言われたものの例でありますが、これは、ダン派以外のどんな詩人によっても、別のやり方で、あるいは、違った形でうまく言い表されることはなかったでしょう。その連想は完全であります。死滅の数年後の「腕輪」の連想、毛髪の輝き、そして、「骨」の最終的な強調は、改良され得ないでしょう。[11] そして、そのスタンザの終結部は申し分がありません。

Who thought that this device might be some way
To make their soules, at the last busie day,
Meet at this grave, and make a little stay ?

復活の日のせわしい中で、なんらかの方法で二人が落ち合って
この墓で、一時の逢瀬を楽しむための手だてと
考えてくれないだろうか

この一節は、意識的な目的、つまり、何らかの接触、あるいは接触の記憶に純粋に本能的にしがみつく以上の動機をシンボルで暗示していますが、この偉大な行の終局の後に、少しばかりの気晴らし、少しばかりの転換、発達過剰はないのか。

次の韻文において、ダンは気取った言い方を激しく追い求めています。

If this fall in a time, or land
Where mis-devotion doth command,
Then, he that digges us up, will bring
Us, to the Bishop, and the King,
To make us Reliques; then
Thou shalt be a Mary Magdalen, and I
A something else thereby;
All women shall adore us, and some men;
And since, at such time, miracles are sought,

I would have that age by this paper taught
What miracles wee harmless lovers wrought.

このようなことが、
邪教が風靡する時代や土地に起こるなら
我々を掘り起こした男は、
我々を司祭や王へ運び出し
　我々を聖なる遺物にしてしまう、そうするなら
あなたはマグダラのマリアのようなものになり、そして、私も
　それによってひとかどの者になるでしょう
幾人かの男を含めて、すべての女性は我々を讃えるでしょう。
そして、そのような時代には奇跡が求められるので
私はこの詩でその時代の人達に教えるでしょう
汚れなき恋人達がどんな奇跡を生んだかを[12]

ご存知のように、ここで、ダンは骨に纏わる腕輪の観念の意味に焦点を合わせていません。彼はその観念の起こりうる結果に心を奪われています。そして、安心して言えることは、ダンの方法は、しばしば、より大きなものからより小さなものへ、中心から周辺へ、熱情的なものから内省的なものへ移行して行くということだと

思います。そして、ここにおいて、ダンは彼自身の精神に忠実で、そして、我々の精神に同情的であります。というのは、もし、熱情が、驚くべき単純さと創意で作り上げられていないならば、あるいは、それを解釈して何か他のものにする高度な哲学によって支えられていないならば、その熱情は常に色褪せなければならないからなのです。ダンにおいて熱情は暗示された観念の遊びに色褪せて行くのです。そして、ダンは色褪せていくことと変化していくこととのあの境界地の偉大な支配者なのです。それは、形而上詩において、感情と、感情がそれ自身を与えたがっている知的解釈、そして理性との間にある葛藤の意識的な皮肉へのもう一歩に過ぎないのです。

私は既にマリオ・プラッツ氏の本に言及しましたが、彼は（一〇二頁の所で）「他の歌い手において、全体の詩は最初のはずみの衝動で振動するのに、他方、ダンの場合、衝動は、突然…推論の竜頭蛇尾によって中断される」[13]と鋭く寸評しています。そして、私は、ダンは非常に共感を誘うものであることの理由の一つは、もし原初的な衝動へ真摯で威厳のある場を割り当てることが出来るどんな哲学も与えられないなら、我々もまた推論の竜頭蛇尾に引きこもってしまうからだ、ということを提案したい。ただ我々の場合、その対照はさらに意識的で完全なのです。

この皮肉な対照はグリアソンの詩選集の（二一〇頁にある）「花」というもう一つのよく知られた詩によって例証されます。その最後の二連をあげておきます。

Well then, stay here; but know
When thou hast stayd and done thy most;

A naked thinking heart, that makes no show,
Is to a woman, but a kinde of ghost;
How shall she know my heart ; or having none,
Know thee for one ?
Practice may make her know some other part,
But take my word, she doth not know a Heart.

Meet me at London, then ,
Twenty dayes hence, and thou shalt see
Mee fresher, and more far, by being with men.
Than if I had staid still with her and thee.
For Gods sake, if you can , be you so too:
I would give you
There, to another friend, whom wee shall finde
As gald to have my body, as my minde.

それなら、ここに留まりなさい、だが思い知る
お前が後に残り、あらゆる手段を尽くしたとき。

悩めども、色香なく、肉なき裸心は
女にとって、亡霊の如きものに過ぎぬ
どうして彼女は私のここを知り得よう、心を持たぬものが
お前を心だと知り得よう。
実践で彼女は他の部分を知ることが出来るかも知れないが、
僕の言葉を信じてくれ、彼女には心なるものが分かりはしない。

それではロンドンで会いましょう
二〇日後に、そうすれば、あなたは分かるだろう
私が、友達と一緒のお陰で、溌剌として、太ったことが、
彼女やお前と一緒にいたときよりも。
後生だから、出来るなら、お前もそうしなさい
お前を、私の心とともに与えよう
かしこにて、私の心を得て喜ぶは勿論、
私の肉体を得て喜んで受け取る他の女に。[14]

これらの行で—そして、もしこれと同じくらいすばらしい行を書くことに手を貸したならば十年間、投獄されるでしょうに—シニシズムと呼ばれるもの—そして近代的な型のシニシズム—がかなりあります。ダンの成

熟した女の代わりに若い娘に置き換えてみなさい。そうするなら、ラフォルグの話や、[15]あるいは別のものになるかも知れません。「一度ものにしたらミイラにすぎぬ。[16]」しかし、シニシズムは常に精神的混沌の指標、あるいは、少なくとも、統合の精神的分裂、欠如であります。ダンのこれらの行には、多大の近代的な絶対の探求、[17]失意のロマン主義、望まれる存在とは違った世界の発見における諦念の苛立ちがあります。幻滅の文学は未熟な文学であります。私は、まさにこのような方法で、ダンテはダンよりも世慣れた人であると敢えて主張します。ダンは、自分が捉え、手にすることが出来るものを、その威力の状態を批判することなく、知っていました。

しかし、制限から賞賛へ変えてみるなら、ダンの言葉遣いや作詩法は何とすばらしく、欠点のないことでありましょう。そして、彼は何と深遠な変化をもたらしたことでしょう。この点において、ダンは、ベン・ジョンソンの子供で、ドライデンの両親で、ポープ、ゴールドスミス、そして、サミュエル・ジョンソンの[18]――私が思うに、ウォラー、デナム、あるいは、オルダムよりも遙かに[19]――先祖であります。プロヴァンスから初期のイタリアへの文体の変化は、抒情的なものから哲学的なものへの変化なのです。つまり、エリザベス朝からジャコービアンへの変化は抒情的なものからレトリック的なものへの変化です。私は「レトリック的」という言葉を、出来るだけ正確に、そして、それがよく特筆されるなら、どんな賞賛や歪みの含みを入れないで使っています。それは、良くもなく、悪くもなく、種類における違いです。数年前、私の『聖林』に「レトリック」に関する短い覚え書きを載せましたが、それは、大筋において、今でも、好意的に認められるものです。しかし、それは、これとは違った異なったコンテクストで書かれ、主に、いわゆる「劇的」レトリックについて考えていました。しかし、その時でさえ、私は、「レトリック的」と「会話体的」との間にはどんな対立も認めることは出来なかったと述べました。[20] レトリックは単に会話の発展なのかも知れません。キケロは自分の談話をお話しましたし、エリザベス朝の劇作家の俳優はそれらを大声で叫びました。どんな文学的様式も話し言葉の発展なのです。ときどき、それは話し言葉から余りにも離れてしまいます。哲学において、フッサール教授、あるいは、コーエン教授は、バークレー、ライプニッツ、あるいはカントよりも遥かに話し言葉からかなり離れているように私には思われます。アダム・スミスは、大抵の近代の経済学者より会話体的文体にかなり近いところにいます。[21] 私が意味するのは、エリザベス朝の文体は、十七世紀の文体よりも、歌—劇韻文においてすら—に近いということです。それは焦点の変容です。焦点は、余り変わらないとしても、音から意味に変えられます。もしお好みとあらば、言葉の音から言葉の意味の音、つまり、音の意味、あるいは意味の音、言うなれば、言葉の意味の意識や、意味を持っているその音における喜びに変えられ—どんな巧妙な説明も移行の細やかな陰影を表すことは全く出来ません。形而上学から心理学への焦点の変化はその移行に類似しています。言葉は、抒情詩におけるように、ただ単に音だけではないし、哲学詩におけるように、意味だけではありません。言葉は、作家がそれによって意味しようとするものにとってと同じように、それ自身の意味にとって興味あるものです。換言するなら、コンシートの文体は、実際、ドライデンやジョンソン博士のように、その主な批判者であった人々の文体の元になるものであります。レトリックは法廷に向かい、リリシズムは楽器に、ダンテやカヴァルカンティの韻文はソルボンヌに向かいます。それらはすべて「会話」と同じ関係を持っています。

一方の側で、コンシートは、早い時期から説教師によって知られる説明的な詩、つまり、拡張され、詳細にされ、いつ果てるともない直喩のただ単なる発展なのです。仏陀はそれを火の説法や他の所で使いました。[22] 聖ヴィクトールのリャチードですら彼のアレゴリカルな聖書の解釈で似ているようなものを使い、[23] ダンは、彼自身の説教で、ラティマー主教によって使われているものとほとんど同じ形式で、それを使っています。説教集から抜粋されたオックスフォード選集の中の船の比喩を見て御覧なさい[24]。彼の韻文で、最も成功した拡張されたコンシートの一つは、あの美しい詩である「別れ[25]」にあります。

As virtuous men passe mildly away,
And whisper to their soules, to goe,
Whilst some of their sad friend doe say,
The breath goes now, and some say, no:

So let us melt, and make no noise,
No teare-floodes, nor sigh-tempests move,
T'were prophanation of our joyes
To tell the layetie our love.

Moving of th' earth brings harmes and feares,
Men reckon what it did and meant,
But trepidation of the spheares,
Though greater farre, is innocent.

有徳な人たちは静かに世を去っていく、
そして、自分たちの魂に、さあ行きなさい、と囁いているのに
悲しみに嘆く彼等の友だちは、
いま息を引き取ったとか、まだだと、心騒ぐありさま。

そのように我々も分かれ、騒ぎ立てることはよそう、
涙の洪水も、溜息の嵐も起こさないで
俗人達に我々の愛を教えることは
我々の喜びの冒瀆であろう

大地の動きは危害と恐怖をもたらし、
人はそれはどんなもので、何であったかを考える
しかし、天球の振動は
もっと大きいが、害はない

ここには、どんな欠点もないし、どんな批評もこの韻文に浴びせられることはありません。どんな人も、未だかつてダン以上にうまくこの四行詩を取り扱った人はおりません。天文学的比較はやや問題を残しますが、理

解されるとその効果は強調と大言壮語ということで、私が修辞的比喩と呼ぶもののように思われます。つまり、恋人達の別れのような途轍もない出来事は、計り知れないが感知できない天体の動きのようなものなのです。

Dull sublunary lovers love
(Whose soule is sense) cannot admit
Absence, because it doth remove
Those things which elemented it.

この世の下界の恋人たちの恋は
（その魂が感覚であるので）別離を
認めることが出来ない。それというのも、この感覚は
愛の要素となっているものを取り去ってしまうからだ

この韻文もまた、十七世紀やマリニズムの特質となっている誇張を例証しています。これらの恋人達は（近代語）で「宇宙」であり、他のすべての人達は「月面下」なのであります。

But we by a love, so much refin'd,
That our selves know not what it is,

Inter- assured of the mind,
Careless, eyes, lips, and hands to misse.
Our two soules therefore, which are one,
Though I must goe, endure not yet
A breach, but an expansion,
Like gold to ayery thinnesse beate.

だが、我々は、愛によってかなり精錬されているので
我々自身、愛は何であるか分からない
目や唇や手がなくなっても気にならない
それ故、一つになった我々の二つの魂は、
たとえ私が旅しようと、
引き裂かれるのではなくて、引き延ばされるだけ、
打ち展べられた金箔のように

コンシートが如何に密接にほめ言葉になっているか注意して下さい。ダンは自分が信じたと言われた魂のどんな理論も展開していないし、ほのめかしてもいません。彼が何かを信じたということは全く確かなことではありません。比喩が観念を知解出来るようにしていない。それというのも、比喩が浮かぶまでは然るべき観念が

生まれてこないからなのです。比喩は観念を作り上げます―もし金が打たれて薄くなるなら、魂は何故、そうならないのか。彼は自分が信じている哲学的理論を述べていないし、決して述べません。グィード・ガウァルカンティが

Amor, che nasce di simil piacere,
Dentro del cor si posa,
Formando di disio nova persona,
Ma fa la sua virtù 'n vizio cadere

喜びのような愛から生まれる愛は
私の心に留まり
欲望から新しい人を作るが
彼のすべての力を倒し、みすぼらしくしてしまう

と言うとき、彼はそれを信じているという理由で、ダンより真摯なのです。(26) 彼は本質的に『浄罪篇』一八歌と同じような理論を主張しています。「かくて恰も火がその體の最も永く保たるるところに登らんとする素質によりて高きにむかひゆくがごとく、とらわれし魂は靈の動なる願ひの中に入り、愛せらるるものこれをよろこばすまでは休まじ」(27)

If they be two, they are two so
  As stiffe twin compasses are two,
Thy soule the fixt foot, makes no show
  To move, but doth, if th' other doe.

And though it in the center sit,
  Yet when the other far doth rome,
It leanes, and hearkens after it,
  And growes erect, as that comes home.

Such wilt thou be to mee, who must
  Like th' other foot, obliquely runne;
Thy firmnes makes my circle just,
  and makes me end, where I begunne.

たとえ魂が二つだとしても、それらは
固く結ばれたコンパスが二つであるのと同じ

お前の魂が固定した足で、動く気配を
　見せなくとも、他方の足が動けば、動く

固定脚は中心に静止しているけれども
　他方の足が遠くをさまようとき、
それは身を傾け、耳をすまし、
　戻ってくるなら真っ直ぐに立つ

お前は僕にとってそうのようなもの、
　私は、他方の足のように、傾いて走らなければならない
お前の足が堅固であれば、僕の円は正しく描かれ
　出発したところに立ち戻れる

この比喩はかなり賞賛され、そして、それは、かなり成功し、知解出来るもので、適切で胸を打つものと、文句なく認められるに違いありません。しかし、ダンは常に社交界の詩の縁をうろついている―つまり、観念はイメジに合わせて展開させられ、観念ではなくてイメジが重要なものである―と感じさせるものがあります。

私がダンのコンシートの使用に関して言ったことは、彼の真摯さに疑いをかけていると考えられるかも知れません。しかし、私はこれをすぐに否定しなければなりません。それは、ダンは最も偉大な人達と一緒にいな

い、つまり、彼はシェイクスピア、ダンテ、グィード、あるいはカトゥルスと一緒にいないということをほのめかしているだけなのです。しかし、ある第二の様式の中では、彼は議論の余地のない巨匠です。彼は、混乱している十四世紀の精神です。つまり、ただこれらの感情は、多くの超感覚的な感情を経験し設定することを可能にしながら、秩序だった精神の中にあるのではなく、混沌とした精神の中にあるのです。直接経験は思考に移行するのです。そして、この思考は、信念を達成するどころか、直ちに別の感情の対象なのです。もし、お望みであるなら、思考を「不誠実」と呼んでもよろしいです。それは信念に達することはないからなのです。しかし、彼の思考の感情は完全に真摯なのです。そしてこの感覚の対象としての思考の孤立は十七世紀以前にはほとんど起こり得ることはなかったのです。

私の意見では、異端であるかも知れませんが、彼は、彼の長詩の幾つかで最も成功しています。特に二つの周年追悼詩[28]でそうです。彼がかなりの余裕を持っているところでは、修辞的様式はかなり引き立って表れているからです。

Or as sometimes in a beheaded man,
Though at those two Red Seas, which freely ran,
One from the trunk, another from the head,
His soul be sail'd to her eternal bed,
His eyes will twinkle, and his tongue will roll,
As though he beckoned and call'd back his soul ;

He grasps his hands, and he pulls up his feet,
And seems to reach, and to step forth to meet
His soul ; when all these motions which we saw,
Are but as ice, which crackles at a thaw,
Or as a lute, which in moist weather rings
He knell alone, by cracking of her strings.

あるいは、時に、打ち首にされた人間におけるように
一つは胴から、もう一つは頭から
溢れ流れ出る二つの真っ赤な血の海原で
彼の魂が永遠の寝床へ船出したとしても、
彼の目は輝き、彼の舌はのたうつだろう
あたかも手招きして、魂を呼び戻すかのように、
彼は自分の手を握り、自分の足を引っ張り
そして、自分の魂に達し、踏み出て出迎えているようである。
その時、我々が見たこれらのすべての動きは
雪解け時に、ぴし、ぴしとする氷のようなものに過ぎないし、
あるいは、湿った天気の時、弦のバシという音によって

弔いの鐘だけをならすリュートのようなものだ(29)

ここの思考の広い領域において、真っ赤な血の海原の奇妙なイメジは、適切に、覆い隠され、感情を害するようなことはありません。そして、二行連句は、ドライデンやデナムの立場から見るなら、うんざりするくらい生硬でありますが、常に、ダンにおいて、―ホールやマーストンではめったにありません―それなりのごつごつした調べがありますが、このような二行連句は、形式や制限の欠如によって、著者の逸脱した果てしない精神的活動をふさわしくしています(30)

ダンのコンシートで言われてきたことは、少なくとも外面的には、―イタリア化したクラッショウを除いて―別々に取り扱わなければならない幾人かの他の二流の詩人達のコンシートにあてはまります。ダンに似ている人達は最も少人数の詩人達において強く見られます。誰も思考力、思考を官能的にする力においてダンにかなうものはありません。そして、彼等は、形而上派でないという限りにおいて、優れています。ダンにならって緊密に図式化されているこういった詩のまさに最もすばらしいものの中の二つは、前に触れたハーバート卿の「頌」とマーヴェルの「愛の定義」(グリアソン七七頁)であります。

My Love is of a birth as rare
As'tis for object strange and high;
It was begotten by Despair
Upon Impossibility.

僕の愛はたぐい稀な生まれで、
その対象も非凡で高貴で
それは不可能性に結ばれた
絶望がもうけたものだ。[31]

これらの詩の何れについても、ダンについて言われている以上のことを言う必要はありませんが、どれほど言われる必要がないかということを理解するために「愛の定義」[32]を読むべきです。ダンの頭脳のよじれになぞなえるなら、これはアナグラムの単なるオウム返しです。それというのも、マーヴェルは、空想的なマルボロー・ハウスの詩[33]にもかかわらず、彼の最盛期の時、全く形而上的でなかったからなのです—私はグリアソンの本から当然のことのようにはずされている「ホラティウス風のオード」を言及しているのです。[34]「はにかむ恋人」の最初の一節は文字どおりコンシートにされていますが、精神において形而上派ではないのです。というのは、彼のすばらしい精神の遊びはダンの黙想とは非常に異なった霊感を持っているからなのです。彼はユーモアがあり、それで真摯なのです。そして、ダンにおいて、ユーモアと真摯さは解け合っているのです。そして、マーヴェルが、突然、全く真摯になるとき、彼は、私の考えでは、彼の同時代のどんな人達よりも、精神において、もっとラテン的なのです。

But at my back I always hear
Time's winged chariot hurrying near,

And yonder all before us lie
Deserts of vast etenity.
Thy beauty shall no more be found;
Nor in thy marble vault shall sound
My echoing song; there worms shall try
Thy long -preserved virginity ……

ところが、私の背後で、いつでも耳にするのは
時の翼をもって戦車が急いで近づいてくる足音です
そして、我々の眼の前には見渡す限りの
荒涼たる永遠の砂漠が拡がるのです。
あなたの美しさはもはや見られないでしょう
またあなたの大理石の墓の中で
私の歌がこだまして鳴り響くこともないでしょう。そこでは
蛆虫達があなたの秘蔵の貞操を賞味するでしょう[35]

我々は「あなたの秘蔵の貞操」を賞味する蛆虫達のところに至ってはじめて彼の最も有名な一節がコンシートにされている。そして、全体の詩には、厳密に形而上的なものはほとんどありません。

他方、全然、コンシート化されていなとしても、私には全く形而上派と思えるキング主教の一つの詩があります。私は、それを時間における永遠への魂の前進と結びついた旅のイメジ—ダン彼自身がそれを主張するように、綿密な調査のために示されたイメジで、その結果、新しい情緒がまた表されるのですが— の単なる類似という理由からではなく、その融合の理由のために、形而上詩へ初めて貢献したものと考えます。

But heark! My Pulse like a soft Drum
Beats my approach, tells Thee I come;
And slow howere my marches be,
I shall at last sit down by thee.

しかし、耳を傾けよ、私の動悸は、低い太鼓のように
私の接近を打ち知らせ、あなたに私がやって来ると告げる
そして、私の行進が如何に遅くあろうとも
ついにあなたのそばに座るのだ[36]

もっと劣った人達の中に、我々はコンシートが非常に早く使われ増やされるのを見つけるので、ダンの霊感がこれらの繁殖する比喩の間で完全に失われてしまいます。これに対し、ジョン・クリーヴランドについて、我々は何を言うことが出来ますか。[37]

Since 'tis my doom, Love's undershrieve,
　　Why this reprieve?
Why doth my she -advowson fly
　　Incumbency?
Panting expectance makes us prove
The antics of benighted love,
And withered mates when wedlock joins,
They're Hymen's monkeys, which he ties by th' loins,
To play, alas! but at rebated foins.

恋の州長官代理よ、それが、私の運命なら
　　何故にこんな刑執行猶予をするのか
何故、私の聖職授与者の女性は
　　その職責を実施せずに避けるのか
喘ぎながら今か今かと待たされては、
恋に行き暮れた道化師になり、
婚姻のときに萎え凋んでします
彼らはハイメンの猿で、彼はその猿を腰に結びつけて

遊んでいるが、かわいそうに、なまくらにされた剣で
　突き合いをするだけ

私は、難なく理解出来る一連であることを認めます。また、次はベンローズについてであります。[38]

Who steals from Time, Time steals from his the prey:
Pastimes pass Time, pass Heav'n away:
Few, like the blessed thief, do steal Salvation's Day.
Fools rifle Time's rich lott'ry: who misspend
Life's peerless gem, alive descend;
And antedate with stings their never-ending end.

時間から盗む者、時間は彼のものから餌食を盗む
気晴らしは眼つぶし、天国を過ごす
祝福された盗人のように、救済日を盗む人は数少ない
愚か者は時間の豊かなくじを切り混ぜる、彼らは
人生の比類のない宝石を浪費し、生きながら身を落とし、
そして、彼らの終わることのない終わりを痛みで見越す

クリーヴランドはあまり報われてはいません。ベンローズの韻文は、ガートルード・スタイン女史の韻文のように、既にどこかで訓練されてきた審美眼を持っている人のために、精神の使われていない部分に極端に価値ある訓練を与えています。[39] しかし、彼らは二人とも、我々に「形而上的韻文」についての我々の定義は何処まで引き延ばされるのか、という問題を提起します。

私は、ダンの感覚的な興味を彼自身の思考の中で対象として示そうとしました。そして、私は、この興味は、当然のこととして、彼をコンシートによる表現へ導いて行ったということを示そうとしました。コンシートは、観念をもっとはっきりさせたり、情緒をもっと限定的にしたりするためではなく、それ自身のために使われる直喩と隠喩の極端な限界なのです。しかし、コンシートはダンの特異な知性のただ一つの所産ではありませんでした。それは、十六世紀の大言壮語や十七世紀のコンシートは精神の相違のために二つの異なった現象であるけれども、既にエリザベス朝の人々によって準備されていました。もっともコンシートはまたイタリアに現れています。そして、バロック芸術の発端と類似しているそのイタリアの発端において、我々は、そのうち、クラッショウの詩の中でそれを調べましょう。このことを調べてしまうまで、我々は、コンシートされたものと形而上派のものの区別を可能にしたり、全世代がどれくらい形而上派と呼ばれ、どれくらい単にコンシートにされたものと呼ばれるのか——つまり、共通の基盤は思考の習慣というより、言葉の秘訣にあるということが、どれくらいなのか——を可能にするどんな結論にも達することが出来ません。というのは、皆さんは、それは二つの方法で働いているということを見てきているからです。つまり、私が第二講演で非常に短く概観した十七世紀の背景を持っている詩における形而上的精神は、コンシートの方向に向かう傾向があり、他方、言葉の共通の秘訣は、思考と感情の共通の習慣を引き起こしがちで、そして、コンシート化されたどんな詩人も多かれ少なかれ形而上派であります。ダンの影響は三つの水路に流れ出ます。ケアルーやサックリング、そしてロチエスターや、それからプライアー[40]の方へ向かうような社交界の詩の宮廷詩人達、クリーヴランドやベンローズのような空想的な詩人達、そして、カウリーと。[41]我々は、これらの流れを再び昇り、ダンとマーヴェル、そして、キングを再び照合しなければならないでしょう。しかし、その間、全く異なった霊感であるクラッショウの霊感を吟味し、もし出来るなら、他の信仰詩人達を通して、それをダンと結びつけなければなりません。それ故に、私が来週取りかからなければならないのは、クラッショウ、聖テレサ、マリーノなのです。[42]

注

（1）コール・タールの蒸留液開発についての『タイムズ』の最近の報告は、創造的過程の隠喩（九五頁注［15］参照）としてT・S・エリオットの化学過程に対する好みを助長したかもしれない。コールの炭化によって得られる重く、黒いひどい液体であるコール・タールの工業生産は一八八一年以降ドイツで開発され、この時期に英国で大量生産された。ナフタレン、キノリン、そしてタール酸のようなその多くの蒸留物や残留物は染料、防腐剤、溶剤、そして毒ガスを含む軍需品を作る原料として使われた。科学者であるジェイムズ・デュオー卿（Sir James Dewar [1842-1923]）は、もしブリテンがコール・タールの副産物の研究に遅れをとるようなことがあるなら、次のように国家的危機を唱えることに飽き飽きしなかった。「必ずや我々が期待しようとすることは、染料や薬、そして軍需品のあらゆる副産物を生み出すコール・タール化学は、この国でしっかりと根ざし、そして、他の国が突然我々の供給を絶つことが出来るという理由で、我々の工業が阻まれたり、生き延びようとする我々の国家的意志が妨害される危険はもはやないであろう、ということです」（*Times*, II September 1923, p. 8）と。

（2）『天国篇』二歌（*Paradiso* II, 36-6）。

（3）マーティン・マープリレット（Martin Marprelate）は、幾人かのピュリタンによって、英国国教会の監督制度を猛烈に罵った一連の小冊子（一五八八年から九年）に付けられたあだ名である。このピュリタン達は、英国国教会からローマ・カトリックの残存者を取り除くことが出来なかったエリザベス女王に辛辣であった。マープリレットは、「書簡」の中で、ウィンチェスターの主教（Bishop of Winchester）であるトーマス・クーパー（Thomas Cooper [1517?-1594]）を、次のようなかどでローマ・カトリックの主教の中で「最も卑劣なもの」と攻撃した。それは「もし人間が喧嘩をしたいなら、英国国教会祈祷書と同じように聖書のあら探しをすることが出来るという異端を説教し、弁護したためであり」、また女王陛下に、教会においてはすべてよしと宣言したためである。『否』とウィンチェスターの主教は、途方もない偽善者のように言う―というのは、彼は、議論を弁護することが出来ない馬鹿ではなくて、彼が苦境に陥いるまで、彼はいかさまを使い、それを押し通したからである。それも彼の顔が、乾燥した腰板でできているため、古びた腰板のような顔をして、犬が小走りするのと同じように早く嘘をつくからなのである―『私はそれを言ったし、それを言うし、そしてそれを言ったのだ』。そして、私は言う、この種の神の教会と女王陛下を乱用することで、あなたは、悔いることなく、いつか責任を持つことでしょう。」（*The Marprelate Tracts 1588, 1589*, ed. William Pierce [London: James Clark, 1911], pp.70-72）と。早くも一九一九年にT・S・エリオットは「誰もナッシュ、あるいはランスロット・アンドルーズ、マーティン・マープリレットを読んでいないので、エリザベス朝時代の散文は非常に悪いという印象は非常に強いのである」（*Athenaeum*, 4 April 1919, p. 135）と書いていた。一九三一年に彼は次のように問いただした。「当時の宗教上の争いに興味を持つごく少数の人々、また当時の散文の文体に興味を持つ二、三のものの外に、今では誰がこれを読むのであろう」（*SE* 494/441）

（4）『地獄篇』十五歌（*Inferno*, xv. 20-21）。T・S・エリオットはこの場所と「ダンテ」（一九二九年）でテンプル古典双書の翻訳を変えている。「ダンテ」では「そして、彼らは眉を寄せて、針の眼を睨んでいる年取った裁縫師のように我々の方を見た」（*SE* 244/205）となっている。ダンテがフィレンツェの教皇党員で政治的指導者であるブルネット・ラティニー（C. 1210-94）と出会ったことは、T・S・エリオットの「リトル・ギディング」（'Little Gidding'）に見られる「ある亡き師」との出会いのモデルとなった。ダンテと彼の導き手を吟味した亡霊の集まりの「眉を寄せて」(knitted brows) というイメジは、「あのあけそめてゆく薄やみのころ初めて会う未知のひとに/ぼくらの挑む探りの眼」(That pointed scrutiny with which we challenge/The first-met stranger in the waning dusk) (*CPP* 193/1401) という一句になった。

(5)『地獄篇』十五歌 (*Inferno*, XV, 20-21)。テンプル古典双書一巻、一六五行から翻訳。「伝統と個人の才能」('Tradition and the Individual Talent' [1919]) で、エリオットはこの結論の四行連について次のように書いた。「偉大な詩は直接にはどんな情緒も用いず、ただ感情だけで作ることがあるかも知れない。「地獄篇」十五歌は…その状況で明かな情緒を作り上げているが、その効果は、たとえそれが他のどの芸術作品にも劣らず純一なものであるにしても、かなり複雑な細部によってもたらされたものである。その最後の四行連は、あるイメジ、もしくはあるイメジに付随する一つの感情を与えているが、このイメジは『ふと浮かんできた』ものので、それはこれに先立つ詩行からのたんなる発展ではなく、おそらく、このイメジが加えられてしかるべき適当な組み合わせが生じるまで、詩人の精神のなかに暫定的にとどまっていたものである」(*SE* 18-19/8) と。

(6)『アントニーとクレオパトラ』(*Antony and Cleopatra*) 五幕二場の三四九行から五一行まで。(三四九行は「しかし彼女は眠っているように見える」と書いてある)。T・S・エリオットは『現代批評研究』(*Studies in Contemporary Criticism* [*Egoist*, October 1918], p. 114) で、この最後の行を「言葉の強さに付け加えている」「複雑な隠喩」として、つまり、「それは言葉の生命が拠り所としている物理的エネルギーの源泉のいくつかを有効にしている」として引用している。また「フィリップ・マッシンジャー」('Philip Massinger' [1920]) では「二つ、あるいはそれ以上のさまざまな印象を単一の語句に融合している」例として引用しているが、アンドル・マーヴェルの『雑詩』(*Miscellaneous Poems* [*Nation and Athenaeum*, 29 September 1923, p. 809]) の書評では、コンシートの議論で、最後のシェイクスピアのこの一節は「コンシートではない」ということを論じるためにこの一節を引用している。つまり「それというのも、対照の代わりに我々は融合、つまり事物と一体になろうとする言語の回復をもっているからだ。そのような言葉によって、必然的にどんな登場人物でも適切に話すようになる。」

（7）T・S・エリオットがマーヴェルの『雑詩』の書評（前の注を参照）で、ダンテのブルネットの描写とシェイクスピアのクレオパトラの描写を比較したとき、彼はダンテの描写は「暗示と同様、理性的な必然性を持っているものであり、いま述べたシェイクスピアの言葉のように、意味を展開しているのである」ということを観察している。「ダンテ」（1929）において、T・S・エリオットは、シェイクスピアのクレオパトラの描写を直接ダンテのブルネット・ラティニーとの出会いの描写に次のようになぞらえた。「シェイクスピアのイメジはダンテのものよりもずっと複雑で、そしてこれは初めに読んだときに得る印象よりも更に複雑なのである…しかし、ダンテが用いている直喩はただ、地獄の群がどういう風に自分達の方を見たかということをはっきりさせる為のものに過ぎず、それを説明していることを目的にしているのに対して、シェイクスピアの人物像は集約するよりも、延長する働きをして、その目的は、あなた方が目にするものに…クレオパトラの魅力がクレオパトラの歴史と世界の歴史を作り上げ、またその魅力はクレオパトラが死んでからも、まだ失わずにいたということを思い出させるものを付け加えることになる。それはダンテのものよりも捉え難く、そして英語をよく知っている人間にしか旨く伝えることが出来ない」と（*SE* 244/205）。

（8）「埋葬」（'The Funerall'）一行目から八行目まで（*MLPSC* 18）、ちょっとした転写の間違いがあり、八行目は、'these limbs' と書いてある。

（9）ダンの用法では「細い」（'subtile'）という語は「わずかな」（'thin'）という語の最も鋭敏な意味を示しているが、この語の文字通りの意味は、「微妙な」（'subtle'）という語の積み上げられてきた語の含みによって、またその語の現代綴りを印刷しようとする現代版によって曖昧にされている。

（10）『十七世紀形而上詩選集―ダンからバトラーまで―』（*MLPSC* 21, line 1-11）、数行の位置が間違って転写されている。

（11）T・S・エリオットは最初のこの行を「現代詩熟考」（'Reflection on Contemporary Poetry,' [*Egoist*,

September 1917, p .118]で論じた。幾人かの詩人の情緒と対象の不均衡を指摘する際、エリオットは、ダンにおいて次のように主張している。「感情と物質的シンボルは、正確にそれらの適切な均衡を保っている。病的に鋭い感受性を持っているが虚弱な意志の持ち主である詩人は、毛髪に心を奪われて、それを意義深くしている元々の連想を度外視してしまう。情緒的な力よりも想像力と内省力を持っている詩人は、毛髪に亡霊のような、あるいは道徳的な意味を付すであろう。ダンは事物をあるがままに見ているのだ」と。「形而上詩人達」の中で、彼はこの行を引用して、「いくつかのイメジや、それと一緒に多くなる連想を重ねて一体とする」(*SE* 283/242-31) 特徴によって、彼の韻文の力強い効果を確かなものにしていると述べている。

(12)『十七世紀形而上詩選集 ―ダンからバトラーまで―』(*MLPSC* 21, lines 12-22) 数行の位置が間違って転写されている。

(13)『英国における十七世紀主義とマリーノ風の詩』(*Secentismo e marinismo in Inghilterra*, p. 102) からの翻訳。

(14) 二五行から四〇行まで、部分的に現代語にされている。少しばかりの転写の間違いがあり。

(15) T・S・エリオットが言及しているのは、ラフォルグの『最後の詩』(*Derniers Vers* [1886]) の第一の「日曜日」('*Dimonches*') の中の理想に関する彼の皮肉な白昼夢の対象である「女の子」('*jeune demoiselle*') と、第二の「日曜日」で女性を全体として表すようになっている「女の子達」('Les Jeunes Filles') である。その二つは第八講演で論じられている。

(16) ダンの「愛の錬金術」('Loves Alchymie') の最後の行 ―「才色兼備と女と言ったところで、一度ものにしたなら、ミイラにすぎぬ」('Sweetnesse and wit, they are but *Mummy*, possest') ― からであるが、これは少しばかり間違って引用されている。エリオットの「あるいはその種のもの」(or another) の言いぐさは「不滅の囁き」('Whisper of Immortality') の「思うにダンもその種のもの」(Donne, I suppose, was such another) (*CPP* 52/53) に対する自己言及であるかも知れない。

(17) この言葉は、一八四五年にバルザックの『人間喜劇』(*La Comédie Humaine*) が表れる前に、彼の『哲学研究』(*Etudes Philosophiques*) の一部にある『絶対の探求』(Balzac's *La Recherche de L'Absolu* [1834]) に由来している。ラボアジェ (Lavoisier) の大家であるバルザックの主人公バルタザール・クラエ (Balthazar Class) は、徐々に、絶対なるもの、あるいは哲学者の記念碑を求めようとする過酷な化学的な探求に捕らわれるようになった。探索の過酷さは、うまく行かなくて自分の研究から手を引いたポーランドの役人によって次のように彼に説明された。「私の内奥の魂は、全てを吸収してしまう一つの思考 ―絶対の探求― に奪われて、一つの固定観念を観想することに夢中である」(Saintsbury edition [London : Dent, 1895] p. 78) と。悲劇的な探求で健康を損ない、クラエは、まさに彼の死の瞬間、突然の照明で絶対を知覚している。

(18) アイルランド生まれの小説家であるオリヴァー・ゴールドスミス (Oliver Goldsmith [c. 1730-74]) は、サミュエル・ジョンソン (Samuel Johnson) の仲間の一員となり、『荒廃の村』(*The Deserted Village* [1770]) で詩人として最もよく知られた。T・S・エリオットは、ジョンソンの『ロンドン、詩と人の望みの空しさ』(*London : A Poem and the Vanity of Human Wishes* [London : Etchells & Macdonald, 1930]) につけた「序論」('Introductory Essay') で、二人の詩人を比較して次のように言っている。「ゴールドスミスは、ジョンソンよりも、涙を誘うような感傷を彼の言葉の正確さでうまく省いたその当時の詩人である」(p. 15) と。

(19) T・S・エリオットは、ウォラー (Waller) の詩に関するリチャード・オールディングトン (Richard Aldington) の論文を待ちきれず、一九二一年十一月六日に彼に手紙を書いた。「いつウォラーに関するあなたの覚書を拝見することが出来ますか。私が興味を持つのは、デナムやオルダムを賞賛するけれども、ウォラーについては何も分からないからなのです」(*LI* 486) と。エリオットはその論文を読んだ後また手紙をした。「英文学の批評を無視して、こういった由来の問題を議論するのは価値がありませんが、『伝統』にとっては大切なように思われます。しかしながら、私が知りたいことは、何故、それがデナムというよりはウォラーであるかということです。デナムは、まさに耳に快いように私には思え、かなりの喜びを与え、彼だったら影響力を持ったでしょうに。どうか教えてくれませんか」(*LI* 488)。諷刺詩人であるジョン・オールダム（John Oldham [1653-83]）は『イエズス会士への諷刺詩』（*Satires upon the Jesuits* [1681]）のためによく知られている。エリオットは「ジョン・マーストン」（'John Marston' [1934]）の中で「諷刺詩は、結局のところ、エリザベス朝の作家達が自分のものにしようとして大して成功しなかったものである。諷刺詩が単なる文学的手習い以上のものとなってあらわれたのはオールダムになって初めてのことである」（*SE* 223-4, not included in US edition ; *TLS*, 26 July 1934, pp. 517-18）と論じた。

(20)「『レトリック』と詩劇」（'"Rhetoric" and Poetic Drama, originally 'Whether Rostand Had Something about Him', [1919]）でT・S・エリオットは次のように書いている。「現在は、詩において『会話体的』なもの――『美辞的』なものとレトリック的なものに対立する『直接話法』の文体――が好まれるはっきりとした傾向が見受けられる。しかしながら、もしレトリックというものが下手に用いられた因習的な書き方のことなら、この会話体的文体は一つのレトリック――あるいは会話体文体と考えられているもの――になる可能性があるし、また、なるのである。なぜなら、それは折り目正しい談話とは似ても似つかぬほどかけ離れたものになることがしばしばあるからである。アメリカの自由詩の二流三流どころの多くは、こういった類のものである。そしてイギリスのワーズワース流の二流三流の詩の多くもそうだ」（*SE* 38/26）と。

(21) T・S・エリオットは、哲学の勉強をするために赴いたマーブルグ大学で、一九一四年の七月に、ゲッティンゲン大学やフライブルグ大学の教授であったエドモンド・フッサール（Edmund Husserl [1859-1938]）の『論理学研究』（*Logische Untersuchungen* [1900-01]）を読み始めた。彼は十月五日彼のハーヴァード大学の教授であったジェイムズ・ホートン・ウッド（James Houghton Woods）に次のような手紙を書いた。「私はずっとフッサールをこつこつ勉強し続けて、それがひどく難しいが、非常に面白いということが分かります。そして、私がそのことで理解していると思っていることが非常に好きです」（*LI* 60）と。マーブルグ大学の新カント学派の指導者であるハーマン・コーヘン（Hermann Cohen [1842-1918]）教授は、マーブルグ大学でエリオットの先輩格にあたるT・E・ヒューム（T. E. Hulmu）によって、『思索集』（*Speculations* [1924]）の中で次のように述べられた。「私は、マーブルグ学派のいろいろな哲学者達の語彙や科学的方法、特にハーマン・コーエンの『純粋理性論理学』(*Logik der reinen Erkenntniss*)…で完全に威圧されたことを覚えています。コーエンの多くの著作を、厳格でも科学的でもないが、時にロマンティックで、そして常にヒューマニストである一つの態度の厳格な科学的な表現として見ることが可能になった」と。アダム・スミス(Adam Smith [1723-90])の記念碑となっている『国富論』(*Inquiry into the Nature and Causes of the Wealth of Nations* [1776])で知られている彼の文体は、フランシス・W・ハースト(Francis W. Hirst)の研究で次のように適切に説明されている。「具体的なものに対する愛、絵画的なもの、その上、彼自身に全く特有な議論における神経過敏な力と活力のための機能。スミスはスポーツマンの頑固さで自分の主題を追ったと言われている。歴史、法律、哲学、そして文芸についてのすばらしい知識で、彼は直感的な洞察を結びつけて人間の動機や社会の見えざる機構にした(*Adam Smith* [London: Macmillan, 1904] p. 187)。T・S・エリオットはハーバート・リード(Herbert Read)に専門語の技術研究の散文の質に及ぼす効果について書いた。「心理学はどんなものよりももっと悪い。なぜなら、それは(科学であるとしても)若い科学で、専門語を前進させてはじめて生まれるものであるから、もちろん、バークレイやヒュームはいる。経済学は、アダム・スミスがうまく書くことが出来たけれども、心理学によって滅びている。」(L2)と。

(22)『荒地』(*The Waste Land*)の自注に見られるように(*CPP* 79/53)、T・S・エリオットは、ヘンリ・クラーク・ウォレン(Henry Clarke Warren)の『英訳仏典』(*Buddhism in Translations* [Harvard Oriental Series, 1896])の仏陀の火の説教の翻訳を言及している。そこでは火は次のように拡大された直喩である。「おお、聖職者よ、すべては燃えている。そして、おお、聖職者よ、燃えているこれらすべてのものは何なのか。おお、聖職者よ、眼は燃えている。形は燃えている。眼の識別作用は燃えている、眼の接触による印象は燃えている。楽であろうと苦であろうとまた無関心であろうと、どんな感覚も眼の接触による印象に依存することに源を発し、それもまた燃えている」(p. 352)。

(23)一六九頁のところで、T・S・エリオットは聖ヴィクトールのリチャードについて次のように言っている。「(リチャードは)言葉のあやと比喩を非常に倹約しています。論文を貫いている主なアレゴリーがあるだけなのです。それは精神の段階を契約の箱になぞられている」と。

（24）英国の説教師であるヒュー・ラティマー主教（Bishop Hugh Latimer [1485-1555]）の説教に見られるように、彼は「切札」（'Of the Card,' [1529]）や「鋤」（'The Plough,' [1548]）の中で拡大された直喩を使った。ダンは、ローガン・ピアソール・スミス編の『ダンの説教』（Logan Pearsall Smith's edition of *Donne's Sermons* [pp. 72-4]）の中に載せた説教四四番の「世界は海」（'Mundas Mare'）の中でこの技法を使った。ダンは七四頁で簡潔に船の直喩を拡大しているけれども、T・S・エリオットが「説教師の散文」（'The Prose of the Preacher,' [1929：一〇七頁注[41]参照）で、もう一度そのくだりに触れて次のように確認しているように、海はその説教の第一義的な直喩である。「次に、我々は、ダンが長い節の中で直喩を使い、それを限りなく詳しく展開して行く彼の創意の研究へと進むことが出来る…一つの見本は、ピアソール・スミス氏の選集七二頁に見られる『世界は海』である。この中で、ダンは隠喩の可能な限りの解釈を引き合いに出している」（p. 23）と。

（25）「別れ、嘆くのをやめよ」（'A Valediction: Forbidding Mournig,' *MLPSC* 14-15.）一行から十二行目まで。行の交互の字下がりはこの場所で、またその下にある十三行から二四行までは踏襲されていないが、その後の二五行目から二六行目までは原文通り交互に字下がりになっている。

（26）『バッラータ、十二』（*Ballata XII*）,'de simil piacere, / Dentro dal cor si posa, /Formando di desio,' から、少しばかり間違って引用された。ディビッド・アンダーソン編の『パウンドのカヴァルカンティ』（*Pound's Cavalcanti* ed. David Anderson [Princeton: Princeton University Press, 1983]）の一五八頁にエズラ・パウンドの翻訳がある。

（27）十八歌二八行目から三三行目まで。ウェルギリウスはダンテのために愛の本質を規定している（Trans. *TC* II, 217）。

（28）この例で、T・S・エリオットは「第一周年」（'The First Anniversarie,' [1611]）と「第二周年」（'The Second Anniversarie,' [1612]）を別々に言及している。もっとも、彼は「十七世紀の信仰詩人達」（'The

Devotional Poets of the Seventeenth Century'（四九頁注（36）参照）の中に見られるように「第一周年」を作り上げている二つの詩を「二つの周年追悼詩」と書く習慣があるけれども。つまり、「『世界の解剖』さもなければ「二つの周年追悼詩」と呼ばれるものほどすばらしいものはない」（p. 552）と言っているように。

（29）部分的に現代語にされ、少しばかり間違って転写された「第二周年」（*The Second Anniversarie*〔'Of the Progress of the Soule'〕）の九行目から二〇行目までの引用。

（30）T・S・エリオットは「二流の形而上詩人達」（'The Minor Metaphysicals' [1930] 四九頁注[36]参照）の中でこの言説の歴史的文脈を次のようにはっきりさせた。「十音節の連句も諷刺詩のジャンルもドライデンが編み出したものではなかった。エリザベス朝時代では、この組合せは、ホール、マーストンの名前、それから、もちろん、ダンの諷刺詩とともに、歴史に残る価値あるものである。しかし、それは、その当時、単なる二流の韻文の型に過ぎなかった…はっきりと新しい文体と言われるものの中で、何かしらのものを成し遂げた最初の詩人は、取るに足らない、どちらかと言うと、恥ずべき人物、ジョン・デナム卿であった」（pp. 641-2）と。「ジョン・デナム卿」（'Sir John Denham'）の中でT・S・エリオットはデナムの詩について次のように言っている。「有名な『クーパーの丘』のほかに、…何らかの楽しみを持って読まれるのは、二、三の詩だけである。そして、これらの詩ですら、楽しみが尽きてしまうぎりぎりの線を越えているだけである…デナムがオーガスタン時代の二行連句の創案者の一人として数え上げられる時、彼は、彼の支払われるべきものより多くのものを受け取り、そして、またそれより少なく受け取ったとも言える（*TLS*5 July 1928, p. 501）と。英国の主教で神学者であったジョセフ・ホール（Joseph Hall [1574-1656]）は、『鞭の収穫』（*Virgemidarum* [1597, 1598]）の韻文諷刺で最もよく知られる二流の詩人であった。劇作家であるジョン・マーストン（John Marston [1575-1634]）は粗雑な諷刺詩『悪徳の懲め』（*The Scourage of Villainy* [1598]）の詩人としてよく知られていた。T・S・エリオットは、A・G・バーンズの『英国韻文諷刺』（A. G. Barnes's *A Book of English Verse Satire*）の書評（*TLS*, 24 June 1926, p. 429）で、「もし、ダンとホールの二人の卓越性を示すだけであるなら、マーストンの実例は付け加えられたかも知れない」と示唆した。

（31）T・S・エリオットは挿入句的に『十七世紀形而上詩選集』七七（*MLPSC* 77）を引用したけれども、彼は、実際グリアソンの序文、『十七世紀形而上詩選集』三五にある異なった印刷物のスタンザから引用している。

（32）もともと英国放送協会で話された「詩人としての神秘家と政治家」（'Mystic and Politician,' [1930：四九頁注［36］参照）で、T・S・エリオットは聴衆に次のように要求している。「『愛の定義』の優美な創意を見なさい。「はにかむ恋人」とさして変わりがないが、もしあるとするなら、それは、また、ダンを巧妙に模倣したものである。マーヴェルは、穏健な清教徒であるが、クラッショウと同じくらい無情に奇想を踏みにじっている」と。

（33）マーヴェルの「アップルトン邸を歌う」（'Upon Appleton House'）の書き損ないをエリオットは「アンドル・マーヴェル」（'Andrew Marvell,' [1921]）で、幾つかの「望ましからぬイジメ」（*SE* 297/156）のために簡潔に批評した。そのイメジは「詩人としての神秘家と政治家」では、その家の持ち主であるフェア・ファックス卿を褒め称ようとしたイメジと更にいっそう同一視されているが、それは不幸にも「フェアファックス卿は偉大ではなく、非常に太った人である」（p. 591）ということをほのめかしている。マルボロー・ハウスは聖ジェイムズ宮殿近くのパル・マルにあり、マルボロー侯爵夫人のために一七一〇年クリストファー・レン（Christopher Wren）によって建てられた。リチャード・オールディングトン（Richard Aldington）は、T・S・エリオットと一九一九年パル・マルを歩いて行ったことを次のように話した。「私の恐かったことは、エリオットが自分の山高帽をあげてマルボロー・ハウスの見張り番に挨拶したことであった。君は生まれながらの英国人で、寛大で善意から出た身ぶりに係わるエチケットの複雑な違反を理解するために軍隊で勤務したに違いなかったであろう。見張り番がどのように考えたか知りたいものだ」（*Life for Life's Sake* [London: Cassell, 1968], p. 202）と。

（34）T・S・エリオットは「アンドル・マーヴェル」の中で、ベン・ジョンソンは「マーヴェルの『ホラティウス風のオード』（*Horation Ode*）よりもっと純粋なものは何も書かなかった。このオードはエリザベス朝が生み出したすべてのものに行き渡ったウィットと同じ性質を持ち、ジョンソンの作品に集中していた」と述べた。

（35）二一行目から八行目までで、T・S・エリオットが所有しているミューズ・ライブラリ版・G・A・エイトキン編のマーヴェルの『詩集』（the Muses' Library edition of Marvel's *Poems*, ed. G. A. Aitkin [London : George Routledge & Sons, 1904）から少しばかり間違って転写されている。この本の五六頁から七頁にある二七行目から八行目までには、'the worms shall try / That long-preserved virginity' と書いてある。

（36）「葬送の歌」（'The exequy'）一一一行目から一一四行目まで（*MLPSC* 206）。少しばかり間違って転写されている。この詩は、キングのエレジーの中で最も注目に値するもので、彼の若い妻の死の時書かれた。エリオットは一九二三年、マーヴェルの『雑詩』（*Miscellaneous Poems*, 注[6]参照）を書評したが、この中で彼はキングは「マーヴェルよりも偉大である」と説明している。エリオットはコンシートを作り上げているものとして最初の二行を引用し、次のように言っている。「もし太鼓が省かれたなら、それはコンシートではなくなり—そして、太鼓が呼び起こす大切な連想を失ってしまうであろう」（p. 809）。「形而上詩人達」で、エリオットは、この行を「キング主教を賞賛する一人であるエドガー・ポー（Edgar Poe）によって何度となく達成されている恐怖の効果」（*SE* 281/244）を持つものと指摘した。そして、「散文と韻文」（'Prose and Verse'）ではキングの詩は「偉大な詩」、つまり人間の情緒が中心に置かれ固定された詩と説明した（*Chapbook*, April 1921, p. 7）。パウンドはエリオットに自分自身の詩である「葬送の歌」（'Exequy'）を『荒地』に入れないように思いとどまらせた（*WLF* 101参照）。

（37）セインツベリーの『チャールズ一、二世時代の二流の詩人達』三巻（Saintsbury's *Minor Poets of the Caroline Period*, III [1921]）に掲載されている「ジュリアへ」（'To Julia to expedite her Promise', lines 1-9）八三頁。マーヴェルの『雑詩』（注[6]参照）で、エリオットは次のように述べている。「我々が理解しなければならないことは、失敗するように見られるコンシートでも、成功するように見えるコンシートと全く同じ方法で作り上げられている、ということである。その理解のためにも、我々はマーヴェルの全作品を読まなければならない。しかし、これはかりではなく、同じようにクリーヴランドも読まなければならない」と。

(38) エリオットは、セインツベリーの『チャールズ一、二世時代の二流の詩人達』一巻(1905, p. 337)にある「ティオフィラ」('Theophila')の一編(Canto 1)の三六から三七を引用している。

(39)「二流の形而上詩人達」(四九頁注[36]参照)で、エリオットはベンロウズについて次のように同情的に書いている。「当時においてすら、ほとんどすべての人は、ベンロウズの韻文を貶したということを思い起こしてほしい。ある諷刺家は、ベンロウズの詩の数節で裏打ちされた帽子を被ることだけで具合いが悪くなった人もいた、と言った。… 私自身、この詩人の韻文を少しばかりひいきしていることを認めなければならないが、このことは、多分、ベンロウズの評判のためになると言うよりは、私の評判を落としそうである… 私がベンロウズについて話してきたのは、ただ単に、不名誉であるが、決して無口でないブラウニングに対する私の好みのためからではなくて、それは、昨日も今日も良く評価される半分以上の詩人達よりも、独創性と創意工夫に富む人並以上の韻文を作る人が、うまい慣用句を、言葉の思い切った改革が必要とされる段階に、如何にして、至らしめることが出来るのか、ということを説明するためである」(p. 641)と。一九四一年三月十日、T・S・エリオットはアン・リドラー(Anne Ridler)にイースト・コーカー(*East Coker*)の創作について次のように手紙を書いている。「私の意図はジョージ・ハーバートやクラッショウの模倣作品を避け ―そうすることは愚かなことであろう―、そして、クリーヴランドやベンロウズの文体の何かよいものをなすことである」(*CFQ* 109)と。

プラッツは一九二七年一月三一日付けの彼の手紙をパリに住んでいたガートルード・スタイン(Gertrude Stein [1874-1946])に関する次のようなコメントで締めくくった。「スタイン女史の韻文についてのあなたの寸評は非常に面白く、使われていない精神の部分のためには非常に大切な訓練となります。いや、こういった精神の部分を全く萎縮させてしまうことは良くないことではないのか」(*L2*)と。それからT・S・エリオットは「チャールストン、わーい」('Charleston, Hey! Hey')の中で次のように書いている。「スタイン女史についてまさに不吉な何かがあります… それ以上に、彼女の作品は進歩していないし、楽しませてくれないし、面白くもなく、精神上いいものではありません。しかし、そのリズムは、かって出会ったことない特殊な催眠術的な力を持っています。それはサクソホーンと類似があります。もしこれが将来についてのことであるなら、将来は、非常にありそうなことだが、野蛮人についてのことです。しかし、これは我々が興味を持つべきではない将来です」(*Nation and Athenaeum*, 29 January 1927, p. 595) と。

(40) 詩人で、宮廷人であるジョン・ウイルモット・ロチェスター伯爵 (John Wilmot, Earl of Rochester [1647-80]) は、彼の恋愛抒情詩やチャールズ二世の宮廷における中傷的な噂とは別に、彼の諷刺韻文『人間諷刺』(*A Satire Against Mankind* [1675]) でよく知られた。詩人で外交官であるマシュー・プライアー (Matthew Prior [1664-1721]) は、軽い恋愛詩や二つの長い諷刺詩『アルマ、あるいは魂の歴程』(*Alma; or the Progress of the Soul* [1718]) や『ソロモン』(*Solomon* [1718]) の著者であった。「形而上詩人達」の中で、T・S・エリオットは「宮廷風」の詩は「プライアーの感傷や機知ある言葉で … 消滅している」ことを観察した (*SE* 282/341-2)。

(41) T・S・エリオットは、ヘンリー・ジェイムズの作品のニューヨーク版の序文で、彼の物語りや小説の背後に見られる思考の流れを再上昇させる技術、特に『アメリカ人』(*The American* [New York: Charles Scribner's Sons, 1907]) の序文の中で「私は創作の流れに再び乗るように」と言っているように、しばしば引用される語句に言及している。

(42) 二月十六日のこの第四講演をした後、T・S・エリオットは二月二三日、当分の間ダンの長詩について講演し、クラッショウに関する講演は三月二日まで延ばそうと決心した。

第五講演　〔ダンの長詩〕

この講演で、クラッショウやカウリーに進む前に、ダンの長詩の主なグループとなっている『諷刺詩』、『書簡詩』、『航海詩』[1]、『世界の解剖』、『魂の遍歴』を考えることが私には望ましいように思えます。長詩、特に『諷刺詩』は、大部分の我々によって良く知られている短詩と同じくらい、あるいはそれ以上にダンの評判に貢献しています。それ故、どれくらい形而上学が、そしてどれくらいコンシートされたものがこれらの詩に入り込んでいるかということを決定することは無駄なことではありません。

十分に言われてきたと思うことは、一般的な「形而上詩」、特に十七世紀の「形而上詩」は、指摘され得る一つの積極的な不動の中心を持っていないということです。もし、皆さんが一人の人間の仕事に全力を注ぐなら、皆さんは全く形而上的でない要素を紹介し、そして、その人間の作品に見出だされる要素から同じように形而上的な他の要素を取り除きます。我々が見てきたことは、コンシートは、英国では、ダンの影響とイタリアからの影響がさまざまに融合したことにより、多分、定義するにはまたもっと難しいということでした。我々は、孤立した詞姿を比喩と比較する危険な方法によって、確かに、ダンに数えきれない満開のコンシートを見つけ、そして、初期のまさしく偽りのないエリザベス朝の人達の作品の中にコンシートとかなり似ているものを見つけることが出来ます。コンシートの完全な例は見出だされません。それというのも、皆さんがダンの少し後の人達に付いて行くなら、コンシートはイタリアの影響下で展開して行くことに気づきますが、それはダンにとって個人的であったコンシート化された何かを失って行ったことにもまた気づくからであります。コンシートの何らかの概念や、形而上詩のこの型を作り上げることが出来るのは、エリザベスからクロムウェルまでの全期間の運動を一つの完全な状態として捉えることによってだけであります。未開拓の分野は、一人の人間の作品においてすら、何処にも明示されていないので、我々は、見た所では形而上的でないある詩を吟味することに満足しなければなりません。

私が今、吟味しようとしているダンの詩の二つのグループの中で、『諷刺詩』と『書簡詩』を含んでいるものは、明らかに、余り形而上的ではありません。しかしながら、諷刺詩の本質は、その実践が彼の形而上詩で完全に展開するようになった機能の幾つかをほしいままにするようなものであります（また、そうでありました）。そして、このことによって、私は、ダンは現代的な意味で、諷刺家であったとか、あるいは、彼の詩の他の所で表されている皮肉とウィットは同じ意味で諷刺的なものである、ということを意味してはおりません。というのも、我々はこの点について全く明晰にならなければならないからです。つまり、「諷刺」は二つの意味を持っています——一つは韻文形式か、あるいはジャンルであり、もう一つは気分、あるいは態度です。普通には区別され難いこれら二つの意味があるという事実こそが、英国の諷刺に関するヒュー・ウォーカー教授の良心的で包括的で知的な本[2]を台無しにすることがよくあります。皆さんは、確かに、形式の歴史を跡付けことが出来ます。多分、気分の歴史を跡付けることも可能です。しかしながら、ある時はこちらの、また別の時はあちらの、そして、たまにはこの二つの歴史を跡付けることはほとんど不可能です。皆さんが、スウィフトと同様に、チョーサー、サッカレー、二人のサミュエル・バットラーを認めてしまう頃までに[3]、あなた方の諷刺の歴史を一般的な英文学史以外のものにする理由は見あたらないようであります。韻文のジャンルとしての諷刺に関して、私は、英語韻文の中で、その歴史すらも跡付け、そして、その消滅の時期に注意することは非常に難しいであろうということを認めます。それはチャーチルで終わると言いましょうか、あるいは、クラッブを入れますか。[4]そして、我々が為すことが出来ることは、その源を指摘し、そして、その源の本質 —すなわち、詩的才能と結びついて特異のはけ口を要求している感情、あるいは、諸々の感情— を定義し、そして、その源から派生する度合いによって英語の実践家を測ることだけなのです。

今や、スケルトンやダンバー、そして、ラングランドは[5]現代的な意味で「諷刺」作家でありますが、彼等は「諷刺」あるいは、サテュラを書かなかった。諷刺は、形式として、もちろん、ペルシウスやジュヴェナールから由来しています。そして、ダンの諷刺が理解されるのは、これらの作家たち、特に、私が思うにペルシウスとの関係においてだけであります。[6]ラテン諷刺で、コニングトンがうまく言っているように「詩人は、自分自身の品格で現代的主題に関する取り留めのない考え… 韻文で書かれた身近な作文をぶちまけ、それぞれの劇的産物を必然的に結びつけている束縛から解き放たれるのである。」[7]それは、初期のラテン化された英国の諷刺家達、つまり、全く気取って、生硬で磨かれていない諷刺韻文の特質によってであったし、また、そのように大いに考えられました。そして、彼らは生硬さにおいてペルシウスやジュヴェナールを凌ぎました。諷刺は、—アテネ人の間のアリストパネス風の茶番劇がそうであったように— ローマ人（ペルシウスはセネカに熱狂的ではなかったと言われています）[8]同様、後期エリザベス朝諷刺家達とともに、崇高からの息抜きの必要に応えたように思われます。ラテン詩は完全には崇高な種類のものではありませんでしたが、全体として、その描写は制限され、そして、その情緒は、日々の生活の情緒を越えて、純化され、単純化されました。憤り（曖昧な用語でありますが）は、諷刺の原理ではなくて、副産物なのです。憤りは、それを諷刺に相応しくさせる憤りについての話題となるものなのです。憤りは、我々が愛よりも頻繁に経験する情緒で、それは、非常にたやすく、我々が日々経験し、時に韻文を作ることによって和らげる気むずかしさと癇癪に消え失せてしまいます。私は月並みな諷刺の精神を詳細に分析しようと言い出しはしません。それは幾人かの諷刺家たちをほとんど一行ずつ吟味することになるでしょう。私がただ望むことは、諷刺的精神は単純ではなくて複雑で、そして、多くの素質と、多分、多くの欠陥が諷刺詩人［を］作り上げることになる、ということを指摘することです。素質の一つは、一つの意図に統合するというより、主題の多様性に興味を持っている活発で理性的知性でありま す。もう一つの素質は、ありふれた観察に対する鋭い目です。これらの両方をダンは持っていたのです。

確かに、ダンの諷刺に見られる憤りは、全く見せかけのもので、伝統に従っているものです。憤りは諷刺の強力な面ではなかったのです。もし我々がペルシウスやジュヴェナールの諷刺を疑うなら、我々は、如何にして、やたらと叱り飛ばし、我々に他に何も与えないマーストンの諷刺に耐えることが出来るのですか。

Grim-faced Reproof, sparkle with threatning eye!
Bend thy sour brows in my tart poesy!
Avaunt! ye curs, howl in some cloudy mist,
Quake to behold a sharp-tongued satirist!

こわい顔をしたとがめだて、脅しの目で輝け

私の辛辣な詩で、意地の悪い眉をひそめよ
失せろ、汝、野良犬、幾分かげった霞の中でほえよ、
毒舌の諷刺家を見るためにおののけ

彼は、「悪徳のしもと」（一五九八）[9]で、このように叫んでいます。そして、もし、この鋭い牙を持った諷刺家に耳を傾けているどんな野良犬も、決して体を丸めて眠りこけることがないなら、私はかなり勘違いしています。マーストンは、多分、自分自身をローマの影のもとで真面目に考えています。しかし、ダンの場合、非常に異なった調べが聞かれます。

Away thou fondling motley humorist,
Leave me, and in this standing wooden chest,
Consorted with these few bookes, let me lye
In prison, and here be coffined, when I dye;
Here are God's conduits, grave divines; and here
Natures Secretary, the Philosopher;
And jolly Statesmen, which teach how to tie
The sinewes of a cities mystique bodie;
Here gathering chroniclers, and by them stand

Giddie fantastique poets of each land.

立ち去ってくれ、なんじまだら衣装の愚かしい気分屋よ、
私を置き去りにしてくれ、そして、この不動の木箱の中で、
これらの僅かな本と一緒に、私を
牢獄の中に横たわせてくれ、そして死んだら、ここで入棺させよ、
ここには、神の水路である偉大なる神学者達も、
自然の秘書である哲学者もいる。
愉快な政治家達もいる、彼らは国家の靭帯を神秘的な政体に
結びつけるすべを教えている
ここには収集している年代記作者達もいる。彼らのそばには
それぞれの国の目も眩むような空想的な詩人達がいる。[10]

ジュヴェナールの魂がベン・ジョンソン（『へぼ詩人』や『キャティリーニ』の序文を見なさい）[11]に乗り移ったかも知れない。そして、もしそうなら、ジュヴェナールの魂は輪廻によってかなり押し進められたかもしれない。そのような時に、ペルシュウスの衣服はダンによって纏われています。[12]ダンは、自分の諷刺ではドライデンやオルダムの親であります。しかし、断片の中でダンが引用し、そして、一般的に諷刺の中で、何とか伝えようとしている付帯的な意味を先ず見てご覧なさい。「この不動の木箱の中で／これらの僅かな本と一緒に、

私を／牢獄の中に横たわらせてくれ」——これは本当にダンではないのか。ダンが誰か外の人と同じくらいに宮廷を愛したということは問題ではありません。彼の廷臣への憎しみは、それが深刻である限り、廷臣のご機嫌をとることに自分の人生の大部分を費やし、かなり多くの手紙を書いた人間の憎しみであるということは問題ではありません。問題なのは、この解き放たれた散漫な諷刺の形式の中に、彼は詩の型を見つけたと言うことであります。それは、自分の勝手気ままな思考と内省を伝え、言葉で表す才能、ロンドンの通りへの興味、彼の癇癪と不機嫌を行使する詩の型なのです。「ここには神の水路である厳格な神学者達がいる」

Not though a Captaine do come in thy way,
Bright parcell gilt, with forty dead men's pay ...

At last his Love he in a window spies,
And like light dew exhaled, he flings from me
Violently ravished to his lechery

四十人の死んだ部下の賃金で輝かしく幾分けばけばしく着飾った、部隊長殿が道をふさいでやってきたとしても…

結局、彼は窓の中で自分の恋人の姿を見つけ出し、

そして、蒸発する露のように、彼は私から逃れ
一気に有頂天になって自分の好色に耽った[13]

これは、本当のダンでありますけれども、その面白さ、句の巧妙さにおいて、ドライデン以上のものを暗示していません。

諷刺は、そっけない飾り気のないお話しを装い、優雅さと上品な書き物を拒絶するけれども、コンシートの前兆となるウィットの気むずかしさや創意に手を貸しています。ペルシウスは『ベレシンタスのアティス』を嘲り、「アピナイナス山脈の長い裾野から肋骨を持ってきた」[14]（九五行）けれども、時に、次のような句を口に出します。

liquido cum plasmate guttur
mobile collueris . . . . . .

調和のなめらかな過程で
しなやかな喉をうがいして清めてから[15]

これは、ラテン学者でない私には、十分なくらい、こじつけで空想的に思われます。そんな訳で、ダンの以下の韻文は

Like a wedge in a blocke, wring to the barre,
Bearing-like Asses; and more shameless farre,
Than carted whores, lye, to the grave Judge; for
Bastardy abounds not in Kings' titles, nor
Symonie and Sodomy in Churchmens lives,
As these things do in him . . .

金床に打ち込まれた型のように、法廷の手すりへ無理に押しつけ
ローマの貨幣のヤウスのように振る舞い、
引き回された売春婦よりもずっと恥知らずに、
厳格な裁判官に嘘をつく。というのは、
これらのことが彼の中で果たすほどには
王の後釜には不義の子が溢れていないし、
また聖職者達の生活には聖職売買や男も溢れていないから、(16)

この韻文は、ドライデンの精神と耳の両方に衝撃を与えたのももっともなことでしょう —もっとも、これは、その耳にはそのうち非常に快いものになるある種の耳障りな調べを持っているけれども。この韻文は、押韻は「空想を抑制し、制限する」(17)というドライデンの英雄二行連句に関する主張をほとんど実証していません。

『諷刺』は形而上的ウィットの展開の一段階です。『エレジー』はもっと重要です。それらは、エドモンド・ゴスが認めているように、ある恋愛沙汰の文学的写しというより、事実に基礎をおいたグリアソン教授に私は賛成いたします。[18] これらのものは『諷刺』がペルシウスやジュヴェナールと違うよりも、もっとオヴィディウスやプロペルティウス[19] ――ダンはこの人達を賞賛したであろうとなかろうと、この時期に賞賛すべきであった――と違います。私は「堕落は部分的に映し出された堕落である」[20]というグリアソンの意見に賛成です。そして、私は、当然、情熱は大部分映し出された情熱であるということを付け加えるべきであると思います――その中に、私は、緊張というより、二人のローマの詩人、オヴィディウスとプロペルティウスの何れかを見つけ出します。彼らは、その限界にもかかわらず、ダンの文明よりかなり成熟した文明にも属していました。若いプロペルティウスは、若いダンよりも、ラテン的成熟で、かなり成熟し、幻滅と嫌悪の点でかなりの経験を持っています。プロペルティウスは自分の人生を作り、そして台無しにした経験について書いています。ダンは、ただ、せいぜいのところ、行きずりの冒険について書いているだけです。ダンの描写、形容語句は正確です。感情は人工的です。彼の『諷刺』は、彼の二時間の説教を聞くために一晩中聖ポール寺院で我々を待たせるのと同じような言葉の獰猛さを持っています。そして、獰猛さは経験にあるというより、言葉にあります。最初のものは、典型的で、最上のものの一つです。

Fond woman, which would'st have thy husband die,
And yet complain'st of his great jealousie;
If swoln with poison, he lay in his last bed,

His body with a sere-bark covered,
Drawing his breath, as thick and short, as can
The niblest crocheting Musician,
Ready with loathsome vomiting to spew
His soul out of one Hell, into a new,
Made deaf with his poor kindred's howling cries,
Begging with few feigned tears, great legacies,
Thou woulds't not weep, but jolly and frolicke be,
As a slave, which tomorrow should be free;
Yet weeps't thou, when thou seest him hungerly
Swallow his own death, heartsbane jealousie.
O give him many thanks, he is courteous,
That in suspecting kindly warneth us.

We must not, as we us'd, flout openly,
In scoffing ridles, his deformity;
Not as his boord together being satt,
With words, nor touch, scarce looks adulterate.
Nor when he swolne, and pampered with great fare,

Sits downe, and snorts, cag'd in his basket chaire,
Must we usurp his own bed any more,
Not kiss and play in his house, as before.
Now I see many danger; for that is
His realme, his castle, and his diocesse.
But if, as envious men, who would revile
Their Prince, or coyne his gold, themselves exile
Into another countrie, and do it there,
We play'd in another house, what should we feare?
There we will scorne his household policies,
His seely plots, and pensionary spies,
As the inhabitants of Thames right side
Do Londons Major; or German, the Popes pride.

馬鹿な女よ、旦那の死を願っているのに
旦那の大いなる嫉妬に文句を言うなんて、
あの人が、毒で膨れ上がって、今際の際で
肉体がかさかさにひからびた皮膚で包まれ

絶え絶えの息を引き取る様は
あたかも、巧みに長音符を四分音符に割る音楽師が
むかつく吐息がこの世の地獄から
あの世の地獄へと、魂の緒を吐き出す準備をして
彼の貧しい親類縁者の、
遺産目当ての空涙の叫びで耳が聞こえなくなったようなもの、
そのようになった時、お前は涙を流さずに喜び陽気に騒ぐのだ、
まるで、明日、解き放たれる奴隷のように、
だが、お前は、あの人が自分自身に死をもたらすような、
心臓を毒する嫉妬の劇薬を
どん欲にあおるのを見るとき、涙を流す。
旦那に感謝しなさい、我々の仲を怪しむということは
用心しなさいという親切なのだから
我々は、以前のように、大ぴらに
あの人の肥満を、謎のような冷笑で嘲るのをやめにしましょう。
また、食事をともにするときに、
言葉のはしばしやふとした体の触れ合いに
不貞の空気を醸し出すのはやめにしましょう

また、あの人が腹一杯贅沢三昧食べ過ぎて、どっかり
籐の安楽椅子にうずくまって鼻を鳴らしているときに
我々はあの人のベッドを横取りしたり
あの人の家で、以前のように、キスと愛戯をするのをよそう。
今は、危険が一杯、あの人の家は
彼の領地で、城で教区なのだから。
しかし、もし、邪な連中が他国へ逃れ
王に悪態をついたり、贋金作りをやるように、
我々が別の家で楽しもうと　何の恐れることがあるだろう。
そこで我々はあの人の家の策略を笑い、
彼の陰謀や恩給暮らしのスパイをあざ笑う
テームズ右岸の住人が
ロンドン市長やドイツ人法王の高慢ちきを嘲るように(21)

（「家の策略」に続く「恩給暮らしのスパイ」の順序はベン・ジョンソンの影響を暗示し、その他の所で、ダンは「家庭内のスパイ」という語句をそのまま使っています）(22)

ここで、我々は説教師の声を聞きます。ダンの地獄に関する説教とカトリックの説教を比較し、ジェイムズ・ジョイスの『若き日の芸術家の肖像』に見られる遺言執行人に与えられる地獄に関する説教を取り上げ

て見なさい[23]。そうすれば、ダンは常に彼の注意を観念から形に、そして、形から形によって暗示される観念へ変えていることが分かるでしょう。このエレジーで、彼のウィットは余りにも生き生きとしているので、要点を留めることは出来ません。そして、実際、ダンの韻文の特異な魅力は、この奇妙な取り留めのない思考のトリックにあります。あるいは、それは、あたかも彼のテーマはイメジのあらゆる可能な適切さやその付近の思考の特異さを拾い上げ、海の神グラウコスと同じくらい認識できなくなるようなものです[24]。例えば、有名な第四のエレジーでは[25]、我々は別れの情緒から、彼が海からの帰りに力強い動物になってしまうイメジに混乱させられてしまいます。

Here take my Picture; though I bid farewell,
Thine, in my heart, where my soule dwels, shall dwell.
Tis like me now, but I dead, 'twill be more
When wee are shadowes both, than 'twas before.
When weather-beaten I come backe; my hand,
Perhaps with rude oars torne, or sunbeames tanned,
My face and brest of haircloth, and my head
With cares rash sodaine stormes, being o'erspread,
My body a sack of bones, broken within,
And powders blew staines scatter'd on my skin.

お別れだから、さあ私の絵姿を取り給え
君の絵姿は、私の魂が住む私の心にある
この絵姿は、今は私に似たもの、だが、僕が死んだら、
この絵も私も共に幻影となって、
在りし日より一層価値を持つだろう。
風雨に痛めつけられて、私が帰ってきたとき、私の手は
多分、粗雑なオールで傷だらけ、あるいは日に焼けてなめし皮
私の顔も胸も、ばす織り、そして、頭は、
激しい突然の嵐の労苦におおわれて、
体は中が砕けている骨と皮ばかりとなって、
肌は弾薬の粉で青いしみだらけ

弾薬の粉でしみになった肌のイメジはすばらしいが、別れの考えに関して何が残っていますか。絵姿の意味の観念すら見えなくなっています。船乗り彼自身のイメジですら構成要素の細部に分解しています。しかし、ダンの場合、情緒や感情は、単純に一点で留まっていなく、饒舌が始まっているということに気をつけてみなさい。いやむしろ、それは、常にある情緒、あるいは感情が存在するので、饒舌ではありません。我々は感情の不思議な万華鏡を見ています。暗示されたイメジや、暗示されたコンシートで、感情は常に溶解し、変化して別の感情になります。我々は流動の中に、ダンというある種の統一を得ます。どんな思考の構造もありません

が、それぞれの思考は感じられ、それぞれのイメジは、それに対して特有の感じを持っています。

ただ一つの重要なトリックがありますが、それは、非常に重要なトリックなので、ダンの大抵の長詩では例証されることはなく、彼の短い詩の中に見られます。それは、多分、短い詩を、長詩よりも、それだけ一層読ませるもので、それくらいの深い印象を残します。それは、前の講演で言及したもので、[26] 直接的で、簡単に把握できる情緒的価値に関する単純でびっくりするような観念を最初に述べ、それからすべての変容と変化へ進んで行くトリックです。

I wonder by my troth, what thou, and I
Did till we lov'd ? …

いぶかしく思うが、君と僕は
愛し合うまで、何をしていたのだろう…[27]

Twice or thrice had I loved thee …

二度、三度、僕は君を愛してきた…[28]

I long to talk with some old lover's ghost …

私はある昔の恋人の亡霊とお話しすることを憧れた…[29]

しかし、他のすべてはそこにあり、ダンがあらゆる所で発見した韻律的な美しさが含まれています。そして、私は、『世界の解剖』は、彼が今まで書いたあらゆるものより劣っていると考えることは出来ません。ベン・ジョンソンによって非常に賞賛された「嵐」、「凪」は、[30]彼の観察の才能と同時に、目を引きつけるだけでなく逸らしてしまうイメジの過剰を例証しています。第二エレジーにおいて、[31]我々が分かったことは、彼が嫉妬深い旦那の状況を実現するために、あるとりつかれた観念を如何に使っているか、ということです。彼は死の床にある旦那を心に描いています。連想は非の打ち所がありませんが、それはヘンリー・ジェイムズが言う「友だちの友だち」[32]、つまり連想の連想を魔術で呼び出しているように思われます。「嵐」のイメジは、この興味ある気質をもっとはっきりと例証しています。

Some coffin'd in their cabbins lye, equally
Griev'd that they are not dead, and yet must die;
And as sin-burdened soules from graves [will] creep,
At the last day, some forth their cabbins peepe,
And tremblingly aske what newes, and doe heare so,
Like jealous husbands, what they would not know.

ある者は、船室という棺に納めらて安置され、一様に
自分達は死んでいないが、死ななければならないことを悲しんだ
最後の審判の日、罪を背負った魂が墓から這い出すように
ある者は船室を出て部屋を覗き込み
震えながらどんな知らせがあるかということを問い尋ね、
嫉妬深い旦那のように、耳にしたくないことを聞く[33]

連想は、ここで正しく、ウィットに富んでいます。だが、棺、審判の日、罪、そして、嫉妬深い旦那にすらも心を奪われていることは何と特異なことか。しかし、ダンの精神のこれらの深奥を調べることは、私の仕事ではありません。私が望むことは、ダンの精神には、彼が話していることの他に、他の何かが、心を奪われるあるものがあるということを、我々が如何にしばしば感じるかということを指摘するだけです。彼の注意はしばしば散漫で移り気なだけではありません。多分、それは、実際、注意をそらされているという理由で、そうなのです。しかし、この驚くべき曖昧さは、ダンの精神の魅力に属するもので、多分、特異な情緒的色彩を彼のそれぞれの観念に与え、彼の知的好奇心の変容と分散を引き起こしているものです。

ダンは、ある意味においては、幾分、ジェズイットで、幾分、カルヴィニストです。私が思い切って提案することは、この二つの宗派の原理を深く調べ、同じ立場で両者の客をもてなそうとすることは、もし、そのことが、それを行うものを殺さないとするなら、ダンの精神にある光を投げかけるのではないかということです。彼の詩のどんなものも、明らかに未完の『魂の歴程』[34]ほど、難しくないし、不愉快なものでもないし、不安に

させるものでもないし、満足行くものでもないし、また、もっとびっくりする詩行を含んでいるわけでもありません。私はこの判じ物を理解することが出来ないということを単に告白することだけなのです。そして、私が丹念に読み通したどんな批評家も、私にちょっとした手助けすら与えませんでした。私にとって、それは、感情の不思議な海への航海ですが、(35) 私がそこから得た感情は私が定義することが出来ないもので、明白な意味と結びつけることが出来ません。私は、魂が、時を変えて、リンゴ、魚、鯨、そして猿に変身するこの歴史の漂流を全く捉えることが出来ません。次に見られる鯨のむやみやたらにコンシート化されたヴィジョン、つまり、鯨は

Spouted rivers up, as if he meant
　To joyne our seas, with seas above the firmament,

大河を噴き上げ、あたかも、鯨が意図しようとしたことは、(36)
　我々の海と天上の海を合体することであるかのように

この一節は、多分、ダンは、彼の航海で鯨を見たということをほのめかしていますが、私には、それはそれ以上のことは何もないと思います。また、次のスタンザは、時にエリザベス女王を言及していると考えられますが、私にはそう解釈することは出来ません。

For the great soule which here amongst us now
Doth dwell, and moves that hand, tongue, and brow,
Which, as the Moone the sea, moves us: to heare
Whose story, with long patience you will long;
(For tis the crowne, and last straine of my song)
This soule to whom Luther, and Mahomet were
Prison of flesh; this soule which oft did teare,
And mend the wracks of th' empire, and late Rome,
And liv'd when every great change did come,
And first in Paradise a low, but fatal roome.

というのは、偉大な魂は、ここで我々の間にいま
住み、月が海を動かすように、我々を動かしている
あの手、舌、そして眉を動かしているからだ、
その物語をあなたはじっと我慢して待ち望んでいる
（その話は私の歌の王冠で、最後の調べであるから）
この魂はルターやマホメットの肉体という牢に入ったことがあり
帝国やその後のローマの破壊をしばしば引き裂き、修繕し、

この魂は、大きな変化が起こる度に生きたが、
初めは、天国で、みすぼらしいが、恐ろしい部屋にいた。

私は、どうしても、このスタンザのそれぞれの行が女王を言及しているのか分かりません。[37] しかし、詩の傾向ははっきりしています。それは、知的無政府主義への傾向であり、これは、ある正統的でない衒学者の原理から由来すると信じる二行目

Fate, which God made, but doth controule . . .
神が作ったが、支配している… 運命

から次の最後の行までに見られます。

There's nothing simply good, nor ill alone,
Of every quality comparison,
The only measure is, and judge, opinion.
単独で良いものはないし、それだけで悪いものはない
あらゆる質を測るのは比較で

唯一の尺度で、そして判断となるのは、世間の不評である。[38]

私はこれを興味を持っているすべての深遠な心理学者に捧げるだけです。

しかし、我々が自信をもって『世界の解剖』に歩み寄ることが出来るのは、その曖昧さは『魂の歴程』と同じように不穏にする種類のものではなく、その美しさはもっと確かなものであるからです。ある視点から見るなら、それは彼が交際を求めていた裕福な（彼が決して会うことがなかった）娘の単なる二つの不誠実な埋葬の詩であります。[39] しかし、私は、不誠実はダンを非難するための最後の罪であると思います。それは、皆さんが話しているものとは違った何か他のものに真面目に興味を持つことの利点です。それは死についての黙想です。しかし、何という黙想。それは、哲学もなく、枠組みもあるいは統一もなく、「中心的な思想」も、真の初めも終わりもなく、ただ、それはすべてのダンの形而上詩の中で、最も形而上的なものです。もし、その詩が、名目上、ドルアリーの死んだ娘の美徳の祝賀であるなら、そして、現実的に、死についての瞑想であるなら、それは、ある意味で、二重の意味を持っている詩ではありませんか。このことで、私は単なるアレゴリー、あるいはパズルを意味してはいません。私が意味しているのは、一見すると形而上的に見えますが、実際はそうでないある詩が属する一つの範疇なのです。この型の偉大な手本は、チャップマンの悲劇に見られる彼自身です。私が彼を選んだのは、彼が、ダンの同時代人で、自分自身形而上派であると考えていたからです。私が常に印象づけられ、かつて論文で論じたことがあるのは、チャップマンの悲劇の中の「二重の世界」の意味によるもので、そのために、彼をドストエフスキーと比較しました。[40] あちこちで彼の劇に表れる俳優は、あたかも他の声に耳を傾け、他の感覚で感じ、そして、舞台の上で可視的なものとは違った場面を実演しながら、もう一つの一連の思考に続いているように思われます。それ故に、彼らは、ドストエフスキーの登場人物と同じ方法で理性がなく、一貫性がないように思えます。たとえば、『ビュッシー・ダンボアの復讐』に、登場人物の動機や意図とは全く矛盾していますが、決して滑稽ではない和解についての奇妙なテーマが流れています。なぜなら、それは、これらの人物達を追放してしまう別の実在の次元に属しているように思えるからなのです。次の一節に見られる『ビュッシー・ダンボアの復讐』の臨終の英雄のすばらしい最終的な激発においてすらそうなのです—

　　　　Fly, my soul,
To where the evening, in the Iberian vales
Bears on her swarthy shoulders Hecate
Crowned with a grove of oaks: fly where men feel
The cunning axletree, and those that suffer
Beneath the chariot of the snowy Bear,
And tell them all that D'Ambois now is hasting
To the eternal dwellers…

飛んで行け、私の魂よ

夕べの神が、イベリアの谷間で、
日焼けした肩に乗せて、
かしの森で飾られたヘカテを運ぶところへ、飛んで行け
精巧な車軸の回転を感じるところへ、また、
雪のように白い熊座が駆ける戦車の下で苦しむ人々のとこへ、
そして、彼らにダムボアは今
永遠なる居住者へ急いでいると。

それは、あたかも彼が、あるいは彼を通したチャップマンが実体のない聴衆と会話しているように見えます。[41]それは、たとえば、ブラウニングの『チャイルド・ローランド、暗き塔へやってくる』の中でよりはっきりした形で表れています。それは、コールリッジの『クブラ・カーン』の白昼夢と違うように、アレゴリーとは違っています。[42]原理上、異なっているのです。実践上において、特定の詩をおくことは、ときどき非常に難しいのです。私が今まできっぱりした態度を取ることが出来なかったジェラルド・デ・ネルヴァルのように、[43]詩人をそのように困惑させる際に、明らかに、次のような白昼夢型の一節があります。

Dnas la nuit du tombeau, toi qui m'as consolé,
Rends-moi le Pausilippe et la mer d'Italie !

墓場の夜、私を慰めてくれた君は
ポシリッポとイタリアの海を返した

あるいは

J'ai rêvé dans la grotte où nage la sirène,
Mon front est rouge encore du basier de la reine …
私はセイレンが泳ぐ洞穴の中で夢を見ていた
私の眉はその女王のキスでまだ赤い(44)

これらはアーサ・シモンズによって非常に賞賛された次の詩行と同じようなものである。

Crains, dans le mur aveugle, un regard qui t'épie!
盲いた壁の中にあるおまえを覗う一つの視線を恐れよ

この詩行は、私には二重の世界の型を意識しているように思えます。(45) しかし、『世界の解剖』によって例証される形而上詩は、アレゴリカルなものとか、催眠性のもの、またあの世のものとは違います。それは思考の情緒的等価物に、純化されているが完全に明確にされた世界を与えています。ただ、ダンテと彼の仲間の場合のような立場から見るなら、感情は宇宙の組織化された見解に応じて組織化されています。その結果、感情の等価物が与えられているのは、体系の中のそれぞれの細部のためであり、また次のような体系の完成領域のためであり

La forma universal' di questo nodo
credo ch'io vidi, perchè più di largo,
dicendo questo, sentii ch'io godo.

Un punto solo m'e maggior letargo
Che venticinque secoli all 'impresea
Che fe Nettuno ammirar l'ombra d'Argo.

萬物を齊へこれをかく結び合わすものをば我は自ら見たりと信ず、
そはこれをいふ時我が悦びの
いよいよさはなるを覺ゆればなり

ただ一の瞬間さへ、我にとりては、
かのネッツーノをしてアルゴの影に驚かしめし
企画における二千五百年よりもなほ深き睡りなり

そして、また全体としての体系のためなのです。(46) 一方、ダンの場合 ―彼をダンテの仲間になぞらえることはダンを非常に高く評価することです― その特異性は秩序がなく、思考の断片をおびただしい思考にしているということであります。ダンは混沌の中の詩人で、その中の本当の詩人であり、多分、まさに偉大な詩人でさえあります。そして、思考を幾つかの思考にばらばらにするこの断片化の意味するものは、彼の詩、またはどんな詩をも一緒にする唯一のものは、我々が不満足にもダンの個性と呼ぶものであります。ここにおいて、ダンは現代詩人です。個性は、ただ単に不満足な用語だけではありません。我々が意味し、あるいは意味しているように思え、またそれによって意味していると考えているものは、不満足な個性です。

我々は『世界の解剖』を理解し鑑賞するために、これをこのような方法で解釈しなければならないと思います。それは、浮遊する観念がそれ自身の内側に閉じ込められながら、個別的に浮遊している思考の黙想でありますそして、前の講演で言ったと思いますが、(47) 内向性は奇妙な結果を持ちます。崩壊した思考のこの光景は、生きている有機的な体系には決してはっきり見えない色彩と虹色を生み出しています。『第一周年追悼詩』から、ほとんど手当たり次第と言いてもいい一節を取り上げてみましょう。

Some moneths she hath [beene] dead (but being dead,

Measures of times are all determined)
But long she 'ath been away, long, long, yet none
Offers to tell us who it is that's gone.

彼女が亡くなって数ヶ月になる（が、彼女が死んだため、
時の尺度は全く停止してしまった）
だが、彼女はずっと昔に亡くなった、それなのに
誰が亡くなったのか知らせる人はいない[48]

括弧内で、将来の状態における時間の停止の観念を鵜呑みし、それから、ただちに、驚くほどに表現されている魂の無名性、これと我々が知っていた魂と肉体の息づく複合物の区別、そして、その結果、生きている者を死んだ者から孤立させている二種類の生との間にある深い奈落といった難しい観念に移らなければなりません。その感情は、いわば、この唐突さに衝撃を受けて存在し、そして、それを呼び起こしてから、ダンは再び進めている。彼は若い女の死で連想され得る思考と感情のあらゆる可能性を使い果たそうと決心しているように思えます。やがて、我々は彼をこの点で発見します。

Let no man say, the world itself being dead,
'Tis labour lost to have discovered

The World's infirmities, since there is none
Alive to study this dissection;
For there's a kind of world remaining still,
Though she, which did inanimate and fill
The world, be gone, yet in this last long night
Her Ghost dothe walke: . . .

どんな人にも言わせないことにしよう。世界それ自身は死んで、
この解剖を生きて研究する人は
いなくなったのだから
世界の病気を発見することは無駄骨だということを。
ある種の世界が残っているからなのだ。
世界に生命を与えて満たしていた彼女が
いなくなったとしても、最後の長い夜に
彼女の亡霊が歩いているのだから…[49]。

これらの七行半に、我々は既に二つの思想、二つの推移、第三の思想の始まりを持っていました。これらの周年追悼詩を、それぞれの観念の充分な風味を最後まで辿ることは、ご存知のように、少なからぬ専心と忍耐が

必要とされる仕事であります。

これらは、私が皆さんの注意を引きたい細部の二点です。しばしば引用され、正当に評価される一節は、次のようなものです。

One whose clear body was so pure and thinne,
Because it need disguise no thought within.
'Twas but a through-light scarfe, her mind to inroule;
Or exhalation breathed out from her soule.

彼女の美しい肉体がそんなにも純化され昇華されたのは
内なる想いを隠す必要がないからである。
それは彼女の精神を包んでいる透明な光の衣に過ぎないか
あるいは彼女の魂から発散される気体である(50)

この美しい一節について、私は皆さんに全部の詩を読んでもらい、そして、これは、この詩を通して至るところで取り上げられる肉体と魂の関係についての見解であるかどうかをお聞きしたいだけなのです。私はそうではないと思います。それは、上に引用した一節に関する私自身の解釈、つまり、魂と肉体のはっきりした区別と矛盾しているように思えるからなのです。

yet none
Offers to tell us who it is, that's gone.

それなのに、
誰が亡くなったのか告げる人はいない。(51)

問題は、そして、ご覧になられた同じような問題は、最も重要なことです。それは、ダンは観念の意味に注意を払っているのか、あるいはその存在（これはデカルトの『パンセ』でありますが）(52)に注意をはらっているのかという既に取り上げられた問題だからなのです。

他の詩は、我々が来週クラッショウの作品を考えるようになる時、我々にはかなり面白くなるでしょう。それは『第一周年追悼詩』の「葬送悲歌」の中にあります。

For though she could not, nor could chuse to dye,
She 'ath yeelded to too long an ecstasie.

彼女は、死ぬことも、死を選ぶことも出来なかったのだから、
余りにも長いエクスタシーに身を委ねたのだ。(53)

これは、かなりはっきりと聖テレサの『生涯』[54]と、多分、他のスペインの聖徒（それは、聖フリップ・ネリーと思いますが、アランデルの教会は彼のために開かれ、彼はいつも恍惚になったので、神の流入を余り受け入れないように祈らざるを得なかった）の影響を表しています[55]。

『第二周年追悼詩』は、どちらかというと、『第一周年追悼詩』より絶妙なくだりで満ちています。それは、我々が見るように、絶妙なくだりで満ちているバロックの時期のクラッショウの詩や、イタリア、スペイン、そして、オランダの詩の特質でさえあります。しかし、この絶妙なくだりは、何処においても、ダンのこれらの二つの詩におけるほど、おびただしくはないと思います。そして、彼は、何処においても、これ以上の言葉の美しさや韻律の美しさの高見には達していません。我々が彼の抒情詩で見つけるすべてのもの、彼の説教で見つけるすべてのものはここにあります。たとえば、単独に音楽の小節のように、「死」という言葉が執拗に繰り返されている追悼説教を比較して御覧なさい。その一節はピアソール・スミス氏の選集にあげられています[56]。それを次の『第一周年追悼詩』の変奏の繰り返しと比較して見なさい。

Shee, shee is dead; she's dead: when thou know'st this,
　Thou know'st how lame a cripple this world is…
Shee, shee is dead; she's dead: when thou know'st this,
　Thou know'st how ugly a monster this world is…

Shee, shee is dead; she's dead: when thou kow'st this,
Thou know'st how wan a Ghost this our world is…

Shee, shee is dead; she's dead: when thou know'st this,
Thou know'st how dire a Cinder this world is…

彼女は、彼女は死んだ、彼女は死んでしまった、このことを知ったとき
この世界はどんなにひどい跛であるかを知る　…

彼女は、彼女は死んだ、彼女は死んでしまった、このことを知ったとき
この世界はどんなに醜い怪物であるかを知る　…

彼女は、彼女は死んだ、彼女は死んでしまった、このことを知ったとき
この世界はどんなに醜い怪物であるかを知る　…

彼女は、彼女は死んだ、彼女は死んでしまった、このことを知ったとき
この我々の世界はどんなに青白い亡霊であるかを知る　…

彼女は、彼女は死んだ、彼女は死んでしまった、このことを知ったとき
この我々の世界はどんなに悲惨な燃え殻であるかを知る……[57]

規則をやかましく守る人だったなら、もし世界が跛であるなら、それはまた燃え殻ではあり得ないということに反論するかも知れません。それはささいなことであります。私の主要な点は、この考え抜れた過剰な刺激、神経の開発は――それがかくのものとして存在する限り――私にとって、その中に無法な何かを持っている、ということであります。それは深淵で巧妙な知的な人間の仕事であります。その人間にとって、思考はそれが常に持つべき第一義的な価値を失っているのです。つまり、思考の放蕩者が、聖テレサや十字架の聖ヨハネが宗教の放蕩者であったように、――それぞれの役割が小さな役割であるため――自分の役割を文明の破壊に於いて向こう見ずに果たしているのであります。

この点で、我々はダンとの我々の直接的なつながりが終わるのです。私はダンの中で例証されているものとしての形而上詩の本質を規定しようとしてきました。しかし、私が警告してきたように、我々は、来週、考察するクラッショウとは異なった点で、そしてその次の週、考察するカウリーとはなおも異なった点で、形而上性の重心を見出だすことが出来るかも知れません。我々がこれらの三人の詩人を交互に取り上げ、ダンテと、そしてボードレールの一派との必要な比較を行う時、我々は出来るだけ完全な吟味をするであろうと思います。

私は、皆さんの注意を同時に二つの点、つまり、形而上詩の本質が一般的に言って、ダンとダンテとの類似と相違の両方に係わっているというこの二つの点に注意を向けさせることによって、多分、この講演を難しくしてきました。その相違は近代ヨーロッパの知性の崩壊のある理論に係わっています。それ故、皆さんに思い

起こしてもらいたいのは、私がここで関心があるのは、近代ヨーロッパやその進歩あるいは退歩ではなくて、主に詩に係わっていますが、私が「崩壊」、「衰退」あるいは「退歩」について言うとしても、そしてまたそう言うとき、私はその言葉の情緒的なあるいは道徳的な度合いには無関心であるということであります。私が話している「崩壊」は、良きにしろ悪しきにしろ、避けられるかも知れないし、あるいは避けられないかも知れません。それについての楽観的な、あるいは悲観的な結論を出すことは、私が組みすることのない予言者や年鑑の制作者の仕事であります。

注

（1）ダンの書簡、あるいは韻文書簡の最も早いものである「嵐」（'The Storme'）や「凪」（'The Calme'）は、ここでは、創作の冒険の時期にちなんで「航海詩」（'the Voyage'）として、一つにまとめられている。つまり、この時期は、ダンが、一五九七年の夏、西インド諸島からの帰路、嵐で損害を受けながらもスペイン艦隊攻略のためエセックス伯の率いる「アイルランド航海」遠征隊に加わり、そして、引き続きアゾレスで艦隊を迎え打つ遠征隊にまで同行し、そこでダンの船が風がなく進めなくなった時期である。

（2）T・S・エリオットはヒュー・ウォーカーの『英国諷刺文学と諷刺詩人』（Hugh Walker's *English Satire and Satirist* [1925]）を好意的に書評し（*TLS*, 10 December 1925, p. 854）、ウォーカーが彼の仕事の難しさの範囲内で成功したということを認めて、次のように言っている。「この型の文学史は独特の限界を持っている。ある言語の限界内におけるどんなジャンルの歴史も、本当に興味があり実り豊かな一般化はそのような限界内では殆ど引き出され得ないという理由で、年代記的に過ぎないものになりがちである。一般化は、多分、言語の限界を超えて—たとえば、諷刺の展開は地域的な事柄ではなくヨーロッパ的なものであろう—、あるいは問題となっているジャンル外では、迷惑であろう。そして、そのような枠組みの中で諷刺の主題より取り扱うのに難しい主題はない。それは——たとえばドラマが持っているような——どのような決まった技術をも持っていなかったからだ。そして、諷刺作家は同じようにしばしば他の文学活動に心を奪われた。あるいは、チョーサーのように根本的に諷刺詩人では全くなかった」と。ウォーカーの研究は十二世紀のチョーサー以前の諷刺詩人から十九世紀のサミュエル・バトラーまで渡っている。

(3) T・S・エリオットは、サッカレーの諷刺の幾つかを自分の公開授業の学生に教えた後、一九一八年の四月一日、従兄弟のエレナー・ヒンクリー（Elenor Hinckley）に次のような手紙を書いている。「サッカレーは『イェロープラッシュ・ペイパー』（*Yellowplush Papers*）や『虚栄の市』（*Vanity Fair*）のステインの部分を成し遂げることが出来たが、彼は親切な諷刺家として自分自身の心象を持っていた。そもそも、彼は十分な頭脳を持っていなかったし、彼がうまく成し遂げることが出来たものを本当に見出だすくらいの十分な勇気もなかった。それは上流社会の汚らしさで、それをうまく成し遂げることであった」（*LI* 228）と。諷刺家のサミュエル・バットラー（Samuel Butler [1612-80]）は、クロムウェルの清教徒の信奉者と彼らの共和国のバーレスクである彼の『ヒュディブラス』（*Hidibras* [1663-78]）で知られている。もう一人の散文の諷刺家であるサミュエル・バットラー（Samuel Batler [1835-1902]）は『エレホン』（*Erehorn*）[1872]）と『万人の道』（*The Way of All Flesh* [1903]）を書き、その二つをエリオットは彼の公開授業の学生に教えた（*RES* II, 295）。ヒュー・ウォーカーの本（前の注を参照）の書評でエリオットは、「ウォーカー博士は」バットラーに関して「健全だけでなく新しい」と書いた。つまり「彼の意見は、完全な無視の後に続く誇張された賞賛に対して分別ある反応を特徴づけている。『万人の道』は、文学的嗜好に対して、しばしば非難された『フイヌムへの旅』が犯す罪よりも、かなり大きな罪を犯している」と述べている。T・S・エリオットは「スウィフトは、諷刺がかって上昇し、あるいはそうなりがちであるのと同じくらいの高みの近くに立ち上がった」と結論した。

(4) 詩人で諷刺家のチャールズ・チャーチル（Charles Churchill [1731-64]）は、『ローシアッド』（*Rosciad* [1761]）で演劇人を、『飢饉の予言』（*The Prophecy of Famine* [1763]）では政治的人物を、そして『ウィリアム・ホーガスへの書簡』（*An Epistle to William Hogarth* [1763]）ではウィリアム・ホーガスを厳しく攻撃した。T・

S・エリオットはヒュー・ウォーカーの二流の諷刺詩人の取り扱いについて次のように書いている。「彼は、つまらない人達の中で、多くの人達を然るべき所に持ち上げている。チャーチルに対して彼は公平である」と。ジョージ・クラッブ（George Crabbe [1754-1832]）の感受性は十八世紀よりも十九世紀初期とかなりの類似性を持っているが、彼は若い頃、田園文学の田舎の簡素で感傷的な儀式をリアリスティックに描いた諷刺、『村』（*The Village* [1798]）を書いた。T・S・エリオットは、バーンズの詩歌集（Barnes's anthology, 二五五頁注[30]参照）を書評して、「クラッブは、この詩華集でまさしく表されているが、諷刺の範囲内にだけ属しているように見える。彼の田舎の主題の選択は彼を異常にしている」と。T・S・エリオットは「二流の詩とは何か」（'What is Minor Poetry?' [1944]）で「私はジョージ・クラッブは非常に善良な詩人だと思うが、彼に魔術を求めて彼の詩を読むようなことはないと思う。もし、一二〇年前のサフォークの村の生活を巧みな詩で書いたリアリスティックな物語を好み、同じようなことが散文では言えまいと思うなら、クラッブを好きになるでしょう」と。

（5）詩人で牧師であるジョン・スケルトン（John Skelton [1460-1529]）は「コリン・クラウト」（'Why come Ye Nat to Courte, Collyn Clout'）や他の主題で聖職者達、特にウルジィ卿（Cardinal Wolsey）に関して諷刺詩を書いた。スコットランドの詩人で牧師であるウィリアム・ダンバー（William Dunbar [1460-1521]）は、宮廷、そして、特に「二人の主婦と寡婦の討論」（'The Twa Maryit Wemen and the Wedo'）で知られている町人生活に関する諷刺の韻文を書いた。ウィリアム・ラングランド（William Langland [1332-1400]）は教会腐敗を諷刺した『農夫ピアーズ』（*Piers Plowman* [1395]）の著者である。

（6）T・S・エリオットは、バーンズの詩歌集（二五五頁注[30]参照）を書評して、バンーズは「諷刺を英国の詩人達が意識的にペルシウスやジュヴェナールと張り合うようになった時期にだけ定めた」ことにおいて正しいと主張した。我々は、ラングランド、スケルトン、そしてダンバーからの精選集を持たずに済ましている。これらの精選集は、ただ我々を混乱させるものであるが、大抵のアンソロジー制作者だったなら載せていたであろう。

(7) T・S・エリオットはコニングトンの一連の引用を省き少しばかり変更している。この引用は次に示すが、これはオックスフォードのラテン語教授であるジョン・コニングトン (John Conington [1825-69]) が、一八五五年一月二四日にオックスフォードで行われた「ペルシウスの生涯と作品に関する講演」('Lecture on the Life and Writings of Persius') で述べ、そしてヘンリー・ネトルシップ編纂による『A・ペルシウス・フラッカスの諷刺』(*The Satires of A. Persius Flaccus*, ed. Henry Nettleship [Oxford: Clarendon Press, 1872]) の翻訳付きの解説として印刷されていたものである。「確かに、少なからず驚いたことは、アリストファネスとメナンドロスの同郷の人達は、韻文で書かれた身近な作文に関して十分考慮すべきではなかったということである。詩人は、その韻文で、自分自身の品格で現代的主題に関する取り留めのない考えをぶちまけ、その精神が如何に自由で放逸であろうと、それぞれの劇的産物を必然的に結びつけている束縛から解き放たれるのである」(p. xxiv)

(8) T・S・エリオットは次のようなコニングトンの一節を言い換えている。「晩年ペリシウスはセネカと知り合いになったが、彼を賞賛しなかった」(pp. xvi-xvii)

(9) 諷刺九「実に、馬鹿者を嘲る玩具がここにある」の一行目から四行目までの引用 (四行目は書き間違いで「毒牙の諷刺家」[sharp-fanged satirist] と書いてある)。T・S・エリオットは綴り字を現代風に書いているが、ロンドン図書館から借りたJ・O・ハリウェル編『ジョン・マーストン作品集』(*The Works of John Marston*, ed. J.O. Halliwell [London: John Russell Smith, 1856], p. 293) の第三巻に印刷されているように、第三版 (1599) の一行目と二行目、そして三行目の感嘆符を留めている。

(10)「諷刺」一 (1593) 一行目から一〇行目まで。小さな誤記がある。五行目は、以下のところでは正しく引用されているが、書き間違いで「厳格な神学者達」(Grave Divines) と書いてある (Grierson 1, 145)。

(11) T・S・エリオットは、ジュヴェナール流の暴力と強烈さで、『キャティリーニ』(*Catiline His Conspiracy* [1611]) のシラの亡霊や『へぼ詩人』(*The Poetaster* [1601]) の嫉妬の序文に言及している。エリオットはこの二つを「ベン・ジョンソン」（'Ben Jonson' [1919]）の中で次のように特徴づけている。「毒舌を吐かせている行で、ジョンソンは、シラの亡霊を、それが話している間は、生きている恐ろしい力にたらしめる…それから『へぼ詩人』のはしがきに目を転ずると、同じ種類の、すぐれた出来映えのもう一つの一例が見られる—『光よ、わたしはお前にあいさつする、神経は傷ついているが』（Light, I salute thee, but with wounded nerves . . . ）そのように言う人はいないかも知れない。しかし嫉妬の霊なら、そんな言い方をしよう。そして、ジョンソンの言葉によれば、嫉妬は現実の生きている人である。嫉妬とシラの亡霊に息吹を与えるのは人間の生命ではなくて、エネルギー—人間の生命はそのもう一つの変種に過ぎない—なのである」（*SE* 150-51/130）

(12) エドモンド・ゴス（Edmund Gosse）は『ジョン・ダンの生涯と書簡』（*Life and Letters of John Donne* [1899]）の中で次のように書いている。「ダンとホールがペルシウスに引かれたのは、彼らが、彼のように、若くて本好きであったからなのであろう…彼らは彼を、人生をむち打ち、二六歳で死んだ天来の禁欲主義者と間違った、…　ペルシウスに類似し、彼の方法を再び作り上げることは、明らかにマーストン、ダン、ホール、そしてギルピンも同様、彼らの献身的な目的であった」（Gosse 1, 34）と。

(13) 「諷刺詩」一、一七行目から一八行目、一〇六行目から八行目まで。部分的に現代風にされているが、小さな誤記がある（Grierson 1, 145, 149）

(14) 「諷刺詩」一、九五行目、コニングトンの翻訳「諷刺詩」二七頁、「長い両裾野」（the long sides）と書かれている。

(15) 「諷刺詩」一、一七行目から一八行目、コンニングトンの翻訳「諷刺詩」一三頁、

(16) 「諷刺詩」二（1593）、七一行目から六行目。少しばかり間違って転写されている（Grierson 1, 152）

(17) 『対抗する夫人達』（The Rival Ladies [1664]）の前置きに付けられた「ロジャーへ」（'To Roger, Earl of

Orrery')の中の次の一節に見られる。「しかし、滅多にそれを見つけることがなかったという理由で、私がその中でかなり熟慮しているあの利益は、それは空想を抑制し、制限するということである」(*Dramatic Essays*, p. 187)。

(18)『ジョン・ダン詩集』(*The Poems of John Donne* [1912])で、グリアソンは「我々がそっくりそのままゴス氏が詩集から集めたダンの初期の恋愛の歴史を受け入れることが出来ようと出来まいと何れにせよ、シェイクスピアのソネットの背後にあると同じように、現実的な経験がこれらの詩の背後にあると言うことは疑いのないことである」(p. xli)と主張している。エドモンド・ゴスは『ジョン・ダンの生涯と書簡』の中で、『唄とソネット』(*Songs and Sonnets*)と『エレジー』(*Elegies*)は「彼の肉体の魂の冒険」(p. 63)として、特に美しい既婚の夫人に対するダンの道に外れた情熱の正確な記録として一緒に読まれなければならないと主張した。「今まで完全で硬直した彼の心臓は、鏡のように照り返す断片に粉々になり、衣服のようにぼろ切れに引き裂かれた。彼の情熱は完全に彼を圧倒した。彼は何度となく愛したけれども、初めて、彼は愛の真の虐待を感じた」(p. 68)。

(19)T・S・エリオットは、架空の恋人コリンナとの恋愛の段階を描いたオヴィディウスの『恋愛詩集』(*Amores*)と、プロペルティウスの『キンティアの一冊の本』(*Cynthia Monobiblos*)、主に、彼がキンティアと呼ぶ愛妾であるホスチアとの彼の荒れ狂う恋愛の記述に言及している。

(20)グリアソンは『ジョン・ダン詩集』の序文で次のように書いている。「だが、これらのもっと皮肉で官能的な詩においてすら、注意深い読者はすぐにダンとオヴィディウスの間の違いを探るでしょう。読者は英国の詩人はローマ人を真似て、堕落は部分的に映し出された堕落であると疑い始めるでしょう」と(p. xl)。

(21)「エレジー一、嫉妬」の全文の引用。部分的に現代風に書き換えられている。小さな誤記がある(Grierson 1, 79-80)。

(22)T・S・エリオットは、ジョンソンの「ペンズハーストに寄せて」('To Penshurst')の中の慈悲溢れる「家」

の描写や「いとしいシリーア、早く来て」（'Come, My Celia'）の彼とシーリアが「二、三の召使いの見張りをあざむく」ことが出来る女たらしの内緒事に言及している（*Volpone*, III, vii）。ダンはこの「召使いの見張り」という言葉を「エレジー 一二」、四一行で「そして見張る召使いがまわりで待ち伏せしている」（And those so ambush'd round with household spies）という形で使っている（Grierson I, 101）。

(23)『若き日の芸術家の肖像』（*A Portrait of the Artist as a Young Man* [1916]）の三章で、アーナル神父は年一度の静修で地獄に関する説教を行っている。ジェイムズ R・スレインは、ジョイスは説教のための主な典拠として、ジョヴァニ・ピエトロ・ピナモンティの「地獄に入らないようにキリスト教徒に注意するために、彼らに開かれた地獄」（Giovanni Pietro Pinamonti, S.J., *Hell Opened to Christians, to Caution them from Entering into it*）のテキストを使ったということを立証した（*Modern Philology*, February 1960, pp. 177-98）。

(24) オヴィディウスの『変身譚』（*Metamorphoses* [XIII, 920 ff.]）で、ボエオティアのアンテドンの漁夫であるグラウクスは、サターンによってまかれた神聖な薬草を食べた後、海神に変えられる。T・S・エリオットは、ダンテの次の一節に見られる『天国篇』（I, 67-8）のグラウクスの変身のところを引用し、それを翻訳している。「その人を眺めているうちに、私はグラウクスが或る草を食べて、他の海の神々とかわるところがなくなったのと同じことが、自分の内部に起こったのを感じた」（*SE* 265/225）。

(25) 第五エレジー「絵姿」（'His Picture'）の間違い。一行目から一〇行目までは部分的に現代風に書かれている（Grierson I, 86-7）。

(26) 二一八頁から二二一頁参照。

(27)「おはよう」（'The Good-morrow'）、一行から二行目まで（'Did, till we lov'd?' と書いてある）

(28)「空気と天使」（'Aire and Angels'）、一行目。

(29)「愛の神様」（'Loves Deitie'）、一行目、（'lovers ghost' と書いてある）

(30) ジョンソンがダンの「腕輪」('The Bracelet' [Elegy XI]) や「凪」('The Calme') を賞賛していることは『ホーソンドンのウィリアム・ドラモンドとの対話』(*Conversations with William Drummond of Hawthornden* [1619]) に次のように記録されている。「彼がそらで覚えている『失われた鎖』についての韻文、そして塵と羽が飛び散ることもなく、すべてが静かだったという『凪』の一節は、ダンが二五歳になる前に、最良の全ての詩編を書いてしまったということを確約している」(*Ben Jonson*, vol.1, ed. C. H. Herford and Percy Simpson [Oxford: Clarendon Press, 1925], p. 135)。エリオットの蔵書の一九三四年の目録 (ボードリアン図書館) は彼の蔵書のこの版の三巻本を列挙している。

(31) 前に引用された「エレジー一、嫉妬」の間違い。

(32) ジェイムズの小説「友だちの友だち」('The Friends of the Freinds') に言及。この小説はもともと「いかに来たか」('The Way It Came' [1896]) として現れたが、後で題名が変えられ『ヘンリー・ジェイムズの小説と物語』(*The Novels and Tales of Henry James* [New York Edition], 1907-9) の十七巻に出版された。T・S・エリオットは一九二七年一月一八日、ジェイムズのことでハーバート・リードに次のようにジェムズの好みを漏らしている手紙を書いた。「彼は自分の最良の作品より幾つかの出来のよくない作品を好んでいる。出来のよくない作品の中では、何かすごいものが吾知らず現れる — 例えば私は特に『死人の祭壇』('The Altar of the Dead') と『友だちの友だち』が好きだ」(*L2*)。

(33) 「嵐」('The Storme') 四五行から五〇行目まで、部分的に現代風に書かれている (Grierson 1, 176)。

(34) 一六〇一年八月一六日の日付で、もともと「霊魂の再生」('Metempsychosis') という題のダンの未刊の諷刺詩で、後の「第二周年、魂の遍歴」('Of the Progress of the Soul : The Second Anniversary' [1612]) と混同されてはならない。未刊であるが、それは五二〇行のダンの長詩である。

(35) ワーズワースの『序曲』(Wordsworth's *The Prelude* [1850]) に後で付け加えられた最も有名なものへの疑似言及。それは、ケンブリッジのトリニティ・カレッジの礼拝堂の玄関にあるニュートンの銅像の「寂念とした面持ち」(silent face) を「思考の不思議な海を一人で航海している精神の大理石の索引」(The marble index of a mind forever/Voyaging through strange seas of thought alone [Book III, 62-3]) と述べたことである。

(36) スタンザ三二、三一九行から二〇行、部分的に現代風に書き改められている (Grierson 1, 308)

(37) スタンザ七、六一行から七〇行。小さな誤記がある。七〇行目は「初めは、天国で、みすぼらしいが、恐ろしい部屋を持っていた」('Had first in Paradise, a low, but fatall roome' [Grierson 1, 297) と書いてある。T・S・エリオットはこのスタンザに関するグリアソンの次のような注釈に同意していない。「この詩から明らかなことは、ダンは最初、エリザベス女王彼女自身は魂の最後の主人役であったことを意図していたことである。第七スタンザに外の他の意味を付け加えることは不可能である」(Grierson, II, 219)

(38) スタンザ一、二行目、スタンザ五二、五一八行目から二〇行目、部分的に現代風に書き改められている (Grierson 1, 295, 316)

(39) ロバート・ドルアリー卿 (Sir Robert Drury [1575-1615]) の一四歳になる令嬢エリザベス・ドルアリー (Elizabeth Drury) が一六一〇年の一二月に突然亡くなったとき、私は「良家の淑女を決して見なかった」と言ったダンは、嘆き悲しむ両親のために「葬送悲歌」('A Funeral Elegy') を書くように促された。ロバート卿は、富豪の地主で、ほんの知り合いに過ぎなかったが、ダンと友達になった。ダンは海外で職にありつくことに殆ど絶望的であった時、かなり割の合う秘書として大陸に招かれた。一六一一年遅く彼らが別れる前に、ダンは最初の詩である「世界の解剖」('An Anatomy of the World') を引き延ばして補足し、この二つを一緒にして『世界の解剖』(*An Anatomy of the World* [1611]) として出版し、『第一周年、世界の解剖』(*The Fisrt Anniversarie. An Anatomie of the World* [1612]) として再版された。

(40) T・S・エリオットは一九二四年一一月八日ケンブリッジ大学のケム・リタラリー・クラブ (Cam Literary Club) の前でチャップマンに関する講演をした。次の日、I・A・リチャーズはドロシア・ピリー

(Dorothea Pilley) に次のような手紙を書いた。「夕べ、エリオットの講演、チャップマンに関する話を聴きました。はっきりとではないが、我々は一般的な話題に関してかなり議論しました。彼はある健全な見解(私の見解を意味している) を持っていたように思われます」(*Selected Letters*, p. 31) と。一一月一二日、エリオットはヴァージニア・ウルフに、全て終えてから、それは出版するに値しないということが分かったことを書き (*L2*)、一一月三〇日には、彼が送った幾つかの詩を気に入ったことを喜んでくれたオトリーン・モレル夫人に次のような手紙を書いた。「それらは私が行っている大きなひと続きの一部分で、―私はケンブリッジでお話したチャップマン、ドストエフスキー、そしてダンテに関する論文でその原理を主張しました―それは、私が進めているもっと革命的なことのある種の気晴らしなのです」(*L2*) と。エリオットは『クライテリオン』にその評論を書き改めて出版しようとしていたが、彼はこの雑誌で、編集委員は病気のために「この号 (April 1925, p. 341) で『ジョージ・チャップマンの無視された側面』("A Neglected Aspect of George Chapman") に関する評論を準備することが出来なかった」ことを読者に公にした。この評論は見失われたが、T・S・エリオットは最近の書評「ウオンリーとチャップマン」("Wanley and Chapman" [*TLS*, 31 December 1925, p. 907]) で、その要約を次のようにした。「詩人であり、学者と同じように思索家であったチャップマンの中に、我々は、たまたま劇作家の面を見る。観念と、思考の『感受性』はチャップマンにとって彼の同時代の人達が意味するもの以上のものを意味した。彼はベン・ジョンソンよりかなり『知的』で、彼なりに、誰よりも神秘家であった。彼は形而上詩人の先駆者であった。チャップマン彼自身統合されていた。つまり、彼の古典的ストイシズムはあの世のものと交差している―多分、これはマルシリオ・フィチーノや類似した作家にある気質からのものである。その結果、彼の悲劇のあちこちで、二重の意義を持つ意味となり、ドストエフスキーと奇妙に類似しているものを与えている」と。T・S・エリオットは、『エリザベス朝文学評論集』(*Elizabethan Essays* [1934]) の新しい版 (1955) の序文で口惜しげに次のように書いて、その原稿を返さなかった。「これらの評論が書かれた私の人生の期間の間、私はあの偉大な詩人で劇作家であったジョージ・チャップマンの作品について書く機会を持たなかった。今では余りにも遅すぎる。長年なおざりにした後、そのような間隙を埋め合わせようとすることは、… 初期の詩の欠点を取り除こうとする試みと同じように殆ど不毛なことであろう」(p. x) と。

(41) 臨終にあるビュッシーは、『ビュッシー・ダンボアの復讐』(*The Revenge of Bussy D'Ambois* [c. 1610]) に先立つ『ビュッシー・ダンボア』(*Bussy D'Ambois* [c. 1604]) で、これらの間違って引用された行 (五幕四場、一〇一行から七行) を話している。

Fly, where the evening from th'Iberian vales,
Takes on her swarthy shoulders Heccate
Crowned with a Grove of Oaks : fly where men feele
The burning axletree : and those that suffer
Beneath the chariot of the snowy Beare,
And tell them all that D'Ambois now is hasting
To the eternal dwellers ...

飛んで行け、夕べの神が、イベリアの谷間から、
日焼けした肩に乗せて、
かしの森で飾られたヘカテを運ぶところへ、飛んで行け
燃える車軸の回転を感じるところへ、また、
雪のように白い熊座が駆ける戦車の下で苦しむ人々のとこへ、
そして、彼らにダムボアは今
永遠なる居住者へ急いでいると。

T・S・エリオットは、最初、「現代詩熟考」('Reflection on Contemporary Poetry' [1919]) で、この一節を間違って引用しているが、ここで、彼は「時々、原典へ自然発生的に燃え移る浸透」の例として、チャップ

マンがセネカの『狂るえるヘルクレス』(*Hercules Furens*)を借用していることを指摘している(*Egoist*, July 1919, p. 39)。そして、その年、エリオットは「ゲロンチョン」('Gerontion')にその一節からの一行 —「ふるえる熊座の軌道の向こうで/旋回した」(whirled / Beyond the circuit of the shuddering Bear [*CPP* 39/23])を適用した。エリオットは、「エリザベス朝の翻訳におけるセネカ」('Seneca in Elizabethan Translation' [1927])の中で、セネカの行を「チャップマンは長く記憶していて、それが『ビュッシー・ダンボア』に現れたに違いない」(*SE* 74/59)ことを見て取り、『詩の効用と批評の効用』(*The Use of Poetry and the Use of Criticism* [1933])の結論で、再び、次のように論じた。「このイメジは、セネカにとって、いわばある個人的な浸透価値をもっていたものと思われます。そして、それはチャップマンにとっても、また私自身にとっても…そう言えるでしょう。いづれの場合においても、そのような強烈な印象を与えるものは、その浸透性であると言いたいのです…それに伴う感情は、作者にとって曖昧なもので、それが何であるか充分には分からないものです」(147-8 /140-41)と。そして、最終的に「韻文思考」('Thinking in Vese')で、彼はチャップマンの一節を「セネカに知られざる複雑な豊かさを持っている…感情の複雑な和音」(*Listener*, 12 March 1930, p. 442)と述べている。

(42) 幾人かの批評家が『荒地』(*The Waste Land*)の五部で喚起したブラウニングの詩(1855)の中で、彼の英雄は、疲れ果て、果てしない探求を続けて、年老いた跛によって暗き塔へ導かれる。ここの場所は、彼の超世俗への変わらぬ感覚が「道に迷った全ての冒険家の中、私の仲間達が/… だが年老いた各々が/道に迷った道に迷った」(Of all the lost adventurers my peers, / ... yet each of old / Lost, lost [lines 194-8])というヴィジョンで強烈にされている。T・S・エリオットは、『荒地』から自分自身のイメジを醸し出しながら、前述のイメジの中のチャップマンの「浸透」のコンテクストで、コールリッジ(Coleridge)の『クブラ・カーン』(*Kubla Khan* ['Or, A Vision in a Dream. A Fragment' 1797])を次のように論じている。「神秘的なインスピレーションへの信仰は『クブラ・カーン』の評判を誇張させたことに責任があります。その断片的なイメジャリーは、確かに、元はコールリッジの読書にあったにせよ、コールリッジの感情の奥底に深く沈み、浸透して変貌したものであり、—『これが彼の眼であった真珠です』—ふたたび、日の光にさらされたものです。しかし、それは役に立ってはおりません。つまり、その詩は書かれなかったのです」（*UPUC* 146/139）と。

（43）ジェラルド・デ・ネルヴァル（Gérard de Nerval [1808-55]）は、夢想と極端な経験の詩人で、短編『シルヴィ』（*Sylvie* 1853）と狂気の物語『夢と人生』（*Le Rêve et la Vie* 1855）の著者で、結局、狂気で打ちひしがれ、自殺に終わった。T・S・エリオットは、ピーター・ケネル（Peter Quennell）の『ボードレールと象徴主義者達』（*Baudelaire and the Symbolists* [1930]）の書評で次のように書いている。「ボードレール後の全体の運動を考えたとき、文芸批評の流れでは、否応なしにヴィリエやジェラルド・デ・ネルヴァルを考えざるを得ないけれども、我々はヴィリエやジェラルドは…主流からの気晴らしであるということを覚えておかなければならない」（*Criterion*, January 1930, p. 358）と。

（44）T・S・エリオットは、ネルヴァルのソネット「廃嫡の人」（'*El Desdichado*'）五行目から六行目までを引用しているが、一〇行目から一一行目の順序を逆にしている（*PBFV* 381-2）。このソネットの後半は、エリオットの「J・アルフレッド・プルーフロックの恋歌」（'The Love Song of J. Alfred Prufrock'）の結論の部分（We have lingered in the chambers of the sea / By sea-girls wreathed with seaweed red and brown）の特徴をなし、このソネットの二行目「廃虚の塔のアキテーヌ公」（*Le Prince d'Aquitaine à la tour abolie*）は『荒地』（*CPP* 75/50）の結論部分の一節（line. 430/429）の中で引用されている。

（45）詩人で批評家であるアーサー・シモンズ（Arthur Symons [1865-1945]）は、『象徴主義の文学運動』（*The Symbolist Movement in Literature* [1899]）―エリオットは、この本の第二版が出版されたときはじめて読んだ―の中で、ネルヴァルの「最後詩篇」（'Vers Dorées'「黄金詩篇」）の九行目から引用した。つまり「彼が言っているように、彼の夢の中には太陽は決して姿を現さない。しかし、誰だって、夜が近づけば、世界の背後に隠れている神秘を信じやすくなるのではなかろうか。

Crains, dans le mur aveugle, un regard qui t'épie !

盲いた壁の中にあるおまえを覗う一つの視線を恐れよ

と彼は素晴らしいソネットの一つで書いているが、その自然の目に見えない注視に対する恐怖は決して彼から消えることはなかった」(改訂版 [New York : Dutton, 1919], pp. 77-8)。ジェフリ・ワグナー訳『ジェラルド・デ・ネルヴァル選集』(Geoffrey Wagner, *Selected Writings of Gérard De Nerval*, p. 255)。

(46)『天国篇』(*Paradiso*, XXXIII, 91-6)、小さな誤記があり、九三行目は 'dicendo questo, mi sento ch'io godo' の誤り。一〇四頁注(33)参照。

(47) 一二九頁から一三〇頁参照。

(48)「世界の解剖」('An Anatomy of the World', line 39-42) 小さな誤記あり (Grierson 1, 232)。

(49) 六三行目から七〇行目、部分的に現代風に書き改められ、小さな誤記あり (Grierson 1, 233)。

(50)「葬送悲歌」('A Funerall Elegie')、五九行目から六二行目まで。部分的に現代風に書き改められ、小さな誤記あり (Grierson 1, 247)。

(51)「世界の解剖」('An Anatomy of the World', line 41-2) 小さな誤記あり (Grierson 1, 232)。

(52) T・S・エリオットが、デカルトの「省察」('*Méditation*') をパスカルの「パンセ」('*Pensée*') と間違えたように見えるのは、多分、エリオットが「パスカルの『パンセ』」('The *Pensées* of Pascal' [1931]) の中で引用した批評、つまりパスカルのデカルトの意味と存在との区別の批評を考えていたためである。この評論で、エリオットが主張していることは、パスカルは「デカルトが失敗したところで成功し」、そして「デカルトについての僅かばかりの文章の中で…パスカルは弱点を正しく指摘している。私はデカルトを許すわけにはいかない。彼はその全哲学の中で、できれば神なしで済ませたいと思った。だが、彼は世界に運動を与えるために、神に最初のひと弾きをさせないわけにはいかなかった。それがすめば、もはや彼は神を必要としない」（*SE* 415/367）ということであった。この付点部分はエリオットのこの評論が「序論」として掲載されている版に翻訳されている（*Pascal's Pensées*, trans. W.F.Trotter [New York : E.P. Dutton & Co, 1931], p. 23）。

(53)「葬送悲歌」（'A Funerall Elegie'）、八一行目から二行目まで。'extasie' と書かれている（Grierson 1, 248）。

(54)ダンは直接、聖テレサを言及していないが、ラムゼー女史が『ダンの中世的諸教義主義』（*Les Doctrines médiévales chez Donne* [p. 235]）で観察したように、ダンとテレサの作品には類似する幾つかの節がある。そして、聖テレサの『生涯』（*Life*）は、ダンの一六一〇年の詩が作り上げられた後一六一一年になるまで現れなかったが、ダンは多分スペイン語で彼女の作品を読むことが出来たのであろう。

(55)一五一頁注（48）参照。T・S・エリオットは「パウロの十字路で行われた説教」（'A Sermon Preached at Paul's Cross' [1616]）で、多分、この逸話のダンの説明を読んだ。「これはローマ教会のあの純潔です。この純潔によって、彼らの間の最後の聖職者の設立者であるフィリップ・ネリー（Philip Neius）は、世俗の世界から彼の心を全く空にしたばかりでなく、その心を神で満ち溢れさせた。というのは彼は時々そのように叫びたがっていた（という話である）から。おお、主よ、私から遠ざかり、そして、私に汝のわずかな部分に触れさせておくれ」（*Ser* I, 186 ; 1626年 *Ser* VII, 334 に列挙されている）と。エリオットが明らかに訪れたアランドルの聖フィッリプ教会の聖フィリップ・ネリーの生涯の段階を表している十二枚のパネルの十番目は、ネリーがミサを捧げている間、彼が恍惚で有頂天になっているのを描いている。

(56)「ジェイムズ一世の死」（'Death of James I' *Donne's Sermons*, pp. 57-8 ; Ser VI, 290）。「あなたが、あなた達の一人に称号の特許状を、もう一人には年金の特許状を、もう一人には免罪符を、もう一人には神の摂理の特許状を署名したあの手が死んでいるのに気づいた時、つまり、管理人の中で彼の封印によって所有を確実にし、紋章院総裁で剣によって名誉を修正し、そして、施物分配係で貧しき者に救済を、彼が直接触れることによって病める者に健康を与えたあの手が死んだことを、そして、彼自身の三つの王国を、彼らのどんな人もお互いに、そして彼のことで不平を言わないように等分に量り、すべてのキリスト教世界の鍵を携え、そして施錠し、適切な季節に軍隊を放ったあの手が死んだことに気づいた時、あなたは、称号や所有、そして寵愛は、何と貧相で、弱々しく、青ざめて、束の間で、はかなく、空虚で、たわいもなく、死すべき物であるかということを否応なく考え、そして、あなたがあの手を見るとき、運命の、キリスト教の運命の、全能なる神の手であった全てのものは死んで横たわっていると考えなければならないのか」

（57）「世界の解剖」(lines 237 - 8, 325 - 6, 369 - 70, 427 - 8) 部分的に現代風に書き改められ、小さな誤記あり (Grierson I, 238, 241 - 2, 244)。

第六講演〔クラッショウ〕

ダンだけに四つの講演を当てた後、クラッショウについて言わなければならないことを一つの講演に凝縮しなければならないように問題を整えたことで私は幾分恥ずかしい思いをしています。しかし、言い訳に、皆さんに思い起こして貰いたいことは、私がおこなってきたのは形而上詩人に関する一連の講演ではなくて、形而上詩、特にその時代の形而上詩の異なった例として三人の詩人を取り扱おうとすることでした。ダンの精神は彼の生きた時代を代表していますが、彼の詩は、彼の時代を全く代表していません。そして、彼にとって特異であるものをその時代の一般的なものと識別することは、彼の場合、他の人達の場合よりもかなり難しかったのです。私はダンはどんな点においても中世的ではないということを主張してきましたが、彼は完全無欠な模範ではありません。というのも、彼は十六世紀と十七世紀の推移を表しているからなのです。クラッショウはチャールズ一、二世の時代であるキャロラインの精神の一層深刻な側面を表しています。そして、彼が吸収した影響、彼が生きた生涯の故に、彼はまたヨーロッパの精神を一層よく表しています。しかし、私はこの講演で試みようとすることはクラッショウのダンとの最も重要な相違を示すだけなのです――彼の精神についての議論や彼が生きた世界に入るためではありません――それというのも、それは我々の目的から我々を散漫にしてしまうからなのです。そして私はこのことを研究書の中でもっと十分に考えるつもりです――実際、この主題についてサント＝ブーヴの『ポール・ロワイヤル』の長くて広がりがある重要な本が書かれたかも知れません。[1]

ダンは一五七三年に生まれました。クラッショウは一六一二年でした。[2] ほとんど四〇年のその違いは重要であります。クラッショウが自分のために選り好みするくらい十分な年になる頃には、イタリア、スペイン、そしてフランスで勢力を増していた趨勢は、彼の世代を作り上げるに際して、英国では既にダンの高い評価と結びつくくらいに強力でありました。ダンから強力な知性を取り除き、その力強い男性的な本質に取って変わって女性的なものに代え、神学的な精神より敬虔的な気質を置き、そして、イタリア文学やスペイン文学の影響を付け加え、英国における政治的教会的な状況の変化に注目してみなさい。そうすれば、クラッショウが分かります。クラッショウは学識があり、幾分知的な人でしたが、本質的に敬虔的で熱意ある気質の持ち主でした。ローマ・カトリックで、トーマス・アクィナスより枢機卿ニューマンと共通点がありました。[3]ニューマンではじまり、アーノルド、ラスキン、そしてペーターを通り過ぎ、フランシス・トムソン、ライオネル・ジョンソン、オーブリー・ビアズリー、そして堕落し通俗化された形においてすらもオスカー・ワイルドまでを含めた感情の趨勢は全く衰えることはありませんでした。[4] 感受性と知性が十七世紀以降、お互い如何に分割されたのかということを示すことは、私の現在の目的にとっては、余りにも難しい問題で、余りにも広範囲な企てであろう。私は私のテーマの次の部分を引き受けます。つまり、私がただ指摘するのは、第三講演で論じられた魂と肉体の問題のように、十四世紀に見出だされなかったもう一つの二分法であるということと、それからクラッショウは思考と言うより感情の側にある人達の一人であるということだけのことです。

クラッショウについて記憶すべき二、三の点があります。彼は宗教的敬虔の雰囲気の中に生まれました。彼は、非常に早く、母、そして彼の継母さえ亡くしました。[5] 満たされない子の渇望は、部分的に聖テレサへの憧憬を招いたということはあり得ることであります。(ついでながら、聖テレサ彼女自身は幾分同じような苦悩を経験したということはあり得ます。我々は、彼女の天国のヴィジョンで、彼女が確認した最初の人は自分の父と母であったということを認めています。)[6] 彼女の父は、少なくとも、その時代のラテン韻文が備えられている蔵書を持っていました。[7] そして、このラテンの韻文は、主にイエズス会員に始まりました。イエズス会員は、私が前の講演で観察したように、[8] 教養ある人々の間で莫大な布教運動を起こしていました。一方において、彼らは自分たちの修道会の中で哲学的思弁や論議のための才能を表した会員を激励することが出来ましたが、他方、彼らは、改宗のために感受性に訴えることは、すべての哲学に値するものであるということを理解していました。そして、修道会の多くの人達は、現実的に、決して文学的価値がないわけではない韻文を作ることに従事していました。それをまとめて考えてみると、それは自国語で今日印刷された韻文と同じトン数以上に比べてまさるとも劣らないものであろうと思います。イエズス会主義は知性を通してダンに入り、そして、それは彼の精神と記憶の中で、カルヴィニズム、ルター主義、そして他のすべてのものと張り合わなければなりませんでした。イエズス会主義は詩を通して、感受性と情緒によってクラッショウの精神に入りましたが、実際上、彼の精神で格闘すべき何物をも見出だされませんでした。

クラッショウが、既にイエズス会の流儀に強力に影響されて、イタリアの詩が自分の好みに非常に合っているということに気づいたということは全く不思議ではありませんし、彼がローマ教会に加わる前に、ロード大主教の教会、つまり祈祷書と「聖なるものの美」[9] のために自分の立場を主張したロードの教会が最も思いやりがあるということに気づいたのも少しも不思議ではありません。そして、ケンブリッジに行き、それから、学寮の一つの学監として気のあった仲間を見つけました。この学寮はロードやチャールズ王を最も強力に援助し、後にその忠誠のためにひどい不利を招くことになりました。[10] 母親を持たないこの若者は注目すべきメアリ・コレットやハンティングドンの近くにあるリトル・ギディングの修道院の社会の影響下に陥りました。[11] このような彼の人生は他のコースを辿ることが出来たのでしょうか。その別な人生は彼が辿ったのとは違った形で終わることが出来たのでしょうか。彼が、流浪の身は非常につらく、ヴァチカンの階段は非常に急で、実際「同胞」は「邪険庸愚」であるいうことが分かった後、イタリアで埋葬されました。[12] 彼は生まれながらの改宗者でありました。彼はエピキュリアンのメイリアスでした。[13]

私が示さなければならないことは、如何に聖テレサの影響がジャンバスティスタ・マリーノと合体し、如何にスペインとイタリアの影響がダンと結びつき、そして、如何にその結果がダンの作品と異なっているかということであります。ついでに、クラッショウのコンシートが如何にダンと異なっているかということを示さなければなりません。

クラッショウはどれくらいスペイン語を知っていたかということは全くはっきりしていません。彼はイタリア語と一緒に独学でそれを習得したと伝えられています。もっとありそうなことは、彼はスペイン語をよく知っていた以上にイタリア語をよく知っていたということであります。そして彼は、一六一二年の英訳で聖テレサ（その当時彼女はマザー・テレサと呼ばれていた）の『生涯』を読んでいたかも知れません。[14] テレサの自叙伝はクラッショウ理解のためにはほとんど不可欠であります。それは非常に面白いばかりでなく、実際、立派な本なのです。それが立派なのは、人物の真の美しさのために、そして作家の気取らない正直さと几帳面さと敬虔のためなのです。たとえば、彼女が、如何にして主が彼女から彼女の十字架を取り上げ、そして、それを真珠で飾って返したのを告げているとき、彼女は、誰も今まで自分以外にその真珠を見ることが出来なかったということを良心的に付け加えています[15]（十七世紀の詩は、我々が少し苦労して真珠を感じ取ることが出来るという点を除いて、真珠で飾られた十字架にかなり似ています）。しかし、我々が強調したいことは、聖テレサは神の愛を人間愛に代用し、神の愛が人間愛の特質をまとう傾向にあるということであります。心理学的な込み入った関係に入りたくはありません。そういったものは既にブレニエール・ド・モンモランやアンリー・ドラクロア[16]によって幾分論じられてきました。そういう問題は私のテーマには相応しくありません。偉大な聖テレサの名声を誹謗と堕落から守ることが必要のようです。私はこの代用の文学的な結果を指摘したいだけのことです。対照的に、ダンテと彼の同時代人の人たちは、神の愛と人間愛は異なっていて、一方が他方に代用されてしまうと必ず人間性を歪めてしまうということに完全に気づいておりました。彼らの努力は、人間愛を神的なものへ進んでいく一段階にするためにその境界線を拡げることでありました。ビアトリーチェが『天国篇』[17]でダンテの面前に現れる前のダンテの言葉を見ると、天国におけるビアトリーチェの自分の感情、高揚した存在にたいする高揚した感情は、神の顕現に関する自分の感情と質において異なっているという疑惑は全くありません。火が彼の体を通り抜けるとき――

Cognosco i segni dell antica fiamma

昔の焔の名残をば我今知る

と彼は言っています。[18] しかし、一六〇〇年代の詩に関してプラッツ氏が「その時代の一般的な傾向は神的情熱を人間的情熱の真の鏡にすることであった」[19]（一四八頁）と言っていることも尤もなことであります。そのことは、人間による神的情熱のこの代用であるここ三百年の信仰詩が一般的に言って劣っている理由の一つだと思います ― とにかく、私にはそうであります ―。もっと柔らかく言わせてもらうなら、この信仰詩に対して一般的に不満足である理由の一つだと思います。新しい情熱が与えられる代わりに、我々は新しく、そして少しばかり非実在的な対象物を持った古いものだけを見つけるのです。その情緒は水で薄められた同じ情緒なのです。私が信仰詩 ― たとえば、希薄にされたテレサであるクリスティナ・ロセッティ[20]のような信仰詩 ― を感ずることが出来ないのは、私自身の人間性の弱さのためであったと思っていましたが、それは、私が『天国篇』、あるいはプルデンティウスからアクィナスまでのあらゆるラテンの賛歌を読む前のことでした。[21]

聖テレサとクラショウが宗教的エクスタシーを探し求めた方法に関する私の批評が正しいとするなら、それは彼らの時代以降のほとんどすべての宗教詩に当てはまります。これらの二人は最もすばらしく最も情熱的なタイプの模範なのです。それはジョージ・ハーバートでも同じです。そう言えるのは、彼は総じて気性が激しくなく、独身で、ローマ教会でなく英国国教会の一員で、[22]中道の少しばかり左よりを歩き、妻と神との間の愛情にあずかった全く普通の人間であったということを考慮した場合のことです。それは、ハーバートの時折の驚くべき語句の表現の適切さを別にするなら、ほとんどの信仰詩の中でも同じことです。例外があるということを私は否定しません。時代は天秤の傾き方で判断されるのです。しかし、その例外は私にはほとんど偶然のように思われます。ヴォーンの有名な

I saw Eternity the other night
Like a great ring of light

先日の夜、私は光の大きな環のような
永遠を見た(23)

というような詩はダンテの次のような詩の思いがけない反響なのです。

La froma universal' di questo nodo
Credo ch'io vidi…
Ciò ch'io dico è un semplice lume…

萬物を齊へ之をかく結び合わすものを
我は自ら見たりと信ず…
かのものはただ単一の光の外ならざるがごとくなり(24)

それは、享受の瞬間ではなくて、観想の瞬間なのです。しかし、ヴォーンは、我々の目的のために、詩と言うよりは詩行を作り上げて行く途轍もない詩人なのです[25]。

ダンは思考の酒色に耽る人と呼ばれるかも知れません。それに対してクラッショウは宗教的情緒の酒色に耽る人と呼ばれることが出来ます。クラッショウは、自分のイタリア的模範よりも、巧妙な機知を持ち、強力な感情を持っています。その時代のすべての詩人の中で、彼は感受性において聖テレサ彼女自身に最も近い人です。ダンはクラッショウの精神に入り込み、イタリア人は彼の言語［の中］に入り込みましたが、聖テレサは、彼女がクラッショウのもっと厳格なイタリア的原型を所有することが出来なかった時、クラッショウの心情に入り込み、それを所有しています。マリーノの中の意図的に見える扇情主義は、クラッショウでは自然発生的に見えます。しかし、ダンの場合、思考は、それぞれが吟味され賞味されて、幾つかの思考に分裂されるように、そのように、クラッショウの場合、情緒は幾つかの情緒に分裂されます。全部の詩を伝える一つの情緒の代わりに、皆さんは、あたかも、しらふになるのを恐れる時お酒を飲む人のように、情緒を情緒に積み上げさせます。ダンにおけると同じような絶えざる気晴らしと分散があります。私が幾つかの思考と呼び、やがて機知と呼ぶことが理解される思考は、それが衰えないように、感情を刺激し、それを過度に刺激することが要求されます。

クラッショウのもっと重要な詩へ進む前に、彼の『王の旗』の意訳された一つの韻文をフォルトゥナトス[26]の元々の賛歌と比較してみましょう。賛歌と聖歌のこの翻訳と賞賛はその時代の時折の気晴らしでありました。

Vexilla regis prodeunt,

Fulget crucis mysterium
Quo carne carnis conditor
Suspensus est patibulo …

王の旗が現れ
神秘的な十字架を退けた
それ故に、高々と肉の創始者は
吊り下げら磔にされた

これは教会の最もすばらしい賛歌の一つではないと思います。そして、「高々と肉の創始者は」には、ちょと機知がありますが、クラッショウがそれで作り上げているものを見てみましょう。

Look up, languishing soul! Lo where the fair
Badge of thy faith calls back thy care,
  And biddes thee ne're forget
  Thy life is one long debt
Of love to Him, who on this painful Tree
Paid back the flesh he took for thee.

見上げなさい、弱まり行く魂よ、見よ、
汝の信仰の美しい章が、汝の憂いを呼び戻し
　汝に忘れないように命じたことは
　汝の人生は、長きにわたる
神に対する愛の負債であることを、神は痛々しい十字架の上で
汝のために彼が受けた肉を払い戻したのだから。[27]

同胞以外の「弱まり行く魂」への勧告（クラッショウの時代、魂は、テレサが文字通りそうであったように、すぐに弱まり卒倒した）、負債と支払いといった気を散らすようなコンシートの導入、創造者への「愛」の義務、そして十七世紀の説教に見られる勧告的な調子を御覧なさい。

Lo, how the streames of life, from that full nest
Of loves, thy lord's too liberall breast,
　　Flow in an amorous flood
　Of Water wedding Blood,
With these he wash't they stain, transferr'd thy smart,
And took it home to his own heart.

見よ、如何に、生の流れが、あの申し分のない
汝の主の余りにも寛大な胸である愛の巣から、
　血と結びついた水の
　　多情な洪水となって溢れ出るかを、
この流れで彼は汝のしみを洗い落とさなかったし、汝の痛みを
移さなかったし、それを完全に自分自身の心に入れなかった(28)

「愛の巣」、「多情な洪水」、水と血の結婚、主と帰依者との個人的な関係をご覧なさい。情緒のあらゆる構造への傾向というより、別々のイメジにそれぞれ見られる情緒の連鎖への傾向をご覧なさい。それというのも、その傾向は、一方の印象から他方の印象を作り上げるというより、一方の印象を他方の印象によって辿る扇状主義の傾向であるのだから。それは我々をウィリアム・ジェイムズの『根本経験論』(29)へと導くことになります。

詩をひと続きの真珠にしたり、構想を持たない全く押しつぶされた美の庭園にしようとする性癖は、その時代のヨーロッパ大陸のイエズス会の詩には非常に著しいことで、このことは、プラッツ氏が詩人達のギリシャ詩華集への好みを表している最も興味ある一節(30)で、十分に論じられてきたところです。詩は、しばしば、それぞれに驚くべき比喩を含んだひと続きの小さな詩やエピグラムに過ぎません。クラッショウの二つの詩、一つは非常に悪く、一つはかなり良く、そして、この二つとも一六〇〇年代の流儀では美しいこのクラッショウの詩は、このことを例証しています。私は彼の「涙」と「涙する人」(31)の二つの詩を言っているのです。涙腺の分泌はクラッショウだけでなく、その当時の彼のヨーロッパ大陸の同輩をも引きつけた機能であったと見ること

が出来ます。そして、繰り返して見られる詩的シンボルに興味を持っていらっしゃるかも知れない心理学者に、私はこの十七世紀の現象の研究を提案します。

二つの詩の中で、「涙」の方を詳しく吟味したいと思います。それというのも、それは、他のものほどばらばらではありませんが、グロテスクでぞっとし、それ故に、もし我々が同時にそれはまたそれなりに美しいということが理解できるなら、我々は理解の勝利を収めたようなものに達成し、そして、十七世紀の嗜好と気質を把握するのにかなり役立つことになるからなのです。問題となっている涙は聖母マリアの目の中で輝いています（というのは、私はこの詩はマグダレンではなくて聖母マリアに関わっていると信ずるからなのです）。八節は涙に関する八つのそれぞれの空想です。

What bright soft thing is this
Sweet Mary thy faire eyes expence?
A moist sparke it is,
A watry Diamond; from whence
The very terme I thinke was found,
The water of a Diamond.

この輝かしく澄んだものは何なのか
優しいマリアよ、汝の美しい目が費やしたものなのか

それは湿っぽい火花で
水のダイアモンドである。そのために
私が思うには、ダイアモンドの水と言われる由縁である。

「澄んだもの」は、涙のためには、良いが、「湿っぽい火花」は、もっとよく、すばらしい言いぐさです。[32]「ダイアモンドの水」はすばらしい機知であります。

O 'tis not a teare,
'Tis a star about to drop
From thine eye its spheare,
The Sum will stoop and take it up,
Proud will his sister be to weare
This thine eyes Jewell in her eare.

おお、それは涙ではない
それは、落ちんとする一つの星で
天空たる汝の目からのものである
太陽は身をかがみ、そして、それを取り上げ

その妹は誇らしげに
この汝の目であるこの宝石を自らの耳飾りにするでしょう。

次に「おお、それは涙である」と言われます。そして、これは満足行くように証明されます。そんな訳で、我々は、たとえその進み具合が退屈なものであろうとも、六節に進みます。

Faire drop, why quak'st thou so?
Cause thou streight must lay thy head
In the dust? O no,
The dust shall never be thy bed;
A pillow for thee will I bring,
Stuft with down of Angels wing.

美しい涙よ、汝は、何故そのように震えるのか。
汝は汝の頭を真っ直ぐに塵に寝かせなければならないからというのか、
いや、そうではない
塵は決して汝の床にはならないでしょう。
私は汝に枕を持って行く、

天使の翼の羽毛を詰めて、[33]

これはダンよりも一枚うわてに出ています。ダンは、ご記憶のことと思いますが、うなだれているすみれの頭のための枕として土手を使っていますが、クラッショウは、――涙の――頭のための枕、それは、羽毛、それもその時、羽毛が生え代わっている天使からの羽毛で詰まっている枕を使っています。我々はこんな奇怪なものを書くことが出来た作家の精神状態を感知することは出来ません。唯一の方法は、最初に書いたものを消して別のものを書けるようにした羊皮紙のように――私は繰り返しますが、それは美しさを持っているからです――、その妙な美しさが表れるまで自分自身にその節を繰り返すことです。そして、その効果は単に耳に及ぼすだけではないと信じます。私が確信しているのは、このイメジャリーのようなそんな気まぐれを準備する際なされた幾らかの知的労働量だけでなくて、その喜びの中にはある知的な構成要素があるということです。それは、あたかも感覚と思考との間の自然なつながりを壊して、断片からある全く恣意的な結びつきを作り上げるようなものです。この詩のタイプとシェリーやスウィンバーンのタイプとの間の類似と相違に注目しなさい。クラッショウの少なくとも三つの詩――「涙」、「涙する人」、そして「恋人と思われている人」[34]（クラッショウの世俗愛についての唯一の詩は恋人と思われている人であるということは正しいことです）――とシェリーの「ひばり」との間にある類似は明らかで、今までしばしば注目されてきました。「ひばり」は、虹色で豊かな美しさの中の結びつきのないイメジやエピグラムの連続で、それは余りにも綿密な観察には耐えられないでしょう。メロディーすらクラッショウの次の一節を思い起こさせます。

The dew no more will weep
The primrose pale cheek to deck;
The dew no more will sleep
Nuzzled in the lily's neck …

しずくは、もはやこぼれ落ちることはない、
美しく飾られる桜草の黄色い頬を濡らすために。
しずくは、もはや、眠ることはない、
百合のうなじに抱き寄せられて…[35]

あるいは

Golden though he be,
Golden Tagus murmures tho;
Were his way by thee,
Content and quiet he would goe.
So much more rich would he esteem
Thy sylver, than his golden stream.

テイガス川は黄金であろうとも
その黄金の流れが音を立てようとも
その川が汝から流れることが出来るなら
その川は満足し静かになるであろう
その川がかなり豊かに評価するのは
その黄金の流れというより、汝の涙である銀である。(36)

このようなクラッショウの「涙する人」と次のような一節との間の相違は何であるのか。

Sound of vernal showers
On the twinkling grass,
Rain-awakened flowers—
All that ever was
Joyous and clear and fresh— thy music doth surpass.

きらきら光る草にふりそそぐ
春雨の音
雨で目覚めた花—

今まで喜ばしく清らかで新鮮であった
すべてのもの—をお前の調べはしのいでいる[37]

あるいは

The world's great age begins anew,
　The golden years return,
The earth doth like a snake renew
　Its winter weeds outworn.

世界の大いなる時代は新たに始まり
　黄金の時代は立ち返り
大地は蛇のように着古した
　冬枯れの草を新たにする[38]

あるいは

Violets that plead for pardon

Or pine for fright

許しを求めて哀願し
あるいは恐怖にやつれるすみれ[39]

あるいは

That noise is of Time,
As his feathers are spread
And his feet set to climb
Through the boughs overhead,
And my foliage rings round him and rustles, and branches
are bent with his tread,

時のあのざわめきは
時の羽が拡がり
そしてその足音が登り始め
頭上の枝を通り

そして私の葉が時の回りを取り巻き、そして枝が
時の足どりでたわむとき[40]

私が一般的な相違を大目に見るのは、二百年にわたる思考、信仰、懐疑、そして構想のためなのです。私はもっと小さな相違から進みたいと思います。ダン、マーヴェル、クラッショウ、マリーノのイメジャリーはしばしば予期に反するものです。それは常に意図的なものです。意味は捻られ、類似点は強制されていますが、それはただ意図的な喜びを生み出しているだけです。それは天使の羽毛で作り上げられた枕の上の涙の頭を支えているのを想像しようとする異常な感覚です。しかし、シェリーやスウィンバーンのイメジャリーは単に不注意なだけなのです。彼らは、精神を刺激する意図的な方法である十七世紀のあのウィトを欠いているのです。一三〇〇年代は知的秩序の正確な記述を持っていました。一六〇〇年代は知的混乱の正確な記述を持っていました。シェリーとスウィンバーンは知的混乱の曖昧な記述をしました。私がシェリーの韻文もスウィンバーンの韻文も綿密な吟味には耐えられないであろうと主張しているとき、彼らが馬鹿であるということをほのめかしているのではありません。彼らは学識がありました。シェリーはまあまあの哲学を持っておりました。スウィンバーンでさえ自分の功績が認められる以上に頻繁に考えたに違いありません。私が引用した彼の「ハーサ」にはエマーソンを急いで読んだ形跡があります。[41] しかし、彼らの精神は子供の手で急いで組み立てられた時計のようなものでした。つまり、彼らの韻文には思考と感情の間に本当の親密さがありません。『エピサイキディオン』を読んでみなさい。そうするなら皆さんは幻想の中へ消え去ってしまいます。[42]『世界の解剖』を読んでみなさい。そうするなら皆さんの精神は絶えることなく煩わされるでしょう。そして、これは、多分シェリーと

スウィンバーンの言葉上の音楽の相対的な生硬さを解く鍵なのです。チャールズ一世、二世時代の後、英語の作詩法は、十八世紀の間に完全にされた一、二の形式を除いて、確実に悪くなって行ったと言っても言い過ぎではありません。テニスンの韻文の幾つかは途轍もない技術的な手腕を示し、シェリーやスウィンバーンのどんなものよりも優れています。(43)私は、テニスンの完全な手腕は、単にいい加減な問題や耳の退廃の問題ではないということを示すために彼の手腕を引き合いに出すのです。それは知性の崩壊では一歩進んだ段階で、音とイメジと思考の一歩進んだ分離なのです。十九世紀フランス韻文の技術の復活は、疑いもなく形而上的な精神の持ち主であるボードレールに端を発したのです。十七世紀は知性を分離し、そして情緒を分離した。韻文における音と意味の分離は後で起こったことであります。英詩で遂げられたこの種の再統合は、非有機的で、私が話した作詩法の生硬さに終わってしまいました。この理論に判断を下す前にスウィンバーンの「ハーサ」、あるいはアーノルドの「漂泊の学徒」を読んでみなさい。(44)

もし私の理論が正しいのなら、マリーノや彼の主だった退屈な同時代の人達を非難することは間違いです。私は十六、七世紀のイタリア詩の権威筋ではありません。そして、それは決して私の趣味に合ったものではありませんが、マリーノの詩に見られる特異な美を発見することが出来ました。主題がクラッショウの詩と似て、そして、同じような方法で、一連の結びつきのないコンシートで取り扱われている彼の「キリストの足下のマグダラ」のような詩を取り上げて見なさい。至る所に精神のためのある種の訓練があります。それは言語に美を与え、韻文に堅固さを与えています。

Dalla testa e da'lumi

e di chiome e di lagrime confonde,
sparse in lucide stille e'n tepid'onde,
costei, torrenti e fiumi,
Oh ricchezza, oh tesoro!
Due piogge : una d'argento e l'altra d'oro.

In convito pomposo
offerse Cleopatra al difo amante
di perle in vasel d'oro
cibo insieme e tesoro ;
ed or la tua fedel, caro amoroso,
il questa ricca mensa, a le tue piante,
mira, deh, mira come
offre in lagrime perle ed oro in chiome !

頭から、そして目から
髪をなびかせ涙を流し、彼女は入り交じって、
光り輝くしずくと生温い波の中で四散した。

小川で川である彼女よ
おお、豊饒よ、おお財宝よ
したたり落ちる雨、一方は銀で、他方は金である

豪華な宴で
クレオパトラは自分の忠実な恋人に
黄金の器にある幾つかの真珠、
財宝のみならず食物をも差し出した。
そして、今、あなたの忠実な者である、親愛なる恋人よ、
この贅沢な宴で、あなたの足下で
ご覧なさい、ああ、しかとご覧なさい
彼女の涙で真珠を、髪で金を差し出しているかということを。[45]

現代精神にとって、マグダラのマリアに寄せる詩（それはそのエピソードのラテン語訳聖書のテキストでまた飾られています）の中のこのクレオパトラに寄せる才気あふれる言及は、不適切であるように思えるかも知れませんが、十七世紀の精神にとってはそうではありません。[46] これらのイタリアの詩人達は、美しく、そして、ヴィーナスや聖母マリアと同じ立場で書くことが出来ました。マリーノは、クラッショウと同じように、自分の宗教詩で好色的な熱情に耽っています。マグダラのマリアは神と天使を自分との恋に陥らせたのです。彼女

はキリストの愛しい恋人でした。それはダンテの最初の愛とは非常に違うように思われます。[47] そして、絢爛たるバロックの文体には金、パール、大理石そして雪花石膏があふれています。

私はマリーノを、純然たる英国人であるクラッショウを惑わす繊細すぎるイタリア人としてご披露してはおりません。やや病的な感情の強烈さにおけると同様、コンシートの行き過ぎにおいて、英国人は彼に不利な条件を与えています。マリーノにあるかも知れませんが、私は、涙の頭のための枕のコンシートと同じようなびっくり仰天させるようなすごいコンシートに出会ったことはありません。そして、マリーノ、グァリーニ、[48] そして、ラテンのイエズス会員から多くの面白いコンチェッテの例をあげたプラッツ氏は、クラッショウは、バロック時代の人達より一層バロック的であり、十七世紀の人達より一層十七世紀的であるということに同意しています。[49] もしクラッショウが今日生きているなら、フローレンスかローマに住むことさえ出来たであろう。

クラッショウの二つの目立った詩は、疑いもなく聖テレサについての詩、「御名と栄えに捧げる賛歌」と「書籍と肖像に寄せて」（肖像と彫像に寄せる詩を書くことはその時代の気質にあっていた）であります。

Love, thou art absolute, sole Lord
Of life and death.

愛よ、汝こそ生と死を司る
絶対的で、唯一の主なり

八音節のリズムの歴史においては新しく独創的な動きであります。

To prove the word
We'll now appeal to none of all
Those thy old soldiers, great and tall,
Ripe men of martyrdom, that could reach down
With strong arms their triumphant crown:
Such as could with lusty breath
Speak loud, unto the face of death,
Their great Lord's glorious name; to none
Of those whose spacious bosoms spread a throne
For love at large to fill. Spare blood and sweat:
We'll see Him take a private seat,
And make his mansion in the mild
And milky soul of a soft child.

その言葉を証明するために
我々は今や、強い腕で勝利の王冠を

手にすることが出来た
偉大で勇ましい年老いた戦士
老齢の殉教者といったあらゆる人達に訴えないでしょう、
また、死に際に、元気一杯の息づかいで
自分達の偉大な主の荘厳な名を
声高に話すことが出来るそのような人にも、それから
広々とした胸が自由に愛を満たすために王権を拡げるような
人達にも訴えることはないでしょう。血と汗を控えなさい。
我々は主が秘密の座を取り
そして、心の中で自分の館を
優しい子供の柔らかな魂をお作りになるのを目にするでしょう。(50)

リズムは、この韻文形式が以前にあるいはそれ以降に取り扱われてきたよりも、もっとうまく、そしてもっと変化に富んで、これを取り扱った時代では、全くクラッショウ自身のものであります。それは、スウィフト—後の時代のこの形式のもう一人の巨匠である— の二行連句と異なるように、技術的に、マーヴェルやキングのそれと異なっています。言語は単純で、そして語彙は、グレイやコリンズのよりもずっと「人工的」ではなく気取ってはいませんが、(51) それは読み易くはありません。皆さんは、それと共にゆっくり動き、そして、それを考えなければなりません。皆さんがそれを急いで通り抜けることが出来ないのは、皆さんがスウィンバー

ンが全く油が乗り切った時でも彼を急いで通り過ぎることが出来るばかりか、そうしなければならないからです。しかし、最も驚くべき一節は「書籍と肖像」からのものです。それは別の時間に、そして、残りの詩よりももっと緊張して書かれたに違いなく、それだけが『オックスフォード英詩集』に載せられています。[52]

O thou undaunted daughter of desires!
By all thy dower of lights and fires;
By all the eagle in thee, all the dove;
By all thy lives and deaths of love;
By thy large draughts of intellectual day,
And by thy thirsts of love more large than they;
By all thy brim-filled bowls of fierce desire,
By thy last morning's draught of liquid fire;
By the full kingdom of that final kiss
That seized thy parting soul, and seal'd thee His;
By all the Heav'n thou has in Him
(Fair sister of the seraphim!)
By all of Him we have in thee;
Leave nothing of myself in me.

Let me so read thy life, that I
Unto all life of mine may die!

ああ、汝、欲望の剛毅な息女よ
汝の受ける光と火の遺産にかけて
汝の中にある鷲と鳩のすべてにかけて、
汝の愛の生と死のすべてにかけて
知性の日の満腔の呼吸にかけて
そして、それらに遥かに勝る汝の愛の渇きにかけて
汝の大杯に溢れる烈しき欲望にかけて
汝の最後の液状の火の一飲みにかけて
汝の去り行く魂を捉え、汝を彼のものに封じ込める
あの最後の口づけの充分なる王国にかけて
汝が彼の中で持っているすべての天国にかけて
(セラフィムのうるわしき妹よ)
我々が汝の中で持つ彼のすべてにかけて
我の中に私自身のどんなものをも残すなかれ
我が命のすべて私が死ぬことが出来るよう

私に汝の生涯を読ませ給え。

私は、これを引用した後で、クラッショウのこれ以上のものや類似の韻文を引用したくありません。我々は、この時期の英国やイタリアの韻文に少しでも精通しているため、光や火、生と死や渇きといった幾つかの月並みのコンシートを認めることが出来ますが、そういったものは分析を越えて融和され、批評を越えて完全にされています。これは官能的宗教的緊張の不思議な時期の宗教的感情の究極的文学表現なのです。

今や、我々はダンのコンシートとクラッショウのコンシート、そしてダンの形而上性とクラッショウの形而上性の違いを決定することが出来るような点に達しました。ダンにおいて、最も特徴的な形式のコンシートは、恋人達と一対のコンパスのように、観念を強調するために直喩と隠喩を途方もなく展開しているものであります。つまり、焦点は、独創的な観念から、直喩または隠喩が詳細に達成されるに必要な正確さに見られる喜びに移されています。イメジは常に独創的で、そして、しばしばダンが持っていた得意な学識の蓄えから引き出されています。たとえば、私が既に引用した次に見られるクリーヴランドの韻文は直接にダンの影響下にあります。

Why doth my she-advowson fly
Incumbency?

何故、私の愛の授与権は

この重荷から逃れるのか[53]

そのようなイメジは、敢えて言いますが、イタリア人やイタリア化した人達、そして、またゴンゴラ[54]にとって野蛮で衒学的に見えたことでしょう。ゴンゴラに触れなかったのは、そのような難しい詩人をすらすら読めるくらい十分にスペイン語を知らなかったからであり、また英国の詩人にとって、ゴンゴリズムの影響はマリニズムほど大きくないように私には思えるからです[55]。クラッショウの場合、マリーノと同じように、知的興味はかなりせばめられていたので、イメジャリーは限定されていて、型にはまったものです。ダンにおいて思考のある種の放浪は、クラッショウにおいてほとんど感情の強情さになっています。クラッショウのコンシートはもっと簡潔で、ショックと驚きはもっと激しく、そしてもっと頻繁で、ほとんどリズミカルに規則的であります。知的努力はその広がりにおいて限定され、巧妙なトリックやエピグラムに集中されています。ダンが冗漫な印象を与えているのは、冗漫さは彼に自発的に喜びを与えているからなのです。クラッショウは熟考されたパターンの中に人を感動させる印象を与えています。クラッショウは、もし「人工的」という言葉が惑わせることがないなら、かなり「人工的」です。ダンの場合、思考の崩壊はコンシートを生み出すが、コンシートは、独創的な思考にその源を発しています。クラッショウの場合、思考の崩壊は、イタリアの手本の助けもあって、ほとんど審美的になっています。ダンは、コンシートを作り上げようが上げまいが、思考し、クラッショウはコンシートの中で、そして、そのために思考します。そして、コンシートはそれ以上進められません。

　クラッショウは、イタリア人と同様に、ダンによって影響されました。他の幾人かの詩人達は、また、この両者に影響されました。たとえば、マーヴェルは、もっとコンシートされた韻文で、両者に依存しています。

彼が漁師について次のように話す時、

like Antipodes in shoes
They shod their heads in their canoes,

まるで対蹠人たちが靴をはいたとでもいうふうに
頭にその舟をはいた。[56]

彼は、ダンが使用したかもしれないが、かなりの長さで使ったであろうある種のコンシートを使っています。ダンが拡張しがちなところで、他の人達は縮小しがちです。しかし、マーヴェルが次のように言うとき

Annihilating all that's made
To a green thought in a green shade

作り上げられたものをすべて滅却し
緑の蔭に宿る緑の想いに帰しながら[57]

彼は直喩あるいは隠喩の限界を超えてしまうコンシートを使い、そして、異質のものを全く恣意的に結びつけ

るようになります。そして、彼が次のように言うとき、

the brotherless Heliades
Melt in such *amber* tears as these

兄をなくしたヘリアデスは
このような琥珀の涙に溶けてしまう(58)

彼は全くクラッショウやイタリア人の審美の中にいます。

この審美は、知的なためらいを持たないが、知性の拷問からの喜びがない訳でもない華麗な性質の「美」の追求に耽溺することです。しかし、私がクラッショウを形而上詩人として分類するのは、彼がコンシートを使っているという理由に基づくのではありません。もしそうであるのなら、私はマリーノ、グァリーニ、ゴンゴラ、そして残りの人達をも形而上詩人として認めなければならないでしょう。コンシートは十七世紀の形而上性の表現に相応しいのですが、コンチェッティズモと形而上性は同じではありません。それは、クラッショウは確かに、ジョージ・ハーバート、トラハーン(59)、あるいはヴォーンよりも遥かに、思考の領域に通常属するものの一部分を感情の領域内に明確に持ち込んだ人達の一人だからなのです。その結果は人間精神の勝利というよりは遥かにダンテのグループの偉業であり、その本質において疑わしく危険であり、また、それは人間感情の広がりというよりその代用であります。しかし、これらの結果は別の問題です。何度もお話してきたように、

ダンテにおいて思考と感情の体系、つまり、その場で感じられ思考される体系のあらゆる部分と感じられ思考される全体系が得られるのです。それは、主に「知的」とか、主に「情緒的」と言うことは出来ません。思考と情緒は同じものの裏面だからなのです。ダンには、感じられる一連の思考があります。クラッショウには、少しばかり対立物を無理に適用することによって、思考される一連の感情があると言えるかも知れません。どちらにも完全なバランスはありません。

形而上学の詩が消滅する前に、現在、一人の人間の最後の変容の研究が取り残されています。その人間は、ダンやクラッショウの何れかに比べるなら、思考と感情の両方において並ではあるが、幾つかの側面においてまだ議論されていないどんな二流の詩人達の個性よりも著しい個性を持ち、それ故に、すばらしい見本となる人、つまり、エイブラハム・カウリーであります。[60] そして、カウリーとともに、チャールズ一世[61]の得体の知れない十七世紀は、ドライデン、スウィフト、ポープ、ゲイ、そしてボーリングブルックの現代的明瞭さに消えてしまいます。彼らの精神的情緒的な構造は我々自身と非常に似ていると私は想像します。

注

(1) これは、T・S・エリオットが『ダン派』(*The School of Donne*) を書く意図と、その研究の手本と範囲についての最初の考えにはじめて言及しているものである。彼はプラッツの本(一〇五頁注〔35〕参照)について次のように書いた。この本は「幾分辛抱強いサント＝ブーヴのために、また英文学に関して広範にわたる『ポール・ロワイヤル』のために十分な素材があるということを提示している」と。そして、後に一九二六年、彼は「十七世紀は大変な重要性を持つ時期であるということが最近だんだん明らかになり、そしてサント＝

ブーヴの『ポール・ロワイヤル』の多くの書かれるべき姉妹編がある」ということを唱えた（*TLS*, 11 November 1926, p. 789）。T・S・エリオットはハーヴァード大学で、アービング・バビット（Irving Babbitt）のもとでシャルル・オーギュスタン・サント＝ブーヴ（Charles Augustin Sainte-Beuve [1804-69]）の作品を研究し、彼の蔵書には、ポール・ロワイヤルのジャンセン派教団とイエズス会の修道会との間の十七世紀の論争の研究である『ポール・ロワイヤル』（*Port-Royal* [869-71]）の七版本があった。彼はその葛藤について「ジャンセニストでもイエズス会員でもなく、キリスト教徒でも異教徒でもなく、どちらの見方もしなかったという天才的批評家の立場から見た非常にすぐれた解説がサント＝ブーヴの大著『ポール・ロワイヤル』にある」（*SE* 406/358）と書いた。彼はやがて、現代批評はサント＝ブーヴの仕事ではじまると論じた「批評における実験」（'Experiment in Criticism' [1929]）で、彼に対する好意を表すことになった。この評論でエリオットは次のように言っている。「彼は人生、社会、文明、そして歴史研究が喚起したあらゆる問題について絶えざる好奇心を持ち得た人であった … 彼は、現代世界の中で、文学の細分化された問題の背後にあるもっと大きな暗い問題を考えざるを得ないということに気づいたという点において、典型的な現代批評家である」（*Bookman*, November 1929, p. 229）と。

（2）この時期、ダンの誕生日を（『英国人名辞典』に見られるように）一五七三年とするのが習わしであったが、その後、一五七二年の一月二四日と六月一九日の間に生まれたということが定説になった。クラッショウの誕生は、普通には一六一三年とされているが、正確にはまだ分からない。しかし、一六一二年の終わりか、あるいは一六一三年のはじめのほうであった。T・S・エリオットは「十七世紀の信仰詩人達」（'The Devotional Poets of the Seventeenth Century' [p. 553. 四九頁注（36）参照]）で、ダンの日付を「一五七三年頃」とし、クラッショウの日付を一六一三年とした。

（3）叙階された英国国教会の司祭でオックスフォード運動の指導者であるジョン・ヘンリー・ニューマン（John Henry Newman [1801-90]）は、一八四五年にカトリック教会に受け入れられ、翌年、司祭に叙階され、一八七九年に枢機卿にされた。彼は『我が生涯の弁』（*Apologia Pro Vita Sua* [1864]）の中で自分の揺らぐ宗教的立場の経歴を出版した。クラッショウの叙階の記録は抹殺されたが、彼は一六三九年英国国教会の助任司祭の職を受け、一六四五年カトリック教会へ受け入れられた。

(4) T・S・エリオットは「アーノルドとペイター」('Arnold and Pater' [1930]) の中でこの感情の流れを探索したが、この評論での彼の明白な目的は「もちろん、ニューマンの孤独な姿を背景にして、アーノルドから、ペイターを経由し、九十年代までの方向性を指摘することである」(*SE* 431/382)

(5) クラッショウの母、つまりジョン・ルースの娘のヘレンであるが、彼女は彼が幼児の時亡くなった。彼の継母であるエリザベス・スキナーは、クラッショウに対する愛情で褒め称えられたが、彼が七歳の時お産で死んだ。

(6) そのヴィジョンは『イエスの聖テレサの生涯』(*The Life of St. Teresa of Jesus.* 2nd ed. trans. David Lewis [London: St Anselm's Society, 1888]) 三八章の一の中で次のように記述されている。「私はほんの二、三秒間だけ、このようにそこに留まっていたが、その時、私はどうすることもできないそのような激しさで心を奪われてうっとりした。私には天国に引き上げられたように思われた。そこで私が見た最初の人達は私の父と私の母であった。私はまた外の物を見たが、この時はアヴェ・マリアが唱えられるよりも長くはなかった。そして、私は、その全てを余りにも大きな恩寵と見なして、それに驚いた」(p. 324)。

(7) ケンブリッジで教育された厳格なピューリタンの牧師であったウィリアム・クラッショウ (William Crashaw [1572/-1626]) は、五百の写本 —ウェルギリウス (Virgil)、スタティウス (Statius)、オヴィディウス (Ovid)、ガウワー (Gower)、聖ヴィクトールのフーゴとリチャード (Hugh and Richard of St Victor) を含む— と三百冊の印刷された本 —それらの多くはカトリック文学、特にイエズス会士文学の論争的収集家審問官として蓄積されたものだが— のかなりの蔵書を持っていた。教皇を非難し、イエズス会の異教徒を暴露する欲望に駆られて、彼は『イエズス会の福音書』(*The Jesuites Gospel* [1610]) のような反カトリック冊子を出版した。彼は、ピューリタン的信仰と腐敗していない教父を結びつけようとして、『真のカトリック教徒のための手引き、一握りの、あるいは心のこもった聖なる瞑想と祈り』(*A Manuall for True Catholickes. A Handful, or rather Heartfull of Holy Meditations and Prayers* [1611]) の正統ラテン詩の彼自身の英語版を出版した。彼は一六二五年、その蔵書の大部分をケンブリッジの聖ジョンズ・カレッジに売り払ったけれども、それでも充分なくらいの蔵書が残され、詩人である彼の息子が皮肉にもカトリック作家達やカトリック精神に引き入れられてしまった。

(8) 二九頁参照。

(9) キャンタベリーの大司教で高教会派のアングリカニズムあるいはロード党の指導者であるウィリアム・ロード (William Laud [1573-1645]) は、英国国教会の中でピューリタニズムの厳しい反対者で、特に祈祷書に関するものを変えようとすることに反対であった。ロードの「祈祷書に言及しながら、主の言葉と封印に関する演説への…答弁」('The Answer … to Speech of the Lord Say and Seal, Touching the Liturgy,' *Works*, VI [Oxford : John Henry Parker, 1857], p. 107) において、彼が『祈祷書』(*The Book of Common Prayer*) の「詩篇」一一〇の中で次のように主張している。「人々は『聖なる崇拝をもって、あるいは「聖なるものの美の中で」自らの自発的な供物を捧げるよう』に言われている。多分、彼の主はこの翻訳を許さないであろうが、今までのところ、その語句の使用を見る限り、彼は許されている。そして、美しさを留めている納屋は教会と同じくらいよいという理由で、『聖なるものの美の中で』(これは原文に近い形を留めているが) という翻訳は彼の意に満たない」と。この年遅く、T・S・エリオットは、「クリストファー・レンやその一派の名前」ではなく、ロードと「聖なるものの美」の名の下に、シティ教会の破壊に反対する訴えをした (*Criterion*, October 1926, p. 629)。ハーバート・リードが一九四八年五月二九日、「生の様式 ―何か行動主義的で儀式的なものと言っていいくらいの―」を意味するために『批評家としてのコールリッジ』(*Coleridge as Critic* [1949]) の中で、その「聖なるものの美」の語句を使いながら、その意味についてT・S・エリオットに手紙を書いた時、エリオットは六月七日次のように返事している。「私の解釈はあなたのものと同じで、どちらかというとそれを集合的なものとして考えがちです。それは、孤立した完全性と呼ぶようなりは、集会あるいは共同体の生活を言及しているようなものです。私は、その語句はロード主教に気に入られ、あなたにとって儀式的なものを暗示するようなある回想であるかも知れないという印象を持っています」(Victora) と。

(10) 一六三五年クラッショウは、ロード派高教会派の聖職者のケンブリッジの砦であるピーターハウス・カレッジで特別研究生 (fellow) に選ばれ、その年の詩 (「慈善に関する論文について」('On a Treatise of Charity')) で、彼は教皇とキリスト反対者を同一視した人々や教皇権を「信仰の地点」として攻撃した人々を非難した。市民革命の勃発に続いた一六四三年の十二月、ピーターハウスの礼拝堂の宗教的装飾品、銅像や絵画は、特別研究生達を無理に厳粛同盟 (the Solemn League and Covenant) に加入させた議員によって破壊され、その礼拝堂は俗用に供された。クラッショウは宣誓を拒み、追放され、イングランドを去り、ローマ教会に加わった。

(11) メアリ・コレット (Mary Collett [1601-80]) はジョン・コレットの長女である。彼の大家族は、彼の義兄弟であるニコラス・フェラー (Nicholas Ferrar [1592-1637]) によって一六二六年に設立された少人数の人達が集まる祈りの共同体の大部分を作り上げた。クラッショウが十九歳になった一六三二年リトル・ギディングを訪れたとき、器用で多才なメアリは独身生活を貫き精神的献身を捧げようと決意し、その共同体の「女子修道院長」になり、実際、彼女はクラッショウの精神的な母親になった。彼は自分の詩の中で彼女に言及し、手紙の中では、彼女を「私が今日生気溢れていると考えている、最も穏やかで、親切で、優しい心持ちで縛られない魂」であると述べている。T・S・エリオットは『四つの四重奏』(*Four Quartets*) の最後の楽章「リトル・ギディング」('Little Gidding') を書くために、彼自身、一九三六年と一九四二年に「祈りの聞かれる」(CPP 192/139) 場所であるリトル・ギディングを訪れた。

(12) T・S・エリオットは、ダンテがカッチャグイダにあなたはフローレンスと関係を絶たなければならないと告げた後にダンテへのカッチャグイダの言葉 (『天国篇』十七歌、五八行から六〇行「他人の麺麭のいかばかり苦く他人の階子の昇降のいかばかりつらきやを汝自ら験しみむ」) に言及しているが、エリオットは六二行目（la compagnia malvagia e scempia）のカッチャグイダがダンテの肩に重くのしかかる「邪悪庸愚の侶」を述べ始めている「侶」（compagnia）を「同胞」（gentre）と間違って引用している（*TC* III, 212-13）。ローマでパロッタ枢機卿のお付きであったクラッショウは、彼に彼の礼拝の時の人々の邪悪さについて不満を漏らしたとき、イタリアの信奉者達はクラッショウをぞっとさせたので、枢機卿は彼の命を救うために彼を解雇しなければならなかった。一六四九年四月クラショウはロレントの聖母マリア教会副聖堂参事会員に任命され、その年の八月、彼が死んだ後ロレントに埋葬された。

(13) ウォルター・ペイターの唯一の小説である『享楽主義者メイリアス』（*Marius the Epicurean* [1885]）は二世紀のローマに設定され、メイリアスが異教主義、享楽主義、ストイシズム、そして最終的にキリスト教と次々に遭遇した出会いを跡付けたものである。T・S・エリオットは「アーノルドとペイター」（'Arnold and Pater'）（1930）の中で、「一貫していない」小説にかなり批判的になり、メイリアスについて次のように不満を漏らした。「メイリアスに少しでも動きがあると言えるならば、彼はただキリスト教会へ漂っているに過ぎない。メイリアスもその作者も、オーレリアスの瞑想録とキリスト教の福音書との間には飛び越えねばならぬ溝があることを少しもわかっていないらしい。メイリアスは最後まで半ばめざめた魂というだけである」（*SE* 441-2/392）と。

(14) すなわち一六一一年、三一〇頁注（54）参照。

(15) T・S・エリオットは『生涯』（*Life*）の二九章八節で、返された十字架は真珠で飾られているのではなくて超自然的な石で作られていることが記述されているヴィジョンを思い起こしている。「私が私のロザリオの十字架を私の手に持っていたある時に、主はそれを私から取り上げて自分の手に入れた。主はそれを返したが、その時、それはダイアモンドよりも比較にならない程もっと貴重な四つの大きな石であった。それというのも、どんなものも超自然的なものと比較されるものはないから。ダイアモンドはこれらの宝石と比較されると贋物で不完全に思われる。五つの傷口は見事な技術で正確に描かれた。主は私に、将来、十字架はそのように常に私に現れるであろう、と言った。そしてそれは現れた。私はその十字架が作られている木を見なかったが、ただ宝石だけを見た。しかしながら、それらは、―私だけによって見られるだけで、他の誰によっても見られることはなかった」(*The Life of St Teresa*, p. 231)。

(16) アンリー・ドラクロア（Henri Delacroix）の『神秘主義の歴史と心理の研究』(*Etudes D'Histoire et du Psychologie du Mysticisme* [Paris, 1908]) の二つの章で、彼は聖テレサの作品に見られる一連の神秘的状態を跡付け、資料に基づいて心理学的分析をしている。T・S・エリオットは、ハーヴァード大学の学生の時、ドラクロアの『十四世紀アレグマニューの思弁的神秘主義に関する評論』(*Essai sur le mysticisme spéculatif en Allegmagne au XIV siècle* [Paris, 1910]) を読み、そして覚書（ホートン所蔵）を取った。

『正統カトリック教神秘の心理学』(Psychologie des Mystique Catholiques [Paris, 1920]) の中で、アントニー・ブレニエール・ド・モンモラン（Antonie Brenier de Montmorand）は、聖テレサの神秘的感受性の心理学的生理学的本質の研究で明確な理論（ジェイムズ-ランゲ [James-Lange]、クラフト-エビング [Kraft-Ebing]、ノルダウ [Nordau]、レウバ [Leuba]、マイアー [Myers]、ジェイムズ [James]、ドラクロア [Delacroix]）に依存した。

(17) 『浄罪篇』の間違い。T・S・エリオットは、ターンブル講演のためにこの一節を改訂したとき、この見落としを修正した（五四〇頁参照）。

(18) 『浄罪篇』三〇歌四八行には‚conosco‚と書かれている。ビアトリーチェがダンテの前に現れる時、ダンテはウェルギリウスの方に振り向いて「一滴だに震い動かずしてわが身に残る血はあらじ」と述べて「昔の焔の名残をば我今知る」(“I recognize the tokens of the ancient flame” [TC II, 38-81]) が続いている。

(19) 『英国における十七世紀主義とマリーノ風の詩』(*Secentismo e marinismo in Inghilterra*, p 148) の次の一文からの訳。‘La general tendenza dell’ epoca e di rendere le passioni divine uno specchio fedele delle passioni umane’

(20) T・S・エリオットは、彼が「ヴィクトリア文学に関する講義」(‘Course of Lectures on Victorian Lit-

erature', [*RES* II, 293]）で宗教的信仰の詩人として提示した敬虔な英国国教徒の詩人であるクリスティナ・ロセッティ（Christina Rossetti [1840-94]）とジョージ・ハーバートを次のように鋭く比較した。「すべての信仰詩人の中で、確かに、すべての英国国教徒詩人の中で、ジョージ・ハーバートは、感情において、クリスティナ・ロセッティに近いようにに思える ……しかし、ある特質の類似は、また直ちに深遠な相違をほのめかしている。クリスティナの宗教詩の多くが同時に読まれると、それは、彼女の情緒の狭さと余り恵まれていない知性のために、単調な感じを受ける」と（'George Herbert', *Spectator*, 12 March 1932, p. 361）。

(21) 四世紀の回心者でキリスト教会の最初の詩人として知られるようになったプルデンティウス（Prudentius）は、旧約、新約聖書の物語を利用した「日々の賛歌」（*Liber Cathemerinon*）の著者であった。T・S・エリオットは、H・D・の詩を無気力なヘレニズムと「神経症的な肉欲」のために批判した後、一九二一年十一月十七日リチャード・オールディングトン（Richard Aldington）に宛てた手紙の中で挿入句的に次のように書いている。「（私は、あなたは同じように私自身のプルデンティアニズムとジョイス氏…を嫌いだと想像します）」（*L1* 488）。聖トマス・アクィナスの、『賞賛せよ、シオン』（the *Laude Sion Salvatorem*）を含む聖体を祝した四つの賛歌はミサや「キリスト聖体の祝日のお祭り」の任務のために書かれ、キリスト教徒の賛美歌の最も偉大なものの中に分類されている。

(22) エリザベス一世が王位についた一年後の一五五九年、議会は法律（首長令 [the Supremacy Act] や統一令 [the Act of Uniformity]）を規定し、エリザベス朝の確立や中道精神（via media）を確かなものにした。この中道精神は、英国教会を右寄りの極端なカトリックと左寄りの極端なプロテスタントの間の寛大な中間の位置に据えた。T・S・エリオットは「ランスロット・アンドルーズ」の中で、「ローマ教皇政治と長老教会制との間に中道を見出だそうと、ひたむきに努力することによって、エリザベスのもとにあった英国教会は、当時のイギリスの最も立派な精神の代表的なものとなった」と書いた（*SE* 342/300）。敬虔なアングリカンでピューリタンやカルヴィニストの穏健な敵対者であるハーバートは英国国教会の聖職につき、『聖堂』（*The Temple* [1633]）に見られる信仰詩は、彼の時代の教会の「中道精神」をかなり表している。T・S・エリオットは、暗黙のうちに中道精神と彼自身の関係を指摘しながら、ジョン・ブラムホールを「中道を追い求める典型的な例」であると述べ、「中道精神は全ての道の中で最も辿るのに難しく、訓練と自制を必要とし、想像力と現実把握の両者を必要とする」と言っている（*SE* 358/315-16）。

(23) T・S・エリオットはヘンリー・ヴォーン（Henry Vaughan）の「世界」（'The World' [1650]）の次の冒頭の行を間違って引用している。'I saw eternity the other night /Light a great ring of pure and endless light'（「先日の夜、私は純粋で果てしない光の大きな環のような永遠を見た」）。ヴォーンは自分の作品の本の扉で自分自身をシルリスト（南ウェールズ人）と呼んだウェールズ地方の医者であるが、彼は、自分の最も重要な本である『火花散る火打ち石』（*Silex Scintillans* [1650]）に見られる信仰詩をジョージ・ハーバートにかなり負うている。T・S・エリオットは自分の「エリオット氏の日曜日の朝の礼拝」（'Mr. Eliot's Sunday Morning Service'）の詩の一行「眼に見えず、ほのぼのと燃えている」（Burn invisible and dim）をヴォーンの「夜」（'The Night'）から借りている（*CPP* 54/34）。

(24) 明らかに類比の目的のために、T・S・エリオットは一連のこれらの行を次の『天国篇』の三三歌九〇行から九二行を入れ替えている。

che ciò ch'io dico è un semplice lume.

La forma universal di questo nodo
credo ch'io vidi ...

かのものはただ単一の光の外ならざるがごとくなり

萬物を齊へ之をかく結び合わすものを

一〇四頁注（33）と三〇九頁注（46）参照。

(25) T・S・エリオットはエドモンド・ブランデンの『ヘンリー・ヴォーンの詩』（Edmund Blunden's *On the Poems of Henry Vaughan* [*Dial*, September 1927, pp. 259-63]）の書評で、ヴォーンにかなり頁を割いている。そこで彼は「ヴォーンは、いつでも、折に触れて素晴らしい詩行を書くが、完全な詩を書く詩人ではないと考えられる」一文を再吟味している。

(26) フォルトゥナトス（Fortunatus [d. c. 600]）はイタリアで生まれ、ロンバルディア人によってフランスに追い立てられるまでラヴェンナで生活した。彼はポアティエの主教となり、ポアティエの教会の献堂式のために『王の旗』（Vexilla Regis [c. 569]）を作った。もっともその賛歌は二節に拡張され、御受難節の晩課の間、歌われた。クラッショウ版の「王の旗」は、はじめ『聖堂への階』（*Steps to the Temple* [1648]）に出版され、『われらの神に捧げる歌』（*Carmen Deo Nostro* [1652]）の中の「王の旗、聖なる十字架の賛歌」（'Vexilla Regis, the Hymn of the Holy Crosse'）として敷衍された。

(27) 「王の旗、聖なる十字架の賛歌」の一行から六行目まで。一九二六年二月十二日T・S・エリオットはロンドン図書館に「出来るだけ良い版のクラッショウの詩」を送ってくれるようにお願いした（*L2*）。エリオットはA・R・ウォラーのケンブリッジ版（A. R. Waller's Cambridge English Classics edition）のクラッショウの詩を使った。彼は、このことを後で、L・C・マーティン（L.C.Martin）版の「リチャード・クラッショウの英詩、ラテン詩、そしてギリシャ詩」（*The Poems English Latin and Greek of Richard Crashaw* [1927]）の書評（*Dial*, March 1928, p. 246）の中で次のように述べている。「それはその当時としては満足すべき版であったが、そのテキストは十分に確立されてなく、また完全なものでもなかった。そして、普通の読者にとって不利なことは、必要とする詩を見つけるために、時々、くまなく探さなければならなかったことである」（*FLA* 117-18/129）と。

（28）第二節七行目から十二行まで。小さな誤記がある。

（29）九三頁注（12）参照。ジェイムズは、すべての認識は究極的に感覚と内省の別個の印象から由来するという初期の経験論者の哲学に基づいて、『根本経験論』（*Essays in Radical Empricism* [1912]）の中で、認識は「純粋経験」（'pure experience'）の結合関係から由来すると主張した。この「純粋経験」は、彼が「現在の瞬時の場」（'the instant field of the present'）に与えた名前で、「我々のすぐ前の内省にその観念的範疇で素材を与える生の直接的流動」である。T・S・エリオットは直接経験とその対象を論じた論文で、この研究に依存した。「そこで、初めに意識とその対象は一つである　…我々はジェイムズ（『根本経験論』二三頁）とともに『現在の瞬時の場は　…　ただ実質的にあるいは潜在的に、主観か客観の何れかである』と言うことができる。我々自身をこの瞬時の場に閉じ込めてしまうと（これはただ抽象に過ぎないと言うこと覚えておいておかなければならないのだが）、我々は意識と意識されているものの間には全く何の区別も見出だされていないということを認める」（*KEPB* 29）

（30）『英国における十七世紀主義とマリーノ風の詩』（*Secentismo e marinismo in Inghliterra*, pp. 221-3, pp. 225-34）参照。ここでプラッツは多くのイエズス会の詩人達から引用し、読者（二二二頁注）を、ラテン語で書かれたイエズス会の詩の広範な選集を求めるよう「イエズス会のパルナッソス」（*Parnassus Societatis Iesu* [1654]）へ導いている。プラッツは評論集『燃える心』（*The Flaming Heart*）の翻訳版で、イエズス会の詩人達は「エピグラムのこの技術を、決疑論や言語上の虚偽、聖なる雄弁を学ぶ学校で良く訓練された創意で開発した」（p. 209）ことを説明している。『ギリシャ詩華集』（*The Greek Anthology*）は、紀元前七〇〇年から紀元後九〇〇年まで四千以上の異教徒とキリスト教徒のエピグラムを集めたもので、一四九四年の『プラヌディアン詩華集』（*Planudean Anthology*）出版前の一世紀と一四世紀の間に幾人かの詩華選者によって編纂された。T・S・エリオットはロエブ古典双書（the Loeb Classical Library [1916]）にあるW・R・ペイトン（W.R. Paton）版の五巻本やJ・W・マッケイル（J.W. Mackail）の選集版（1906）に親しんでいた。T・S・エリオットはパウンドの『詩選集』（*Selected Poems* [1928]）の序文でマッケイルを次のように批評した。「マッケイルの『ギリシャ詩華集』からの選集は、それが選集であることを別にすればすばらしいものである。すなわち、その選集は、ややもすればギリシャ詩人達の機知、つまりエピグラムの本質を抑圧しがちである」と（p. xix）。

（31）「涙」（'The Teare'）と「聖メアリー・マグダレンあるいは涙する人」（'Sainte Mary Magdalene or The Weeper'）は最初『聖堂への階』（*Steps to the Temple* [1646]）に現れた。

（32）『テンペスト』（*The Tempest*, IV.i 243-5）の次の一句に見られるステファノーのトリンキュローの機知への反撃の記述に言及している。「おれがこの国の国王であるかぎり、しゃれには必ず謝礼をやるぞ。『盗品木』とはすばらしい言いぐさだ。もう一枚やろう」（'Wit shall not go unrewarded while I am King of this country. "Steal by line and level" is an excellent pass of pate-there's another garment for't.'）

（33）一節、二節、そして六節は部分的に現代風にされている。少しばかりの誤記がある。

（34）「願望、彼の恋人（と思われている人）へ」（'Wishes. To his [(supposed)] Mistresse'）は『ミューズの悦び』（*The Delight of the Muses* [1648]）に表れている。決して結婚することがなかったクラッショウは、同じ本の中で「結婚に関して」「結婚したいものだが、妻を持てないであろう。私は独身生活と結婚するであろう」というエピグラムを書いた。

（35）「涙する人」（'The Weeper'）八節一行から四行まで。部分的に現代風にされている。少しばかりの誤記がある（*Poems*, p. 260）。

（36）「涙する人」八節、少しばかりの誤記がある。T・S・エリオットは「十七世紀の信仰詩人達」（'The Devotional Poets of the Seventeenth Centuri' [1930] 四九頁注[36]参照）の中で、これらの二つの節をシェリーの「ひばり」（'To a Skylark'）と比較するために再び取り上げた。「この詩全体（『涙する人』）を読み通すならば、その美しい調べ、そして、一見して、その一連のイメジにおいて、シェリーの『ひばり』を思い起こすに違いない。しかし、この『ひばり』を読むなら、シェリーのイメジは、整然とした一連の簡素な直喩であるが、… 知的な創意における喜びが見られない、ということが分かる。この喜びは、情緒的な強烈さと結びつくと、十七世紀前半のこの詩の独特の性質となっている」(p. 553)。

(37) これはT・S・エリオットが所蔵しているアーサー・クイラ・クウーチ編纂による『オックスフォード英詩選』(*The Oxford Book of English Verse 1250-1900*, ed. Arthur Quiller Couch [Oxford : Clarendon Press, 1918]) にあるシェリーの「ひばり」(1820)、五六行目から六〇行目までの引用である。エリオットは「リチャード・クラッショウに関する覚書」('A Note on Richard Crashaw' [1927]) で次のようにクラッショウとシェリーの比較論争を激しくした。「クラッショウの韻文の意味や、イメジと奇想の特殊な用法を研究して行くと、益々、その音楽性が、シェリーとは似ても似つかないということに気づく … クラッショウのイメジは、全く途方もない時ですら … ある種の知的な喜びを与えている … そこには思考がある。しかし、『ひばり』には全く思考が見られない。多分、そんな目立った韻文で音が意味を持たないのは、今だかつてなかったことである」(*FLA* 122-3/135) と。

(38) シェリーの『ヘラス』(*Hellas* [1822]) のコーラス一〇六〇行から六三行までの引用で、これは『オックスフォード英詩選』七〇一に別個に印刷されて、'Her winter weeds outworn' と書かれている。T・S・エリオットは「ジョン・ドライデン」('John Dryden' [1921]) の中で、これを次のように注釈するにあたって、この行を正しく引用している。「蛇が『冬着』を脱ぎ捨てるイメジが、はたして妥当かどうかは、分からない。こうした種類の疵は、シェリーの時代の人ではなく、ドライデンの時代の人ならば、すばやく気づいていたことであろう」(*SE* 306/265)。

(39) スウィンバーンの『詩とバラッド』(*Poems and Ballads* [1865]) の「鏡の前で」('Before the Mirror') の三行目から四行目にある「許しを求めて哀願し/恐怖にやつれる雪の花」(Snowdrops that plead for pardon / And pine for fright) から間違って引用されている。T・S・エリオットはこの行を「詩人としてのスウィンバーン」('Swinburne as Poet' [1920]) の中で正しく使っている。この評論で、エリオットはスウィンバーンは言葉や「言葉が与える観念の漠然とした連想」に関心があるほどに対象には興味を持っていないと言っている。エリオットは適切な例証で、スウィンバーンの雪の花とシェイクスピアの「燕のやってくる前に花をさかす黄水仙」を比較し、「スウィンバーンの雪の花は消えてしまうが、シェイクスピアの黄水仙は消えない」(*SE* 326/284) と言っている。ここで雪の花は記憶の中で、ダンの「恍惚」にあるもっと本質的な対象「すみれのもたれかかっている頭」(一七四頁〜一七五頁参照) によって置き換えられる。スウィンバーンの詩はT・S・エリオットが書評した『A・C・スウィンバーン選集』(*Selections from A.C.Swinburne*, p. 31) に見られる。

(40)『A・C・スウィンバーン選集』一二二頁のスウィンバーンの『日の出前の歌』(*Songs Before Sunrise* [1871]) にある「ハーサ」('*Hertha*') 一一六行目から二〇行目の引用で、エリオットはこれを一九一七年の公開授業で教えた (*RES* II, 294)。一一九行目から二〇行目に誤記があり行が途切れている。

(41) スウィンバーンの詩で、古代のテュート人の大地の女神であるハーサは自分自身を人間の大霊の具現化と名乗った。

Out of me God and man;
I am equal and Whole;
God changes, and man, and the form of
them bodily; I am the soul.
(line 3-5)

私から神と人間が
私は同等で全体
神は変化し、人間も変わる。それらの

形態も肉体的に変わる。私は魂である詩は部分的に、特に「大霊」('Over-Soul' [1841, 1847]) で歌われているように、エマーソンの超越主義者の哲学に負うている。「その中に、各々の人間の特定の存在が含まれ、他のすべてのものを持っている一にされる…。我々は連続し、分割して、部分と分子で生きている。その間、人間の内に、各々の部分と分子が同じように関係している全体の魂、賢明なる沈黙、普遍的な美がある。つまり永遠なる一。」

(42) T・S・エリオットは「シェリーとキーツ」('Shelley and Keats' [1930]) の中で、『エピサイキディオン』(*Epipsychidion* [1822]) や他の詩の思考と感情の関係をもっと詳しく調べた。「シェリーは抽象的な観念を熱情的に理解する異常な能力というものをきわめて高度に持っていたようにも思われます。もっとも『エピサイキディオン』の哲学によって混乱させられた時など、私達はときどき彼の感情が混乱しているのではないかと信じたくなるようなこともありますが、それは別問題です」(*UPUC* 89-90/81)。

(43) T・S・エリオットは「イン・メモリアム」('In Memoriam' [1936]) の中でテニスンの技術的な技量に関心を示した。この評論でエリオットは明確な詩を論じ、テニスンを次のように述べている。「(彼は) スウィンバーンの師であります。スウィンバーン自身は古典学者でしたが、彼の詩作法はテニスンのそれと比べると、しばしば生硬で、安っぽく見えるときもありました。テニスンは英語で実際に用いられる韻律形式の範囲を大いに拡げました。『モード』(*Maud*) だけをとってみても、その多様さは大変なものです」(*SE* 328/286) と。

(44) アーノルドの「漂泊の学徒」('The Scholar-Gipsy') は彼の『詩集』(*Poems* [1853]) に見られる。グランヴィル (Glanville) は、アーノルドがその詩につけたノートで要約した一節で、その詩を「漂白の学徒」と呼んだ。T・S・エリオットは「自由詩をめぐって」('Reflections on "Vers Libre"' [1917]) の中で、アーノルドの「さまよえる道楽者」('The Strayed Reveller') の詩作法を指摘し「これは自由詩グループが発明したものではない」ことを示し（*TCC* 188）、そして「マシュー・アーノルド」（'Matthew Arnold' [1933]）の中では、もっと一般的に「アーノルドの詩はほとんど技巧的な面白さはない」ことを見て取り、更に次のように言っている。「彼は、自分にとって、詩は何のためにあるかということを非常に意識したので、それが何のためにあるのかということを全く知ることがありませんでした。それに彼は、詩の音楽的性質についても高度に敏感であったとは思えません。時折の拙い失策がそうした疑惑を起こさせるのです。私が思いだし得るかぎりでは、彼はその批評の中で、根本的にこの詩的スタイルの価値を強調したことはありません」と（*UPUC* 105,118/97,111）。

(45) ロンドン図書館から借用したベネデット・クローチェ編集による『雑詩』（*Poesie Varie*, ed. Benedetto Croce, 1913）の中にある二一の詩からなる「道義的で神聖な詩」（'Versi Morali e Sacre'）の九番目の「キリストの足下のマグダラ」（'La Maddalena ai Piedi di Chiristo'）六、七節（この七節では、少しばかりの誤記があり、原文では 'in questa ricca mensa' と書かれている。

(46) T・S・エリオットは「ダンテ」（'Dante' [1929]）で、『天国篇』（*Paradiso* XXXIII）に見られる「連想の力」を「マリーノがマグダラのマリアの美しさとクレオパトラの豊かな肉体のことを一口で言おうとしているのとは全然違ったものである（マリーノの場合は、どの形容詞がどっちの方の女に掛かっているのかもはっきりしなくなっている）」と論じた（*SE* 268/228）。上述の節は、ウルガタ聖書のラテン語抜粋ルカ伝七章三八節の「彼女は涙でイエスの足をぬらし、自分の髪の毛でぬぐった」（*Lachrymis coepit rigare pedes eius et capillis capitis sui tergebat*）で見出しを付けられている。

(47) マリーノの「ティツィアーノのマグダラ」（'Maddalena di Tiziano' lines 104, 8 [*Posie Varie*, pp. 245, 242]）から。マリーノがマグダラのマリアをキリストの「愛しい恋人」（amata amante）と描く感覚的な響きは、『神曲』の中で人間的な愛と神の愛を表しているダンテの特質ではない。『神曲』で「最初の愛」（Primo Amore）は最初『地獄篇』三歌七節の地獄の門を通るところに表れ、それに続いて『天国篇』二六歌三八節、三二歌一四二節に表れる。T・S・エリオットは「リチャード・クラッショウに関する覚書」（'A Note on Richard

Crashaw' [1928]) で、次のようにその区別を明確にしている。「ダンテは … 常に人間的な愛と神の愛の両方のそれぞれの微妙な差異を完全に意識していたようである。ビアトリーチェは、ダンテにとって、この二つの愛の架け橋の手段で、ダンテが、この二つを混同する危険は全くない」(*FLA* 125 /137) と。

(48) ジョバニ・バッティスタ・グァリーニ (Giovani Battista Guarini [1538-1612]) は、優雅な文体と感傷と官能性をそなえたイタリアのバロック詩到来の前兆となった彼の牧歌的悲喜劇『忠実なる牧童』(*Il Pastor Fido* [c. 1591]) で知られている。プラッツは、長ったらしいノート (pp. 109-11n) で、グァリーニのマドリガル (XCVI) の一つにも見られるダンの有名な「別れ、嘆くをやめよ」('A Valediction: Forbbding Mourning') の中のコンパスの直喩を含む詩の幾つかのコンシートとグァリーニのマドリガルとソネットとの類似性を例証している。

(49) プラッツは、クラッショウの傑作である「装飾品」('Bulla') と「音楽の決闘」('Musicks Duell') の二つの詩のバロックの質を論じて、次のように述べている (p. 269, 翻訳『燃える心』[p. 251])。「クラッショウは、彼の同時代のどんな詩人達よりもすばらしく、自分自身の技量の限界と可能性を大胆にも凌ごうとして、バロック芸術の共通の憧れであったと言われるかも知れない一つの結果、つまり、表現の入り込んだもつれで、全ての芸術が混ざり区別できない全体となった普遍的な芸術に達した」と。T・S・エリオットは、プラッツの主張に印象づけられて、「リチャード・クラッショウに関する覚書」を次のように締め括った。「実際、マリオ・プラッツ氏は、… クラッショウを、単に、文学におけるバロック精神の典型としてのみ、マリーノやゴンゴラ、そして他の誰よりも高く評価している」(*FLA* 125/137-89) と。エリオットは一九三〇年クラッショウについて「不思議なことは、直接その風潮に染まっていない国で、最もすばらしいバロック風の詩が当然のことのように、英国人によって英語で書かれたということである」(*Listener*, 26 March 1930, p. 553) と書いている。

(50) 「賞賛すべき聖テレサの御名と栄えに捧げる賛歌」('A Hymn to the Name and Honour of the Admirable Sait Teresa' [1646, 1648])、一行目から一四行目まで小さな誤記がある (*OBEV* 362)。

(51) T・S・エリオットは、「形而上詩人達」の中で、「文章の構造は……時に単純とは言えないところがあるが、これは欠点ではなくて思想と感情に忠実なのである。その効果が、最も発揮した場合、グレイのオードよりもずっと技巧を加えていないのである」(*SE* 285/245) と書いた。

(52) 「神々しい聖テレサの書籍と肖像に寄せて」('Upon the Book and Picture of the Seraphical Saint Teresa') の次の行 (93-108) は、一六四八年の第二版出版の後、この詩に付け加えられた新しい二四行の最後の一六行を含んでいる。小さな誤記がある (*OBEV* 367)。T・S・エリオットが所蔵している『オックスフォード英詩集』(前述注 [37] 参照) はサウスオール個別指導クラス (Southall Tutorial Literature Class) の学生から譲り受けたものである。

(53) 「彼女の約束を促進させるジュリアへ」二五七頁注 (37) 参照。

(54) スペインの詩人で、司祭でもあるルイス・デ・ゴンゴラ・イ・アルゴテ (Luis de Góngora y Argote [1561-1627]) は、若い軍人兼詩人であるルイス・デ・カリロ・イ・ソトマイオール (Luis de Carillo y Sotomayor [1583-1610]) によって強力に影響され、突飛なコンシートのある文体を展開した。カリロはイタリアに従軍していた間、マリーノの強力な影響下にあった。ゴンゴラの韻文は、彼が死んだ時『スペインのホメロスの韻文集』(*Works in Verse of the Spanish Homer*) として出版されるまで、未発表であった。T・S・エリオットは、後に『クライテリオン』(*Criterion* [July 1930, pp. 604-5]) の中でE・M・ウィルソンが翻訳したゴンゴラの『孤愁』(*Las Soledades* [1614]) の数行を公表した。

(55) ここで、T・S・エリオットは後で、下の余白に、関連する注釈の為に「フィッツモウリス・ケリー、スペイン文学参照」となにがしかのことを黒インクで自分で書いた。歴史家でスペイン文学の批評家であるフィッツモウリス・ケリー (James Fitzmaurice-kelly [1858-1923]) は、『スペイン文学史』(*A History of Spanish Literature* [1898]) の中で、「マリーノの行き過ぎはゴンゴラ……のそれと比べると見劣りするということを告白されなければならないけれども、ゴンゴリズムはカリロによってスペインで広められたマリニズムから直接由来している。マリーノのコンシートは、ゴンゴラのものが見せかけの純粋の効果であるのに、いわば、彼にとっては殆ど自然なものである … スペインが自国の血管からゴンゴラ風の毒を取り除くのに一〇〇年かかった。そして、ゴンゴリズムは、今やスペイン本国では文学の悪いもの全てを表すものと同義語となっている」(New York & London: Appleton, 1918, pp. 285, 292)。グリアソンが、初めフィッツモウリス・ケリーの議論を引用したのは、ゴンゴラのダンに及ぼした影響が「考えられない」ということを論じる際であった。この理由として、グリアソンは「ゴンゴラが自分の詩の突飛なコンシートを開拓し始めたのは、彼がカリロの死後一六一一年に出版された詩の影響下にあってからのことであり、… また彼の大げさなマリニズムとダンの形而上的巧妙さとの間には大きな類似性はない」と論じている(Grierson II, 4)。

(56)「アップルトン邸を歌う」('Upon Appleton House') の最後の節の七七一行目から二行目からの引用。エリオットが所蔵するミューズ・ライブラリ版のマーヴェルの『詩集』(Muses' Library edition of Marvell's *Poems* [二五六頁注(33)参照], p.35) から少しばかり間違って引用されている。そこでは 'like Antipodes in shoes,/ Have shod their heads in their canoes' と書かれている。T・S・エリオットはこれらの行を「アンドル・マーヴェル」(1921) で「展開しすぎるか、あるいは散漫で、不格好な体だけを支えているイメジ」(*SE* 297/256) の例として引用した。

(57) ミューズ・ライブラリ版一〇〇頁に印刷されている「庭」('The Garden' [1681]) の四七行目から八行目まで。

(58)「子鹿の死を嘆くニンフ」('The Nymph complaining for the Death of her Fawn') 九九行目から一〇〇行まで。強調はエリオット。少しばかりの誤記 (the Muses' Library editon, p. 52)。「マーヴェル」論で、エリオットは、これの行をマーヴェルの詩とウィリアム・モリスの「ジェイスンの生涯と死」('The Life and Death of Jason') の比較の上で引用し、次のように述べている。「これらの韻文は、本当の詩の暗示力を持っている … そして、我々は、その暗示力は輝かしいあざやかな中心の周りに漂う独特の雰囲気であると推論したくなる … マーヴェルは、少女の愛玩動物に対する気持ちという些細な事柄を取り上げて、あらゆる我々の正確で実際的な熱情を取り巻き、そして、それらを混合するあの無尽蔵の恐ろしい情緒の星雲とそれを結びつけている」（*SE* 300/259）と。

(59) T・S・エリオットは第一講演の終わり頃で（八六頁）、トラハーンの宗教詩を「主に」ハーバートとヴォーンのそれと一緒に吟味しようと述べたが、結局、彼はそれをすることなく、「詩人としての神秘家と政治家」（四九頁注［36］）の中で、トラハーンの韻文についての彼の考え方を次のように要約している。「彼は詩人と言うよりは神秘家である。ヴォーンはトラハーンが覆した均衡をまさしく保っている。トラハーンは、詩が必要としているイメジの豊富さと多様さを持ち合わせていない … 彼の主な霊感は、ヴォーンも取り扱った幼児期の世界の奇妙な神秘的な経験と同じである。彼は深く読書したが、残された人生は、自分の経験を長々と黙想することに費やされた … トラハーンは、かなり物好きで、孤立した人のように、私には思える」（pp. 590-91）と。

(60) 一九二六年二月十五日、T・S・エリオットはロンドン図書館に第七講演準備のため次のような本を借用したく手紙を書いた。

一、エイブラハム・カウリー、全詩集
二、エイブラハム・カウリー、書簡集
　可能なら、二冊ともオックスフォード版で
三、カウリーのもっとも良い伝記（もしあるなら）
四、ウォラーの詩集
五、デナムの詩集
六、オルダムの詩集

（*L 2*）

(61) ジョン・ゲイ（John Gay [1685-1732]）は、詩人兼劇作家で、ポープの友達でもあり、『乞食オペラ』（*The Beggar's Opera* [1728]）と二巻本の韻文『寓話詩集』（*Fables* [1727, 1738]）でよく知られている。ボーリングブルック（Henry St John Bolingbroke, 1st Viscount [1678-1751]）は、トーリー党の政治家で哲学者で、ある時は詩人でポープの友達でもあり、彼の『作品集』（*Collected Works*）は一七五四年に出版された。T・S・エリオットは、「オーガスタン時代のトーリー党」（'Augustan Age Tories,' [1928]）の中で、次のように主張した。F・J・C・ハーンショウ（F.J.C. Hearnshaw）は「ボーリングブルックの文学的文体のすばらしさに対して公平に評しなかった」が、ボーリングブルックを「特質の欠如のための失敗の研究として……彼の書物にはかなり価値があるが、その実体には致命的な欠点がある」（*TLS*, 15 November 1928, p. 846）と正しく示している。T・S・エリオットは後に彼の友達であるチャールズ・ウィブリーを「ボーリングブルックの異彩のある精力的な文体と、その人柄の大きな魅力のために、政治家としてのボーリングブルックの美点を過大評価し、その欠点を軽く見すぎた」（*SE* 496/443）ために非難している。

第七講演〔カウリーと過渡期〕

ダンは一五七三年に生まれました。クラッショウは一六一二年に生まれました。カウリーは一六一八年です。ダンとクラッショウの間の文学的世代の相違は数年でありますが、その数年はクラッショウとカウリーの間にある相違を示していません。クラッショウはチャールズ一世のキャロラインの時代であります。カウリーは亡命のチャールズ二世の時代です――実際、彼は王政復興の時期に時代遅れになっていますから――(1)。私はカウリーほど平凡でもあり重要でもある人物を知りません。というのは、彼は、彼の作品のかなりのところで、ダンの最も忠実なお弟子さんで、そして模倣者であるからです。他方、十七世紀後半と十八世紀初期の文人の原型でもあります。我々は、ダンは彼の偉大さによって、クラッショウは文化に関する彼の普遍性によって、近代ヨーロッパの原型の象徴になっているということを見てきました。カウリーは十七世紀から十八世紀イギリスの変化の象徴であります。カウリーですべての問題は規模において縮小され、そして人為的に簡略化されています。まず第一に、一つの例証は調和の相違を示しています。ダンの精神には、彼の時代のすべての観念がその最も抽象的な形式において共存しています。すなわち、ダンには最も一般的な観念の情緒的な共同作因が見られます。これらの観念の幾つかはその当時の科学で、あるものは、その当時の神学に関するものですが、それらは同じ足場に基づいて迎え入れられています。そして、これは彼の時代を代表しています。カウリーの精神において、これらの観念の多くは、もはや受け入れられません。残されている観念は、確かにもっと一貫した秩序だったものですが、これらは、ダンの観念が彼自身によってもてなされたのと同じ強さで、彼自身によって信じられていません。ここで私の意味を敷衍することは難しいことです。その主題は、本当に信念の歴史に関する本のための主題だからであります。私は心理学者に信念は時代によって変わるということを提案します。そんな訳で、ある人が「私はXを信じる」と主張するとき、我々はそれを言った人の時代の立場を考慮しなければなりません。十八世紀は幾つかの面で十七世紀より、かなり定着し秩序立ち、そして決定的で自信に満ちているように思われますが、その信念は異なっていて、十三世紀の信念より劣っているように思います。いいですか、私は信念の対象について話しているのではなく、信ずることそれ自身について話しているのです。[2]

そう考えるとカウリーは、早くもダンよりかなり定着しているように思われます。それは、カウリーの精神が、彼よりももっと偉大な人たちであるドライデン、ポープ、英語の散文の最も偉大な巨匠ですらある怪物のスウィフト、そして今まで立派な散文を書いてきた最も偉大な人の精神に似て、制限されているからなのです。私が示してきたダン彼自身とダンテとの間にある心理学的相違にもかかわらず、ダンはなおもかなり抽象的で一般化された観念の情緒的等価物を見つけることが出来ました。ドライデン、ポープ、スウィフト、あるいはそれ以後のどんな人も、この等価物を見つける時は、観念を減ずることによってそれを見つけることが出来るだけであります。ダンにおいて近代科学の本質は、もてなされた形式で、神学の科学の本質と共存していました。カウリーは自分の神学と科学の二つを小さくすることによってこの二つを分離しました。彼は科学的な好みの持ち主で、偉大なホッブズや、[3]多分、パリの科学者達を知っていましたが、彼の科学は何であったのでしょうか。植物学なのです。[4]彼は熱狂的な庭師だったのです。彼は科学研究のために研究所を設立するための計画を作り上げるのが好きだったのです。彼はH・G・ウェルズ[5]とほとんど同じくらい熱狂的だった。科学専門学校設立のための彼の計画は、ほとんど、今日すべての慈善的な資本家の前に差し出されるくらい十分に実用的なものでした。この計画によると収入と支出は同じで、そして支出は教授のベッドを整えるための「四人の老婦人」を考慮に入れています。[6]そして、彼は、私が知る限り、農業を科学として教えるための専門学校の設立を最初に提案した人でした。[7]彼の忠告が取り上げられたならよかったのに。

私がこれらの事柄に触れたのは、楽しい逸話を作るためではなく、ダンの抒情詩とカウリーの『恋人』[8]の間の膨大な違いを識別して貰うためでした。それは英文学の伝統の中でダンの本質的な立場を示しているものと私は思います。つまり、かなりの影響力を持っていたこの穏健で退屈な人間、カウリーは、ダンの影響に立ち返り、その影響を不朽にすべきであったという事実なのです。特にクラッショウと面識があり、そして彼を賞賛しているということは、彼の最もすばらしい詩の中で認められることであります。[9]カウリーは、ダンとドライデンのつなぎなのです。カウリーの中にダンの何が残されているのか見てみましょう。

「恋の小歌曲をありがたく思うこの気持ちは、その原典をペトラルカの枠組みに負うているものと思います。ペトラルカは、粗野で文明化されていない時代、彼のラウラへの調子の美しい敬意によって教養ある世界の作法を洗練し、ヨーロッパを愛と詩で満たしました。しかし、すべての卓越性の基盤は真実です。愛を所有した彼はその力を感じるべきです。ペトラルカは本当の恋人で、そしてラウラは疑いもなく彼の優しさに価します。カウリーに関して、情報の十分な手段を持っていたバーンズによれば、カウリーが自分自身怒りっぽいことや、そのことで、自分の心が引き裂かれてしまうほどの性格の多様性についてどんなことを話したとしても、彼は、実際一度だけ恋をし、それから断じて、自分の情熱を告げようとはしなかったことだった。[10]」

ジョンソン博士に非常に特徴的である良識とうまい言い回しや、誤報と安っぽいジャーナリズム（たとえば、「調子の美しい」という言葉）の妙な混交に立ち止まってコメントすることなく、我々が、他の人の心は暗き森で、カウリーの感じたどんなことも神秘であると観察できるのは、とにかくどんな証拠もないからであります。カウリーの情熱がどのようなものであれ、『恋人』が、全く率直に彼の情熱を表していないことは確かであります。まず最初に、グリアソン教授の選集に入っていない見本を選んでみます。[11]

Now by my love, the greatest oath that is,
  None loves you half so well as I:
  I do not ask your love for this;
But for Heaven's sake believe me, or I dye.
  No servant e're but did deserve
His master should believe that he does serve;
And I'll ask no more wages, though I starve.

'Tis no luxurious diet this, and sure
  I shall not by't too lusty prove;
  Yet shall it willingly endure,

If't can but keep together life and love,
　　Being your priso'ner and your slave,
I do not feasts and banquets look to have,
A little bread and water's all I crave.

On a sigh of pity I a year can live,
　　One tear will keep me twenty at least,
　Fifty a gentle look will give;
An hundred years on one kind word I'll feast:
　A thousand more will added be,
If you an inclination have for me;
And all beyond is vast eternity.

今や、存在する最も偉大な誓いである私の愛にかけて
　誰も私の愛の半分もあなたを愛してはいない。
　このために私はあなたの愛を求めはしないが、
後生だから、私を信じて下さい、さもなければ私は死にます。
　どんな召使いも今まで充分に報いられなかった

彼の主人は召使いが仕えているということを信ずべきである
そして私は、餓死するとしても、最早報いを求めないであろう、

それはこれほど贅沢な食事ではありません、そして確かに
　私はそれによって余りに元気にならないでしょう
　だが、喜んでそれに耐えるでしょう、
もし、それが生と愛を一緒にすることだけであるなら。
　私はあなたの囚人で奴隷であるので
食事や宴に目を向けないだろう
私が望むものは少しばかりのパンと水

憐憫の吐息で、私は一年間生きることが出来る
一滴の涙は少なくとも二十年間私を維持し、
　優しい眼差しは、五十年間を与え
一言の優しい言葉で私は百年間楽しむでしょう
　千年以上が付け加えられるでしょう
もしあなたが私に好意を持っているなら、
そして、それを越えたすべては膨大なる永遠である。

誰でも、カウリーが、ダンの一節「いぶかしく思うが…」[12]や他の詩のみならずマーヴェルの「恥じらう恋人へ」も読まなかったかどうか考えます。しかし、巧妙さと生気のなさをご覧下さい。多分、ダンによって詩に威厳をつけられなかったどんな一行も、イメジも、スタンザさえもありません。彼は、至る所でしているように、直接的で力強い書き出しを模倣さえしました。各々の細部は忠実に甦っていますが、その動きは完全に欠如しています。ダンには常に情緒的な連続性、中心から周辺へ、感情から思考へ、あの思考の感情へ等の動きがあります。そしてダンには、気晴らしや堕落すらも、元々の衝動を破壊することなく、その衝動を洗練し複雑にする感情の意義を持っています。ダンにはコンシートの情緒的必要条件があります。マリーノやクラッショウにはコンシートの中に情緒があります。カウリーの場合、コンシートを通した思考と感情の奇妙なアマルガムを再構成しようとする努力があります。カウリーは二流のペトラルカです。つまり、ジョンソンが扱ったあのペトラルカです。彼は、誰も知りたくもないし、わざわざ骨を折ってまで覗き込もうとしたくない主題に向けられた配慮だけでペトラルカを取り扱ったのです。精神の元々の動きは形式を作り上げました。形式をまねることによって精神を呼び起こすことは出来ないのです。

　その相違を強調するために、カウリーのエロティックな韻文のもう一つの見本を引用しましょう。それは、ダンの「恍惚」を甦らせようと努力した詩からのものです。[13]

Indeed I must confess,
When soules mix 'tis an happiness;

But not complete till bodies too combine,
And closely as our minds together join;
But half of heaven the souls in glory taste,
'Till by love in heaven at last,
Their bodies too are plac't.

That souls do beauty know,
'Tis to the bodies help thy owe;
If when they know't, they strait abuse that trust,
And shut the body from't, 'tis as unjust,
As if I brought my dearest friend to see
My Mistress, and at th'instant he
Should steal her quite from me.

実際、私が告白しなければならないことは
魂が溶解した時、それは至福であるが、
完全になるのは肉体もまた結びつくときである、
密接に我々の精神が共に一緒になるように。

しかし、魂が天の半分を華麗に賞味するのは
結局、天の愛によって
魂の肉体もまた差し出されてからである。
あの魂は美を知っている。
魂は手助けを肉体に負うている
魂が認識するとき、それらは直ちにその信頼を裏切り
そして、その肉体を美から閉め出してしまう。それは丁度
私が私の親愛なる友達に
私の恋人を紹介し、そして、すぐに彼が
全く私から彼女を奪うのと同じように不公平である

私は、『新生』になぞらえられるダンの「恍惚」は、知性と精神を表していると述べました。「恍惚」からカウリーの「プラトニック・ラヴ」への低落を指摘する何らかの必要がありますか。

多分、皆さんは、カウリーについての私の評価が非常に低い時、彼をただ軽蔑するためだけに、彼をともかく選んだことを私の片手落ちであると考えるでしょう。しかし、これですべて話が終わった訳では決してありません。そして、もしカウリーが、我々が見るように、貧弱な形而上詩人であったなら、彼は他の面ですばらしかったのです。鑑賞力がなかったなら、誰もダンをそれほど上手に、そして、それほど悪く真似ることは出

来ないでしょう。形而上的精神を見る我々の望遠鏡の一つは――彼自身のようなコンシートを使うなら――その人間自身の機知が大きな対眼レンズになっているようなこのような人であります。[14] カウリーはかなりの批評能力を持ち、そして、彼の批評は、句や作詩法における技術と同様に「機知」に関するオードに示されています。その範囲だけでは、このオードは、ドライデンやポープ、あるいはジョンソンによって書かれたものより良いダン批評です。彼らは、ダンにその源を求めることが出来ないほどかけ離れてはいませんけれども、精神に於いてかけ離れているのでダンを理解することは出来ませんでした。私が第一講演で既に見てきましたように、機知は、ジョンソンにとってドライデンが考えられたものと同じものではありません。今では、機知はドライデンにとってカウリーが考えたものと同じものではなかったということを付け加えられなければなりません。私はこの主張を年代順の逆に例証しましょう。

「ジョンソンへ、
もし、より気高く適切である観念によって、その最初の創作に基づいているものが、はっきりしていないとしても、自然であると同時に新しい機知として考えられ、正しいと認められるならば、また、それが決して見つけ出されることなく、どうして見逃されたのかと訝しがるようなものであるならば、形而上詩人達はこの種の機知に滅多に才能を発揮することはなかった。彼らの思考はしばしば、新しいが、自然であることは滅多にない。その思考は明瞭でないが、正しいものでもない。そして、読者は自分達がそれらを見逃したのを不思議がるどころか、どんな頑迷な勤勉によって、その思考が見つけだされたかということに驚いてしまうことがよくある。[15]」

皆さんは、ジョンソンにとっては、機知について有機的なものは何もないということに気づくでしょう。機知はまだ真面目で、「ユーモア」と密接に結びついているものではありませんが、それは全体を目指している精神ではなくて、あるテーマに威厳をつけ、それを虚飾することにあるのです。ダンの文章の最も散漫なものの中に、変化におけるある種の連続性があります。従って、全体の詩の効果がありますが、それはその全体の部分のどんなものの効果でもありません。十八世紀全盛の時のジョンソンの偉大な詩「人の望みの空しさ」(16)の中に、かなり顕著な均整と端正がありますが、均整と端正は秩序を作りません　—たとえ、それらが清潔を要求しているとしても。「人の望みの空しさ」には、主な道徳的反映に関してかなり知的な変容があります。概念として、それらは十分に整頓され、すぐれたものであります。しかし、情緒は全体的に言って、単調であります。それはほんの少しの調整で一連の話題に当てはめられています。だからジョンソン、あるいはゴールドスミスの詩の二、三の二行連句が、その韻文の絶妙な変容にもかかわらず、我々の記憶の中の詩を表すのに十分なのであります。(17)彼は、感情のあの統一を作り上げるのに成功していません。これは多分、すさまじく離れた要素からのもので、多分、すべての中で最も高度な統一であります。ドライデンは、ジョンソンよりも感情の多様さにまとまりをつける能力と機知についての高度な観念を持っていました。

「すべての詩作品は機知であり、そうあるべきである。そして、詩人の機知、あるいは、(一つの流派の特質を使わせて戴くなら)書かれた機知は、作家の想像力の機能以外の何物でもない。それは、すばしこいスパニエルのように、記憶の野原を探し回り、さまよい、駆り立てた出所から飛び立たせるものである。あるいは、このような比喩を使わないで言うなら、想像力が…表わそうとするこれらの種類、観念を、すべての記憶に渡って見つけ出そうとすることである。詩人の第一の喜びは、適切な構想、あるいは思想の発見である。第二は、空想、あるいは、判断力によって思想が主題にふさわしく表されている時、その思想から由来し、また作り上げられた変奏である。第三は、雄弁、あるいは、思想をまとい、飾りたてる技術であるが、この思想は、適切で意義深く、そして鳴り響く言葉の中で見出だされ変奏されているものである。想像力の敏速さは構想の中に、豊かさは空想と表現の正確さの中に見られる[18]」

皆さんは、必ずやその分析がジョンソンよりも如何に力強く、ドライデンの思考がジョンソンよりも如何に明晰で哲学的であるかと言うことに気づいたことでしょう。ともかく、真相は、機知は徐々にその広がりを失ってきた言葉であると言うことであります。ドライデンにとって、それは想像力に等しいものでした。それ故に、皆さんはその広がりはもっと大きくなり得ないであろうと考えてもいいかも知れませんが、カウリーとドライデンの間にすら精神の真の縮小があります。カウリーすらも機知を我々が安ぽっさと呼ぶところのものとの対比で定義しています。しかし、彼が、機知を弁護しているのは、安っぽさを間違って機知と誤解している人に対してであって、機知と安っぽさとを同じに見ている人に対してではなかろう。認められるに違いないことは、同じスタンザの中で、カウリーは著者の赤面を、みだらなものの浮きかすを浄化しなくてはならない火にしているように思われることです。この比喩で我々の注意が散漫になり彼の批評の卓越性を見失ってはなりません。[19]

Tell me, O tell, what kind of thing is Wit,
Thou who master art of it.

For the first matter loves variety less;
Less women love't, either in love or dress.
    A thousand different shapes it bears,
    Comely in thousand shapes appears.
Yonder we saw it plain; and here 'tis now,
Like spirits in a place, we know not how.
    . . . .
'Tis not to force some lifeless verses meet
    With their five gouty feet.
All ev'ry where, like mans, must be the soul,
All reason the inferior parts control. . . .

Yet 'tis not to adorn, and gild each part;
    That shows more cost, than art.
Jewels at nose and lips but ill appear;
Rather than all things wit, let none be there. . . .
'Tis not such lines as almost crack the stage
    When Bajazet begins to range. . . .

In a true piece of Wit all things must be,
　Yet all things there agree.
As in the ark, join'd without force or strife,
All creatures dwelt; all creatures that had life.
　Or as the Primitive forms of all
(If we compare great things with small)
Which without discord or confusion lie,
In that strange mirror of the deity.

教えてくれ、どうか教えてくれ、機知とはどんなものかを、
　その技術を自分のものにした人よ。
というのは、原質はあまり多様性を好まず、
恋しているか、正装している女達は、それを余り好まないから。
　機知は、数限りない異なった形を持ち、
　数限りない形の中で、美しく見える。
遥か彼方で、それは質素に見えるが、ここで、それは今、
ある場所の生気のようで、どうしてそうなのか分からない。

・・・・・・・・・・

それは無理に幾つかの生命のない韻文を
　痛風にかかった詩脚でふさわしくすることではない。
あらゆる所は、人間のように、魂でなければならず
そして、劣った部分は理性を支配する…

だが、それは各々の部分を飾りたて、金メッキをすることではない、
　それは技術と言うよりは犠牲を表わしている。
宝石も鼻や唇につけてはみっともない。
あらゆるものが機知であるよりは、むしろ機知なきにしかず…
舞台をほとんど台無しにするの
　バジャゼットが激怒した時のような詩行ではない…

真の一片の機知にこそ万象が存在するに相違ない
　しかも、万象は、そこで調和している。
ノアの箱船に、無理強いや、戦いなくして結びつけられて、
全ての被造物は棲み、命あるすべての生き物は

あるいは、すべての原始的な形のように。
（大きなものと小さなものを比較するならば分かるのだが）、
それは調和も混乱もなく
神のあの不思議な鏡の中に写っている。[20]

これはカウリーの最も脂が乗り切ったと時の良い詩というばかりでなく、ドライデンやジョンソンの何れかがなしたダン批評よりももっといいダン批評であります。それでも、それは、ドライデンやジョンソンの何れかがダンを理解することが出来た以上に彼らが詩として理解することが出来た詩なのであります。[21]

カウリーは、実際、つまらない人間です。少しばかり感傷的で独身のエピキュリアンで、田園生活の美徳についてホラチウスを意訳したり、小作人からお金を取り立てることが出来ず、自分の牧草は隣人の家畜ですっかり食べられていると不平をこぼすような人であります。[22] だが、彼の精神を作り上げた要素の各々は小さくされたけれども、丁度、王室の目的を探るこの小さな専門学校のネズミの気性に多少の勇気があるように、それらの要素が一緒にされる方法にはどこか壮大なものがあります。[23] 彼はたまたま形而上詩人の最後でオーガスタン時代の最初であるという理由で、どちらかと言えば心に留められているけれども、彼の精神にはなおもある種の包括性があります。彼は、サン・テブルモンやフランスの自由思想家と似ている未熟な快楽主義の中のオーガスタンで、また善良なる教会人である際にもオーガスタンでもあります。[24] 新しい詩が生まれてきました。

My eye descending from the hill, surveys
Where Thames among the wanton valleys strays,
Thames, the most loved of all the ocean's sons
By his old fire, to his embraces runs;
Hasting to pay his tribute to the sea,
Like mortal life to meet eternity.
Though with those streams he no resemblance holds,
Whose foam is amber, and whose gravel gold. . . .
Oh could I flow like thee, and make thy stream
My great example, as it is my theme!
Though deep, yet clear; though gentle, yet not dull;
Strong without rage, without o'erflowing full. . . .

丘から目を移すと、鬱蒼たる谷間を
さすらうように流れるテムズ河が見えてきた。
オケアノスの最愛の息子、テムズ河は
彼の年老いた父の懐に流れ行き
あわただしく海に賞賛の言葉を呈する

あたかも、死ぬべき運命にある生が永遠に出会うかのように。
もっとも、彼はこのような流れと全く似ていないけれども
その泡は琥珀色で、その砂は黄金色…
ああ、あなたのように流れ、そして、あなたの流れを
私の主題として、わたしの典例になることが出来たなら、
深淵にして、しかも明晰に、優雅にして起伏あり、
強烈なれど激烈に流れず、満ちて溢れることもない…

デナムのこれらの行は、あちらこちらシルヴェスターから流れ出ていますが、これらは新しい様式であります。[25]

我々がダンからの系譜を辿るのは「アレグザンダーの祝宴」や「聖シシリア」に見られるドライデンを通してなのです。[26]ドライデンは、彼の初期の詩―「アストリーア帰る」[27]のような―では、遅れてコンシートを使った詩人です。そして、オードで彼とカウリーは出会うのです。私は、ダンとドライデンとの間のこの結びつきの例として、そして、それは―ダンの時代とは違った― カウリーの彼の時代の哲学に対する熱狂を示しているという理由で、カウリーの『ホッブス氏へ』のオードを引用したいと思います。

Vast bodies of philosophy
　I oft have seen, and read,
But all are bodies, dead,

Or bodies by art fashioned;
I never yet the living soul could see,
But in thy books and tree.
'Tis only God can know
Whether the fair Idea thou dost show
Agree entirely with his own, or no.
This I dare boldly tell,
'Tis so like truth 'twill serve our turn as well.
Just as in nature thy proportions be,
As full of concord thy variety,
As firm the parts upon their centre rest,
And all so solid are that they at least
As much as nature, emptiness detest.

Long did the mighty Stagirite retain
The universal intellectual reign,
Saw his own country's short-liv'd leopard slain;
The stronger Roman Eagle did outfly,

Oftener renew his age, and saw that die.
Mecca itself, in spite of Mahumet possest,
And chased by a wild deluge from the east,
His monarchy new planted in the west.
But as in time each great imperial race
Degenerates, and gives some new one place:
So did this noble empire waste,
Sunk by degrees from glorious past,
And in the schoolmen's hands it perisht quite at last.
Then nought but words it grew,
And those all barbarous too.
It perisht, and it vanisht there,
The life and soul breathed out, became but empty air.

哲学の膨大な総体を
私は、しばしば見、読んできたが、
すべては亡骸で、生命がないものであるか
あるいは技術によって作り上げられているものである

私が、生きた魂を見ることが出来たのは
あなたの本と十字架の中でしかない。
神のみが知り得るのは
あなたが示した美しい観念が
確かに神自身の観念と一致するかどうかということである
私は敢えて次のことを大胆に告げる
それは非常に真理に似ていて、
我々の進展にも役立つであろう。
丁度、自然の中のあなたの均衡は
あなたの多様さが平和で満ち
部分があなたの中心にしっかりと基づくのと同じである
そして、すべてがしっかりしているので、それらは、少なくとも
自然と同じように、空間を嫌う
長い間、全能なアリストテレスは
宇宙の知的領域を持ち続け
自分自身の国の短命な豹が殺されるのを見、
一層たくましいローマの鷲より早く飛び、

頻繁に自分の年を取り戻し、鷲が死ぬのを見た。
聖地それ自身は、マホメットが東からの荒れ狂った洪水によって
動かされ、そして追い出されたにもかかわらず、
西に自分の君主国を新しく建てた。
しかし、そのうち、それぞれの偉大で尊大な人種が
堕落し、ある新しい人種に場を受け渡したように、
　　そのように、この気高い帝国は荒廃し、
　　輝かしい過去から次第に沈んで行き、
スコラ哲学者の手で、それは、最後に、完全に消滅した。
　　それから、その帝国は言葉を除いて無に帰し、
　　これらすべてのものも野蛮になった。
　　それは死滅し、そして、そこで消滅し、
その生と魂は息絶え、空しい空気だけになっただけである。(28)

私は、私の最後の講演で、現在までのすべての時代に妥当である定義に出来るだけ近づくことが出来るように、幾つかの十九世紀の形而上詩の見本を吟味しましょう。しかし、我々は既に、ダンの時代の形而上詩の特質を再考すべき点に達しています。形而上的思考は、部分的にデイヴィスやフルク・グレヴィルのような詩人達の黙想的な韻文によって（そして、それ故に、多分、部分的にセネカのコーラスによって）準備されています。(29)

そして、コンシートされている様式は、部分的にエリザベス朝の人々の大げさな文体や、多分、またリリーやシドニー[30]のユーフューイズムによって先取りされています。一五八〇年と一六八〇年の間、言葉―動詞、名詞相当語句や形容詞―はかなりの変化をこうむっています。その変化は、マーロウの言語と対照をなしているダンの言語を研究し、それからドライデンの言語と対照をなしているダンの言語を研究することによって把握されるかも知れない変化であります。詩の歴史で、反動と伝統を区別することが如何にしばしば難しいかと言うことは注目に値することです。我々にとって、十九世紀初期のロマン主義の詩人達は、十八世紀後半の言語と感傷をもっと興奮して単に引き延ばしているように思われます。彼らは、自分自身に対し完全に反乱しているようです。そして、それ以上に、様式に反抗することは様式によって影響されることです。ダンは、同時代の現実、自分の正確な観察、科学と哲学についての自分の雑誌、ギリシャ神話から取られた比較的率直な飾りのない自分のお話に興味を持っていますが、彼はなおもエリザベス朝言語の改革者であると同時に継続者なのです。ドライデンは、率直な良識と理性的な精神、こじつけに対する彼の明晰な分別と嫌悪をもって、ダンに反抗していますが、他方において、彼の影響を継続しています。

ドライデンの最も遠い子孫のやり過ぎは、ダンのすぐ前の子孫のやり過ぎよりひどかった。チャールズ一、二世のキャロラインの詩には、一般に他のどんな時代よりも一層ありふれている言語の簡潔さ、言葉遣いの新鮮さと直接性があります。苦しんでいるのは言語ではなくて、思考なのです。ダンの影響は、形而上詩の第二の型を作り上げるためにイタリアからの新しい影響と融合しました。それはクラッショウによって最も良く、そして完全に例証されています。私が思うには、クラッショウは様式にほとんど直接影響していません。それというのも、皆さんが目の当たり見てきたように、形而上詩を広めたカウリーはダンに立ち返ったからなのです。それにもかかわらず、私は、クラッショウはスペインの風潮を英文学に導き入れて、十八世紀後半の堕落した感傷と感受性に基づく一つの要素となったかなり大切なことをもたらしたと信じています。

それ故、我々は、ダンとクラッショウの間の何処かにあるが、クラッショウよりもダンに近いところにある形而上詩の重心を考えなければなりません。初めに私がこれらの作家達と一緒に一時的に分類した残りの詩人達は、多かれ少なかれ他の面を持ちながら、主にクラッショウの下に入るか、ダンの下に入るかの何れかであります。私はダンとクラッショウを彼らの精神の型によって形而上派と考え、それ故に、実質的に彼らの書くすべてのものの中で形而上派であると考えます。他の人達が形而上派であるのは、時々であるか、あるいは観念の連想というある精神的習慣をつけることを通してであるかの何れかの時であります。あるいは時には全く形而上派ではありません。この混合した型の中で最も混合し困惑させるものはマーヴェルです。最も純粋で上品なのはジョージ・ハーバートです。コンシートされた様式を通して形而上的思考に近い最も良い例は、私がマーヴェルから既に引用した次の一句で、

Annihilating all that's made
To a green thought in a green shade

作り上げられたものをすべて滅却し
緑の蔭に宿る緑の想いに帰しながら(31)

ここの言葉遊びは思考との本当の遊びなのです。圧縮されたものはハーバートの次の一行です。これは、コンシート化され形而上的で、シェイクスピアによって操作される意味の限りない圧縮の効果をもまた示しています。

At length I heard a ragged noise and mirth

結局、耳にした、耳障りな音と浮かれ騒ぎは(32)

ここで耳にしたものは雑音で、これは浮かれ騒ぎとして、そしてぼろを着た人々（盗人と殺人者）によって作りだされた笑いさざめく音の質であるものとして修正されたものです。もう一つのハーバートからの好奇心をそそる例は次に見られます。

churchbells beyond the stars heard; the soul's blood,
The land of spices; something understood.

星々の彼方に響く教会の鐘、魂の血
香料の土地、それとなく我らに悟りえるもの(33)

ここでは、効果は四つのイメジの効果の総計ではありません。それぞれのイメジの直接的な意味は、際立ったやり方でお互いを相殺しています。従って、最後のところで、単独で取り上げられたイメジの何処にも部分的にすら存在していない正確な提案、つまり、思考の境界を越えた広がりと、曖昧でないものが得られます。

そのような例は果てしなく増やすことが出来るかも知れません。これらの詩人達によって絶えず果たされていることは、単純な情緒を幾分難しい思考の言い回しに注ぎ込むことによって、この情緒を洗練し細分化することであります。そして、これは、しばしばケアルーによってなされますが、稀に精神的思索に相当するものとして現れる新しい感情の喚起であります。この感情の喚起は、もちろん、どんな人よりもダンの属性なのです。クラッショウが最も力を出しきっている時、彼は、単に強烈な緊張さをもった単純な情熱を見慣れない対象物に結びつけています。ダンテとダンの、そしてダンテとクラッショウの本質的な違いは、要約するなら、次のようなものであります。ダンテにあっては、感情の体系にぴったり相当する思考の体系があるのに対し、ダンの場合、感情の流れに相当するある種の思考の流れがあるだけである。そして、ダンテは自分の人間感情を神聖な対象物に当てはめるとき、この人間感情を神聖な感情に変更し変えているのに対し、クラッショウは人間感情を神聖な対象物に当てはめています。最もこの人間感情は人間の対象物に今まで当てはめられ、ほとんど変更がないあらゆるものに匹敵する緊張さを持っているけれども。

あらゆる形而上詩に潜在的に含まれている必要条件は、どのようなものも言葉で表現出来ないものはなく、最も稀な感情ですら正確であり、そして正確に表現され得ると言うことであります。もし感情を表すことが出来なくなるなら感情を持つことが出来なくなることで、感受性は感傷によって、つまり、曖昧なものを曖昧に表現することによって置き換えられ、詩はさまざまな雑音に堕落します。もし今述べたことが何らかの意味を持つとするなら、それは、スウィンバーンの『時の勝利』は、歴史のある論理的な秩序や然るべき場所において、ヤングの『夜の想い』あるいはダーウィンの『植物の愛』のような詩の後に来ることをほのめかしています。(34)

十八世紀の詩は、ドライデン、そしてそれに続くポープによって方向性が与えられました。彼らは、お互い非常に異なっていますが狭い範囲では大いなる力と注目すべき正確さにおいて似ていました。私は、ドライデンが擬似英雄体、あるいはバーレスクに限定されたということを言っているのではありません。私はかってある評論の中で、ドライデンが取り扱うことが出来た広く行き渡っている雰囲気のかなりの領域を指摘しようとしました。(35) しかし、これらの雰囲気の各々のものは、たとえ、この雰囲気が如何におびただしくとも、制限されています。ドライデンのアントニーとシェイクスピアのアントニーを比較して御覧なさい。そうすれば、詩は人生の多様さに対してかなりの柔軟性を失ってしまってるということが分かると思います。(36) 詩の代わりに、詩のジャンルを取りなさい。ミルトンに、皆さんは限定されたジャンルの中で今まで存在しなかった偉大なる作家を持ちます。ミルトンの詩、ドライデンの詩、ポープの詩は、その質において非常にすぐれていて、非常に満足させるもので、その後に必然的に感傷の突然のほとばしりが起こります。これはもちろん、フランス文学とある類似［があります］。『孤独な散歩者の夢想』(37)は感傷の突然のほとばしりと言葉では表現出来ない完全な例を与えています。十字架のヨハネからルソーまでの衰退は完全です。しかし、感傷への接近は、既にポープに微かに見て取れ、グレイ、コリンズ、そして二流のシェンストン(38)にはっきりと識別できます。それは、チャーチルやジョンソンに対する諷刺家によって厳しく締め出されて、トムソン(39)やヤングといった叙景的詩人の韻文において力を増しワーズワースやコールリッジ（シャモニー）(40)に至ります。ここにおいて、この感傷への接近はある種のドイツ哲学の流れと合体するのです。[41] バーンズの感傷的な地方性はこれに加わります。[42] 今や、我々は形而上詩の最上のものの中に正確さがあるということを見てきました。感情の対象物は常に明確なのです。そして、これが、多分、彼らの詩が流行している一層健全な理由の一つなのです。曖昧なものに対する健全な反動によってなされるのです。また十九世紀に形而派と呼ばれるものがほとんどないのも理由の一つであります。時代はなおもいわゆる理性の時代の拘束に反対する運動を起こしています。十九世紀のフランスの形而上詩の問題に入る前に、存在しているかも知れない何らかの疑念をはっきりさせることが必要です。形而上詩は、思考の背景、明確な体系、または明確な体系の断片の存在に関わります。ダンテの背後にはアクィナスがあり、ダンの背後には、彼の時代までのそれぞれの哲学的体系の断片やそれぞれの神学体系がありました。そして、全体が混沌としていたとしても、断片は、なおもはっきりしていて、その正体が確認出来るものでした。クラッショウの背後にはスペインの神秘家や彼の時代のカトリック教会がありました。カウリーの背後には主にダンがいました ―ダンがホッブズに対して、哲学者に対する形而上詩人のちょっとした感情を持っていたということを除けば、ほとんど受け売りです。皆さんは、ポープの背後に哲学はなかったのか、たとえボーリングブルックの哲学だけでもなかったのか、と言うかも知れません。私が思うに、その答えは、ポープは所々で談話のある種の哲学的体系を使っていましたが、この哲学は決して彼の感情のための明確な対象を導いたり統制したり抑制したりあるいは提供することはない、ということであります。古典的や浪漫的という言葉は非常に広範に使われてきたので、その言葉の対比は容易に馬鹿らしくなり得ます。というのは、私がお話してきたことからするなら、最初の「古典的」詩人（オーガスタンの意味で）―ポープ― は、情緒とか感受性の歴史の私なりのコンテクストにおいて、また最初の「浪漫的」詩人であるということになるからです。

私は、十九世紀に、哲学的観念にその情緒的等価物を生じさせるほどそれくらいの哲学的観念を感じることが出来るどんな英国の詩人をも考えることが出来ません。黙想的な詩人　—たとえば、アーノルド、あるいはジョージ・メレディス—　がおります。[43] ブラウニングのような内省的詩人がいます。[44] セインツベリー氏が「形而上派」と呼んでいるスウィンバーンがいますが、彼は形而上性から、あるいはマリニズムからさえも正反対の極にあると私には思われ、そして、皆さんにとっても、深く考えるならそう思われるような人だと思います。[45] 皆さんはこれらの詩人の中の誰かに相違におけるあの同一性、あの統一を見出だすことが出来ますか。

E fue due in uno ed uno in due

そして、彼等は二にて一、一にて二なりき。[46]

あるいは、結果として無駄ではありましたが、私がお話してきたあの思考と感情の分離は、至る所にありませんか。私は疑わしい詩、多分、疑わしい実例を認めています。フランシス・トムソンが、時に、使い尽くされた慣用語句の並外れた離れ業によって、彼の師匠であるカウリーに近づいていないとは思いません。[47] しかし、また、多分にフランシス・トムソンや確かにシェリーのような詩人達の間を区別しなければなりません。彼らは自分たちの時代にある形而上的才能と現実的なたしなみを持っていました。

今まで提起されなかったブレクの疑わしい事例だけが残っていると思います。[48] ブレイクはある面においてチャップマンに似ていて、そして、二つの言葉を並列する詩人である際、形而上派の詩人というよりは、むしろイェイツ氏に似ていると思います。[49]

What are these golden builders doing
In melancholy, ever-weeping Paddington ?

これらの黄金の建築士は何をしているのか、
憂鬱で絶えず泣きぬれているパディングトンの中で[50]

そして、次のような詩は

My Spectre around me night and day
Like a wild beast guards my way:
My Emanation far within
Weeps incessantly for my sin.

私の亡霊は私のまわりで日夜
野獣のように私の道を守っている
私の発散物はずうっと奥深いところで

私の罪のために絶えることなく涙を流している。(51)

思考の情緒的等価物ではありません。それが詩であるかどうか私には不確かで――それを認めることは異端的で――あります。ダンテとかダンのような思考がはっきりと別な形式で表現されるとき、その時、詩を鑑賞するために思考を理解する必要はありません。詩と思考は全く別々のものだからなのです。そして、(それらが)一つになるとき、韻文の著者が自分が意味しているものを理解することだけで十分なことです。しかし、ここでブレイクの場合、しばしばそうであるように、ここに思考それ自身があるということを感じます。つまり、私の喜びは、ダンテの場合のように二重の喜びではなくて、混乱した喜びで、それは、私が理解することがなく、たとえ理解したとしても、詩としてというよりも観念として喜ぶ観念の直接的な情緒的喜びを感じるのです。これは難しく議論の余地がある問題です。というのは、皆さんがダンテ、グィード、ダン、そしてクラッショウの多くのものを吸収した後、もしブレイクを取り上げ、そして、私の意味か、あるいは皆さんがそれに与えるある別の意味の何れかにおいて、ブレイクの詩は決定的に形而上派であると考えるなら、その時、皆さんに関する限り、私の全体の理論は崩壊してしまうからなのです。皆さんがわざわざこれをなさるなら、私は何が起こるのか知ることに興味を持つでしょう。

注

(1) T・S・エリオットは、次の二つの評論、「二流の形而上詩人達」('The Minor Metaphysicals' [1930] 四九頁注

［36］参照）と「カウリーの二つのオードに関する覚書」（'A Note on Two Odes of Cowley', in Seventeenth Century Studies Presented to Sir Herbert Grierson, ed. John Purves [Oxford : Clarendon Press, 1938, pp. 235-42]）を書くのに直接この章の節に頼った。「二流の形而上詩人達」で、エリオットは前の文章を書き直して拡げ、次のように変更している。「カウリーは、伝記的人物としてはチャールズ一世時代と言うよりは、ウイリアム・アンド・メアリー、あるいは後期スチュアート王朝の逸品である。十七世紀初期の熱烈な時代精神は過ぎ去った。カウリーは、理性的な性癖を持っている多忙な少しばかり詮索好きな心の持ち主である」（p. 64]）と。そして「カウリーの二つのオードに関する覚書」では「彼はチャールズ一、二世の時代でも、また王政復古時代でもない。彼の精神状態は、むしろ、どちらかと言うと、亡命者のものに近かったであろう」と言い替えている。

（2）この一節は批評家兼心理学者であるI・A・リチャードに遠回しに申し入れられた。リチャードは一九二五年七月の『クライテリオン』（一四八頁注［39］参照）の中で、『荒地』においてエリオットは「詩とあらゆる信念との間の完全な分離」を果たした述べた。このトピックに関する論文とそれに続くリチャードとの会話はT・S・エリオットの「詩と信念の覚書」（'A Note on Poetry and Beleif' [*Enemy*, January 1927]）で呼び起こされ、その中でエリオットは自分の理論を次のように要約した。「しかし、私が確信し――詩だけの歴史研究からすら――、そして考えることは、キリスト教ドグマの歴史は、この見解――つまり、信念それ自身は文明の初めから絶えざる変動（必ずしも進歩からではなく、あらゆる見解から）であったということを支持するために作らなければならいということである。キリスト教の信念に限って言うなら、十三世紀、十七世紀、そして十九世紀に宗教詩がある。クリスティナ・ロセッティの信念はクラッショウのものほど強靭ではなく、クラッショウはダンテの信念と同じくらい強力であるということは性急なことであろう。そして、これらの人達によって信じられている命題の中に、本質的に同じ言葉で表現され、この三人によって心から信じられている多くのドグマがあるに違いない。それにもかかわらず、彼らは私自身と違うようにお互い違っている。問題になっている私自身の詩に関して言うなら、私は全ての信念から『完全に分離すること』をどうしても理解することが出来ない――それはクリスティナがダンテから分離していないと同じように完全なものではない何かである」と。

（3）カウリーは一六四六年ホッブズとパリで出会い、弟子になり、「ホッブズへ」（'To Mr. Hobs'[1655]）に見られる彼の雄弁、理性、そして機知の素晴らしさのため彼を惜しみなく褒め称えた。T・S・エリオットは「ジョン・ブラムホール」（'John Bramhall'）の中でホッブズを次のように述べ彼の哲学を厳しく批判した。「［トマス・ホッブズ］は、ルネッサンスの混沌とした動きによって押し上げられて値打ち以上に有名となり、しかも以後その名声を失わずにいる例の法外な取るに足らない成り上がりものの一人であった……ホッブズの決定論には、これといって新しいものはなにもなかったが、彼はその決定論と感覚的知覚の理論を、いわばほとんど時事的な問題に当てはめることによって、これにある新しいぴりっとした尖鋭なところを与えたのであり、また例のリヴァイアサンの比喩によって、彼は巧妙な枠を提供し、その枠には哲学、心理学、政治、経済のあらゆる問題を考える何らかの口実があった」（*SE* 355/312）と。

（4）一六六三年、カウリーは庭園術に対する生涯にわたる愛着を求めてロンドンを後にし、最初、サリーの昔の屋敷であるバーン・エルムズに、それから一六六五年チャーツィの農場へ移った。カウリーは彼の書簡詩「庭」（'The Garden' [1667]）を次のような献呈の宣言で始めている。「私は、常に持っていた欲求ほどそれほど強い欲求も、また貪欲にも似た他のどのような欲求も持たなかったので、最終的に小さな家と大きな庭を支配し、適度の便利さをこれらに結びつけて、そこで私の残された人生をそれらの精華と自然の研究に捧げることが出来たかも知れない」（*Abraham Cowely : Essays*, p. 420）。

（5）T・S・エリオットは、小説家であり歴史家であったH・G・ウェルズの社会的、政治的、科学的作品を批判していた。「二流の形而上詩人達」（四九頁注［36］）では、この一文を書き直して次のように書いている。「彼はほとんどH・G・ウェルズ氏と同じくらいの多くの思いつきを持っていた」（p. 641）と。そして、「カウリーの二つのオードに関する覚書」（前述注［1］参照）では「カウリーの世界は、実際、H・G・ウェルズの世界の幾分かを持っていた」（p. 580）と書き直されている。「ランベス会議後の感想」（'Thoughts After Lambeth' [1931]）でエリオットはウェルズに関する彼の批判的な見解を次のように穏やかに一般化した。「ほとんど英語圏の国々の我々には独創家H・G・ウェルズ的悪癖があるのではないかと思う。我々は特定の修練や研究から一般的な結論を抽き出し、ある特定領域での成果を世界一般についての理論を正当化するのに利用している」（*SE* 371/328）と。

(6) カウリーは『経験哲学進歩のための提案』（*A Proposition for the Advancement of Experimental Philosophy* [1661]）で、「哲学の学寮」はロンドンの三マイル以内に置かれ、それに加えられる組合は、「弁護士の事務室の番をしたり、家を掃除したり、そのような奉仕のために四人の老婦人」を入れなければならないことを提案した（*Abraham Cowley: Essays*, p. 248）。

(7) カウリーは、死後出版された『評論集』（Essays）にある「農業について」（'Of Agriculture'）の中で、次のような教育を提案している。「しかし、かつてどんな父が、息子に残そうとしたあの土地の自然や土地改良の中で、程良く息子に教えるために個人教師をつけたであろうか。個人教師は少なくとも余分なものである。そして、これは我々の教育方法の欠点である。それ故に、医学と市民法があると同じように、私はそれぞれの大学に一つの学寮が建てられ、そして、この研究に使われるならと思っています（しかし、このような時代、それを見ることは余り望むことは出来ない）」（*Abraham Cowley: Essays*, p. 404）と。

(8)『恋人』（*The Mistress: or, Several Copies of Love-Verses*）は、最初、一六四七年に、カウリーがフランスにいる間、彼の許可なく出版された。

(9) カウリーとクラッショウは、彼等がケンブリッジの学部学生であった頃から互いに知っていた。一六四九年のクラッショウの死の知らせは、一六五一年になるまでカウリーに知らされなかった。その年、カウリーは「クラッショウの死に際して」（'On the Death of Mr. Crashaw'）というエレジーを書き始め、最初、それは、カウリーの『詩集』（*Poems* [1656]）の最初の区切りとなる『雑詠集』（*Miscellanies*）に出版された（*MLPSC* 193-5）。

(10) ジョンソン『詩人伝』（Johnson, *LMEP* 3）、少しばかりの誤記がある。

(11)『恋人』からの「私のダイアット」(‘My Dyet’)。T・S・エリオットは一九二一年十月三（?）日オールディングトンへ次のような手紙を書いた。「私の『カウリー詩集』―外見上、英国詩人の旧版の小さな四巻本―を貸して上げましょうか」(*L1*) と。これは、チョーサーからチャーチルまでの英国詩人のベル版四巻本の『エイブラハム・カウリー詩作品集』(*The Poetical Works of Abraham Cowley*, in four volumes, Bell's edition of the Poes of Great Britain from Chaucer to Churchill [Edingugh, 1778]) である。この版はなおもエリオットの蔵書にあったが、彼はロンドン図書館からA・R・ウォーラーの版の『詩集』(A.R. Waller's edition of the *Poems* [Cambridge : Cambridge Univ. Press, 1905]) を借りた。「私のダイアット」は八九頁に見られる。部分的に現代風にされ、少しばかりの誤記がある。

(12) 即ち「おはようさん」(‘The Good-morrow’)。

(13)「プラットニック・ラヴ」(‘Platonick Love’) 第一スタンザと第四スタンザ (*Poems*, pp. 75-6)、部分的に現代風にされ、少しばかりの誤記がある。

(14) 次に見られるカウリーの「オード、機知について」(‘Ode : Of Wit’ [1656]) 第二スタンザに見られる望遠鏡への言及。

Some things do through our judgement pass
As through a Multiplying Glass
And sometimes, if the Object be too far,
We take a *Falling Meteor* for a *Star*.
(*Poems*, p. 17)

何かが我々の判断を通して通り過ぎる
拡大鏡を通り過ぎるように

そして、時々、対象が余り遠いなら
我々は流星を星と思い込む。
『詩集』一七頁

(15)『詩人伝』(*LMEP* 9)、最初、二つのコンマが付け加えられた。

(16)『ロンドン、詩と人の望みの空しさ』(*London: A Poem and Vanity of Human Wishes* [1930]) につけた「序論」('Introductory Essay') で、T・S・エリオットは一七三八年と一七四九年に最初出版された二つの詩を次のように述べた。「英語あるいは他のどんな言葉で書かれた最も偉大な韻文諷刺の中で、そして、比較が正当化される限り、私は彼のモデルとなっているユウェナリスは決していいとは思わない。それらはドライデンやポープのどんなものよりも純粋な諷刺で、精神面でラテンにもっと近い。というのは諷刺家は、理論上、彼の時代や場所の悪徳を懲戒する厳格な道徳家であるから。そしてジョンソンはポープやドライデンの何れかよりもこの厳粛さに対してよりよい権利を持っている」(p. 15) と。

(17) T・S・エリオットは「形而上詩人達」の中で「人の望みの空しさ」の「最もよい行の数行」を少し間違って引用した (*SE* 283/243)

His fate [*for* fall] was destined to a barren strand
A Petty fortress, and a dubious hand;
He left a [*for* the] name at which the world grew pale
To point a moral, or adorn a tale. [lines 219-22]

その運命(原文では没落)は不毛の海辺と
小さな城砦と、そして疑わしい手にまかされていた、
世人が聞いてあおざめるような名を残し、

教訓に力を添えたり物語を飾ったりする、

その行についての自分の現在の判断　—「しかし、もし『人の望みの空しさ』の一八九行から二二〇行が詩でないとするなら、それが何であるかわからない」(p. 17) — で始めている。エリオットは更にゴールドスミスの「荒廃の村」(二五一頁注［18］参照)に言及している。エリオットは「批評家と詩人としてのジョンソン」('Johnson as Critic and Poet,' [1944]) の中で「ジョンソンの同時代の人や友達によるかなりの度合いに組織化された詩がある。『荒廃の村』をジョンソンやグレイによるどんな詩よりも高く評価する」(*OPP* 181/208) と述べた。

(18)「詩の固有の機知」一九二頁(一〇八頁注［42］参照)。「批評家ドライデン、穏健の擁護者」('Dryden the Critic, Defender of Sanity [*Listener*, 29 April 1931, pp. 724-5) で、エリオットはこの一節の後半部を「ドライデンの表現の明晰さと、彼の理論の公平な穏健さの証拠」として引用し、次のことを観察している。「理性と想像的機能を区別して分離してしまうことは、ドライデンには思いも浮かばなかったであろう。つまり、詩的想像力には何かしら不合理なものがあり、当然、それが、あるべきである、ということもドライデンには思いも浮かばなかったであろう … 思考とイメジの区別、そして思考とそれを雄弁でまとうことの区別は現代の詩論とは性質を異にするものであるが、これらの区別は、最近の作家達がする区別よりも無難なものであると思う。そして、霊感の部分(あるいは自由連想)や意識的な労力の部分はまさしく適切である」と(p. 725)。

(19) T・S・エリオットはカウリーの「オード、機知について」から選んだ一節を引用する前に、第六節に見られる機知の特質 (*Poems*, p. 18) に言及した。

'Tis not when two like words make up one noise;
　Jests for *Dutch Men*, and *English Boys*.
In which who find out *Wit*, the same may see

In *An'grams* and *Acrostiques Poetrie.*
　Much less can that have any place
　At which a *Virgin* hides her face.
Such *Dross* the *Fire* must purge away; 'tis just
The *Author blush,* there where the *Reader* must.

それは二つの似た言葉が一つの音を作り出す時ではない。
　ダッチ・マンやイングリッシェ・ボーイのためのしゃれだ
ここで誰が機知を見つけるのか、同じようなことは
アナグラムやアクロスティックの詩に見られる
　まして、それは乙女が自分の顔を隠す
　どんな場所も持つことがない。
火はそのようなかすを浄化する。それは丁度
読者が顔を赤らめなければならないところで、著者が顔を赤らめる

(20) 九節で出来ている「オード、機知について」('Ode: of Wit' Poems, pp. 16-18) の一節（四行目は 'And reason the inferior powers control' と書かれている）、四節（一行目から四行目）、五節（一行目から四行目まで）、七節（一行目から二行目まで）、八節からの引用。部分的に現代風に綴られている。八節の最後の三節は前行から分離されている。

(21) T・S・エリオットは「カウリーの二つのオードに関する覚書」('A Note on Two Odes of Cowley') で上記の文をもっと適切に次のように書き換えている。「これは、カウリーが脂が乗り切った時に書いた良い詩というだけではない。詩としては、多分、ダンの詩のあらゆるものより、ドライデンかジョンソンの何れかと性分に合っているけれども、この二人の何れかのダン批評よりすぐれた批評である」(p. 240) と。

（22）T・S・エリオットは「農業について」（'Of Agriculture'）の中の「ホラテュウス第一巻の十番目の書簡に関する意訳」（'A Paraphrase upon the 10th Epistle of the first Book of Horace' [*Abraham Cowley : Essays*, pp. 416-18]）とカウリーの一六六五年五月二十一日付けの次のような苦言に満ちた手紙に言及している。この手紙は、カウリーがチャーツイ農場に到着した後、彼の伝記作者であるトーマス・スプラット博士へ宛てたものである。「これがまず第一にここでの個人的な財産です。私は小作人からお金を取り立てることが出来ず、自分の牧草は隣人の家畜ですっかり食べられている」と。この手紙をジョンソンの「カウリー伝」（Johnson's *Life of Cowley* [*LMEP* 8]）に印刷されているのを見つけたエリオットは、一九二一年十月、リチャード・オールディングトン宛に「こう言うのは残念ですが、私はカウリーの手紙は全く知りません」と手紙で書いた。（*L1* 474）。

（23）T・S・エリオットはカウリーの「田舎のネズミ、ホラテュウス第二巻の六番目に関する意訳」（'The Country Mouse. A Paraphrase upon Horace 2 book. Satyr. 6' [*Abraham Cowley : Essays* pp. 414-16]）の中で、田舎のネズミと都会のネズミにそれとなくつけ込んでいる。ケンブリッジのトリニティイ・カレッジの王党派研究員として、カウリーは市民革命勃発前の出来事に関して鋭い観察者であった。そして、オックスフォードの聖ヨハネ・カレッジでは、一六四六年に彼がパリまで女王について行くまで、王党派の指導者と親密であったが、彼が王党派の主義主張の為にスパイとして直接雇われたのは、一六五六年亡命生活から帰還し、オックスフォードで医学博士を取得することで自分の身分を隠してからであった。

（24）王政復古の後、カウリーは、ロンドンで当世風のフランスの追放者で、機知があり快楽主義者で宮廷人で懐疑主義者であるサン・デニーのシャルル・ド・マーガテル、サン・テブルモン（Charles de Marguetel de Saint Denis, Seigneur de Saint Evremond [1614-1703]）と懇意であった。彼はフランス・アカデミーの関する諷刺『アカデミーの喜劇』（*Comédie des académistes* [1643]）や宗教的信念に関する諷刺『ドカンクール元帥とカネー神父の会話』（*Conversation du maréchal d'Hocquincourt avec le père Canaye* [1658]）を出版した。T・S・エリオットが利用しているのは、リチャード・オールディングトンの評論「カウリーとフランスの快楽主義者達」（'Cowley and the French Epicureans,' [New Statesman, 5 Novem-ber 1921, pp. 133-4）で、この評論はカウリーの快楽主義的哲学者ピエール・ガッサンディ（Pierre Gassendi [1592-1655]）とサン・テブルモンを含む彼の追随者達に及ぼした影響を論じている。T・S・エリオットはその評論が現れた日にオールディングトンに次のような手紙を書いた。「その主題に関しては何も知らないので、何も批評することは出来ません。例えば、ガッサンディは、私にとっては名前以上の者ではないし、テオフィル・ド・ヴィヨ（Théophile de Viau）については何も知りません」（*LI* 485）と。

(25) ロンドン・ライブラリーから借用したアレグザンダー・カルマーズ編『英国詩人作品集』（*The Works of the English Poets*, ed. Alexander Chalmers [London : C. Whittingham, 1810]）の「クーパーの丘」（'Cooper's Hill' [1642, 1665]）、一五九行から六六行目、一八九行から九二行、いくらかの間違いがあり、原文では 'By his old sire', 'their gravel gold', 'make thy streams' となっている。T・S・エリオットは『ジョン・デナム卿詩集』（二五五頁注〔30〕）の新しい版の書評である「ジョン・デナム卿」（'Sir John Denham,' [1928]）で次のように述べている。「詩は、自然の風景を観想することによって暗示される一連の繊細で瞑想的な独白のための手本を設定している。大部分の独白で、『クーパーの丘』におけるように、観想される眺めや風景は大して重要ではない。デナムとって、それは、ありきたりであるが、言い表された一連の反映の単なる出発点にすぎない。『クーパーの丘』で顕著なものは、三五八行の構成の手際良さである。それはひと続きの映像と形式的なイメジであるが、どんなものも過度に押し出されることはないし、単調に続いてはいない。それらは、すんなりと、自然に、お互い過ぎ去っ行く。そして、それぞれは、まぎれもなく長いが、飽き飽きするほどのものではない」と。

ジョシュア・シルヴェスター（Joshua Sylvester [1563-1618]）はエリザベス朝の二流の詩人で、哀歌、書簡詩、頌歌、賛歌、そして特別な場合に臨んで作った詩としての多才な領域は、翻訳家としての彼の業績、特にフランスの詩人であるデュ・バルタスの『神の日々と御業』（Du Bartas's *His Divine Weekes and Works* [1605]）で影が薄くされている。

(26) T・S・エリオットは、評論「ジョン・ドライデン」('John Dryden,' [1930] 四九頁注[36]参照)において、ドライデンは「アレグザンダーの祝宴」('Alexander's Feast,' [1697])と「聖シシリア日の歌」('A Song for St Cecilia's Day,' [1687])の頌歌で、彼は「リズムの自由さと独創性、そして言葉の正確さと威厳を身につけた」と主張した。特に、「聖シシリア日の歌」は、「既に我々とはかけ離れたように思われるダンの失われた音楽とは非常に異なっているものであるが、この音楽性はカウリーから来ている」(p. 688)。T・S・エリオットは「二流の形而上詩人達」('The Minor Metaphysicals,' [1930] 四九頁注[36]参照)において、「カウリーのような人間は意識的にダンを模倣し、無意識的にドライデンを先取りしている。先ほど触れたカウリーの二つのオード『機知についてのオード』と『ホッブズ氏へ捧げられたオード』』とドライデンの『アレグザンダーの祝宴』、『聖シシリア日の歌』を比較してみなさい」(p. 641)ということを示した。

(27) 「アストリーア帰る」('Astrea Redux,' [1660])はチャールズ二世の即位帰還を祝っている。

(28) カウリーのピンダロス風オードの「ホッブズ氏へ」('*To Mr. Hobs*,' [Poems, p. 188])からの六節の最初の二節は部分的に現代風にされている。少しばかりの間違いがある(第一節の六行目は'But in thy books and thee,'と書かれている)。オードは最初『恋愛詩集』(*The Mistress*)に現れたが、四部からなる『詩集』(*Poems* [1656])の第二部のために一六三五年増補された。T・S・エリオットは「カウリーの二つのオードに関する覚書」('A Note on Two Odes of Cowley')の中で次のように書いている。「カウリーの時代は伝統的な信念の形が壊れてしまった。そして、この断絶の中で『ホッブズ氏へ』のオードは記念碑的なものである。ロマン主義的な信念、つまり、個々人の、あるいは集団の感情に見られる信念の形式は、まだ展開されてはいなかった。カウリーの世界には、自分から最も強烈な詩的緊張の反応を引き出すことが出来る信念となる対象がなかった。それ故、『ホッブズ氏へ』のオードには、『恋愛詩集』にはない妥当性があり、満足行くものとなっている」(p. 238)と。

(29) ジョン・デイヴィス卿(Sir John Daivies [1569-1626])は「オーケストラ―舞踏詩」('Orchestra, or A Poems of Dancing,' [1594])やT・S・エリオットが言及している彼の哲学詩『汝自身を知れ』(Nosce

Teipsum [‘Know Thyself,’ 1599]）で知られている。後にエリオットはデイヴィスの『汝自身を知れ』を「魂の本質とその肉体との関係を、韻文を用いて長々と論じているものであり」「孤独な瞑想の言葉と音調を持ち、［デイヴィスの］語り方は独りみずからに説きかける男のものであり、決して声を高めることはない」と記述している（*TLS* 9 December 1926, p. 906 ; *OPP* 133, 136/150, 154）。T・S・エリオットはデイヴィスのこの二つの詩を『四つの四重奏』を作るとき利用している。

T・S・エリオットは「エリザベス朝の翻訳におけるセネカ」（‘Seneca in Elizabethan Translation,’ [1927]）の中で、フルク・グレヴィル（Fulke Greville）について「いくつかのすばらしい詩句が、とりわけコーラスにある」が「彼の劇には極めて退屈なところもある。そしてグレヴィルはアレグザンダーやダニエルほどには忠実にセネカを模倣していない」（*SE* 94/78）と彼の評価を記録した。

（30）ジョン・リリー（John Lyly [1554-1606]）は、エリザベス朝宮廷の人気ある作家で、『ユーフューイーズ、機知の分析』（*Euphues : the Anatomy of Wit* [1578]）とその続編『ユーフューイーズと彼のイングランド』（*Euphues and His England* [1580]）や、いくつかの宮廷喜劇の著者であった。T・S・エリオットは一九一八年の公開授業で「ユーフューイーズとリリーの劇の様式」（‘The Style of Euphues and of Lyly's plays’）に関して講演し（*RES* 11, 299）、「『レトリック』と詩劇」（‘“Rhetoric” and Poetic Drama,’ [1919]）の中で「リリーの文体、すなわちユーフューイズムはレトリック的なのか。リリーが攻撃しているアスカム（Ascham）とエリオット（Elyot）のもっとも古い文体に比べたなら、それは明瞭で流暢な、一糸の乱れもない、比較的純粋な文体であり、対句と直喩の、単調であるとしても系統だった定式を持っている」（*SE* 37/25）と問いただしている。しかしながら、エリオットは「初期の小説」（‘The Early Novel’ [1929]）で、リリーの構想は「精神や感受性の中でどんな重大な展開をも表さなかった」（*TLS* 25 July 1929, p. 589）と主張した。そして、エリオットが「エリザベス朝の三文文士連」（‘The Elizabethan Grub Street’ [1929]）の中で省略したのは「三文文士連の階層には属していない二つの小説、シドニーの『アルカディア』（*Arcadia*）とリリーの『ユーフューイーズ』で、『ユーフューイーズ』は非常に退屈な本で、『アルカディア』は今まで書かれたものの中で全く退屈なものであると思う … そして、これらの本はもっとわざとらしく人為的で『文学的』であるというまさにその理由で、これらの本は、生の記録というよりある時期の文学の珍奇な物として残っている」(*Listener*, 19 June 1929, p. 853)。フィリップ・シドニー卿（Sir Philip Sidney [1554-86]）は、彼の英雄ロマンス『アルカディア』の中で、人為的でなくもっと遠回りな文体を好んで、ユーフューイズムの流行に反抗し、『詩の弁護』（*A Defence of Poesie* [1597]）の中で余りにも手の込んだ直喩の使用を非難した。エリオットは「ペンブルク伯爵夫人のための弁明」（'Apology for the Countess of Pembroke,' [1932]）の中で再び『アルカディア』を「退屈の記念碑」（*UPUC* 51/44）と述べた。

(31)「庭」（'The Garden'）、四七行目から八行目、三六三頁注（57）参照。

(32)『教会』（*The Temple* [1633]）からのソネット「贖い」（'Redemption'）の十二行目。この一行は、T・S・エリオットが持っているワールド・クラッシック版『ジョージ・ハーバート詩集』（World's Classics edition of *The Poems of George Herbert* [Oxford, 1907]）三五頁（'Raggéd' と書かれている）で印が付けられている。T・S・エリオットは『ジョージ・ハーバート』（*George Herbert* [1962]）の中でこのソネット全部を引用して「ハーバートは、適切な場所で簡素な日常語を使う大家で、その言葉に凝縮された意味を込め … 四語から成る『耳障りな音と浮かれ騒ぎ』という語句で、ハーバートは、我々に伝えようとしていた場面をありありと描写している」（p. 28）ことを示した。

(33)「祈り」（一）（'Prayer I,' [1633]）一三行目から一四行目まで。この二行は、T・S・エリオットの『ジョージ・ハーバート詩集』四五頁で印が付けられているが、彼は明らかに記憶を頼りにして引用したため、綴り字を現代風にし句読点を変えている。「十七世紀の信仰詩人達」の中で、エリオットがこのソネット全体を引用したのは「それはダンの影響が色濃く見られることを暗示しているからであり」、また、ここで引用されている最後の二行は「非常にすばらしく、神の栄光が … 幾分、キーツの魔法の窓の魔力を持っている行に先立つものに反映している」（p. 553）ということを主張するためである。『ジョージ・ハーバート』で、彼は、この詩をダンの「私の心を鞭打って下さい」（'Batter my heart'）に、そしてまたキーツの「小夜鳴鳥に寄せるオード」（'Ode to a Nightingale,' ll. 69-70）になぞらえ、この最後の二行は「『泡立つ波の上に開いた不思議な窓は／打ち捨てられた妖精の国の危険な海の中で』のような種類の詩」（p. 18）であると述べている。

（34）『時の勝利』（*The Triumph of Time* [1862]）において、心変わりした女に捨てられた恋人は罪、死、そして天罰に忘却を求めている。T・S・エリオットは「詩人としてのスウィンバーン」（'Swinburne as Poet'）の中で痛々しい独白の「冗長さ」を次のように言っている。「彼の冗長さは彼の栄光の一つで　…　『時の勝利』を圧縮することは出来ない。ただ省くだけである。そして、これは詩を破壊するだろう。もっともどんな節も本質的ではないように見えるけれども」と（*SE* 324/282）。詩人で劇作家であるエドワード・ヤング（[1683-1765]）は宗教的楽観主義の教訓詩のために名声をあげた。この詩は生、死、人間の不滅、キリスト教の約束に関する道徳的内省に関する一連の九つの長詩の『夜の想い』（*The Complaint, or Night Thoughts on Life, Death, and Immortality* [1742-5, collected 1750]）である。T・S・エリオットの「不滅の囁き」（'Whispers of Immortality' [1917]）は、試みにまた皮肉に「不道徳に関する夜の想い」（'Night Thoughts on Immorality' [Bergl）と名付けられた。エラスムス・ダーウィン（Erasmus Darwin [1731-1802]）は、詩人で内科医で科学者で、博物学者の祖父で、一七八九年、最初『植物の愛』（*The Loves of the Plants*）を出版した。この詩は科学的詳細を韻文にし、花の受精の方法を植物的求愛の繰り返された描写で人間化している。

（35）「ジョン・ドライデン」（'John Dryden' [1921]）で、T・S・エリオットは、「マックフレックノー」（'MacFlecknoe'）における機知からオルダムに関するエレジーまで、「吸収同化する能力と、その結果としての幅の広さは、ドライデンのいちじるしい特質である」（*SE* 312/271）と論じた。

（36）T・S・エリオットは「劇作家ドライデン」（'Dryden the Dramatist' [*Listener*, 22 april 1931, p. 681）の中で、ある長さをもって、次のように劇とその一節を比較している。「無韻詩で書かれた［ドライデンの］すぐれた劇『すべて恋ゆえに』がある。そして、これにまつわる難しさは、同じ主題に関するシェイクスピアの劇『アントニーとクレオパトラ』が、―必ずしも、かなりすばらしい劇でないとしても―ドライデンのものより非常にすぐれているということである　…　私はここで、詩劇の詩的なものを区分するように、詩劇の劇的なものの本質を敢えて探ろうとはしない。ただ、この問題は、一般に見られるよりかなり込み入っているということだけを指摘しておく」と。

(37) ルソー(Rousseau)の最後の作品である『孤独な散歩者の夢想』(*Rêveries d'un promeneur solitaire* [*Reveries of a Solitary Walker*, 1782])は、十編の評論、もしくは「散歩」('Walk')で編成されているが、ここで、彼は自己啓発のためにだけ自分の感情と感傷を探求し説明している。T・S・エリオットは、一九一七年にデドロの『初期哲学集』('Diderot's *Early Philosophical Works*)を書評した中で、情緒的に満たされ本の特徴を述べている。そこで、デドロの盲人の叫び―この機械的な世界は「単なる束の間の秩序の出現」を持っている―を詳説する際、エリオットを次のように言及している。「これは、知られざる声ではなくて、十八世紀にもっと声高に聞かれ始めた声である。これは『孤独な散歩者』から聞かれた。それは情緒的な科学的な合理主義の声である … ルソーの口調はもっと情緒的で、デドロはもっと科学的であったが、十九世紀は十八世紀から如何にして生じたのかということを理解しようとする人はルソーと同様デドロを読まなければならない」(*New Statesman*, 17 March 1917, p. 573)と。

(38) 詩人兼書簡作家であるウィリアム・シェンストン(William Shenstone [1714-63])は『女教師』(*The Schoolmistress* [1742])で知られた。サミュエル・ジョンソンはこの作品を次のように記述している。「シェンストンの出来映えの中で最も喜ばしきもので … 我々は、感傷の中の本性と様式の中の独創的な作家といった二つの模倣で直ちに慰められ、この二つの模倣の中で、精神は果てしない仕事の中に留められる。シェンストンの一般的な取り柄は気楽さと簡素化である。彼の一般的な欠点は包容力と多様さの欠如である」(*LMIEP* 466)と。T・S・エリオットはサミュエル・ジョンソンの詩に付した「序論」('Introduction')でシェンストンの田園詩を「全く退屈」(p. 14)であると記述した。

(39) ジェイムズ・トムソン(James Thomson [1700-48])はスコットランドで生まれ教育された。しばしば再版された一連の叙述的な『四季』(*The Seasons* [1730, revised and expanded, 1744])で十八世紀の最も人気ある自然詩人になった。ジョンソンは「『四季』の最も大きな欠陥は方法の欠如であるが、このために何らかの改善策があるかどうかはわからない … 彼の言葉遣いはかなりの度合いで華やかで豪奢である … それはあまりにも華麗で、ときどき精神と言うよりは耳を満たしているということでとがめられるかも知れない」（*LMEP* 448）と書いた。

(40) T・S・エリオットは、シャモニー（Chamouni or Chamonix）渓谷とサヴォイ・アルプスのモン・ブランを描写したコールリッジの「シャモニー渓谷における朝日前の賛歌」（'Hymn before Sun-Rise, in the Vale of Chamouni' [1802]）に言及している。コールリッジはその詩の最初の出版に先立つ覚書で次のように言っている。「実際、全渓谷、そのそれぞれの光景、それぞれの音は、是が非でも、思考で全く硬化していないそれぞれの精神を感銘させなければならない　—神秘のこの渓谷で誰が無神論者なのであろうか。誰がそうなり得るのだろうか—　もし読者の誰か …　が旅行でアルプスのこの渓谷を訪れることがあるなら、彼らは、次の詩で表され、あるいは表されるような感傷や感情は度を超したものでないことに気づくであろうと自信を持って言えます」と。T・S・エリオットが知っていたことだが、コールリッジは、決してシャモニーを見なかったし、彼はその詩の萌芽をドイツの女流詩人フレデリカ・ブルンに負うていることを認めなかった。T・S・エリオットは『サミュエル・テイラー・コールリッジ詩集』（*The Poetical Works of Samuel Taylaor Coleridge*. ed. James Dykes Campbell [London: Macmillan, 1907]）の自分の蔵書票（ホートン）に、その詩（p. 165）に鉛筆で「フレデリカ・ブルンのドイツ人からのものであるが、限りなくすばらしい」と記した。

(41) 一七九八年九月の『抒情歌謡集』（*Lyrical Ballads*）出版の後、コールリッジはドイツ語とドイツ文学を勉強するためにドイツを旅行した。一七九九年二月に彼はゲッティンゲン大学に入学を許可された。この大学で彼はカント、シラー、そしてカント以後の哲学者を読み、自分の美学、哲学を作り上げる上で強力な影響を受けた。T・S・エリオットは後に「コールリッジが確かにドイツの哲学者達から、初期にはハートレイから、みずから考えていたほど、たくさんのことを学んだ」ということについて疑念を表明した。「彼の批評における最上のものは、自分自身の詩作の経験について内省した時に見られる彼の洞察の微妙な緻密さから生まれてくるように思われる」（*UPUC* 80/71）

(42) T・S・エリオットは評論「マシュー・アーノルド」（'Matthew Arnold' [1933]）の中で、スコットランドの詩人ロバート・バーンズ（Robert Burns [1759-96]）を弁護するようになった。彼はこの評論で「アーノルドはバーンズを外国の偉大な伝統の頽廃期を代表する詩人として見ようとせず、異常で無教養なイギリスの方言詩人なみに見る全く間違った見解を固める助けをしているのではないか」（*UPUC* 106/98）と疑っている。

(43) T・S・エリオットが、批評からアーノルドの詩に立ち戻ったきっかけの一つである「マシュー・アーノルド」で、エリオットはアーノルドの瞑想的で物語的な韻文を「アカデミックな詩」と特徴づけ次のように述べている。「『エトナ山上のエンペドクレス』（*Empedocles on Etna*）は、これまで書かれた最も見事なアカデミックな詩の一つである … 『トリストラムとイゾルデ』（*Tristram and Iseult*）や『見捨てられた人魚』（*The Forsaken Merman*）は、私にはゼスチャー遊びとしてしか考えようがありません。『ソーラブとラスタム』（*Sohrab and Rustum*）は立派な作品だが、『ゲバー』（*Gebir*）には及びません … 彼の気むずかしさや尊大さ、そして官僚風にもかかわらず、アーノルドはブラウニングよりもずっと私達に親しみがもてます。さらに『イン・メモリアム』（*In Memoriam*）における情熱的な昂揚のごとき、特別な場合をのぞいたテニスンよりも、いっそう親しみがもてます」（*UPUC* 105/97-8）と。

一九一七年、T・S・エリオットは「詩における哲学」（'Philosophy in Poetry – George Meredith'［*RES* II. 293]）に関して公開講演をおこない、その後、すぐ「ヘンリー・ジェムズを記念して」（'In Memory of Henry James' [*Egoist*, January, 1918, pp. 1-2）の中でメレデスについて次のように書いた。「英国では観念は奔放で、我々の感情で考える代わりに情緒で草をはむ … 我々は我々の感情を観念で堕落させる … ジョージ・メレデス（カーライルの弟子）は観念に富んでいた。彼のエピグラムは観察と推論の手軽な代用品である」と（p.2）。T・S・エリオットはクリースの『ジョージ・メレデス』（J. H. E. Crees's *George Meredith*（1918）を書評した中で、「大抵のメレデスの深遠さは深遠な陳腐さである」と主張して、クリースが洞察力を持って見た「深遠な哲学」を攻撃した（*Egoist*, October 1918, p. 114）。メレデスの最初の瞑想的な本である『大地の喜びの詩と抒情詩』（*Poems and Lyrics of the Joy of Earth* [1883]）からの詩である「星明かりの魔王」（'Lucifer in Starlight'）は、T・S・エリオットの詩「従姉ナンシー」（'Cousin Nancy'）の最後の一行 —「不変の法の護持者」（The army of unalterable law）（*CPP* 30/18）— となって表れている。

(44) T・S・エリオットは「形而上詩人達」でブラウニングをこの範疇に入れた。「感傷的な時代は十八世紀初期にはじまり、その後、続いている。詩人達は推論的なものや描写的なものに反抗した。彼らは発作的に考え感じ、平衡を失った。彼らは反省した。シェリーの『人生の凱旋』(Shelley's *Triumph of Life*) の一、二節やキーツの『ハイピリオン』(*Hyperion*) 第二部には、感受性の統合を求めた苦悶の跡が見られる。しかし、シェリーもキーツも死んで、テニスンとブラウニングが思いをめぐらした」(*SE* 288/248)。

(45)『タイムズ文芸付録』(*TLS* [二〇六頁注 (38) 参照]) に載ったT・S・エリオットの「形而上詩人達」に答えて、セインツベリー教授はスウィンバーンの『カリドンのアタランタ』(*Atalanta in Calydon* [1862]) のコーラスからの詩行「時は涙の贈りものをもち、悲しみはしたたり落ちる砂時計をもちて」('Time with a gift of tears: / Grief with a glass that ran') を引用し、「スウィンバーン氏は、ここかしこで、彼のやり方の上で『まさしく形而上的』であった」(27 October 1921, p. 698) と明言した。T・S・エリオットは、スウィンバーンがこの詩行を書く前に「彼が二度、あるいは一度たりとも考えた」(3 November 1921, p. 716: *LI* 483) とは信じることが出来なかったと答えた。そして、その時、セインツベリが認めたことは、エリオットの「スウィンバーン流の例証は多分、意味の取り違いを受け入れることが出来、たとえスウィンバーン氏を形而上的神の民に置くことが出来たとしても、それはクリーヴランドの輩ではなく、ダンの輩のようなものである」ということである。T・S・エリオットは早くもその詩行を「詩人としてのスウィンバーン」('Swinburne as Poet' [1920]) の中で引用し、スウィンバーンの詩における対象と言語の分離を例証した。

(46) T・S・エリオットは、イングランドのヘンリー二世と彼の息子であるヘンリー王子との間の諍いを扇動したと言われるプロヴァンスのトルヴァドールであるベルトランド・ド・ボルン (Bertrand de Born [1140-1215]) のダンテの描写 (*Inferno*, XXVII, 125) を間違って引用している。ダンテとウェルギリウスがベルトランドに会った時、彼は、罪のため地獄で首を切られて、自分の頭を髪でつかんで手提げランプのように持ち上げた。

Di se faceva a se stesso lucerna,
　ed eran due in uno, ed uno in due;
　　com' esser puo, quei sa che si governa

　　體は己のために己を燈となせるなり、
　彼等は二にて一、一にて二なりき、
　かかる事のいかであるやはかく定むるもの知りたまう

「ダンテ」('Dante' [1929]) の中で、T・S・エリオットはこの挿話を「最初に読んだ時に我々が最も打たれる挿話の中」に指定している。

(47) 詩人でローマ・カトリックであるフランシス・トムソン (Francis Thompson [1859-1907]) は、子供の時からクラッショウの詩に夢中になりこの詩に身を捧げ、「リチャード・クラッショウ」('Richard Crashaw' [1889]) の中で、彼の決定的な賞賛を表明し、クラッショウの最も成功した幾つかの詩 ―「夕日のオード」('Ode to the Setting Sun')、「ひなぎく」('Daisy')、「前存在の夜から」('From the Night of Forebeing') ― の中のオードのイメジに依存し、それを使った。T・S・エリオットは一九一七年の公開講演でトムソンを「宗教的信仰の詩人」として、そして九十年代の詩人として講演し (*RES* 11 293,295)、一九三六年、神からの無駄な飛翔を描写しているトムソンの最もよく知られた詩である『天の猟犬』(*The Hound of Heaven* [1893]) の本を自分の蔵書にした。

(48) T・S・エリオットは、チャールズ・ガードナーの『人間、ウィリアム・ブレイク』(Charles Gardner's *Willam Blake the Man*) を書評した「裸の人間」('The Naked Man' [1920]) の中で次のように、ブレイクを詩の伝統の中に位置づけようとした。この書評は、後に「ウィリアム・ブレイク」('William Blake') と名付けられた。「彼の才能が要求したもの、そして、その才能が悲しくも欠けているものは、受け入れられた伝統的な観念の枠組みであった。このために彼は彼自身の哲学に耽ることが出来ず、彼の注意を詩人の問題に集中することが出来なかったであろう……ダンテは神話と神学と哲学の枠がある為に自分の仕事に集中することが出来たので古典になり、それがなかったのでブレイクは天才的な詩人でしかなかった」(*SE* 322/279-80)。

(49) T・S・エリオットは、チャップマンの「二重の世界」('double world' 二八三頁〜四参照)に心を奪われたことと対照的に、彼の同時代人で詩人で秘学者であるウィリアム・イェイツ(William Butler Yeats [1865-1939])の来世に関してかなり批判的で、「異質の精神」('A Foreign Mind')の題名の下にある『瑪瑙の切断』(*The Cutting of an Agate* [1919])を書評して次のように言っている。「我々がそれを読むとき、その著者は、彼の韻文におけると同じように彼の散文においても、『この世界について』('of this world')ではないといい……確信を強めている—もちろん、この世界は、我々の神学や神話が、この惑星の下で、あるいはその上で感じるすべてのものを持っている我々の目に見える惑星である」(*Athenaeum*, 4 July 1919, p. 552)と。エリオットはこの批評を『異神を追いて』(*After Strange Gods* [1934])で次のように続けている。そこで彼は、イェイツの超自然的な世界は「間違った超自然的な世界のもので、それは精神的な重要さのある世界ではなく、真の善と悪の世界、聖と罪の世界ではなくて、低級な神話を凝ったものにしただけのことだ」と(*ASG* 46/50)。しかしながら、T・S・エリオットは「イェイツ」の中で、「教義の分野における」相違を除外し、彼を偉大な詩人、つまり「数少ない人々のひとりで、その人間の歴史がそのまま時代の歴史となり、彼らなくしては決して理解されることがない時代の意識の一部分である人々のひとり」(*OPP* 262/308)として賞賛した。

(50) ブレイクの『エルサレム』(*Jerusalem* [1804-20])、一章、プレイト二七から間違って引用されている。「ユダヤ人へ」(「イズリングトンからメアリーボーンへの原っぱ」)('To the Jews' ['The fields from Islington to Marybone'])の二五行から六行は次のように書かれている。

What are these golden builders doing
Near mournful ever-weeping Paddington

これらの黄金の建築士は　何をしているのか
悲しみでいつでも涙を流しているパディングトンで

T・S・エリオットはこの最初の行を「イースト・コーカー」（'East Coker'）で「十一月の末はどうするつもりなのか」（What is the late November doin' [*CPP* 178/124]）と反響させている。

（51）「私の亡霊は私のまわりで日夜」（'My Spectre around me night and day'）の一行から四行目まではロセッテのマニュスクリプト（C. 1800）からのもの。これは『ウィリアム・ブレイク詩集』（*The Poetical Works of William Blake*, ed. John Sampson [Oxford : Oxford Univ. Press, 1913], p. 128）に印刷されている。少しばかりの誤記がある。この版は、取り除かれて以来、一九三四年のT・S・エリオットの蔵書（ボードリアン）にあげられいた。

第八講演〔十九世紀、要約と比較〕

数世代の間、我々は、哲学者や生半可な哲学者によって、もし善悪を信じなくなるとするなら、善悪は存在しないと教えられてきました。善悪は、ヴェステルマルクやその他の人達—ヴェステルマルクはスカンジナビア人で、それ故にルターの門弟であるということを覚えておいて下さい—によると、その出生と展開を持っていた概念で、そして、どう見ても経済学的遺伝子学的あるいは衛生学的正当性を持ち、持っていた概念であります。[1] 同じように当てはまることでありますが、もし我々が善悪の存在を強く信じているなら、それらは実際存在するのであるということは余り教えられてきませんでした。ある世代は、善悪はリアルで有り得るということを疑い、ある世代はそれを信じず、そして、現在の世代はそれを忘れ去ってしまっています。十九世紀の大部分のイギリス文学、そして、フランス文学の一部分は、善悪に対する懐疑あるいは不審に基づいています。私は、手当たり次第に、アルフレッド・ド・ミュッセ、チャールズ・ディケンズ、サッカレー、そしてトーマス・ハーディ[2]と名前をあげます。他方、フランス文学のかなりの部分は、たとえ、これら善悪の抽象観念が舞台の全面に現れないとしても、善悪の背景を必要としています—だからこそ、十九世紀フランス文学は同じ時期のイギリス文学を凌いでいるというのが私の意見です。スタンダールとバルザックをあげます。[3] ボードレールはその問題に心を奪われていました。[4] 道徳的公正さに関し言うなら、(『アモス・バートン』[5])の著者であるジョージ・エリオットは、公正さに関してフロベールにまさることが出来ました。フロベールは、彼のやり方や彼の時代において、ダンテ彼自身と同じくらい道徳的リアリティ ―社会的リアリティと対照されて―に心を奪われていました。(6)

十九世紀の善悪の再生は、しばしば早産で、決して充分な成長には至りませんでした。その祖先は入り込んでいますが、意外な出来事で、バイロンはその祖先と関係していたと(私は信じています)。(7) バイロンの場合、そう言いたければ、すべてが散文でしたが、散文の存在は詩人が主張しているリアリティの可能性をほのめかしています。道徳のこの再生の絶えざる副産物の一つは悪魔主義であります。しかし、悪魔主義 ―悪の教化―ですら、その奇妙な形式のどんなものにも、ボードレールのある部分に、バーヴェイ・ドールヴィリーに、ユイスマンスに、ワイルドの『ペン、鉛筆、そして毒』にありますが― 精神生活から引き出されたものであり、またはその模倣なのです。(8) 現代の時代は、いわゆる「九十年代」より、かなり行儀良く、そして、ひどく道徳的に頽廃していますが、またもっとヴィクトリア的なのです。

バイロンはポーを影響しました。そして、ポーは ―アングロ・サクソンの読者にはほとんど完全に評価されていない作家でありますが― 賞賛されているものの、ほとんど同じように評価されていないホーソンやヘンリー・ジェイムズは別にして― ボードレールを影響しました。(9) 私は、ポーの影響はボードレールに及ぼした少なからぬ影響に過ぎず、また他の影響は彼を彼の道徳観までに至らしめなかった、ということを提案しているのではありません。ボードレールやドールヴィリーは『出発』の作家であるユイスマンスをもうけました(そして、ウォルター・ペイターは、オスカー・ワイルドの父親です)。(10) ボードレールとテオフィル・ゴーチェはヴァレリーをもうけたマラルメを生み出しました。(11) ボードレールは、ある他の影響が加わって、ラフォルグとコルビエールを生み出しました。彼らはジャン・コクトーやブレーズ・サンドラール[12]に責任があります。そして、他の影響力を持っているボードレールは、ランボー[13]を生み出しました。彼らは同時代のシュールレアリストを生み出しました。もし充分な世界と時間があるなら、この系譜で、形而上的要素が何処で始まり、それが如何に表明され、そして、それが何処で終わるのかを示すことが私の義務であろう。ボードレールは形而上詩人以上であり、コクトーやブルトン[14]はそれ以下であります。私はただ単に二人の中間的な人物、ラフォルグとコルビエール[15]を拾い上げましょう。今述べたことは、十九世紀や二十世紀の本当の形而上詩は善悪を信じることから生じ、そして、それは道徳的で知性的なものが道徳に関係がなく知性的でないものに意識的に慎重に対比され、そしてその二つを混乱させることにある、という理論を述べようとしているに過ぎません。十九世紀や二十世紀の形而上詩以後の詩では、対比と混乱が最早存在せず、その二つの用語の一つは抑圧されて、『ル・パナマ』、『エッフェル塔の花嫁花婿』[16]、『溶ける魚』[17]が現れてきます。さもなければ、純粋にコンシートされたもの、天国の剥製の鳥を得るのです。[18]

ジュール・ラフォルグは一八七七年二十七歳の若さで亡くなりました。彼は、ドイツ王女の「侍講」で、ベルリンで数カ国語を習得し、特に、カント、ショーペンハウエルやハルトマンの哲学をかなり学び、イギリス女性（彼女の言葉の幾つかをも彼は習得した）と結婚し、結核になり、貧困の中で死にました。奥さんの方も、その後すぐ亡くなったと思います。[19]英語で書かれた彼についての最初の覚え書きはエドモンド・ゴス卿によってなされたと思いますが、アーサー・シモンズ氏は彼の『象徴主義運動』の本の中で魅力ある研究を行いました。[20]彼の詩、そして彼の散文ですら未熟で、生硬で、感傷的であります。彼は、情熱的な感情を持ち、シニシズムがなく、活発で抽象的な知性を持ち、形而上派の情緒に対する並外れた才能を持っている若者でした。彼は秩序に対する生まれながらの渇望を持っておりました。すなわち、各々の感情はその知的等価物、その哲学的正当化を持つべきであり、そして各々の観念はその情緒的等価物、その感傷的正当化を持つべきものなのです。それ故、彼が自分自身を満足させることが出来た唯一の世界はダンテのような世界でした。知性の崩壊は、ラフォルグにおいて、ダンテの場合よりももっと前進した段階に達しました。ラフォルグにとって、人生は意識的に思考と感情に分割されました。しかし、彼の感情は、知的完成、至福、そして彼が抱いてい哲学的体系を要求するようなものであり、感覚的完成を必要とする程に強く感じられました。彼の感情は相応しくありませんでした。それ故に、ラフォルグの形而上性は二つの方向に広がります。一つは感情の知性化、もう一つは観念の情緒化です。この二つが出会うところで、それらは衝突します。そして、ラフォルグのアイロニー、つまり、自分自身に対して使われたアイロニーが結果として起こります。次の一節は彼のハムレットに対する彼のレアティーズの言葉に現れています。


「―もし(レアティーズはオフェリアの墓の所でハムレットと出会って言う)あなたが、悲惨な狂人でなく、最も最近の医学研究によって、全く責任を問われないなら、私の名誉ある父と私の妹―たしなみをかなり積んだあの若い婦人(…)―の死のに対して直接償いをしなければならないだろう。

―おお、レアティーズよ、それは私にとってどうでもいいことよ。しかし、間違いなく私はあなたの立場を考慮しています…

―おやまあ、どんな道徳観も持ち合わせていないなんて(…)。

みんなは、最上の松明をもって亡骸を探しに送り出しました。(21)」

ラフォルグは全く自意識過剰です。

Bref, j'allais me donner d'un "Je Vous Aime"
Quand, je m'avisai non sans peine
Que d'abord je ne me possédais pas [bien] moi-même.

要するに、私は「私はあなたを愛しています」と言おうとして
その時、私が、悲しくも気づいたことは
私自身というものが私にはよく解っていないということでした。(22)

「私が気づいた」ということは、丁度、人間生活の意味とそれが意味すべきものとの間の食い違いが常に彼のハムレットを自分自身に押し戻したように、常に話の腰を折っています。しかし、彼は不調和において「余程暇な時でもなければ私自身というものが信じられない」(23)人で、後に、同じ詩(『日曜日』二九七頁)で、ボードレールとエマーソンのテーマを繰り返しています。「私は不協和音ではありません」「おお、主よ、私に力と勇気を与えて下さい。／　私の体と心を忌み嫌うことなく認めるために」(24)

Ah, que je te le tordrais avec plaisir,
Ce corps bijou, ce coeur [á] ténor …
Non, non; C'est sucer la chair d'un coeur élu,
Adorer d'incurables organes …
Et ce n'est pas sa chair qui me serait tout,
Et je ne serais pas qu'un grand coeur pour elle …
L'âme et la chair, la chair et l'âme
C'est l'esprit édénique et fier
D'être un peu l'Homme avec la Femme …

– Allons, dernier des poètes,
Toujours enfermé tu te rendras malade !
Vois, il fait beau temps, tout le monde est dehors,
Va donc acheter deux sous d'ellébore,
Ça te fera une petite promenade.

私はあなたの宝石のような肉体や、よく響く精神を、
喜んで捻り合わせてあげるのに、…

いや、いや、それは選ばれた精神の持ち主の肉体を吸い、
もう直らない器官を崇拝し　…
そして、その女の肉体が私にとってすべてではない。
そして、その女にとって私は寛大な精神の持ち主であるだけ
という訳でもない　…
精神と肉体、肉体と精神、
それは女に対して少しでも男として振る舞うという
エデンの園の誇り高き精神である　…

―ところで、君もしようがない詩人じゃないか
いつでも閉じ籠もっているなら病気になるだろう
ご覧、天気が良くて、みんな外にいる
それから、薬屋まで熱冷まし(25)を買いに行きなさい
それは少しの散歩になる。

後に、同じ詩のグループの中で、彼はお祈りに行く「か弱くて、そして犯すことが出来ないか弱い女の子達」について話し、次のように独り言を言っている。

Moi, je ne vais pas à l'église,
Moi, je suis le Grand Chancelier de l'Analyse …

私は教会には行かない
私が、実際、分析の長老である…[26]

人目を引くことは、「無意識」、「無」、「絶対」、そしてショウペンハウエルやハルトマンの語句[27]からの哲学的用語、ヴァルキューレやワーグナーの劇からのそんなような小道具が、如何にしばしば繰り返されるかということです。[28]ラフォルグは、ショウペンハウエルやハルトマンの哲学、つまり無意識と壊滅の哲学に等しい最も近い韻文です。それは丁度、ワーグナーが同じ哲学に等しい最も近い音楽であるのと同じことです。もっとも、同じような哲学的雰囲気へこのように接近していくことは別にして、ラフォルグには、ワーグナーとラフォルグの間にどんな共通するものがあるのかということは難しいけれども。しかし、ラフォルグには、彼の観念によって暗示されている感情と彼の感情によって暗示されている観念との間に絶えざる戦いがあります。ショウペンハウエルの体系は崩壊していますが、『トリスタンとイゾルデ』とは違った破滅です。[29]

「民衆の叫びが沸き起こる。達見だ。償却不能、パナマ運河を閉ざせ。競売とくれば査定官。高値をつけたりつけなかったりで競りにかけ、虚有権者物件、終身年金、用益権の買付までも。競りは未解決の相続権やその他、時刻表、年間の類、記念の贈答品などもろもろ。割引の周遊券売り。二日から四日先を占う八卦者のマダム・リュドヴィック。『子供の楽園』印の玩具や大人のパーティ用の小道具…預金頼り！…マリノ流仕掛けからくり！　預金は安全確実なものもあれば、紙切れ同然となる代物も！　ああ、預金暮らしのはかなさ！…」[30]

これに一九一九年、つまり、トリスタン・ツァラのダダイズム派[31]と年月日を入れたくなるであろう。いや、我々が常にヴェルサイユ講和条約[32]の頃から始まると推定している事態の存在を嘆いているのは一八八四年八月のジュール・ラフォルグなのです。ラフォルグだけが、容認ではなく反抗しています。彼はジェラニウムを持ったピアノの若い娘のことで空想に耽っている感傷家の一人であると同時に、自分の反射行動を調べている行動家なのです。[33]彼が欲しているのは、ご存知のように、宇宙の体系の中の若い娘に対する彼の感傷を正当化したり、それに威厳をつけたり、完全にしたりする『新生』か、さもなければ、場所を確保し、（そして）このような感情を高めさえし、それと同時に彼に抽象的世界として強烈に感じさせる思考のある体系の何れかであります。一方、彼は英国の女家庭教師であるレア・リーに魅惑され、他方、ショウペンハウエルやハルトマンのカント流の偽仏教に心を奪われました。[34]ラフォルグにおいて興味あるものは彼の教養ではありません。彼は、知的能力としてヴェルレーヌよりも上であると同じくらい、芸術家としてコルビエールやランボーよりも下です。[35]興味があり意義深いことは、解明出来ない問題の前での彼の芸術と彼の精神の犠牲です。ここに感情と思考の関係に本当に心を奪われている詩人がいます。ブラウニングやメレディスのような詩人達は、自分達の機械論的な結びつきをもてあそんでいるのです。ボードレールは解明出来ない問題を試みようとする才能を持っていましたが、偉大な芸術家ではありませんでした。もし、ラフォルグが偉大な芸術家でなかったとしても、彼を冷笑するのは、その問題をもっとうまく取り扱わなかった我々に対してではないのです。

もし我々が、ラフォルグを、非常に大きな食い違いで、ダンになぞらえることが出来るとするなら、そのように、我々は、同じ食い違いで、コルビエールをクラッショウになぞらえることが出来ます。コルビエールは宗教詩人であるという理由からではありません。このような詩人達と共に、我々は、十九世紀の間、宗教的献身よりももっと根本的であった何かに達したのです。コルビエールはラフォルグよりは、知的でないとしても、すばらしい詩人です。ラフォルグが死んだのは二十七歳で、コルビエールは三十歳で死にました。ラフォルグは一八八七年に、コルビエールは一八七五年に死にました。彼も肺を患って。コルビエールの作品には哲学的な読み物の痕跡は余りありません。彼は「絶対的」、「無意識」という言葉や、ラフォルグの情熱を呼び起こした他の抽象的概念に関して余り直接的な感情を持っていませんが、思考と感情や、感情と思考から生み出されたものと同じものがあります。クラッショウと同じように、コルビエールの場合、重心はそれ以上に言葉と語句とです。それ故、彼は、我々の比較において、クラッショウの集中したコンシートを思い起こさせる語句を持っています。マーヴェルは、次の例に見られるように、彼のもっとコンシート化された作品において、常にダンにあるよりも二つの言葉にもっと多くの機知を集中させることが出来ました。

Like a green thought in a green shade

緑の蔭に宿る緑の想いのように(36)

あるいは、春に関して

Might a soul bathe there, and be clean ?

魂はそこで沐浴して、身を清められるか(37)

ここにおいてイメジは恣意的でありますが、当意即妙に結びつけられています。このようなことを我々は見てきましたが、そのように、コルビエールは、肪が乗りきったとき、それなりにダンやシェイクスピアと同じくらいすばらしいイメジや類似を見出だすことが出来ます。

彼の立派な詩『縁日のラプソディ』は、ブルターニュの宗教的フェスティバルで障害者や病人の集まりでありますが、そこからの一節は次のようなものです。

Lá, ce tronc d'homme où croît l'ulcère,
Contre un tronc d'arbre où croît le gui …

ほら、胴に腫瘍が出来ている男は
ヤドリ木の生えた幹にもたれている

付け加えられた恐怖が人間の病気に投げ戻されて、動物と植物のこの突然の驚くべき結びつきは全くダンテに値します。[38]コルビエールがコンシートに類似している何かを使っていることは、彼の一連の『その後の小さなロンデル』の中ではっきりしています。これは、多分、彼自身である（十九世紀の形而上詩で自我が如何に遍在しているかということをもう一度見て御覧なさい）一人の詩人の死の葬儀であります。次にあるのはその一つです。

Va vite, léger peigneur de comètes !
Les herbes au vent seront tes cheveux;
De ton oeil béant jailliront les feux
Follets, prisonniers dans les pauvres têtes …

Les fleurs de tombeau qu'on nomme Amourettes
Foisonneront plein ton rire terreux …
Et les myosotis, ces fleurs d'oubliettes …

Ne fais pas le lourd; cercueils de poètes
Pour les croque–morts sont de simples jeux,
Boîtes à violon qui sonnent le creux …

Ils te croiront mort – les bourgeois sont bêtes –
Va vite, léger peigneur de comètes !

急いで行きなさい、ほうき星の機敏な櫛けずる人よ。
風に吹かれた草はあなたの頭である。
狐火はあなたの空洞の眼孔からきらりと光り、
哀れな頭蓋骨の囚人は…

すずらんと呼ばれる墓の花は
あなたの世俗的な笑いを充分に膨らませる…
そして、わすれな草、地下牢の花…

それを重くするな、詩人のための棺は
雇われの嘆き屋が後をつけるのには容易である
空しく響くヴァイオリンの箱…
皆あなたが死んだと思っている ― ブルジョアは馬鹿だ―
急いで行きなさい、ほうき星の機敏な櫛けずる人よ(39)

これが一連の現代のコンチェティでないとするなら、私はかなり間違っています。それは形而上派でないものです。丁度、ランボーは、神秘家で幻視家であるブレイクにより近いと同じように。しかし、私がたった今引用した詩は、コルビエール（たとえば、『メキシコからの手紙』[40]）には、最上でかなりのものがありますが、それは形而上派でないものです。丁度、ラ

コンシート化された形而上派のものとの現代的類似にほとんど近いように私には思われるます。それを分析するとき、観念とイメジとの食い違いに基づく満足が生まれます。従って、赤ん坊のための子守歌であったかもしれないものが才能ある人間のエレジーとなります。似ていないものを一緒に結びつける同じようなくびきがあります。ジョンソンはそれをずっと昔に、―機知ではなくアイロニーの効果で― ダンとカウリーに書き留めたものでした。十七世紀の形而上詩人達は機知に富んでいましたが、アイロニック ―これほど深刻なやり方でアイロニック― ではありませんでした。本当のアイロニーは苦しみを表すことで、そして偉大なアイロニストは最も苦しんだ人 ―スウィフト― でした。

私が、十九世紀の形而上詩にこれ以上詳しく立ち入ることは不可能です。私が指摘することが出来るのは、ラフォルグの事例と、我々の目的のためのコルビエールの二流の事例でもって、十九世紀に現存している一つの形而上詩の型があるということ、そして、これらの詩人達は、十四世紀の詩人達や十七世紀の詩人達のように、意識的であれ無意識的であれ、思考と感情の関係に心を奪われていたということだけで、それ以上のことは私には不可能であります。穴を空けてしまったことに私は気づいています。私が証明すべきであったことは、ボードレールは十九世紀を通した観念の歴史であり、そして、それを跡付けてきたということをただ単に主張する問題に心を奪われたのではなく、彼は善悪の問題に心を奪われていたということでした。そして、私が示すべきであったことは、ラフォルグの問題は、ボードレールの問題より一層広範囲であるどころか、ボードレ

ールの未熟な小型版であるということでした。しかし、目下の所、このような穴を埋め合わせてくれるように、私は皆さんにお願いしなければなりません。私の形而上詩に関する理論は、ご存知のように、単なる文人が背負うのには重いものです。それは信念の歴史の理論を含んでいます。ここでは、十三世紀、十七世紀、そして十九世紀のすべてが、私が崩壊の過程と読んできたそれぞれの場を占めています。

皆さんが理解してきたことは、私が、形而上詩を、思考によってだけ普通に把握されるものが感情の範囲内にもたらされるもの、あるいは普通にただ感じられるが、感じていることを止めることなく思考に変形されるものと考えている、ということです。私は前者の例としてダンをあげ、後者の例としてはクラッショウをあげました。クラッショウでは人間的なものの代わりに神聖なものを代用（多くの人にとって容易でも可能でもない操作）しました。ダンテを例外とするなら、私の例は単なる形而上詩の限定された領域から引かれたものでした。ある時、私は形而上詩人達の中にダンや他の人達と一緒にチャップマンを入れようとしましたが、[41] チャップマンのための別個の型をもうけることでこの局面から身を引きました。次のようなチャップマンの最も有名な数節のあるものは、

Give me a spirit, that on life's rough sea …

私に生気を与えて下さい、それは、人生の荒波で…[42]

私が第一講演で、ポープのある部分やダンテの付随的な一節でもって例証した哲学的な解説の型に附属するも

のです。私がまごまごして到達しようとした点はこのようなことです――人間性は、主に思考の改良とか感覚の助長や変容によってではなく、鋭い感覚と鋭い思考との間の共同作用の広がりによって、その高度な文明のレベルに達しています。想像され得る最も荘厳な社会の状態は、感受性の最高の状態が思考の最高の達成と共存した――どんな情緒も二つのものを結びつけることがない――社会でありますす。それは、多分、非常に満足した状態で、そして、そのためにそれだけ一層荘厳であります。個々人が最高の感受性と最高の知性の二つを持つことすら必要ではないでしょう。すべての人がマルセル・プルーストかアインシュタイン(43)のような人の何れかの社会、あるいは、その一方あるいは他方より劣った階級の何れかであるような社会を想像してみなさい。そうするなら、皆さんはおあつらえ向きのものを得たことになります。それは皆さんが考えているよりもひどい悪夢で、そして、皆さんが考えている以上にもっとあり得ることです。それは高度に完全にされた昆虫の仲間の単なる存在です。今や、思考を感情に、そして感情を思考に変えることが形而上詩人の任務なのです。それは、情緒をあるがままに固定し、そして、それを安定にすることが他の詩人達の任務であると同じようなものです。私が固執しているのは、精神の発達と維持における芸術家の役割なのです。人間精神がその最も高尚な領域や統合に達する瞬間はどのようなものであるかということを決定することは難しく、確かに、議論の余地があるところです。従って、細部においてある完全性に独力で達成するには長い年月がかかりますが、一方、この年月は、実際、余り気にもとめられず、一見して粗雑ではありますが本質的にもっと文明化された年月によって蓄積された力で生き抜いてきています。十八世紀は前の時代の利益を享受し、その蓄えを浪費したそんな時代であったと思います。私はこの時代の詩の幾つかに深い敬意を払っています。しかし、それは感情によって批評されない些細な知性を展開し、そして、思考によって批評されない豊かな感情を展開しています。十九世紀はルソーの放蕩と百科事典編集者に代償を払っています。[44] 感受性は常に思考を得ようとし、思考は感受性を得ようとしています。そんな訳で、十九世紀の哲学は、カント、フィフテ、ヘーゲル[45]のものであろうと、ショウペンハウエル、ジェイムズ、あるいはブラッドレーのものであろうと、感情によって腐っています。十九世紀の詩は、ワーズワース、シェリー、テニスン、あるいはブラウニングのものであろうと、思考によって腐っています。この混乱でラフォルグのような人は駄目になりました。彼が感じようと努力した哲学は既に感情によって ―つまり、ショウペンハウエル、あるいはハルトマンの哲学よりもっと情緒的なもののためにか― 台無しにされた哲学だったからなのです。彼の感情は全く別の思考体系を要求していました。

もし十九世紀の哲学がそれほど詩的でなかったなら、十九世紀の詩は更に一層形而上的であったかも知れません。勃興してくる完全な芸術にとって、哲学と詩との間にある種の協力があるに違いありません。私はダンテとアクィナスとの間に存在した幸福な一致の種類についてだけを意味しているのです。しかし、これは単なる一致ではありません。思考と感情は、詩の中で、ダンテの仲間のさほど重要でない人間、つまり、形而上派のある部分だけを、それも適切に取り扱った人達が完全に首尾一貫していたようなそんな十三世紀の調和で展開されています。そして、グィード・カヴァルカンティに関する限り、彼は、ダンテよりもっと満足行くように、そしてもっと完全に、形而上詩のある細部を取り扱いました。私は、特に第三講演で、十三世紀の詩では、人間精神が、それまで達成してきたよりも、あるいはそれ以後よりも、情緒の広がり、強烈さ、そして完全性のかなりの総体に達したということを示してきました。私は、哲学者達 ―聖トマスのような― は、それ以降いつの時代にも存在していた哲学者以上にもっと飾り気のない哲学者達に過ぎず、そして詩人達ももっと飾り気のない詩人達に過ぎなかったということを示してきました。私は、十三世紀への回帰がどんなことを意味しようとも、決して、それを主張したのではなく、変化する世界で、完全性へあらゆる達成の永遠なる有効性だけを主張してきました。私は、十七世紀の混沌は十九世紀のものとは異なった混沌で、その混沌は、感情の連続性の中で孤立した思考を統合するダンの不思議な能力に見られるある種の統一を達成しているということを示そうとしてきました。十七世紀はじめに見られる統一です。その後、世界は、準備なくして自由に後からほとばしる要素を抑えることによって、ある種の尤もらしい統一を達成しました。そして、最終的に、私は、信念は、十三世紀、十七世紀、そして十九世紀には異なったものであるということを指摘しようとしました。ダンは、ダンテがアクィナスを信仰したと同じ方法でアングリカンの神学を「信仰して」いません。そして、ラフォルグは、ショウペンハウエルやハルトマンの何れかと同じような方法で、彼らを「信仰して」いません。

私がお話してきた「知性の崩壊」は、私が見る限り、必然的な過程でした。知識の過程と歴史の過程は過酷に進み、そして、部分的にしか責任が持てない変更に自分自身を適応させることは常に人間の「義務」でありますす。我々が見る限り、部分的で不正確な基盤に基づいた統一に達してしまうと、我々は別の統一を与えてくれる幸運をただ待ち続けるだけなのです。我々は科学的発見によってもたらされた変更に逆らうことは出来ません。残念なことは、宗教的芸術的価値は知識と情報の発達の流れから切り離され得ないということです。もし、それらが鋭敏な神学者、心理学者、道徳家によってそのように切り離されるなら、世界は、実際、非常に変わってしまうでしょう。(46)

世界の過程の現在の様相で、我々はだれもかれもが他のだれもかれもの仕事をしたくなる段階にいます。詩人や小説家は、たとえ彼が自分自身そのような要求をしないとしても、「思考」、つまり形而上学、神学、あるいは心理学に属するものへの彼の貢献のために、賞賛されたり非難されたりします。同じように、心理学者は、詩人が作ったり壊したりする精神状態はあたかも動きがなく固定されているかのように、その精神状態を研究しています。未開拓の分野は曖昧であります。詩人は自分自身の詩を分析することが出来るかも知れません。あるいは心理学者は、突然、酒神賛歌になります。一方において、詩人の機能は、ただ単に楽しませたり、ぞくぞくさせることであると思われています。他方において、彼は光明を求めてもがいている大勢の人達のための福音を与えるものと期待されています。どちらの見方も間違っています。確かに、詩人が考えることは、彼が自分にとって重要として選んだ時間の思考を詩に入れ替えているに過ぎないのです。ダンテもダンもラフォルグもそれ以上のことをしませんでした。彼らは予言者ではなかったのです。彼らはただ単に思考を生にまとめる仕事をなしただけなのです。そして、ルクレティウスもそうでした。独創的な哲学を持っている詩人には何が起こりますか。彼は、自分達の哲学を労せず考えもなく望んでいる人々の被害者にはならないのですか。そして、彼は、ブレイクのように、詩人としての自分の偉大さを真面目に考える人にとって、永遠に謎ではないのですか。

我々は、十七世紀のいわゆる形而上詩人達でもって、あなた達の多くの人達が期待していたもの、つまり、その世紀のすべての詩人を含めて他のものも含めないで、「形而上派」の名称を正当化してしまうすっきりとした包括的な定義には達しませんでした。しかし、私は前もって皆さんに警告したと思うことは、十七世紀、あるいはその世紀の前半を定義しようと意図したことではなく——そうするためには、私は、背景に——その背景が如何に異常な時期であろうと——ジェイムズ、チャールズ、フッカー(47)、そしてロード、ハイド、ストラフォード(48)といった人物を、もっと完全に描かなければならなかったからなのです——、形而上詩という名称をこの時期に帰属させることを正当化したり説明したりすると同時に他の時期の他の詩人を含めたりする形而上詩の定義に達しようと意図したのです。我々は、私がお話したように、文学批評において定義の正当性や類似に関して曖昧な感情で始めています。私が取り扱った三つの時期をお互い孤立させて扱いながら、それらの時期の詩を身近に感じている人達は、その時期のどんなものでも簡単に「形而上派」と名付けるでしょう。私はこの経験から出発してきたと率直に白状します。つまり、三つの時期にまたがるものを読み、それらすべてを別個に「形而上派」と考え、私が十七世紀の詩を考えざるを得なくなった時、その三つの時期をまとめたことについて考えた経験から出発したのです。そして、その結果は当然のものになります。たとえば、私の定義のように、どんな定義も、素材から導き出されたと同じ程度に、その素材に課せられたものに違いありません。皆さんは、セインツベリー氏がしていると思いますが、一部分、恣意的に選択された素材や、あるいは包含された素材に合わせるためにあなた達の定義を削るか、さもなければ定義に合わせるためにあなた達の素材を削るか、または整頓し妥協しなければなりません。私は、文学批評は決して正確な科学ではないということを考えて、整頓して妥協することにしました。「形而上詩」を十七世紀だけの現象であるという考えをもってお越しいただいた皆さんにとって、私は余りにも多くものを閉め出したり含めたりしたように思います。多分、十七世紀の詩は、それがダンやクラッショウ、あるいはその両者に近づく限り、形而上派であると主張することは恣意的であります。私はほとんど集合的記号にしか過ぎない名前を取り上げ、それに意味を与えようと努力してきました。そうする際、私は、形而上派であると思われる多くのものを無視したり、あるいは排除さえしなければなりませんでした。しかし、私はジェイムズ王朝やチャールズ一、二世時代の時期の詩を全体として定義しようとしなかったということを心に留めておいて下さい。それは別の仕事で、形而上詩の宝庫を突っ切ってしまう定義に終わってしまうでしょう。私の仕事は、形而上詩を、あるべき場所で、また過去、現在、未来といった形で全般的に定義することです。形而上派と呼ばれるかも知れないが、ただ単なるコンシート化されているものとの対比で、現在の形而上詩と然るべく呼ばれるかも知れないものをそれとなく定義することです。そして、この観念で我々の十七世紀の詩の幾つかの立場を打ち立てることでした。私は、十七世紀で、形而上派のものとコンシート化されているものを区別しようとしてきました。同時に、形而上派のものが自然にコンシート化されているものに、そしてコンシート化されているものが形而上派のものに傾いていく方法を示そうとしてきました——私がその時代のイタリアの詩を形而上派であることなくコンシート化されているということを明らかにすることを望みながら。この時の形而上派のものは英国においてだけで盛んでした。私がダンとクラッショウに集中してきたのは、常にそこに含まれている他のすべての詩人達は、この二人の詩人のどちらか一方に、あるいは、その二人のある異種交配のもとに入れられることが出来るからだと思います。それというのもこういう人は偉大な革新者だからです。つまり思考を感情に、あるいは感情を思考に変える人で、錬金術師なのです。そして、私は、形而上詩は如何にやすやすとそれ自身をオーガスタンの詩に変えているかということを単に示すためにだけカウリーを取り扱ってきました。それは丁度、私がダンとの関係で、エリザベス朝の詩的衝動が、ダンのような精神に基づき、そしてダンのような訓練と興味で作用しながら、如何にすばやく形而上派のものになったかということを示してきたのと同じことなのです。それは、チャップマンの『オヴィディウスの官能の饗宴』[49]、あるいは『夜の賛歌』からダンへの一歩に過ぎませんが、それは非常に長く非常に重要な歩みなのです。

しかし、最後に、私はすべての実直な文学批評家が、現在、そして将来に直面しなければならないであろうディレンマに注意を向けなければなりません。一方において、皆さんは文学批評をあらゆる他の研究題目から孤立した題目として取り扱うことは出来ません。文学批評が溶け込んでしまう一般的な歴史、哲学、神学、経済学、心理学の全てを考慮に入れなければなりません。そして、他方において、このようなさまざまな研究によって暗示されるさまざまな視点のすべてを包含することを期待することは出来ません。そのような百科全書的な知識はあらゆる人にとって不可能であるばかりか、たとえそれを手にしたとしても、その過程で文学批評の視点を見失ってしまうからなのです。文学批評家は、相変わらず文学についての批評家でなければなりませんが、彼は自分の文学批評が溶け込んでしまう科学の立場を理解するくらい十分な知識を持たなければなりません。もし皆さんが未開拓の分野を越えたものがどんなものであるかということについていくらかでも知らないなら、その分野を知ることは出来ません。手元の問題にしがみつき、なおも他の科学を暗示する文学批評を打ち立てた唯一の作家は、もちろんアリストテレスであります。しかし、現代科学と知識の広がりにおいてアリストテレスを広範囲に理解することは不可能であります。ホラティウス、ボアロー、ドライデン[50]の文学批評はもはや起こり得ません。それは余りにも制限されています。[51]コールリッジ、あるいはクローチェの文学批評はもはや起こり得ません。それは余りにも無制限なのです。将来の文学批評家のための仕事は、自分の未開拓の分野に関する研究者の仕事と共同作業をし、彼らに資料を与え、そして、彼らが自分達のために仕事をしようとする誘惑に打ち勝つことが出来るくらい十分に彼らの仕事を理解することなのです。

In eche estat is litel hertes reste;
God leve us for to take it for the beste!

心のやすらぎは得難いものです
われわれが最もよくやすらぎを享受することを、
神様が許して下さいますように[52]

それ故、私が、社会的であれ政治的であれ、歴史の領域に、神学的宗教的領域に、心理学的領域に進入する限り、形而上詩に関する私の批評は重大な誤りでありました。私がやろうと試みてきたことは、その事態の中心で文学的価値を主張し、詩的価値によって詩の異なった時期を考え、そして、文学的価値の中で文学以外の相違の原因をただ単に示すことなのです。そうする際、私が「知性の崩壊」と呼んだものの理論を指摘しました。私に関する限り、この崩壊は、あれやこれやの点において、十三世紀以降の詩の単なる累進的な悪化を意味しているに過ぎません。もし私が詩について正しいとするなら、詩のこの悪化は、多分、一般的悪化の一方の側面に過ぎず、その悪化の他方の側面は詩人達に他の分野への興味を持たせるべきものです。私は主義主張を提示し、変更と傾向を指摘しなければなりませんでした。私は、十三世紀のイタリアの詩のある特質を、詩から外部に向かいながら、その時代の知的で情緒的な組織と信じるもののせいにしなければなりませんでした。私は、ダンやクラッショウの語句、イメジ、そして詩的感情のある特異性を彼らの時代の政治的神学的背景のせいにしなければなりませんでした。しかし、私が批評してきたのは、あるいは少なくとも批評しようと目指してきたのは、詩としの詩以外のどのようなものでもありません。もし私の異なった時代に関する詩的な言葉に関する観察が、人間の精神の歴史に心を奪われている心理学者にとって何らかの興味があるならば、さらに結構なことです。私の見解は、文学批評の外側にある主題を研究している学生によって、利用されたり、正当化されたり、あるいは疑われたりします。文学批評は福音、審美学、あるいは精神の理論を与えることは出来ません。もし、私が十三世紀を高揚したならば、それは確かに最上の詩を生み出したということだけを意味しているのです。それは、将来、偉大な詩を生み出そうとする我々の最上の希望が十三世紀の状態と信念を元に戻すことであるということを意味しているのではありません。それは、もし我々が、我々の詩の質を意識的に支配する何らかの権利を得ることが出来るなら、我々がダンテの詩、そして、彼の後にすぐやってくるイギリスの詩人達の中の最も偉大な人の詩が生み出される状態を研究するために立派にやるということを意味しているのです。私は、必然的に圧縮され省略されたこの一連の講演の中で、直接にチョーサーに触れる機会を持ちませんでしたけれども、私は、彼自身の結末と祈りで締め括って、彼に賛辞を述べたいと思います。

Thou oon, and two, and three, eterne on -lyve,
That regnest ay in three and two and oon,
Uncircumscript, and al mayst circumscyve,
Us from visible and invisible foon
Defende; and to thy mercy, everychoon,
So make us, Jesus, for thy grace, digne,
For love of mayde and moder thyn benigne ! AMEN.

自らは限られずして、永久に三、二、一として納め給い

すべてを限る力を持ち給うなる、
永生の君、一、二、三よ、
見ゆる敵、見えざる敵よりわれらを守り給え。
そして、イエスよ、われらの一人ひとりを
あなたの慈悲を浮くるに、ふさわしき者たらしめ給え
あなたの慈悲にかけて、
処女なる　あなたの優しき母君の　愛にかけて　アーメン(53)

注

（1）フィンランドの文化人類学者で一九〇七年から一九三〇年までロンドン大学の社会学の教授であったエドワード・アレグザンダー・ヴェステルマルク（Edward Alexander Westermarck [1862-1939]）は、一九〇八年に『道徳観念の起源と展開』（*The Origin and Development of Moral Ideas*）を出版した。T・S・エリオットは、この本を最初一九一五年の二月にオックスフォードで「倫理学」（ホートン）に関する評論のために読んだ。「倫理的主観主義」の唱道者であるヴェステルマルクは、全ての道徳観念の情緒的起源に固執し、そして、善悪の客観的あるいは絶対的概念が錯覚を起こさせるものであるのは、それらの基盤となっている個人的情緒は真理の範疇の外側にあるからであると主張している。

（2）T・S・エリオットは一九〇七年から八年にかけてハーヴァードで悲観主義的フランスの詩人兼劇作家で、『世紀児の告白』（*Confession d'un enfant du siècle* [1836]）の著者であるアルフレッド・ド・ミュッセ（Alfred de Musset [1810-57]）を研究した。善悪に関する後の議論の文脈の中で、T・S・エリオットはディケンズ

の小説について、「宗教は相変わらずあの良き古き物憂げな十八世紀のもので、これに夥しい柊と七面鳥とを飾り付け、強い人道主義的熱情で補ったものである」（ASG 53-4/58）と言った。「宗教と文学」（'Religion and Literature' [1935]）においては、サッカレーを小説の世俗化へ寄与し「その時代の風潮に従って信仰をそのまま取り入れ、これを生活描写から省いてしまった」著者の最初の段階と結びつけた。（SE 392/347）。エリオットは、ハーディの小説や物語をソフォクレスやジョセフ・コンラッドやヘンリー・ジェイムズの作品と比較して、彼を次のように述べた。「私は恐怖の物語に反対しない…しかしリアルの世界における恐怖がある。ソフォクレスやコンラッドやジェイムズなどの作品では、我々は善と悪の世界にいるのである。だが『グリーブ家のバーバラ』（*Barbara of the House of Grebe*）では我々は純粋の悪の世界に引き込まれる。この物語はある病的な感情を満足させるだけのために書かれたものである」と（ASG 57-8/62）

（3）T・S・エリオットは、「ベイルとバルザック」（[1919] 一〇〇頁注［24］参照）で、バルザックの世界の「雰囲気」はスタンダールやフロベールのそれよりも実質的ではないと考えられていると書いてから、バルザックについての自分の考えを次のように変えた。「人間の感情の露見、分離は、バルザックよりもベイルとフロベールがかなりすぐれている部分である。バルザックは、雰囲気に依存しながら、問題を回避することが出来、…ベイルとフロベールは世界を裸にする。彼らは、感情や情熱に関して普通の強烈さよりはるかに強いものを持っている人間である…彼らは潜在的な情熱と生における可能な出来る限りの現実化との間の恐ろしい分離を間違いなく示唆している。彼らはまた、一方の人間と他方の人間との間にある破壊できない障壁を指摘している。これはバルザックから引き出すことが出来ない『神秘主義』である」（p. 393）と。

（4）T・S・エリオットは、「ボードレールの教え」（'The Lesson of Baudelaire' [*Tyro*, Spring 1921, p. 4）の中で、次のように言っている。「全ての一流の詩は道徳に占有されている。これがボードレールの教えである。彼の時代のどんな詩人以上に、ボードレールは最も大切なもの、つまり、善悪の問題に気づいていた…ボードレールは歪められたダンテで…知性と強烈さを合わせ持って、彼の前任者の多くの助けなくして、善悪の方向への視点へ達しようと目指した」と。

（5）タイプライターで打った原稿の空間にはジョージ・エリオットの題名を入れる空白が残されていた。T・S・エリオットは多分、『牧師生活情景』（*Scenes from Clerical Life* [1858]）の中の中編小説の一つである『アモス・バートン師の悲しき運命』（*The Sad Fortunes of the Reverend Amos Barton*）の正しい題名を調べるために空白にした。早くにも一九一六年に、彼はある書評の中で「『フロス河の水車』（*The Mill on the Floss*）でなくて『アモス・バートン』を支配している深刻さ」（*New Statesman*, 24 June 1916, p. 234）について書いた。そして、一九一八年二月六日に、彼は自分は「ジョージ・エリオットに耐えることが出来ない」（*L1* 219）と手紙を書き、三月四日には自分は「彼女を大変楽しんでいることに驚き、… 私の楽しい思い出は、主に、他のものを凌いではるかに感銘を与えた一つの小説、『アモス・バートン』にあると思う」（*L1* 221）と書いた。四月一日、彼は従兄弟に「ジョージ・エリオットはかなりの才能を持ち、一つの偉大な小説『アモス・バートン』を書き、後に着実に坂道を下った。彼女の最高の妙技は、そのやり方でロシアのすべてのものと同じくらいすばらしい、田園生活のまさに正確なリアリズムであった」（*L1* 227-8）と書き、『聖林』（*The Sacred Wood* [1920]）の序文で、現在の文脈と似ている一節で、次のように問いただした。「もし、アーノルドのような人間が… サッカレーをフロベールと比較し、ディケンズの作品を分析し、彼の同時代人に『アモス・バートン』の著者が何故ディケンズよりももっと深刻な作家で、『パルムの僧院』の著者が何故何れの作家よりももっと深刻なのかということを正確に示したならば、それは何と驚くことであろうか」（*SW* xiii）と。

（6）フロベールは『ボヴァリー夫人』（*Madame Bovary* [1857]）、『感傷教育』（*L'Éducation sentimentale* [1869]）『聖アントワーヌの誘惑』（*La Tentation de Saint-Antoine* [1874]）『ブヴァールとペキュシェ』（*Bouvard et Pécuchet* [1881]）のような特徴的な作品に見られる登場人物の道徳的リアリティを冷静に探求した。T・S・エリオットは「アンドルー・マーヴェル」の中で、「エリザベス時代やジェイムズ一世時代の詩人達の驚くべき功績であった人間経験の力強い把握力は… 宗教的理解力へと導き、そして、それによって完成されるだけである。それは、ブヴァールとペキュシェの『かくの如くにして、すべてのものは彼等の手で砕けた』という点へ導いている」（*SE* 297/256）と書いた。ジェーン・オースティン、ディケンズ、そしてサッカレー

いが」（*ASG* 54/58）と述べた。

者であった——もっとも例えばフロベールのような作家と並べるなら彼らの観察も皮相的なものにすぎな

の小説の中に見られる宗教的理解についての後の議論で、エリオットは「これらの小説家は依然として観察

（7）T・S・エリオットは一九三七年になって初めてバイロンを十分評価した。「バイロン」の結論でエリオットは彼の悪徳の中の美徳を次のように特徴づけた。「彼は大ぼらも吹くが同時に、異常なまでの率直さもあり、気取りやでもあるが、生意気な国に行けば頑固一徹者の詩人にもなりそうだ。ごまかしと自己欺瞞があるが、その一方、向こう見ずでざっくばらんな正直さもあるし、俗物野郎の貴族でもあれば、なかなか威厳のある大酒飲みでもあるのだ。にせの悪魔主義と、みっともなさを自称して鼻にかけているものの、実は正真正銘、迷信的でみっともない行いも結構しているのだ。ところで、いま私が述べてきたものは、バイロンの作品に表れ、彼の作品を評価する上に重要な意義をもつ長所や欠点についてなのであって、彼の私生活そのものについては、ここでは何ら問題にしてはいないのである」（*OPP* 206/239）と。

（8）T・S・エリオットは「ボードレール」（'Baudelaire' [1930]）において、ボードレールの悪魔主義は「キリスト教の一部分、それも非常に大事な一部分をほのかに直感させるところまで来ている。悪魔主義そのものは、単にそういう見せかけの気取りでない限り、裏口からキリスト教に入ろうとする試みであった」（*SE* 421/373）と主張した。詩人であり小説家であるジュール＝アメディ・バーヴェイ・ドールヴィリー（Jules-Amédée Barbey d'Aurevilly [1808-89]）は『妻帯司祭』（*Un Prêtre Marié* [1865]）や『魔性の女たち』（*Les Diaboliques* [1874]）のような作品の中でエロティシズムやサディズム、冒瀆、そしてオカルティズムに染まったカトリシズムを探求した。T・S・エリオットは、『彼方』（*Là-bas*）でオカルティズムや悪魔主義に足を伸ばしたユイスマンスは「その悪魔主義を外面的に扱う時、つまり、その時代の姿（そういうものが事実だとすれば）を描写している時にだけこの主義に興味を添えることが出来たに過ぎない。こういう問題に対するユイスマンス自身の関心は、キリスト教に対する関心もそうなのだが、取るに足らないものである」（*SE* 426-7）と書いた。ワイルドは、『意向集』（*Intentions* [1891]）の四つの評論の一つである『ペン、鉛筆、

そして毒』（*Pen, Pencil and Poison* [1889]）の中で、トーマス・ウェインライト（Thomas Wainewright）の悪に対する審美的活動とくだけた態度を跡付けた。彼は芸術家であり作家で毒殺者で、彼の殺しの一つで咎められたとき、肩をすくめて「確かに、そうすることは恐ろしいことですが、彼女は非常に厚みのある足首を持っていた」と答えた。T・S・エリオットは早くも『ドリアン・グレイ』（*Dorian Grey* [sic]）が全く戯言でないなら、そしてワイルドの最上のものが『意向集』の中にないならば、私は全くだまされている」（*Vanity Fair*, November 1923, p. 44）と書いた。

（9）T・S・エリオットは「ポーからヴァレリーへ」（'From Poe to Valery' [1948]）の中で「ポーはロマン主義の二流詩人、または亜流と認められ、創作においてはいわゆる『ゴシック』小説の後継者であり、詩においてはバイロンやシェリーの亜流であると認められてきた。しかしながら、この見方は彼をイギリスの伝統の中に位置づけている。それなのに、その伝統に彼が属していないのは確かだ」（*TCC* 29）と述べた。ボードレールは一八四七年にエドガー・アラン・ポーの作品を発見し、ポーの小説の翻訳のために自伝的批評序文を書いた。T・S・エリオットのナサニエル・ホーソンとヘンリー・ジェイムズへの初期の関心は、ホーソンの作品に関するジェイムズの「深層心理学」（'deeper pscychology'）の研究（一八七九年）によって掻き立てられた。この研究はエリオットの「ヘンリー・ジェイムズを記念して」（'In Memory of Henry James' [1918]）や「[ヘンリー・ジェイムズの]ホーソンの側面」（'The Hawthorne Aspect [of Henry James]'）の書きものの中で特徴づけられている。ここでエリオットは次のように主張している。深層心理学は「二人の小説家を切り離してどちらか一方を英国の同時代人にしてしまう。確かに、ディケンズもサッカレーも『深層心理学』について余り知らなかった。ジョージ・エリオットはそれ（チトー）に対してある種の深遠な知性を持っていたが、彼女の全ての真の感情は『アモス・バートン』の可視的なリアリズムに赴いた」（*The Little Review*, August 1918, p. 50）と。

（10）T・S・エリオットの一九三〇年のピーター・ケネルの『ボードレールと象徴主義者達』（三〇八頁注［43］参照）の書評で、彼はユイスマンスを「ボードレールに関して重要でないものを気まぐれにかけ合わせたままあのゾラである」(p. 358) と描写した。アーサー・シモンズによって「デカダンスの祈祷書」('the breviary of the Decadence') として歓迎されたユイスマンスの悪名高い「イエロー・ブック」の『さかしま』(*A Rebours* [1884]) とペイターの審美哲学はワイルドの『ドリアン・グレイの肖像』(*The Picture of Dorian Gray* [1891]) に最も強い影響を与えたものの中にある。

(11) T・S・エリオットは「ボードレール」('Baudelaire' [1930]) の中で、ボードレールを詩人兼小説家であるテオフィル・ゴーチェ (Théophile Gautier [1811-72]) と比較して、ボードレールの二流の韻文形式の中で、次のように論じた。彼は「自分の詩を意味ありげに捧げたテオフィル・ゴーチェに、実際、及ばなかった。ゴーチェの短い韻文で一番よいものを見ると、ボードレールにはないような充足感、つまり内容と形式との均衡がある。ボードレールはゴーチェよりも技巧上の才能がすぐれていたけれども、感情の内容はいつでもその容器を破裂させているのだ」(*SE* 424/375) と。ステファヌ・マラルメ (Stéphane Mallarmé [1842-98]) はポール・ヴァレリー (Paul Valéry [1871-1945]) の師であり友達だった。ヴァレリーは次にT・S・エリオットの友達になった。「ポーからヴァレリーへ」において、T・S・エリオットはポーのフランスの伝統に及ぼした影響が、「それだけ強くなるのは、マラルメが、次にボードレールを仲立ちとしてヴァレリーが、ポーから派生したという理由に留まらない。それぞれポーの影響に直接に身をゆだね、それぞれがポー自身の理論と実践に高い評価を与えたことの紛れもない証拠を残しているのである」(*TCC* 28) と述べた。

(12) 作家で作曲家で映画製作者であるジャン・コクトー (Jean Cocteau [1889-1963]) は『ニュー・クライテリオン』(*New Criterion*) の一月号に「躓き」('Scandales') を出版し、彼の新しい評論集『静粛命令』(*Le rappel à l'ordre* [1926]) の英訳 ('A Call to Order') がフェイバー・アンド・ガイヤー社の春期目録に並べられた。T・S・エリオットは、多分、次のように短い広告文を書いた。「ジャン・コクトーはパリの若い詩人達や小説家達の中で最も興味ある者の一人として知られるだけでなく、絵画や音楽、そして劇場芸術の現代的な展開の指導者として最も広く知られている。彼は彼の『ポエジー』(*Poésies*) や二つの小説『グラン・エカール』(*Le Grand Ecart*)、『山師トマ』(*Thomas l'Imposteur*)、そして、彼がパリの現代舞台に『ロメオとジュリエット』(*Romeo and Juliet*)と『アンチゴーネ』(*Antigone*)を立派に当てはめることによって実現した新しい演劇の概念によって知られている。英国の大衆にとって、彼は、ディアギレフ、ピカソ、ストラヴィンスキーやロシア・バレーのサティとの共同制作者として、そしてロンドンで制作された『屋上の雌牛』(*Le Boeuf sur le Toit*)や『エッフェル塔の花嫁花婿』(*Les Mariés de la Tour Eiffel*)によって、多分、最も良く知られている」と。スイスの詩人で小説家であるブレーズ・サンドラール(Blaise Cendrars 本名 Frédéric Sauser Hall [1887-1961])は一九一八年に『ル・パナマ』(*Le Panama*)を出版した。この小説は彼の母親がガルヴェストン、アラスカ、そして遠い土地にいる七人の子供から受け取った手紙を子供の時の彼にシュールレアリスティックな幻想でパナマで記述したものである。

(13) 一〇五頁注(36)参照。

(14) 詩人兼小説家で自動筆記者でもあるアンドレ・ブルトン(André Breton [1896-1966])はシュールレアリスト運動の創始者の一人あった。一九二四年十月ブルトンは『シュールレアリズム宣言』(*Manifeste du surréalisme*)を出版した。これは「超現実的なもの」(surréalite)を仮定し、ここにおいて、夢と現実が推論的支配や道徳的審美的偏見を入れない純粋な心的オートマティズムによって解決されるかも知れないのだ。

(15) T・S・エリオットは、『ボードレールと象徴主義者達』(*Baudelaire and Symbolists* 三〇八頁注[43])を書評した中で、「ボードレールの唯一重要な後継者はラフォルグ、コルビエール、そしてマラルメである」(p. 358)とボードレールの系譜を全く単純化した。

(16) コクトーの『エッフェル塔の花嫁花婿』(*Les Mariés de la Tour Eiffel*)は最初、一九二一年六月十八日シャンゼリゼー通りの劇場で公演された。彼は悪名高い上演を「興行」('Spectacle')、「古代ギリシャ悲劇とクリスマス・パントマイムとの間のある種の秘かな結婚」と評した。この物語は一八九〇年代の新しく建てられたエッフェル塔で起り、日常生活の紋切り型と陳腐さを表しているプチブル的な結婚パーティを諷刺している。筋の意味は、演劇的娯楽のための媒介としての興業の機能にとって、二義的なものであった。コクトーが書いているように、「ここで、私は神秘的なものを捨て、あらゆるものに光をあて、あらゆるものを明らかにする。日曜日の放心、人間の野獣性、受け売りの表現、思考の骨肉からの分離、子供の狂暴、日常生活の驚くべき詩、これらが私の劇で、この劇のために楽譜を作り上げている若い音楽家達によって非常によく理解されている。」

(17) ブルトンの『溶ける魚』(*Poisson Soluble*) は、自動描写を例証するために『シュールレアリズム宣言』(*Manifeste du surréalisme* [Paris : Editions du Sagittaire, 1924]) に付け加えられた。この作品は一連の三二のシュールレアリスティックな散文詩で、異国情緒ある風景の想像上の散歩道を描写している。ブルトンはその題名を次のように説明している。「シュールレアリズムに浸りきっている精神は昂揚で大部分の幼年時代を甦らせる…私は私の後ろで様子を窺っている怪物を呼び起こす…ここに私を少しばかり脅かす『溶ける魚』がいる…とけるさかな、溶ける魚ですよ。私は魚の印の形をして生まれ、そして、人間は心で溶ける」(pp. 36-7) と。

(18) ジョージアンの詩人でウィリアム・H・ディヴィス (William H. Davies [1871-1940]) の感傷的な題名の詩『天国の鳥とその他の詩』(*Paradise and Other Poems* [1914]) に言及。ここで売春婦は彼女の友達の死を描写している。この友達もまた、売春婦で、彼女は狂乱状態の中で「そこの寝台の柱に止まっている／天国の鳥に触れるな」('Don't touch that bird of paradise,/ Perched on the bed-post there!') と泣き叫んでいる。T・S・エリオットは「現代詩熟考」('Reflections on Contemporary Poetry' [1917]) でディヴィスの詩を、その情緒を対象から引き出すことによって、ダンの詩と鋭い対象をなしているものとして議論した。「そして、そうような情緒は (ワーズワースにおけるように) 曖昧であるか、あるいは明確であるとしても、楽しいものであるかの何れかに違いない」(*Egoist*, September 1917, p. 118)。

(19) ラフォルグはアウグスタ皇后のフランス語侍講として四年間ベルリンで過ごした。その時、彼は、一八八六年、デヴォン州、テインマウス出身のイギリスの女性でアウグスタ皇后の子供の家庭教師を勤めていたレア・リー (Leah Lee [1816-88]) に出会い、彼女から英語のレッスンを受けた。彼らは十二月三一日ロンドンで結婚しパリに移り住んだ。彼はここで一八八七年八月、無一文のまま肺結核で亡くなった。レアは、翌六月、キルバーンの聖ピーター修道院で同じ病気で亡くなった。

（20）英語で書かれたラフォルグに関する最初の覚書きは、ゴス（Gosse）ではなくて、ジョージ・ムアー（George Moore）によるものである。彼の「覚書と評判」（'Notes and Sensations'）は一八九〇年九月二三日の『ホークス紙』（*The Hawks*）に現れ、『印象と世論』（*Impressions and Opinions* [1891]）の「知られざる二人の詩人」（'Two Unknown Poets'）として再版された。つまり、「彼らの名前は？—アルチュール・ランボーとジュール・ラフォルグで、この名前は英語の新聞に初めて印刷された名前である」（p. 112）と。T・S・エリオットは一九〇四年に収集されたゴスの『フランスの横顔』（*French Profiles*）について考えていたが、ゴスがラフォルグについて書いたのは、次のようなT・S・エリオットの鋭い応答を引き出した一九二七年の評論においてであった。「ある抗議は、最初、ジュール・ラフォルグ、フランシス・ジャム、そしてトリスタン・コルビエールを『風変わりな者』として取り下げることに対して起こり、… 二番目は『前世紀末の興味あるフランスの詩人は… 実際問題として英語の韻文作家に何ら影響を及ぼさなかった』という声明に対してなされた。この二番目の主張は、エドモンド・ゴス卿が全く現代詩と接触がないということを示唆するのに役立っている」（*Criterion*, September 1927, p. 195）。

「完全なる批評家」（'The Perfect Critic' [1920]）の中で、T・S・エリオットは、シモンズの本（三〇八頁注[45]）で最初ラフォルグを発見してからの隔たりを次のように記述している。「ヴェルレーヌ、ラフォルグ、ランボーを読み、シモンズ氏の本に戻ると、我々の印象がシモンズ氏の印象とは異なるのに気づくでしょう。その本は、多分、一人の読者にとって永久の価値を持たないが、それはシモンズ氏にとっては永久なる重要性を持つ結果となる」（*SW* 5）と。

（21）エリオットの蔵書にある二巻本からなる『ジュール・ラフォルグ全集』（*Oeuvres Complètes de Jules Laforgue*, Paris : Mecure de France, 1909, pp. 69, 72）第四版の第一巻にある『伝説教訓劇』（*Moralités légendaires*）の次に見られる「ハムレット」からの引用をエリオットが翻訳（また括弧内に挿入した句）。

— … si vous n'étiez un pauvre dément, irresponsable selon les derniers progrés de la science, vous paieriez á l'instant la mort de mon honorable père et celle de ma soeur, cette jeune fille accomplie …

— O Laertes, tout m'est égal. Mais soyez sûr que je prendrai votre point de vue en considération …

— Juste ciel, quelle absence de sens moral!

… On envoya chercher le cadavre avec des flambeaux de première qualité

T・S・エリオットは一九一六年八月二一日コンラッド・エイキン宛に、パウンドは「私に、我々の間で一巻本を作ろうとするために『伝説寓意』の中の『ハムレット』をやってのけてほしい」と書き、「そして、私はその二、三頁をした」(*L1* 145)。その本は現れることはなかった。

(22) T・S・エリオットの蔵書にある『全集』一巻の『最後の詩』(*Derinier Vers* [1890], 1, p. 297)の「日曜日」('Dimanches', lines1-3)。小さな誤記がある。

(23) 七行目。

(24) ボードレールの「みずからを罰する者」('L'Héautontimorouménos')の十三行「私は不協和音ではあるまいか」('Ne suis-je pas un faux accord')と「シテールへの旅」('Un Voyage à Cythère')の最後の行「ああ、主よ、願わくは、授け給え、／わが心と肉体とを嫌悪の情に駆られずに眺め得る力と勇気を」('Seigneur! donnez-moi la force et le courage/ De contempler mon coeur et mon corps sans dégoût!')からの間違った引用。エマソンは幾つかの評論、特に「仲間」('Circles')(「私は全てのものを揺るがしている」)や「経験」(「私は断片で、これは私の断片である」)の中で自己断片化や不完全さに関するラフォルグのテーマを表している。*The Collected Works of Ralph Waldo Emerson* (Cambridge : Harvard Univ. Press, 1971-) Vol. II. 188 ; p. Vol. III, p. 83.

(25)「日曜日」(Ⅲ)(pp. 299-300)の八節、九節、一〇節、そして一二節から。小さな誤記がある。

(26)「日曜日」(Ⅳ) p. 301

(27) 一八八一年ラフォルグがドイツに行った後、彼は、ショーペンハウエル (Arthur Schopenhauer [1788-1860])、特に彼の弟子であるハルトマン (Eduard von Hartman [1842-1906]) に影響された。ハルトマンの『無意識の哲学』(*La Philosophie de l'inconscient* [1869]) はラフォルグの一時的なバイブルとなり、外界の「無」(néant) にもかかわらず、「無意識」(l'inconscient) の中に絶えず「絶対」(l'absolu) を追い求める彼の登場人物達に言葉をあてがった。

(28) 前述の「日曜日」(Ⅲ) で引用された句 (注[23]参照) の後に省かれた節に続く第七節で、登場人物は次のように叫んだ。「魔女どもよ、来てくれ。気が塞いで、人殺しでもしたくなる時の魔女どもよ」(A moi, Walkyries! Walkyries des hypocondries et des tueries!)。ドイツ神話でヴァルキューレは戦場で主人役を務める女戦士で、勝利の戦士を選びヴァルハラに落ちた者を護衛する。ワーグナーは『ヴァルキューレ』(*Die Walküre* 1854-6) においてヴァルキューレに際立った役を与えている。

(29) ワーグナーの楽劇『トリスタンとイゾルデ』(*Tristan und Isolde*) は、最初、一八六五年ミュンヘンで上演された。T・S・エリオットは、『荒地』の自注で示しているように、その詩でワーグナーの一章の一幕からの韻文を引用している (*CPP* 76/50-51)。

(30) T・S・エリオットは、次に見られるラフォルグの散文詩「パリ市の大仰な嘆き節」('Grande Complainte de la Ville de Paris') の四一行から五一行までを翻訳している。この散文詩は一八八四年八月に書かれ『嘆き節』(*Les Complaintes* [1885]) として最初に出版された。
Mais les cris publics reprennent. Avis important! l'Amortissable a fléchi, ferme le Panama. Enchères, experts. Avances sur titres cotés ou non cotés, achats de nupropriétés, de viagers, d'usufruit; avances sur successions ouvertes et autres; indicateurs, annuaries, étrennes. Voyages circulaires à prix réduits. Madame Ludovic prédit l'avenir de 2 à 4. Jouets *Au Paradis des enfants* et accessoires pour cotillons aux grandes personnes. Grand

choix de principes à l'epreuve. Encore des cris! Seul dépôt! soupers de centième! Machines cylindriques Marinoni! Tout garanti, tout pour rien ! Ah! la rapidité de la vie aussi seul dépôt ... [Laforgue's ellipsis] (*Oeuvres Complètes*, 1, p. 178)

（31）ルーマニア生まれの詩人トリスタン・ツァラ（Tristan Tzara 本名、Sami Rosenstock 1896-1963）は、戦後、チューリヒのダダ運動の創始者で主な鼓舞者の一人であった。一九一九年ツァラはT・S・エリオットに『二五の詩』（*Vingt-cinq poèmes* [Zurich : Collection Dada, 1818]）を送った。エリオットはそのことを彼の書評の中で次のように記述している。「韻文でも散文でも散文詩でもない妙な特質を持っている何かしらそういったもので… 少なくとも、それは『実験』の徴候を持ち、若者の手で書かれるべきものではない。ツァラ氏の作品はいかなる国の文学においても非常に深い根を持っているようには見えない」（*Egoist*, July 1919, p. 39）と。翌年、「詩における現代の傾向」（'Modern Tendencies in Poetry'）において、T・S・エリオットが言明したことは、ツァラの韻文が表現していることは「芸術について皮肉になる点まで芸術を考えた知的な人々や、そのことを全く考えないで彼らについて行く人々の傾向… の帰謬法で、それは全く建設的ではない。それは、結局の所、科学的ではない。それは郵便切手アルバムと同じように芸術的ではない」（*Shama'a* [Urur, Adjar, India], 1, Spring 1920, p. 17）ということである。エリオットは「ボードレールの教え」（前述の注〔4〕参照）の中で「ダダイズム」は「フランス精神の病気の診断である。我々がそれから引き出すどのような教訓もロンドンでは直接に当てはまらないだろう。ダダのどんな価値も、それがフランス文学やフランスの生活に関してどの程度まで道徳的批評を行うかに依存している」と書いた。

（32）一九一九年六月二八日ヴェルサイユ宮殿で調印された世界第一次大戦を終結させた連合国とドイツとの間の条約。T・S・エリオットは「ダンテ」（1929）の中で次のように書いた。「国と国が分離するようになったのは何もヴェルサイユ講和条約ではない。ナショナリズムはこの条約が締結されるずっと前に生まれた。我々の世代にその条約で最高潮に達した分裂の作用はダンテの時代の後すぐ始まった」（*SE* 240 /202）と。

（33）T・S・エリオットは十二の詩で出来ている『最後の詩』の十番目の詩の一句「透き通ったジェラニウム、

戦い好きの魔術」(O géraniums diaphanes, guerroyeurs sortilèges) に言及している。これは前に『形而上詩人達』の中で「曖昧な言葉や単純な言葉使いにいたるまで「形而上詩人達」の方法と不思議なくらい似た方法」を使っている詩として引用されている(*SE* 289/249)。

(34) 彼らの悲観主義的哲学。ショウペンハウエルとハルトマンは意志と、意志を鎮める手段としての仏教の無欲の理念に関するカントの教義を支持した。ショウペンハウエルとハルトマンは人間の苦悩の埋め合わせを涅槃にではなく、ショウペンハウエルは理念に、ハルトマンは無意識に見出だしているけれども、知性の生産において、意志は、冷静で禁欲的な苦行生活におけるそれ自身の否定の可能性を作り上げている。

(35) 象徴主義の詩人であるポール・ヴェルレーヌ(Paul Verlaine [1844-96])は、ランボーの良き指導者で、ランボーは彼との不穏な関係を『地獄の一季節』(*Une Saison en enfer* [1873])の中に書いた。ヴェルレーヌは、『詩の技法』(*Art Poétique* [1884])や韻文の批評家として、詩の音楽性を強調した。

(36) 「庭」('The Garden') 四八行目、原文は 'To a green thought in a green shade' と書いている。三六三頁注(57)、四〇九頁注(31)参照。

(37) 「クロリンダとダモン」('Chlorinda and Damon')、一五行目、ミューズ・ライブラリー版、四一頁、T・S・エリオットは「アンドルー・マーヴェル」('Andrew Marvell' [1921])の中で次に見られる疑問を表している行の全文を引用した。「魂はそこで沐浴して、身を清めるか、/それとも渇きをいやすことが出来るだろうか」('Might a soul bathe there and be clean' / Or slake its drought')。ここでエリオットは「一つの比喩が、突然、我々の心に作用し、精神の浄化のイメジに思い至らせる」(*SE* 300/259)のを見て、再び「アンドルー・マーヴェル」(1923、二四八頁注[6]参照)で引用し、その一節を「非常にすばらしい秩序の奇想で、… 我々の喜びは物質的な水から精神的な水へ変わる唐突性にある」と述べている。

(38) T・S・エリオットはコルビエール(Corbière)の『黄色い恋』(*Les Amours jaunes* [1873])の中の「流れ者の吟遊詩人サン・タンヌの聖地詣で」('La Rapsode Foraine et le Pardon de Sainte-Anne')の一三七行目から

八行目を翻訳した。エリオットはシャルル・ル・ゴッフィック（Charles Le Goffic）の序文がある限定版（Paris : Albert Messein, 1912）を所有し、そこから（二百頁）引用している。彼はコルビエールの詩の先行する二行（113-14）「ここにあなたの蠟燭があります。（これは二フランかかったのです）」（'Voici ton cierge : / [C'est deux livres qu'il a coûté]'、を「直立したスウィニー」（'Sweeney Erect' [Berg]）の元々のエピグラフとして選んだ。そして彼は、「シカゴ大学の大学院で研究したように見える」無名のアメリカの批評家を、その詩を「『民間宗教の』探索」と確認したために厳しく非難した（'Contemporanea,' *Egoist*, June-July 1918, p. 84）。彼は「詩における現代の傾向」（注[31]参照）で更に辛辣に、コルビエールの詩は「彼が物乞いや障害者が聖母マリア寺院へ進み行く行列を描写するとき、そのやり方において本質的にヴィヨンと同じである」（pp. 13-14）と述べ、次のように言っている。「ほら、胴に腫瘍が出来ている男は／ヤドリ木の生えた幹にもたれている」と言う言葉は、ダンテのブルネット・ラティーニの「焼けた姿」（*cotto aspetto*）におけるように、それ自身で燃えている。

(39) 「おかしくなる小さな死」（'Petit Mort Pour Rire'、コルビエールの構文上の省略）。これは『黄色い恋』（*Les Amours jaunes*, p. 293）にある『その後のロンデル』（*Rondels pour aprés*）の冒頭の六つの詩の一つで、少しばかりの誤記がある。

(40) 『メキシコからの手紙』（'Lettre du Mexique'）の中では、老兵がトゥーロンの親戚にベラクルスで熱病のために死んだ若者の死を伝えている。この手紙は『黄色い恋』の第二版の「海の人々」（*Gens de Mer*）と表題がつけられている節に現れている。

(41) T・S・エリオットは「スウィンバーンとエリザベス朝の詩人達」（'Swinburne and the Elizabethans' [1919]）の中で形而上詩人達としてのチャップマンとダンとの間にある「驚くべき類似性」（*SW* 23）を指摘した最初の批評家であった。その類似性を彼は「形而上詩人達」の中で取り上げ「チャップマンにあって、思想を感覚によって直に捉えることや思想を感情に作りかえることをおこなっているが、これはまさにダンに見出されるものである」（*SE* 286/246）と再び述べている。

(42)『チャールズ・バイロン公爵の陰謀と悲劇』('Conspiracie and Tragedy of Charles Duke of Byron' [1608]) 三幕三場一三五行目 ('Give me a spirit that on this life rough sea' と書いてある) のバイロン公爵の演説から。

(43) アインシュタインはその当時ベルリンのカイゼル・ウィルヘルム研究所にいて、一九二一年ノーベル物理学賞を受けた。彼は相対性原理に関する特殊な理論を展開し、光電効果とブラウン運動を説明し、そして彼の統合された実地理論に従事した。T・S・エリオットはチャールズ・モーロン (Charles Mauron) の「アインシュタインを読むにあたって」('On Reading Einstein' [*Criterion*, October 1930, pp. 23-31) を翻訳し、出版した。

(44) ルソーは、ケネー、モンテスキュー、ヴォルテール、テュルゴー、そして他の哲学者達と共に、デドロとアランベール編纂による二八巻の『百科全書』(*Encyclopédie : ou, Dictionnaire raisonné des sciences, des arts, et des métiers* [1751-7] edited by Diderot and Alembert) の寄稿者であった。理性主義に挑戦し科学的決定論を強調したかなり影響力のある仕事は一七八九年のフランス革命に先立つ知的雰囲気に意義深く貢献した。T・S・エリオットは一九一六年の現代フランス文学に関する彼の最初の公開講演で次のように述べた。「ロマンチシズムはあらゆる方向における過剰を象徴している。それは二つの方向に分裂する。つまり、事実の世界からの逃避と粗暴な事実への献身である。これは十九世紀の二つの大きな流れで ―曖昧な情緒性と科学 (リアリズム) の神格化は同じようにルソーから生じている」(*RES* I. 165) と。

(45) T・S・エリオットはF・H・ブラッドレーに関する博士論文の為にフィフテとへーゲルを読んだ。この論文でエリオットが結論したのは、ライプニッツは「フィフテやへーゲルのような人達よりも中世に近く、ギリシャに近いが我々にもっと近い」(*KEPB* 185) ということであった。「完全な批評家」('The Perfect Critic' [1920]) の中で、エリオットはへーゲルを「情緒的な組織化の最も並外れた主唱者で、あたかも自分の情緒はこれらの情緒を生み出した明確な対象物であるかのように自分の情緒を取り扱った」(*SW* 9) と記述した。そして「ワーズワースとコールリッジ」('Wordsworth and Coleridge' [1932]) で「私はへーゲルとフィフテの数冊を読んだが…それを忘れてしまった」(*UPUC* 77/68) と述べた。しかしながら、後に、ある「一人だけの」哲学の相対的価値と影響を論ずる際に、エリオットは「ヘーゲルの途轍もなくグロテスクな業績が、隠された派生的な形態で、如何に多くの精神に魅力を投げかけ続いているかということ」('Introduction' to Josef Pieper, *Leisure The Basis of Culture* [London : Faber & Faber, 1952], p. 17) を記述した。T・S・エリオットがヘーゲルの『歴史哲学講義』(*Lectures on the Philosophy of History*) につけた注釈はホートン図書館にある。

(46) T・S・エリオットは「宗教と科学、幻のデレンマ」('Religion and Science : a Phantom Dilemma' [*Listener*, 23 March 1932, p. 429) の中で、価値に関するこの葛藤を次のように扱った。「そして、ここにあなたが至るところで見つけると思うものがある。宗教に好意的であるか、あるいは好意的でないかの何れかの雰囲気が既に存在している限りでなければ、どんな科学的発見も、啓示宗教に賛成するか、あるいは反対するかの何れかの人々をも影響しないということである … もし、私がほのめかすものが本当であるなら、つまり、宗教的信念を破壊するものは科学ではなくて、科学を不法な使用にしてしまう我々の不信心の好みであるというなら、その時、はっきりと、我々は、もっと近代的な科学が宗教に提出するどのような支援をもいつも丁寧に辞退すべき覚悟があるということになる … というのは、もし我々が、科学の進歩によって宗教は失うものも得るものも何もないということを理解するならば、我々は、以前には宗教に属するものと考えられ、今では科学にだけ属していると見られている地球の周りの太陽の動きを信じているような大切な信念を我々はあらゆる瞬間にあきらめる準備があるからである。諦めきれないあるドグマがある。我々は今でも未熟な科学にだけ真に属している幾つかの信念を我々の信仰の一部として持つことは可能である。我々は宗教における迷信を持っている。そして、我々は科学における迷信を持っている。我々はその二つなくしてはやっていくことが出来ない」と。

(47) T・S・エリオットは第一講演の最後で(一〇九頁注〔48〕参照) フッカーの『教会統治法』(Hooker's *Of the Laws of Ecclesiastical Polity*) を基礎資料として推薦した後、その本に頼っていないけれども、彼は「ランスロット・アンドルーズ」('Lancelot Andrewes') の中で、その年の終わりにその本の重要性について論じた。

そこで、エリオットは「フッカーとアンドルーズの知的業績と散文の文体とが英国国教会の構造を完成させるようになったのは、ちょうど十三世紀の哲学がカトリック教会の有終の美を飾るのに似ている」(SE 343/301) と主張し、そして、後にフッカーの業績について次のように余り公式的でない説明をおこなった。「私は、自分自身、フッカーの本は非常に興味深く、そして、実際、幾つかの現代の問題に適切であると思う。というのは、彼は、ローマ・カトリック教徒と非国教徒の両方に反対して英国教会を正当化するのに劣らず、国教会と民間政府の関係を唱えていることに関わる仕事をしようとしているからである … 私の要点は、彼はそれが自分のものであったのと同じくらい我々のものである問題を取り扱っていることである」('The Genesis of Philosophic Prose: Bacon and Hooker,' *Listener*, 26 June 1926, p. 907) と。

(48) 政治家で歴史家である初代のクラレンドン伯、エドワード・ハイド (Edward Hyde, 1st Earl of Clarendon [1609-74]) は『イギリスにおける反乱と内乱の歴史』(*The History of the Rebellion and Civil Wars in England* (3 vols, 1702-4) を書いた。T・S・エリオットは『哲学的散文の起源』('The Genesis of Philosophic Prose,' [前述の注参照]) の中で、この作品を英国散文発展の主流の中におき、次のように言っている。「フッカーの文体とベーコンの文体は、英語散文ではなくラテン散文である彼らの知的先任者のせいで、固さを持っている。そして、この固さは次の世代のトーマス・ホッブズの『リヴァイアサン』(*Leviathan*) の文体やクラレンドン伯、エドワード・ハイドの『大反乱の歴史』(*History of the Great Rebellion*) に引き継がれた。しかし、それは英国散文の筋肉と関節の第一の運動の固さである。これと比べて文体がしなやかで微妙なものを見つけ出すためには、エリオットやアスカムのような初期のチューダー王朝の作家達の一人のパラグラフを読みさえすればいいのである」(pp. 907-8) と。アイルランドの副総督で、それから (一六四〇年に) 総督になった初代のストラフォード伯、トーマス・ウエントワース (Thomas Wentworth, 1st Earl of Strafford [1593-1641]) は、アイルランドでスコットランドに敵対するに必要な軍を募り、ロード大司教とともに、チャールズの主な忠告者の一人となった。しかし、一六四〇年に召集した長期議会は、英国臣民に反対するアイルランド兵を使おうとした計画のために非難され、エドワード・ハイドは、結局ストラフォードを断頭台へと導いたその告訴手続きを支持した。T・S・エリオットは「リトル・ギデイング」（'Little Gidding'）で「たそがれ時の一人の国王のことを／三人か、それ以上の、断頭台上の人々のこと」（'of a king at nightfall, / Of three men, and more, on the scaffold' [*CPP* 195/143]）を思い、チャールズとストラフォードとロードに言及した。

（49）チャップマンの「夜の賛歌」（'Hymnus in Noctem'）とその続編である「シンシアの賛歌」（'Hymnus in Cynthiam'）はともに「夜の影」（'The Shadow of Night' [1594]）と題されている一つの詩を作り上げている。この「夜の影」は、知的で観想的な機能が夜の神秘的な刺激によって影響されたとき、その機能を祝福しているものである。『オヴィディウスの官能の饗宴』（'Ovid's Banquet of Sense' [1595]）は、この後に書かれたものであるが、この詩はオヴィディウスが彼のコリナが沐浴しているのを見たとき、オヴィディウスの五感の喜びとそれらの精神的なエクスタシーへの昇華を祝福したエロティックな詩である。T・S・エリオットは「ウオンリーとチャップマン」（'Wanley and Chapman'、三〇四頁注［40］参照）の中で、特にジャネット・スペンスの評論（「チャップマンの倫理思想」['Chapman's Ethical Thought']）を推賞し、スペンスは「チャップマンの長く、曖昧な、美しい詩である『オヴィディウスの官能の饗宴』と『夜の影』を論じている」と書いている。この二つの詩はエリオット蔵書にあるスウィンバーンの序文付きの『ジョージ・チャップマン作品集、詩集と二流の翻訳』（*The Works of George Chapman: Poems and Minor Translations*, New Edition [London: Chatto & Windus, 1904]）の中に収められている。エリオットは「チャップマンの源泉」（一四〇頁注［22］）の中でチャップマンは「おびただしい―ルネッサンスの非常におびただしい― 種族の著名な例である。このおびただしい種族のために、哲学の価値は、彼らが、適切であろうと不適切であろうと哲学に課すことが出来る主観的情緒にある」と主張している。

（50）詩人で批評家であるニコラス・ボアロー（Nicolas Boileau-Despréaux（1636-1711））は韻文で書かれた論文『詩法』（*L'Art poétique* [1674]）の著者であった。この論文は書き方と批判的対話である『物語の英雄』（*Hérose de roman* [1688]）の技巧の教授を目指したものであった。T・S・エリオットは早い頃、「完全な批評家」（'The Perfect Critic' [1920]）の中で、ホラティウス、ボワロー、ドライデンをアリストテレスの関係の中で次のように論じた。「十九世紀に至るまで批評のためのモデルであったものは、アリストテレスよりはむしろホラティウスであった。ホラティウスとかボワローが我々に与える教訓は未完成の分析にすぎない。それが法則や規則のように見えるのは、それが最も一般的な形式となって現れるからである。それは経験的なものである ⋯ ドライデン ⋯ は大変自由な知性を示している。しかし、ドライデンでさえ —あるいは十七世紀の如何なる文芸批評家も— ⋯ 全然自由な精神とは言えない。探求する傾向より寧ろ法則を立てる傾向が常に存在する。承認された法則を校訂し、覆すが、同じ材料から再び立てる傾向さえ存在する。しかして、自由なる知性とは、探求に全然委ねられた知性である」（*SW* 11-12）と。

(51) コールリッジの批評の「無制限な」特質は、また「完全な批評家」で次のように特徴づけられた。「コールリッジは批評の論拠から去りがちで、そして、形而上学の紙まき鬼ごっこに脱線したのではないかと疑いを起こしやすい。コールリッジの目的は向上した知覚力と、前よりは一層意識的であるが故に、緊張した享楽を以て、常に芸術的作品に立ち返るということではないらしい。彼の興味の中心は変わる。彼の感情は不純である。値打ちのさがる意味に於いて、コールリッジはアリストテレスより一層『哲学的』である。なぜならば、アリストテレスの語るすべてのものは、その語っている場合の文学を明らかにしている。しかし、コールリッジは時々明らかにするだけである。それは、感情の有害な影響の今一つの例である」（*SW* 13）と。哲学者で批評家であるベネデット・クローチェ（Benedetto Croche [1866-1952]）は美学批評『表現の科学と一般言語学としての美学』（*Aesthetic as Science of Expression and General Linguistic* [1909]）の一巻を含む四巻本の『精神の哲学』（*The Philosophy of the Spirit* [1902-17]）を出版した。T・S・エリオットは多分クローチェの『ダンテの詩』（*The Poetry of Dante* [1922]）を読み、一九二五年四月号の『クライテリオン』に「アレゴリーの本質に関して」（'On the Nature of Allegory' [1922]）という英語の翻訳を載せた。

(52) T・S・エリオットの注釈付きの蔵書（ホートン）『学生のためのチョーサー』（*The Student's Chaucer*, ed. Walter W. Skeat [New York : Oxford Univ. Press, 18949, p. 323）にある『トロイルスとクリセイデ』（*Troilus and Criseyde*）五巻、一七四九から五〇行。

（53）『学生のためのチョーサー』の三二五頁にある『トロイルスとクリセイデ』五巻一八六三行目から七〇行目。R・K・ルート版の『トロイルスとクリセイデ』（R.K. Root's edition of *The Book of Troilus and Cryseyde*）が出たその年の暮れの書評で、エリオットはクラーク講演の締めくくりのために自分のチョーサーの詩の好みを次のようにはっきりさせた。「『トロイルスとクリセイデ』は、大げさでなく、重要性とその種類において、ただ『新生』に次ぐ文書であると言われるかも知れない。『トロイルスとクリセイデ』は『新生』の付属物で、この二つは完全に調和している」（*TLS*, 19 August 1926, p. 547）と。

ターンブル講演

編者序論

T・S・エリオットは、十八年振りでアメリカに戻り、ハーヴァードのチャールズ・エリオット・ノートン詩学教授として彼の最も集中的な講演の第一歩を踏み出すために、一九三二年九月二五日モントリオールで『オーソゥニア号』から降りた。この教授の席は、一九二五年に財団とハーヴァードの後援者であるチャールズ・チョーンシィ・スティルマン（一八七七年から一九二六年）によって賦与されたものであるが、この教授の職が彼に要求したことは、彼に一連の格式張った公開講演をさせ、その講演をその年の内に出版物として提出させることであった。彼の任命は一九三一年十一月に公表されたが、彼の妻との計画された別居を含めて、彼自身、長期にわたるフェイバー・アンド・フェイバー社や『クライテリオン』を辞める複雑な問題のことで、彼には準備のための余暇が残されていなかった。従って、彼は、六年前にクラーク講演をして以来経験しなかった講演のストレスを抱えながら、エリオット・ハウスB―十一の貸間に落ち着いた。

十一月四日と十二月九日の間、エリオットは八つのノートン講演のうち四つの講演をした。これは翌年、『詩の効用と批評の効用』として出版された。一方、地方のグループや、またカリフォルニアに赴き、クリスマス休暇の間に戻って来なければならない旅行のために、追加の講演を書く急を要する必要に迫られた。十二月一日、彼はボストンのキングズ・チャペルで「聖典としての、そして文学としての聖書」（原稿はホートン）、それからユニテリアン牧師ボストン協会に対して「二人の師」（原稿ノートはホートン）に関する講演をした。十二月二六日、カリフォルニアへ出発する数時間前、彼はアリダ・モンローにここ三週間の間、五つの講演を書いたことを手紙している（テキサス）。ジョンズ・ホプキンズやヴァージニアからの招きに応じたので、多くのことはこれから先のことだった。それで、エリオットは余儀なく二学期にハーヴァードの学部学生に現代詩に関する連続講演をしなければならなかった。

一

ジョンズ・ホプキンズ大学でのターンブル講演の依頼は、明らかに十一月遅くか、あるいは十二月はじめであったが、結局、それはエリオットの友達で同僚であるフェイバーの編集者で、ホプキンズ大学の卒業生であるフランク・ヴィゴー・モーリーの目からすれば時期を逸した招きであった。モーリーの退官した父は、ホプキンズ大学で長年数学の教授をし、ウォルター・デ・ラ・メールが一九二四年ターンブル講演をしたとき、彼を一家をあげて客として暖かく迎えた。「ホプキンズ大学の一人の人間として私が痛々しく感じたことは、ホプキンズ大学は、エリオットがハーヴァードからナイト爵位授与に叙せられることに応対しなければならなかったことである。しかし、それはむしろ結構なことであった。一九二四年、ホプキンズ大学からの招きはフェイバー・アンド・ガイヤーに迷惑をかけたかも知れないし、『クライテリオン』に迷惑をかけたかも知れない。[1]」一九三二年十二月三日、エリオットは、その翌春、ヴァージニアでペイジー・バーバー講演を行う招きを受け、そして、彼がその十二月に日時と話題を交渉したとき、彼のターンブル講演が確実なものになった。十二月二六日、彼は、ヴァージニアの公務委員会の議長であるウィルバー・ネルソンに次のような手紙を書き、五月十日から十二日まで講演することを提案した。

「主題の決定は、それが三つの連続講演の事柄であるとき、もっと難しい。『形而上詩の三つの多様性』に関する私の三つのターンブル講演を繰り返して貰いたくないだろう。私が立ち去る二月の初めに知らせることが出来るならと思います。来る二週間の私の住居は、カリフォルニア、クレアモント、スクリップス・カレッジ気付けになるでしょう（ヴァージニア）。」

彼は、一月三十日で始まるその週にボルティモアにいるということに既に同意していたので、その晩、立ち去った。

エリオットが、十二月二九日、スクリップス・カレッジで「好みの形成」、そして、一週間後「エドワード・リアーと現代詩」に関する講演をする予定であったのは付随的なことに過ぎなかった。アメリカ大陸横断旅行の主な動機は、彼の最初の恋人で、今ではそのカレッジの教職員の一員であるエミリー・ヘイルと再会することであった。エリオットは、一九二三年以来ずっと彼女に署名入れの自分の本を送ってきたが、一九三三年の新年に、彼は、彼女に十二月にフェイバー・アンド・フェイバー社から出版された署名入りの『スウィニー・アゴニスティーズ』を個人的に贈呈した。彼らは、エリオットの結婚が傾き始めた一九二〇年代遅くに文通を復活し、彼らが最初に再会したのは、エミリーがイングランドにやってきた一九三〇年の夏であった。四五歳

のエリオットにとって、カリフォルニアへの旅行は容易ならざる個人的な事業であった。(2)

エリオットは、大陸を横断してボストンへ戻る前に、サンフランシスコやロスアンゼルスで講演したり、自分の詩を朗読した。彼の最初の滞在はセントルイスにある前に住んだ家であった。彼はセントポール、シカゴ、そしてバッファローに移る前に、一月十六日、ここのワシントン大学で「シェイクスピア批評研究」に関して講演した。彼は『ハロルド・モンロー詩選集』の序論を書くための原稿資料を受け取っていたが、彼がボストンへ戻る前に、カリフォルニアで書かれた草稿を屑として捨てた。彼がハロルドの妻で夫の編集者であるアリダ・モンローに序文の遅滞を説明した時、「私はバッファローへの途中、風邪を引き、ボルティモアで一週間の講演を準備するためにベッドで二日間費やさなければならなかった」（テクサス）。

出版するために時間を見つけて修正しようという希望で、イングランドから持ってきた八つのクラーク講演のタイプ原稿は、彼の傍らにあった。彼は、「形而上詩の三つの多様性」という仮の題名を与えたとき、明らかにその八つの講演を纏めて見ようと考えていたが、ベッドにいるここ二日間に、彼は、十三世紀、十七世紀、そして、十九世紀の形而上詩の本質にもっと焦点を絞って、資料を選択し、再整理し、修正しながら、注意深くその講演を調べた。彼は、ターンブル第一講演で、クラーク講演の第一、第二、第三講演の部分を利用し、ターンブル第二講演では、クラーク講演の第七講演の短い要約をしながら、第三、第四、第六を利用し、ターンブル第三講演ではクラーク講演の第一、第三の僅かばかりのものを入れ、第八講演を利用した。彼は、クラーク講演のタイプ原稿に直接取り組み、自分のタイプライターでターンブル講演を書いた。ある数節はそのまま変えられず組み込まれ、他のものは作り替えられ、修正され、広げられた。引用は前にタイプされたように書き写された。その結果、誤りといくつかの新しい誤りを持ち越すことになった。彼が仕事を進めるにつれて、鉛筆で修正と追加、そして削除を特徴的におこないながら、彼は、特に進行中のノートン講演の主旨が改訂に関係するようになった時、新しい実例と文脈を付け加えた。彼は手元にヴァレリーやマラルメのテキストをおいた。この二人は彼の想像力の中心近くに移った。彼はロートレモンやクリストファー・ドーソンに新しい絆を見つけ、ショウとルナン、アナトール・フランスとオルダス・ハックスリー、ラッセル伯爵夫人と『チャタレー夫人の恋人』に新しい敵対関係を見つけた。ついに、彼は少なくなっていくハンマーミル・ボンドからの支給を使い果たしてしまった。最後のページは、エリオット・ハウスの便せんの裏表紙、つまり裏返してタイプされなければならなかった。

改訂がなされ、彼は一月二九日ボルティモアに行き、ハーヴァードの大学院の尊敬すべき友達であり、今ではジョンズ・ホプキンズの哲学教授であるジョージ・ボアーズの客として一週間ほど過ごした。エリオットはあらかじめ手紙でボアーズ夫人に自分のひどい風邪を知らせ、出来るだけ外からの招待を断るようにお願いした。(3)

一方、最後の土壇場の取り決めと公表が、フランス文学の教授兼ロマンス語学科主任であるターンブル講演委員会委員長のH・キャリングトン・ランキャスターによってなされた。ランキャスターは、長い休暇の間、明らかにエリオットの任命に一方的に働きかけた。それというのも、一月二十日、ジョセフ・S・アメス学長が、その知らせを受け取ったとき、彼は、手紙を書いてエリオットをターンブル講演者として確保したことを祝ったが、「しかし、私は選考を権威づけている学術審議会によって取られたどんな行動も見出だすことは出来ない。どうか私に審議会の前に持って行く然るべき手紙を書いて下さい」(ホプキンズ)と書いたからである。エリオットが審議会によって権威づけられていた一方、彼は『ホプキンズの新しい書簡』の学生編集者であるリチャード・フェイズによって神話化された。彼は、エリオットを「大脳人グループ」の指導者として、そして詩人兼批評家兼編集者として宣言した。エリオットの「共和主義から君主制主義、不可知論からアングロ・カトリシズム、『モダニズム』から『反動的』と呼ばれる現代思考への流れへの改心は、エリオットをある仲間への異常な関心の持ち主の人物にしている。」フェイズ氏はエリオットの批評的下調べと同じように彼の自叙伝的下調べをして、エリオットの家族や教育的背景を記述し、流布して伝えられている「伝説」の一つを定着させた。「彼の少年時代に関する既に存在している伝説の一つは、彼は六歳か七歳まで一言も話さなかったということである。その時、初めて話したのは、彼が、ある日、母に大変な吹雪が吹いているということであった。(4)」次の二週間、編集者達は最終試験のために出版をやめた。従って、エリオットがキャンパスにいたというそれ以上の学生の報告はない。

二

第二九回パーシー・グレイム・ターンブル記念講演は、月、水、金の午後五時、ラトローブ・ホールで開かれる予定だった。講演を維持する基金は、一八八七年、ロレンス・ターンブル夫妻の九歳で亡くなった天賦の才のある息子を記念するために、一八八九年、その夫妻によって寄付された。出版事業に興味を持っている弁護士であるロレンス・ターンブル(一八四三年～一九一九年)は、『愛すべき大地』(一八六六年～九年)と『新しい折衷主義』の二つの文芸雑誌の編集者としての評判を早くも打ち立てた。ニューヨークの彼の妻のフランセス・リッチフィールド・ターンブル(一八四四年から一九二七年)は、ボルティモアの婦人文芸クラブを創設し、彼女の友達であるボルティモアの詩人シドニー・ラニエール[5]の人物研究に関する『カトリック・マン』(一八九〇年)や幾人かの歴史的ロマンスの著者であった。彼らの寄贈のもともとの条件は「詩人あるいは詩に関する批評的研究で抜群の名声を得た誰かによる」詩に関する例年の連続講演のために備えた。その連続講演は一八九一年、アメリカの詩人兼批評家であるエドモンド・C・ステッドマン(一八三三年〜一九〇八年)によって始められた。彼は「詩の本質と要素」に関する八つの講演で最初の標準を設定した。ステッドマンのあとは、エリオット自身の知的生活に重要な役割を果たした多くの著名なアメリカやイギリスや大陸の作家――ジェブ、ノートン、ブルネティエール、ランマン、キトリッジ、モアーなど――の名が連ねた。たった二つの講演で伝統的期待をくつがえしたエリオットのすぐ前の先任者は一九三一年のジョージ・ラッセル(AE)であった(付録三参照)。

四〇〇人以上の人々が、エリオットの最初の講演を聞くために列をなしてラトローブ・ホールに進んだ。ランキャスター教授は、彼の紹介で次のように言った。「我々の英国人同胞は、ペリシテ人や他の野蛮人との戦争で、我々を手助けする詩人や他の講演者を我々に気前良く送ります。我々は彼らに恩義があるが、我々はどのような取消しも支払猶予期間も要求しません。我々の負債がうまく返済されたのも、我々が彼らにヘンリー・ジェイムズやT・S・エリオットを与えたからである」と。講演の後、ボルティモアの『サン』の取材記者は、エリオットに「偉大な詩人はめったに偉大な批評家ではないという一般的な法則から鑑みて」あなたは詩人としてと同時に批評家として、如何にして成功することが出来たのかということをたずねた。エリオットは好奇心の強い質問者の実際的な立場に立って、「そうですね、そのことについては分かりません。私が現在批評家である主な理由は、批評に関する評論から少しばかりお金を得ることが出来るからです」と答えた。朝刊の肉太の見出しの記事には「T・S・エリオット曰く、批評家であることは儲かる仕事である」と書いてあった。エリオットが、ロンドンは瞑想生活へ入る場所であるかどうかを問いただされると、旅行中の最後の月の間、多分、プライヴァシイの過酷な侵害でますます苛立っていた彼は「多分、そうでしょう… ロンドンでは、常に一人でいられる場所を探すことが出来ます。そこでは、人々は、静かでいたいとき邪魔しません」[6]と答えた。その新聞の論説委員は、多分、論説でピューリッツァー賞を得た『サン』の歯に衣を着せぬ編集者ジョン・W・オウエンズ(一八八五年～一九六八年)であると思われるが、彼は、明らかに第二の講演を聞き逃したのに係わらず、赤面もなく聴衆者の動機と講演者の目的に懐疑的であった。彼は、木曜日の論説で、最初の講演は「共同体のもっと進んだ進歩的思想家の多くと同じように、熱心に文化を追い求める勢揃いした人達」を引きつけたと記した後、自分自身を進歩的思想家からはずして、自分の結論、—つまり「エリオット氏は、英語散文の明白な明晰さに絶えず反対している故C・E・モンタギューの規則と衝突することはなかったであろう。私は彼が表現の曖昧さの罪を犯しているとは思わないが、彼はモンタギュー氏が『曖昧の表現』と呼んだところの巨匠のように思えた」[7]— を分かち合おうとしていた。

論説委員は取材記者をエリオットの夕べの講演やメリーランドのポエトリ・ソサイアティー— ここでのエリオットの話題は、実際、曖昧の罪で現代詩を告訴することであった— の前でおこなわれる朗読会に送り出した。一九二三年に創設されたポエトリ・ソサイアティーは、カシードラル通り八一一のエマニュエル・パリシェ・ハウスで講演と朗読を主催し、主にその存在意義は著名な巡回詩人をボルティモアに連れてくることであった。エリオットの前には、スティーヴン・ヴィンセット・ベネー、パドリック・コラム、ウォルター・デ・ラメール、ロバート・フロスト、ヴァッカル・リンゼイ、エイミー・ロウエル、エドガー・リー・マスターズ、エドナ・セイント・ヴィンセット・ミレイ、ハリエット・モンロー、カール・サンドバーグ、そして、数週間前には、その協会の会員に「アイルランド人は詩の読者でないとしても」偉大な「鑑賞者」であると述べたW・B・イェイツがいた。彼らは、エリオットの本を読まなかったとしても、彼が認めていることだが、彼を一人の人物と崇めた。(8) エリオットがここに出ることになったのは、エリオットをポエトリ・ソサイアティーに紹介した会員である彼の主人役のボアーズ教授によって取り決められた。

エリオットは彼の聴衆に韻文における曖昧さは「主に、故意であろうとなかろうと、一層本質的な詩的要素を強調するための一つのあるいはそれ以上の要素の抑圧によるものである」と説明した。読者にとって、それは読者が経験したことがなかったパースペクティヴ、あるいは視点に慣れる問題であったと、エリオットは続けている。エリオットは自分の要点を例証するために図式的な例を選んだ。

「『あなた達が、皮膚を全く持たない人々がいる居間に入ったと仮定しなさい』と彼は提案した。『最初は、そのような…人々を見ることに慣れるのは難しいでしょう。人間の皮膚を持たない人を見ることは、全く新しいことでしょう　…　そこで、そのような人々が自分たちの皮膚を持たないでくつろいでいるということを考えなさい。そうすると、あなた達は自分自身をその光景に合わせることが出来るだろう…後で、彼らが、恐らく、もっと面白いということに気づくでしょう。彼らの目はもっとおもわせぶりである。彼らの筋肉の働きはもっと魅惑的なものであろう…』」

取材記者が観察しているように、「聴衆の多くの婦人達は、彼らのもがきと特殊な表現によって、すぐにはその場面に慣れることは出来なかったことを示した。」(9) 詩の嗜好においてロンドンのT・S・エリオットよりはボルティモアのシドニー・ラニエールに近い論説委員は、その例は「余りにも残忍で賞味されない」ことに気づいたが、それを現代詩に関する彼の反対意見の現れの基盤として受け入れた。

「エリオット氏が内容の重要性を表面的な形式に敵対するものとして強調しようとしていたと仮定しなさい。彼が賞賛しようとしたかなり多くの詩は、すべて内容で形式ではなく、そして彼が非難しようとしたかなり多くの詩は、彼が『外皮の度合い』と呼んだところにある。それは形式の問題でそれ以上のものではない。しかしながら、エリオット氏が結論しているように、馬鹿げて見えることは、現代詩は必然的にこれらの二つの区分に分けられなければならないと結論し、そして、我々は、一方において解剖学的な内容に、そして他方において外皮の輝きに直面するように永久に運命づけられることである。現代詩の真の開花は、人間の姿であろうと韻文であろうと、自然が進化し、美を愛する人々の世代が享受した気高く意義深い形式における肉と外皮の結合に依存するであろうということは有り得ないのだろうか。エリオット氏は、現代詩の傾向の彼の査定で、この可能性を心に描いたようには思われないが、彼が彼自身の目的のために使った例証は、その望ましいことを暗示している。」[10]

三

エリオットは、ボルティモアの北部の周辺のタウスンのロジャーズ・フォージにある二八エイカーからなるターンブル屋敷で、地方の多忙を免れた。その屋敷はその当時、ロレンスの息子で建築家であるフランス人びいきのベイヤード・ターンブル（一八七九年～一九五四年）の管理にあった。彼は、その家の読書人である彼の妻、マーガレット・キャロル・ターンブル（一八八七年〜一九八一年）と一緒にターブル講演者を歓待する彼の両親の伝統を引き受けた。一九二五年、ベイヤードは、一八八五年、彼の父が建てた「平和」と呼ばれる十五の部屋があるヴィクトリア朝風の納屋のような家を貸家にして、その屋敷に「トリムブッシュ」という新しい家を考案し建てた。幸運な偶然で、「平和」の新しい借家人はF・スコット・フィッツジェラルドであった。彼は、その時、アルコール中毒の治療を受け、『夜はやさし』を執筆していた。ターンブル夫人は、『荒地』の著者に対するフィッツジェラルドの賞賛を知って、彼を最後の講演が終わったその夕べのささやかな晩餐会にお出でになるように招待した。エリオットが、その日、少し早く着いたとき、彼女は皆を紹介した。そして、フィッツジェラルドはエリオットを彼が自分の小説を書き上げていた時しばしば歩いた長い散歩道に連れていった。ターブル夫人は、後でT・S・マシューズに会見を求められた時、次のようなことを覚えていた。

「二人が芝生を横切り、何マイルも杜や草地の間を縫って走っている廃線化された狭軌の鉄道路線の方へ向かって歩いて行ったのを見たことである。二人の話が聞けたらよかろうに、とそのとき彼女は思った。きっと『すばらしく表現力に富んだ』会話だろうから…エリオットが散歩から戻った時、ターンブル夫人は自分の蔵書の『神曲』を見せ、それを読み終えたと少々誇らしげに彼に言った。『読み始めたんですよ』と彼は彼女の言葉を正した」[11]。

一九二五年、フィッツジェラルドは『偉大なギャツビー』の一冊に「現存する最大の詩人、T・S・エリオットのために、あなたの熱狂的な崇拝者／F・フィッツジェラルドから」[12]という献呈の辞を入れて、エリオットのもとに送り届けた。エリオットは、クラーク講演の準備のまっただ中の十二月三一日になって初めて答えた。そこで、エリオットは「魅力的で圧倒する献辞」に対して彼に感謝し、その本は丁度フランスへ船出しようとしていたとき届いたけれども、今までそれを三度読み、「実際、その本はヘンリー・ジェイムズ以来アメリカ小説が踏み出した最初の一歩のように私には思える」[13]と説明した。フィッツジェラルドはその手紙を大切にして、数年間、それを身につけて戦略上重要なとき取り出した。この彼らの不思議な最初の出会いに、フィッツジェラルドは一冊の『灰の水曜日』を取り出した。そこには適切に「著者の敬意をもってスコット・フィッツジェラルドへ献辞、T・S・エリオット／三三年二月三日」と署名され日付が付けられてあった。[14]多分、彼の女主人によってあらかじめとりはからわれたその夜の晩餐会の後、フィッツジェラルドは詩人に『荒地』を声を出して読んで聞かせる機会を得た。ターンブル夫人は後にフィッツジェラルドの伝記作家となった彼女の息子、アンドルーのために次のような場面を思い起こした。「近親感がある暖炉の火がともっている部屋で、フィッツジェラルドはエリオットの韻文のいくつかを読むように求められた。彼はすべての美を引き出し、言葉のすべての神秘を暗示する感動させるような声で躊躇なくそれを読んだ。」フィッツジェラルドは、その経験で大得意になって、エドモンド・ウィルソンに「私は彼に彼の詩のいくつかを読んで聞かせ、そして、彼は、それらの詩はかなり良いものであったと考えているようでした。私は彼が元気なのが好きだ」[15]と手紙を書いた。

ボストンへ戻る土曜日の朝の列車で、エリオットは自分の第三講演について次のような短い報告が『サン』に載っているのが目に止まった。「エリオットはラフォルグを自分の作品を鼓舞させるものであると信じている」「昨日、T・S・エリオットは、ジュール・ラフォルグがいなかったなら、自分自身の作品は書かれなかったであろうと言った…自分自身には満足行かない哲学から自分自身の方法を見つけたラフォルグは、エリオット氏によれば、自分のためにその道を指し示した。[16]」それだけ一層広い世界で、ほとんどの注意がその講演に払われなかったが、エリオットはフランク・モーリーの弟、クリストファーと文通していた。彼は小説家で『土曜文芸評論』の執筆編集委員で、ホプキンズ受託者から印刷された招待状を受け、[17]「ボウリング・グリーン」のコラムで、その講演に短評を下した。

ひとたびボルティモアがエリオットを支援すると、エリオットは直ちにハロルド・モンローの『詩選集』の序文に取りかかり、次の日、それを送った。彼の前には、二〇人の選ばれた学生にだけに限られた英語二六のための最初の二つの講演「一八九〇年から現在までの英文学」が予定されていた。その講演を進めた後、彼は、二月九日、オトリーン・モレルに自分の活動を述べる次のような手紙を書いた。「私はクリスマスまで非常に勤勉で、その後、すぐ長期の旅行に出発した… そして、私は先週の土曜日からここで仕事に戻っただけである。私は今、公開講演を続けながら、学部学生に（私が殆ど精通していない主題である現代の英文学に関して）講義している」（テキサス）と。

ボルティモアで、アメス学長は、エリオットの訪問を喜び、その講演を出版する可能性があるかどうか詮索しだしたくなり、二月十三日、ランキャスター教授に次のような覚書きを送った。「私はターンブル講演の出版に関して、どんなしきたりをなすべきか分からない。しかし、エリオットが書いている全てのものは非常によく、もてはやされているので、ジョンズ・ホプキンズ出版のために、彼の講演を手に入れるような考えが示された。この考えに関してあなたがどう思っているか知らせてくれ給え」（ホプキンズ）。ランキャスターは同じ日の午後次のように答えた。「エリオットに関して、彼の最初の講演は印刷するに値しないが、他のものは全く面白いと思う。もし、私が、彼が引きつけた群衆によって判断するならば、恐らく、出版されるなら、売れるだろうが、彼は、多分、他で出版する考えを持っていると思う。しかしながら、出版委員会が、そのことをエリオット当事者に対して問題にするなら、出版する価値があるであろう」（ホプキンズ）と。その次の日、アメス学長はジョンズ・ホプキンズ出版のC・W・ディタスに、そのことをランキャスターとボアーズと一緒に議論してほしいとお願いし、そして、二月十七日、ディタスは学長に「ボアーズ博士が親切にも講演者と連絡をし始めると申し出ました…もし、その返事が好ましいものなら、あなたに賛同して、講演者ともっと交渉して、あなたにお知らせしましょう」（ホプキンズ）と伝えた。エリオットとボアーズの書簡は残存していないが、自分のノートン・アンド・ペイジ・バーバー講演を出版する義務が既にあるエリオットは、慇懃であるがきっぱりと断ったであろう。その辞退は明らかにランキャスター教授にはしっくりしなかった。

ターンブル家がエリオットがそばに居るを喜んだのと同じくらい、彼らは彼やジョージ・ラッセルによって差し出された数少ない講演に関心を持つようになった。然るべき後、彼らは、アメス学長に、講演の数がむしろ少なくなってきたという事実に注意を向けて貰いたく、六月九日彼を訪れた。アメスは、直ちにランキャスター教授に「ターンブル家の人達は、もし我々が誰か個人によってなされる最小限六つの講演があるということが理解されたなら、良いだろうと考えている」（ホプキンズ）と手紙を書いた。次の講演をロンドン大学のレイモンド・W・チェンバー教授と交渉していたランキャスターは、六つの講演をやろうとしたが、「それくらいの多くの講演に支払うお金はないかも知れないので」その数に固執することは賢明ではないであろうと言った。うわべは、エリオットの拒絶でくじかれたが、ランキャスターは続けて「我々は、T・S・エリオットにここで六つの講演をして貰うことは本当に良いことであるが、彼に三つ以上の講演をお願いすることがなかったことは、私には幸運に思われます」（ホプキンズ）と言った。チェンバーズが五つの講演をすることに同意したとき、アメス学長は、六月十三日、ベイヤード・ターンブルにみんなチェンバーズの視点に同調しているが、「前にあなたに説明したように、六つの講演のための人を得ることは常に可能とは限らない」（ホプキンズ）と書いた。それ故、講演の数が急速に二つ、あるいは三つに減じた一九四七年まで、一般的に、五つ、あるいは六つの講演の水準が維持された。本の長さの一連の講演の時代は急速に終焉に近づいた。一九五〇年までは、たった一つの講演、あるいはグループの講演者が基準になった。基金が管理運営上、何処か他に回された一九八五年には、ターンブル講演は休止状態になった。

四

エリオットがオトリーン・モレルに漏らしたように、彼は、実際、ボルティモアから帰った後に、なおも公開講演に関わり合うことで忙殺されていた。二月二三日、彼はイエールで「書簡作家としての英国詩人」[18]に関して講演した。彼の一番早い招待状の一つは、一〇〇ドルでプリンストンでスペンサー・トラスク講演をすることであった。その金額は、諸経費を含むもので、魅力的なものではなかったけれども、彼は、友達のポール・エルマー・モアーを訪れるために、そこで三月に「聖書と英文学」に関して講演をした。四月二〇日から二七日までの一週間の間、彼は、ニューヨークの「社会研究のためのニュー・スクール」で三つの講演（「ミルトンの韻文」、「詩の意味」、「エドワード・リアと現代詩」）と朗読に関わった。ヴァージニアでのペイジ・バーバー講演がかなり差し迫っていたが、それらの講演は電話によるかなりのプレッシャーの下で書かれた。五月二日になって、学生新聞は「ウィルバー・A・ネルソン教授は… 今年の講演のためのエリオット博士の題目をまだ読んでいない」[19]と報じた。講演の前の晩、新聞は「伝統と現代文学」という一般的な題目を報じたが、これは「伝統の意味」（五月十日）、「現代詩」（五月十一日）と「三人の散文作家」（五月十二日）[20]という個々の講演を含むものであった。幸運にも、エリオットは、その次の年『異神を追いて』という新しい題目で表れることになったペイジ・バーバー講演のために、実質的に、自分のクラスでの講演、特にトーマス・ハーディ、D・H・ロレンスとジェイムズ・ジョイスに関する講演を利用することが出来た。アメリカの講演の二巻本が出版された後、一九三四年六月二〇日、彼はポール・エルマー・モアーにそれらの構成について次のような手紙を書いた。

「私のアメリカでの一揃いの二つ講演は、窮境の下で短日時の予告で準備されなければならなかった。これは、私が説明を公にしたくなかった理由であったので、そのために私はどのようなきびしい仕打ちの軽減も望まないし、それに値しない。しかし、『詩の効用』の題目が企てられたのは、単に新しい読書と思考の最小限で私が書くことが出来たように思えたからである。『異神を追いて』の分野は、私の真の興味が転換されたものであった。それ故に、私は、『詩の効用』よりも『異神を追いて』の不適切さにもっと悔いている」（プリンストン）。

フィッツジェラルドは、ウィルソンにエリオットは「心の中で、非常に落胆し悲しく、それに加えて怯んでいる」[21]ように見えたと述べた。実際、彼がいろいろな講演を書き、それを行った時、心の重荷があった。エリオットはボルティモアから戻った後、ロンドンの事務弁護士にヴィヴィアンとの別居証書の準備をするように手紙を書き、三月十四日オトリーン・モレルにその事柄について次のような手紙を書いた。「私の側から言うなら、私は再び彼女と会わない方がいいと思います。彼女の側から言うなら、私は、どんな女性も、女の人が肉体的に関心を示さない男の場合と同じように、大きな意味で、道徳的に不愉快に感じる男と一緒に生活することは良いとは思わない。しかし、私は自分自身の利益を最初に置くことをよく自覚している」（テキサス）。エリオットが六月に出発する前、ニュー・ハンプシャーでエミリー・ヘイルと再び会える幸せな見通しは、またその暗い面を持っていた。リンダル・ゴードンが観察しているように、一九三三年の再会で、エリオットはやがて「一九三四年から一九三八年までの彼の人生の重大な道徳的危機」へ導くことになる「葛藤の萌芽」を経験した。(22)

五

エリオットが、六月の末、ロンドンに到着し、これからヴィヴィアンとずっと別居すると確約したとき、彼は、夏の間、過ごすことになったサリー州のパイクス農場にあるフランク・モーリーの十七世紀風農家に客として泊めてもらった。彼は到着して、ノートン・アンド・ペイジ・バーバー講演の要請された出版準備に取りかからないうちに、ターンブル講演の一ページの上の余白に「FVMへ、まぎれもなく、出版のためではなく、あなたの悦びのために」と鉛筆で自分の名前を書いて、それをモーリーに差し出した。モーリーは、特に自分のお気に入りの作家の一人であるマシュー・アーノルドに関して、欄外の論評と質問を書いて、その草稿を返した。数年間、本当の家を持つことがなかったエリオットは、それを「記録保管所」に保存してもらうために、ジョン・ヘイワードに手渡した。

ヘイワードは、閉じられていないタイプで打ったその草稿を保護するフォルダーを買い、紙のラベルに自分の手で入念にその題目を書いた。しかしながら、一九四〇年の春、エリオットはその草稿を取り戻す気になった。戦争募金運動に益する一連の「赤十字販売」のために原稿と初版を集めていたヒュー・ウォルポールは、エリオットに寄与するようにお願いした。エリオットは、エリザベス・ドルーに一九四八年十月七日付けの手紙で「他に何も持っていないので、彼にこの草稿を渡しました… 私はそのことをいつでも残念に思っています」（スミス）と書いた。エリオットは、その講演の題目と由来を垂れ札に書き署名し、ヘイワードのフォルダーでとじられている贈物を献呈した（複製ページ参照）。それは最終的に、二年以上も後になって、『リトル・ギディング』が『ニュー・イングリシュ・ウィークリー』に出版される二日前の一九四二年、十月十三日の販売カタログ品目番号二七七として次のようにリストされ、サジビーの競売にかけられた。

T・S・エリオット殿提供

エリオット（T・S・）、形而上詩の多様性、一九三三年、ジョンズ・ホプキンズ大学におけるターンブル基金でなされた「三つの『未刊の』講演の著者によってタイプされた原物」、「鉛筆で二、三の草稿修正、第一ページに『FVM（すなわち、F・V・モーリー）へ、まぎれもなく、出版のためではなく、あなたの悦びのために』の書き込みがあり、未製本であるが題目が書かれたフォルダーがある。

三つの講演は更に「決して書かれることがなかった本の基盤であった」[23]著者のクラーク講演から短縮されたものだと述べられている。幸運にも、その講演はハーヴァード大学の代理人によって購入された。一九四二年十一月二四日、その講演はホートン図書館に公式に受け入れられた。ここでこれらの講演は、今ではヘイワードのもともとの題目がつけられているフォルダーで収納されている。

六

アメリカでのエリオットの講演の年がついに終わりに近づいた時、彼は、数カ月間、出版のためのノートン・アンド・ペイジ・バーバーのタイプ原稿の準備に追われたが、『岩』のコーラスに取り掛かることで、一九三三年の十一月にある安堵と喜びを見つけた。もし、彼が、ペイジー・バーバー講演委員会に係わり合う前に、ターンブル基金による似たような義務のもとに置かれていたなら、彼は、モーリーの「悦び」のためにノートン・アンド・ペイジ・バーバーの講演を残したと言うよりは出版に向けて、その講演を押し進めていたかも知れない。あるいは、実際、クラーク講演とターンブル講演の両方の全部、もしくは一方の修正版を進めていたも知れない。しかし、実情は、一九三三年の終わり頃、彼はその講演を本にするくらい充分な時間を持っていた。そのことで費やされた時間とエネルギーはクラーク講演とターンブル講演に立ち返る興味を挫いてしまったが、彼は、クラーク講演を次のハーヴァードの授業の報告に取り入れるため、誇らしげに、そして慎ましやかにそれをえり抜いて、この講演を彼の個人的な業績からはずさなかった。「私は一九二六年にケンブリッジのトリニティ・カレッジでクラーク講演を行った者であるが、その開かれたカレッジの規則は、これらの講演が印刷されることを求めていない」[24]。彼は、持続した散文作品の条件に関して、一九三四年、六月二〇日にモアーに手紙を書いたように、「私は直感と感覚に依存し、そして、議論の不毛なゲームに少したけているけれども、持続した正確な、そして緻密に編まれた議論と推論の能力は余りありません」(プリンストン)。『四つの四重奏』

と五つの劇が、詩と詩人達に関する多くの名付けられた講演のように、今、彼の前にあるが、彼は、もう一度―コーパス・クリスティ・カレッジでの彼の三つのバウトウッド講演で―一連の講演を『キリスト教社会の理念』（一九三九年）[25]という一冊の本にしようとする気になった。

エリオットは、生涯、クラーク講演とターンブル講演を保留しようと決めたけれども、我々は、彼がそれらを取っておこうという気になってありがたく思っている。これらの講演は、今では一流の詩人の危機的人生の価値ある記録として公の場にもたらされた。ターンブル講演は、まさしく、この講演が由来するクラーク講演を伴って起こっている。それというのも、このクラーク講演は未刊の作品の歴史の一部になっているからである。しかし、ターンブル講演それ自身は、クラーク講演を性急に縮小したもの以上のものとして見られなければならない。横断旅行で疲労困憊し、再びクラーク講演の草稿を熟慮し、ロンドンでのおぼつかない将来の生活を憂慮しながら、エミリー・ヘイルとの関係を新たにした後、ひどい風邪でベッドに寝込んだが、エリオットは、解説的な書き物の最も個人的な記念碑の幾つかを転写している中で、くつろいでいるように思われた。エリオット・ハウスで、彼は、文芸批評の概念について、十九世紀のフランス詩人への恩義について、詩における個人的な情緒と主観の場について、自分の幾つかの最も腹蔵のない声明をしたのを認めた。そこで、彼は、詩の機能について、自分の作品の究極的な価値について、詩における偉大な本質について自分の幾つかの最も率直な声明をする気になった。彼の年学期の半ば、彼は、フィッツジェラルドが見つけたカリフォルニアのもの悲しさと、ロンドンの悲しさを閉め出した。ある種の知的な静けさの中に、彼は、詩における哲学と形而上学の関係を新たに明晰にするほぼ二日間の悦び、つまりそれだけ若かったエリオットのあの変わらぬ悦びを見つけた。

注

（1）「エリオットに関する二、三の思い出」『T・S・エリオット、人と作品』（'A Few Recollections of Eliot', in *T. S. Eliot : The Man and his Works*, p. 96. Faber & Gwyer, founded in 1925, became Faber and Faber 1929）

（2）T・S・エリオットとエミリー・ヘイルとの詳しい説明に関しては、リンダル・ゴードンの『エリオットの新生活』（Lyndall Gordon, *Eliot's New Life* [Oxford : Oxford Univ. Press, 1988 ; New York : Farrar, Straus & Giroux, 1988）を参照。

（3）今では失われたこの往復書簡はT・S・マシューズが『グレイト・トム』（*Great Tom*, p. 114）執筆のために、ボアーズ教授夫妻とのインタービューの時に、彼に説明された。

（4）「ピューリタン詩人に関して講演をするT・S・エリオット」（'T. S. Eliot to Lecture on Puritan Poets,' [*Hopkins News-Letter* [27 January 1933], p. 1）

（5）ラニエール（Lanier [1842-81]）はグリーンマウント墓地（Greenmount Cemetery）のターンブル家の小地所に葬られた。

（6）『サン』（*Sun* [31 January 1933], p. 20）．T・S・エリオットは、出発す前の月である一九三三年五月一八日、ポール・エルマー・モアーに「私はイングランドで無名である楽しみを持ちたい」と手紙で書いている（プリンストン）。

（7）「放水路の下の方に」『サン』（'Down the Spillway', *Sun* [2 February 1933], p. 10.）論説委員は『作家の仕事に関する覚書き』（*A Writer's Notes on his Trade* [1930]）の中の「ただ余りにも明かな」（'Only too Clear'）という表題がつけられている評論に言及している。この『覚書き』は、英国のジャーナリストで演劇批評家であるチャールズ・エドワード・モンタギュー（Charles Edward Montague [1867-1928]）が一八九〇年から一九二五年にかけて『マンチェスター・ガーディアン』(*Manchester Guardian*) のために執筆し死後出版された評論集である。

（8）『サン』(Sun [31 January 1933], p. 20)

（9）「現代詩に関するT・S・エリオットの談話」(‘T. S. Eliot Talks on Modern Poetry’ *Sun* [4 February 1933), p. 8

（10）「詩における結合」(‘Reunion in Poetry’ *Sun* (4 February 1933), p. 8

（11）『グレイト・トム』(*Great Tom*, p. 115)

（12）『F・スコット・フィッツジェラルドの書簡』(*Correspondence of F. Scott Fitzgerald*, ed. Matthew J. Bruccoli and Margaret M. Duggan [New York : Random House, 1980], p. 180)

（13）エドモンド・ウルソン編集、フィッツジェラルド、『崩壊』(Published in F. Scott Fitzgerald, *The Crack-up*, ed. Edmund Wilson [New York : New Directions, 1945]), p. 310

（14）『F・スコット・フィッツジェラルドの書簡』、三〇五頁。

（15）アンドルー・ターンブル、『スコット・フィッツジェラルド』(Andrew Trunbull, *Scott Fitzgerald* [New York : Charles Scribner’s Sons, 1962], p. 320)

（16）『サン』(*Sun* 4 February 1933], p. 18)

（17）(11 February 1933), p. 427

（18）ヘンリー・ウエアー・エリオットは、主にキーツとロレンスに関するこの講演に関して二、三の覚書きをしたが、T・S・エリオットはそれを喜ばず、手渡された後、その手書きしたものを破いた。その講演からの一節はF・O・マシーセンの『T・S・エリオットの業績』(F. O. Mathiessen in *The Achievement of T. S. Eliot*,

p. 90）の中にあり、引用がある報告は『イエール・デイリー・ニューズ』（*Yale Daily News* [24 February, 1933], p.3）に表れた。

(19)『カレッジ・トピックス』（*College Topics* [2 May 1933], p. 4）

(20)『カレッジ・トピックス』（*College Topics* [2 May 1933], p. 1）

(21) マシュー・J・ブルッコリーの『ある種の雄大な威厳』（Matthew J. Bruccoli, *Some Sort of Epic Grandeur* [New York and London : Hartcourt Brace Jovanovich, 1981], p. 345）に引用されている一九三三年三月の書簡（イエール）

(22)『エリオットの新生活』（*Eliot's New Life*, pp. 51-2）

(23)『原稿カタログ』（*Catalogue of the Manuscripts, Printed Books and Autograph Letters Presented to the Duke of Gloucester's Red Cross and St. John Fund Red Cross Sales* [Lonron : Sotheby & Co., 1942], p. 43）

(24)『一九一〇年のハーヴァード・カレッジ・クラス』（*Harvard College Class of 1910*. Seventh Report [June 1935], p. 220）

(25) T・S・エリオットの散文最後の本である『文化の定義のための覚書き』（*Notes Towards the Definition of Culture* [1948]）は、講演ではなくて、初期の評論と放送で編集されている。それに続く本である『詩と詩人達について』（*On Poetry and Poets* [1957]）と『批評家を批評する』（*To Criticize the Critic* [1965]）は評論と講演を集めたものである。

形而上詩の多様性

ジョンズ・ホプキンズ大学で行われた三つの講演

ボルティモア、USA

［ターンブル講演］

一九三三年　一月

T・S・エリオット

第一講演〔形而上詩の定義のために〕

三つの講演での私の意図は、普通に「形而上詩」と呼ばれているものの全体の問題にわたることではありません。拡大されたその用語の意味に一般的に含まれる詩人達のグループから、主な人達を言及するだけにしましょう。一方、私は、その主題と少しばかり関係を持っているように見える、もっと古い詩人達であると同時にそれ以上に近代的な他の詩人達について何か言うでしょう。そして、このような方法で、一時的な形而上詩の定義を証拠立てましょう。これらの講演の目的は、実際、定義の近い何処かに到達しようとすることであります。それというのも、我々がその言葉を使うとき、つまり、最も便宜的に、多かれ少なかれ同時代の多くの詩人達を指し示したり、あるいは、十七世紀のダンからカウリーまでと言うように重なり合う二世代に属している多くの詩人たちを指し示すのにそれを使うとき、その言葉にはっきりした難しさがあるからです。我々が、ただ単にこれらの詩人達の作品を表すものとして「形而上詩」という用語を使う限り、十分うまくやっていけます。しかし、我々はそれに満足することは出来ませんし、我々は、彼らが共通に持っているこの「形而上なるもの」とは何であるかということを発見しようとします。しかし、我々が満足行く何らかの方法で「形而上詩」を定義しようとすると、これらの詩人達のすべてが必ずしもそれを分かち持っているようには思えなく、また彼らすべてが共通して持っているものは、何か他のもの、時間と場所における何か地方的なものである、ということが分かります。結局、我々がしなければならないことは、それを発見するというより意味を課すことであります。

一方、我々は観念、あるいは一つの観念を表すように見える用語を持っています。他方、この観念を具現化しているように思えるかなり膨大な文学を持っています。一見すると、どんなものも容易ではありません。我々は、我々の精神から形而上詩がどうあるべきかという定義を展開し、それを応用し、形而上作家を形而上でない者から切り離すだけなのです。そして、もし、もっと分析的になろうとするなら、形而上的なものを前の作家の書き物の形而上的でないものから分離するだけです。しかし、その観念と具体的な作品をもっと綿密に考えてみなさい。ドライデンによって使われジョンソンによって取り入れられた「形而上派」という用語は、最初、詩人のある集まりを指し示す便宜的な用語として使われました。それは、それを定義するのと同じ程度に、その素材によって定義されました(1)。それは、最初、彼等自身、形而上者でなく、また哲学的枠組みの精神を強く持たない人達によって使われました。そして、彼らはルクレティウスやダンテのどんな考えをも念頭におかず、その用語を使いました。それだけに、哲学の形而上学的分野は実施されず、ドライデンの時代もジョンソンの時代の何れにおいても、英国では評判がよくありませんでした。また、その用語が、ドライデンの時代とジョンソンの時代との間で意味が幾分変わらなかったかどうかを問いただす余地があります。我々は、その用語が、最初に当てはめられた詩人達のために、それが正当に使われているかどうかを問いただしさえしなければなりません。我々は、ドライデンやジョンソンが念頭においた詩人達よりも、もっと多くの詩人達のためだけでなく、異なった長所の種類に見られるこれらの詩人達のために、その用語を使ってきたということを覚えておかなければなりません。ジョンソンが、我にはこの範疇に属しているように見える多くの詩人達―クラッショウ、マーヴェル、キング、二人のハーバート、ヴォーン、ベンローズ、そして、もちろんトラハーンは知られていなかったので言及されないでいます―を念頭に置いたのか、あるは、その詩人達を含めたであろうという証拠はありません。ジョンソンは、ダンとベン・ジョンソンを流行の先駆けをしていると言い（彼はマリーノを曖昧に言及しています）、そして、彼自身の時代でもなおもわずかの名誉を持っている彼らの「すぐ後の後継者」としてサックリング、ウォラー、デナム、カウリー、クリーヴランド、そしてミルトンを列挙しています。[2] 彼は、ウォラー、デナム、そしてミルトンをすぐにでも撤回するためにだけ提案しているのです。そして、サックリングを取るに足らないものとして退けています。残るはカウリーとクリーヴランドだけで、これらの二人の詩人は、ダンとともに、ジョンソンの有名な評論のための例証に引き出される詩人たちであります。[3] そして、ジョンソンが、カウリーの作品にダンの作品よりも絶対的な高い価値をおいているということを記憶に留めて置きなさい。ドライデンは、彼の「シルヴィの序文」で、我々には計り知れない賞賛のように思われるものでもってカウリーに言及しています。そして、彼のダン言及において、ドライデンの作品のどんな他の部分より『諷刺』によって印象づけているように思われます。[4]

それ故に、「形而上詩」という用語の考案と使用は、偶然に過ぎないものであるということが理解されるでしょう。ドライデンとジョンソンは、二人ともこの人種である作家達を十分に判断する資格を持っていませんが、思想と学識の深さをこの人種に与えています。そして、風変わりな難しいイメジャリーで纏われた思想と学識は、ジョンソンには形而上派に思われました。彼の記述は完全に正当であります。そして彼の批評は、彼が引用する種類の段落によって計られたとき、道理にかない適切であります。しかし、全体として、我々の用語に関する彼の使用は、彼の作家たちを啓蒙するというよりは、むしろ形而上派に関して中傷的であります。そして、ジョンソンが彼らの中で尊敬した思考と学識の深さの質、つまり、彼らの思考の深さと彼らが自分達の学識で作り上げた効用は、疑いを差し挟まれなければならず分析されなければなりません。

この点において、我々は新しく出発したくなるかも知れません。全世界が形而上学に関心があると認めるこれらの詩人達で始めて、そして、ダンと彼の一派の形而上的なものをこれらの詩人達で評価しよう。もしダンと彼の一派が全く形而上的でないということが判明したなら、我々は彼らのために新しい名前を見つけるでしょう。もし我々が「形而上派」という言葉が「哲学的」という言葉に類似する何かを意味すべきであるということを仮定することで始めるなら、我々は、サンタヤーナ氏の輝かしい賞賛すべき小さな『三人の哲学的詩人達』という本で論じられた詩人達　―ルクレティウス、ダンテ、そしてゲーテ―　に赴かなければなりません。明らかなことは、サンタヤーナ氏にとって、哲学的詩人とは宇宙の枠組みを持ち、その枠組みを韻文で具現化し、そして、宇宙における人間の役割と場の観念を実現しようと試みる人なのです。哲学的体系が、彼が一人の哲学者から受け継いだ体系であるかどうか、あるいは、彼が自分自身、自分の詩を書く過程で展開している体系であるかどうか、ここでは重要なことではありません。私は、全体的に言ってサンタヤーナ氏の「哲学詩」の定義を受け入れると思います。サンタヤーナ氏も私も、哲学詩によって「オカルト」―「オカルト」という用語はウェルギリウス迷信崇拝者からシェイクスピアやブレイクについてのある解釈までの幅広い型の領域を包含していますが―　と呼ばれるある種の解釈が与えられている詩を意味しているのではありません。[5] 私は、我々二人は明断で識別あるものに好意を寄せる偏見を持っていると想像しています。つまり、我々は言葉で表現できないものではなく表現されている哲学を言っているのです。そして、私は、シェイクスピアは哲学的詩人ではないということでサンタヤーナ氏と同意見であります。そして、おそらく、コールリッジが自分が哲学詩人であると言った時、私がその正しい形容詞は何であるかということに確信が持てないとしても、彼は単に間違った形容詞を使ったのでしょう。[6] そして、私は一つの留保条件を付けた哲学詩の下に、我々は、演繹的に、ルクレティウスとダンテを含めなければなりません。我々は、彼らを詩人であると考え、そして直接的調査と共通の承諾によって哲学的であると考えています。そして、我々は、すべての偉大な詩を含めてはなりません。その形容詞が無意味になるからなのです。そして、我々は、哲学の側でなくて、詩の側から進まなければなりません。すなわち、我々は、そこに含まれるものを、最初の強烈さを持った詩作品、いわば思想が高温で詩に溶解される詩作品に限定しなければなりません。それ故、我々はそのような作品を考慮からはずさなければなりません。融合が余り完全ではなかったり、また低温で達せられるポープの非常にすばらしい『人間論』や、融合が起こるかどうかは確信できないブレイクの幾つかの作品ですらもそうであります。[7]

現在、私が確信していることは、ダンと、我々が彼で連想する詩人達は、合理的な意味で、また我々がルクレティウス、ダンテ、そしてゲーテを哲学的（「哲学者」ほどはっきりしていないけれども）という意味での「哲学」を露ほども持っていないということであります。これまで、我々は「形而上派」という用語を使う理由づけを見出だしていません。数年前、私は、この点に関して『タイムズ』と私信の両方で、セインツベリー氏と文通を交わしたことがあります。[8] セインツベリー氏はその言葉を残しておくこと――ここで我々は同意見です――を望むだけでなく、その言葉に、私にはほとんど言葉の遊びに過ぎないように思えるものによって、その語源に基づいたもっと広くもっと正確な意義を与えることを望みました。形而上学は、もちろん、元々、『自然学』の後にあらわれたアリストテレスのあの作品に過ぎません。しかし、形而上派は、セインツベリー氏にとって、自然なものの後にやってくるものなのです。形而上詩人たちは自然を越えた、もしくは自然の後に来る何か、つまり、思想と情緒の極地とも言うべきものを探し求めた人たちであります。それ故、彼らは形而上派であります。セインツベリー氏が形而上詩人達を、彼の言葉を使うなら、「第二の思考」を持ち、そして主にそれに興味がある人達と定義することは、巧妙で熟慮する価値があります。しかし、私にとって常に不便と思えることは、そのことは、我々が形而上派と呼ぶべきではない他の詩に当てはめられ、形而上派と呼ぶあらゆる詩に当てはめられず、さらに悪いことに、最もすぐれた人たちに当てはめられるよりも、むしろ二流の人たちによりよく当てはめられることなのです。そして、セインツベリー氏が、スウィンバーンを形而上詩人として主張することによって自分の定義を支えようとした時、その構造は、私に関する限り、崩壊しました。

そのような訳で、私は、形而上詩は、実際、哲学と何らかの関係があるのに、その結び付きは形而上派という用語を通して見出だされないということを、あからさまに主張するでしょう。その用語に対する要求は、第二義的な気まぐれと言ってさえいいような意味の一つ、つまり「余りにも微細な」という意味を通してだけなされます。我々が「形而上詩」について言う時、我々の誰もが「余りにも微細な詩」を意味することで満足するであろうとは思いません。それは、普通、微細ではあるけれども——他のかなり良い詩はそうですが——我々はその最上のものを余りにも微細であるとは認めないでしょう。しかしながら、私は、ダンと他の詩人達のすばらしい仲間を長く思い浮かべることで、その形容詞は今では第三の意味が与えられ、そして、我々は、続けてその意味を発見し、あるいは考案すると思います。私が、今、更にもっと大胆に、続けて公言することは、ダンと二つの他の詩人達のグループ、つまり、(『新生』におけるように)初期の詩に見られるダンテとその仲間、そして、フランスの前世紀の七〇年代と八〇年代の二、三の詩人達、特にジュール・ラフォルグといったこの二つのグループの間に共通している何かがあるということです。私は努力して、あなた達もまたそれを見つけ出すように説き伏せるでしょう。

ダンテの時代のイタリアの詩は非常に意義深い理念の背景を持っています。レミ・デ・グールモンは、学識の事柄でしばしば引用される権威筋ではありませんが、彼は、全く満足行くものではないとしても、興味ある小さな本である『ダンテ、ビアトリーチェ、そして恋愛詩』の中で、プロヴァンスと初期のイタリア詩との間の区別を簡潔にしています。(9) プロヴァンス社会に関して、彼は次のように言っています。

「愛のために、人は、結婚しなければならないし、不倫の恋をしなければならなかった。自由な若い人々の間の愛が許されなかったのは、夫と妻との間の愛と同じようなものである。騎士から主従の関係を受ける権利を得るために、若い女性は結婚しなければならない。プロヴァンスの詩人達の絶えざる力によって我々が一瞥するものは、若い騎士の廷臣によって取り囲まれている美しく、力強い気高い女性で、彼女は、厳密に意のままに出来ないにしても、その騎士に自分自身を寄り添わせることが許されていたのである。その結びつきが確立されると、彼らは(恋人の権利の)喪失の苦しみ下でお互い自分自身を捧げる。束の間であるが、死を除いて、どのようなものも彼らを分かつことは出来なかった。それは姦通の範囲における忠節であった… プロヴァンスの夫人はどんな点においても『天使』ではない。皆、彼女を恐れてはいない。彼女を欲しているのである」

それから、彼は、この体系とイタリア詩人の精神との間の対照をしています。

「新しいフィレンツェ派は、愛についてこの概念を大いに修正し、その結果として、道徳的習慣を修正するであろう。詩人達の愛は純粋になり、ほとんど非個人的になる。その対象はもはや女性ではなく、美で、女性らしさは観念的な創造物で擬人化される。結婚や所有に関するどんな観念も彼らを悩ますことはない…愛は、祭儀のすべての特質を持ち、それについてのソネット［や］カンツォーネは賛歌[10]である。それは人間感情の進化の歴史の時代である。それは、真理、そして果てしない社会進歩への一歩である」

つい最近の、もっと学識ある著述家達――アシン氏やクリストファー・ドーソン氏のような――のお陰で、我々は、ダンテ風の愛の観念は究極的にアラビア哲学[11]によるものであると信じていますが、私は、ここでその由来に関心がありません。私の要点は、ダンテと彼のグループの詩の中に、我々は哲学的情熱――哲学のための情熱だけではなくて哲学による人間の情熱の変更――を見出だしているということだけです。我々が最初、これらの詩人達に接近する時、我々にとって、これらの詩人達は、極端に抽象的で浄化された情熱のように見えるかも知れませんが、彼らはクラッショウのマグダレンに対する感情が抽象的でないと同じように抽象的ではありません[12]。なるほど、享受というより観想が目指される状態ですが、観想は、多分、最も恍惚的な有り得る情緒の状態です。カヴァルカンティが次のように言う時

Chi è questa che vien, ch'ogni uom la mira,
Chi fa tremar de claritate l'aere ?

こちらに歩み、すべての人が凝視している彼女は誰なのか

大気を光でおののかせているのは誰なのか

(あるいは、chi fa de clarità l'aer tremare)、つまり、ロセッティの翻訳では「大気を光でおののかせているのは誰なのか」ということですが、[13] この行は単なるお世辞やこびへつらう詩華ではなくて、最愛のものによって恋人に刻印された可視的な印象の正確な言説で、おそらく、それに対してある生理学上の説明が与えられるでしょう。『新生』は文学史ではないと同じように、それは乾いた声明のないアレゴリーではありませんが、このことについて、私は、言わなければならないことを既に書いたことがあります。[14]

アラビアの影響が働いていようといまいと、確かに中世哲学の背景があります。観念における悦び、弁証法的巧妙、観念が感じられる熱烈さ、表現の明晰さと正確さ、こういったものはこの背景を持っているのです。そして、一つの影響は、確かに、十二世紀の神秘主義です。それはベルグソン哲学と対照をなしています。その源泉は、アリストテレスの『形而上学』一〇七二bやその他の場所、そして『ニコマコス倫理学』にあります。[15] 十二世紀には、神聖なヴィジョンは知性が起こる過程によって達せられるだけなのです。人間が至福に達するのは論証的な思考を通して、そして、それを超越することによってなのです。それはスペインの神秘家やドイツの神秘家の接近とは異なっています。それはスコットランドの神秘主義と呼ばれるかも知れません。というのは、有能な解説者である聖ヴィクトールのリチャードやフーゴーといったヴィクトール学派はその国の出身で、自分たちの人種が有名になるような分析的で弁証法的な能力を示しているからであります。次の句は『天国篇』一〇歌のリカルドです。

Che a considerar fu più che viro

想ふこと人たる者の上に出でし[16]

『ベンジャミン・マイナー』と呼ばれている彼の論文『観想の恩寵について』は、神のヴィジョンに至る進歩における精神の作用と段階に関するものであります[17]。それはあるインドの神秘的論文の分類と幾分類似していることを示しています[18]。また、それは、衛生学のハンドブックと同じように、全く非個人的で、どのような自伝的要素も含んでいません。ここで、彼は、心の巡礼の三つの段階というべき心の発展の三つの段階である「思考」、「黙想」、そして「観想」の違いを区別しています。

「不正確でゆっくりした足どりで、思考は、目的地に着くことには目もくれず、そちらこちらあらゆる方向に彷徨する。黙想は、魂の大いなる活動で、しばしば険しくでこぼこの場所を、それが進んでいる道の終わりに向かって前進する。観想は、自由な飛翔の中で、衝動がそれを動かす所ではどこでも、驚くべき敏速さでもって旋回する。思考は這って行く。黙想は行進し、そして、しばしば走る。観想は至る所を飛び回り、そして、それが望むとき、高見の中で宙づりなる。」[19]

彼は、幾つかの方法で、誤解されないようにかなり気遣って、その区別を展開しています。

「思考は労働も実りもない。黙想には実りある労働がある。観想は労働はないが実りを持って存続する。思考には彷徨があり、黙想には詮索があり、観想には驚きがある。思考は想像力から生まれ、黙想は理性から、そして、観想は悟性から生まれる……悟性は最も高い場を占めている。想像力は最も低いところを、理性は中間の場を占めている。」

（ついでながら、「想像力」のこの用法とコールリッジのものとの比較が推賞されるかも知れません）[20]。その方法は私には本質的にアクィナスのものと同じように思われます。アクィナスの次の言葉を参照して下さい。「明らかに、知性の存在が真の至福を見つけることが出来るのは神のヴィジョンにおいてだけであるということになる」[21]

さて、私が関与している三つの時期——十三世紀のフローレンス、十七世紀のロンドン、十九世紀のパリ——の全てと、私が一番に念頭に置いているこれらの時期の詩人達には、哲学と神秘主義の背景があります。お気づきになられたことでしょうが、私はダンテを哲学的であると同時に「形而上」詩人として分類します。哲学的なものと形而上学的なものは『神曲』にとって本質的なものでありますけれど、我々はここで、彼の哲学的なものではなくて、形而上的なものに心を奪われています。この二つの全ての間で、観念は感じられ、感情は観念によって変えられます。ダンテと彼の友達の背後には、聖ヴィクトールのリチャードとフーゴーの神秘主義があります。ダンと彼の友達の背後には聖イグナチウスと聖テレサの神秘主義があります。ジュール・ラフォルグの背後には、ハルトマンやショーペンハウエルの神秘主義があります。これらの神秘主義のすべてが同じ性質を持っているとは限らないということはお気づきのことでしょう。それ以上にお気づきにならなければならないことは、これらの三つの時期に、神秘哲学による感受性の浸透の種類と度合いにおいて相違があるということです。それにも関わらず、ある関係を打ち立てたいと思います。神学的哲学的研究への強力な傾向が見られますが、これらの研究の創造的活動へのどんな志向も、私が述べてきた三人の詩人に認められません。

ダンの『中世主義』についてかなりのことが言われてきたので、ついでながら、私にはその神話を散らそうとする義務があります。そのテーマは、メアリー・ラムゼー女史の価値ある『ダンの中世的諸教義主義』の本によって最も強引に述べられてきました。(22) ラムゼー女史は、ダンは「非常に完全な」哲学的体系と深遠なる神秘主義を持っているばかりなく、彼の宇宙の観念と哲学的技術は本質的に中世であると主張しています。もし、これが本当であるなら、ダンは、単なる形而上詩人だけなく、中世的、哲学的詩人の両方ということにならなければなりません。

疑いもなく、ダンは神学と法律への生まれながらの気質を持っています。彼の法律に関する広範な知識は、実際、彼の時代の特徴であったように、我々に、一層個人的で思弁的な哲学の側面というよりは、更に公共的で論争的なものに対する傾向があるということを暗示しています。ラムゼー女史によって最も役立つように与えられたダンの読書の物憂い索引を調べるとき、我々はたじろいでしまいます。(23) ダンの能力と学識を持っているどんな人も、決して全くくだらないかなりの量を読んでしまったようには見えません。しかし、我々が直ちに気づくことは、彼の読書の一部は、彼自身と同時代の作家達の中で、如何に広範であり、ほとんどそれに近いということであります。なるほど、彼は、すべての完全な研究家が教会の司祭に通じていなければならなかったように、それに通じ、そして、中世哲学者の最も重要なものに通じていましたが、ラムゼー女史が認めているように、フッカーもそうでした。だが、彼女はフッカーの宇宙の観念は中世的であったとまでは言っていません。(24) ダンは注意深くアクィナスを読んだに違いありません。彼はボナヴェンツラを引用しています。もちろんアウグスティヌスは彼を影響しました。しかし、彼は同じように、それ以降のローマやとプロテスタントの神学者に通じていました。ウォルトンが我々に告げるところによれば、ダン、十九歳の年に自分自身を神学の研究に没頭し始めた時、彼は―ローマと改革派教会との間の迷いに決着をつける目的で―、ベラルミーノました[25]。その研究は完全なもので、一年後にはグロスターの大聖堂主任司祭に彼自身の手による注釈付きのベラルミーノの作品すべてを示すことが出来ました。今やベラルミーノ枢機卿はダンよりも三十歳年上の人で、ダンが彼の作品を研究していた時、まだ生きていました。ダンは、やがて、同じように彼の同時代の顕著な神学者や、また名声が久しく消え失せてしまった多くの人達の作品に精通して行きました。彼はプロテスタント神学者の中で、ルター、カルヴァン、メランヒトン、殉教者ペテロの作品を知っていましたし、ローマの注釈者の更に一層哲学的なものの中では、カジェタン、ヴァルデズ、そして、フラ・ヴィクトリアの作品を知っていました。彼は、イエズス会の論争の的になる文学を彼の得意とするところにしました。最終的に、彼は多くのルネッサンス作家達に精通していました。彼らは、たとえば、クザのニコラスや、カバラ、錬金術の書物、そして、その種の他の編集を開発している一群の研究家達でありますが、彼らの正統は、ローマかプロテスタントの何れかの立場から見るなら、どちらかといえば疑わしいものであります[26]。彼の曾祖母はトーマス・モア卿の妹であったことを思いおこすことは不適切ではありません。モアは、ダンがかなり賞賛したピコ・デラ・ミランドラの伝記を書きました。モアはピコを賞賛し、また、ディオニュシウス・アレオパギタに帰されるネオ・プラトニズム哲学の校訂本を翻訳したコレットによって影響されました。ダンの曾祖父であるモアの義兄は、神学論争に活発で、そのためにプロテスタンティズムへ改宗しました。ダンの祖父は、初期英国喜劇の著者であるジョン・ヘイウッドでした。ダンが、多分、少しばかりであったとしても知っていたに違いない自分の叔父は、セネカ劇の三つを最初に翻訳したジェスパー・ヘイウッドで、その後、イエズス会の一員になりました。[27] これは抜きん出た家系で、そして、確かに、時勢に遅れない家系でした。ダンの温床に息吹をかけた影響は余り中世的ではなかったようです。

ダンの読書が示しているのは、それだけ論争的で法律的な型の神学、つまり、事実、彼の時代に実践された神学に対する明白な好みであり、情熱すらであります。そして、ジェイムズ王がダンに聖職に就くように強いたとき、王は絶対的に正しかったと思います。彼の読書と趣味は、他のどんな神学者や彼の時代の説教師が中世的でないと同じように、中世的ではありませんでした。しかしながら、ラムゼー女史があり余るほど明らかにしているものは、ダンの読書がおびただしいと言うだけでなく、それがかたよっているということでありま す。ダンは、疑いもなく、彼の個人教師達に、ギリシャの古典でないとしても、ラテンの古典で教授されましたが、彼はそれらをほとんど利用していません。[28]彼が『神曲』を読んだとか、あるいはそうする機会があったと我々が信ずる言及があります。彼が同時代の詩人達や劇作家達を鑑賞した証拠がないということで、私は彼の立場を不利にはいたしません。一人の詩人が同時代の人達を読んでいないことにはいろいろなことが言われます。そして、ダンは主に神学者で、副業としてだけ詩人でした。しかし、一人の人間の中の詩人は他の全てのものを台無しにしがちです。ダンはリチャード・フッカーの型の神学者ではなかったし、ジェレミー・テイラーの型の神学者ですらありませんでした。彼の天才、彼の天賦の才能の結び付きは、彼の堂々たる説教に十分に表されています。[29] 我々は、彼が同時代の文人達の間にいた時ですら彼らから少し距離をおいて、かっての彼を理解するために、このことを記憶しておかなければなりません。彼の興味の特殊性のため、彼は、彼の時代の三人の偉大な影響力 ―モンテーニュ、マキャヴェリー、そして、詩人であるセネカの影響[30]― からを免れました。ダンはエリザベス朝というよりジェイムズ一世時代です。主に、神聖政治の世紀であった世紀は、スコットランドの神学者が英国の王位に即位することによって布告され、そして、このスコットランドの神学者はダンを彼専属のチャップレンにしました。(31)

ダンの知的背景は、私が示そうとしたように、ダンテとその友達の知的背景とは非常に異なっていました。そこにはかなり多くのイエズス会の教義がありました。そして、その目立った聖職位階の始まりと構成を今まで吟味したことがある人なら誰でも、中世に設立されたどんな聖職位階とも非常に違っていることに必ず気づくことが出来ると思います。イエズス会の創設者である聖イグナティウスは、彼の仕事につく前、ロマンスを読み、ゴールのアマディスを崇拝した人で、ある種のドンキホーテであったように思われます。(32) 彼は、聖職位階を作り上げる際、実践的組織の幾つかの詳細事項の下に、キリスト教の型というよりはマホメット教のものを取り入れたと主張されさえしました。(33)

私がお話してきたかなりのことは、皆さんにとっては、私の名目上の主題から非常に離れているように見えるかも知れません。しかし、私が主に「形而上派」として関わりを持っている三人の詩人達を考える際、哲学的背景は非常に重要なのです。我々の目的にとっては、それだけの抽象的枠組みではなくて、その感情［と］音色が重要なのです。ダンテの背後にある中世哲学について言うなら、我々が感謝しなければならないのはエティエンヌ・ジルソン教授の献身的な仕事と、一層啓発的な見解を取り始めた彼の解説とスタイルの才能に対してだと思います。(34) 我々は、中世哲学者達をかなり厳密な規則で空しいゲームをしていると考えた時がありました。我々が思うに、彼らはドグマの真理を問いただすことが許されず、それ故、彼らの真理の追究は初めから希望がありませんでした。彼らの思考は権威によって押しつぶされました。そんな訳で、彼らは自分たちの時間を、髪を分けたり、天使の比重を決めたりすることに費やしました——田舎の駅で読むものもなく一時間費やさなければならない人間が時間表の数字を計算したかもしれないとまさに同じように。我々は、今、彼らを別に見ています。近代哲学者達と違って、彼らは共通のある信念を持っていました。彼らはすべて同じ言語で書きました。それ故、彼らが、ある程度、お互いを理解することは不可能ではありませんでした——近代哲学においてこのようなことに達することは極端に難しいことですが。そこで、教会は彼らに思索の大きな自由を与えることが出来たし、与えました。それというのも教会は一つでありましたから。アルビ派の異端が除かれたとき、教会は弁明や反論で心を奪われませんでした。[35]哲学者の思索は危険ではありませんでした。そして、彼らは、真理の発見に興味を持ち、実践的な結果を考える必要がなかった人達でした。

十三世紀の神学者の状況を、戦争や王朝支配に邪魔されることもなく、急がされることもなく、落ち着き払っている彼の大学の自由の中で、反宗教改革の時代におけるローマ教会と改革派教会の何れかの神学者の状況と比較してみなさい。イエズス会は異端と戦う目的で創設されました。それは、その第一の時期において、軍事的であって、その目的においては、瞑想的でも慈悲深いものでもありません。そして、それは見事にその仕事を果たしました。イエズス会は、熟練した文人、博学で明晰な注釈者を生み出しました。それは、多分、もっと優れた頭脳によって奉仕されました。確かに、プロテスタンティズムよりもよい組織によって奉仕されました。その勢力者の中に、数え切れないほどの敬虔で献身的な人達がおりましたけれども、イエズス会は、哲学的神学的思考において、どんな偉大な進歩も生み出しませんでした。そのことにおいては十七世紀のプロテスタント教会も同じでした。時間がありませんでした。政治は待つことは出来ません。宗教改革の多くの悲惨な効果の一つは、神の言葉を軍隊、艦隊、そして事務局の仕事に帰してしまった神学的戦争、宗派の外交でした。政治的扇動に傾き、正統と異端が窮地に追い込まれた神学は、中世が甦らせた純粋な考え、ギリシャの無私の精神の光を消し去りはしたが、宗教的感傷を消し去ってはいません。逆に、十六、七世紀の宗教的熱情は、自然の急速な加速した燃焼と同じように、それ自身驚くべき激しい人間的な熱で燃えています。人間の好奇心は、また、一方に逸れてしまうと、別な方向に変わってしまいます。宗教と神学は、形而上学的真理の追求を放棄して、十七世紀に心理学の方向で展開しています。これはプラッツ氏がうまく特筆した修正です。[36]あたかも、人間精神は、歴史において、時々、真理に関するその範疇を変え、一方の方法で考えることを止め、もう一つの方法で思考の成り行きを始めるかのように思われるであろう。そのことには何ら神秘的なことはありません。しばしば言及されてきたことではありますが、特定の科学に相応しい精神状態は、科学それ自身以前に生まれます。ディドロは、この意味でダーウィンを「先取りしていた。」レオナルドの空想はすばらしい先取りでした。[37]確かに、ダンは、我々が彼を真に中世詩人と比較したとき、ある意味で心理学者です。この要素は、また、もっと早い説教と比較された彼の説教の中にも見つけられます。私は、その変化が如何にして生まれたのかということを詳しく解説する資格はありません。幾人かの正統的神学者が携わった行為や決議論に関する彼らのきめ細かな区別や議論は、以前は全くなかったある自意識の方向に進むように私には思われました。それが、後で、はっきりとデカルトによって形成されたのは、彼が、我々が知っているのは対象の世界ではなく、対象についての我々の観念であると主張したときでした。この革命は計り知れないものでした。意味として、外部世界への指示としての観念の代わりに、突然、新しい世界が、我々自身の精神の内部に、それ故、我々がそれを大雑把に空想するように、我々自身の頭の内部に存在することになります。デカルトは「それ故、私が容易に理解する『私が言った』という代わりに」ことは」と述べ、次のように続けている。

「もし、物体が事実存在するのであれば、想像の働きはそういうふうにして成り立ちうるはずである、ということである。そして、想像のはたらきを説明するのに、これほど都合よいしかたはほかに思いあたらないので、ここから私は蓋然的に、物体は存在すると推論する。けれども、それは、たんに蓋然的であって、あらゆる点を綿密に検討してみても、私の想像力のうちに見いだされる、物体的本性についての判明な観念からは、なんらかの物体が存在することを必然的に結論せしめるような論証がひきだされるとは、どうしても思えないのである。」(38)

ダンは、もちろん、この思考方法、あるいは、実際、どんな思考方法にも意識的ではありません。彼は一貫性に関しては余り注意を払いませんでした。マイモニデスあるいはアヴェロエスの観念は、形式において聖トマスがそれに与えたのと同じ観念と一緒に、ダンの心に存在することが出来ました。あるいは、彼は、聖トマスがはねつけた偽ディオニュシウスの観念を抱いていたでしょう。(39)しかし、彼の傾向は全く新しい方向にあるのです。ダンの詩の中で、我々がしばしば感じとることは、彼の注意が、観念が言及する対象というより、彼の精神に見られる観念に向けられているということです。観念は、人間精神の所産を慰め、いじめながら、言葉を極端にまで拷問にかけることに手を貸すということがあるけれども、観念は、私の観念であるという理由で、それを観照し、その情緒的注入を観察し、それを単純な意味として使う代わりに、それをもてあそぶことは、しばしば好奇心をそそり、しかも美しいものを明るみに出すことであります。拷問にかけられるのは、―それだけ一層大げさなエリザベス朝の人々におけるように―語彙というより、観念なのです。

I wonder by my troth, what thou and I

Did, till we loved? Were we not wean'd till then?
But sucked on country pleasures, childishly?
Or snorted we in the seven sleeper's den?
'Twas so: but this, all pleasures fancies be.
If ever any beauty I did see,
Which I desir'd, and got, 'twas but a dream of thee.

本当にいぶかしく思うが、おまえもぼくも
愛し合うまで何をしていたんだろう。それまで乳離れしないで
他愛なく、野暮ったい快楽の乳首に吸い付いていたのか。
それとも七人の眠り人の洞窟でいびきをかいていたのか。
確かにそうだ。この愛のほかの喜びはみんな絵空事。
誰かきれいな女の子を見かけ、
それを望み、手に入れたとしても、それはおまえの幻に過ぎぬ。[40]

これは、軽薄なものでないとしても、私が観念をいじめていると呼んだものの中のダンの少し軽いものの一つの例であります。私の次の講演ではこの主題を追求しましょう。

注

(1) 九〇頁注(5)参照。

(2) 九〇頁注(7)参照。

(3) 九〇頁注(8)参照。

(4) 九一頁注(9)参照。

(5) 九四頁注(13)〜(14)参照。

(6) サンタヤーナは『三人の哲学的詩人達』の中で、シェイクスピアは哲学詩人ではないということを実際には言っていない。それは、彼の哲学詩人についての定義の中に暗黙の内に含まれている。その定義を基盤にして、T・S・エリオットは彼自身『シェイクスピアとセネカのストイシズム』('Shakespeare and the Stoicism of Seneca' [1927])の中でシェイクスピアは哲学的詩人ではないと議論した。この議論は一九三三年二月十三日の「シェリーとキーツ」に関するノートン講演で次のように確認されたことであった。「数年前、私が説明しようとしたことは…ダンテは『哲学』を持っていたが、その意味でシェイクスピアは持たなかった、つまり、重要と言えるような哲学を持っていなかったということであったが、その説明をはっきりさせることに少しも成功しなかったと信ずべき理由があります…ダンテとルクレティウスははっきりとした哲学を展開しましたが、シェイクスピアはそうではありませんでした」(*UPUC* 98/89-90)と。

T・S・エリオットがノートン講演の最後で(*UPUC* 121/113)シェイクスピア批評史の代表的な契機と呼んだコールリッジの『シェイクスピア講演とその覚書き』(*Coleridge's Lectures and Notes on Shakespeare* [London: G. Bell & Sons, 1908])で、コールリッジは、シェイクスピアを、時折、名詞形で「偉大な哲学者」(四八七頁)と呼んだ。しかし、T・S・エリオットが念頭に置いていたかも知れないことは、コールリッジが、哲学者であると同時に貴族としてのシェイクスピアについての自分の心に繰り返し起こる見解を繋ぎ止めようとしたことであった。「彼は、常に哲学者であり道徳家である … もし、彼が何らかの名前を持たなければならないとするなら、彼は哲学的貴族と名付けられるべきである」（二八一頁）。

（7）九五頁注（16）参照。

（8）一〇六頁注（38）参照。

（9）一八九頁注（3）参照。

（10）一九〇頁注（4）参照。

（11）『イスラムと神曲』（*Islam and the Divine Comedy* [1919 ; Eng. trans. 1926]）で、カトリック司祭でマディド大学のアラビア語教授のミゲエル・アシン・パラシアウス（Miguel Asín Palacious [1871-1944]）は、イスラム教哲学がダンテの作品に及ぼした一般的な影響の輪郭を描き、『新生』におけるダンテの愛のヴィジョンとアラビアの作家達のスペイン派のイブン・アラビによって記述されている同じようなヴィジョンとの間の細部にわたる類似性を描いた。エクスターのユニヴァーシティ・カレッジの文化史の講師であるクリストファー・ドーソン（Christopher Dawson [1889-1970]）は、『クライテリオン』（January 1932, PP. 222-48）に掲載され大きな影響を及ぼした論文「ロマン主義の源泉」（'The Origins of the Romantic Tradition'）の中で、次のように論じた。「十三世紀後半起こったトスカナの詩の新しい派は、同じようにプロヴァンス伝統に恩恵を受け、その特殊な性質をトルバドールの技術とアラビア哲学の思考との融合に負うている。清新体（*dolce stil nuovo*）のグィード・カヴァルカンティや他の詩人達、とりわけ、若きダンテの詩は、北部の騎士道文学やプロヴァンスそれ自身の文学のどんなものより、もっと深くもっと精神的な美に達した」（二四五頁）と。

（12）「聖メアリー・マグダレン、あるいは涙する人」（'Sainte Mary Magdalene or The Weeper' [1646]）、三二四頁～三二六頁参照。

（13）二〇一頁注（31）参照。

(14) T・S・エリオットが評論「ダンテ」の三章で、『神曲』から『新生』に変えたのは「アレゴリーで表されている中世精神について私が提案したものを敷衍する」(*SE* 269/229) ためであった。エリオットは、その作品は全くアレゴリカルであると論じる根拠があり、また「ビアトリーチェは、知的であれ道徳的であれ、単に、抽象的な美徳の擬人化であると主張する」根拠があるということを認めながら、彼はさらに、それは「伝記とアレゴリーの融合」で、「原因よりも寧ろ目的因に意味を見出だすことに慣れることで理解されるだけで」、そして「今日では『昇華』と呼ばれていることに関連がある問題について書かれたきわめて手堅い心理学の論文である」と論じた (*SE* 274-5/234-5)。

(15) 一九三頁注 (12) 参照。

(16) 一九六頁注 (17) 参照。

(17) 一九七頁注 (19) 参照。

(18) 一九七頁注 (20) 参照。

(19) 一九八頁注 (22) 参照。

(20) リチャードが想像力を思考と結びつけ、それを観想、黙想に次ぐ精神力の順番の三番目に置いているのに、コールリッジは『文学自叙伝』(*Biographia Literaria*) 第十三章で「第一の想像力」は「全人間的知覚の生き生きした力で、第一の動因で、無限なる我が存在の中にある永遠な創造的行為を有限なる心の内で再現するもの」として主張した。挿話的な比較への誘因は、一九三二年十二月九日、T・S・エリオットが、『文学自叙伝』第十三章と第一章の次のような想像力の定義を引用しながら、四番目のノートン講演「ワーズワースとコールリッジ」をコールリッジの「空想と想像力」に焦点をあてた事実によって駆り立てられた。「繰り返された黙想から私は先ず次のように気づくに至った… 空想と想像力は、それぞれはっきり区別される大いに異なった能力であって、一般に信じられるように、一つの意味を持つ別々の名称でもなければ、さらに、同

一の力の高低の度合いを表すものでもないのである」(*UPUC* 76/67-8)

(21) 一九八頁注(23)参照。

(22) 一〇七頁注(39)参照と一三四頁注(1)参照。

(23) 一三四頁注(3)参照。

(24) 一三五頁注(4)参照。

(25) 一三五頁注(8)、一三六頁注(9)参照。

(26) 一三六頁から一三七頁注(10)から(12)参照。

(27) 一三七頁から一三八頁注(13)から(18)参照。

(28) 一三九頁注(20)参照。

(29) T・S・エリオットは「説教師の散文」('The Prose of the Preacher' [1929:一〇七頁注(41)参照])の中で、早くも、神学者の三つの型を区別した。「散文の文体の分類では、フッカーの神学は、ダンやその他の説教師の散文よりもベーコンの哲学に近い。最初は、理性の重要な発展段階を表し、次に雄弁の発展段階を表している… 他方、彼らはそれだけ一層、英語で書かれた『装飾的』あるいは『詩的』な散文—つまり、ジェレミー・テイラー…と関係を持っている。フッカーやベイコンにおいて、我々は、いわゆる『平静さにおける理性』を、ダンにおいては『情緒における理性』を見出だす」(一二二頁)。T・S・エリオットはテイラー(Taylor [1613-67])は「来るべき世代で、ダンには知られざる音調の甘美さと純粋さを持っていた」(一二三頁)と述べているが、ダンの説教の詩的性質なくしては「トーマス・ブラウン、ジェレミー・テイラーの英国散文の一層修辞的な文体は、そんなに急速に発展しなかったであろう」(一二三頁)と見ている。T・S・エリオットはパウンドの『詩選集』(Pound's *Selected Poems* [1928])の序文の中で、テイラーについて「私にとって、ポープは詩で、ジェレミー・テイラーは散文である」（十九頁）と書いた。
(30) 一四二頁注（26）参照。
(31) 一四三頁注（28）参照。
(32) 一四四頁注（31）参照。
(33) 一四四頁注（32）参照。
(34) 一四五頁注（33）参照。
(35) 十一世紀の間、プロヴァンスに設立されたアルビ派の宗派は、マニ教の二元論者のキリスト教的異端に基づいていた。地方の司教と教皇特使が、その宗教的中心の成長と政治力を含めることが出来なかった一二〇八年の後、イノセンオ三世教皇はアルビ派の十字軍に乗り出した。パリの平和（一二二九年）をもたらした戦争の二〇年後、アルビ派に及ぼした宗教的効果は無視できなかった。一二三三年、グレゴリー九世教皇は、異端の宗教的実践を調査するために中世異端審問所を設立したが、異端審問所やいろいろな聖職者の改革が、アルビ派の死をもたらすまではもう一世紀かかった。T・S・エリオットは「ダンテ」（一九二九年）の中で「不当に汚名を蒙らされている」宗派と書き、次のようにのべた。「正体が掴めなくなった民族は独自の宗教を奉じていて、これは異端審問所の手で徹底的に、また残酷に撲滅され、その為に我々は彼らについて今日、スメル族についてと大して変わりはない程度の知識しか持ち合わせていない」（*SE* 275/235）と。
(36) 一四五頁注（34）参照。
(37) 一四五頁注（35）参照。
(38) 一四八頁注（41）参照。

(39) 一五〇頁注(45)と(46)参照。

(40)「おはよう」('The Good-morrow' lines 1-7):部分的に現代語訳。少しばかりの誤記がある。一五二頁注(50)と三〇二頁注(27)参照。

第二講演〔ダンとクラッショウのコンシート〕

私が、今、示したいことは、もし出来るなら、思考の秩序だった体系は、結果として、ダンテとその友達の場合、簡潔で直接的で厳格ですらある話し方で受け入れられているということであります。その一方、信じられているというより、むしろ楽しまれている多くの哲学、態度、そして、偏った理論を宙ぶらりんの状態で維持して行くことは、結果として、ダンと彼の幾人かの同時代の人達の中では、気取った曲がりくねった、そして、しばしば凝りすぎた語彙になります。

もし、ダンテ、あるいはカヴァルカンティによって使われている比喩を吟味するならば、彼らのイメジとダンのイメジの相違が、興味の焦点にあるということが分かるでしょう。ダンテの興味は、伝えられる観念や感情にあります。イメジはそこで観念をもっと分かりやすいものにし、感情はもっと感知されるものにし、ヴィジョンはもっと眼に見えるものにします。ダンでは、その興味は、イメジによって観念を伝える巧妙さの中で四散されるかもしれません。あるいは、イメジは観念よりもっと難しいかも知れません。あるいは、興味は類似の発見にあるというより強制にあるかもしれません。悦びの部分は克服される不調和から由来するかも知れません。感情の部分は、観念を受け入れる人の感情というより観念の感じです。先ず、私が他の所で引用した(1)ダンテのイメジを見てみましょう。彼は『天国篇』の初めで、最初の天国に入ろうとする感情を表そうとしています。

Pareva a me che nube ne coprisse
lucida, spessa, solida e polita,
quasi adamante che lo sol ferisse.
Per entro sè l'eterna margarita
ne recepette, com'acqua recepe
raggio di luce, permanendo unita.

日に照らさるる金剛石のごとくにて、
光れる、濃き、固き、磨ける雲
われらを覆うと見えたりき
しかしてこの不朽の真珠は、
あたかも水の分かれずして光線を受け入るごとく、
我等を己の内に入れたり(2)

このイメジは決して単純なものではありません。雲から金剛石へ、真珠から水への急速な移行があります。そして、その目的は、感じられる以上のイメジャリーである、ある種のイメジを我々に馴染みのあるもう一つの種類のイメジによって伝えることにあります。それは厳格な効用の目的によって導かれます。そのイメジャリーは本質的に面白く意図されていません。それは、ダンテのすべての直喩や暗喩のように、合理的な必然性を持っています。

私は、余りにもはっきりと私の区別をつけたくはありません。必然性のイメジと極端なコンシートとの間に果てしない段階があるということに気づいています。いろいろな出典から多くのイメジを見つけることが出来ますが、それらのイメジが実用向きのものであるか、あるいは装飾的なものであるかどうかを言うことは難しいです。しかしながら、「コンシート」を、つまり、ダンの時代の英語、イタリア語、そして、あるスペイン語の詩に特徴的であったある種の比喩であったこのコンシートを、まさにダンテから引用された一節のある種のイメジャリーの対照法である、と言うこと以上によりよく定義することは出来ません。同じテーマの変形である二つの詩、「埋葬」と「聖なる遺物」を取り上げてみましょう。最初の詩は次のように始まっている。

Who ever comes to shroud me, do not harm
 Nor question much
That subtile wreath of hair, which crowns my arm;
The mystery, the sign you must not touch,
 For 'tis my outward Soule,
Viceroy to that, which then to heaven being gone,
 Will leave this to controule;

And keep those limbs, her provinces, from dissolution.

僕に屍衣を着せようとする人は、どんな人であれ、傷つけたり、
　怪しんだりしないでほしい
僕の腕を飾る細い毛髪の腕輪を
その神秘、徴に手を触れないでほしい
　それというのも、それは、僕の魂の化体
魂に代わって、天に昇る副大王で、
これらは、四肢、肉の領土を支配し、
　解体から守るからである。(3)

これはダンの典型的な手続きであります。最初の三行は特に簡潔で「細い」という形容詞は正確です。簡潔な叙述は完全です。唯一の汚点は、「飾る」という動詞に隠されているほんの少しばかり気を散らす比喩でありま す。しかし、彼は、五行で、包括的に、そして特徴的にコンシート化されるようになります。皆さんは、魂や代理の魂、王と副王、そして、領土の三角形にいることに気づき、そして、これは腕に纏わる婦人の一房の髪についてのすべてであるということを殆ど忘れています。だが、それは気を紛らわし、緊張を和らげ、そして、幾分、内部の崩壊を表しているけれども、それは楽しいことです。自意識的で、それ自身に注意を呼び起こすイメジャリーの巧妙さは「ウィット」で、そして、それは真摯であります。それは、その時に「ウィット」と

いう言葉が意味したものです。次に「聖なる遺物」の最初のスタンザを開いて下さい。

When my grave is broke up againe
Some second ghest to entertain,
(For graves have learn'd that woman-head
To be to more than one a Bed)
　　And he that digs it, spies
A bracelet of bright haire about the bone,
　　Will he not let us alone,
And think that there a loving couple lies.
Who thought that this device might be some way
To make their soules, at the last busy day,
Meet at this grave, and make a little stay ?

僕の墓が掘り返されて
誰かの死人を迎え入れようとする時
(それというのも、墓は女の性に見習って
一人以上の男の寝床を提供するからである)

そして墓掘る人が
骨に纏わる金髪の腕輪を見つけた時
そっとしておいてはくれないだろうか
そして、ここに愛する二人の亡骸があり
復活の日のせわしい中で、なんらかの方法で二人が落ち合って
この墓で、一時の逢瀬を楽しむための手だてと
考えてくれないだろうか[4]

この版で我々が気づくことは、順序が同じではないということです。簡潔さは初めというより、真ん中に置かれています。いくつかの方法でこの版はもっと効果的です。その徴の発見を、屍に屍衣を着せようとする時でなく、死と埋葬の後しばらくしてから示すことは、もっと不滅の熱情を宣言し、肉を長らえさせ、今、骨に纏わる「金髪」をもっと意義深くしています。しかし、「誰かの死人を迎え入れる」ために墓を冒瀆する概念、また、それ以上に、貞節を讃える詩において、墓の無常を女の気まぐれに類似させることは、皆さんが好きか嫌いかの何れしか言えないダンの慣用法独特の観念の連想であります。私はそれが好きではありませんが、それは何かがその時代の文明と噛み合わなくなり始めていたことを示しているように感じます。精神は類似性を見つけるためにプロペルティウスとペルシウスに戻ります。そのような非常に異質な思想と感情が一つの詩で強引に結合されると何かしら不吉なものがあります。次のスタンザで、彼は彼の空想を自由に働かせています。

If this fall in a time, or land
Where mis-devotion doth command,
Then, he that digges us up, will bring
Us, to the Bishop, and the King,
　To make us Reliques; then
Thou shalt be a Mary Magdalen, and I
　A something else thereby;
All women shall adore us, and some men;
And since, at such time, miracles are sought,
I would have that age by this paper taught
What miracles we harmless lovers wrought.

このようなことが、
邪教が支配する時代や土地に起こるなら
我々を掘り起こした男は、
我々を司祭や王へ運び出し
　我々を聖なる遺物にしてしまう、そうするなら
あなたはマグダラのマリアのようなものになり、そして、私も

それによってひとかどの者になるでしょう
幾人かの男を含めて、すべての女性は我々を讃えるでしょう。
そして、そのような時代には奇跡が求められるので
私はこの詩でその時代の人達に教えるでしょう
汚れなき恋人達がどんな奇跡を生んだかを(5)

ご存知のように、ここで、ダンは骨に纏わる腕輪の観念の意味から気を散らされるようになっています。彼は最初の想定についての空想的な結果に心を奪われています。彼の方法は、しばしば、このように、より大きなものからより小さなものへ、中心から周辺へ、熱情的なものから内省的なものへ進んで行きます。そして、ここにおいて、ダンは彼自身の感情に正直であります。というのは、もし、熱情が、驚くべき単純さと創意で作り上げられていないならば、あるいは、それを何か他のものに変容する高度な哲学によって支えられていないならば、その熱情は常に色褪せなければならないからなのです。ダンにおいて熱情は暗示された観念の遊びに色褪せて行くのです。そして、ダンは色褪せていくことと変化していくこととのあの境界地の偉大な支配者なのです。我々は、ダンテの中に一貫性と完全な状態を、ダンの中に崩壊を、ジュール・ラフォルグの中に感情と、感情がそれ自身を与えたがっている知的解釈、そして理性との間にある葛藤の意識的な皮肉を見つけます。これは崩壊のもう一つの段階に過ぎません。

マリオ・プラッツ氏は、賞賛すべきダン研究において「他の歌い手において全体の詩は最初のはずみの衝動で振動するのに、ダンの場合、他方、衝動は、突然 ： 推論の竜頭蛇尾によって中断される」(6)と鋭く寸評して

います。そして、私がほのめかしたいことは、ダンが非常に同情的である理由の一つは、我々もまた、真摯で威厳のある場をもともとの衝動に帰すことが出来るどんな哲学も与えられていないので、推論の竜頭蛇尾に引きこもってしまうからなのです。ただ、我々の場合、その対照はさらに意識的で完全なのです。私が明らかにしたいことは、ダンや彼の時代の他の詩人達が使ういろいろな種類の比喩に反感を抱ける良い書き物のどんな標準もないということです。その比喩が意味をなさないときですら、それらはそれ自身の必然性を持っています。美しい詩である「恍惚」の四行を吟味してみましょう。

Where, like a pillow on a bed,
A pregnant bank swelled up, to rest
The violet's reclining head,
Sat we two, one another's best.

寝床の上の枕のように
ふっくら孕んだ河原の土手がもりあがり
すみれのもたれかかっている頭を横たえているあたり
愛する我々二人は座っていた。(7)

今、この詩をこんな風に見ようとするなら、これは、今まで見出だされることがない言葉の綾のひどい混乱です。土手を枕になぞらえることは威厳をつけることでも、解明することでもありません。そして、「寝床の上の」を付け加えることは、枕が何処に置かれようとも、それはほとんど同じ形と考えられるかもしれないという理由で、確かに余計なことです。この不幸な直喩が同じようなわびしい暗喩と衝突しています。つまり、土手は孕んでいるのです。我々は既に、土手は枕のように形作られているということを知っているので、地震がその原因でなければ、土手が孕んでいると教えられる必要はありません。孕んでいる土手はもりがっているが、それはむしろ曖昧の不幸な型です。それは、もりあがりの過程にあるのかも知れませせが、全体の場面が出来るだけ静的であるので、ダンが意味すべきものではありません。彼は、むしろ、「もりあがった」あるいは、多分、波のようにもりあがっていることを意味しています。そこで、我々は、結局、土手が何故、もりあがるかということを学ぶのです。土手はすみれのもたれる頭に枕を与えるためにもりあがったのです。しかし、正当化される土手のこの協調的な行為のために、すみれは、土手の上でではなく、そのそばで成長するものと想像されなければなりません。そして、もし、土手が、すみれの頭を支えるためにだけ十分にもりあがるならば、それは土手の名前に値するくらい十分な大きさにならないでしょう。最終的に、もし我々が土手の究極因はすみれの頭を支えることではないと主張するなら、すみれを土手の先在者と感じることは自然の秩序の違反でありま す。それで、ここには、ジョンソン博士やジェフリーのような批評家が述べているように、(8) 恋人達が土手の上に座っていることを知らせるために浪費されている四行があるのです。

さて、これはそれを見る一つの方法です。そして、比喩をバラバラにすることはしばしば有用な訓練です。もし、それが再び一緒にされるなら、それは結構なことです。ペイターが見ていることですが、(詩の) 意味は―私は、むしろある種の詩について言っているのですが―「理解によってはっきりと跡付けられない方法を通して我々に伝えられる」⑨のです。そして、私はダンのこのスタンザにはある意味があると思います。それは、多分、はっきりしたイメジャリーによっては伝えられない情緒的な意味です。もしも、このような方法で表されている意味を受け入れることが出来ないならば、確かにこの時期の詩からかなり多くの満足を得ることはないでしょう。クラッショウから極端な実例を取り上げてみましょう。彼は「涙」と呼ばれる詩を書いています。涙は聖母マリアの眼で輝き、それぞれのスタンザはある新しい比喩　―それはクラッショウが特に熟練している時代に流行していた韻文形式―　のもとで涙を取り扱っています。

What biright soft thing is this?
　　Sweet Mary thy faire eyes expence?
A moist spark it is,
A watry Diamond; from whence
The very terme I think was found,
The water of a Diamond.

この輝かしく澄んだものは何なのか
　　優しいマリアよ、汝の美しい目が費やしたものなのか
それは湿っぽい火花で
水のダイアモンドである。そのために

私が思うには、ダイアモンドの水と言われる由縁である。

「澄んだもの」は涙のためにはすばらしいが、「湿っぽい火花」はもっとすばらしい。「ダイアモンドの水」は知性のすばらしい通路です。[10]

O 'tis not a teare,
'Tis a star about to drop
　From thine eye its spheare,
The Sum will stoop and take it up,
Proud will his sister be to weare
This thine eyes jewell in her eare.

おお、それは涙ではない
それは、落ちんとする一つの星で
　天空たる汝の目からのものである
太陽は身をかがみ、そして、それを取り上げ
その妹は誇らしげに
この汝の目であるこの宝石を自らの耳飾りにするでしょう。

シィトウェル女史の読者はこの難しさに気づかないでしょう。[11]

Faire drop, why quak'st thou so?
Cause thou straight must lay thy head
In the dust? O no,
The dust shall never be thy bed:
A pillow for thee will I bring,
Stuft with down of Angels wing.

美しい涙よ、汝は、何故そのように震えるのか。
汝は汝の頭を真っ直ぐに
塵に寝かせなければならないからというのか、
いや、そうではない
塵は決して汝の床にはならないでしょう。
私は汝に枕を持って行く、
天使の翼の羽毛を詰めて、[12]

これはダンのうな垂れているすみれのための枕よりすばらしい。枕は、涙のうな垂れている頭のための天使の羽根で詰め込まれています。ところで、これは、実際、面白くはありません。それは全く真面目な詩なのです。クラッショウは自分が何に取り掛かっているのかよく分かっています。それは、真面目な効果で、他の方法では得られることが出来ない効果なのです。直喩、あるいは暗喩が常に想像力で可視的であろうと意図する何かであると提案することは間違いであります。そして、それが可視的であろうとする時ですら、そのすべての部分は、直ちに、可視的であろうと意図します。現代詩人によるソネット—私が現代というのは、私には一人の友達がいて、[13]その友達の一人である— ステファヌ・マラルメの「お前の歴史に立ち入る私は」を吟味してみなさい。そうすれば、十四行の中で、同時に想像し、知覚することが全く不可能な四つ、あるいは五つのイメジ、少なくともその一つは全く可視的にされ得ないイメジを見つけるでしょう。

Dis si je ne suis pas joyeux
Tonnerre et rubis aux moyeux
De voir en l'air que ce feu troue

Avec des royaumes épars
Comme mourir pourpre la roue
Du seul vespéral de mes chars.

でもごらん、私のこんな喜びを

雷と轂《こしき》に止めた紅玉が
火に穿たれた虚空にかけて
　王国をうち散らしつつ、夕べの軍車
かけがえ知らぬ　私の軍車　一輌の
車輪　緋色に　絶えるかのとき

「雷と轂《こしき》に止めた紅玉」はクラッショウの涙の運び手とまさに同じように難しいです。この一句がある場所に入り、そして意味を持つのは、皆さんがソネットの印象を全体として持つときだけなのです。[14] 詩人の仕事は、自分がどんな効果を生み出そうと意図し、そして、それを正当な手段か、あるいは不正な手段かによってそれを手に入れることを知ることです。合理性の要素、情熱の要素があり、そして使用されるかも知れない曖昧の要素もあります。そして、我々は詩と散文との区別は次のようなものであるということを覚えておかなければなりません。つまり、詩において、言葉、それぞれの言葉それ自身は、コンテクストにおいて十分に言葉それ自身に過ぎないけれども、絶対的な価値を持っています。詩はイメジャリーと同様、受肉であります。「雷と紅玉」は全く見られず、聞かれず、考えられないが、言葉の配置は、ここで、それぞれの言葉のふくみを明らかにしています。シェリーやスウィンバーンには、私がダンやクラッショウから引用してきたものと同じように分析に耐えられない次のような情熱的な語句の構成があります。

Violets that plead for pardon

Or pine for fright

許しを求めて哀願し

あるいは恐怖にやつれるすみれ(15)

この一節はダンのすみれと同じように立派なものではありません。そして、告白しますが、私はこのような感傷的誤謬を好きにはなれません。しかし、私はスウィンバーンが求めていたものが、すみれに対する我々の感情と、少しばかりの感傷的な脆弱な人間に対する我々の感情の特定の連想であったということを理解することが出来ます。

エリザベス朝の抒情詩は、ジェイムズ一世やチャールズ一、二世時代のどんなものよりまさしく歌――歌われることを当てにされる韻文――でありました。焦点は、たとえその移行がほとんどないとしても、音から意味へ、つまり、言葉の音から、言うなれば、言葉の意味の音へ、言葉の意味の意識とその意味を持っている音の喜びへ移されるようになりました。この変遷に匹敵するものは、私が述べてきた形而上学から心理学への移行[でありました]。言葉はただ単なる意味を持っている音ではありません。言葉は他のどこかで、コンテクストにおける意味のためと同様に、その意味のために面白くなります。それは作家がそれによって意味しようとしているものと同様にそれ自身の意味のために面白くなるのです。その初めに、ダンによって使われたようなコンシートは、最も早い時期から説教師によって知られている解説的な趣向を持っている詩の発展に過ぎません。つまり、拡張され、繰り返され、詳細にされ、際限のない直喩なのです。仏陀はそれを火の説法で使いました。聖ヴィクトールのリチャードは、それを聖書の解釈の中で—例えば、ノアの箱船のように— 使いました。そして、ダンは、彼自身の説教の中で、この趣向を、ラティマー主教の説教に見られる趣向と非常に似ている[16]方法で使いました。ダンの最も成功し拡張されたコンシートの一つは美しい詩である「別れ」にあります。[17]

As virtuous men passe mildly away,
And whisper to their soules, to goe,
Whilst some of their sad friend doe say,
The breath goes now, and some say, no:

So let us melt, and make no noise,
No teare-floods, nor sigh-tempests move,
T'were profanation of our joyes
To tell the layetie of our love.

Moving of th'earth brings harmes and fears,
Men reckon what it did and meant,

But trepidation of the spheares,
Though greater farre, is innocent.

有徳な人たちは静かに世を去っていく、
そして、自分たちの魂に、さあ行きなさい、と囁いているのに
悲しみに嘆く彼等の友だちは、
いま息を引き取ったとか、まだだと、心騒ぐありさま。

そのように我々も分かれ、騒ぎ立てることはよそう、
涙の洪水も、溜息の嵐も起こさないで
俗人達に我々の愛を教えることは
我々の喜びの冒瀆であろう

大地の動きは危害と恐怖をもたらし、
人はそれはどんなもので、何であったかを考える
しかし、天球の振動は
もっと大きいが、害はない

ここには、どんな欠点もありません。どんな人も、未だかつて、ダン以上にうまくこの四行詩の進展を取り扱った人はおりません。天文学的比喩は、やや問題を残しますが、それは大言壮語の然るべき効果を持っています。つまり、恋人達の別れのような途轍もない出来事は、計り知れないが感知できない天体の動きのようなものなのです。

Dull sublunary lovers love
(Whose soule is sense) cannot admit
Absence, because it doth remove
Those things which alimented it.

この世の下界の恋人たちの恋は
（その魂が感覚であるので）別離を
認めることが出来ない。それというのも、この感覚は
愛の栄養となっているものを取り去ってしまうからだ[18]

これらの恋人達は（近代語で）「宇宙」であり、他のすべての人達は「月面下」なのであります。

But we by a love, so much refin'd,

That our selves know not what it is,
Inter-assured of the mind,
Care lesse, eyes, lips, and hands to misse.

Our two soules therefore, which are one,
Though I must goe, endure not yet
A breach, but an expansion,
Like gold to ayery thinnesse beate.

だが、我々は、愛によってかなり精錬されているので
我々自身、愛は何であるか分からない
たがいの心を信じ合い
目や唇や手がなくなっても気にならない

それ故、一つになった我々の二つの魂は、
たとえ私が旅しようと、
引き裂かれるのではなくて、引き延ばされるだけ、
打ち展べられた金箔のように

コンシートはここで密接にほめ言葉になっています。ダンはここで自分が信じたと言われた魂のどんな理論も展開していないし、ほのめかしてもいません。少なくとも、私はそう確信し、そのように望みます。それというのも、「一つである… 我々の二つの魂」という彼の陳述は、聖トマスによって直接に反駁されているからです。聖トマスは、『デ・アニマ』に言及することによって、聖アウグスティヌスの考えに強く反抗しながら、彼は次のように結論しています。

「多くの様々な事物に対して一つの形相があるということは、それらの各々に属するものが一つの事物であるということが不可能であると同じように、不可能であるという理由で、知力の原理は肉体の数に応じて増やされることが必要である。[19]」

二つの肉体が一つの魂を持つことは不可能であります。しかし、ダンが何を信じているかとか、彼が何かを信じているかどうかは全く確かなことではありません。比喩が観念を知解出来るようにしていませんが、比喩が浮かぶまでは然るべき観念はありません。もし金が打たれて薄くなるなら、たとえ関係における二つの項が地球の全く反対の極にあるとしても、愛はそのように同じものであり得ます。グィード・カヴァルカンティが

Amor, che nasce di simil piacere,
Dentro del cor si posa,
Formando di disio nova persona,

Ma fa la sua virtù 'n vizio cadere

喜びのような愛から生まれる愛は

私の心に留まり

欲望から新しい人を作るが

彼のすべての力を倒し、みすぼらしくしてしまう

と言うとき、彼は文字通り話しているのです。[20] 彼は本質的に『浄罪篇』十八と同じような理論を主張しています。「かくて恰も火がその體の最も永く保たるるところに登らんとする素質によりて高きにむかひゆくがごとく、とらわれし魂は靈の動なる願ひの中に入り、愛せらるるものこれをよろこばすまでは休まじ」[21]

クラッショウがスペイン語をどれだけ知っていたか全くはっきりしていません。彼が、イタリア語の最初の知識と一緒に、独学でそれを身につけていたことは報告されています。彼がイタリア語を良く知っていたということは、彼がスペイン語を良く知っていたということよりももっと信じてもよさそうなことです。彼は、一六一二年の英訳で聖テレサ（その当時生きていたマザー・テレサ）の『生涯』を読んでいたかも知れません。彼女の自叙伝はクラッショウ理解にはほとんど欠くべからざるものです。それは興味ある本だけでなく、驚くべき有能な主催者で管理者であった女性（彼女は立派な大学の学長になったでしょう）による女性の雑誌（もしこの形容詞が許されるなら）で、実際、立派な本であります。それは品性の立派な美しさ、率直な高潔さと慎重さ、そして作家の深遠な敬虔さのために立派なのです。彼女は、彼女の弟子である聖十字架のヨハネのよ

うな深遠な哲学者ではありません。彼女はもっと魅力的で、もっと人間的で、そして、その時代、かなりの影響を与えています。たとえば、彼女が我々に、主が彼女の十字架を彼女から取り上げ、それを真珠で飾って戻したとき、彼女は良心的に、誰も自分を除いて真珠を見ることは出来なかったと付け加えています。[22]かなりの十七世紀の詩、あるいはバロックの詩は真珠で飾られた十字架の一つを思い起こさせ、そして、またこれらの詩は余りにもしばしば教化された真珠であります。私が強く言わなければならないことは、聖テレサについての私の考えは、現代の心理学者のものではないし、また彼女の無垢な告白を読んで忍び笑いをしてしまう心理的に興味づけられた素人のものでもないということです。そして、私が、彼女の影響力は人間が神の事物に対する神の愛に取って代わる方向にあると言うとき、私は、一見して見られるように、そのような人々に対する策略を明かしていません。私は、ここで寧ろ、他のあらゆるものと同じように、聖トマス・アクィナスで取り戻されたスコラ的神秘主義と私が既に暗示したルネッサンスの神秘主義との間の相違を念頭に置いています。ずっと初期の神秘主義は、一層知的で、包括的で、アリストテレス的で、—そして、そのことでは、もっとスピノザ哲学でありますが、これはスピノザの巧妙さと気取りがないスピノザ哲学でありますが—[23]スピノザ以上にもっとバランスを保っています。後期の神秘主義は哲学的ではないし、宇宙的でもなく、もっと心理学的なのです。現代の心理学者が聖十字架のヨハネをどのように考えようとも、彼は、現代の心理学者の誰よりも精神と心の分析において偉大な心理学者でした。私は、同様に聖テレサを心理学者達のための臨床患者としてではなく、心理学者そのものとして考えています。聖トマスではなく、聖アウグスティヌスは十六、七世紀神学の先駆者です。聖トマスとダンテの世界は私にとって、私がその真の価値を把握する限りにおいて、その価値は、私がそれらを理解するとき最もよく整えられている世界です。私が十六、七世紀に共鳴することはそれ以上に不完全であります。ダンテの価値観は、彼の感受性に例証されているように、私はまさに正しいように思われます。ビアトリーチェが『浄罪篇』で彼の面前に現れる前の彼の言葉は、まさに天国におけるビアトリーチェに対する彼の感情　—火が彼の体を通り抜けるように　—昔の焔の名残をば我今知る—[24]　既に昇華され、なおもそれ以上に昇華された感情でありますが、なおも人間的な感情—　を表しています。そして、究極的なヴィジョンにおいて、彼は正に三位一体論者で、三位異体論者ではありません。しかし、一六〇〇年代の詩に関してプラッツ氏は「その時代の一般的な傾向は神的情熱を人間的情熱の真の鏡にすることであった」[25]と正しくと言っています。しかし、私が一六〇〇年代はなおも宗教的であると言うとき、プラッツは私に同意していると思います。そして、私は、皆さんがバロック作家達を「エロティック」と呼ぶことで当惑はしておりません。もちろん、彼らはエロティックです。神の愛はエロティックです。それは結局、類語反復に過ぎません。人間と聖なる愛の違いは現代の心理学者が区別することが出来るどんな区別よりももっと微妙です。私が問題とするところは存在論と心理学の違いによるものであるということです。そしてクラッショウのような詩人が宗教的情緒の酒色に溺れてしまったことで非難されるのは、想定されているエロティシズムではなく心理学なのです。同じようなものとして、ダンは思考の酒色に耽った人でした。ルナン、アナトール・フランス、アンドレ・ジィド、バーナード・ショー、そしてオルダス・ハックスレーのような最近の二世代、三世代の人は思考の酒色に溺れていました。[26]クラッショウはもっと独創的な機知を持っています　—そして、彼は非常に機知に富んでいます—　彼は自分のイタリアの模範よりもっと強力な感情を持っています。その時代のすべての詩人たちの中で、彼は聖テレサ彼女自身に最も近い人でした。ダンは彼の心の中に入り込みます。つまり、イタリア人が彼の言語の中に入るのです。しかし、聖テレサは彼のもっと堅苦しいイタリア人的原型を持つことが出来なかったので、彼の心の中に入り、それを手にしています。マリーノの中で熟慮されたように見える扇情主義はクラッショウでは自然なように見えます。しかし、ダンの場合、思考が幾つかの思考に分裂しているように、そのように、クラッショウの場合、情緒は幾つかの情緒に分裂しています。つまり、全体の詩を伝えている一つの情緒の代わり、情緒に情緒を、イメジにイメジを重ねていくのです。しらふになるのを恐れて酒を飲み続けていくようなものです。

クラッショウの賛歌『王の旗』(聖金曜日の賛歌)[27]のパラフレーズの一つの韻文をフォルトゥナトスの原文と比較させて下さい。(賛歌と賛美歌のこの翻訳とパラフレーズはしばしばその時代の練習でありました)。

Vexilla regis prodeunt,
Fulget crucis mysterium,
Quo carne carnis conditor
Suspensus est patibulo …

王の旗が現れ
神秘的な十字架を退けた
それ故に、高々と肉の創始者は
吊り下げられ磔にされた

これは我々の礼拝では次のように慎ましやかに翻訳されています。

The royal banners forward go;
The Cross shines forth in mystic glow
Where he in flesh, our flesh who made,
Our sentence bore, our ransom paid.

王の旗が前に進み
十字架は神秘的な光の中で輝いている
そこで、肉で出来ている彼は、
処刑に処され生け贄にされた。[28]

「肉で出来ている彼は」の行に見られる機知の暗示に気づくでしょう。次の一節はクラッショウがそれで作り上げたものです。

Look up, langushing soul. Lo where the fair
Badge of thy faith calls back thy care,
　　And biddes thee ne'er forget

Thy life is one long debt
Of love to Him, who on this painful Tree
Paid back the flesh he took for thee.

見上げなさい、弱まり行く魂よ、見よ、
汝の信仰の美しい章が、汝の憂いを呼び戻し
汝に忘れないように命じたことは
汝の人生は、長きにわたる
神に対する愛の負債であることを、神は痛々しい十字架の上で
汝のために彼が受けた肉を払い戻したのだから。[29]

「弱まり行く魂」（クラッショウの時代には魂は直ちに弱まり卒倒してしまいます）への勧告、負債と払い戻しの機知の気晴らしの導入に注意しなさい。クラッショウの次のスタンザの翻訳では、「愛の巣」、「多情な洪水」、水と血の「結婚」が見られます。[30]そして、一般的に言われるように、クラッショウの詩において、我々は情緒の何らかの構造というよりは、一連の情緒的不安を感じます。それは彼のイタリア人的原型の場合のように、ある種の本質的な経験主義であります。[31]心と頭脳の二つの器官が詩的批評において分離する限り、面倒なのは心というより頭脳です。十四世紀は知的秩序の正確な言説を持っています。十七世紀は知的混乱の正確な言説を持っています。十九世紀は知的混乱の曖昧な言説を持っています。クラッショウの正確さは聖人への行に一

番よく例証されています。

O thou undaunted daughter of desires!
By all thy dower of lights and fires;
By all the eagle in thee, all the dove;
By all thy lives and deaths of love;
By thy large draughts of intellectual day,
And by thy thirsts of love more large than they;
By all thy brim-filled bowls of fierce desire,
By thy last morning's draught of liquid fire;
By the full kingdom of that final kiss
That seiz'd thy parting soul, and seal'd thee His;
By all the Heaven thou hast in Him
(Fair sister of the seraphim)
By all of Him thou hast in thee;
Leave nothing of myself in me.
Let me so read thy life, that I
Unto all life of mine may die!

ああ、汝、欲望の剛毅な息女よ
汝の受ける光と火の遺産にかけて
汝の中にある鷲と鳩のすべてにかけて、
汝の愛の生と死のすべてにかけて
知性の日の満腔の呼吸にかけて
そして、それらに遥かに勝る汝の愛の渇きにかけて
汝の大杯に溢れる烈しき欲望にかけて
汝の最後の液状の火の一飲みにかけて
汝の去り行く魂を捉え、汝を彼のものに封じ込める
あの最後の口づけの充分なる王国にかけて
汝が彼の中で持っているすべての天国にかけて
（セラフィムのうるわしき妹よ）
汝が汝の中で持つ彼のすべてにかけて
我の中に私自身のどんなものをも残すなかれ
我が命のすべてで私が死ぬことが出来るよう
私に汝の生涯を読ませ給え。(32)

私は、これを読んだ後、クラッショウのこれ以上のものを引用したくないし、また他の誰によるものも引用し

たくありません。この時期のイタリア語の韻文と英語の韻文に少しばかり慣れ親しむことで、我々は光と火、生と死と渇きを認識することが出来ます。しかし、ここで、それらは分析を越えて融合し、批評を越えて完全にされています。それは不思議な知的崩壊と宗教的強烈さのあの時代の究極的な宗教的表現です。

この時点で、この講演の初めの文章を思い出した人は誰でも、明らかな矛盾に気づいていることと思います。というのは私は「信じられているというより、むしろ楽しまれている多くの哲学、態度、そして、偏った理論を宙ぶらりんの状態で維持して行くことは、結果として、ダンと彼の幾人かの同時代の人達の中では、気取った曲がりくねった、そして、しばしば凝りすぎた語彙になります」と言ったからであります。

ジョン・ダンは、今日的な言葉の意味に従って、キリスト教徒であるという印象を与えたくはありませんでした。我々が心に留めておかなければならないのは、信念だけでなく、「信念」という言葉の意味は、異なった個々人にとって、そして、もっと確かに言えることは、異なった時代にとって違っているということであります。私がなおも、I・A・リチャーズ氏が、ある日、この言葉の意味にある光を投げかけるであろうと望んでいるのも、もし、彼が出来なければ、他の誰がやれるのか私は分からないからです。[33]ダンははっきり言ってキリスト教徒でしたが、信念の対象は彼にとって十三世紀であったものとは同じではありませんでした。クラッショウは、今までもし誰かがキリスト教徒だとしたなら、キリスト教徒でした。しかし、彼にとっても、信念の対象は今までのものとは同じでありませんでした。本質的なことは、もちろん、信じると言うことが出来ることでありますが、この動詞の対象は時代によってかなりの意味の変化があります。ジュール・ラフォルグは、また、疑うと言う迷える人々の中ではなく、信じると言うことが出来る予言者たちの中にいました。しかし、この十九世紀の信条の対象は何であったのでしょうか。我々がこのことがらの結論に達するとき、舞台は現代詩に向かっています。

注

（1）T・S・エリオットは以前、彼の「ダンテ」（一九二〇年）に関する最初の評論で『天国篇』二歌から以下の行（三一行から六行）を引用した。そこで、彼は、ダンテの詩で表現されている完全な情緒の尺度を議論する際、その数行を「最も捉えどころのないものを完全に表しているもの」として入れている。また二一二頁参照。

（2）これは*TC* III, 17から少しばかり変えられて次のように翻訳されている。"It seemed to me that a cloud enveloped us, shining, dense, firm and polished, like diamond struck by the sun. Within itself the eternal pearl received us, as water doth receive a ray of light, though still itself uncleft." 二一二頁～二一三頁参照。

（3）二四五頁注（8）参照。

（4）二五〇頁注（10）参照。

（5）二五〇頁注（12）参照。

（6）二五〇頁注（13）参照。

（7）一七四頁参照。

（8）T・S・エリオットはジョンソンの「カウリー伝」の中の形而上詩人達についての批評に言及し、その中で、詩の言葉の「不自然な入念さ」、「間違ったコンシート」、「ごたまぜにされたウィット」「無駄話」、そして「野暮な適用」を厳しく批判している。そして、また、『エディンバラ・レビュー』（*Edinburgh Review* [1802-

291）の創立編集委員で、狭量な批評家であるフランシス・ジェフリー（Francis Jeffrey [1773-1850]）にも言及している。ジェフリーは、ワーズワースの「形而上的感受性と神秘的冗長さ」、それから、スコット、バーンズ、バイロン、サウジー、そしてキーツの中にある修辞学上の散漫さと曖昧さに関する関連する欠点を含めたロマン主義詩人達の文体上の行き過ぎを攻撃する際、ジョンソンを師と仰いでいる。一九二四年の七月の『クライテリオン』（*Criterion*, p. 373）で、T・S・エリオットが声援を送った告示は、「オックスフォード雑録」（'The Oxford Miscellany'）と題される双書は、「ジェフリー批評の一巻本」を出版するだろうが、もともと一九一〇年にオックスフォード大学で出版されたD・ニコル・スミス編の『ジェフリーの文学批評』は一九二八年までそのその双書に表れなかったという内容のものであった。

（9）『ルネッサンス』（*The Renaissance* [London and New York : Macmillan, 1888] p. 143）第三版に付け加えられた「ジョルジョーネ派」（'The School of Giorgione' [1877]）から。

（10）三五六頁注（32）参照。

（11）T・S・エリオットが徐々にエディス・シィトウェル（Edith Sitwell [1887-1964]）の韻文に批判的になっていったのは、彼が最初に、彼女の詩を蝕んでいる「技術の弱さ」を記述して以来である（*Athenaeum*, 11 April 1919, p. 171）。そして、彼はやがて、次のような「強情な詩」（'poetry of perversity'）をあらわにしている法外な言葉の綾を見つけた。「韻文の所持品は彼女の侮りの道具である … 彼女にあっては『肉付きのよい葉っぱが後込みしている大気をたたいていき』『蠟燭は涙を流し生きている者のように覗き込んでいる』」（*TLS*, 8 July 1920, p. 435）。クラッショウの詩の読みとの関連で彼女の詩をここで言及するきびしさは「十七世紀の信仰詩人達」（'The Devotional Poets of the Seventeenth Century'）への言及によってつまびらかにされている。そこで、T・S・エリオットはクラッショウの「最悪のとき」の例として、特に「不条理の極み」として最終連を引用し、「誰が一体、涙の頭のために天使の羽毛を詰め込んだ枕を与えるだろうか」（五五三頁）と問いただしながら、「涙」からこれらの二連を引用した。

（12）三五六頁注（33）参照。

（13）その友達は、マラルメ（Mallarmé〔四四八頁注（11）参照〕）の友達で弟子であるポール・ヴァレリー（Paul Valéry）であった。T・S・エリオットはヴァレリーの死後、自分たちの友情について次のように書いている。「指で数えられるくらいの出会いだけと思うが、これらの出会いは二十一年経った一九四五年の七月の終わりに意義深い点で広がった。この二十一年の間、ヴァレリーは既に偉大な詩人として認められ、我々の時代のヨーロッパの象徴的な人物となった…我々の最初の出会いから最後までの彼についての私の印象は個性についてである。この個性は、確かに、単純に、あるいは容易に捉えられるものではないが、この間、一貫しているものである … 幾人かの偉大な人間についてのどこにでもある人の印象は、善良さ、あるいは霊感、そして英智についてであるかも知れない。ヴァレリーについて人が受けるどこにでもある印象は知性だと思う」（*Quarterly Review of Literature*, Spring 1947, p. 212）。

（14）「お前の歴史に立ち入る私は」（'M'introduire dans ton histoire' [1886], line 9-14）、T・S・エリオットは早速、十行目から十一行目を「泥にまみれたニンニクとサファイアが／埋まった車軸にべたついている」（'Garlic and sapphires in the mud / Clot the bedded axletree'）として取り入れ、それをステファヌ・マラルメに捧げられた「老人によせる言葉」（*WORDS FOR AN OLD MAN*）の原稿（ホートン）の結論の行として使った。この詩は後に『T・S・エリオットの詩・劇全集』（*CPP* 143/95）の中で「老人によせる歌」（'Lines for an Old Man'）として出版された。この全集には献辞はないが、マラルメの九行目の 'Dis si je ne suis pas joyeux' がエリオットの結論の行では 'Tell me if I am not glad !' として取り入れられている。T・S・エリオットはこの「泥にまみれたニンニクとサファイアが／埋まった車軸にべたついている」を「バーント・ノートン」（Part II of *Burnt Norton* [1934]）二章の冒頭の行にした。

（15）「許しを求めて哀願し／恐怖にやつれる雪の花」（Snowdrops that plead for pardon / And pine for fright）と訂正して読む。三五七頁の注（39）参照。

(16) 二五三頁から二五四頁の注(22)から(24)参照。

(17) 二五四頁の注(25)参照。

(18)「愛の要素となっているもの」(Those things which elemented it) と訂正して読む。

(19) 二〇六頁の注(41)参照。

(20) 二五四頁の注(26)参照。

(21)『テンプル・クラシック』二巻二一七頁の二八行から三三行参照。

(22) 三五〇頁の注(15)参照。

(23) T・S・エリオットはエイブラハム・ウルフ版の『最も古いスピノザ伝』(*The Oldest Biography of Spinoza*) [*TLS*, 21 April 1927, p. 275] の書評で次のように書いている。「スピノザ像は、ここ百年においてスピノザの哲学よりもほとんどもっと重要であった。殆どの人は『倫理学』(*Ethics*) をマスターしなかったが、スピノザがレンズを磨いていたことは知っている。ほとんどの人は『国家論』(*Tractatus Politicus*) を読まなかったが、全世界の人々は、ユダヤ教会から除名されることで感銘した… そんな訳で二五〇年際は、アリストテレスやアクィナスやカントのような人の記念日とは違った意味を持っている。それは哲学の認識というよりは、ある人間の理想が実現されるように見える個性の認識である」と。

(24) 三五一頁の注(18)参照。

(25) 三五一頁の注(19)参照。

(26) T・S・エリオットは、ハッコン・シェヴェリエール(Haakon Chevalier)の『皮肉気質』(Anatole France [1844-1924], *The Ironic Temper* [1932]) のアナトール・フランスの研究に喚起されて、次号の『クライテリオン』（*Criterion* [Aprilo 1933, pp. 468-73）の「コメンタリー」で「思考の酒色に走る」これらの四人の作家、つまり、アーネスト・ルナン、アナトール・フランス、アンドレ・ジィド（Andre Gide [1869-1951]）—そして彼の英国の同時代人であるオルダス・ハックスレー（Aldous Huxley [1896-1963]）—を攻撃する準備があった。エリオットは、彼らを「つまらない」知的な詭弁者、また彼らの「人生哲学の現象に与えている」「とらわれた展開」と彼らの装われた皮肉の使い方を攻撃しながら、フランスの中に「忍びがたいある種の見栄」を見つけジィドを次のような作家と見なしている。「大胆な精神の洗練を提供し、あらゆる偏見と禁止（何と疲れる言葉であろう）から放たれ…喜んで何でもしてしまう　—過去ではなく未来の奴隷—…フランスはルナンよりももっと洗練されている。ジィドはフランスよりも洗練されている。ハックスレーにとって…未来はなおも開かれている」と。T・S・エリオットはハックスレーは「何の哲学をも持たない世界は、如何にむさ苦しいものであるかを明らかにすることにある程度成功している」（*SE* 367/323）と既に宣言した。そして、おびただしい機会に、彼は平和主義者で社会主義者でそして劇作家であるジョージ・バーナード・ショウ（George Bernard Shaw）の知的な器用さを次のように嘲った。「どんな人もショウ氏ほど主張されていない観念をしっかり捉え、それをもっと適切に敷衍することは出来ない。彼はすべての観念を非常にすばらしく扱っているので彼は自分が作り上げるための観念を探そうとするとき我々を盲目にしてしまう。そして、彼が作り上げるための観念、それらはダーウィン、ハックスレー、そしてコブデンの偉大なヴィクトリア朝労働者の残滓以上のものなのか」（*Criterion*, October 1924, p. 4）と。

（27）賛美歌一〇六、'*Vexilla Regis prodeunt*'（王の旗が現れ）はアングリカンの賛美歌の『古今賛美歌』（*Hymns Ancient and Modern* [London : William Clowes & Sons, 1962], p. 187）に見られる。それは一般的に少なくとも十世紀以来受難の聖節で使われて来て、今では「四旬節の第五日曜日からイースターの前の水曜日まで」英国国教会で歌われている。『古今賛美歌歴史便覧』（*Historical Companion to Hymns Ancient and Modern*, ed. Maurice Frost [London: William Clowes & Sons, 1962], p187）参照。

（28）三五四頁注（26）参照。T・S・エリオットは、『古今賛美歌』で使っていたように『中世賛美歌と続唱』

(*Medieval Hymns and Sequences* [London : Joseph Masters, 1851], p. 6) の中のジョン・メイスン・ニール尊師(the Revd John Mason Neale)の翻訳第五スタンザを引用している。

(29) 三五四頁注(27)参照。

(30) 第二スタンザから。

(31) 三五五頁注(29)参照。

(32) 三六二頁注(52)参照、一三行目は 'By all of Him we have in thee' と書いてある。

(33) T・S・エリオットとリチャーズが信念の問題に関して公私ともどもの議論を進めたのは、リチャーズが一九二五年に、エリオットは『荒地』(一四八頁注[39]参照)で「詩と信念の間に完全な分離」を行った、と書いてからである。一九二九年二月にリチャーズは「T・S・エリオットのための信念に関するノート」('Notes on Belief –Problems for T. S. E.')と題する長い覚書きを準備した。これはコンスタブル(John Constable)によって「I・A・リチャーズ、T・S・エリオットと信念の詩」('I. A. Richards, T. S. Eliot and the Poetry of Belief' [*Essays in Criticism*, July 1990, pp. 222-43])の中で転写されたものである。T・S・エリオットは「ダンテ」の「第二章の覚書き」で特別にリチャーズの理論について話しかけ、「つまり、私は読者はその詩を十分に享受するためにその詩人の信念を分かち合わなければならないということを言っているのではない」(*SE* 269/230)と宣言している。そして、彼の最初のノートン講演で彼はリチャーズについて次のように言っている。「彼の倫理、あるいは価値論は私が受け入れることが出来ないものである。あるいは、むしろ私は純粋に個人的で精神的な基盤に打ち立てられたどんな理論も受け入れられないのである」(*UPUC* 17/7)と。

第三講演〔我々の時代のラフォルグとコルビエール〕

必ずしも、一時代の最も偉大な詩人が彼の時代を最もよく表しているとは限りません。前世紀の七〇年代から我々自身の時代までの最も興味あるフランス詩のすべては、ボードレールから派生しています。ボードレールは偉大な詩人で、彼は、彼の最盛期には、ほとんど彼の時代に反駁していました。多分、時間がもっと経てば、彼を代表的な人物として見ることは可能でしょうが、しかし、我々が彼の死からこの短い見通しある時期で彼の制限された時代の期間を見るとき、確かに彼はこの時期の代表ではありません。「ヴェルレーヌとランボーが感傷と感覚の順番でボードレールを引き継いだのに、マラルメは彼の仕事を完成と詩的純粋の領域で長引かせた」(1)とポール・ヴァレリーは述べています。我々はラフォルグとコルビエールは彼の仕事を自意識の領域で長引かせたと言い加えることが出来るかもしれません。そして思考と感情の間の崩壊と闘争は、二流の人達よりももっと自分自身の時代の腐敗に抵抗した巨匠の中によりも、これらの二流の人達の中にもっとはっきりと目に見えます。

ジュール・ラフォルグは一八七七年に二七歳の若さで死にました。彼は非常に貧困で、ドイツ皇太子の朗読者になり、ベルリンに住んでいる間、ドイツ語とかなりのドイツ哲学、特にカント、ショウペンハウエル、そして、ハルトマンを身につけました。彼は若い英国の女家庭教師と結婚し、英語と英文学のいくらかの知識を

じていました。彼は結核にかかり貧困のうちに死にました。私は彼の奥さんもほどなくして死んだと信じています。(2) 私はアーサー・シモンズの魅力的な『象徴主義運動』の研究に恩恵を受けておりますが、ラフォルグについて英語で書かれた最初の覚書きはエドモンド・ゴスによって書かれたと思います。(3) 彼は熱情的な感情を持ち、抽象性によって魅せられ、形而上的情熱に対する際だった才能にとらわれた積極的で知的な青年でした。彼は秩序に対する情熱的な渇望を持っていました。すなわち、あらゆる感情はその感情に知的に相当する等価物、その感情に哲学的に正当化できるものを持つべきで、あらゆる観念はその情緒的等価物と、その感傷的正当化を持つべきであると言うことです。それ故に、彼の本性を満足させることが出来たであろう世界はダンの世界でした。七〇年代にパリやベルリンでそのような世界の黄金の建築士は(4)一人もいませんでした。私がダンとクラッショウとの関係でお話してきた崩壊はラフォルグの場合はもっと高度な段階に達しました。ラフォルグにとって、人生は意識的に思想と感情に分割されましたが、彼の感情は知的な完全性、つまり至福を得ようとするようなもので、彼が包含した哲学的体系は感覚的完全性を得るにはかなり感じられたものでした。多分、D・H・ロレンスのようなそのような人間の闘争は、幾分、同じ言葉で表現されることが出来るかも知れません。もっともこの二人は彼ら自身において極端に異なり、そして、ロレンスの救済の方法、あるいは彼が救済の方法と考えたものは、決してラフォルグのものではあり得なかったでしょうけれども。何らかの類似を持っているのは、彼らが生きた世界と、それによる苦悩だけであります。ラフォルグの形而上性は、感受性を知的にすることと観念を情緒的にするという二つの方向に広がっています。ラフォルグのアイロニーは『伝説的教訓劇』と呼ばれる本にある彼のすばらしい散文である『ハムレット』に見られるように、自分自身に背いて使われたアイロニーで、葛藤から起こっています。

「―もし（レアティーズはオフェリアの墓の所でハムレットと出会って言う）あなたが、最も最近の医学研究によって、悲惨な狂人でなく、全く無責任でないなら、私の名誉ある父と私の妹　―たしなみをかなり積んだあの若い婦人…―　の死に対して直接償いをしなければならないだろう。

―おお、レアティーズよ、それは私にとってどうでもいいことよ。しかし、間違いなく私はあなたの立場を考慮しています…

―おやまあ、どんな道徳観も持ち合わせていないなんて…。

みんなは、最上の松明をもって亡骸を探しに送り出しました。[5]」


彼の自意識はもちろん部分的に思春期的なものですが、それを意義深くする貪り食う強烈さであります。

Bref, j'allais me donner d'un "Je Vous Aime"
Quand, je m'avisai non sans peine
Que [d'abord] je ne me possédais pas [bien] moi-même.

要するに、私は「私はあなたを愛しています」と言おうとして
その時、私が、悲しくも気づいたことは
私自身というもの（何よりも）が私には（よく）解っていないということでした。[6]

「私が気づいた」ということは、丁度、人間生活の意味とそれが意味すべきものとの間の不釣り合いが、常に

彼のハムレットを自分自身に押し戻しているように、常に彼を押し戻して自分自身をいじめています。彼は「余程暇な時でもなければ私自身というものが信じられない」人ですが、たとえ自暴自棄的なハルトマンの『無意識の哲学』(7)の抽象性によってだとしても、なおも、ある哲学を生きる必要に捕らわれています。もしも彼が後で生まれたとしたなら ―そして彼がフランス人に生まれなかったとしたなら― 彼は心理分析の束縛に陥ったかも知れませんが、本質的に彼の本性には男性的な強さと鋭いアイロニーのユーモア感覚があります。彼は時々ボードレールの祈りを響かせています。「ああ、主よ、願わくは、授け給え、/わが心と肉体とを嫌悪の情に駆られずに眺め得る力と勇気を。」(8)たとえば、彼の感受性の、肉体の、そして、魂の苦悩は、彼が『日曜日』と呼んだ詩の一つの最後に表されています。

Ah, que je te le tordrais avec plaisir,
Ce corps bijou, ce coeur [à] ténor …
Non, non, c'est sucer la chair d'un coeur élu,
Adorer d'incurables organes …
Et ce ne'est pas sa chair qui me serait tout,
Et je ne serais pas qu'un grand coeur pour elle …
L'âme et la chair, la chair et l'âme
C'est l'esprit édénique et fier
D'être un peu l'Homme avec la Femme …

Allons, dernier des poètes!
Toujours enfermé tu te rendras malade !
Vois, il fait beau temps, tout le monde est dehors,
Va donc acheter deux sous d'ellébore,
Ça te fera une petite promenade.

私はあなたの宝石のような肉体や、よく響く精神を、
喜んで捻り合わせてあげるのに、…
いや、いや、それは選ばれた精神の持ち主の肉体を吸い、
もう直らない器官を崇拝し…
そして、その女の肉体が私にとってすべてではない。
そして、その女にとって私は寛大な精神の持ち主であるだけ
という訳でもない…
精神と肉体、肉体と精神、
それは女に対して少しでも男として振る舞うという
エデンの園の誇り高き精神である…

ところで、君もしようがない詩人じゃないか

いつでも閉じ篭もっているなら病気になるだろう
ご覧、天気が良くて、みんな外にいる
それから、薬屋まで熱冷ましを買いに行きなさい
それは少しの散歩になる。(9)

後に、同じ詩のグループの中で、彼はお祈りに行く「か弱くて、そして犯すことが出来なくか弱い女の子達」について話し、幾分、もったいぶって付け加えています。

Moi, je ne vais pas à l'église;
Moi, je suis le Grand Chancelier de l'Analyse …
私は教会には行かない
私が、実際、分析の長老である…(10)

人目を引くことは、彼が読んだ哲学者の語彙からの用語と一緒に「無意識」、「無」、「絶対」といったそのような言葉が如何にしばしば繰り返されるかと言うことです。そして、ヴァルキーレのようなそんな人物やワーグナーのミュージカル・ドラマからの他のイメジも繰り返されているのです。(11)ラフォルグは、ショウペンハウエルやハルトマンの哲学を最も近い韻文で実現しています。彼がまさしく彼らを信じたと言っても言い過ぎるこ

とはありませんが、彼は、またワーグナーによって影響されたけれども、ワーグナーが感じたとは違ったやり方で、確かに彼らを感じていました。彼の批判的知性は、ワーグナーがしていたように見えるように、情緒でそれ自身を引きずることは出来ませんでした。ショウペンハウエルの体系は功を奏しませんが、ラフォルグにとって、それは『トリスタンとイゾルデ』や『パルジファル』の崩壊とは異なった崩壊で破滅しています。[12]ラフォルグは驚くほど近代的です。シュールリアリスト達が人生からの彼らの特殊な型で、自分たちの霊感を求めてランボーやロートレアモン[13]を振り返るように、そのように詩人のもう一つの型はラフォルグによって代表されます。ここに一九二〇年に書かれたかも知れない近代散文の断片がありますが、それをラフォルグは、ヴィクトリアが女王になっている数年前に書きました。

「民衆の叫びが沸き起こる。達見だ。償却不能、パナマ運河を閉ざせ。競売とくれば査定官。高値をつけたりつけなかったりで競りにかけ、虚有権者物件、終身年金、用益権の買付までも。競りは未解決の相続権やその他、時刻表、年刊の類、記念の贈答品などもろもろ。割引の周遊券売り。二日から四日先を占う八卦者のマダム・リュドヴィック。『子供の楽園』印の玩具や大人のパーティ用の小道具…　預金頼り！…　マリノ流仕掛け[14]からくり！　預金は安全確実なものもあれば、紙切れ同然となる代物も！　ああ、預金暮らしのはかなさ！…」

ヴェルサイユ条約の前にすら何かしらおかしな状況があったように思われます。[15]ラフォルグは確かに何かに反抗しています。それは、D・H・ロレンスの場合にように、政治的社会的観念を取り扱っている意識よりも更により深いレヴェルの意識に働きかけている反抗です。そして、彼はかってはジェラニウムを持ったピアノの若い娘のことで空想に耽る感傷家で、また自分の反射行動を調べている病理学者です。[16]もちろん、彼が欲しているのは、精神と感情、魂と肉体の両者が彼の生の充満に向かって協調する救済のあるやり方なのです。そして、私は、それはラフォルグの繊細で貞潔な想像力で出来ている若い娘でも、多分、非常に古い世界である新しい世界に対する鍵を握っているチャタレー夫人でもないと思います。[17] それはきれいなイギリスの女教師であるリー嬢でも、たくらみを行うカント以後の偽仏教徒でもありません。[18]

もし我々がラフォルグをダンになぞらえることが出来るなら、我々は、かなりの留保をもって、トリスタンをクラッショウになぞらえることが出来ます。コルビエールがラフォルグ以上に宗教的詩人であったからというのではなく、詩の問題は神学の問題と関係がないこともないからであります。コルビエールは、ラフォルグよりも少しばかり劣り面白くはありませんけれども、時に、彼よりもすばらしい詩人です。ラフォルグは、彼が一八八七年に死んだとき二七歳でした。コルビエールは一八七五年、三〇歳の年で亡くなりました。彼らはお互いについて何も知りませんでした。コルビエールの作品には哲学的読書の痕跡が余りありません。彼は「絶対」とか「無意識」によって余り苦しめられませんでしたが、思考と感情、感情と思考で作り上げられたラフォルグと同じ不思議な作品があります。クラッショウと同じように、コルビエールの場合、重力の中心は、ラフォルグよりももっと言葉や句にあります。そして、彼は、我々の比較において、クラッショウの集中化されたコンシートを呼び起こす句を持っていますが、それには彼がヴィクトール・ユゴーを「叙事詩体の国民軍の兵士」[19]と呼んだときのように、しばしば野蛮なユーモアがありますし、ヴィヨンやダンテに値する野蛮な簡潔さがあります。次は「縁日のラプソディ」からのすばらしい二行です。

Là, ce tronc d'homme où croît l'ulcère,

Contre ce tronc d'arbre où croît le gui —

ほら、胴に腫瘍が生じている男は
ヤドリギが生えた幹にもたれている

つまり、動物と植物のあの突然の結びつきはダンテに値する恐怖を持っています。[20] コルビエールがクラッショウのコンシートに近づこうとして何かを使っていることは、多分、詩人彼自身の葬儀である『その後の小さなロンデル』の双書で明らかです。たとえば

Va vite, léger peigneur de comètes !
Les herbes au vent seront tes cheveux;
De ton oeil béant jailliront les feux
Follets, prisonniers dans les pauvres têtes ...

Les fleurs de tombeau qu'on nomme amourettes
Foisonneront plein ton rire terreux ....
Et les myosotis, ces fleurs d'oubliettes ...

急いで行きなさい、ほうき星の機敏な櫛けずる人よ。
風に吹かれた草はあなたの頭である。
狐火はあなたの空洞の眼孔からきらりと光り、
哀れな頭蓋骨の囚人は…

すずらんと呼ばれる墓の花は
あなたの世俗的な笑いを充分に膨らませる…
そして、わすれな草、地下牢の花…(21)

我々がラフォルグの中に気がつくように、我々が十七世紀の中で見つける以上にもっと感傷的なことでだけクラッショウのコンシートに近づいています。

二人のフランスの詩人たちのこのまさに通り一遍の外観で、私は二つのことを心に描いています。先ず、彼らを我々の現代の時代に結びつけること、それから二番目に彼らを一般的に「形而上詩」に結びつけることでありますす。そんな訳で、たとえ、結論に到達しないとしても、少なくとも形而上的であることの感情と、我々の時代とのその関連性に到達することであります。最初の点を先ず取り上げると、七十年代、八十年代のこのフランスの詩が我々と我々の問題にどう関連しているかということです。

多分、私はすべての批評家の中で、判断する資格を最も失っています。というのは、私がだいたい二十三年前、フランスの詩人たちと最初に出会った時、それは、私がほとんど伝達することが出来ないような個人的な啓発であったということを知っているからです。伝統に初めて触れて、初めて、私は、いわば、死んだ人達によって支持されている幾人かを持っていたと感じると同時に、何かしら新しく適切であるかも知れない言うべきものがあったと感じました。私が言及して来た人達――つまりボードレール、コルビエール、ヴェルレーヌ、ラフォルグ、マラルメ、ランボー――がいなかったなら、私がいやしくも詩を書くことが出来たであろうかどうかあやしいものです。この事実だけのため、私は彼らの批評家であるのには似つかわしくないのです。彼らがいなかったならエリザベス朝の詩人達やジャコービアンの詩人達は余りにもかけ離れ古風であったことでしょう。そして、シェイクスピアやダンテは余りにもかけ離れて偉大で、私の手助けにはならなかったでしょうに。それ故に、目下、彼らの重要性を強調する際、私は、ただ自分自身を弁護するだけなのです。だが、彼らは我々の時代にとって重要だと思うのです。そして、また現代文学を理解しようとするどんな人も、イングランドにおけるというよりフランスにおける世代を、偉大な先覚者であるボードレールと言いさえするよりは二流の後継者を研究すべきだと思うのです。私は次のような方法で自信をもって文学批評について言えます。理想的な文学批評家は強烈な集中力と同時にどっちつかずの自覚の両方を持つべきです。彼は何といっても社会学、心理学、政治学、あるいは神学といった他のどんな学にも関心を持つべきではないのです。彼が関心を持つべきものは、先ず言葉と受肉、詩人が然るべき場所で然るべき言葉を使ったかどうかの問題、明確な意図と不明確な音と意味の放射に関わる正しさなのです。彼が他の科学の実践者と違うのは、――実際、自分があらゆるものを知る必要があるというために――自分が知る必要があるものと知る必要がないものというよりは、彼の価値の中心、つまり、初めに言葉ありきによってなのです。話には意識の最も高いレヴェルと無意識の最も深いレヴェルの二つがあります。話によって虚偽の価値が保たれ、あるいは真の価値があらわにされます。詩人の最初の目的は、楽しむことであり、もし彼が楽しむことが出来ないならば、他のすべてのことは空しいのです。しかし、彼は寓話で話をします。

詩人の仕事の究極的な目的、究極的な価値は宗教的なのです。つまり、私が意味しているのは、社会のあらゆる段階は一そろいの純粋な社会的価値に固めてしまう傾向があるということです。社会は、それぞれの詩人が、その時代の社会的価値の流れに適するかどうかで、受け入れられるか、あるいは拒絶されるかというような圧力を行使しがちです。従って現代批評は主に筋違いです。それは杓子定規の原理を遵守しているのです。バイロンが、私がしばしば私自身の書いたものを情状酌量して引用したくなる言葉で、次のように言うとき、

Some have accused me of a strange design
Against the creed and morals of this land
and trace it in this poem, every line;
I don't pretend that I quite understand
My own meaning when I would be very fine,
But the fact is that I have nothing planned
Except perhaps to be a moment merry …

ある人々が、私を非難したのは
私が、この国の信条や道徳に反するいかがわしい目論見を持ち、

そして、それをこの詩の一行一行に跡付けているからである。
私が十分に理解しているといいがたいのは
私がいつ手際よくやってのけるか私自身の意味するものである
しかし、実のところどのような目論見も持っていません
多分、ちょっとのあいだ浮かれたいということを除いて[22]

彼が根底において主張していることは、現実的社会的価値は、それがどのようなものであろうと、詩人の価値と同じものではないということです。どんな時においても、実践的価値と理論的価値は違います。芸術家は、次のような意味で、ただ一人の本物で深遠な革命家なのです。世界は常に現象が実在にとって代わりがちであったし、常にそうであろうという意味で。芸術家は、常に独りぼっちで、他のすべての人が正統であるとき異端であり、他のすべての人が異端であるとき正統でありますが、このような芸術家は伝統的価値の永遠なる転覆者で、リアルなものの回復者です。彼はある時に、一方の極端な意見を持ち、別な時期に他方の極端な意見を持っているように見えるかも知れませんが、彼の役目は人間性をリアルなものに戻すことなのです。

ところで、批評家はこのことすべてについて自覚しなければならないが、自分の仕事に固執しなければなりません。もし彼が偏狭で物知り顔でない同情の持ち主ならば、彼が自分の仕事を狭く綿密に明らかにすればするほど、それだけ良い仕事をするでしょう。私は、何故、社会学者が詩を吟味しないのか、何故、心理学者はそれを分析しないのかその理由が分かりませんが、これは文学批評ではありません。偉大な詩はこのような方法で書かれないということを除けば、人が偉大な詩を書こうとしない理由はありません。私が意味しているの

は、詩に十分留意されるなら、「偉大さ」ということは、目的とか基準ではないということなのです。目的はシェイクスピアやホメロス、ダンテ、あるいは他の誰かを対抗させることではありません。というのは、詩人であるとするなら、そして、詩人である限り、これらの基準や野心は無意味だからなのです。詩はこの面において科学に似ています。真の詩人の目的は「偉大な詩人」ではなくて、詩に貢献することなのです。つまり、その時代に本当のことを言うだけで、正しい方法でいろいろな環境において言われることを言うことなのです。詩に対する一つの積極的な貢献は作り上げようと望まれているすべてのことです。この貢献がないなら、シェイクスピアであろうが、ジュール・ラフォルグであろうが、また「本物」であろうが「偽物」であろうが、どうでもいいのです。偉大さは詩人が真に求める状態ではありません。偉大さは、我々に関する限り、めぐり合わせの問題、我々が死んだ後何が起こるかと言うことの問題です。そして、それは我々自身の外側にある偉大なことによるのです。しばしば言われることですが、どのような人間も自分自身の従者への英雄ではありません。もっと大切なことは、どんな正直な人間も彼自身英雄ではあり得ないということです。彼は、世界の歴史の中のどれくらい多くの主義主張が、能力と才能の外側で、偉大さに責任があったということに自覚しなければならないからです。

それ故、詩人の立場から　―と言ってもいいのかもしれませんが―　詩の歴史を見ると、価値は皆さんが詩についての何らかの歴史から学ぶようなものでは全くありません。価値は曖昧に「技術的」と呼ばれるもの以上のものです。重要な詩人は人々に話を教えてきた人々でしょう。そして、人々はあらゆる世代において、話すことを教えられなければなりません。詩人の役目は絶えず発音不明瞭な人々を発音明瞭にすることなのです。そして、発音不明瞭な人々は常に話しをほとんどぶつぶつ言い、その祖先の、あるいは新聞編集者の隠語になってしまうので、新しい言葉は、ある抵抗なくして、義憤さえ感じることなくして学ばれることは決してありません。マラルメはポーについて、種族の言葉にもっと純粋にもっと純粋な意味を与えなさい、と言いました。(23)そして、言語のこの純粋化は進歩というより、リアルなものへの永遠なる回帰なのです。それ故に、ダンテ、ダン、そしてラフォルグを三人の形而上詩人達として話をする際、私は文学史の中で適切であると見なされる価値の尺度でお話しているのではないし、また価値のどんな尺度でお話しているのでもありません。しかし、文学史の中の価値の尺度は人生における価値の尺度では滅多にありません。ダンテは言うなれば十ページに値し、ダンは一ページ、そしてラフォルグは脚注に相当すると言うことを私は気づいています。もし私が魂の告白者であるなら、私は告解において彼らに同じ地位を与えるだろうか。

私が、ラフォルグとコルビエールの立場を見積もる際、幾分、価値の再評価を求めます。私は文学が与える喜びによって文学を考えることに大賛成ですし、そして、結局、ダンテはラフォルグ以上に喜びを与えることが出来るということに気づいています。しかし、我々は喜びだけに関心を持っているのではありません。我々は、歴史家として、我々の現在を作っているものに関心を持っています。どんな芸術家の偉大さも未来にかかっていますし、彼が行うことにかかっていますし、彼の結果にかかっています。我々の現在の時代は、この講演の主題であったフランス詩人のために偉大さを展開しているように私には思えます。このことは、私自身のように、彼らによって直接に刺激され影響された人達の作品によってと同じように、――D・H・ロレンスのように――彼らについて聞いたことがなかった人達の作品によって示されています。

詩人は必ずしも彼自身の作品の含みについて自覚しているとは限りません。実際、彼は一般的な問題に全く直接的に従事しない方がいいのです。彼は偶然の行為で、そのようなものとして行為すべきです。すなわち、詩を書く際、我々は我々自身の直接経験から出発するのです。経験は、それ自身、全体として社会の経験と関係がありません。我々が自覚して行っている全てのことは、等しく個人的である経験についての我々自身の感情を表しています。個人的経験が一般的状態に呼応し、その結果、一般的状態が個人的経験を喚起すると同時に読者の公的経験を表すことになりますが、このようなことは単純に起こりますし、あるいは起こらないのです。意義深い詩は三重の関係があるとき起こるのです。つまり、詩人の個人的経験と一般的状態の関係、詩人の個人的経験と読者の個人的関係、そして一般的状態と読者の個人的関係との関係なのです。二つの個人的なことと一つの知れ渡っていることがあります。そして、たまたまそれらすべてが出会うある点があるのです。ジュール・ラフォルグは、典型的な情緒ではなくて、彼自身の個人的なことに従事しているだけなのです。彼はその情緒をたまたま正確に表現することが出来るのです。そして、このように表現されると、その情緒は、かなり多くの人達の情緒を代表することが、たまたま起こるのです。ダンテは、何かをかなり大きなスケールで行う際、それを、個人的なものとして、ラフォルグと同じように重要なものではない個人的情緒に合体させることによって、それを何とか成し遂げました。第一に、詩人は偉大な詩人を目指してはいません。第二に、彼はたまたま「偉大な詩人」と呼ばれることがあるかも知れません。第三に、一般大衆の価値では決してあり得ない詩人の価値があるのです。その基準は「偉大さ」ではなく「貢献」だからなのです。

　私が形而上詩の定義のどこか近くに達しているように見えたかどうか分かりません。私はその用語は二つの意味を持っていると言うことから始めました。その二つの意味は留められなければなりませんが、その意味は全くぴったりしません。この用語は、意見は二流の個々人の詩人達について異なるかも知れませんけれども、ダンとカウリーの間の詩人達の世代を意味しています。そして、また、それはある種の詩は必ずしもその時期に限られているとは限らないと言うことを意味しています。私は、これらの十七（世紀）の詩人達、あるいは彼らの幾人かの詩人達と、ダンテ、グィード・カヴァルカンティ、グィード・グィニッツリー、ピストイアのチノーのような詩人達やラフォルグとコルビエールのような詩人達との間に共通する何かを見つけているという単純な主張に取り掛かりました。もし皆さんがこの点に同意しないとするなら、私がお話してきたすべてのことは無意味なことなのです。「形而上詩」についての二つの意味の間の相違は単なる外包と内包の違いではないからです。事柄をそのように簡単に処理することは出来ません。十七世紀において、形而上的であるとは何かということを見出だすために、我々は、ダンの研究に専心しなければなりません。十七世紀詩人が共通に持っているものは、先ずは、彼らは十七世紀に生きていたと言うことです。第二に、彼らはダンに影響されていたということなのです。カウリーは我々がダンとの関係で彼を考える限りにおいて形而上派ですが、もし、我々がこの関係を無視するなら、彼は全く形而上派ではありません。カウリーが次のように言うとき、

Now by my love, the greatest oath that is,

None loves you half so well as I…

今や、存在する最も偉大な誓いである私の愛にかけて

誰も私の愛の半分もあなたを愛してはいない(24)

我々は彼はダンの弟子であるということを思い起こします。しかし、我々が思い起こさなければならないこと

は、ジョンソン博士が次のように述べたことです。つまり、如何にカウリーが「自分自身怒りっぽいことや、そのことで、自分の心が引き裂かれてしまうほどの性格の多様性について話そうとも、彼は、実際一度だけ恋し、それから断じて自分の情熱を告げようとはしなかった」ということです。[25] ドライデンやジョンソンがカウリーの重要性について何故自らを欺いたかを理解することは容易なことであります。カウリーは彼自身のやり方でドライデンの文体の先駆者であります。ドライデンは彼の初期の韻文で、単なる後期のコンシート化された詩人に過ぎません。ドライデンとジョンソンは、自分達自身との類似性が自分達がカウリーの詩を好む理由であるということを知らなかったけれども、彼らはこの類似性のためにカウリーの詩を好みました。ドライデンもジョンソンも、詩人達全体の世代が如何にダンに負うているかということを感づいていません。この世代の詩人達は、非常に異なった傾向を持っていて、ジョージ・ハーバートやマーヴェルばかりでなく、サックリング[26]やラヴェリス、そして、ベンローズ[27]のようにもっと気むずかしく名もないばかりか、ロチェスターやセドリー[28]のように第二世代のもっと慇懃《いんぎん》で洗練されている詩人達でもあるのです。

それ故に、我々は我々の心の中で宙ぶらりんになっている「形而上派」の二つの意味を心に留めなければならないと思います。それは思われているほど難しくはありません。なぜなら、とにかく、それは我々がすることであり、そして、我々は普通には同時に二つの意味に関心はないからです。主な問題は、私が述べてきた二つの他のグループ、つまり、イタリアとフランスが丁度、十七世紀の詩人達と同じくらい形而上派であるかということに皆さんが同意するかどうかです。もしこれが検分によって同意されるならば、彼らは作り上げられ得るどんなものを共通に持っているのですか。哲学的詩人としてのダンテと形而上詩人としてのダンテとの間を区別することはここでは基本的なことでした。私は、彼は、形而上派の時期を過ごし、それから哲学的な時期を過ごしたと言うことを言っているのではありません。サンタヤーナの後の言葉を使うなら、彼はむしろ形而上派として始めましたが、『神曲』で形而上派のものと哲学的なものの二つが一緒になったのです。それぞれの場合を押し進めると、その背景に哲学と神秘主義があります。つまり、ダンテのためには、アクィナスの哲学とヴィクトールの神秘主義で、ダンのためには中世哲学――彼が研究すべき単なる中世哲学があるだけなのです――と視覚的想像的聖イグナティウスの方法――その『霊操』にはどんなダン研究者も没頭しなければなりませんが――[29]の混合があります。クラッショウのためには、むしろ、聖テレサがいます。そして、ジュール・ラフォルグのためにはハルトマンやショーペンハウエルの神秘哲学がありますが、それはワーグナーの音楽劇に溶解してしまう同じ神秘哲学です。今や、哲学詩は、哲学的体系が全体として詩人よって感じられたとき、それが彼の詩の構造に影響を及ぼすときに書かれるのです。つまり、実際、信じられるとき書かれるのです。しかし、形而上詩は信念とともに生じるか、信念なくして生じるかの何れかです。それは十分に信念に囚われて生じるか、あるいは信念の崩壊で生じるか、または意識的な信念の喪失とその追求で生じるかの何れかなのです。それが明らかにしているもの、そして、これこそが文明史において大変な業績で非常に重要で、我々の哲学的信念と、我々の個人的感情や行動との間に密接な関係があるのです。これは、実際、哲学的信念を吟味する一つの方法であります。現在のラッセル伯爵夫人は、その本質をよく表している『幸せの権利』と題する本の中で「我々は動物で、動物の状態にあり、我々の再生と幸せへの道は、あるとするなら、我々の動物的本性を通してである」[30]ということを見て取っています。他にどのようなものがラッセル夫人に開かれていようとも、彼女も、彼女の生まれ変わった幸せな動物的かんしゃく玉も形而上詩人達でないことは全く確かなことです。ユイスマンスの『出発』の英雄デュルタルは幸福への遠足の後「なんとまあ、愚かなこと」[31]と述べています。そして、私はD・H・ロレンスが、表面的な現象にも関わらず、この点に関してラッセル夫人と目を合わせたであろうと信じることは出来ません。「問題は」故ビーコンスフィールド卿が述べたように「人間は猿か、あるいは天使なのか」[32]ということであります。私はロレンスは天使の側にいたと思います。幾人かの改革者達は確かに猿の側にいます。

現在、世界中に形而上詩でないかなり多くの詩があります。実際、その中には偉大なものもあります。皆さんは、私が理解しているような形而上詩をわずかに持てるのは、一つの哲学の影響が直接的に信念を通してではなくて、間接的に感情と行動を通して、詩人の日々の生活の小さな細目に[33]、彼の平常心に、主に、多分、彼の恋愛の仕方だけでなく、あらゆる活動に及ぼす哲学を持っているときなのです。『失楽園』や『ファースト』には形而上派のものは何もありません。そして、実際、ミルトンやゲーテのような非常に偉大な詩人は、ラフォルグのような小さな詩人より、日々の生活で自分の哲学を感じるやり方において、かなり生硬であるかも知れません。形而上詩は高度に文明化され、人間性は発作と激発によって高度に文明化されているだけなのです。それ以上に形而上詩人は自分自身に対して主観的、少なくても主観的な側面を持たなければなりません。『神曲』が一人称で話されていることは理由がないことでもありません。しかしながら、『サムソン・アゴニスティーズ』のような詩は非常に異なった方法で、そして非形而上的方法で主観的であります。それは自己劇化、無類の自己劇化の方法です。そのようなエゴイズムは、それから生まれてくる詩がたとえ如何に偉大であるとしても、決して形而上派のものではありません。形而上詩人は、ダンテの方法やラフォルグの方法やまたダンの方法であろうとも、自分自身の感情にかなり興味を持っていますが、もっと冷ややかで分離した方法で彼らに興味を持っております。ミルトンは『サムソン・アゴニスティーズ』で、登場人物を通して世界への自分の感情 —

主に誇りの感情―を表しています。形而上詩人は自分の感情を直接に扱っています。それ以上にその感情は、誰か他の感情であるかのように扱い、たまたま彼の検分に役に立っているだけであります。一方は劇場の態度、他方は告白の態度であります。サフォーの偉大なオードのような詩は、恋人の感情の観察と言説が如何に鋭かろうとも、形而上派ではありません。なぜならその背景にはっきりとした哲学がないからなのです。(34) 形而上詩は文学史の初めには現れません。ルクレティウスのような偉大な哲学詩は形而上派ではありません。なぜなら、たとえば彼が描写している恋人の感情は哲学によって彩られているのではなくて、唯単に、ラッセル伯爵夫人だったならその感情を幸せのために存在させたようなものであるからです。そして、前に私が言ったように、形而上詩にとって本質的であると私が感じた哲学によるこの人間感情の色合いは、その哲学の信念を伴うかも知れませんし、伴わないかも知れません。ダンテにおいて我々は感情と宇宙的信念の形而上的展開を持っています。ダンにおいて我々はなおも確信的キリスト教徒を持っていますが、その信念は空間においてもっと狭められています。つまり、彼の神学的正統と個人的敬虔は、まだ明らかではありませんが、一般的に哲学的真理についての懐疑主義によって蝕まれています。彼は受け入れられたどんな宇宙論をも持っておりません。ラフォルグにおいて我々はドイツ哲学の体系を享受します。この体系は、余りにも抽象的で、申し分のない信念である血肉を激しく支持するために概要化されていますが、彼の個人的情緒を見出だし影響するくらい十分な力強さを持っています。私が告白しなければならないのは、すぐ前の未来の寛大な、あるいは本質的な政治的宇宙論から生まれ出る形而上詩にかなりの見通しをつけることが出来ないと言うことであります。哲学は、文明の下で、ただ単にそれだけの多くの社会的情緒と徳を横たえ、そして、それだけ多くの個人的情緒に雑草のように繁茂させ、あるいは萎えさせてしまいますが、このような哲学は、せいぜい多少苦しめられたラフォルグの精神的ストレスと緊張を喚起することが出来ますが、我々がダンテの中に見出だす哲学的で宗教的で個人的な情緒の調和を生み出すことは出来ないのです。

注

（1）ヴァレリーの「ボードレールの状況」（Valéry's 'Situation de Baudelaire'）の結論の文章。原文は 'Tandis que Verlaine et Rimbaud ont continué Baudelaire dans l'ordre du sentiment et de la sensation, Mallarmé l'a prolongé dans le domaine de la perfection et de la pureté poétique'（*Oeuvres*, 1 [1957], p. 613）

（2）四五〇頁注（19）参照。

（3）四五一頁注（20）参照。

（4）ブレイクの「エルサレムのユダヤ人へ、これらの黄金の建築士は何をしているのか/悲しみでいつでも涙を流しているパディングトンで」へ言及している。四一六頁注（50）参照。

（5）四五一頁注（21）参照。

（6）四五二頁注（22）参照。

（7）四五三頁注（27）参照。

（8）四五二頁注（24）参照。

（9）四五二頁注（25）参照。

（10）四五三頁注（26）参照。

(11) 四五三頁注(28)参照。

(12) 四五三頁注(29)参照。『パルジファル』(*Parsifal* [1877-82])はワーグナーの最後の作品で、祭儀的な劇である。

(13) イシドール・ルシアン・デュカス(Isidore Lucien Ducasse [1846-70])は『マルドロールの歌』(*Les Chants de Maldoror* [1869])の出版に際してコテ・ド・ロートレアモン(Comte de Lautréamont)の名前を詐称した。この歌はゴシック的な夢のような絵と空想のモンタージュで、そこで英雄であるマルドロールは神に背き、邪悪でサディスティックな行為に喜びを見つけている。『ポエジー』(*Poésies* [1870])で、ロートレアモンは文学の道徳的見解に突然赴き、懐疑と絶望のおびただしいロマン主義的作家を公然と非難した。T・S・エリオットがロートレアモンを発見したのは、彼が初期に賞賛していた人達の一人で、一九二〇年に『マルドロールの歌』の新版を紹介したレミ・デ・グールモン(Remy de Gourmont)を通してであったかも知れない。一九二七年十月のハリー・クロスビィとの私信で、T・S・エリオットは、一九二四年のカサノヴァ・ソサアイアティのためのジョン・ロドカー(John Rodker)のグールモン版の翻訳に彼の親近感を表明し、一九二七年十月二七日、エリオットはクロスビィに「私が全く知らなかったロートレアモンの魅力ある小冊子を送ってくれたことに対して」(*L2*)感謝の手紙を書いた。『文学』(*Littérature*)のシュールリアリストの編集者達——アンドレ・ブルトン(André Breton)、ルイス・アロガン(Louis Aragon)、そしてフィリップ・スーポー(Philippe Soupault)——は、一九二〇年代の間、ロートレアモンを尊敬していたが、最初、ロートレアモンとランボーを結びつけたのはアンドレ・ジィド(André Gide)であった。一九二五年出版された『緑の円盤』(*Le Disque vert*)の特集号である『ロートレアモン伯爵』(*Le Cas Lautréamont*)は、明らかにコズビィによってT・S・エリオットに送られた本であるが、この本の中で、ジィドはロートレアモンは、ランボー以上に、「将来の文学のための水門の統率者」であったと宣言した。

(14) 四五三頁注(30)参照。

(15) 四五四頁注(32)参照。

(16) 四五四頁注(33)参照。

(17) エリオットのペイジ・バーバー講演は一九三三年の五月にヴァージニア大学で行われた。T・S・エリオットは、『チャタレー夫人の恋人』(*Lady Chatterley's Lover* [1928])に直接触れる前に、ロレンスの男女関係に関して「何らかの道徳的社会的感覚の欠如」があることを次のように指摘した。「いくつかの面で、彼は進歩したかも知れない。彼の生に対する初期の信念は、真に真面目な生への信念と同じように、死における信念に移行しなければならないかも知れない。しかし、『チャタレー夫人の恋人』には、それだけの進展を見ることは出来ない。お馴染みの猟場管理人は再び現れる。良家の子女の――あるいはこれに近い良家の――夫人たちが、自分自身を下層のものに供している――あるいは彼らをうまく利用している――社会的束縛は、女性の人物が野蛮人に身を任せたりする同じ病的状態から生まれて来ている。この本の著者は私には実際、非常に病的な人間であったように思われる」(*ASG* 37, 60-1/39, 65-6)と。その小説が修正されないテキストのまま出版されたためペンギン・ブックが起訴されている間、弁護のための一九六〇年の証言(ノッティンガム)において、T・S・エリオットは彼の初期の声明を「余りにも暴力的で一掃する」ものとして否認することになった。「多分、私は今、理解していることは、ロレンスのヴィジョンは男女のための精神的道徳に関するもので、彼はこのことを普通の社会的道徳を無視させる権利を与えるくらい非常に重要なものとして認めた…現在の私の考えは、ロレンスは我々の社会を性に対するその態度において病的で病んでいると考えた、ということです」。「批評家を批評する」('To Criticize the Critic' [1931])で、エリオットはその小説の訴追を一層嘆きながら、その小説を「最も真面目な高度に道徳的な意図を持った本」と述べたが、「その作者に対する嫌悪がまだ残るのは、エゴイズムや残酷調やトーマス・ハーディと共通の欠点――ヒューモアの感覚の欠如――などによるものである」ということを認めた(*TCC* 24-5)。

(18) 四五五頁注(34)参照。

(19) コルビエールのユゴーの人物への諷刺的な言及。これは『黄色い恋』(*Les Amours jaunes*) のT・S・エリオットの本に印刷されているように「若者」('Un Jeune Qui S'en Va' [p. 57]) の二十一番目の四行詩に見られる。

– Hugo: L'home [sic] apocalyptique,
L'Homme–ceci–tuera–cela,
Garde national épique!
Ill ne'en reste qu'un –celui–là!-

ユゴーよ、黙示の男よ
あれこれで終わる男
… 叙事詩体の国民軍の兵士
唯一の一人のユゴー、彼こそがそれである

(20) 四五五頁注(38)参照。

(21) 四五六頁注(39)参照、小さな誤写。

(22) バイロンの『ドン・デュアン』(*Don Juan*, Canto the Fourth, stanza v.) から間違って引用されている。T・S・エリオットは一九一四年十一月十六日までそのスタンザを記憶していたが、その時、彼はコンラッド・エイキン宛ての手紙の中で数行を間違って引用した (*L1* 69)。彼はまた一九三二年の十一月四日のノートン講演の「序文」のスタンザを上述のように間違って引用した。この講演で彼は「一篇の詩の『意味する』問題は最初に考えられたよりもかなり難しい。もし『灰の水曜日』(*Ash-Wednesday*) と題する私の詩が第二版を重ねることになるなら、私は『ドン・デュアン』からの数行をその前に付けようと考えていた」(*UPUC* 30/21, 誤植はアメリカ版で訂正された) という所見で引用を始めていた。

Some have accused me of a strange design

Against the creed and morals of this land
And trace it in this poem, every line:
I don't pretend that I quite understand
My own meaning when I would be very fine;
But the fact is that I have nothing plann'd,
Unless it were to be a moment merry,
A novel word in my vocabulary

ある人々が、私を非難したのは
　私が、この国の信条や道徳に反するいかがわしい目論見を持ち、
そして、それをこの詩の一行一行にそれを跡付けているからである。
　私が十分に理解しているといいがたいのは
私がいつ手際よくやってのけるか私自身の意味するものである
　しかし、実のところどのような目論見も持っていません
ちょっとのあいだ浮かれたいということでなければ
　浮かれるとは私の語彙ではじめて使う言葉なのだが。

(23) マラルメの「エドガー・ポーの墓」（'Le Tombeau d'Edgar Poe' [1877]）の六行で、T・S・エリオットはこの行を『リトル・ギディング』（*Little Gidding*）の第二章で「部族の言葉を純化する」（'To purify the dialect of the tribe' [1926]）と翻訳している。T・S・エリオットは原初的な言葉の力を主張し、ポーの輝かしい批評を作り上げているあのマラルメの韻文を暗示するため「マラルメとポーに関する覚書き」の行を早くも引用した。

(24) 四〇一頁注（11）参照。

(25) 四〇〇頁注(10)参照。

(26) 「二流の形而上詩人達」(1920. 四九頁注[36]参照)の中で、T・S・エリオットはサックリングとラヴェリスをダンの伝統に位置づけして次のように述べている。「立派な詩作品が生み出された時代に、当然のこととして、注目に値する一、二篇の韻文を書いた一群の二流の詩人達を見つけることが出来ると思う。ダンは慣用句、そして、余り創意に恵まれない人でも身につけることが出来る言葉を学び作り上げた…ハーバート、クラッショウ、ヴォーン、そして、マーヴェルは、この慣用句を見事に変えた。それから、三番目、四番目に位置づけられる詩人達が現れた。彼らは、関心を引くような方法でその慣用句を何ら変えることなく、二、三の短いよい詩を書き…二、三のよい詩を書いた人の中で、記憶にあるのは、…ケアルー、サックリング、ラヴェリスである。ラヴェリスのような詩人には、気が付かないような、知らず知らずの変化が見て取れる」と(p. 641)。

(27) 二五八頁注(39)参照。

(28) ロチェスター(Rochester)(二五九頁注[40]参照)と彼の友達であるチャールズ・セドリー卿(Sir Charles Sedley [1639-1701])は二人とも、好色な抒情詩と諷刺をを書いたチャールズ二世の王政復古時代の宮廷で荒稼ぎと才知で悪名高い評判を得ている。T・S・エリオットは、多分、一九二六年と一九二九年の二人の詩人のそれぞれの版を通して、特にロチェスターのダンへの恩義に興味を持つようになった。

(29) 一九九頁注(29)参照。T・S・エリオットは「韻文思考」の中で、ダンにとって聖イグナティウスが大切であることを次のように書いている。「もし、『霊操』を読み研究するなら、その本は、ダンを思い起こさせるイメジの宝庫であるのに気づくであろう。これは、決して単なる偶然ではない…聖イグナティウスは、彼がキリストの受難を理解したように我々に理解させようと想像力に働きかけている…そして、我々は、子供の頃イエズス会の影響の下で過ごしたダンの中には、聖イグナティウスの可視的なイメジを見出だすであろう」(p. 443)と。

(30) 伯爵夫人ラッセルの『幸せの権利』の「現代文明」(Countess Russell, 'Modern Civilization,' *The Right to be Happy* [London: George Routledge & Sonns, 1927], p. 241) 第一章からの引用。T・S・エリオットはチェルシー・アパートのラッセル家を訪れた。そして、彼女は引用された文章に対するT・S・エリオットの強力な反応を知っていた。その引用は『タマリスク・トリー』(*Tamarisk Tree* [London : Elek / Pemberton, 1975]) に書かれたもので、その寸評はT・S・エリオットに「衝撃を与えた。彼は明らかにその本が何についてだったのか理解することが出来なかった。今日の生態学者だったなら彼ら自身が私の多くの感傷に同情していることに気づくでしょう。私は人生における『量』に対するものとして『質』について話しています。私が提案することは『自分自身と自分自身の環境を克服する然るべき道』を探し見つける一グループの男女が、自分たちの話と行為で『人生の道はすべての人によって実践され、社会の基盤になることが出来ることを示しうる、ということなのです』」(p. 194)。
以前、ガートン・カレッジの学生でヘレテックス家の秘書であったドラ・ウィンフレッド・ブラック・ラッセル (Dora Winfred Black Russell [1894-1986]) は、一九一九年第三代ラッセル卿であるバートランド・ラッセルと関係を持ち、一九二一年、彼が離婚した後、結婚し、先ず彼らの間に生まれ来る子供を嫡子にした。社会活動家、著者である女性権利拡張者として、彼女は、彼らの結婚が一九三五年に崩壊するまで、彼女の称号を使うことに抵抗していたがうまく行かなかった。

(31) 二〇八頁注 (46) 参照。

(32) 小説家で、それからアンチ・トリーの指導者であったベンジャミン・デズリリー (Benjamin Disraeli [1804-81]) は、英国国教会を弁護したオックスフォード教区会議の彼の有名な演説「教会政策」('Church Policy' [1864]) で、この有名な引用を次のように問いただした。「私にはびっくりするような軽薄な確信で、現在、社会の前に置かれている問題は何であるのか。問題は次のようなものである。人間は猿か、あるいは天使なのか。主よ、私は天使の側におります。私は義憤と嫌悪でこれらの新しい流行の理論を拒絶します。」フランシス・ヒッチマンの『ビーコンスフィールド卿の公的生活』(Francis Hitchman, *The Public Life of the Earl*

Beaconsfield [London: Sampson Low, 1884], p. 359）を参照。一八七六年、首相として第二期官職の間、デズリリーは、第一代ビーコンスフィールド卿になるために彼の最初の小説から名（『ヴィヴィアン・グレイ』[*Vivian Grey*, 1826]）を取り、貴族院に昇格した。

（33）ブレイクの『エルサレム』（*Jerusalem*）の重要な概念への言及。「他人に対して善をなそうと欲するものは、それを小さな細目でやらなければならない／一般的な善などというものは、悪漢、偽善者、及びおべっか使いの口実で／芸術と科学は細かく組織された細目にしか存在することが出来ない …」（Plate 55, lines 60-62 ; *Blake : Complete Writings*, ed. Geoffery Keynes [Oxford : Oxford Univ. Press, 1985], p. 672）T・S・エリオットは早くもこれらの行をブレイクの詩と哲学の結婚の「形のなさ」（formlessness）の例として引用した（*SW* 156）。

（34）九五頁注（17）参照。

テキストの覚書

クラーク講演

ターンブル講演

付録

索引

テキストの覚書

クラーク講演

以下のテキストの覚書は、主に、一連の講演がなされた後、いろいろな時にT・S・エリオットや他の人達によってキングズ・カレッジのタイプライターで打った原稿の清書になされた削除、挿入、そして校訂で出来ている。原文上、編集上、または本質的に興味がない些細な校訂は取り入れていない。

第一講演

講演のテキストのタイプ用紙「プランタジネット／ブリティッシュ・メイク」紙（二〇・二×二五・九センチ・メートル）は、スポールディング・アンド・ホッジ（Drury House, Russel St, London, wc）で作られ配給され、講演の前置きのペイジは「コリンディア・パーチメント」（二〇・二×二五・四センチ・メートル）紙で、ストロング・ハンベリ（196 & 197 Upper Thames St, London EC 4）によるものである。

六五頁　題目「序論…」、クラーク講演のための括弧で括られた題目は、タイプで打った原稿（第三講演、二〇頁）の一八三頁の裏側に鉛筆書きされているように、T・S・エリオットの企画された題目から取られ、改められている。二二三頁のための覚書に続く、次を参照。

「十八世紀」の「さえ」は後で鉛筆で消されている。

六六頁　「それだけ目立たない…キング主教の詩集」の一文は後に鉛筆ですべて消されている。

六八頁　「十八年間…してきた」の「十八年」は後の版ではT・S・エリオットの鉛筆で「二十年」に変えられた。

六九頁　「そして、同じ程度に…資料によって定義され」の「よって」は後に鉛筆で下線がほどこされた。

七〇頁　「チェンバレイン」（'Chamberlayne'）はタイプで打った原稿には'Chamberlain'と綴られている。

七一頁　「もっと印象づけられているように思われています（seems）」の'seems'は、後にT・S・エリオットの手で鉛筆で'appears'に直された。

七二頁　「サンタヤーナ氏の（Mr. Santayana's）」のサンタヤーナ（Santayana）は一貫してタイプされた原稿で、間違って'Santavaya'とタイプされ、さまざまな時に、鉛筆やインクで、誰か彼かの手によって直された。

「あるいは…ゲーテの「ファウスト伝説」のためには」の「ファウスト伝説」の言葉はタイピストによって省かれて、テキストは「あるいはゲーテのためには、…を表わしています」と書かれている。T・S・エリオットは、左の余白に鉛筆書きの疑問符を付けて、ゲーテの後に鉛筆書きでの挿入の印を付けている。（四九頁注［36］参照）の中でT・S・エリオットは『三人の哲学的詩人達』で取り扱われた哲学詩を同じように次のように述べている。「ルクレティウスがエピキュロスやデモクリトスの哲学を韻文で解説するために詩を書いたり、ダンテが聖トマス・アクィナスの哲学を韻文で十分に解説したように―　詩人は宇宙に関する特定の理論をある哲学者から受け継ぎ、それを韻文で表して詩にするか、さもなければ、彼自身の哲学体系を作り、韻文でそれを表わすかの何れかである。そしてゲーテがなしたのは、どちらかと言うと、この二つのうち後者の方である」（五〇二頁）と。

「今まで…「事物」の融合」の「事物」は、左の余白に鉛筆で疑問符を付けられて、T・S・エリオットの手で鉛筆で書き入れられた。

七三頁　「ただ存在した（only existed）」は、鉛筆で丸で囲まれて、誰かの手で「存在しただけであった（existed only）」と書き換えられたことを示している。

「詩人は、多かれ少なかれ、…一つの「感情」を持っている」は、鉛筆でT・S・エリオットの書き込み印が付けられ、右の余白に鉛筆で疑問符が付けられている。下の右の余白に誰かの手で鉛筆で'?meaning'と書き入れられている。

七六頁　「言葉は肉を作った」は、鉛筆で丸が付けられている。

八三頁　「そしてその定義は… の本質にある（and this is in the nature of）」の「に（in）」は後に鉛筆で削除され、誰かの手で「帰すべきものである（due to）」に変えられた。

八四頁　「なぜなら … きめてかからなければならないから」の「きめてかかる（assume）」は鉛筆で棒線が引かれている。

「賞賛すべき、そしてほとんど申し分のない詩華集」の「そして」は後に鉛筆で削除され、「賞賛すべき、ほとんど申し分のない詩華集」に改訂された。

八七頁　「と思っている人々に、… を常に使うことを」は太い鉛筆で削除された。

「皆さん（you）に… もらいたくない」の「皆さん」は鉛筆で丸で囲まれている。

「原文を… 便利であるからであります」は後で太い鉛筆で削除されている。

「他の本の中には」から講演の終わりまでは、後で鉛筆で削除されている。

第二講演

一一一頁　第二講演の［二］頁の一番上の右端の角に、T・S・エリオットは、第一講演の二六頁（推薦書の目録を含んでいる）を削除した後、自分の手で一連の八講演の頁数（二六～一八四）を書き始めた。一つ一つの講演は、タイピストによって上の余白の中央にタイプで続け番号が付けられたが、それぞれの講演の［一］頁には番号が付けられなかった。

「私はこの講演で… と思います」の「講演」は後にT・S・エリオットの手で「章」と変えられた。

一一二頁　「快楽のどんな期待（whatever prospect of pleasure）」の「期待」は、後で太い鉛筆で削除された。

「もっとひどいくだらないものを読んでしまった（seems to have read more positive rubbish）」の「もっと（more）」を後で削除され、T・S・エリオットの手で「かなり量の（a great amount of）」に変えられた。

一一三頁 「私は弁明することは出来ませんが、かなりの評判を博したこのベラルミーノは」の「ベラルミーノ」を除いて、後で太い鉛筆ですべて削除された。

「たとえ存在したとしても、今では理解しにくくなっている」の「たとえ存在したとしても」は、後で太い鉛筆で削除された。

「メランヒトン（Melanchthon）」はここと五〇三頁ではMelancthonと綴られた。

「それはクロス・ワーズ・パズルに学術的に相当するものでありました」は、後で太い鉛筆で削除された。

一一六頁 「もっと神聖政治［で］あった世紀（the century which was to [be] more）」の［で］は、明らかにT・S・エリオットの手で挿入された。

一一七頁 「彼が私に精神的指導者になるよう忠告したのはまさにこれらの典拠に基づいてのことです」は、全くの独立節で、後で太い鉛筆で削除された。

「それも過剰なるロマンティック」は後に太い鉛筆で削除された。

「ハーマン・ミュラー（Hermann Müller）」はタイプの原稿ではHermann Muellerと綴られた。

「彼は…マホメット教の手本から得たという証拠もあります」は、右の余白に誰かの手で疑問符が鉛筆で付けられた。

「ドンキホーテ（Don Quixote）」は、ここことターンブル講演のタイプ原稿（二六〇頁）ではDon Quijoteと綴られた。

一一八頁 「人間が…とまさに同じように（much as a man）」の「まさに」が後で太い鉛筆で削除された。

一一九頁 「真理の…どんな度合いに［おいても］（[in] whatever degree of truth）」の［おいても］は誰かの手で左の余白に疑問符を付けて鉛筆で書き入れられた。

「プロテスタンティズムが生み出した（did）よりもはるかによい組織」の「生み出した」をT・S・エリオッ

トの手で鉛筆で「持った（had）」と変えられた。

一二〇頁　「公平な、そしてオリンポスの神々の調停者（the detached and Olympian arbiter）」の「そして」が後で太い鉛筆で削除された。

「それ自身を征服する同じ支配力」は後に「それ自身の思想を征服する同じ支配力」と鉛筆でT・S・エリオットの手で書き入れられた。

一二二頁　「レオナルド（Leonardo）の空想」のLeonardoは誰かの手でLionardoに修正された。

一二四頁　「古い相違の異なった「形態」」の「形態」はタイピストによる脱字で、誰かの手でカーボン紙の写しに鉛筆で書き入れられた。

「時々、そのまま（*tel quel*）甦っています」の「そのまま（*tel quel*）」は、後にT・S・エリオットの手で鉛筆で’*Telles quelles*’と（不正確に）修正されている。

一二五頁　「来週の私の講演では」は後で鉛筆で丸で囲まれた。

一二七頁　「フェードル（Phaedra）が…思い起こすとき」の「フェードル」は一貫して’Phedra’と綴られた。

一二八頁　「ダンよりもかなり偉大な「一人の」心理学者で」の「一人の」は、後で誰かの手で鉛筆で書き入れられた。

一三〇頁　「私が信ずるには、イエズス会の教義（Jesuitism）」のイエズス会の教義（Jesuitism）は一貫してタイプ原稿には’Jesuism’とタイプされ、ずっと鉛筆で誰かの手で訂正された。

一三二頁　「私のダンに関する言及をそのまま（*tel quel*）ブラウニングに」のタイプ原稿は’*tels quels*’と間違って書かれている。

第三講演

一六四頁　「その意味［の］ため（because [of] its meaning）」の［の］（of）は誰かの手で鉛筆で書き込まれた。

一六七頁　「つまり、D・H・ロレンス氏の神」の「つまり」は後で、太い鉛筆で削除された。

一六八頁「多分、最初に、私…ラテン語であることをお詫びしなければなりません」の全文が後で太い鉛筆で削除された。

一六九頁「どのような混乱をも引き起こさない［ところの］アレゴリー（an allegory [which] causes no confusion）」はタイピストによって脱落されたか、間違って読まれた語で、タイプ用紙の原稿では'an allegory of the causes no confusion'と書かれている。後で、T・S・エリオットは括弧で'of the'を書き入れた。その上に、彼は'? which'を書き入れた。

一七〇頁「ところで、…全く異なったものであるからです」のこの一節は黒インクで削除された。

「マサチュセッツのケンブリッジ（of Cambridge, Massachusetts）」はタイプ用紙の原稿では'of Cambridge Mass.'と書かれている。後に鉛筆で削除された。

一七五頁「すみれは、想像されなければならないでしょう」の「ならないでしょう（would have to）」は後で削除され、T・S・エリオットの手で太い鉛筆で'must'に修正された。

一八〇頁「エレウシスの秘儀を行う人」の「秘儀（mystes）」は'mustos'とタイプされ、後に'mustes'と修正された。

一八四頁『彼方の夫人』は後に黒インクで削除された。

第四講演

タイプされた原稿用紙の十一頁から十八頁（T・S・エリオットの番号付けでは八五頁から九二頁）は間違って穴があけられた（彼の母や兄がカーボン・コピーを受け取ったとき、再び穴があけられたと同じように）。上の余白は、それ故、金属の締め金でとじられたもともとのとじ込み用紙のテキストの残りよりも〇・七センチ上げられ、再び閉じられる前にさらされて褐色になった。二〇頁（TSE's 94）の裏面には、T・S・エリオットの手で鉛筆で次のように番号が二段になっている。

二二六頁　「しかし、何れ、比喩」は後に部分的に削除され、そして、太い鉛筆で「比喩」と書かれて修正された。

『アントニーとクレオパトラ（*Antony and Cleopatora*）』はタイプの原稿用紙では'Anthony' と綴られた。

二二九頁　「そして我々自身の大切なウイット」の「大切な」は後で太い鉛筆で削除された。

二二五頁　「驚くべき単純さと創意」の「創意」の最後の三つの文字は、誰かの手で鉛筆で丸で囲まれ疑問符が付けられた。右の余白に鉛筆の垂直線の印がある。

第五講演

九頁から二二頁までは、第四講演の場合と同じように、第六講演（T・S・エリオットのものでは一〇五頁から一九頁）の一頁までずっと、間違って穴があけられ、上の余白の飛び出た端の部分は、再び綴じられる前にさらされて褐色になった。

二六四頁　「[を] 作り上げる（go [to] the formation）」の [を] は誰かの手で鉛筆で書き込まれた。

（引用文中の）「毒舌の諷刺家（a sharp-tongued satirist）」の後に「この毒牙の諷刺家（this sharp-fanged satirist）」が続いた。「毒舌」と「毒牙」は、T・S・エリオットの手で丸で囲まれ、鉛筆で結びつけられ、右の余白に疑問符が付けられた。

二六八頁　この英訳（after gargling . . . by a liquid process of tuning）（調和のなめらかな過程でしなやかな喉をうがいして清めてから）はタイピストによって間違って書かれ、間違ってタイプされた。T・S・エリオットの手でインクで"after gargling . . . by a bigger process of tuning"と訂正された。

二六九頁　「もっとも、これは、その耳には … 持っているけれども」の「その」（the）は、後で鉛筆で削除され、T・S・エリオットの手で「我々の」（our）と修正された。

二九〇頁　「ご存知のように、少なからぬ…必要とされる（requiring you see not a little）」の「ご存知のように」はあとで太い鉛筆で削除された。

第六講演

三一八頁　「神的情熱のこの代用」という一句は、テキストに見られる不完全な構造で、「この代用である」と解される。
三二〇頁　「イタリア人は彼の言語［の中］に（the Italians [into] his language」は、タイプの原稿では間違って「イタリア人は彼の言語［から］（the Italians from his language」と書かれている。「から」は誰かの手で削除され「の中」と後で修正された。

第七講演

三六九頁　「彼の忠告が取り上げられたならよかったのに」は後に太い鉛筆で削除された。
三七〇頁　「誤報と安っぽいジャーナリズム」は後に訂正され、エリオットの手で「誤報と無知、そして安っぽいジャーナリズム」と書かれた。
三九三頁　「これは…［があります］（This [has]）はタイプ原稿では「これは…である（This is）」と書いてある。「ワーズワースやコールリッジ（シャモニー）に至ります。ここにおいて（Wordsworth and Coleridge [Chamonix], in the last of whom）」では、タイピストによって明らかに省略された言葉と句がある。タイプ原稿は「ワーズワースやコールリッジ、シャモニーに至ります。ここにおいて（Wordsworth and Coleridge, Chamonix in the last of whom）」となっている。T・S・エリオットは後に、一時的にはっきりさせるためにインクで「シャモニー」に括弧で印を付けた。

四二〇頁　「—賞賛されているものの、ほとんど同じように評価されていないホーソンやヘンリー・ジェイムズは別にして—」は後で鉛筆で削除された。

四二七頁　「場所を確保し、（そして）…を高めさえし（keep a place [for and] even enhance）」はタイピストの誤りで、タイプ原稿は 'keep a place form even enhance' と書かれている。'form' は後で、誰かの手で鉛筆で丸で囲まれ、'? for and' 訂正された。

四三四頁　「人間性は…その高度な文明のレベルに達しています」は、後に誰かの手で黒インクで「人間性は…文明のその高度なレベルに達します」書かれ修正された。

四三六頁　「ダンは…アングリカン（Anglican）の神学を『信仰して』いません」の一文で、タイピストは 'Auguscan' とタイプし、T・S・エリオットの手で黒インクで 'Anglican' と訂正された。

終わりから二枚目の頁（二〇、T・S・Eの一八三）の左側に、エリオットは後に講演に関して自分が提案した修正の概略を鉛筆で書いた。

一、形而上詩の定義に関する序論
二、ダンと中世
　a、ダンの想像された中世主義
　b、十四世紀との対比
三、ダンのコンシート
四、彼の長詩
五、十七世紀の宗教

（ダンとエリザベス朝演劇との関係？）
チャップマン
対比
六、クラッショウ
七、ジョージ・ハーバート、ヴォーンとトラハーンに関する覚書
八、カウリーと過渡期
九、要約と比較、十九世紀
付録、極端なる―
コンシート化、クリーヴランドと
ベンローズ

最終頁（二一、T・S・Eの一八四）に、三つのグループの講演と頁の覚書がある。最初のグループは、第一講演と第二講演、そして多分、第三講演のための頁数が彼の手でなされた質問と修正に呼応しているので、明らかにハーバード・リードによってなされた（九七頁注［18］、一〇一頁注［27］、一五四頁注［55］参照）

一、一〇、一四頁
二、二二頁
三、九頁

第二グループはT・S・エリオットの手でなされた。ここで彼は知性の崩壊の彼のテーマに関する頁の覚書きをした（二一八～九頁、二九五～六頁、三四二頁、三六八頁、四三三頁、四三六頁、四四一頁参照）

「崩壊」
五　―　十六、十七、そして終わり、八、十四など
六　―　二三

七　二―三
八　必要とされている他の学問の知識に関して十九
最後の記載事項はまたエリオットの手による。文学批評家に要求されている知識の分野の議論への言及（四四〇頁参照）。

カーボン紙の写し

クラーク講演のカーボン紙の写し（ホートン）は印のない用紙（二〇・三×二五・五）である。上質の写しのために使われる「プランタジネット」の白紙が、第五講演と第六講演との間に挿入されて、白紙のカーボン紙の写しがそれに続く講演の間に挿入されている。写しは、それぞれの頁の左隅下に、連続番号が一から一八八まで、タイトル頁で始まり挿入された白紙を除いて、鉛筆で付けられた。誤植は、さまざまな人の手で、インクや石墨、オレンジ色の鉛筆で修正され印が付けられたが、T・S・エリオットが母にそのコピーを送る前に、彼が何らかの修正を行ったかどうかを決定する十分な証拠はない。第二講演で、タイピストによる脱字を暗示するために、誰かの手になる「形態」（'form'）という一語を除いて（一二四頁、前の注）、どんな読者によるテキスト上の、また欄外のコメントもない。

ターンブル講演

T・S・エリオットの三つのターンブル講演のタイプライターで打った原稿は、一九二七年九月八日のハーリー・クロスビー宛の手紙に記載されているその作成過程を次のように再現している。「そして、最近、私はタイプライターで作成するという理由のためにどんな手書きの原稿を持っていなく、手書きの原稿と言えば鉛筆で修正していく最初の草稿くらいのものである」（*L2*）と。クラーク講演の清書の写しと違って、これらのタイプライターで打った原稿は彼の最初の草稿の特質を含んでいる。たとえば、誤った最初の打ち出し、校訂個所がXで重ね打ちされて、上のダブル・スペースにタイプ、この空間にタイプされた斜線の挿入、斜線での一文字抹消、削除語句なし等。草稿を完成した後、彼は、それから、訂正、校訂、削除、そして挿入を鉛筆で書き込んだ。印刷されたテキストは、講演がなされる前になされた校正を含んでいる。本文上の覚書きは相当量のXの重ね打ちを記録し、作成過程の校訂を鉛筆書きしている。各々のタイプライターで打った原稿の幾つかの節は、誤りと誤写を次の頁に移して、直接クラーク講演の上質の写しからタイプされた。

ターンブル講演は、第三講演の最後の頁（一五）を除いて、「ハンマーミル・ボンド／米国製」（二一・七×二八センチメートル）にタイプされた。この最後の頁はT・S・エリオットの個人的なエリオット・ハウスの書簡紙（また、ハンマーミル・ボンド、二一・七×二八センチメートル）の裏側に逆さまにタイプされた。

T・S・エリオットのテレサ・ガレット・エリオットのデッサンの挿し絵は『シカゴ・デイリー・トリビューン』（一九三三年十二月二日、一二頁）に出版された。そのデッサンは、挿し絵の説明文が明らかにしているように、本物からなされたものではなく、一九三三年六月にニュー・ハンプシャーのランドルフのマウンテン・ヴュー・ハウスで取られた写真からなされ、ゴードンの『エリオットの新生活』二二頁に転載された。もともとのデッサンの由来は明らかにされなかったが、ドナルド・ギャロップは現物の陽画のフォートスタット（二三・五×二一・〇センチメートル）を持っているが、この現物は明らかにノートブックのために穴が開けられた用紙の上に描かれたものであった。芸術家は、写真から取られた別の、もっと大きいデッサン（四九・〇×三七・五センチメートル、T・ガレットの署名入り／三三）を、一九四九年四月九日、ドナルド・ギャロップへ差し出した。

第一講演

四九一頁　最初の頁はに「F・V・Mへ、まぎれもなく、出版のためではなく、あなたの悦びのために」という題辞がT・S・エリオットの手で鉛筆で記されている。

四九四頁　「ルクレティウス、ダンテ、そしてゲーテ」の「ゲーテ」は、その前にXで重ね打ちされている「ヴァージル」がタイプされている。

四九五頁　「そして、我々は、すべての偉大な詩を含めてはなりません」の「偉大な（great）」は、Xで重ね打ちされた「良い（good）の上のスペースにタイプされている。
四九七頁　「彼は…簡潔にしている」の「彼は」はT・S・エリオットの手で鉛筆で挿入された。
四九八頁　「それについてのソネット［や（et）］カンツォーネ」には言語学的書き損じで、タイプで打った原稿には「それについてのソネット［や（and）］カンツォーネ」と書かれている。
四九九頁　「聖ヴィクトールのリチャードやフーゴー」の「フーゴー」は、鉛筆で削除された「アダム」の上にT・S・エリオットの手で書かれた。エリオットが最後のノートン講演に現れたとき、聖ヴィクトールのアダムは明らかに彼の念頭にあった。「ヴィヨンの詩はプルデンティウスや聖ヴィクトールのアダムの詩と同じようにこのやり方で『キリスト教』のようなものである」（*UPUC* 136/129）
五〇一頁　「十三世紀のフローレンス」の「十三」の前には、Xで重ね打ちされている「十二」がある。
「お気づきになられたことでしょうが、…ダンテを」の「お気づきになる（became aware）」は、Xで重ね打ちされた「予測する（divine）」の上のスペースにタイプされている。
五〇三頁　「今やベラルミーノ枢機卿」で「この」が削除されて「今や」に修正された。
五〇六頁　「宗派の外交」の「宗派」は、Xで重ね打ちされた「神学的」の上のスペースにタイプされている。
五〇八頁　「我々がしばしば感じとることは、彼の注意は」の「注意（attention）」の前にはXで重ね打ちされた「精神（mind）」がある。

第二講演

五一九頁　「ダンの時代の…あるスペイン語の詩」の「時代」の前にはXで重ね打ちされている「十七」がある。
五二四頁　「彼は最初の想定についての空想的な結果に心を奪われています」の「空想的な」は、Xで重ね打ちされた「想像上」の上のスペースにタイプされ、「想定」の前はXで重ね打ちされた「陳述」となっている。

五二五頁　「私が…にしたいこと」の前には、重ね打ちされた誤った打ち出しである「皮肉」がある。
五二六頁　「あるいは、多分、波のように」は、エリオットの手で、上の余白に、鉛筆の線で挿入された。
「ジェフリー（Jeffrey）のような批評家が述べているように」のジェフリーはタイプで打たれた原稿には 'Jeffries' と綴られている。
五三二頁　「エリザベス朝の抒情詩は、…でありました（had been）」の「ありました」は、鉛筆で削除された 'was' の上にT・S・エリオットの手で書かれた。
五三七頁　「彼の陳述」の「陳述（statement）」は、Xで重ね打ちされた「行（line）」の上のスペースにタイプされている。
五三八頁　'Ma fa la sua virtú'n vizio cadere' は鉛筆で囲まれている。
（彼女は立派な大学の学長になった［made］でしょう）の「なった」は、削除された 'been' の上方にT・S・エリオットの手で書かれた。
五四〇頁　「同じようなものとして、…オルダス・ハックスレーのような最近の二世代、三世代の人は思考の酒色に溺れていました」の文は、鉛筆で削除された「同じ時期に宗教的情緒の酒色に耽った多くの人がいました」という文の後に来ている。

第三講演

五五六頁　「心理分析（psycho-analysis）」はT・S・エリオットによってハイフンで綴られた。
五五八頁　「ワーグナーのミュージカル・ドラマ」の「ミュージカル・ドラマ」の前には、Xで重ね打ちされた「オペラ（operas）」がタイプされている。
五六〇頁　「救済のあるやり方」の「救済」は、Xで重ね打ちされた「生」の上のスペースにタイプされている。
「…偽仏教徒（pseudo-Buddhism）that）」の 'that' は、鉛筆で消された 'which' の上にT・S・エリオットの手で書かれた。

五六二頁　「このまさに通り一遍の外観で」での「通り一遍の」の前にはXで重ね打ちされた'rapid'がある。

五六三頁　「批評家であるのには似つかわしくない（unsuitable to be a critic）」の'to be'は鉛筆で消された'as'の上にT・S・エリオットの手で書かれた。

「目下、彼らの重要性（their importance for the present）」は訂正された誤植、テキストは'presence'と解される。

「あるいは真の価値があらわにされます」の「あるいは」は、鉛筆で消された「そして」の上にT・S・エリオットの手で書かれた。

五六四頁　「しかし、彼は寓話で話をします。」フランク・モーリーは前と後ろの文章を示すために'(Expand'と縦の波線で右の余白に鉛筆書きした。

五六五頁　「彼が根底において」で、フランク・モーリーは「根底において」を鉛筆で囲み、右の余白へ線を引いて'? long way down v. Arnold'と書いた。

「芸術家は、… ただ一人の」で、フランク・モーリーは「芸術家」を鉛筆で囲み、右の余白へ線を引き'don't see why you say the "artist" is the only. I don't agree'と書いた。彼は「ただ一人の」を鉛筆で囲み、右の余白へ線を引き'Sometimes'と書いた。

「芸術家は、常に独りぼっちで、… 異端であり」で、フランク・モーリーは行間にこの文章の最初の部分を次のように鉛筆で書き直した。'When' [false start] 'The artist is always alone, and being an artist can persuade to etc.'

「人間性をリアルなものに戻すことなのです。」このパラグラフの最後で、フランク・モーリーは右の余白に括弧付きの覚書を次のように鉛筆で書いた。'[you oughtnt to mislead me old collegians FVM]'「能力と才能の外側で、偉大さに責任 …」の「能力」の前には、鉛筆で消された「彼自身の」がある。「偉大さ」の前には鉛筆で消された「あの（that）」がある。

五六七頁　「ダンテは言うなれば十ペイジに値し、ダンは一ペイジ」の「一」は、鉛筆で消された「三」の上にT・S・エリオットの手で書かれた。

「もし私が魂の告白者であるなら、私は … 彼らに … 与えるだろうか（If I were a confessor of souls, would I give them that)」の'were'は鉛筆で消された'was'の上にT・S・エリオットの手で書かれた。'souls'は、Xで重ね書きされた'human beings'の上のスペースに書かれ、'that'は、Xで重ね書きされた'the'の上のスペースに書かれた。

五七〇頁　「ドライデンとジョンソンは、…カウリーの詩を好みました(preferred)」の'preferred'は、Xで重ね打ちされた'liked'の上のスペースに書かれた。

五七一頁　「そして、我々は普通には…関心はない」の「そして」はXで重ね打ちされた'only'の上のスペースに書かれた。

五七二頁　「その『霊操』には…(in whose *Exercises* . . . himself)」の'in'はT・S・エリオットの手で挿入され、'himself'の後に続く'in'は鉛筆で消された。

五七三頁　「幾人かの改革者達は」は「ラッセル夫人は」の上にT・S・エリオットの手で書かれた。

「なぜなら、たとえば、…恋人の感情」の「たとえば」は鉛筆でT・S・エリオットの手で挿入された。

「文明の下に、ただ単に…哲学は(A philosophy which lays under cultivation only'」の'under cultivation only'は、Xで重ね打ちされた'emphasis only upon'の上のスペースに書かれた。

付録一

クラーク第三講演のフランス語訳

第三講演の校訂版はジャーン・アンドレ・モイサ・デ・ムナス（一九〇二〜七三）によってフランス語に翻訳され、『黄金の葦』（パリ、一四［一九二七］、一四九〜七三）に「神秘主義の二つの態度、ダンテとダン」として出版された。ムナスは、アレグザンドリアで生まれ教育され、一九二四年、オックスフォード大学のベイリアル・カレッジで文学士を取り、続いてソルボンヌで文学士の称号を取った。パリで彼は前衛雑誌『コメルサ』や『エスプリ』と関係し、フランスの出版物のために一九二六年から一九四七までエリオットの詩の幾つかを翻訳した。彼の『荒地』の翻訳は「著者に吟味され承認されて」注目され、一九二〇年代のエリオットを頻繁に翻訳する者として、彼は、評判が立つにつれて、エリオットの詩をフランスに知らしめる責任が大いにあった。カトリックの改心者であるムナスはフランス・プロヴァンスのドミニコ教団に加わり、一九三五年司祭についた。

以下の翻訳のために、ムナスは、タイプライターで打った今では失われ縮小された原稿から稿を起こした。エリオットは、テキストの本文から二つの冒頭の節を省略し、幾つかの文章と節を削除し、全く新しい結論を書いた。ムナスは、一九二六年一〇月一五日、添え状（『個人コレクション』）に次のような二、三の訂正を書いて、その翻訳をアレグザンドリアからエリオットに返した。自伝的な覚書の追加（六一九頁注［3］）、六〇六頁の文の順序の転倒、ここでは、幾つかの節がそれらの（一七〇頁の「ついでながら」から一七二頁の「聖ヴィクトールのリチャードのようなそのような散文」まで）間から削除された後、校訂された文ではじまる「文体のモデルの役目を果たしたものと考えられないだろうか」は、「…ということも指摘しておきたい」ではじまる文に先立たされている（「私は現在の順序がより適切であるということがわかり、敢えてこの変化を取り入れ、あなた達の提案を受け入れます」)。それから、タイプライターで打った見失った原稿の六頁の一つの文—明らかに(一六七頁参照)「常にあちこちに神秘主義のある型があります」— の削除(「その文は講演の文脈によって説明され、別々に出版されたとき、その評論の題字とかち合ってしまう」)。題字の上に「一九二七年、T・S・エリオット」と署名された印刷された翻訳のエリオットの個人的なコピー(テキサス)は、他の点では、気づかれていない。

神秘主義の二つの態度、ダンテとダン

詩を通して人間の経験が豊かになって行くということは、次の二つの方法によって実現可能になります。一つは、詩が思想や内的心情の世界を、ある瞬間に示されたままに、忠実に感じ取って記録して行くという方法。もう一つは、詩がそうした世界の領域を広げて行くという方法であります。この二つの方法のうち、前者(これは、年代順に見て先にくるものであって、価値の等級ではない)はホメロスの詩が採った方法であります。一方、ダンテの描いたような、さらに広く進んだ新しい世界は、物事がすでに明白に示されている旧世界にさえも、確固たる基盤を求めています。ヤコブの梯子のように、上から降りてくることはないのです。このようにしてリアリティを発展拡大させてきたタイプの詩人の中で、—私が最も関心を払っているのは、実は彼らなのだが— 最も偉大なのは、絶対的等級から言えば間違いなくダンテであり、現代ではボードレールではなかろうか。ありのままにリアリティを描きだしたタイプの詩人たちについては、等級をつけることは私にとってかなり難しいことであります。だが、ホメロス —『オデュッセイア』を著したホメロスだ— 、カテゥラス、そしてチョーサーについては躊躇なく名前を挙げておきたい。ただし、もちろん批評する上で、それぞれを他と別に特徴づけて区別しておくことは重要であります。たとえ詳細に分析することはできないにしてもである。たいていの場合、我々は相反する側面から詩人を観察することが出来ます。どんな詩人も、おそらく二面性という性質を帯びているからです。詩人とは、彼自身、複数の要素が入り混じった非純粋詩そのものであります。ここでは、融合と混乱を混同してはいけません。

ここまでの余談は、なによりもまず、ある一つの先入観に答えることを目的としています。この先入観は、現在ダンテとその時代の形而上詩の研究を支配しているもので、こうした文学全体(『新生』、ソネット、カンツォーネ、バラード)を単

なる戯れやファンタジーとしてしか考えていません。そこにこそ、彼らの思想の根源があるということが、あまり認められていないのです。実際はというと、パウロとフランチェスカの挿話は、多くの人に読まれてきましたが、間違って読まれもされてきました。また、『天国篇』を読み、正しく読んできた人はごくわずかです。このような取り扱われ方が、おそらく大勢であろう。私は、決してこのような詩が、ベノゾ・ゴッゾォリの天国への行進やヴィジョンに没頭したラファエロ前派主義的な原始時代の愉快な気晴らしなのではなく、思考すると同時にはっきりと感覚で感じとり、精神の持つ通常の限界を超越する術を知り得た人間たちの所産であることを明らかにして行きたい。高い教養を備えている人々、政治的交錯という少々泥にまみれた地面をしっかりと踏みしめた足、(中世)イタリアの傭兵たちの恋愛と戦争、こういったものは一言で言うと、今日の我々の文明やダンの時代のそれにしばしば勝る文明の典型なのです。そこで用いられている統語論や言葉が、それらの優秀性を立証しているはずです。なぜなら、人は言語偏重主義に身をゆだねてしまうと、高度なレベルの中ではほとんど生きていけないからなのです。

『新生』を最も優れた形で世間一般に広く知らしめたものの一つはレミ・デ・グールモンの『ダンテ、ベアトリーチェ、そして恋愛詩』というタイトルの小冊子です。レミ・デ・グールモンは、この本の中で次のことを明らかにしようと努めています。つまり、ダンテのベアトリーチェは、結局のところ、単なる虚構でしかないということです。たとえ、それが含んでいる意味ゆえに、特別その名前が選ばれたものでなかったにしてもであります。適切な論拠は、『新生』は、昔の激しい感情を忠実に再現した物語であるということを、このように見なしている人達に十分納得させています。だが、私の知る限り、賢明なる読者ならばこの論法に一度も疑問を抱かないということはありえないだろう。グールモンは、彼ら賢明な読者の持つ自由裁量と年代を経てきた象徴主義的解釈を強調しています。その証拠として、ダンテのヴィジョンを黙示文学、とりわけ『ヘルマスの羊飼い』のそれと比較しています。だが、グールモンの論を全面的に受け入れる訳にはいきません。この才能あふれる批評家も、哲学者ではなかった。また哲学者でないがゆえに、多くの哲学的予断、特に愛に関する哲学的予断を抱くことになってしまったのであります。彼の書いたその本によって、我々は『新生』が生命感を失った味わいに欠けるアレゴリーだと信じ込まされてしまうかもしれません。だが、決してそんなことはありません。『新生』は、特殊な鋳型にはめこまれて、実際に経験されるような現代性をもたらすのではないだろうか。このことを証明することはできないかもしれません。それは、あるカテゴリーに属する人に特有な経験の領域に関わることだからです。こうした性質を備えた人間は、ただちにそれを見分けることが必要であります。例えば、ダンテが九歳で経験したと語った感情や感覚には、なにひとつ非現実的部分はないし、それらがより敏感な年齢に遡って経験されることもあり得ます。[1] ただし、これは九歳の子供が、意識的にこうした感情や感覚を表現することができうるということではありません。このアレゴリーが何を意味するのかを明らかにしておきましょう。すなわち、これはおそらく、探究心みなぎるある精神を、そして、その精神が我々とは違ったやり方で見出だし課してくるある指令、ある意味を表現する方法に他ならないのです。

『新生』で明らかにされたような、プロヴァンスの精神から十四世紀の精神へと向かったかくも重大で急激な変化には、大部分の歴史家がその存在を指摘するだけで説明していない非常に漠とした原因があるように思われます。同様に、十四世紀の詩人が当時のヨーロッパ思想の大きな流れの中にいたという仮説を、慎重に慎重を重ねて敢えてここで述べたい。これに対し、プロヴァンス人はこの流れに与しなかった。プロヴァンスの最も恵まれた貴族階級は、きわめて高い、おそらく同時代の他のヨーロッパ地域よりも高いレヴェルの文化を享受していたと考えることができます。さらに、オヴィディウスやウェルギリウスを読む貴族は、常に尊敬に値する存在でありました。しかし、こうした文化は全く伝統主義的なもので、当時、名を知られていたあらゆるラテン系古典主義を基本としていたようであります。したがって、ここで問題になるのは、十二世紀におけるラテン語のちょっとした復活であります。だが、この時代の思想の活気に満ちた源泉になっていたのは、教会でした。そして、プロヴァンスが他のヨーロッパ地域から切り離されてしまったのは、おそらく、そこで盛んになった異端が原因であろう。ダンテの時代は、（それとは異なる）「中世」風古典主義文化によって育まれた時代でありました。この問題に関しては、十二、三世紀ラテン語に取り組めば、この時代の諸概念に対する関心や弁証法的緻密性、この時代の思想に見られる鋭敏性、そしてこの時代の明快かつ適切な表現、こういったものの源を十分見ることができるでしょう。

ダンテは一人の宗教的神秘的主義者で彼は、十二世紀には自らの考えを表現する手段をすでに見付け、そしてトマス・アクィナスが十三世紀に作った体系と一心同体であります。彼の出発点は、アリストテレスの『形而上学』と『ニコマコス倫理学』にあり、ベルグソン哲学の反対にあります。ベルグソンの言う絶対とは、彼の思想の経過を遡れば明らかですが、識別と分析を駆使して機知に富む綿密な検討を行い、直接経験に身を投じることによって得られるものであります。一方、十二世紀では、神の視線を感じる、あるいは心に神を持つということには、ある過程が求められていました。そこには知性が関わって行かなければなりませんでした。つまり、人間は論証的な思考を通して、それによって、またそこからしか至福に辿り着けないと考えられていました。これが、ダンテの時代の神秘主義であります。これは聖イグナティウス・ロヨラ、聖テレサ、聖十字架のヨハネの神秘主義とは全く異なるように思われます。

この十二世紀の神秘主義に関する考察によって、それが持つ幾つかのヴァリエィションを区別して明らかにすることができるだろうし、またこのヴァリエィションによって、ダンテの『新生』とジョン・ダンの『恍惚』との対照が容易になるであろう。

聖ヴィクトールのリチャードは、十二世紀における最も興味深い神秘主義者の一人であり、この人物がある重要な時期のダンテを明らかにしてくれるでしょう。あの偉大なる哲学者、聖ヴィクトールのフーゴー同様、リチャードも、聖ヴィクトール修道院神父となったスコットランド人であります。彼の著作はかなり大部なもので、ミーニュの教父著作集は、その一巻のうちの大部分を彼に割いています。しかし、彼の著作はほとんど知られていないようで、実は私自身もその一部しか知識として持ち合わせていません。我々にとって最も興味深いのは、『ベンジャミン・マイナー』の名前で呼ばれている『観想の恩寵について』であります。これは、至福直観へ向かって前進する過程での、魂の活動とその各段階に関する論であります。ここではあるアナロジー、しかもまったく唐突といえるような形のアナロジーが、ヒンズー教的神秘主義の分類方法とともに提示されています。また、ここで気付くのは、明らかに文体が衛生学の教科書と同じくらい非個性的であることと、伝記的な情報や感情または感覚が欠如していることであります。十六世紀スペイン神秘主義の著作とこの作品を区別するには、この点があればもう十分である。つまり、これが明快、単純かつ簡潔な文体で書かれたという点では、意見が一致するはずです。もっとも、キケロのものでもタキトゥスのものでも、またペトロニウスのものでもないこのラテン語を、我々としてはぜひ認めたいところであります。ここで、次にある一節を引用してみよう。この部分では、精神の進歩における思考、黙想、そして観想という三段階が区別されようとしています。

「不正確でゆっくりした足どりで、思考は、目的地に着くことには目もくれず、そちらこちらあらゆる方向に彷徨する。黙想は、魂の大いなる活動で、しばしば険しくでこぼこの場所を、それが進んでいる道の終わりに向かって前進する。観想は、自由な飛翔の中で、衝動がそれを動かす所ではどこでも、驚くべき敏速さでもって旋回する。思考は這って行く。黙想は行進し、そして、しばしば走る。観想は至る所を飛び回り、そして、それが望むとき、高見の中で宙づりになる。思考は労働も実りもない。黙想には実りある労働がある。観想は労働はないが実りを持って存続する。思考には彷徨があり、黙想には詮索があり、観想には驚きがある。思考は想像力から生まれ、黙想は理性から、そして、観想は悟性から生まれる。これらの三つ、想像力、理性、悟性を見てみなさい。悟性は最も高い場を占めている。想像力は最も低いところを、理性は中間の場を占めている。それだけ低い感覚に支配されているすべてのものは、また必然的にそれだけ高い感覚に支配されている。このように、想像力によって把握されているすべてのものは、それを越えている多くの他のものと同じように、理性によって把握されていると言うことは明らかなことである。同じように、想像力と理性が把握しているこれらのものは、それらが把握することが出来ないものと同様に、悟性によって感じとられている。このように、あらゆるものを照明している観想の光が如何に広範にそれ自身を広げているかということを見てみなさい。」

単調で散漫な文体のような印象を受けます。しかし、すぐに一文一文が前文の内容をはっきりと述べており、余計な一言も無いことに気付かされます。さらに、リチャードは転義法や隠喩をほとんど使っていません。彼の論文は唯一、精神の諸段階と契約の箱を述べた部分を比較対比したアレゴリーと暗喩を用いているだけで、このアレゴリーも別に真新しいものではありません。彼の文章は、文体の基本的な規範に応えたものであると考えられます。彼が書いているのは、論文を考えるのに使われるタームそのものの中で考えたことであり、そこには飾りも隠喩も文彩もありません。あらゆる感情も排除してます。(なぜなら、情緒はそれがかなり激しいものである場合、どのみち表面に現れてしまうだろうし、そうでないにしても適切な位置にはありません。) 彼の文章は、アリストテレスと同じように、イギリスの作家、例えばスウィフトの『ドレイピアの書簡』、F・H・ブラッドリーの『論理学原理』、それにバートランド・ラッセルの『数学原理』の第一巻に対して、文体のモデルの役目を果たしたものと考えられないだろうか。

また、結局のところ、リチャードの作品においては、彼の採った方法も意図も、聖トマスやダンテの作品に見られるものと同じであるということも指摘しておきたい。すなわち、神を見つめること、神の視線に包まれながら、知性が感情や感覚を純化してゆき、服従させることである。事実、聖トマスは次のように語っている。「神の視線は明らかに知的存在にのみ真の至福を与えている。」

ダンテは数ある書簡の中の一通で、リチャードをよく知っている作家だとして、天国での位置とともに言及しています。しかしながら、ここではダンテに対する聖ヴィクトールのリチャードの影響について考察することはしません。私はただ、彼の名を持ち出すことで、ダンテの文体や思想の形成に寄与した文体や思想の一つの見本を示したかっただけなのです。

グールモンはその著書の中で、次のようなことを指摘しています。つまり、十四世紀の作品の中では、愛が所有の概念をまったく意味しないということであります。こう一般化してしまうことがいかに危険であろうとも、十四世紀のイタリアの文学者が結合という感情や感覚よりも、むしろ恋愛対象に注がれる観察の目に配慮していることは確実であります。十四世紀のイタリアの文学者のもたらすもの、それは自身の愛の対象を見つめる求愛者の感覚であり、感情なのであります。

Chi e questa che vien, ch' ogni uom la mira,
Che fa tremar di claritate l'aere ?

こちらに歩み、すべての人が凝視している彼女は誰なのか
大気を光でおののかせているのは誰なのか(2)

カヴァルカンティはその有名なソネットの中で、このように歌っています。そして、この一節が単なる心地よい誇張法ではなく、愛の対象に対する求愛者の視覚的印象を正確に描写したものだということが認められるはずです。このことは、きわめて重要であります。愛を歌う優れた詩句の中で、ダンテやグィニッツリー、カヴァルカンティ、そしてチノーは、決して礼儀や敬意を行為に表したり、愛の対象を描写したり、あるいは自身の感動や感覚を一人よがりに歌ったりすることで満足することはありません。彼らは、瞑想中の恋人に及ぼす効果を生み出すことによって、観察した対象の美しさや威厳を歌おうとしているのであります。こうした態度からダンやチャーベリのハーバート卿のとった態度がかけ離れていることを、これから見て行きましょう。

この違いは、二人の詩人の具体的な伝記から説明できる手合いのものではありません。というのも、ダンは、いわば、コヴェントリー・パトモアーと同じような夫婦愛の詩人といってもいいのに対し、ダンテの人生は、この点に関しては、むしろ、まともとは言えないものであったからです。だが、ダンテの内なる生命は、ダンのそれよりも壮大で、ダンの知り得なかった感情の高まりにまで達しました。

ダンの『恍惚』(3)とチャーベリのハーバート卿の「頌」を分析してみましょう。

Sur la rive enceinte qui s'enfle
Comme un oreiller sur un lit,
Appui du chef penchant de la violette,
Nous étions assis, deux amants.

寝床の上の枕のように
ふっくら孕んだ河原の土手がもりあがり
すみれのもたれかかっている頭を横たえているあたり
愛する我々二人は座っていた。ベッドの上の枕のように、

このように、ダンの詩の中で、またこの世に存在する詩の中でも、最も美しい詩の一つに数えられるこの作品は、比喩が最も厄介な形で寄り集まり、始まっている。

土手を枕に譬えるという手法は、模範的なやり方でも、とりわけ有効なやり方でもないし、「寝床の上の」という一節を付け加えることなども到底無意味であります。枕が常に同じ形状をしていると認めるのは、当然のことだからです。他方で、直喩は今度は「土手がもりあがり」という隠喩にぶつかることになります。すでに、土手が枕の姿をしていたということは見ましたが、これと同様で、地震が原因でもない限り、また実際にそのようなことはありませんが、土手が妊娠しているな

どということを知っている必要性は、我々にはまったくありません。原則として、産科学を扱った暗喩の美しさに、高い価値があると認めることは控えたい。こうした暗喩は、その時代に活きたセンス、趣味であって、もはや今日には通用しないからであります。孕んだ土手がもりあがってくるが、まさしくこのことこそ、土手にはあってはならないことであります。なぜなら、次に続く場面全体が、「静力学［生物学的姿勢］」として、初めから前提になっているものだからであります。さもなければ、これはもはや恍惚状態とは言えないでしょう。ここでは、なぜ土手がもりあがっていったのかが語られています。つまり、すみれの萎れかかった頭を支えるためであります。もっとも、こうした繊細なまでの配慮も、すみれが土手の上ではなくその脇に生えている場合にしか説明がつきません。さらに、仮にこの土手がすみれの頭を支えるために必要なだけもりあがったのなら、それは土手の名に値しません。要するに、すみれが土手の先行事象だと思い込ませようとするのは、自然界の秩序を冒瀆することであります。土手の目的因がすみれの頭を支えることにあると認めるなら、話は別です。

結局、恋する二人が土手の上に座っていることを読者に知らしめるために、次の四行が台無しになってしまった。

Nos mains fortement cimentées
Par un suc ferme qui provenait d'elles,
Nos regards s'entrelaçaient, et enfilaient
Nos yeux sur un même fil double

我々の両手は、手からしみ出る香肪で
べっとりと膠着し
我々の視線は絡み合い
眼を二重縒りの糸で縫いつけた

これはまさしく、描写するというよりむしろ強烈な印象を与えようとするための強調であり、意図と言えますが、これが他の国と同様、イギリス十七世紀に重くのしかかっていた不幸であります。恋人たちが、お互いの手の間に結ばれている鎖のようなものを具体的に感じている。このことが読み手に理解されるため、冒頭の二行は納得できるものとなっています。従って、これは感覚の描写ともいうべきものなのかもしれません。お互いの眼から伸びてゆく縒りの糸上のボタンのように、お互いの眼へ射すイメージについて言うなら、ここには自分たちの視線の中に紛れて消えてゆく恋人たちの、何の恍惚の感情も表現されていません。これによって、問題となる点を理解することがますます困難になっています。

Nos mains, ainsi entregreffées
Faisaient notre seule union,
Et les images procréées dans nos regards,
Notre seule reproduction.

そのような訳で、我々を一つにする手段は
ただ互いに手に手を接ぎ木し合うだけであった
我々が子宝を儲ける営みは、せいぜい
お互いの瞳のうちに映る絵姿を見交わすだけである。

まず、上記の一節には、切り離されることなくしっかりと結ばれた手のイメージが、接ぎ木というさらに多様な要素から成るイメージの前で色褪せているという欠点があります。その一方で、絵姿を儲けるとは、自然の摂理に背いた隠喩であります。つまり、詩人は恍惚状態を表現するだけでは満足せず、この状態を普通の肉体的結合になぞらえることを試みているのであります。

Comme entre deux armées égales

Le sort suspend l'incertaine victoire,
Nos âmes en reconnaissance
Flottaient entre elle et moi.

勢力相伯仲する両軍の間で、運命の女神は
勝利を定めかね、宙ぶらりんにしておく
我々の魂は感謝するために
彼女と私との間で決しかねている。

この美しいイメージは不安や戦慄の感情を伝えているが、にもかかわらず、こうしたイメージの意図がどこにあるのか明確ではありません。詩人が男女間の、あるいは肉体と魂の間の闘いを表現することを目指したとは考えられませんが、かといって別の解釈でもありません。このイメージは、次に挙げる詩節によって、揺るぎないものにされているように思われます。

Et cependant que nos âmes négociaient,
Nous sommes demeurés comme des statues funéraires:
Tour le jour, notre pose fut la même,
Et nous n'avons rien dit tout le jour.

そして、我々の魂が併合しようと交渉する間
我々は墓の石像のように横たわり
終日、じっとしていた

一日中、何も言わなかった。

右の詩節からは、非常に整った印象を受ける。「交渉する」という語、あるいは墓地の彫像のイメージを用いている点が、他に比類ないほど適切であります。また、三行目の冒頭の「終日」というフレーズが四行目の最後の「一日中」に呼応していますが、これは幸福感に満たすようなまったく巧い表現で、この詩句が私の知る完璧な四行詩のうちの一つになっているのは、この部分によるところ多大であります。同様に、「何も言わなかった」という部分は、ダンの特徴がよく出て、かなりわざとらしく単純化されていますが、ここも非の打ちどころがありません。後に続く詩節が、こうした着想の展開を示しています。このように、注意力を効果的に働かせる点がダンとその流派の強みでもあります。その詩節によって、我々は新しい、かつきわめて重要な概念への入り口に辿り着くのです。

Quand ainsi l'amour de deux âmes
Les fait ainsi s'entr'animer,
L'âme plus haute qui naît d'elles
Remédie à sa solitude.

愛が、そのように二つの魂を結合して
精気を注ぎ込んで生き生きとされるとき
そこから流れ出るあのよりすぐれた魂が
孤独の欠陥を克服する。

ダンは、非常に簡単なサクソン語の単語の中に、かなり難解で多少哲学的なラテン語の単語をあえて配置することがあり、それが効果的に用いられることが多くあります。この四行詩に表れた思想は、おそらく作品全体の要となるものでしょう。

この思想は、ダンがプラトンの『饗宴』から着想を得たもので、魂の孤独、そして魂が他の魂と融合し合うごくまれな瞬間の探求を示しています。それこそが一つの感情なのであり、これに近いものを古代イタリアの恋愛詩に見ることはできません。まったくオーソドックスな見方をすれば——この点に関して、私はいかなる専門知識もありませんが——あるいはエレウシスの祭司がとる見方をすれば、ふたつの人間の魂が結合するということがどのようなことか、正確に理解することはできないのではないだろうか。とはいえ、この点こそ、ここ三世紀にわたる恋愛文学の抱える、根本的なテーマであることには違いありません。

この奇妙な、そしておそらく異端でさえあるこうした概念は、十三世紀の視点からすれば、この詩の続きを貫くテーマへの自然な序論であります。

Mais, hélas, pour un temps si long
Pourquoi délaissons-nous nos corps ?
Ils sont nôtres sans êtres nous.
Nous sommes les intelligences ; ce n'en sont que les sphères.

. . . .

Aussi doit s'incliner l'âme des purs amants
Aux passions et aux affections
Que le sens atteint et comprend :
Autrement un grand Prince dépérit en prison.

Alors c'est à nos corps que nous nous adressons
Où les faibles pourront voir Amour révélé ;

Les mystères d'Amour grandissent dans les âmes,
Mais le corps est son livre.

Er si quelque amant comme nous
A pu entendre ce dialogue d'un seul être,
Son attente sera déçue, car il ne verra guère plus
Quand nous serons devenus corps.

しかし、ああ、こんなに長く、こんなにまでして
一体、どうして、我々は肉体を我慢するのか
肉体は我々ではないが、それらは我々のもの、我々は
諸天空を導き動かす英智、肉体という天空を君臨するのだ
・・・・・・・・・・・・
そのように、無垢な恋人の魂とても
感覚が達し捉える情や五感に
舞い降りてこなければならない
さもなければ、愛の神は牢につながれている。
だから、我々も肉体へ戻ろうよ
世の臆病者が愛の啓示を見て益することが出来るように
愛の神秘は魂で育つけれども

肉体は愛の書物である

誰か我々のような恋人が

一人の対話を耳にしたら

彼にいつでも注目させなさい、我々が肉体においても

魂の愛に変化がないということを。

ここで読み手に示されているのは、紛れもなく、十四世紀が決して描かなかったと考えられ、そして、また聖トマスが断固として反対した、魂と肉体の遊離または分離であります。まず、はじめに、別々の肉体に宿る二つの魂の融合という概念について、聖トマスが述べている部分を見てみましょう。聖アウグスティヌスの反駁に続いて、彼は『デ・アニマ』の信頼性を引き合いに出し、次のように結論付けています。

「多くの様々な事物に対して一つの形相があるということは、それらの各々に属するものが一つの事物であるということが不可能であると同じように、不可能であるという理由で、知力の原理は肉体の数に応じて増やされることが必要である。(4)」

また、魂と肉体との違いについて、彼はこう語っている。

「もし我々が魂と肉体の性状をそれぞれ切り離して考えるなら、魂は、実際、肉体から非常に離れている。それ故、もし、魂と肉体が分離しているなら、それらを結びつける多くの手段が介在しなければならないであろう。しかし、魂は肉体の形相である限り、それは肉体の存在から離れて存在するのではなくて、それ自身の存在によって直ちに肉体と結びつけられる。このことは、もし、それぞれの形相が一つの行為として考えられるならば、資料から非常に遠く、しかも、可能態でのみの存在であるそれぞれの形相に当てはまるものである。(5)」

聖トマスは明らかに、魂に関する自説の神学的な必然性を、アリストテレス学派の教義と両立させようと努力しています。だが、まさにこうした努力がなければ、彼が二つの本質、つまり魂と肉体から成る人間の分離の可能性　―ダンの詩が意味したもの―　を認めることは決してなかったでしょう。魂と肉体は一方が賞賛すべきもの、他方が少しばかり恥ずべきものであるという点でしか区別されない。もっとも、ここでは、聖トマスに関しては、十四世紀詩人との関連でしか我々の興味を引くものはありません。ここで、彼らの作品には二分法の気配も見当らないことを繰り返しておきましょう。高等と下等、より尊敬すべき愛とそうでないものとの区別しかそこにはありません。それは、ダンテとその仲間たちが、自身の豊かな経験によって感じ、内に抱いていた相違であります。彼らは肉体と魂の闘争など想像だにせず、ただ完全性を目指す両者の同じ努力を思い描いていたのです。

この魂と肉体の二分法は、近代における一つの概念であります。私の頭に思い浮かぶもので、唯一これと類似するのは、古代においては、プロティノスと、それに続くポルピュリオスのとった態度ではないだろうか。しかしながら、ダンが作品中でとったこの形の中で、彼は、聖トマスの思想が経てきたある時期よりも、かなり大雑把な哲学的思想の一瞬を表しています。ダンを讃える多くの人たちが、彼の作品のなかに見ることができると信じている、いわゆる肉体への賛美というのは、実際は清教徒のとる態度に帰着するものであります。また、二つの魂が結合することによって生まれる恍惚という概念は、情意的な視点から見るならば、よく練られたような類のものではありませんが、哲学的なことを言わんばかりでもあるし、かつまた偏狭でもあります。愛について瞑想するという概念は、非常にアリストテレス的であると同時に、またプラトン的でもあります。これは、限界を持ちながらも愛するに値する人間が、他でもない、絶対的な美と絶対的な善についての熟考を極められるからです。ダンは、何を思うだろうか。恍惚とは、完璧な形でなされる結合なのであります。そして、結局のところ、二人は自分たち以外のいかなるものも探求しようとしないため、喜びの中に留まってしまいます。だが、情緒の方は、長い間持続されるということは不可能なのです。したがって、萎れないために、情緒はなんとか現状のまま持ちこたえようと努力しなければなりません。今日、ダンは自身の感情の重圧に囚われています。いかなる特徴もなく、あるいは崇拝されることもほとんどありません。ダンとその後継者たちに現在与えられているのは、次のどちらかです。つまり、さほどダンの結婚そのものと大差ないが、ある種の破綻した形でもあるテニスン風の結婚か、あるいは『出発』に出てくる主人公のような破滅か——「なんとまあ、愚かなこと」——であります。結局のところ、現代文学の持つ根本的なテーマがそこにはあります。人間が不義密通や放蕩、あるいは結婚の中にこそ絶対を追い求めるということは、実際はほとんど重要事項ではありません。もっと別のところにこそ、絶対を探すべきなのです。

　蜻蛉のようにはかないものを長生きさせるように、こうした同様の永遠を追求する行為は、ダンの同時代の作家であるチャーベリのハーバートの『頌』に、見事な形でなされています。私の頭に不意にこの『頌』が思い浮かぶと、時にそれがダンの『恍惚』より美しく感じられることがあります。この作品について考えると、より多くの本質、確実性、技術面での完璧さを発見すると同時に、ダンの詩における容認しがたい難点がより多く目に付くのであります。それは、同じ心の叫びであります。

O vous où il est dit que les âmes demeurent
Avant que de descendre en de célestres flammes,
Votre graine immortelle mettra-t-elle sa grâce
Sur la concupiscence et la chair du désir?

Et notre amour si transcendant
Au désir vil et moribond,
Uni par de si chastes liens,
N'est-il pas à jamais noué?

. . . .

Car si les esprits imparfaits
Font d'Amour ici-bas le terme de Sagesse,
Quelle perfection n'attend pas notre amour

Au jour où l'imparfait lui–même est purifié !

おお汝よ、魂が汝に宿るのは
魂が清純な天上の火として降りてからであると、言われている
みだらな汚れた欲望は
汝の不滅の胤に恵まれるだろうか

そして、我々の愛は、
卑しく滅び行く愛欲を遙かに越え
純潔な欲求を結ぶ愛であるが、この愛は
久遠の契りを結ばないであろうか

………………

そして、もし、それぞれの不完全な精神が
ここで知識の果てを愛するならば
我々の愛は如何にして完全であろうか、
すべての不完全が洗練されているときに

これと対比させて、以下に『新生』のある一節（一八）を引用しよう。

「ある婦人たちが穏健な集まりに嬉々として一緒になる時がやってきたその中の一人は、以前お互いに私語を交わしていたが、私の名を呼んで次のことを言った。『あなたはこの淑女の面前にいたたまれないということを知りながら、あなたは、

何の目的で、この淑女を愛するのですか。さあ、我々が知ることが出来るように、その理由を我々につげて下さい。確かに、そのような愛の目的は知ることに相応しいものであるに違いないから』…そこで、私は婦人たちにこのように言った。『マドンネ、私の愛の目的は、我々がお話ししていると了解している彼女の会釈なのでした。彼女の会釈の中にだけ、願望の目的であるあの至福が宿っているのです。そして、これを私に与えるのを拒んだので、私の主である偉大な善の持ち主である愛は、すべての至福を、私の希望が私を駄目にすることがないところに置いたのです』と。それから、それの婦人たちはお互い同志、親密に話し出した。そして、私は、雨の中で雪が降るのを見ていたように、そのように彼らの話に混じって溜息が出た。しかし、少し後になって、最初に私に話しかけて婦人は、次のような言葉で、再び私に話しかけた。『あなたの至福は何処にあるのか、どうか私に教えて下さい』と。そして、答えて、このことだけを言った。『私の淑女を讃えるあの言葉の中にあります』と」。

以上まとめると、本論で求めたのは次の点であります。すなわち、一方において、聖ヴィクトールのリチャードの神秘主義とダンテの詩との関連性、そして他方、十六世紀の神秘主義とジョン・ダンの詩との関連性を提示することであります。また、ダンテからダンまで、魂と肉体の概念における相違があり、この相違がこの両者の時代の哲学が抱えている相違に対応していることを示そうと試みたことです。

注

（1）心理学者リチャーズ（I. A. Richards）同様、筆者自身もこういった類の経験は、四、五歳でより一般的に見られることと考える。

（2）異文、Che fa di clarita l'aer tremare.

（3）ジョン・ダン（John Donne [1573-1631]）の『恍惚』（*l'Extase*）については、すでに二種類のフランス語版がある（ほとんど翻訳不可能な作品ではあるが）。一つはラムゼー女史（Miss Ramsay）の『ジョン・ダンの中世的諸教義主義』（*Les Idées Médiévales chez John Donne* [Oxford, 1918, 2 édit. Paris, 1924]）という博士論文中に収録。もう一つは、最近の翻訳家の手によるもので、他のいくつかのダンの翻訳とあわせて、『フランス新批評』（*la Nouvelle Revue Française* [avil 1923]）に発表された。部分的にではあるが、この雑誌に再録された版は、さらに仔細にテクストを検討しようという情熱から、貴重な修正が行なわれている。他のダンの翻訳を手がけたのは、モレルの『銀の船』（*M. A. Morel* [*Le Navire d'Argent N 1*]）、カズルの『英文学アンソロジー』（M. Koszul [*Anthologie de la Littérature Anglaise*]、ルグイの『イギリス・ルネッサンスの小道』（M. Emile Legouis [*Dans les Sentiers de Renaissance Anglaise*]）。（翻訳者注による）

（4）『神学大全』第七六問第二項のラテン語。

（5）同書七項のラテン語。

付録 二

クラーク講演者

一八八四年のレズリー・スティーヴンから一九二六年のT・S・エリオットまで、そして一九二七年のE・M・フォースターから一九三三年のバーナード・ウィリアムズまで、トリニティ・カレッジで行われたクラーク講演は十九世紀後半から今日に至るまで連綿と続いているシリーズで、最も名声のある講演である。講演者達と彼れらの演題は実質的に二十世紀における文学批評と基本的重要文献を形作る歴史的地図となっている。

一八八四年　レズリー・スティーヴン、「アディソンとポープ」［一八八五年から一八九七年まで講演者達は三年の期間、選挙され、そして再選も可能であった。彼らは毎年、少なくとも二学期間にわたって十二の講演を行うように要請された］

一八八五年―九年　エドモンド・ゴス　―最初のシリーズでは「十八世紀中葉（一七三〇年から七〇年）における英語散文」、第二シリーズでは「アン時代の危機的文学」、第三シリーズは「一七八〇年から一九二〇年までの英詩における自然主義の発展」である。これらの抜粋は『シェイクスピアからポープまで』（一八九五）の中で出版されている。

一八九〇年―九三年　ジョン・ウェズリー・ヘイルズ　―最初のシリーズでは「スペンサーとシェイクスピア」、第二シリーズでは「シェイクスピアの悲劇」、第三シリーズは「ミルトン」となっている。この一つの講演の「ミルトンのマクベス」は『フォビア・リタラリア』（一八九三）の中で出版されている。

一八九三年―六年　エドワード・ダウデン、最初のシリーズは「ラテン語、ギリシャ語、そして、文献学のイギリス文学への主張」、第二シリーズでは「フランス革命のイギリス文学へ及ぼした影響」、第三シリーズは「ピューリタニズムの文学に及ぼした効果」

一八九七年　ダンカン・クルックス・トヴィ、最初のシリーズは「シェイクスピア劇の構造」、第二シリーズでは「ハムレットとシェイクスピアのテキスト」、第三シリーズは「シェイクスピアの幾つかの英国歴史劇」

一八九八年　ウォルター・ローレイ、最初のシリーズは「十六世紀から十九世紀までの英文作家達」、第二シリーズでは「十六世紀から十八世紀までの表敬文学」

一八九九年　H・C・ビーチイング、最初のシリーズは「詩の研究」、第三シリーズは『ミルトン』（一九〇〇）にある、第二講演では「イングランドにおける抒情詩の歴史」

一九〇〇年　アルフレッド・エインジャー、最初のシリーズは「ベン・ジョンソン派」、第二シリーズでは「湖畔詩人」、第三シリーズは「ヴィクトリア時代」

一九〇一年　シドニー・リー、「エリザベス朝文学に及ぼした外国文学」

一九〇二年　バレット・ウェンデル、「十七世紀英国文学の気質」（一九〇四）

一九〇三年―一九〇四年　フレドリック・S・ボアス、「アカデミー学派演劇」、『テューダー王朝時代の大学才人演劇』に改作された

一九〇五年　アレクサンダー・ベルジェイム、「ヴォルテイユ時代のフランスにおけるシェイクスピア批評」

一九〇六年　―

一九〇七年　ウィリアム・エヴァレット、「十八世紀のイギリス代表演説者」

一九〇八年　―

一九〇九年　A・W・ヴェラル、「ヴィクトリア朝詩人達」

一九一〇年　ウォルター・ローレイ、「ロマン主義復興の散文作家達」、『作品と作家について』の中で出版

一九一一年　W・P・カー、最初のシリーズは「チョーサーとスコットランドのチョーサー派」、第二のシリーズでは「英詩の形式」、『詩における形式と様式』（一九二八）の中で出版
一九一二年―一三年
一九一四年　アドルファス・アルフレッド・ジャック、『チョーサーとスペンサーの詩の注解』（一九二〇）
一九一五年―二〇年
一九二一年　ジョン・キャン・ヴェイリー、「英詩における生と芸術」、最初の講演は『文人の継続』（一九二三）の中で出版
一九二二年　ウォルター・ジョン・デ・ラ・メール、「小説の技法」
一九二三年　ラセルズ・アバークロンビー、『偉大な詩の理念』（一九二五）
一九二四年　ジョン・ミドルトン・マリー、『キーツとシェイクスピア』（一九二五）
一九二五年　T・S・エリオット、「十七世紀の形而上詩」、『形而上詩の多様性』（一九九三）として出版
一九二六年　E・M・フォースター、『小説の諸相』（一九二七）
一九二七年　アンドレ・モロワ、『伝記の諸相』（一九二九）
一九二八年　デズモンド・マッカーシー、「バイロン」
一九二九年　ハーバート・リード、『ワーズワース』（一九三〇）
一九三〇年　ハーリー・グランヴィル・バーカー、『劇的手法について』（一九三一）
一九三一年　エドモンド・ブランデン、『チャールズ・ラムと彼の同時代人達』（一九三三）
一九三二年　―
一九三三年　ジョージ・ゴードン、「シェイクスピアの喜劇」、『シェイクスピアの喜劇とその他の研究』（一九四四）の中で出版
一九三四年　アーネスト・デ・セリンコート、「ワーズワース」
一九三五年　R・W・チェンバー、「チョーサーからローレーまでの英国散文」

一九三六年　（J・ドヴァー・ウィルソン　―辞退）

一九三七年　ハーバート・J・C・グリアソン、「シェイクスピアの悲劇の典拠とその相互関係から考察された彼の幾つかの悲劇」

一九三八年　ハロルド・ニコルソン、「英国伝記の幾つかの型」

一九三九年　W・W・クレーグ、『シェイクスピアにおける編集上の問題』（一九四二）

一九四〇年　（エティエンヌ・ジルソン　―辞退）

一九四一年　ジョージ・マルコム・ヤング、「ワーズワースからウィリアム・モリスまでの十九世紀文学の宗教的社会的理念」

一九四二年　デイヴィッド・セシル、『小説家ハーディ』（一九四三）

一九四三年　J・ドヴァー・ウィルソン、『フォールスタッフの運命』（一九四四）

一九四四年　C・S・ルイス、『十六世紀英文学』（一九五四）

一九四五年　レイモンド・モルティモア、「五人の非国教徒ヴィクトリア朝の作家達」

一九四六年　C・デイ・ルイス、『詩的イメジ』（一九四六）

一九四七年　H・B・チャールトン、『シェイクスピアの悲劇』（一九四八）

一九四八年　（エティエンヌ・ジルソン　―辞退）

一九四九年　R・W・チャップマン、『ジェーン・オーステン、事実と問題』（一九四八）

一九五〇年　D・ニコル・スミス、『ジョン・ドライデン』（一九五〇）

一九五一年　ヘレン・ダービッシャー、『詩人ワーズワース』（一九五〇）

一九五二年　F・P・ウィルソン、『マーローと初期のシェイクスピア』（一九五三）

一九五三年　ハンフリ・ハウス、『コールリッジ』（一九五三）

ボナミー・ドブレー、「詩における大衆のテーマ」、『壊れた貯水池』（一九五四）として出版

G・M・トラヴェリアン、『素人の文学好き』（一九五四）

一九五四年　ロバート・グレイブズ、「英詩の専門的標準」、『最高の特権』（一九五五）として出版
一九五五年　ジェイムズ・サザランド、『英語の諷刺』（一九五八）
一九五六年　ジョイス・ケアリ、『芸術とリアリティ』（一九五八）
一九五七年　C・V・ウッジッド、『ステュアート王朝時代の詩と政治』（一九六〇）
一九五八年　ネヴィル・コグヒル、「演劇制作者としてのシェイクスピアの『秘訣』」、『シェイクスピアの専門的技量』として出版（一九六四）
一九五九年　E・M・ティリヤッド、『英文学におけるある神秘的要素』（一九六二）
一九六〇年　ロバート・W・バーリ、『跡形も無くなって、再考された幾つかの忘れられた傑作』（一九六二）
一九六一年　ジョージ・リチャード・ウィルソン・ブライト、「英国演劇」
一九六二年　ルイス・マックニース、『様々なる寓話』（一九六五）
一九六三年　L・P・ハートリー、「ナサーニアル・ホーソン」
一九六四年　ジョン・スパロウ、『マーク・パティソンと大学の理念』（一九六七）
一九六五年　スティーヴン・スペンダー、「一九四五年以降のイギリスとアメリカの想像力の諸相」、『愛と憎しみとの関係』（一九七四）として敷延
一九六六年　F・R・リーヴィス、『我々の時代の英文学と大学』（一九六七）
一九六七年　M・C・ブラッドブルック、『名匠シェイクスピア』（一九六九）
一九六八年　V・S・プリチェット、『ジョージ・メレディスと英国喜劇』（一九六九）
一九六九年　（アンソニー・パウエル　―辞退）
一九七〇年　L・C・ナイツ、「十七世紀における文学と政治」、『大衆の声』（一九七一）として出版
一九七一年　D・W・ハーディング、「英文学におけるリズムの形式と効用」、『リズムへの言葉』（一九七六）として出版
一九七二年　E・T・プリンス、「制作者と素材、シェイクスピア、ミルトン、イェーツ、そしてエリオット」

一九七三年　ウィリアム・エンプソン、「批評の進歩」
一九七四年　I・A・リチャーズ、「批評のための幾つかの未来」
一九七五年　（ジェイコブ・ブルノフスキー、死去）
［一九七六年二月、委員会は一九七八年から八〇年の二年間の講師を選挙することを決めた。講師の職は一九八〇年に年一度の任命に戻る］
一九七六年　ドナルド・デイヴィー、「一七〇〇年から一九三〇年までの国教反対者の文学」、『集合教会』として出版（一九七八）
一九七七年―八年　デイヴィド・パイパー、「詩人達と彼らの肖像」、『詩人のイメジ』（一九八二）として敷延
一九七九年―八〇年　トム・ストッパード、「テキストと出来事」
一九八一年―二年　チャールズ・トムリソン、『詩と変身』（一九八三）
一九八二年―三年　ジェフェリー・ハートマン、「詩的性格」
一九八三年―四年　ジョナサン・ミラー、「限界視界」
一九八四年―五年　G・H・ギフォード、「分割された世界の詩」
一九八五年―六年　ジェフェリー・ヒル、『敵国』（一九九一）
一九八六年―七年　リチャード・ローティ、「皮肉と連帯」
一九八七年―八年　ジェローム　J・マッガン、『認識の文学の方向へ』（一九八九）
一九八八年―九年　バーバラ・エヴァレット、「事態の悪化、悲喜劇シェイクスピア」
一九八九年―九〇年　トニー・マリソン、「アメリカのアフリカニズムの研究」
一九〇〇年―一年　クリストファー・リックス、「ヴィクトリア朝の生活、回顧と展望」
一九九一年―二年　―
一九九二年―三年　バーナード・ウィリアムズ、「真実性の三つの模範、ツキディデス、ディドロ、ニーチェ」

付録三

ターンブル講演者[1]

一八九一年　エドモンド C・ステッドマン、「詩の本質と要素」（八講演）
一八九二年　リチャード C・ジェッブ、「古典ギリシャ詩の成長と影響」（八講演）
一八九三年　ロバート Y・ティレル、「ラテン詩の成長と影響」（八講演）
一八九四年　チャールズ・エリオット・ノートン、「ダンテ」（六講演）
一八九六年　ジョージ・アダム・スミス、「ヘブル詩」（八講演）
一八九七年　ファーディナンド・ブルネティエール、「フランス詩」（八講演）
一八九八年　チャールズ R・ランマン、「インドの詩」（四講演）
一九〇〇年　チャールズ H・ファーフォード、「英詩」（八講演）
一九〇一年　ハミルトン W・メイビー、「アメリカの詩」（七講演）
一九〇二年　エミール G・ハーシュ、「中世ユダヤ詩」（八講演）
一九〇四年　アンジェロ・デ・グベルナーティス、「イタリア詩」（九講演）
一九〇五年　ジョージ E・ウッドベリー、「生の詩的形式」（八講演）
一九〇六年　ヘンリ・ヴァン・ダイク、「詩の奉仕」（六講演）
一九〇七年　ユージン・クーニマン、「ドイツ詩」（八講演）

一九〇八年　A・V・ウィリアム・ジャックソン、「ペルシャの詩」（七講演）
一九〇九年　R・メイネンデエス・ピザール、「スペインの叙事詩」（七講演）
一九一一年　モーリス・フランシス・エガン、「典型的なキリスト教賛美歌」（八講座）
一九一二年　ポール・ショーリ、「ギリシャのエピグラムと宮中詩華集」（六講演）
一九一四年　ジョージ・ライマン・キトリッジ、「チョーサーの詩」（六講演）
一九一五年　ウォルター・ローレイ卿、「ロマン主義復興の詩と批評」（六講演）
一九一六年　ポール・エルマー・モアー、「アメリカの詩」（七講演）
一九一七年　エドワード・キャップス、「ギリシャ悲劇の形成的影響」（六講演）
一九二一年　チャールズ・ミルズ・ゲイレイ、「現代の英詩」（六講演）
一九二二年　エミール・ルグイ、「エドモンド・スペンサーの詩」（六講演）
一九二四年　ウォルター・デ・ラ・メール、「三人の英詩人と詩人の技量の幾つかの要素」（六講演）
一九二七年　アルバート・ファーユラ、「シェイクスピアと詩」（五講演）
一九三〇年　エドモンド・ファラル、「アーサー王の詩的循環」（六講演）
一九三一年　ジョージ・ウィリアム・ラッセル（A E）、「アイルランド文芸運動の幾人かの人物達」と「詩人兼芸術家は夢を考える」（二講演）
一九三三年　T・S・エリオット、「形而上詩の多様性」（三講演）、R・W・チェンバー、「英詩の連続性、起源からテューダー王朝時代まで」（五講演）
一九三五年　ラセルズ・アバークロンビー、「ワーズワースの芸術」（五講演）
一九三六年　H・J・C・グリアソン、「予言者、芸術家としてのミルトン」（五講演）
一九三七年　ペドロ・サリナス、「スペイン詩におけるリアリティに対する態度」（五講演）
一九三八年　ロバート P・トリストラム・コフィン、「ニュー・イングランドの新しい詩」（六講演）
一九三九年　アーチボールド・マークリシュ、「詩人の今」（六講演）

一九四〇年　W・H・オーデン、「詩と旧世界」と「アメリカは君がそれを見つけるところだ」（二講演）

一九四一年　ジョセフ・ウォレン・ビーチ、「詩のロマン主義的見解」（六講演）

一九四七年　ジョージ・フリスビー・ウィッチャー、「エミリー・ディキンソン、アメリカ詩人の制作」（六講演）、
ロバート・フロスト、「詩の教え」と「精神の贅沢」（二講演）

一九四八年　ドナルド H・スタウファー、「ウィリアム・バットラー・イェイツの抒情詩における研究」（三講演）

一九四九年　C・J・シッソン、「シェイクスピアへのシェイクスピアの接近」（三講演）

一九五〇年　マリー＝ジェーンヌ・ドゥアリ、「神秘的ヴィクトール・ユゴーに対する秘められたヴィクトール・
ユゴーについて」と「仕事の下でのフランス詩」（二講演）

一九五〇年　ヘンリー・パイア、「批評家としてのボードレール」

一九五一年　E・W・M・ティリヤード、「英文学復興、事実か虚構か」

一九五二年　E・P・ウィルソン、「エリザベス朝演劇」

一九五四年　ピエール・エマニュエル、「詩、天職」

一九五七年　リッチモンド・ラティモアー、「ギリシャ悲劇の詩の研究」

一九五八年　詩祭、第一回ボリゲン詩祭との共同、R・P・ブラックマー、「エドウィン・ミュアーの詩」、アイヴ
アー・ウィンターズ、「新旧、詩の様式」、マリアンヌ・ムアー、「エディス・シィトウェル女史の詩」、
マーク・ヴァン・ドーレン、「トーマス・ハーディの詩」

一九六一年　「詩の瞬間」（ジョン・ホームズ、「環境と啓蒙」、メイ・サートン、「バビロン一派」、リチャード・
エバーハート、「詩における意志と精神」、リチャード・ウィルバー、「ハウスマンの詩の周辺」、ラン
ダール・ジャレル、「ロバート・フロストの『故郷埋葬』」）

一九六三年　イヴ・ボンヌフォイ、「フランス詩と存在の経験」

一九五六年―六年　ロイ・ハーヴィ・ピアス、「ホイットマンと我々の詩に対する希望」、アーノルド・スタイン、「ジョ
ージ・ハーバートの抒情詩、簡素さの芸術」、ヴォルフガング・クレマン、「シェリーの詩の精神」、

一九六六年　T・B・ウェブスター、「エウリピデス、伝統主義者と革新者」、ジョージ・ギラン、「ペドロ・サリナスの肖像」、ジョン H・フィンリー二世、「ピンダーの始め」、ジョージ E・ダックワース、「ウェルギリウスの『アエネイス』における『旧』と『新』」、ヴィクトール・ペケル、「ホラテュウスの詩と哲学」

一九六八年　ミッシェル・デグイ、「詩と認識」

一九六九年　マーギー・フレンクとアントニオ・アラトーレ、「スペイン復興の詩と音楽」、講演と朗読ノースロップ・フライ、「ロマン主義的詩学と神話」、アーヴィング・シンガー、「ディドーとアエネイスの愛、様々なるテーマ」、ヘンリー・パーセル、『ディドーとアエネイス』、エクター・ベルリオーズ、『カルタゴのトロイ』

一九七〇年　A・アルヴェレーズ、「野生の神、シルヴィア・プラスと現代詩」、デイヴィッド・レイ、「光に閉ざされた精神の空間、現代詩と絵画に関する寸評」、ダマゾ・アロンゾ、「怒りの子供」

一九七一年　ポール・ヴァレリー生誕百年祭、ジャクソン・マシューズ、ゲラルド・ジェネット、ジェイムズ・ローラー、ミシェル・デグイ、エリザベス・シウェル、ジャック・デリダ

一九七二年　ケネス・コック、「詩と子供達」

一九七三年　エリック・シーガル、「喜劇の誕生」、ナザン・A・スコット二世、「希望、歴史、そして文学」、ウィリアム・ヘイアン、「リチャード、ウィルバーに関して、批評における実験」

一九七四年　叙事詩の系譜に関する協議会（グレゴリ・ナギーとリチャード・マッケィシー議長、ジョセフ、ラッソー、アルバート B、ロード、デイビッド・ビナン、ジェニー・クレイ、ヒュー S・マッケイ二世、ダグラス・フレイム）

一九七五年　ジョセフィン・ジャコブソン、「想像力の風景、ホプキンズにおけるエリオット・コレッム」、ルイス・ズコフスキ、「詩と詩学、客観的見通し」、ジャック・デリダ、「様式の問題」

一九七六年　フィルップ・ラクー＝ラバルタ、「主観の反響、自伝の強制について」

一九七七年　エドウィン・ホニング、「詩人の別の声、翻訳における生まれ出ずる交換」、ハロルド・ブルーム、「崇高なる十字と愛の死」、イヴ・ボンヌフォイ、「詩は更に何をすることが出来るのか」、ジョン・ラスキンに関するシンポジュウム、『ラスキンの多角形、ジョン・ラスキンの想像力に関する評論』（ジョン・ディクソン・ハント、ジョージ L・ハーシイ、ジェフリー・スピア、マーク A・シンプソン、ウィリアム・アロウスミス、ギャリ・ウィルズ、リチャード・マクセイ）として出版

一九七八年　ポール・ド・マン、「ボードレール、ベンジャミン、そして、翻訳」、ジャーン・ストロビンスキー、「ルソーとボードレールの解釈」

一九七九年　ロナルド・ポールソン、「コンスタブルの詩学、文学風景の抑圧」、フランク・ドゲット、スティーヴン百年祭講演、「ウォーレス・スティーヴン、詩の作成」、フランシス・ファーガソン、「経験の平凡さ、エドモンド・バークの詩学」

一九八〇年　ジェイムズ・ノーンバーグ、「『失楽園』における叙事詩的比較と比較的叙事詩」、マイケル・デグイ、「問題の詩」

一九八一年　ポール・ド・マン、「崇高の詩学」

一九八二年　アーノルド・スタイン、「諷刺家の声、ジョン・ダン」

一九八三年　ジョン・マルカム・ウォレス、「アテネのタイモン、恩恵と三つの恩寵」、J・ヒルズ・ミラー、「ウィリアム・キャロス・ウィリアムズを読む難しさ」（百年祭講演）

一九八四年　ジョセフN・リドル、「アメリカの詩学」

注

1　この編集されたリストはもともとフランク・R・シェヴァーズの出版『メリーランド・ウィットとボルティモアーの吟唱詩人達』(Frank R. Shivers, *Maryland Wits & Baltimore Bards* [Baltimore : Maclay & Associates, 1985]) のためにジョンズ・ホプキンズ大学のリチャード・A・マックセイ教授によって収集されたものである。認可により転写。

訳者あとがき

本訳書『クラーク講演』は、ロナルド・シュハード教授編注による『形而上詩の多様性、一九二六年のケンブリッジ、トリニティ・カレッジのクラーク講演と一九三三年のジョンズ・ホプキンズ大学のターンブル講演』（*THE VARIETIES OF METAPHYSICAL POETRY by T. S. Eliot / THE CLARK LECTURES at Trinity College, Cambridge, 1926 and THE TURNBULL LECTURES at The Johns Hopkins University, 1933 / Edited and introduced by RONALD SCHUCHARD* [Faber and Faber, 1993]）の全訳である。この「クラーク講演」の題目は「十七世紀形而上詩についての講演、ダン、クラッショウ、そしてカウリーを中心にして」（ON THE METAPHYSICAL POETRY OF THE SEVENTEENTH CENTURY with special reference to Donne, Crashaw and Cowley）というものであった。これは、エリオットが「個人的で私的な苦悶」を経験して「人生の最も暗い瞬間」と考えていた頃、準備されたもので、その意味で、詩人として転換期となるものである（Eric Griffiths, "Boundaries of Love, Eliot's search for fusion in poetry and in marrigae," *Times Literary Supplement* [July 8. 1994]）。

この『クラーク講演』は、エリオットが書いたエリザベス朝・ジェイムズ朝劇作家、形而上詩人達からドライデンにいたる詩人論の背後にある一貫した考えを支えるものである。私は、前から「感受性の統合・分離」にまつわるエリオットのダン批評評価の変遷に関心を持っていた。この『クラーク講演』は、この問題にもある手がかりを与えてくれたようで、この本を手にした翌年、筑波大学で開かれた「日本英文学会」(一九九五年)で「T・S・エリオットのジョン・ダン批評の背景」(弘前大学人学部『文経論叢』第三十二巻第三号［一九九七年］所収)という題のもとで、この辺の事情を発表したことがあった。これを手がかりにこの『クラーク講演』の一端を紐解くならば、エリオットが一九二一年に初めて持ち出したあの有名な「感受性の分離」の基本となった考え方は「知性の崩壊」にかかわることなのである。言うなれば、知性と感性のこの本来の統合が如何に崩壊していったのかということを論証しようとしたのがこの『クラーク講演』なのである。つまり、デカルト以前は、ヨーロッパの精神は比較的統合されていたが、それ以後、感情と思考、主観と客観という形で分裂してしまった。エリオットがこの『クラーク講演』で訴えたことは、十三世紀から二十世紀までのヨーロッパの思想史を中世と近世に分け、この思想史の流れに応じて中世はトマス・アクィナス、近世はデカルトの哲学がそれぞれを表し、これに呼応する文学史ではダンテとダンが代表していると言っている。そして、この中世と近世の転換期を十七世紀と見ている。これをヨーロッパ的な文学史観に立って言うなら、「ダンテは言うなれば十ペイジに値し、ダンは一ペイジ、ラフォルグは脚注」(五六七頁)の分量に相当するもので、もはやダンは中世のダンテやグィード・カヴァルカンティではなくなったということである。中世を代表するダンテの光輝の前にダンは色褪せて行くのである。このように形而上詩とダンテとの結びつきが本格的に取り扱われたのはこの『クラーク講演』の刊行によってなのである。この立場から考えるなら、この『クラーク講演』の狙いはダンテを柱とした十三世紀の中世ヨーロッパの視点に立って、十七世紀の詩を批判し、思想の崩壊が存在論から心理学へと、客観的価値から主観的真実へたどるまさにグローバルな歴史観にあったようである。このようなエリオットの『クラーク講演』に見られる考え方は、彼の十七世紀に関する未刊の評論の根底を支えて行くものなのである（拙訳『T・S・エリオット文学批評選集―形而上詩人達からドライデンまで―』松柏社、一九九二年参照）。この辺のことは、編者シュハート教授がこの講演につけた脚注で克明に指摘しているところである。

『クラーク講演』は、当初「知性の崩壊」という題の三部作の一巻『ダン派』として、他の二巻は『エリザベス朝演劇』と『ベンの継承者』という題で刊行される予定であった。しかし、この講演は一九三一年の評論「我々の時代のダン」に見られるように、その「テーマが十分に論じつくされていたので、これらの講座を一冊の本にするのは妥当ではないように思われた」という理由で、今まで決して出版されることはなかった。そうは言っても、この『クラーク講演』は、この訳書「編者序論」に見られるようにエリオットの「知的生命の大切な文書」で、これからのエリオット研究の必読書となることと思う。

「無修正のテキストは、個人的な大きな苦しみの時期の強烈な圧迫の下で書かれ、彼の知的生命の大切な文書として残存している。その講演に先立つ二十年間の彼の読書と執筆の多くがこの講演に凝縮されている。それに続く二十年間の批評活動の多くはこの講演から引き出されている。これらは彼の経歴の転換期に起草され講演された。… エリオットの形而上詩に関するクラーク講演の出版は、『荒地』の草稿版（一九七一年）が彼の詩的精神を理解するのに及ぼした衝撃と同じように、彼の批評精神を我々が再評価する上でかなりの衝撃を与えるかもしれない」（一～二頁）。

尚、翻訳は、講演という形を考えて、出来るだけ分かりやすい話し言葉に統一したつもりであるが、時に難解な表現になったり、力不足で気づかない様々な誤訳、欠陥など、意に満たぬ点が多々あると思われる。御教示をいただけるなら幸いである。

この翻訳を手がけていた頃、弘前大学人文学部の特殊講義で、この『クラーク講演』の一端を学生に紹介し、エリオットに新鮮な思いで触れることが出来たことをうれしく思っている。また、この講演に興味を持った大学院の熊谷優子さんには、部分的にではあるが、原稿の整理、校正などでお手伝いをいただいた。ここに特記して感謝の意を表したい。それから、原著が取り扱っている広範な領域、英文学以外の専門用語、固有名詞など、ラテン語、イタリア語、フランス語などを含めて、脚注、既訳だけには頼れないときなど、多くの先輩、同僚諸氏のお力添えをいただいた。この場を借りて御礼申し上げたい。

最後にこの本を含めてエリオットに関する訳書三冊を世に送ることにご快諾下さった松柏社、森信久社長、また、一年余りに亘ってご協力頂いた編集部の里見時子さんに対して、あらためて、こころから謝意を述べさせていただきたい。

村田　俊一

暑かった弘前の夏の終わりに

ルナン　Renan, Ernest,　469, 550 (26)
レオナルド・ダ・ヴィンチ　Leonardo da Vinci,　145 (35)
ロイス　Royce, Josiah,　194 (14)
ロイヒリン　Reuchlin, Johann,　137 (12)
ローウェル　Lowell, Army,　472
ロスチャイルド　Rothschild, Victor,　37
ロセッティ　Rossetti, Dante Gabriel,
『初期イタリア詩人達』 *Early Italian Poets*,　104 (34), 109 (46), 209 (49)
ロセッティ　Rossetti, Christina,　351 (20), 398 (2)
ローズ　Rowse, A.L.,　23
ローチェスター　Rochester, John Wilmot, Earl of,　18, 259 (40), 578 (28)
ロートレモン　Lautrémont, Comte de (Isidore Lucien Ducasse),　469, 572 (13)
ロック　Locke, John,　159 (65)
ロード　Laud, William,　348 (9)
ロレンス　Lawrence, D.H.,　22, 195 (15), 480, 486 (18)
『チャタレー夫人の恋人』 *Lady Chatterley's Lover*,　469, 576 (17)
ロンギヌス　Longinus,『崇高について』 *On the Sublime*,　95 (17)

〈ワ行〉

ワイルド　Wilde, Oscar,　446 (8), 447 (10)
ワーグナー　Wagner, (William) Richard, 453 (28), 575 (12)
ワーズワース　Wordsworth, William,　2, 252 (20), 450 (18), 547 (8)
『序曲』 *The Prelude*,　303 (35)
ワトソン　Watson, George,　19, 22, 51 (50)

〈ヤ行〉

ヤング　Young, Edward, 『夜の想い』 *Night Thoughts*, 410

ユイスマンス　Huysmans, Joris-Karl, 208(46), 446(8), 447(10)

ユゴー　Hugo, Victor, 576(19)

〈ラ行〉

ライプニッツ　Leibniz, Gottfried Wilhelm, 147(37), 150(45), 457(45)

ラステル　Rastell, Elizabeth, 137(13)

ラステル　Rastell, John, 138(16)

ラヴレス　Lovelace, Richard, 90(6)

ラッセル　Russell, Bertrand, 22, 195(15), 579(30)

『数学原理』 *Principia Mathematica*, 15, 200(29)

ラッセル　Russell, Countess Dora Winfred Black, 469, 579(30)

ラッセル　Russell, George（AE）, 471

ラスキン　Ruskin, John, 159(67)

ラシーヌ　Racine, Jean, 152(51), 153(52)

ラティニー　Latini, Brunetto, 248(4), 249(7), 455(38)

ラティマー　Latimer, Hugh, Bishop of Worcester, 107(41), 254(24)

ラッド　Rudd, Anthony, dean of Gloucester, 136(9)

ラニエール　Lanier, Sidney, 471, 474, 485(5)

ラフォルグ　Laforgue, Jules, 1, 2, 4, 29, 105(36), 250(15), 450(19), 451(21), 479

ラボック　Lubbock, Percy, 48(29)

ラムゼー　Ramsay, Mary Paton, 『ダンの中世的諸教義主義』 *Les Doctrines médiévales chez Donne*, 14, 107(39), 134(1)(3), 310(54)

ランカスター　Lancaster, H.Carrington, 469, 471, 477

ラングランド　Langland, William, 298(5)

ランドー　Landor, Walter Savage, 190(6)

ランボー　Rimbaud, Arthur, 105(36), 451(20), 455(35), 574(1), 575(13)

ランマン　Lanman, Charles Rockwell, 197(20), 471

リー　Lee, Leah, 450(19)

リー　Lee, Sir Sidney, 11

リーヴィス　Leavis, F.R., 44(3), 16, 50(47), 40, 51(50)

『英詩の新しい動向』 *New Bearings in English Poetry*, 40

リーヴス　Reeves, James, 40

リチャード　Richard of St Victor, 22, 196(16), 199(28), 254(23), 347(7), 512(20)

『観想の恩寵について』 *De Gratia Contemplationis*, 197(19), 198(22), 201(30)

リチャード　Richards, I.A., 7, 16, 19, 22, 32, 148(39), 193(11), 396(2), 552(33), 619(1)

『文芸批評の原理』 *Principles of Literary Criticism*, 40, 149(42)

リックス　Ricks, Christopher, 「ウォルター・ペイター、マシュー・アーノルド、そして間違った引用」 ‘Walter Pater, Matthew Arnold and Misquotation’, 56

リード　Read, Herbert, 14, 25, 32, 97(18), 101(27), 109(49), 151(48), 154(55), 252(21), 303(32), 348(9), 593

『理性とロマン主義』 *Reason and Romanticism*, 26

「形而上詩の本質」 ‘The Nature of Metaphysical Poetry’, 25, 109(45)

リドラー　Ridler, Anne, 258(39)

リリー　Lyly, John, 408(30)

リンゼイ　Lindsay, Vachal, 472

ルーカス　Lucas, F.L.（‘Peter’）, 46(16)

『死者と生者の著者』 *Authors Dead and Living*, 17

ルクレティウス　Lucretius, 3, 585,

ルソー　Rousseau, Jean Jacques, 158(63), 411(37), 457(44)

ルター　Luther, Martin, 136(10)

448(11), 578(23)
ポーツ　Ports, Mrs Henry,『フランシス・ベーコンと彼の秘密社会』*Francis Bacon and his Secret Society*, 94(14)
ポープ　Pope, Alexander, 4, 95(16), 159(66), 402(16), 513(29)

〈マ行〉

マイノング　Meinong, Alexis,『想定について』*Uber Annahmen*, 155(57)
マイモニデス　Maimonides, 150(45)
マーヴェル　Marvell, Andrew, 4, 13, 248(6), 256(32)(33), 257(35), 363(56)(58), 455(37)
マキャヴェリ　Machiavelli, Niccolo, 142(26)
マックキテリック　McKitterick, David, 23
マッケイル　Mackail, J.W., 355(30)
マスターズ　Masters, Edgar, 472-3
マシーセン　Matthiessen, F.O.,『T・S・エリオットの業績』*The Achievement of T.S.Eliot*, 36, 486(18)
マシューズ　Matthews, T.S., 19, 485(3), 475
マーストン　Marston, John, 255(30), 299(9)
マーティン　Martin, L.C., 354(27)
マープリレット　Marprelate, Martin, 247(3)
マーメイド亭　Mermaid Tavern, 141(25)
マラルメ　Mallarmé, Stéphane, 448(11), 469, 549(14), 578(23)
マリー　Murry, John Middleton, 4, 8-9, 22, 31, 143(30), 190(6), 195(15), 198(24)
マリーノ　Marino, Giambattista, 12, 90(8), 360(46), 362(55)
マルボロー・ハウス　Marlborough House, 256(33)
マーロウ　Marlowe, Christopher, 141(24)
ミーニュ　Migne, Jacques Paul,
『教父全集』*Patrologia*, 22, 196(18)
ミュッセ　Musset, Alfred de, 190(6), 443(2)
ミュラー　Müller, Herrmann, 144(32)
ミルトン　Milton, John, 4, 41, 90(8)
ミレイ　Millay, Edna St Vincent, 473
ムアー　Moore, G.E., 16
ムアー　Moore, George, 451(20)
ムアー　Moore, Marianne, 2
ムナス　Menasce, Jean de, 188(1), 193(11), 197(19), 601
メランヒトン　Melanchthon, Philipp, 136(10)
メリーランドのポエトリ・ソサイアティ　Poetry Society of Maryland, 472
メリマン　Merriman, Roger B., 34
メレデス　Meredith, George, 413(43)
モアー　More, Anne, 203(33)
モアー　More, Paul Elmer, 154(55), 471, 485(6), 479, 483
モアー　More, Sir George, 203
モリス　Morris, William, 363(58)
モレル　Morrell, Ottoline, 13, 304(40), 477, 479, 480
モーリー　Morley, Christopher, 477
モーリー　Morley, Frank, 12, 25, 27, 37, 55, 466, 477, 481, 598
モンタギュー　Montague, C.E., 472
モンテーニュ　Montaigne, Michel Eyquem de, 142(26)
モンモラン　Montmorand, Antoine Brenier de, 351(16)
モーロン　Mauron, Charles,「アインシュタインを読むにあたって」'On Reading Einstein', 457(43)
モンロー　Monro, Alida, 466, 468
モンロー　Monro, Harold,『詩選集』*Collected Poems*, 468
　エリオットの序文　Eliot's Introduction to, 477
モンロー　Monroe, Harriet, 473

風の詩』 *Secentismo e Marinismo in Inghilterra*, 14, 29, 105(35), 134(1), 145(34), 250(13), 351(19), 355(30)
「T・S・エリオットとダンテ」 'T.S. Eliot and Dante', 29
プルースト Proust, Marcel, 19, 47(21)
プルーデンティウス Prudentius, 196(18), 352(21)
プロティヌス Plotinus, 207(44)
プロヴァンスの詩人達 Provançal poets, 188(2)
ヘイウッド Heywood, Elizabeth, 138(17)
ヘイウッド Heywood, Jasper, 138(18)
ヘイウッド Heywood, John, 138(17)
ヘイル Hale, Emily, 467-8, 485(2), 481
ヘイワォード Hayword, John Davy, 18-9, 32, 38, 481-2
ヘッセ Hesse, Hermann,『混沌への一瞥』 *Blick ins Chaos*, 147(38)
ヘーゲル Hegel, Georg Wilhelm Friedrich, 475(45)
ヘルマス Hermas,『ヘルマスの羊飼い』 *Shepherd of Hermas*, 192(8)(10)
ヘン Henn, T.R., 16, 21-2
『ベンの継承者』 *Sons of Ben* (Eliot's proposed book), 31
ペイター Pater, Walter, 159(67), 192(9), 447(10), 548(9)
『享楽主義者メイリアス』 *Marius the Epicurean*, 350(13)
ペイトン Paton, W.R., 355(30)
ペテロ・ヴィルミーリ Peter Martyr Vermigli, 136(10)
ペテロニュウス Petronius,『サティリコン』 *Satyricon*, 198(21)
ペルシュウス Persius, 299(7), 300(12)
ペイジ・バーバー講演 Page-Barbour Lectures, 466, 480, 576(17)
ベーコン Bacon, Delia,『展開されたシェイクスピア劇の哲学』*Philosophy of the Plays of Shakespeare Unfolded*, 94(14)
ベーコン Bacon, Francis, 94(14), 459(48), 513(29)
ベドーズ Beddoes, Thomas Lovell, 3
ベネー Benét, Stephen Vincent, 472
ベネット Bennett, H.S. [Stanley], 16
ベネット Bennett, Joan, 16, 22
ベルグソン Bergson, Henri, 149(44), 194(13)
ベンローズ Benlowes, Edward, 4, 13, 30, 258(39)
ベラルミーノ Bellarmine, Robert, 135(8)
ベルトランド・ド・ボルン Bertrand de Born, 414(46)
ホーソン Hawthorne, Nathaniel, 94(14), 447(9)
ホッブズ Hobbes, Thomas, 31, 109(47), 399(3), 459(48)
ホラティウス Horace, 91(9), 141(24), 405(22), 460(50)
ホメロス Homer,『イーリアス』 *Iliad*, 101(28), translated by Chapman, 141(24)
『オデュッセイア』 *Odyssey*, translated by Chapman, 141(24), 154(54)(55)
ホール Hall, Joseph, 255(30), 300(12)
ホワイトヘッド Whitehead, Alfred North,『数学原理』 *Principia Mathematica*, 15, 200(29)
ボアーズ Boas, George,469,485(3),473,478
ボアロー Boileau-Despréaux, Nicolas, 460(50)
ボトコル Botkol, J.Mcg., 34-5, 50(41)
ボッカチオ Boccaccio, Giovanni,『ダンテの生活』 *Vita di Dante*, 203(33)
ボードレール Baudelaire, Charles Pierre, 99(20), 105(36), 444(4), 446(8), 447(10), 449(15), 452(24), 571(1)
ボナヴェンテュラ Bonaventura, Saint, 135(6)
ボーリングブルック Bolingbrooke, Henry St John, Ist Viscount, 364(61)
ポー Poe, Edgar Allan, 257(36), 447(9),

バットラー　Butler, Samuel（1835-1902）
297(3)
バビット　Babbitt, Irving,　345(1)
バルザック　Balzac, Honoré de,　100(24),
444(3)
『絶対の探求』Balzac's *La Recherche de l'Absolu*,　251(17)
バーンズ　Barnes, A.G.,『英国韻文諷刺』*A Book of English Verse Satire*,　255(30),
297(3)
バーンズ　Burns, Robert,　547(8)
パウンド　Pound, Ezra,　56, 201(31),
257(36), 451(21)
『詩選集』*Selected Poems*,　95(16),
105(36), 355(30), 513(29)
ヒンクリー　Hinckley, Eleanor,　297(3)
ヒューム　Hulme, Thomas Ernest,　149(44)
ピコ・デラ・ミランドラ　Pico della Mirandola,　137(14)
ピナモンティ　Pinamonti, Giovanni Pietro,
302(23)
ピリー　Pilley, Dorothea,　304(40)
ビーコンスフィールド　Beaconsfield, Lord,
580(32)
ファセット　Fassett, Irene, P.,　24-5, 53
ファーレル　Farel, Guillaume,　143(29)
フィチーノ　Ficino, Marsilio,　304(40)
フィッツジェラルド　Fitzgerald, Francis Scott　475-6, 480, 484
フィッツモウリス・ケリー　Fitzmaurice-kelly, James,　362(55)
フィフテ　Fichte, Johann Gottlieb,　457(45)
フィリップ・ネリ　Philip Neri, Saint,
151(48)
フェイバー　Faber, Geoffrey,　24, 27, 37
フェイズ　Feise, Richard,　470
フェラー　Ferrar, Nicholas,　349(11)
フォースター　Forster, E.M.,　16
フォーブズ　Forbes, Mansfield　16
フォルトゥナトス　Fortunatus,『王の旗』*Vexilla Regis*,　354(26)(27), 551(27)
フーゴ　Hugh of St Victor,　196(17),
347(7)
フッサール　Husserl, Edmund,　252(21)
フッカー　Hooker, Richard,　109(48),
135(4), 513(29)
フランス　France, Anatole,　469, 550(26)
フリス　Frith, John,　138(16)
フリント　Flint, F.S..　25, 27
フレイザー　Frazer, Sir James George,
『金枝篇』*The Golden Bough*,　15
フロイト　Freud, Sigmund,　145(35),
204(35)
フロスト　Frost, Robert,　472
フロベール　Flaubert, Gustave,　445(6)
プラトン　Plato,『饗宴』*Banquet*,
102(29), 205(37)
ブランデン　Blunden, Edmund,『ヘンリー・ヴォーンの詩』Edmund Blunden's *On the Poems of Henry Vaughan*,　354(25)
ブレイク　Blake, William,　94(14), 95(16),
415(48), 417(51), 574(4), 581(33)
ブラウニング　Browning, Robert,
100(25), 157(61), 307(42), 414(44)
ブラッドブルック　Bradbrook, Muriel,　39
ブラッドレー　Bradley, F.H.,　101(26),
159(67), 200(29)
「浮遊する観念と想像」'Floating Ideas and the Imaginary',　155(58)
ブラムホール　Bramhall, John,　31,
352(22), 399(3)
ブルノフスキー　Bronowski, Jacob,　40
ブルトン　Breton, André,　449(14)
ブルネティエール　Brunetiére, Ferdinand,
471
ブルン　Brun, Frederika,　412(40)
プライアー　Prior, Matthew,　259(40)
プラッツ　Praz, Mario,　27-30, 105(35),
151(48), 204(35), 207(43), 258(39), 345(1),
369(49)
「ダンと彼の時代の詩」'Donne and the Poetry of his Time',　29
『英国における十七世紀主義とマリーノ

テレサ　Theresa, Saint,　151 (48), 347 (6), 350 (15), 351 (16)

テルトゥリアヌス　Tertullian,　196 (18)

デイヴィス　Davies, Sir John,　407 (29)

デイヴィス　Davies, William H.,　450 (18)

ディオニュシウス偽アレオパギタ　Dionysius the Pseudo-Areopagite　偽ディオニュシウス　Pseudo-Areopagite 参照

ディケンズ　Dickens, Charles,　445 (6)

ディタス　Dittus, C.W.,　478

デカルト　Descartes, René,　109 (47), 147 (37), 148 (41), 309 (52)

デズリリー　Disraeli, Benjamin,　ビーコンスフィールド　Beaconsfield, Lord, 参照

デドロ　Diderot, Denis,　411 (37)

デナム　Denham, Sir John,　5, 90 (8), 251 (19), 255 (30), 364 (60)

デュオー　Dewar, Sir James,　246 (1)

テュロスのポルフィリオス　Porphyry of Tyre『プロティヌス伝』*Life of Plotinus*　207 (44)

トムソン　Thomson, James,　411 (39)

トムソン　Thomson, Sir Joseph,　9, 44

トラハーン　Traherne, Thomas,　30, 49 (34), 90 (7), 364 (59)

トルク　Truc, Gonzague,　109 (49), 199 (26), 206 (41)

ドストエフスキー　Dostoevski, Fyodor, 100 (24), 145 (35), 304 (40)

ドーソン　Dawson, Christopher,　469, 511 (11)

ドブレー　Dobrée, Bonamy,　25, 27, 48 (29)

ドナティ　Donati, Gemma,　203 (33)

ドライデン　Dryden, John,　4, 5, 41, 90 (5), 91 (9), 300 (17), 402 (16), 403 (18), 406 (26), 410 (35) (36)

ドラクロワ　Delacroix, Henri,　351 (16)

ド・ラ・メール　de la Mare, Walter,　11, 466, 472

ドールヴィリー　d'Aurevilly, Jules-Amédée Barbey,　446 (8)

ドルー　Drew, Elizabeth,　482

ドルアリー　Druary, Elizabeth,　304 (39)

ドルアリー　Druary, Sir Robert,　304 (39)

〈ナ行〉

ニーチェ　Nietzche, Friedrich,　147 (38)

ニューマン　Newman, John Henry,　151 (48), 159 (67), 346 (3)

ネルソン　Nelson, Wilbur A.,　467, 479

ネルヴァル　Nerval, Gérard de,　308 (43)

ノートン　Norton, Charles Eliot,　11, 471

〈ハ行〉

ハイド　Hyde, Edward,　459 (48)

ハウスマン　Housman, A.E.,　9, 16, 22, 42

ハックスレー　Huxley, Aldous,　469, 550 (26)

ハースト　Hirst, Francis W.　252 (21)

ハッチンソン　Huchinson, Mary,　15

ハーディ　Hardy, Thomas,　443 (2), 480, 576 (17)

ハルトマン　Hartmann, Edward von,　453 (27), 455 (34)

ハーバート　Herbert, Edward, Lord of Cherbury　203 (32)

ハーバート　Herbert, George,　30, 89 (4), 351 (20), 352 (22), 409 (32) (33)

『ハーバート・グリアソン卿に捧げられた十七世紀研究』*Seventeenth Century Studies Presented to Sir Herbert Grierson*,　37

ハワース　Howarth, T.E.B.,　17

ハーンショウ　Hearnshaw, F.J.C.,　364 (61)

ハラム　Hallam, Arthur,　208 (45)

ハリス　Harris, Frank,　22, 159 (64)

パスカル　Pascal, Blaise,『パンセ』*Pensées*,　309 (52)

パトモアー　Patmore, Coventry,　203 (33)

バイロン　Byron, George Gordon, 6th Baron of Rochdale,　446 (7), 547 (8), 577 (22)

バークリー　Berkeley, George,　252 (21)

バットラー　Butler, Samuel（1612-1680） 297 (3)

ストレッチー　Strachey, Lyntton, 22, 160(68)
ストラフォード　Strafford, Thomas Wentworth, Ist Earl of, 459(48)
スピノザ　Spinoza, Baruch, 92(11), 147(37), 550(23)
スペンサー　Spencer, Theodore,『形而上詩研究』*Studies in Metaphysical Poetry*, 36
スペンス　Spens, Janet, 460(49)
スプラット　Sprat, Thomas, 405(22)
スミス　Smith, Logan Pearsall, 107(41), 254(24)
スレイン　Thrane, James R., 302(23)
セネカ　Seneca, 138(18), 143(27), 299(8), 306(41)
セルヴァンテス　Cervantes, Miguel,
『ドンキホーテ』*Don Quixote*, 144(31)
セインツベリー　Saintesbury, George, 5, 88(2), 106(38), 414(45)
『チャールズ一、二世時代の二流の詩人達』*Minor Poets of the Caroline Period* 4, 90(7), 206(38), 257(37), 258(38)
セドリー　Sedley, Charles, 579(28)
ソフォクレス　Sophocles, 153(53), 444(2)
ゾルギー　Zorgi. F., 137(12)

〈タ行〉

タウラー　Tauler, Johanes 194(14)
タウンシェンド　Townshend, Aurelian, 4
ターンブル　Turnbull, Andrew, 476
ターンブル　Turnbull, Bayard, 475, 478
ターンブル　Turnbull, Frances Litchfield,
『カトリック・マン』*The Catholic Man*, 470-1
ターンブル　Turnbull, Lawrence, 470
ターンブル講演　Turnbull Lecturers, 名簿 Listed, 627-31
ターンブル　Turnbull, Percy Graeme,, 470
ターンブル　Turnbull, Margaret Carroll, 475, 476
ダーウィン　Darwin, Charles, 145(35)
ダーウィン　Darwin, Erasmus, 410(34)
ダウデン　Dowden, Edward, 11
ダニエル　Daniel, Samuel, 141(23), 407(29)
ダン　Donne, John, 1, 2, 13, 14, 26, 91(8)(9), 151(48), 249(8)(9), 250(11), 255(29)(30), 296(1), 299(10), 301(18), 303(30), 304(39), 310(54), 357(39), 362(55), 513(29), 579(26)
『ダン派』*School of Donne*（Eliot's proposed book）, 1, 30, 31, 32, 40, 41, 345(1)
ダンテ　Dante, Alighieri, 3-5, 14-5, 26-7, 104(33), 139(20), 156(59), 188(2), 190(6), 201(30), 207(43), 351(17)(18), 360(46), 414(46), 454(32), 455(38), 511(11), 547(1)
ダンバー　Dunbar, William, 298(5)
チェンバーズ　Chambers, Raymond W., 478
知性の崩壊　disintegration of the intellect, 14-5, 27-8
チノー・ダ・ピストイア　Cino da Pistoia, 104(34)
『チャールズ一、二世時代の二流の詩人達』*Minor Poets of the Caroline Period*, 4, 90(7), 206(38), 257(37), 258(38)
チャーチル　Churchill, Charles, 297(4)
チャップマン　Chapman, George, 3, 8, 26, 140(22), 304(40), 306(41), 416(49), 456(41), 460(49)
チャンバーレイン　Chamberlayne, William, 90(7)
チャールズ二世　Charles II, King of England, 407(27)
チョーサー　Chaucer, Geoffrey, 296(2), 46(52), 462(53)
ツァラ　Tzara, Tristan, 454(31)
ティリヤード　Tillyard, E.M.W., 7, 12, 16, 17, 31, 39, 41
『ミルトン』*Milton*, 41
『ミルトンの舞台』*The Miltonic Setting*, 41
テニスン　Tennyson, Alfred, Ist Baron Tennyson, 190(6), 208(45), 359(43)

sophical Poets, 3
『詩の名称と本質』 Name and Nature of Poetry (Housman), 42
シェイクスピア Shakespeare, William, 94(14), 141(25), 357(39), 510(6)
『アントニーとクレオパトラ』 Antony and Cleopatra, 248(6), 410(36)
『ハムレット』 Hamlet, 152(49)
『リア王』 King Lear, 99(21), 102(30)
『テンペスト』 The Tempest, 356(32)
シェヴェリエール Chevalier, Haakon, 『皮肉気質』 The Ironic Temper, 550(26)
シェリー Shelley, Percy Bysshe, 3, 356(36), 359(42), 414(44), 447(9)
『ヘラス』 Hellas, 20, 357(38)
『ひばり』 'To a Skylark' 20, 357(37)
シェンストン Shenstone, William, 411(38)
シドニー Sidney, Sir Philip, 408(30)
シモンズ Symons, Arthur, 『文学における象徴主義運動』 The Symbolist Movemnet in Literature, 308(45), 447(10), 451(20)
ショー Shaw, George Bernard, 469, 550(26)
ショウペンハウエル Schopenhauer Arthur, 453(27), 455(34)
ジェイムズ一世 James I, King of England, 139(19), 143(28)
ジェイムズ James, Henry, 259(41), 303(32), 413(43), 443(2), 471
ジェイムズ James, William, 93(12), 355(29)
『人間の不滅』 Human Immortality, Eliot's review of, 93(12)
ジェフリー Jeffrey, Francis, 547(8)
ジェッブ Jebb, Sir Richard Claverhouse, 471
ジッド Gide, André, 550(26), 573(13)
ジャム Jammes, Francis, 451(20)
十字架の聖ヨハネ John of the Cross, Saint, 151(48), 198(24)
ジョン・ドライデン John Dryden (Van Doren), 5
ジョンソン Johnson, Samuel, 108(43), 251(18), 402(16)(17)
『カウリー伝』 Life of Cowley, 90(8), 94(13), 547(8)
ジョンソン Jonson, Ben, 139(21), 141(25), 299(11), 301(22), 303(30)
ジョイス Joyce, James, 100(23), 302(23), 480
シルヴェスター Sylvester, Joshua, 406(25)
ジルソン Gilson, Etienne, 145(33)
『聖トマス・アクィナス』 Saint Thomas D'Aquin, 198(23)
スウィフト Swift, Jonathan, 200(29), 297(3)
スウィンバーン Swinburne, Algernon Charles, 5, 357(39), 358(41), 410(34), 414(45), 460(49), 549(15)
スキナー Skinner, Elizabeth, 347(5)
スクリ・アナンダ Scri Ananda, 『ブラーマダサナム、あるいは絶対の直感』 Brahmadasanam, or Intuition of the Absolute, Eliot's review of, 197(20)
『スクルーティニー』 Scrutiny, 42
スケルトン Skelton, John, 298(5)
スコット Scott, Henry (Harry) Eliot, 34
スコット=モンクリーフ Scott-Moncrieff, Charles Kenneth, 19, 47(21)
スソー Suso, Heinrich, 194(14)
スタイン Stein, Gertrude, 258(39)
スタティウス Statius, 99(22), 156(59), 347(7)
スタンリー Stanley, Thomas, 90(7)
ステッドマン Stedman, Edmund C., 471
スタンダール Stendhal (Marie Henri Beyle), 100(23)
スティーヴン Stephen, Leslie, 11, 47(18)
レズリー・スティーヴン講演 Leslie Stephen Lecture (Housman's), 42-3
ステュワート Stewart, Revd Hugh Fraser, 16, 39
ステュワート Stewart, Jessie, 39
スティルマン Stillman, Charles Chauncey, 465

ウォラー　Waller, Edmund, 5, 90(8), 251(19), 364(60)
ウォレン　Warren, Henry Clarke, 『英訳仏典』 *Buddhism in Translations*, 253(22)
ウォルトン　Walton, Izaak,
『ハーバー伝』 *Life of Herbert*, 89(4)
『ダン伝』 *Life of Donne*, 134(12), 135(8)
ウォルポール　Walpole, Sir Hugh, 482
ウッズ　Woods, James Houghton, 197(20), 252(21)
ウルフ　Wolf, Abraham, 『最も古いスピノザ伝』 *The Oldest Biography of Spinoza*, 550(23)
ウルフ　Woolf, Virginia, 6, 17, 304(40)
ウルフ　Woolf, Leonard, 6
ヴァーラル　Verall, Arthur Woolgar, 47(18)
ヴァレリー　Valéry, Paul, 155(57), 448(11), 469, 549(13), 553(1)
ヴァルデス　Valdes, Diego de（Jacobus Valdesius）, 136(11)
ヴァルデズ　Valdes, Juan de（Valdesso）136(11)
ヴェルサイユ講和条約　Treaty of Versailles, 454(32)
ヴェルデナール　Verdenal, Jean, 156(59)
ヴェルレーヌ　Verlaine, Paul, 455(35)
ヴァン・ドーレン　Van Doren, Mark,
『ジョン・ドライデン』 *John Dryden*, 5
『形而上詩研究』 *Studies in Metaphysical Poetry*, 36
ヴォーン　Vaughan, Henry, 30, 354(25), 364(59)
ヴィヨン　Villon, François, 455(38)
『英国における十七世紀主義とマリーノ風の詩』 *Secentismo e Marinismo in Inghilterra*（Praz）, 14, 29, 105(35), 134(1), 145(34), 250(13), 351(19), 355(30)
エイキン　Aiken, Conrad, 45(21)
エヴァレット　Everett, William, 11
エックハルト　Eckhardt, Johannes, 151(47), 194(14)
エピキュラス　Epicurus, 198(25), 585
エマーソン　Emerson, Ralph Waldo, 39, 358(41)
エンプソン　Empson, William, 19-20
『曖昧七つの型』 *Seven Types of Ambiguity*, 20, 48(23), 40
エリオット　Eliot, Charlotte, 34
『サヴォナローラ』 *Savonarola*, 34, 146(36)
エリオット　Eliot, Charles W., 49(37)
エリオット　Eliot, George（Mary Ann Evans）, 445(5), 447(9)
エリオット　Eliot, Henry Ware, 22, 33-4, 50(40), 36, 486(16)
エリオット　Eliot, Theresa Garrett, 22-3, 48(25)
エリオットのスケッチ　sketches of Eliot, 595
エリオット　Eliot, Thomas Stearns,
詩と劇　POEMS AND PLAYS
「アニームラ」 'Animula', 103(32)
『アラ・ヴォス・プレック』 *Ara Vos Prec*, 7, 156(59)
『荒地』 *The Waste Land*, 5, 7, 8, 24, 40, 105(36), 143(30), 147(38), 198(21), 198(24), 253(22), 257(36), 307(42), 308(44), 398(2), 475, 476, 601
「従姉ナンシー」 'Cousin Nancy', 413(43)
『イースト・コーカー』 *East Coker*, 37, 258(39), 416(50)
『岩』 *The Rock*, 483
「エリオット氏の日曜日の礼拝」 'Mr.Eliot's Sunday Morning Service', 353(23)
「ゲロンチョン」 'Gerontion', 306(41)
『詩選集』 *Collected Poems 1909-1935*, 156(59)
『詩集』 *Poems 1909-1925*, 12, 23, 40, 156(59)
『スウィニー・アゴニスティーズ』 *Sweeney Agonistes*, 15, 467
「J・アルフレッド・プルーフロックの恋歌」 'Love Song of J.Alfred Prufrock', 34, 308(44)

74, 81, 163, 295, 333, 420, 423, 427, 553, 556, 563, 602
「赤裸の心」 'Mon Coeur Mis a Nu' 74
善悪について on Good and Evil, 419, 420, 432
「みずからを罰する者」 'L'Héautontimorouménos', 423, 556
ボナヴェンツラ Bonaventura, Sait (Giovanni di Fidanza), 112, 502
ボーリングブルック Henry St John Bolingbroke, Ist Viscount, 345, 394

〈マ行〉

マイモニデス Maimonides, 124
マーヴェル Marvell, Andrew, 69, 246, 332, 338, 570
「愛の定義」 'The Definition of Love', 239-40
「アップルトン邸を歌う」 'Upon Appleton House', 240, 342
形而上派として as metaphysical, 390, 493
「クロリンダとダモン」 'Chlorinda and Damon', 429
「子鹿の死を嘆くニンフ」 'The Nymph complaining for the Death of her Fawn', 344
「庭」 'The Garden', 343, 390, 428
「はにかむ恋人」 'Coy Mistress', 241, 373
「ホラティウス風のオード」 'Horation Ode', 240
マキャヴェリー Machiavelli, Niccolo, 115, 504
マーストン Marston, John, 239
「悪徳のしもと」 'The Scourge of Villainy', 264-5
マープリレット Marprelate, Martin, 214
マーメイド亭 Mermaid Tavern, 115
マラルメ Mallarmé, Stéphane, 420, 553, 563
「おまえの歴史に立ち入る私は」 *M'introduire dans ton histoire*, 530
「エドガー・ポーの墓」 *'Le tombeau d'Edgar Poe'*, 567
マリー Murry, John Middleton, 117, 167, 170
マリーノ Marino, Giambattista, 69, 232, 246, 332, 342-4, 373, 395, 493, 541
「キリストの足下のマグダラ」 'La Maddalena ai piedi di Christo', 333-5
クラッショウに及ぼす影響 influence on Crashaw, 316, 320, 335-6
「ティツィアーノのマグダラ」 'Maddalena di Tiziano', 336
マーロウ Marlowe, Christopher, 115, 389
ミーニュ Migne, Jacques Paul, 『教父全集』 *Patrologia*, 168-9, 605
ミュッセ Musset, Alfred de, 419
ミュラー Müller, Herrmann, 『イエスの仲間の起源』 *Les Origines de societé de Jésus*, 117, 171
ミルトン Milton, John, 69, 393, 493
『失楽園』 *Paradise Lost*, 572
『サムソン・アゴニスティーズ』 *Samson Agonistes*, 572
メランヒトン Melanchthon, Philipp, 113, 503
メレディス Meredith, George, 395, 427
モアー More, Sir Thomas, 113-4, 503
モンテーニュ Montaigne, Michel Eyquem de, 115, 504
モンモラン Montmorand, Antonie Brenier de, 317

〈ヤ行〉

ヤング Young, Edward, 393
『夜の想い』 *Night Thoughts*, 393
ユイスマンス Huysmans, Joris-Karl, 420
『彼方』 *Lá-bas* 『出発』と間違って言及されている，184
『出発』 *En Route*, 420, 571, 616
ユゴー Hugo, Victor, 560
ユーフューイズム euphuism, 389

323, 524, 540
プルースト　Proust, Marcel,　132, 434
プルデンティウス　Prudentius,　318
プロテスタンティズム　Protestantism, 116, 119, 506
ダンに及ぼす影響　influence on Donne, 112-3, 114, 503
プロヴァンスの詩　Provençal poetry,　161-4, 166, 228-9, 497-8, 604, 607
プロペルティウス　Propertius,　145, 522
仏陀　Buddha, 火の説法　Fire Sermon, 229, 533
ブラウニング　Browning, Robert,　76, 132, 395, 427, 435
「カンパニィアの二人」　'Two in the Campagna',　76
『チャイルド・ローランド、暗き塔へやってくる』 *Childe Roland to the Dark Tower Came*,　285
ブラッドレー　Bradley, Francis,　133, 435
『論理学原理』 *Principles of Logic*,　172, 606
ブルトン　Breton, André,『溶ける魚』 *Poisson Soluble*　421
ブレイク　Blake, William,　71, 72, 432, 494, 495
『イエルサレム』 *Jerusalem*,　396, 554, 572
彼の哲学と詩　his philosophy and poetry, 395-7, 437
「私の亡霊は私のまわりで日夜」 'My Spectre around me night and day',　397
プラトン　Plato,『饗宴』 *Banquet*,　77, 180, 613
プロティヌス　Plotinus,　184
ヘイウッド　Heywood, Jasper,　114, 504
ヘイウッド　Heywood, John,　71, 503
ヘーゲル　Hegel, Georg Wilhelm Friedrich, 435
ヘルマス　Hermas,『ヘルマスの羊飼い』 *Shepherd of Hermas*,　165
ペイター　Pater, Walter,　133, 165, 314, 316, 420, 526
ペトラルカ　Petrarch,　369-73
ペテロ・ヴェルミーリ　Peter Martyr Vermigli,　113, 503
ペテロニュウス　Petronius,　168, 605
ペルシウス　Persius,　263, 266, 268, 522
ベイル　Beyle, Marie Henri, スタンダール Stendhal 参照
ベラルミーノ　Bellarmine, Robert,　113, 503
ベルグソン　Bergson, Henri,　166, 499, 604
ベルトランド・ド・ボルン　Bertrand de Born,　395
『ベンの継承者』 *Sons of Ben, The* (proposed title of book),　63
ベンローズ　Benlowes, Edward,　69, 246, 493, 570
「テオフィリラ」 'Theophilia',　245
ホーソン　Hawthorne, Nathaniel,　420
ホッブス　Hobbes, Thomas,　63, 368, 394
『リヴァイアサン』 *Leviathan*,　88, 368
ホメロス　Homer,　76, 129, 163, 566
『イーリアス』 *Iliad*,　77
『オデュッセイア』 *Odyssey*,　128, 163
ホラティウス　Horace, 文学批評 literary criticism of,　440
ホール　Hall, Joseph,　239
ホワイトヘッド　Whitehead, Alfred North,
『数学原理』 *Principia Mathematica*, 172
ポー　Poe, Edgar Allan,　420, 567
ポープ　Pope, Alexander,　133, 228, 345, 368, 393, 394, 433
「エロイーズからアベラールへ」 'Eloisa to Abelard',　133
『人間論』 'Essay on Man',　72, 75, 495
ポルピュリオス　Porphyry of Tyre,
『プロティヌス伝』 *Life of Plotinus*, 184, 616
ボアロー　Boileau-Despréaux, Nicolas,
文学批評　literary criticism,　440
ボードレール　Baudelaire, Charles Pierre,

「人間論」 'Essay on Man'（Pope), 72, 75, 495
ネオ・プラトニズム neo-platonism, 77
ネルヴァル Nerval, Gérard de, 285
「最後詩篇」 'Vers Dorées', 286
『廃嫡の人』 *El Desdichado*, 286

〈ハ行〉

ハイド Hyde, Edward, Ist Earl of Clarendon, 63, 437
ハックスレー Huxley, Aldous, 540
ハーディ Hardy, Thomas, 419
ハーバート Herbert, Edward, Lord of Cherbury, 69
「頌」（'Ode upon a Question ...', 174, 185-6, 239, 608, 617
ハーバート Herbert, George, 67, 69, 86, 318, 344, 570
「贖い」 'Redemption', 391
「祈り一」 'Prayer I', 391
形而上派の純粋な型, pure type of metaphysical 390-2, 492
ハリス Harris, Frank,『私の生と愛』 *My Life and Loves*, 133
ハルトマン Hartmann, Eduard von, 421, 426, 427, 435, 436, 501, 553, 558
『無意識の哲学』 *Philosophy of the Unconscious*, 556
パスカル Pascal, Blaise,『パンセ』 *Pensées*, 292
バイロン Byron, George Gordon, 6th Baron of Rochdale, 420
『ドン・ジュアン』 *Don Juan*, 564
バークリー、ジョージ Berkeley, George, 229
バットラー、サミュエル Butler, Samuel, (1612-80) 262
バットラー、サミュエル Butler, Samuel, (1835-1902) 262
バルザック、オノレ・ド Balzac, Honoré de, 419
バロック芸術とイタリアのコンシート baroque art, and Italian conceit, 245-6, 293, 336, 540-1
反宗教改革 Counter-Reformation, 119, 506
バーンズ Burns, Robert, 394
パオロとフランチェスカ Paolo and Francesca, 78, 164
パトモアー Patmore, Coventry, 173, 608
百科事典編集者 Encyclopaedists, 435
ヒューム Hulme, Thomas Ernest, 123
ピコ・デラ・ミランドラ Pico della Mirandola（'Picus'), 113, 503
ピストイア Pistoia, Cino da,
チノー・ダ・ピストイア Cino da Pistoia 参照
ビアズリー Beardsley, Aubrey, 314
ビーコンスフィールド卿（ベンジャミン・デズリリー）Beaconsfield, Lord (Benjamin Disraeli), 572
フィフテ Fichte, Johann Gottlieb, 435
フィリップ・ネリ Philip Neri, Saint, 125, 293
『フェードル』 *Phédre*（Racine), 127-8
フォルトゥナトス Fortunatus『王の旗』 *Vexilla Regis*, 320-1, 541
フーゴー Hugh of St Victor, 167, 499, 501, 605
フッサール Husserl, Edmund, 229
フッカー Hooker, Richard, 112, 437, 502, 504
『教会統治法』 *Ecclesiastical Polity*, 88
浮遊する観念 floating ideas, 129, 288
フラ・ヴィクトリア Fra Victoria, 113, 503
フランス France, Anatole, 540
フロイト Freud, Sigmund, 121
フロベール Flaubert, Gustave, 420
プライアー Prior, Matthew, 246
プラッツ Praz, Mario, 81, 120, 225, 524
『英国における十七世紀主義とマリーノ風の詩』 *Secentismo e Marinismo in Inghilterra*, 81, 88, 120, 225, 317-8,

Tennyson,　184, 211, 333, 435, 616
テレサ　Theresa, Saint,　77, 120, 125, 167, 170, 246, 295, 538
クラッショウに及ぼす影響　influence on Crashaw,　133, 314-5, 320, 336-8, 571, 605
『生涯』 *Life*,　293, 314-5, 316-7, 538-40
『天国篇』 *Paradiso*（Dante),　79, 164, 167, 188, 212-3, 267-8, 316, 317,
（間違って言及） misreferred,　318, 499, 517-8
ディヴィス　Davies, Sir John,　388
ディヴィス　Davies, William H.,
『天国の鳥とその他の詩』 *The Bird of Paradise and Other Poems*,　421
ディオニュシウス・アレオパギタ　Dionysius the Areopagite,　偽ディオニュシウス参照
ディケンズ　Dickens, Charles,　419
ディドロ　Diderot, Denis,　121, 507
デカルト　Descartes, René,　88, 121-2, 125, 507-8
『省察』 *Meditations*,　122, 292, 508
デズリリー　Disraeli, Benjamin,
ビーコンスフィールド卿　Beaconsfield, Lord参照
デナム　Denham, Sir John,　69, 87, 228, 239, 493
「クーパーの丘」 'Cooper's Hill',　383-4
デュカス　Ducasse, Isidore Lucien,
ロートレアモン　Lautréamont,　comte de 参照　559
トムソン　Thompson, Francis,　314, 395
トムソン　Thompson, James,　393
トラハーン　Traherne, Thomas,　69, 86, 344, 493
トルク　Truc, Gonzague, 『スペインの神秘主義』 Les mystiques espagñols, 88, 171
『聖トマス・アクィナスの思想』 *La Pensée de Saint Thomas D'Aquin* ,　183
ドジソン　Dodgson, Charles,
キャロル　Carroll, Lewis 参照
ドストエフスキー　Dostoevski, Fyodor Mikhailovich,　76, 121, 283
ドーソン　Dawson, Christopher,　498
ドライデン　Dryden, John,　68-70, 228, 239, 266, 345, 369, 377-84, 389
「アストリーア帰る」 'Astrea Redux', 384
「アレグザンダーの祝宴」 'Alexander's Feast',　384
カウリーに関して　on Cowley,　493, 568
「形而上派」の用語の使用　use of the term 'metaphysical',　67-70, 491-2
コンシート化された文体について　on conceited style,　229
「詩の固有の機知」 'The Proper Wit of Poetry',　88, 377-8
「シルヴィの序文」 'Preface to *Sylvae*', 493
「聖シシリア」 'St Cecilia',　384
ダンとのつながり　link with Donne, 384
ポープとの比較で　compared with Pope, 393
「ロジャーへ」 'To Roger, Earl of Orrery', 269
ドラクロア　Delacroix, Henri,　317, 606
『ドレイピアの書簡』 *Drapier's Letters*（Swift),　172
ドールヴィリー　d'Aurevilly, Jules-Amédée Barbey,　420
ドンキホーテ　Don Quixote,　117, 505

〈ナ行〉

肉体と魂との関係　body-soul relationship, 176-84, 291
『ニコマコス倫理学』 *Nichomachean Ethics*（Aristotle),　166, 499
ニーチェ　Nietzche, Friedrich,　122
ニューマン　Newman, Cardinal John Henry, 133, 314

compared with Dante's, 217-37, 517-24
中世主義 medievalism, 86, 111-33, 502-9, 571
ドライデンとのつながり link with Dryden, 384
「凪」 'The Calme', 261, 278
ネオ・プラトニズムの及ぼす影響 influence of neo-platonism on, 77, 113
「花」 'The Blossome', 225
「諷刺一」 'Satyre I', 265-8
「諷刺二」 'Satyre II', 269
『諷刺』 *Satires*, 261-78, 493
「埋葬」 'The Funerall', 217, 519
ルネッサンスの影響 Renaissance influences, 113, 115
「別れ」 'A Valediction', 230-6, 533-6
『ダン派』 *School of Donne, The* (proposed title of book), 63
ダンテ Dante, Alighieri, 70, 71, 170, 237, 430, 433, 495, 496, 567, 620ff.
愛について view of love, 161-3, 317
アクィナスの影響 influence of Aquinas, 71, 166, 170, 394, 435, 436, 571
カン・グランデへの『書簡』 *Epistola* to Can Grande, 172
学派 school of, 83-4
形而上詩人と哲学詩人の模範として as exemplar of metaphysical and philosophical poet, 77-81, 570-1, 573
クラッショウとの比較で compared with Crashaw, 392
結婚生活 and matrimony, 173-4
思考と感情の体系 system of thought and feeling, 344-5
詞姿 figures of speech, 212-6, 517-24
『神曲』 *Divine Comedy*, 79, 114, 501, 504, 571, 572
『新生』 *Vita Nuova*, 79, 164, 165, 167, 187-8, 211, 427, 499, 603, 618
神秘主義 his mysticism, 125, 170
ダンとの比較で compared with Donne, 211-37, 295, 392, 517-24
『地獄篇』 *Inferno*, 74, 78, 164, 215, 336, 395
『天国篇』 *Paradiso*, 79, 164, 167, 188, 212-3, 287-8, 316, 317, 318, 499, 517-8
『浄罪篇』 *Purgatorio*, 75, 79, 130, 234, 317, 538, 540
リアリティを拡げた詩人として as extender of reality, 163-5, 211
ダンバー Dunbar, William, 263
チェンバレイン Chamberlayne, William, 69
知性の崩壊 disintegration of the intellect, 118, 121, 295-6, 332-3, 342, 393-4, 421-6, 433-43, 524, 546, 553-4, 571-3
「知性の崩壊」 'Disintegration of the Intellect, The'（三部作の提出された題字), 63
チノー Cino da Pistoia, 81, 173, 569
チャーチル Churchill, Charles, 263, 393
チャップマン Chapman, George, 115, 395, 433
「オヴィディウスの官能の饗宴」 'Ovid's Banquet of Sense', 439
『チャールズ・バイロン公爵の陰謀と悲劇』 *The Conspiracie and Tragedie of Charles Duke of Byron*, 433
『ビュッシー・ダンボアの復讐』 *Revenge of Bussy D'Ambois*, 284
『ビュッシー・ダンボア』 *Bussy D'Ambois* , 285
『夜の賛歌』 *Hymn to Night*（'The Shadow of Night'), 439
悲劇 tragedies, 283-4
チャールズ一世 Charles I, King of England, 69, 315, 345, 367, 437
チョーサー Chaucer, Geoffrey, 163, 262, 442, 602
『トロイルスとクリセイデ』 *Troilus and Criseyde*, 441, 442
ツァラ Tzara, Tristan, 427
テイラー Taylor, Jeremy, 504
テニスン Tennyson, Alfred, 1st Baron

スタティウス　Statius, 129
スタンリー　Stanley, Thomas, 69
ストラッチェイ　Strachey, Lytton, 133
ストラフォード　Strafford, Thomas Wentworth, Ist Earl of, 437
スペンサー　Spenser, Edmund, 115
スミス　Smith, Adam, 229
スミス　Smith, Logan Pearsall, 88, 293
セインツベリー　Saintsbury, George Edward Bateman, 66, 85-6, 181, 395, 438, 495-6
『聖林』 *Sacred Wood, The*（Eliot）, 228
『世界の解剖』 *Anatomy of the World*,
『第一周年』（Donne） *First Anniversary*, 237, 261, 278-9, 283-95, 332
善と悪　Good and Evil, 419-21
セドリー　Sedley, Sir Charles, 570
セネカ　Seneca, 114-115, 263, 388, 504
想定　*Annahme*, 129
ソフォクレス　Sophocles,『オイディプス王』 *Oedipus Rex*, 128
存在論主義　ontologism, 心理主義 versus psychologism, 121-4, 131-2, 133, 170, 540

〈タ行〉

タキツス　Tacitus, 168, 605
ダーウィン　Darwin, Charles, 121, 507
ダーウィン　Darwin, Erasmus,
『植物の愛』 *Loves of the Plants*, 393
ダダイズム　Dadaism, 427
ダン　Donne, John, 65, 69, 75, 81, 83, 111-6, 121, 124-32, 261ff.
「愛の神様」 'Loves Deitie', 278
「愛の錬金術」 'Loves Alchymie', 228,
「嵐」 'The Storme', 261, 278, 279
イエズス会の及ぼす影響　influence of Jesuits on, 113-4, 131, 279, 503, 505
「エレジー一」 'Elegie I', 270-4, 278
「エレジー二」 'Elegie II' 「エレジー一」の誤植, 278
「エレジー四」 'Elegie IV' 「エレジー五」の誤植, 275
「エレジー十二」 'Elegie XII', 275
『エレジー』 *Elegies*, 270-7
「おはよう」 'The Good Morrow', 126, 277, 373, 509
カウリーに及ぼす影響　influence on Cowley, 369-77
「空気と天使」 'Aire and Angels', 277
結婚生活について　and matrimony, 173, 184
「航海」 'The Voyage'（for 'The Calme' and 'The Storme'）, 261
「恍惚」 'The Extasie', 167, 174-84, 373, 525-6, 608-15
コンシート　conceits in, 261-2, 517-46
詩における異化の傾向　*catabolic* tendency in poery, 118
『書簡詩』 *Epistles*, 261, 262, 277, 278
心理学者として　as psychologist, 131-40, 506-7
「ジェイムズ一世の死」 'Death of James I'（sermon）, 293
ジョンソンの　Johnson on, 68, 69, 492-3
『世界の解剖』 *Anatomy of the World (First Anniversary)*, 237, 261, 278, 283-95, 332,
「聖なる遺物」 'The Relique', 217-8, 521-2
説教　sermons,
『説教』 *Sermons*, Logan Pearsall Smith's edition, 88, 230, 293
「葬送悲歌」 'A Funerall Elegie', 283, 292
『魂の歴程』 *Progress of the Soul*, 261, 279-83
『第二周年』 *Second Anniversary*（'Of the Progress of the Soul）, 237-9, 293
ダンテの仲間との比較で　comparison with Dante's group, 80-1, 212-37, 295, 392
ダンテと比較されたイメジ　images

Arthur, 421, 426, 427, 435, 436, 501, 553, 558, 571
『神曲』 *Divine Comedy*（Dante), 79, 114, 501, 504, 571, 572
『新生』 *Vita Nuova*, La（Dante), 62, 63, 79, 164, 165, 167, 187-8, 211, 427, 499, 603, 618
神秘主義 mysticism, 117, 120, 125, 166-72, 499-502
型 types of 77, 170, 211-2, 539
信念 belief, 意味 meaning of, 546
ダンにおける in Donne, 237, 573
哲学における、詩に及ぼす効果 in philosophy, effect on poetry, 571-3
歴史 history of, 368, 433-43, 436
『地獄篇』 *Inferno*（Dante), 74, 78, 215, 336, 395
ジッド Gide, André, 540
ジェイムズ James, Henry, 420
「友だちの友だち」 'The Friends of the Freinds', 278
ジェイムズ一世 James I, King of England, 69, 114, 116, 437, 504, 505
ジェイムズ James, William, 71, 435
『根本経験主義』 *Radical Empiricism* 323
ジェフリー Jeffrey, Francis, 526
十字架のヨハネ John of the Cross, Saint, 77, 125, 167, 170, 295, 393, 538, 539, 605
『カルメル山登攀』 *Ascent of Mount Carmel*, 171
シルヴェスター Sylvester, Joshua, 384
ジュヴェナール Juvenal, 263, 266, 270
ジョイス Joyce, James,『若き日の芸術家の肖像』 *Portrait of the Artist as a Young Man*, 274
『浄罪篇』 *Purgatorio*（Dante), 75, 79, 130, 234, 317, 538, 540
ジョンソン Johnson, Lionel, 314
ジョンソン Johnson, Samuel, 228, 373, 377-82, 393, 432, 491-4, 526, 570
ウィットについて on wit, 377-82
カウリーに関して on Cowley, 570
「カウリー」、「デナム」、「ミルトン」、そして「ドライデン」伝 Lives of Cowley, Denham, Milton, Waller and Dryden, 88, 369, 376, 570
「形而上派」の用語の使用 use of the term 'metaphysical', 67-70, 491-2
コンシート化された文体について on conceited style, 229
「人の望みの空しさ」 'The Vanity of Human Wishes', 377
ジョンソン Jonson, Ben, 68, 115, 116, 228, 278, 492
「いとしいシリーア、早く来て」 'Come, My Celia', 274
『キャティリーニ』の序文 prologue to *Catiline*, 266
『へぼ詩人』の序文 prologue to *The Poetaster*, 266
「ペンズハーストに寄せて」 'To Penshurst', 116, 505
ジルソン Gilson, Etienne, 118, 505
『聖トマス・アクィナス』 *Saint Thomas D'Aquin*, 170
『中世哲学』 *La Philosophie au moyen age*, 118
スウィフト Swift, Jonathan, 262, 338, 345, 368, 432
『ドレイピアの書簡』 *Drapier's Letters*, 172, 606
スウィンバーン Swinburne, Algernon Charles, 332-3, 338-9, 395, 496, 531
「鏡の前で」 'Before the Mirror', 331, 532
『時の勝利』 *Triumph of Time*, 393
「ハーサ」 'Hertha', 332, 333
スピノザ Spinoza, Baruch, 539
スタイン Stein, Gertrude, 245
スタンダール Stendhal（Marie Henri Beyle), 76, 419
スケルトン Skelton, John, 263

クラショウとの比較で　compared with Crashaw,　433
『その後の小さなロンデル』 *Petis Rondels pour après*,　561-2
『メキシコからの手紙』 'Lettre du Mexique',　432
「若者」 'Un Jeune Qui S'en Va',　560
コールリッジ　Coleridge, Samuel Taylor, 393, 440, 495, 501
『クブラ・カーン』 *Kubla Khan*,　285
「シャモニー渓谷における朝日前の賛歌」 'Hymn before Sun-Rise in the Vale of Chamouni',　393
コレット　Colet, John,　114, 503
コレット　Collet, Mary,　316
コンシート　conceits, 拡張された extended,　230-7, 533-4
クラッショウとの比較で　compared with Crashaw's,　341-5, 517-46
形而上詩と　and metaphysical poetry, 261-2
コルビエールにおける　in Corbière, 428-32
ダンにおける　in Donne,　211-46
定義　defined,　245-6
二流の形而上詩人によって使われたものとして　as used by minor metaphysical poets,　239-46, 373
ゴス　Gosse, Sir Edmund,　270, 421, 553-4
ゴーチェ　Gautier, Théophile,　420
ゴンゴラ・イ・アルゴテ　Góngora y Argote, Luis de,　342

〈サ行〉

サッカレー　Thackeray, William Makepeace,　262, 419
サックリング　Suckling, Sir John,　69, 246, 493, 570,
サッフォー　Sappho,「アナクトリアに寄せて」 'Ode to Anactoria',　72, 76, 573
サリー　Surrey, Henry Howard, Earl of, 115
サンタヤーナ　Santayana, George,　170, 571
『三人の哲学的詩人達』 *Three Philosophical Poets*,　70-1, 72, 494
サン・テブルモン　Saint-Evremond, Charles de Marguetel de Saint Denis, Seigneur de,　382
サント＝ブーヴ　Sainte Beuve, Charles Augustine,『ポール・ロワイヤル』 *Port-Royal*,　314
サンドラール　Cendrars, Blaise（Frédéric Sauser Hall）,　421
『ル・パナマ』 *Le Panama*,　421
シィトウェル　Sitwell, Edith,　529
シェイクスピア　Shakespeare, William, 71, 72, 216, 237, 391, 494, 563, 566
『アントニーとクレオパトラ』 *Antony and Cleopatra*,　216, 335, 393
『テンペスト』 *The Tempest*,　325
『ハムレット』 *Hamlet*,　125
『リア王』 *King Lear*,　75, 78
シェリー　Shelley, Percy Bysshe,　332, 395, 435, 531
『エピサイキデオン』 *Epipsychidion*, 332
『ひばり』 'To a Skylark',　327-32
『ヘラス』 *Hellas*,　330
シェンストン　Shenstone, William, 393
宗教改革　Reformation,　506
思春期　adolescence, 詩のpoetry of,　165, 187, 119, 225-7
シドニー　Sidney, Sir Philip,　389
シモンズ　Symons, Arthur,　286
『文学における象徴主義運動』 *The Symbolist Movemnet in Literature*,　421, 554
社交界の詩　*vers de société*,　236, 246
シュールレアリズム　Surrealism,　421, 559
ショー　Shaw, George Bernard,　540
『書簡詩』 *Epistles*（Donne）,　260-1
ショウペンハウエル　Schopenhauer,

本を書こうとする意図　intention to write a book on model of *Port-Royal*, 314
ポール・ヴァレリーとの友情　friendship with Paul Valéry, 530
理想的な文学批評家の定義、詩人の究極的な目的と詩の偉大さの本質　definitions of the ideal literary critic, the ultimate purpose of the poet, and the nature of greatness in poetry, 562-9
エリザベス一世　Elizabeth I, Queen of England, 262, 280
『エリザベス朝演劇』 *Elizabethan Drama* (proposed title of book), 63
エリザベス朝文体　Elizabethan style (bombast), 214, 216, 229, 245, 389, 439, 532
エルペーノール　Elpenor, 129
『エレジー』 *Elegies* (Donne), 270-6
エロティックな韻文　erotic verse, 86, 173, 540
オイディプス　Oedipus, 128
オヴィデュウス　Ovid, 166, 270, 275, 604
オカルト哲学と文学　occult philosophy and literature, 71, 113-4, 494
オーガスタン　Augustans, 87, 382, 394, 439
『オックスフォード英詩集』 *Oxford Book of English Verse*, 339
『オデュッセイア』 *Odyssey* (Homer), 128-9, 163
オルダム　Oldham, John, 228, 266

〈カ行〉

カウリー　Cowley, Abraham, 69, 83-4, 126-7, 246, 295, 345, 394, 432, 439, 491,
『エッセイ集』 *Essays*, 88, 368
「オード、機知について」 'Ode : Of Wit', 376, 378-82
形而上派の代表として　as representative of metaphysicals, 83, 84, 295
『恋人』 *Mistress, The*, 369-72, 569
ダンの及ぼす影響　influence of Donne on, 369-76, 389
「ホッブズ氏へ」 'To Mr Hobs', 384-8
ホラテュウスの意訳　paraphrase of Horace, 382
「プラットニック・ラヴ」 'Platonick Love', 375
「私のダイアット」 'My Dyet', 370, 569
カヴァルカンティ　Cavalcanti, Guido, 81, 83, 123, 164, 173, 212, 229, 234, 237, 397, 435, 517, 539, 569, 607
「ソネット 七」 'Sonetto VII', 173, 607
「バラッタ 十二」 'Ballata XII', 234, 537-8
カジェタン　Cajetan (Thommaso de Vio Gaetani), 113, 503
カトゥルス　Catullus, 72, 76, 163, 237, 602
「カルミナ 五」 'Carmina V', 73
カバラ　Kabbalah, 503
カルヴァン　Calvin, John, 113, 503
カルヴィニズム　Calvinism, 116, 279, 315
感受性の分離　dissociation of sensibility (thought and feeling, intellect and emotion), 314-5, 332-3, 344-5, 392, 394-7, 433-7,
カント　Kant, Immanuel, 122, 229, 421, 427, 435, 553
キケロ　Cicero, 115, 168, 229, 605
キャロラインの詩　Caroline poetry, 313, 389
キャロル　Carroll, Lewis (pseud.),
『スナーク狩り』 *The Hunting of the Snark*, 73
キング　King, Bishop, 65, 69, 242, 246, 338, 493,
ナンサッチ版　Nonesuch edition of poems, 65
「葬送の歌」 'The Exequy', 242
偽ディオニュシウス　Pseudo-Dionysius, 114, 124, 503, 508
ギリシャ詩華集　Greek Anthology, 323

クーパー　Cooper, Bishop Thomas,　214
クラッショウ　Crashaw, Richard,　65, 69, 86, 125, 133, 239, 246, 293, 367, 394, 397, 438, 441, 498, 560
　イエズス会の及ぼす影響　influence of Jesuits,　314
　「王の旗、聖なる十字架の賛歌」　'Vexilla Regis, the Hymn of the Holy Crosse',　320-1, 541-2
　「御名と栄えに捧げる賛歌」　'To the Name and Honour',　336-8, 544-5
　「形而上派の例として」　as an example of the metaphysical,　83, 295, 342, 433
　「恋人と思われている人」　'The Supposed Mistress',　327
　コルビエールとの比較して　compared with Corbière,　428-9, 560-1
　コンシートの使用　his use of conceits,　342, 373,
　「書籍と肖像に寄せて」　'To the Book and Picture',　336, 339
　宗教的情緒　religious emotion in,　320, 540
　聖テレサの及ぼす影響　influece of Saint Theresa on,　133, 314-5, 316-7, 318-20, 538-41, 571
　ダンテと比較して　compared with Dante, 392
　伝記的詳細　biographical details,　314-6
　「涙」　'The Tear',　324-7, 527-9
　「涙する人」　'The Weeper',　323-7, 498
　ポープに及ぼす影響　influence on Pope, 133
クラッブ　Crabbe, George,　263
クリーヴランド　Cleveland, John,　69, 245, 493, 341
　「ジュリアへ」　'To Julia to expedite her Promise',　243
グァリーニ　Guarini, Giovanni Battista, 336, 344
グィニッツリー　Guinizelli, Guido,　81, 164, 173, 569, 607
クザのニコラス　Nicholaus de Cusa (‘Cusanus’),　113, 503
グリアソン　Grierson, Herbert John Clifford, 66, 181, 270
　『十七世紀形而上詩選集』　*Metaphysical Lyrics* anthology,　84, 87, 217, 224, 239-240, 292, 369
グレイ　Gray, Thomas,　338, 393
グレヴィル　Greville, Fulke, Baron Brooke, 115, 388
グールモン　Gourmont, Remy de,『ダンテ、ビアトリーチェ、そして愛の詩』 *Dante, Béatrice et la poésie amoureuse*, 88, 161-2, 164, 172, 497-8, 603, 607
クローチェ　Croce, Benedetto,　文学批評 literary criticism of,　440
クロムウェル　Cromwell, Oliver,　262
グラウコス　Glaucus,　275
ケアルー　Carew, Thomas,　69, 264, 392
『形而上学』 *Metaphysics* (Aristotle),　166, 499
ゲイ　Gay, John,　345
ゲーテ　Goethe, Johann Wolfgang von,　70, 494, 495
　『ファースト』 *Faust*,　572
コーエン　Cohen, Hermann,　229
コクトー　Cocteau, Jean,　421
　『エッフェル塔の花嫁花婿』 *Le Mariées de la Tour Eiffel*,　421
コニングトン　Conington, John,　263
コリンズ　Collins, Williams,　338, 393
　「夕べのオード」　'Ode to Evening',　132
ゴッゾォリ　Gozzoli, Benozzo,　164, 603
ゴールドスミス　Goldsmith, Oliver,　228-377
コルビエール　Corbière, Tristan,　82, 421, 428-32, 563, 569
　「流れ者の吟遊詩人サン・タンヌの聖地詣で」　'La Rapsode Foraine et le Pardon de Sainte-Anne',　429, 560
　「おかしくなる小さな死」　'Petit Mort Pour Rire',　430-1

speare), 216, 335, 393
イェイツ Yeats, William Butler, 396
イエズス会士 Jesuits, 117-9, 121, 506
クラッショウに及ぼした影響 influence on Crashaw, 315-6
詩 poetry of, 321, 336
ダンに及ぼした影響 influence on Donne, 131, 279, 503
ルネッサンス and the Renaissance, 116-9
イエズス会 Society of Jesus, イエズス会士 Jesuits 参照
イグナティウス・ロヨラ Ingatius Loyola, Saint, 117, 125, 167, 501, 505, 605
『霊操』 *Spiritual Exercises*, 171, 571
イポリット Hippolytus, 127
インドの神秘体系 Indian mystical systems, 168
ウィット Wit, 219, 332, 520
ウェルギリウス Virgil, 129, 166, 604
『ウェルギリウス迷信崇拝者』 *Sortes Virgilianae*, 71, 494
ウェルズ Wells, H.G., 369
ウォーカー Walker, Hugh, 『英国諷刺文学と諷刺詩人』 *English Satire and Satirist*, 262
ウォラー Waller, Edmund, 69, 87, 228, 493
ウォルトン Walton, Izaak,『ダン伝』 *Life of Donne*, 112, 113, 503
『ハーバート伝』 *Life of Herbert*, 67
ヴァレリー Valéry, Paul, 420, 530, 553
ヴァルデズ Juan de Valdes (Valdesso), 113
ヴィヨン Villon, François, 560
ヴェステルマルク Westermarck, Edward Alexander,
ヴェルサイユ講和条約 Treaty of Versailles, 427, 559
ヴェルレーヌ Verlaine, Paul, 427, 553, 563
ヴォーン Vaughan, Henry, 69, 86, 344, 493
「世界」 'The World', 319
英国国教会 Church of England, 中道 *via media*, 318
『英国における十七世紀主義とマリーノ風の詩』 *Secentismo e Marinismo in Inghilterra* (Praz), 81, 88, 120, 225, 317, 323, 336, 524, 540
エックハルト Eckhardt, Johannes, 124, 167
エピキュロス Epicurus, 71
エマーソン Emerson, Ralph Waldo, 332, 423
エリオット Eliot, George (Mary Ann Evans), 『アモス・バートン師の悲しき運命』 *The Sad Fortunes of the Reverend Amos Barton*, 419
エリオット Eliot, Thomas Stearns,
『聖林』のレトリックに関する評論 essay on rhetoric in *The Sacred Wood*, 228
執筆経歴の日時 dates writing career, 66
シモンズの『文学における象徴主義運動』への恩義 debt to Symons' *Symbolist Movement in Literature*, 554
十九世紀フランス詩人達への恩義 debt to nineteenth-century French poets, 562
『タイムズ』におけるセインツベリーとの私信 correspondence with Saintsbury in *The Times*, 85, 495
チャップマンに関する未完の論文 unpublished paper on Chapman, 283
『天国篇』やラテンの賛歌を読むまで信仰詩を感ずることが出来ない inability to feel devotional verse until reading, the *Paradiso* and Latin hymns, 318
ミドルトン・マリーとのロマン主義、古典主義論争 romantic/classic debate with Middleton Murry, 117, 170
『ポール・ロワイアル』の雛形に関する

講演の索引

クラーク、ターンブル講演のテキストに付けられた名前、題字、そして選択された主題の索引は、652頁にある別個の編者資料の索引で補われている。(訳者注、項目、ページ数は原著のままにした。順序はアイウエオ順に並べ替えた。尚、この索引を利用するにあたって、当該ページに見当たらないときは、そのページの注も参照のこと)

〈ア行〉

愛、人間、そして神　love, human and divine
—についてのI・A・リチャーズの観念　I.A.Richards' conception of,　122, 123
神に取って代わる人間の代用　substitution of human for divine,　539
十四世紀詩人の見解　view of *trecento* poets,　172-3, 211
聖テレサにおける人間に取って代わる神の代用　substitution of divine for human in Saint Theresa,　317-8
ダンテ派と比較したダン派の見解　views of school of Donne compared with school of Dante,　132, 161-88
—のダンテの観念に及ぼすアラビア哲学　Arabic influence on Dante's conception of,　498
ダンテの見解　Dante's view,　317
プロヴァンス学派とダンテ学派の見解　view of Provençal school and school of Dante,　161-3, 211
アインシュタイン　Einstein, Albert,　434
アウグスティヌス　Augustine, Saint,　112, 132, 182, 503, 537
『告白』　*Confessions*,　132
アヴェロエス　Averroes,　124, 508
アクィナス、聖トマス　Aquinas, Saint Thomas,　71, 75, 86, 112, 124, 132, 182-4, 314, 318, 501, 508, 537, 539, 604, 606
『神学大全』　*Summa Theologica*, 170, 183, 501, 537, 615
ダンテに及ぼす影響　influence on Dante, 71, 166, 170-1, 394, 415, 436, 571
悪魔主義　Satanism,　420
アシン・パラシアウス　Asín Palacious, Miguel,　498
アスカム　Ascham, Roger,　115
アーノルド　Arnold, Matthew,　128, 314, 395
「漂白の学徒」　'The Scholar Gypsy',　333
アマディス　Amadis of Gaul,　117, 505
『アモス・バートン』　*Amos Barton*,『アモス・バートン師の悲しき運命』(ジョージ・エリオット)　*The Sad Fortunes of the Reverend* (George Eliot),　419
アリストパネス風の茶番劇　Aristophanic farce,　263
アリストテレス　Aristotle,　75, 170, 172, 440, 539, 606
『自然学』　*Physics*,　85, 495,
『形而上学』　*Metaphysics*,　166, 499, 604
『デ・アニマ』　*De Anima* (『自然学』*Physics*と間違って言及されている. 182, 615),　537
『ニコマコス倫理学』　*Nichomachean Ethics*,　166, 499, 604
アルビ派の異端　Albigensian heresy,　506
アレゴリー　allegory,　165, 169, 499, 604, 606
『アントニーとクレオパトラ』(シェイクスピア)　*Antony and Cleopatra* (Shake-

Tennyson, 184, 211, 333, 435, 616
テレサ Theresa, Saint, 77, 120, 125, 167, 170, 246, 295, 538
クラッショウに及ぼす影響 influence on Crashaw, 133, 314-5, 320, 336-8, 571, 605
『生涯』 *Life*, 293, 314-5, 316-7, 538-40
『天国篇』 *Paradiso*（Dante）, 79, 164, 167, 188, 212-3, 267-8, 316, 317,
（間違って言及） misreferred, 318, 499, 517-8
ディヴィス Davies, Sir John, 388
ディヴィス Davies, William H.,
『天国の鳥とその他の詩』 *The Bird of Paradise and Other Poems*, 421
ディオニュシウス・アレオパギタ Dionysius the Areopagite, 偽ディオニュシウス参照
ディケンズ Dickens, Charles, 419
ディドロ Diderot, Denis, 121, 507
デカルト Descartes, René, 88, 121-2, 125, 507-8
『省察』 *Meditations*, 122, 292, 508
デズリリー Disraeli, Benjamin,
ビーコンスフィールド卿 Beaconsfield, Lord参照
デナム Denham, Sir John, 69, 87, 228, 239, 493
「クーパーの丘」 'Cooper's Hill', 383-4
デュカス Ducasse, Isidore Lucien,
ロートレアモン Lautréamont, comte de 参照 559
トムソン Thompson, Francis, 314, 395
トムソン Thompson, James, 393
トラハーン Traherne, Thomas, 69, 86, 344, 493
トルク Truc, Gonzague, 『スペインの神秘主義』 Les mystiques espagñols, 88, 171
『聖トマス・アクィナスの思想』 *La Pensée de Saint Thomas D'Aquin* , 183
ドジソン Dodgson, Charles,
キャロル Carroll, Lewis 参照
ドストエフスキー Dostoevski, Fyodor Mikhailovich, 76, 121, 283
ドーソン Dawson, Christopher, 498
ドライデン Dryden, John, 68-70, 228, 239, 266, 345, 369, 377-84, 389
「アストリーア帰る」 'Astrea Redux', 384
「アレグザンダーの祝宴」 'Alexander's Feast', 384
カウリーに関して on Cowley, 493, 568
「形而上派」の用語の使用 use of the term 'metaphysical', 67-70, 491-2
コンシート化された文体について on conceited style, 229
「詩の固有の機知」 'The Proper Wit of Poetry', 88, 377-8
「シルヴィの序文」 'Preface to *Sylvae*', 493
「聖シシリア」 'St Cecilia', 384
ダンとのつながり link with Donne, 384
ポープとの比較で compared with Pope, 393
「ロジャーへ」 'To Roger, Earl of Orrery', 269
ドラクロア Delacroix, Henri, 317, 606
『ドレイピアの書簡』 *Drapier's Letters*（Swift）, 172
ドールヴィリー d'Aurevilly, Jules-Amédée Barbey, 420
ドンキホーテ Don Quixote, 117, 505

〈ナ行〉

肉体と魂との関係 body-soul relationship, 176-84, 291
『ニコマコス倫理学』 *Nichomachean Ethics*（Aristotle）, 166, 499
ニーチェ Nietzche, Friedrich, 122
ニューマン Newman, Cardinal John Henry, 133, 314

〈ハ行〉

74, 81, 163, 295, 333, 420, 423, 427, 553, 556, 563, 602
「赤裸の心」 'Mon Coeur Mis a Nu' 74
善悪について on Good and Evil, 419, 420, 432
「みずからを罰する者」 'L'Héautontimorouménos', 423, 556
ボナヴェンツラ Bonaventura, Sait (Giovanni di Fidanza), 112, 502
ボーリングブルック Henry St John Bolingbroke, Ist Viscount, 345, 394

〈マ行〉

マイモニデス Maimonides, 124
マーヴェル Marvell, Andrew, 69, 246, 332, 338, 570
「愛の定義」 'The Definition of Love', 239-40
「アップルトン邸を歌う」 'Upon Appleton House', 240, 342
形而上派として as metaphysical, 390, 493
「クロリンダとダモン」 'Chlorinda and Damon', 429
「子鹿の死を嘆くニンフ」 'The Nymph complaining for the Death of her Fawn', 344
「庭」 'The Garden', 343, 390, 428
「はにかむ恋人」 'Coy Mistress', 241, 373
「ホラティウス風のオード」 'Horation Ode', 240
マキャヴェリー Machiavelli, Niccolo, 115, 504
マーストン Marston, John, 239
「悪徳のしもと」 'The Scourge of Villainy', 264-5
マープリレット Marprelate, Martin, 214
マーメイド亭 Mermaid Tavern, 115
マラルメ Mallarmé, Stéphane, 420, 553, 563
「おまえの歴史に立ち入る私は」 *M'introduire dans ton histoire*, 530
「エドガー・ポーの墓」 '*Le tombeau d'Edgar Poe*', 567
マリー Murry, John Middleton, 117, 167, 170
マリーノ Marino, Giambattista, 69, 232, 246, 332, 342-4, 373, 395, 493, 541
「キリストの足下のマグダラ」 'La Maddalena ai piedi di Christo', 333-5
クラッショウに及ぼす影響 influence on Crashaw, 316, 320, 335-6
「ティツィアーノのマグダラ」 'Maddalena di Tiziano', 336
マーロウ Marlowe, Christopher, 115, 389
ミーニュ Migne, Jacques Paul, 『教父全集』 *Patrologia*, 168-9, 605
ミュッセ Musset, Alfred de, 419
ミュラー Müller, Herrmann, 『イエスの仲間の起源』 *Les Origines de societé de Jésus*, 117, 171
ミルトン Milton, John, 69, 393, 493
『失楽園』 *Paradise Lost*, 572
『サムソン・アゴニスティーズ』 *Samson Agonistes*, 572
メランヒトン Melanchthon, Philipp, 113, 503
メレディス Meredith, George, 395, 427
モアー More, Sir Thomas, 113-4, 503
モンテーニュ Montaigne, Michel Eyquem de, 115, 504
モンモラン Montmorand, Antonie Brenier de, 317

〈ヤ行〉

ヤング Young, Edward, 393
『夜の想い』 *Night Thoughts*, 393
ユイスマンス Huysmans, Joris-Karl, 420
『彼方』 *Lá-bas* 『出発』と間違って言及されている, 184
『出発』 *En Route*, 420, 571, 616
ユゴー Hugo, Victor, 560
ユーフューイズム euphuism, 389

ユリシーズ　Ulysses,　128

〈ラ行〉

ライプニッツ　Leibniz, Gottfried Wilhelm, 229
ラヴェリス　Lovelace, Richard,　570
ラスキン　Ruskin, John,　133, 314
ラステル　Rastell,John,　114
ラシーヌ　Racine, Jean,　127-8, 129
『フェードル』 *Phédre*,　127-8
ラッセル　Russell, Bertrand,　167
『数学原理』 *Principia Mathematica*, 172, 606
ラッセル　Russell, Countess Dora Winifred Black,　571, 573
『幸せの権利』 *The Right to Be Happy*, 571
ラティニー　Latini, Brunetto,　214
ラティマー　Latimer, Bishop Hugh,　230, 553
ラテンの賛歌　Latin hymns,　318, 320-1
ラテン諷刺　Latin satire,　263
ラッド　Rudd, Anthony, Dean of Gloucester, 113, 503
ラフォルグ　Laforgue, Jules,　82-3, 187-8, 211, 228, 420, 421-8, 524, 546, 563, 567-8
形而上性　metaphysicality,　422-6, 554-9
コルビエールとの比較で　compared with Corbière,　427
「透き通ったジェラニウム」 'O géraniums diaphanes'　427, 559
『伝説的教訓劇、ハムレット』 *Moralités Légendaires : Hamlet*,　554
伝記的詳細　biographical details,　421, 553-4, 560
ドイツ哲学の及ぼす影響　influence of German philosophy on,　421, 426, 427, 435, 436, 501, 553, 556-9
「日曜日」 'Dimanches',　423, 424-6, 556-8
「パリ市の大仰な嘆き節」 'Grande Complainte de la Ville de Paris',　427, 559
ラムゼー　Ramsay, Mary Paton,『ダンの中世的諸教義主義』*Les Doctrines médiévales chez Donne*,　86, 111-4, 124, 502, 504
ラングランド　Langland, William,　263
ランボー　Rimbaud, Arhtur,　82, 421, 427, 432, 554, 559, 563
リー　Lee, Leah,　427, 560
『リア王』 *King Lear*（Shakespeare）,　75, 78
リチャード　Richard of St Victor,　167-170, 172, 230, 499, 501, 553, 605-6
『観想の恩寵について』*De Gratia Contemplationis*,　168-9, 172, 605-6
リチャーズ　Richards, Ivor Armstrong, 122, 123, 546
『文芸批評の原理』 *The Principles of Literary Criticism*,　123, 604
リリー　Lyly, John,　389
ルクレティウス　Lucretius,　70, 71, 437, 494, 495, 573
ルイス　Luis of Granada,　125
ルソー　Rousseau, Jean Jacques,　117, 125, 133, 435
『告白』 *Confessions*,　132
『孤独な散歩者の夢想』 *Reveries d'un promeneur solitaire*,　393
ルター　Luther, Martin,　113, 117, 503
ルター主義　Lutheranism,　116, 315, 419
ルナン　Renan, Ernest,　540
レオナルド・ダ・ヴィンチ　Leonardo da Vinci,　121, 507
ロセッティ　Rossetti, Christina,　318
ロセッティ　Rossetti, Dante Gabriel,『初期イタリア詩人達』 *Early Italian Poets*,　88, 173, 187
ロチェスター　Rochester, John Wilmot, Earl of,　242, 570
ロック　Locke, John,　133
ロートレアモン　Lautréamont, Comte de

(Isidore Lucien Ducasse), 559
ロマン主義　romanticism,　117, 125, 228, 389, 394
ロレンス　Lawrence, D.H.,　167, 554, 567, 572
『チャタレー夫人の恋人』 *Lady Chatterley's Lover*,　560
ロード　Laud, Archbishop William,　315, 437

〈ワ行〉

ワイアット　Wyatt, Sir Thomas,　115
ワイルド　Wilde, Oscar,　314, 420
『ペン、鉛筆、そして毒』 *Pen Pencil and Poison*,　420
ワーグナー　Wagner,（William）Richard, 426, 559, 571
『トリスタンとイゾルデ』 *Tristan und Isolde*,　426, 559
『パルジファル』 *Parsifal*,　559
ワーズワース　Wordsworth, William,　393, 435

ストレッチー Strachey, Lyntton, 22, 160(68)
ストラフォード Strafford, Thomas Wentworth, Ist Earl of, 459(48)
スピノザ Spinoza, Baruch, 92(11), 147(37), 550(23)
スペンサー Spencer, Theodore, 『形而上詩研究』 *Studies in Metaphysical Poetry*, 36
スペンス Spens, Janet, 460(49)
スプラット Sprat, Thomas, 405(22)
スミス Smith, Logan Pearsall, 107(41), 254(24)
スレイン Thrane, James R., 302(23)
セネカ Seneca, 138(18), 143(27), 299(8), 306(41)
セルヴァンテス Cervantes, Miguel,
『ドンキホーテ』 *Don Quixote*, 144(31)
セインツベリー Saintesbury, George, 5, 88(2), 106(38), 414(45)
『チャールズ一、二世時代の二流の詩人達』 *Minor Poets of the Caroline Period* 4, 90(7), 206(38), 257(37), 258(38)
セドリー Sedley, Charles, 579(28)
ソフォクレス Sophocles, 153(53), 444(2)
ゾルギー Zorgi. F., 137(12)

〈タ行〉

タウラー Tauler, Johanes 194(14)
タウンシェンド Townshend, Aurelian, 4
ターンブル Turnbull, Andrew, 476
ターンブル Turnbull, Bayard, 475, 478
ターンブル Turnbull, Frances Litchfield,
『カトリック・マン』 *The Catholic Man*, 470-1
ターンブル Turnbull, Lawrence, 470
ターンブル講演 Turnbull Lecturers, 名簿 Listed, 627-31
ターンブル Turnbull, Percy Graeme,, 470
ターンブル Turnbull, Margaret Carroll, 475, 476
ダーウィン Darwin, Charles, 145(35)
ダーウィン Darwin, Erasmus, 410(34)
ダウデン Dowden, Edward, 11
ダニエル Daniel, Samuel, 141(23), 407(29)
ダン Donne, John, 1, 2, 13, 14, 26, 91(8)(9), 151(48), 249(8)(9), 250(11), 255(29)(30), 296(1), 299(10), 301(18), 303(30), 304(39), 310(54), 357(39), 362(55), 513(29), 579(26)
『ダン派』 *School of Donne* (Eliot's proposed book), 1, 30, 31, 32, 40, 41, 345(1)
ダンテ Dante, Alighieri, 3-5, 14-5, 26-7, 104(33), 139(20), 156(59), 188(2), 190(6), 201(30), 207(43), 351(17)(18), 360(46), 414(46), 454(32), 455(38), 511(11), 547(1)
ダンバー Dunbar, William, 298(5)
チェンバーズ Chambers, Raymond W., 478
知性の崩壊 disintegration of the intellect, 14-5, 27-8
チノー・ダ・ピストイア Cino da Pistoia, 104(34)
『チャールズ一、二世時代の二流の詩人達』 *Minor Poets of the Caroline Period*, 4, 90(7), 206(38), 257(37), 258(38)
チャーチル Churchill, Charles, 297(4)
チャップマン Chapman, George, 3, 8, 26, 140(22), 304(40), 306(41), 416(49), 456(41), 460(49)
チャンバーレイン Chamberlayne, William, 90(7)
チャールズ二世 Charles II, King of England, 407(27)
チョーサー Chaucer, Geoffrey, 296(2), 46(52), 462(53)
ツァラ Tzara, Tristan, 454(31)
ティリヤード Tillyard, E.M.W., 7, 12, 16, 17, 31, 39, 41
『ミルトン』 *Milton*, 41
『ミルトンの舞台』 *The Miltonic Setting*, 41
テニスン Tennyson, Alfred, Ist Baron Tennyson, 190(6), 208(45), 359(43)

「葬送の歌」 'The Exequy', 257(36)
「トリスタン・コルビエール」 'Tristan Corbiére', 105(36)
「直立したスウィニー」 'Sweeney Erect', 455(38)
「東方の三博士」 'Journey of the Magi', 42
『灰の水曜日』 *Ash-Wednesday*, 476, 577(22)
「不滅の囁き」 'Whispers of Immortality', 40, 251(16), 410(34)
「ベデカーを携えたバーバンク」 'Burbank with Baedeker', 205(36)
『バーント・ノートン』 *Burnt Norton*, 37, 193(12), 549(14)
『四つの四重奏』 *Four Quartets*, 407(29), 483
『リトル・ギディング』 *Little Gidding*, 248(4), 349(11), 459(48), 578(23)
「老人によせる歌」 'Lines for an Old Man', 549(14)
散文（講演、評論、書評、著作） PROSE WORKS（lectures, essays, reviews, volumes）
「アーノルドとペイター」 'Arnold and Pater', 347(4), 350(13)
「アンドルー・マーヴェル」(1921), 'Andrew Marvell'（1921), 4, 97, (18), 157(62), 256(33), 363(56)(58), 445(6), 455(37)
「アンドルー・マーヴェル」(1923), 'Andrew Marvell'（1923) 248(6), 257(37), 455(37)
「異質の精神」 'A Foreign Mind', 100(23), 416(49)
『異神を追いて』 *After Strange Gods*, 416(49), 480
「イェイツ」 'Yeats', 416(49)
「イン・メモリアム」 'In Memoriam', 359(43)
「韻と理性、ジョン・ダンの詩」 'Rhyme and Reason : The Poetry of John Donne', 49(36)
「韻文思考」 'Thinking in Verse' 49(36), 151(48), 306(41), 579(29)
「ウィリアム・ブレイク」 'William Blake', 415(48), 581(33)
「ウォンリーとチャップマン」 'Wanley and Chapman', 304(40), 460(49)
「ヴァレリーの教え」 'Leçon de Valéry', 549(13)
「エウリピデスとマリー教授」 'Euripides and Professor Murray', 198(21)
『エズラ・パウンド詩選集』「序論」, 'Introduction' to *Ezra Pound : Selected Poems*, 95(16), 105(36), 355(30), 513(29)
「エリザベス朝の三文文士連」 'The Elizabethan Grub Street' 408(30)
『エリザベス朝文学評論集』 *Elizabethan Essays*, 304(40)
「エリザベス朝の翻訳におけるセネカ」 'Seneca in Elizabethan Translation', 94(14), 142(26), 306(41), 407(29)
「エドワード・リアと現代詩」 'Edward Lear and Modern Poetry', 487, 479
「オーガスタン時代のトーリー党」 'Augustan Age Tories', 364(61)
「カウリーの二つのオードに関する覚書」 'A Note on Two Odes of Cowley', 37, 397(1), 399(5), 404(21), 407(28)
「観察」 'Observations', 2
「完全な批評家」 'Perfect Critic', 451(20), 457(45), 460(50)
「キリスト教社会の理念」 *Idea of a Christian Society*, 484
「形而上詩人達」 'Metaphysical Poets', 4, 25, 157(62), 208(45), 250(11), 257(36), 361(51), 414(44), 454(33), 456(41)
「賢者としてのゲーテ」 'Goethe as the Sage', 92(11)
「劇作家ドライデン」 'Dryden the Dramatist', 410(36)
「ゲーテ序論」 'Introduction to Goethe',

92 (11)
『現代イギリス小説』 *Le roman anglais contemporain*, 145 (35)
「現代詩」 'Modern Poetry', 480
「現代の英散文」 'Contemporary English Prose', 159 (67)
「現代文学への序論」 'A Preface to Modern Literature' (1923), 446 (8)
「現代詩熟考」 'Reflection on Contemporary Poetry', 2, 250 (11), 306 (41), 450 (18)
『現代批評研究』 *Studies in Contemporary Criticism*, 248 (6)
「好みの形成」 'Formation of Taste', 467
「コンテンポラニィ」 'Contemporanea', 455 (38)
「強情な詩」 'Poetry of Perversity' (1920), 548 (11)
サミュエル・ジョンソン「序説」 'Introductory Essay' to Samuel Johnson, 『ロンドン、詩と人の望みの空しさ』 *London : A Poem and the Vanity of Human Wishes*, 251 (18), 402 (16) (17), 411 (28)
「散文と韻文」 'Prose and Verse', 257 (36)
「散文の境界線」 'The Borderline of Prose', 105 (36)
「三人の散文作家」 'Three Prose Writers', 480
「サン・マルコにおけるフラ・アンジェリコ」 'Fra Angelico in San Marco', 191 (7)
「詩劇の可能性」 'Possibility of Poetic Drama', 200 (29)
「詩人としての神秘家と政治家」 'Mystic and Politician as Poet', 49 (34) (36), 194 (14), 364 (59)
「詩人としてのスウィンバーン」 'Swinburne as Poet', 357 (39), 410 (34)
「詩と信念の覚書」 'A Note on Poetry and Belief', 389 (2)
「詩と詩人について」 'On Poetry and Poets', 487 (25)
「詩における現代の傾向」 'Modern Tendencies in Poetry', 454 (31), 455 (38)
「詩における哲学」 'Philosophy in Poetry - George Meredith', 413 (43)
「詩の意味」 'Meaning of Poetry', 479
『詩の効用と批評の効用』 *Use of Poetry and the Use of Criticism*, 309 (41), 465, 480
「シェイクスピアとモンテーニュ」 'Shakespeare and Montaigne', 142 (26)
「シェイクスピアとセネカのストイシズム」 'Shakespeare and the Stoicism of Seneca', 134 (3), 510 (6)
「シェイクスピア批評研究」 'Study of Shakespeare Criticism', 468
「シェリーとキーツ」 'Shelley and Keats', 92 (11), 359 (42), 510 (6)
「宗教と科学、幻のデレンマ」 'Religion and Science: A Phantom Dilemma', 458 (46)
「宗教と文学」 'Religion and Literature', 443 (2)
「書簡作家としての英国詩人」 'English Poets as Letter Writers', 479
シャーロット・エリオット『サヴォナロ一ラ』「序論」 'Introduction' to Charlotte Eliot, *Savonarola*, 146 (36)
「初期の小説」 'The Early Novel', 408 (30)
「新旧のエリザベス朝の人々」 'New Elizabethans and the Old', 247
「自由詩をめぐって」 'Reflections on "Vers Libre"', 359 (44)
「十七世紀の信仰詩人達」 'Devotional Poets of the Seventeenth Century', 49 (36), 255 (28), 346 (2), 356 (36), 361 (49), 409 (33), 548 (11)
「ジョージ王時代の人々の後」 'Post Georgians', 548 (11)
「ジョージ・ハーバート」 'George Herbert' (1932), 351 (20)
『ジョージ・ハーバート』 *George Herbert*, 38, 89 (4), 409 (33)

編者資料の索引

訳者注、項目、ページ数は原著のままにした。(　) はその注番号

〈ア行〉

アインシュタイン　Einstein, Albert, 457 (43)
『愛すべき大地』 *The Land We Love*, 470
アウグスティヌス　Augustine, Saint, 135 (7), 206 (40)
アヴェロエス　Averroes, 150 (45)
アクィナス　Aquinas, Saint Thomas, 134 (1), 352 (21)
『神学大全』 *Summa Theologica*, 22, 135 (5), 206 (40), 207 (41), 352 (21)
アシン・パラシアウス　Miguel Asín Palacious, 『イスラムと神曲』 *Islam and the Divine Comedy*, 511 (11)
アスカム　Ascham, Roger, 140 (22)
『新しい折衷主義』 *New Eclectic, The*, 470
アダム　Adam of St.Victor, 595
アトウォター　Attwater, Aubrey, 16
アーノルド　Arnold, Matthew, 154 (54), 359 (44)
アーバークロンビ　Abercrombie, Lascelles, 11
アメス　Ames, Joseph S., 469, 477-8
アリストパネス　Arisophanes, 205
アリストテレス　Aristotle, 150 (45), 550 (23)
『形而上学』 *Metaphysics*, 193 (12)
『自然学』 *Physics*, 206 (40)
『デ・アニマ』 *De Anima*, 103 (32)
アルヴァレズ　Alvarez, Alfred, 『ダン派』 *The School of Donne*, 38
アレグザンダー　Alexander, Sir William, Earl of Stirling, 141 (23), 407 (29)
アンドルーズ　Andrewes, Bishop Lancelot, 107 (41), 458 (47)
アンドルーズ　Andrews, Emily Augusta, 203 (33)
イーリー　Yealey, Father Francis Joseph, 39, 199 (28)
イェイツ　Yeats, William Butler, 94 (14), 100 (23), 416 (49), 473
ブレイクに関して　on Blake, 94 (14)
イグナティウス・ロヨラ　Ignatius Loyola, Saint, 144 (31), 199 (28), 579 (29)
イブン・アラビ　Ibn Arabi, 511 (11)
隠喩としての化学過程　chemical processes as metaphors, 95 (15), 246 (1)
ウィグストン　Wigston, W.F.C, 『ベイコン、シェイクスピア、そしてバラ十字会員』 *Bacon, Shakespeare, and the Rosicrucians*, 94 (14)
ウィブリー　Whibley, Charles, 200 (29), 364 (61)
ウィリアムソン　Williamson, George, 『ダンの伝統、… 英詩の研究』 *The Donne Tradition : A Study in English Poetry...*, 32-3
ウィリー　Willey, Basil, 7-8, 16
ウィルソン　Wilson, Edmund, 476, 480
ウィンダム　Wyndham, George, 145 (35)
ウェイト　Waite, A.E. 『バラ十字会員の真の歴史』 *The Real History of the Rosicrucians*, 94 (14)
ウェルギリウス　Virgil, 93 (13), 99 (22), 154 (55), 156 (59), 347 (7), 414 (46)
ウェルズ　Wells, H.G., 22, 399 (5)
ウェンデル　Wendell, Barrett, 11
ウォーカー　Walker, Hugh 『英国諷刺文学と諷刺詩人』 *English Satire and Satirist* 296 (2), 297 (4)
ウォラー　Waller, A.R., 354 (27), 401 (11)

ウォラー　Waller, Edmund, 5, 90(8), 251(19), 364(60)

ウォレン　Warren, Henry Clarke, 『英訳仏典』 *Buddhism in Translations*, 253(22)

ウォルトン　Walton, Izaak,

『ハーバー伝』 *Life of Herbert*, 89(4)

『ダン伝』 *Life of Donne*, 134(12), 135(8)

ウォルポール　Walpole, Sir Hugh, 482

ウッズ　Woods, James Houghton, 197(20), 252(21)

ウルフ　Wolf, Abraham, 『最も古いスピノザ伝』 *The Oldest Biography of Spinoza*, 550(23)

ウルフ　Woolf, Virginia, 6, 17, 304(40)

ウルフ　Woolf, Leonard, 6

ヴァーラル　Verall, Arthur Woolgar, 47(18)

ヴァレリー　Valéry, Paul, 155(57), 448(11), 469, 549(13), 553(1)

ヴァルデス　Valdes, Diego de（Jacobus Valdesius）, 136(11)

ヴァルデズ　Valdes, Juan de（Valdesso） 136(11)

ヴェルサイユ講和条約　Treaty of Versailles, 454(32)

ヴェルデナール　Verdenal, Jean, 156(59)

ヴェルレーヌ　Verlaine, Paul, 455(35)

ヴァン・ドーレン　Van Doren, Mark,

『ジョン・ドライデン』 *John Dryden*, 5

『形而上詩研究』 *Studies in Metaphysical Poetry*, 36

ヴォーン　Vaughan, Henry, 30, 354(25), 364(59)

ヴィヨン　Villon, François, 455(38)

『英国における十七世紀主義とマリーノ風の詩』 *Secentismo e Marinismo in Inghilterra*（Praz）, 14, 29, 105(35), 134(1), 145(34), 250(13), 351(19), 355(30)

エイキン　Aiken, Conrad, 45(21)

エヴァレット　Everett, William, 11

エックハルト　Eckhardt, Johannes, 151(47), 194(14)

エピキュラス　Epicurus, 198(25), 585

エマーソン　Emerson, Ralph Waldo, 39, 358(41)

エンプソン　Empson, William, 19-20

『曖昧七つの型』 *Seven Types of Ambiguity*, 20, 48(23), 40

エリオット　Eliot, Charlotte, 34

『サヴォナローラ』 *Savonarola*, 34, 146(36)

エリオット　Eliot, Charles W., 49(37)

エリオット　Eliot, George（Mary Ann Evans）, 445(5), 447(9)

エリオット　Eliot, Henry Ware, 22, 33-4, 50(40), 36, 486(16)

エリオット　Eliot, Theresa Garrett, 22-3, 48(25)

エリオットのスケッチ　sketches of Eliot, 595

エリオット　Eliot, Thomas Stearns,

詩と劇　POEMS AND PLAYS

「アニームラ」 'Animula', 103(32)

『アラ・ヴォス・プレック』 *Ara Vos Prec*, 7, 156(59)

『荒地』 *The Waste Land*, 5, 7, 8, 24, 40, 105(36), 143(30), 147(38), 198(21), 198(24), 253(22), 257(36), 307(42), 308(44), 398(2), 475, 476, 601

「従姉ナンシー」 'Cousin Nancy', 413(43)

『イースト・コーカー』 *East Coker*, 37, 258(39), 416(50)

『岩』 *The Rock*, 483

「エリオット氏の日曜日の礼拝」 'Mr.Eliot's Sunday Morning Service', 353(23)

「ゲロンチョン」 'Gerontion', 306(41)

『詩選集』 *Collected Poems 1909-1935*, 156(59)

『詩集』 *Poems 1909-1925*, 12, 23, 40, 156(59)

『スウィニー・アゴニスティーズ』 *Sweeney Agonistes*, 15, 467

「J・アルフレッド・プルーフロックの恋歌」 'Love Song of J.Alfred Prufrock', 34, 308(44)